김광식
선집

김광식
선집

방금단 엮음

현대문학

김광식.

현대문학 제2회 신인문학상 수상식장에서, 중앙이 김광식.

시인 조병화와 함께, 왼쪽이 김광식.

아내와 함께.

경기대학 교정에서의 김광식.

아들 중학 졸업 시 부친, 부인과 함께한 김광식.

한국현대문학은 지난 백여 년 동안 상당한 문학적 축적을 이루었다. 한국의 근대사는 새로운 문학의 씨가 싹을 틔워 성장하고 좋은 결실을 맺기에는 너무나 가혹한 난세였지만, 한국현대문학은 많은 꽃을 피웠고 괄목할 만한 결실을 축적했다. 뿐만 아니라 스스로의 힘으로 시대정신과 문화의 중심에 서서 한편으로 시대의 어둠에 항거했고 또 한편으로는 시대의 아픔을 위무해왔다.

이제 한국현대문학사는 한눈으로 대중할 수 없는 당당하고 커다란 흐름이 되었다. 백여 년의 세월은 그것을 뒤돌아보는 것조차 점점 어렵게 만들며, 엄청난 양적인 팽창은 보존과 기억의 영역 밖으로 넘쳐나고 있다. 그리하여 문학사의 주류를 형성하는 일부 시인 · 작가들의 작품을 제외한 나머지 많은 문학적 유산은 자칫 일실의 위험에 처해 있는 것처럼 보인다.

물론 문학사적 선택의 폭은 세월이 흐르면서 점점 좁아질 수밖에 없고, 보편적 의의를 지니지 못한 작품들은 망각의 뒤편으로 사라지는 것이 순리다. 그러나 아주 없어져서는 안 된다. 그것들은 그것들 나름대로 소중한 문학적 유물이다. 그것들은 미래의 새로운 문학의 씨앗을 품고 있을 수도 있고, 새로운 창조의 촉매 기능을 숨기고 있을 수도 있다. 단지 유의미한 과거라는 차원에서 그것들은 잘 정리되고 보존되어야 한다. 월북 작가들의 작품도 마찬가지다. 기존 문학사에서 상대적으로 소외된 작가들을 주목하다 보니 자연히 월북 작가들이 다수 포함되었다. 그러나 월북 작가들의 월북 후 작품들은 그것을 산출한 특수한 시대적 상황의 고려 위에서 분별 있게 이해되어야 할 것이다.

이러한 당위적 인식이 2006년 한국문화예술위원회의 문학소위원회에서 정식으로 논의되었다. 그 결과 한국의 문화예술의 바탕을 공고히 하기 위한 공적 작업의 일환으로, 문학사의 변두리에 방치되어 있다시피 한 한국문학의 유산들을 체계적으로 정리, 보존하기로 결정되었다. 그리고 작업의 과정에서 새로운 의미나 새로운 자료가 재발견될 가능성도 예측되었다. 그러나 방대한 문학적 유산을 정리하고 보존하는 것은 시간과 경비와 품이 많이 드는 어려운 일이다. 최초로 이 선집을 구상하고 기획하고 실천에 옮겼던 한국문화예술위원회의 위원들과 담당자들, 그리고 문학적 안목과 학문적 성실성을 갖고 참여해준 연구자들, 또 문학출판의 권위와 경륜을 바탕으로 출판을 맡아준 현대문학사가 있었기에 이 어려운 일이 가능하게 되었다. 이런 사업을 해낼 수 있을 만큼 우리의 문화적 역량이 성장했다는 뿌듯함도 느낀다.

〈한국문학의 재발견-작고문인선집〉은 한국현대문학의 내일을 위해서 한국현대문학의 어제를 잘 보관해둘 수 있는 공간으로서 마련된 것이다. 문인이나 문학연구자들뿐만 아니라 더 많은 사람들이 이 공간에서 시대를 달리하며 새로운 의미와 가치를 발견하기를 기대해본다.

2013년 4월

출판위원 김인환, 이승원, 강진호, 김동식

김광식은 1954년(34세) 《사상계》를 통해 단편 「환상곡幻想曲」을 발표
하면서 문인생활을 시작하였다. 그가 문단에 들어설 때는 6·25 직후라
신인 등용의 제도가 없었기 때문이다. 김광식은 월남을 한 후, 서울 고등
학교에서 재직할 때 황순원, 조병화, 조영식 등과 함께 근무하였고 황순
원과 가장 가깝게 지내는 사이였다. 그래서 김광식은 「환상곡」을 황순원
에게 보여줬고, 황순원은 작품이 좋다고 어디든지 발표를 하라고 해서
《사상계》에 보내게 되었다. 김광식은 같은 고향 사람인 《사상계》의 주간
장준하와 면식이 있는 사이였다. 장준하는 다시 김광식의 작품을 황순원
에게 보이면서 《사상계》에 실어도 되겠냐고 물었고, 그 결과 특별한 심
사 없이 작품 활동을 시작하게 되었다. 말하자면 《사상계》 신인 1호인 셈
이다.

김광식은 평안북도 용천군에서 출생했다. 용천은 압록강을 경계로
중국과 밀접해 있는 곳이라 문물의 유입이 빈번했으며, 기독교가 먼저
들어온 곳이다. 따라서 김광식도 일찍 기독교를 받아들였다. 김광식은
선천상업학교를 졸업하고 취직을 하지만, 공부를 해야 한다는 생각으로
반 년 만에 부모님 몰래 도일하여 고학으로 메이지대학 문예과를 졸업하
게 된다. 작가 김병주와는 메이지대학 동기이다. 대학을 졸업한 1943년
은 일제 말이라 일본은 졸업생들에게 강제로 입대지원서를 쓰게 했다.
그래서 김광식은 귀국하는 즉시 만주로 탈출을 해서 선배의 도움으로 만
주흥업은행 잉커우〔營口〕 지점에서 근무하던 중 해방으로 귀국하여 신의
주 남고녀 교사로 근무하다가 월남을 하게 된다.

김광식은 열두 남매의 맏이인데다 자신의 소생도 다섯 남매여서 그 많은 가솔들을 책임지려니 허리가 휠 지경이었다. 그는 서울고등학교 교사 봉급으로 가족들을 감당하기가 어려워 당장 돈을 벌 수 있는 번안소설 작업을 시작한다. 『몬테크리스토 백작』『삼총사』『장발장』 등 외국 명작들을 청소년들이 읽기 좋게 번안하였고, 그렇게 번 돈으로 형제들은 물론 자녀들을 교육시킨다. 따라서 1956년 현대문학 신인상을 받았던 소설 「213호 주택」의 주인공 김명학의 내면세계는 작가가 경험한 삶의 산물로 해석될 여지를 갖고 있다.

월남 후의 생활고에 지친 김광식은 전후세대 작가이면서도 전전세대의 의식을 작품에 보이고 있다. 태평양전쟁과 6·25라는 두 전쟁이 인간의 삶을 황폐화시켰다고 보는 작가 의식이다. 그의 인생에서 식민지 지식인, 학병 도피자, 월남, 부산 피란살이, 수복 후 서울에 정착하는 과정이 모두 청년기에 해당된다. 그러므로 그가 겪었을 두 전쟁과 혼탁했던 사회적 상황이 작가의 심리적 측면에 끼치는 영향력이 컸을 것이라고 생각된다.

또한 김광식의 삶을 살펴보면 유년 시절을 제외한 거의 모든 시간을 동경, 잉커우, 부산, 서울 등 도시의 한 중심에서 생활했음을 알 수 있다. 따라서 그는 자신의 작품에 도시인의 비극성을 문제의식으로 표출할 수 있는 지식인들을 형상화한다. 그리고 그의 작품에서 여성인물들 또한 지식인으로 그려진다. 김광식의 소설에서 여성인물들이 남성인물들보다 자본주의의 삶에 더 능동적으로 대처하는 동시에 성에 대해서도 개방적이다. 여성인물들은 사회생활과 인간관계에 있어서 소심하면서 내부적으로 갈등을 안고 있는 남성인물과 반대되는 이미지를 드러낸다. 또한 전쟁의 상흔에서 벗어나지 못하는 남성인물들이 여성인물들의 경제력에 의지해서 살아가는 현상이 두드러지게 나타난다.

김광식의 작품에서 도시라는 곳은 지식인들이 도시의 문명화가 갖고 있는 여러 가지 문제점을 노출하는 배경으로 작용한다. 따라서 작중인물들의 정서가 박탈감, 결핍감, 상실감, 무력감, 고립감, 불안, 공허 등으로 드러난다. 작가는 이 도시를 통해 인간이 갖고 있는 소외의식을 드러낸다. 한국전쟁 후의 우리나라 문단에 유입된 소외의 개념은 역사철학적 관점이고 김광식의 소설에서 작가의식으로 드러나고 있는 소외도 이와 궤를 같이한다. 김광식 소설에서 표현되는 소외의식은 서구적 근대화에서 나타날 수 있는 현상뿐만 아니라 한국전쟁 이후의 한국인의 고유한 삶에서 발생할 수 있는 인간 삶의 문제를 전제하고 있다는 점이다. 김광식은 전후 작가들처럼 전쟁의 체험을 사실적으로 재현하는 것에서 벗어나 체험의 의미를 작품에 표출하되, 그것보다는 전후의 일상을 살아가는 인간의 삶의 형상화에 더 치중한다. 즉 한국전쟁 이후 손창섭, 장용학, 최인훈의 작품들이 전쟁으로 인한 인간성 파괴, 가치관의 혼란으로 인한 소외를 다루고 있다면, 김광식은 한국전쟁 이후의 본격적인 자본주의화를 따라 급속하게 진행된 도시화와 일상생활의 변화에서 발생되는 한국사회의 부정적인 면을 재현하고 있는 것이다.

따라서 김광식이 포착한 당대 사회의 비판적인 문제점들이 지금도 여전히 유효하다는 점에서 작가로서의 김광식은 한국 문학사에서 새롭게 평가되어야 한다.

많은 시간을 김광식이라는 작가의 삶과 작품을 정리하는 것으로 보냈다. 김광식의 작품은 비교적 책으로 잘 정리되어 있는 편이었으나, 그 원본을 확인하는 작업에 있어서 한계가 있었다. 이 책의 작품 연보에 들어 있는 작품들은 전부 확인 과정을 거친 것들이지만, 보관되지 않은 자료로 인해 확인이 불가능한 작품과 제목과 발표 연대가 다르거나 수록되었다는 신문이나 잡지 등에서 아예 글을 찾을 수 없는 경우도 종종 있었다. 따라서 김광식의 자료에 대한 조사가 더 이루어져야 하는 실정이라고 할 수 있다.

끝으로 김광식의 사적 자료를 보내주신 정동수 선생님께 감사드린다.

2013년 4월

방금단

＊ 일러두기

1. 이 책은 김광식 작품 가운데 주요 소설과 평론 및 수필을 모은 선집이다.
2. 원본을 해치지 않는 범위 내에서 맞춤법, 띄어쓰기 등을 현대어 표기로 고쳤다. 한자는 그대로 둘 필요가 있는 경우 병기하였다. 생소한 어휘는 독자들의 이해를 위하여 각주로 설명을 붙여 두었다.
3. 대화는 “ ”로, 강조는 ‘ ’로, 시·수필과 단편소설은 「 」, 중·장편소설과 단행본은 『 』, 잡지와 신문은 모두 《 》로 표시하였다.
4. 지문은 현대어로 고치되, 대화나 사투리는 작가의 개성적인 표현으로 간주하여 원문을 살렸다. 그러나 뜻이 모호해지는 경우 원문의 뜻에서 벗어나지 않는 범위 내에서 현대어로 고쳤다.
5. 현대어 표기는 국립국어원의 『표준국어대사전』을 기준으로 삼았다.
6. 너무 긴 문장은 쉼표를 넣어 읽기 쉽도록 하고, 오자나 오식일 경우 각주를 달아 설명하였으며, 문맥상 맞지 않는 단어나 글자는 문장의 내용에 어긋나지 않는 범위 내에서 문맥에 맞게 고쳤다.
7. 한글로 표기된 영어는 외래어 맞춤법에 맞게 고쳤다.
8. 작품 연보의 표기는 원제를 그대로 살리는 것을 원칙으로 했다.

차례

제1부_소설

제2부_평론·수필·기타

해설_현대사회의 소외의식을 형상화한 김광식 • 421

제 1 부 소설

환상곡幻想曲

나의 아내 성희는 다방 '황혼'의 주인 마담이다.

별이 총총한 여름밤으로 안다.

집에 돌아온 성희의 얼굴이 붉었다. 맥주를 마셔봤다고 했다. 그리고 '그'가 유혹한다고.

여자란 유혹에 이끌리는 약한 인간이라고.

나는 들었다. 외로웠던 나를 생각한다.

성희와 즐거웠던 모든 일, 지금도 그 때문에 성희의 옆을 떠나 살 수 없다는 바보 같은 난지도 모른다.

시원한 눈, 장미 같은 입술, 맑은 성대, 불룩한 젖가슴, 우물 지어 웃는 그 얼굴. 나는 내 아내의 모습을 이렇게 그린다.

그러한 성희다. 남편 아닌 나 이외에 누구를 사랑할 수 있다고 했다. 그리고 알 수 없는 것은 사람의 마음이라고.

그러한 성희를 무서운 계집이라고? 나는 그렇게 생각지 않는다. 질투? 나에게는 이것도 사라져 없다. 나는 그저 외롭다.

나는 아내인 성희만을 사랑한다. 나는 성희 하나만으로 황홀하다. 한데 성희는 나 이외도 그를 사랑했고, 또 누구도 사랑할 수 있다고 한다.

한 사람이 그렇게도 여러 사람을 사랑할 수 있다는 것인지 나는 이해가 없다.

하기는 성희는 나 같은 남자가 아닌 여자다.

매일같이 많은 사람이 '황혼'에 모여들어 성희를 붙들고, 말을 하고, 웃기고……

거기에는 나 같은 사람은 한 사람도 없다. 성희를 웃길 수 있는 회화*를 가진 사람들, 그러한 회화를 갖지 못한 내가 서럽다.

열흘이 지나도 성희는 집에 오지 않았다.

어린애같이 성희가 보고 싶었다.

성희는 남편의 존재를 의식하지 않는지 모른다. 그러한 생각을 하면서도 성희를 찾아간 나였다.

성희는 카운터 앞으로 다가서는 나를 보자 눈이 동그라졌다. 그러나 곧 미소를 준다. 그 미소가 어떠한 것이건 불안하던 마음이 따사해진다.

"앓지 않았우?"

"아니."

"그리 앉아요."

나는 의자에 앉아 성희가 '앓지 않았우' 한 말을 해석해본다. 앓지 않았으면 왜 오늘이야 찾아왔는가고? 이렇게 물어주는 아내가 고맙기도 했지만. 내가 피를 토하지 않을 뿐이지 집에 누워만 있어야 할 사람이 아니냐. 그러한 남편을 원남동에 혼자 두고.

나도 안다. 성희가 나와의 결혼생활 십 년에 애정은 사라졌어도 그

| * 서로 만나서 이야기를 나눔.

인정이란 것으로 아직 내 주의를 완전히 떠나지 못한다는 것을.

밀크를 들고 와서 내 앞에 앉아준다. 나는 밀크보다 커피가 마시고
싶은데, 나를 생각해선 게다.

"얼굴색이 퍽 좋아졌어요."

어색한 말이라고 생각이 든다.

"가을이니까."

이것도 어감이 어색하다. 성희나 나나 그러한 것을 느꼈다.

"할멈, 찬거리라도 똑똑히 사와요?"

"음."

하얀 밀크의 냄새가 얼굴을 스친다. 유리컵의 촉감이 따갑다.

"마이신* 주사를 열 대가량 구할 것 같아요. 이 주일 안으로 가져온다
고 했으니까⋯⋯."

"마이신? 마이신을 맞는다고 낫나."

"왜 그렇게만 생각하우. 그 병은 마음먹기 탓이라는데."

밀크를 마셨다. 뜨거운 것이 목구멍을 넘어가 가슴이 따갑다.

저편 세트의 남녀가 일어서 나간다. 셈은 여자가 한다.

눈을 돌려 성희의 얼굴을 본다. 살결이 희다. 손을 본다. 뾰족한 손가
락이 붉다. 내 손은 희기만 하다.

카운터에 섰던 소녀 레지가 반색을 하며 손님 한 분을 웃어 맞는다.
성희의 시선이 그리로 비친다. 갑자기 성희의 그 시선에 경멸이 흐른다.

'그'다. 성희가 그를 사랑했다고 한 그다.

나는 그를 의식하자 숨고만 싶었다. 당황한 것은 나다. 초라한 나를
의식해선지 모른다. 밀크를 다 마시고 난 유리컵을 쥔다. 차갑다.

| * 항생제를 일상적으로 이르는 말.

"같이 나가요."

성희는 카운터로 가서 핸드백을 들고 나를 따라 걷는다.

성희가 버스정류장까지 나를 바래다준다. 아내는 아직 나에게 그러한 호의가 있다.

아니 나를 고이 돌려보내려는 심사인지도 모른다.

나는 자꾸만 이렇게 반대되는 두 가지를 생각한다. 그러나 이 두 가지가 다 부질없는 불안이기를 바라는 나였다.

나를 따라 걷는 성희의 얼굴을 힐끔 봤다. 분명 성희의 그 눈에는 경멸의 빛이 사라지지 않았다.

나는 생각한다. 그가 성희를 외롭게 한 것이라고, 그가 들어와 앉는 것을 보고도 알은 체를 하지 않은 것을 보아서.

버스정류장까지 말없이 걸었다.

성희는 무엇을 생각하는 것일까.

핸드백을 열고 천 환짜리 석 장을 꺼낸다. 나는 받아 그대로 포켓에 넣었다.

"저고리 안 포켓에 넣어요."

나는 성희가 주의하는 대로 다시 꺼내어 안 포켓에 넣었다. 버스가 왔다. 성희는 다음 차로 가라고 한다.

"천 환은 쌀 사라 하고, 천 환은 반찬값이라고 할멈 주세요."

나는 그러마고 머리를 끄덕이었다.

성희는 내 구두를 본다.

"구두 좀 닦아 신어요."

"음."

어린애 같은 나를 느꼈다. 다음 차가 왔다. 나는 다시 성희의 얼굴을 보고 싶었다. 힐끗 시선이 갔다. 영영 헤어지는 것만 같은 그러한 감정이었다. 이러한 것은 불길한 예감이라고 애써 지우려는 나를 의식했다. 그러한 나의 눈빛이 외로웠는지 모른다. 성희는 이러한 말을 한다.

"오늘밤 집에 가겠어요."

"와?"

나의 이 물음은 떨린 것 같다.

차 속으로 밀리어 들어가 멍하니 밖을 내다본다. 성희도 차 속의 나를 바라본다. 차가 떠나도 그대로 서 있다. 외로워 보였다. 나의 외로움이 성희를 고독하게 했다는 것일까, 인생이 피곤하다는 것일까.

차가 화신 앞 로터리를 꺾으려다 급정거를 한다. 그만 붙들었던 손잡이가 미끄러져 모로 넘어지다가 옆에 섰던 젊은 여인의 젖가슴을 받았다. 여인은 반사적으로 몸의 균형을 잡으려는 순간이었다. 날카로워진 신경에 내 몸이 그를 충돌한 것이다.

"아이 왜 이러세요."

매서운 여인의 목소리였다.

"미안합니다. 미안합니다."

나의 표정은 어색하리만큼 너무나 당황했다. 그러한 내가 가엾었는지 모른다. 나를 매섭게 쏘아보다 말고 몸을 홱 돌려 반대편 손잡이를 쥐는 것이다.

차가 로터리를 돌아 정거하자, 나는 허둥지둥 뛰어내리고 말았다. 버스 속에서는 웃음소리가 났다. 나는 버스와 반대편으로 향해 걸었다. 가을 찬바람이 스친다. 그때야 내 얼굴이 화끈거리는 것을 느꼈다. 마구 갔다.

"아저씨, 구두 닦으세요. 아저씨, 아저씨……."

나는 그대로 지나치다 말고, 내 구두를 바라보던 성희의 얼굴을 생각하며 멈칫 섰다.

"아저씨, 이리 앉으세요. 때 빼드리고 잘 닦아드릴께⋯⋯, 앉으세요."

나는 발을 그 조그마한 함통* 위에 놓았다. 그리고 동골**의자에 앉았다. 옛날 이러한 동골의자는 성희 집에도 있었다. 그 어머니가 이 의자에 앉아 재봉틀 발을 눌렀다. 그러한 어머니의 얼굴이 보인다.

성희와 약혼을 하고, 예장이 오고 가고 할 때, 그 어머니는 동골의자에 앉아 바빠했었다. 찾아가는 나를 웃어 반겼다. 어머니를 일찍 여읜 나는 장모를 친어머니같이 생각하고 그를 섬겼다.

해방이 되고 소련군이 오자 처가댁은 지주라는 것으로 집까지 빼앗기고 내가 사는 평양으로 왔다.

내가 무슨 큰 재주가 있어서 처가를 도왔다는 것이 아니다. 재주라면 피아노 조율과 악보樂譜를 그리는 재주였다. 그것이 나의 유일한 기술이었고 직업이었다. 조율과 프린트로 장모 댁을 도울 수 있었다. 평양에서도 그 어머니가 이러한 동골의자에 앉아 삯바느질을 했었다.

남하하지 못한 그 어머니는 지금도 이 동골의자에 앉아 재봉틀 발을 누르고 계실까? 그립다. 보고 싶다.

6·25동란, 평양에서 서울로, 다시 부산으로, 성희와 나는 강을 건널 수 있었으나 다섯 살 나는 아들 경수는 외할머니와 같이 강을 건널 수 없었다. 경수는 지금 부모인 우리를 그려볼 것인가.

나는 성희를 이끌고 자유를 찾아 부산까지 갔다. 허약할 대로 허약한 나는 미열이 있었다. 잠자리에서 식은땀을 흘렸다. 나는 누워야만 했으나 그럴 수도 없었다. 부두노동을 했다. 그러나 며칠뿐이었다. 처숙을 만나 동정을 받았다. 다행한 일이었으나 염치가 없었다.

---

* 옷이나 물건 따위를 넣을 수 있도록 네모지게 만든 상자.
** '둥글', 모양이 공이나 원과 같이 둥글다는 뜻을 가진 사투리인 듯.

평양에서 이웃이었던 숙이 엄마가 빈대떡을 붙여 피란살이나 옹색한 살림은 아니라고, 성희도 빈대떡을 붙이겠다고 했다. 나는 무엇이나 좋다고 했다.

자갈치 시장 바다가 보이는 길가 옆에 판잣집을 지었다. 빈대떡을 붙이며 소주를 팔았다. 손님은 제법 흥성했다. 덕택에 나는 뜨끈뜨끈한 빈대떡을 매일 먹었다. 때로는 소주도 한 잔 마실 수 있었다.

바닷바람이 판잣집을 휘몰아치지만, 방 속에는 이글이글한 구공탄* 불과 숯불이 있었다. 훈훈한 라드** 냄새가 풍겨 대사*** 집 같다. 가진 것 없이 피란 와서, 아내의 덕택으로 그 이상 바랄 수 없는 살림이라고 느꼈다.

이러한 장사를 하자고 한 아내의 계획은 지혜로웠다고 생각했다. 조그마한 우리의 판자 방에서 나는 혼자 손님들의 허탕한**** 웃음소리를 들으며 나에게는 시키지 않으려는 녹두맷을 돌려도 보았다. 어린애같이 몇 번 돌리다 마는 것이나, 손님이 많이 찾아주는 날에는 그것도 성희에게 도움이 되었다. 성희는 그렇게 바쁘지만 손님들이 웃고 떠들고 하는 그 웃음소리에 같이 끼어 웃어도 주고, 말을 받아 넘겨도 주었다. 빈대떡 장사를 하려면 으레 그래야만 할 것같이도 생각이 들었다. 그러나 얼큰히 취한 손님들은 성희에게 곧잘 시시덕거리자고 했다. 때로는 남편으로서 듣기 거북한 말들을 했다. 허나 성희는 술술 넘겨버리며 비꼬아 그들을 경멸했다. 홀가분히 건드릴 수 없는 무엇이 있는 것 같았다. 손님들은, 열 번 찍어 안 넘어가는 나무가 없다고 빈정댔다. 성희는, 썩은 나무는 한 번 찍어도 넘어간다고 응수했다. 나는 그저 성희가 미더웠다.

* 구멍이 뚫린 연탄을 통틀어 이르는 말.
** 돼지 지방 조직을 정제하거나 녹여서 얻은 흰색 물체.
*** '대례大禮'를 일상적으로 이르는 말.
**** 언행이 허황하고 착실하지 못하며 주색에 빠져 행실이 추저분한.

그러나 우리 집을 찾아주는 문사님, 기자님, 선생님 하시는 분들이 와서 빈대떡을 붙이는 저녁이면 아내는 반색을 하고 곧잘 말을 했다. 성희는 초라한 빈대떡 집에 이러한 고귀한 손님이 찾아준다는 것은 분에 넘치는 일이라고 했다.

그들은 한 사람의 여성으로서 성희를 존대해주었고, 화려한 회화로 피곤을 즐겁게 해주었다.

손님들이 많이 찾아주는 날에는, 나는 성희의 눈치를 보아 방을 내놓고 성희와 같이 부엌방에서 서성대며, 상도 훔치고 간장접시도 손님들 앞에 가져다놓았다. 눈치껏 하는 나를 아내는 고마워했다. 나는 그것으로 만족했다.

손님들은 그러한 나를 보고,

"이 집 주인이요?"

한다.

"예."

하는 것이다. 나의 대답에 야릇함을 느꼈다. 손님들은, 저 아름다운 부인이 이 초라한 나의 아내라는 것은 어색하다는 것 같아서다. 문 밖에 나가 앉아 파도 다듬었고, 손님들이 사다달라는 양담배도 사다주었다. 어색한 나를 느껴본 것도 한때였다.

손님들은 다 제각기 술잔을 쥐고 자기 말에만 도취하고 신이 난다. 그것은 좋다. 어쩌다가는 성희를 보고 색시, 마담, 아주머니 하고, 예쁘다고, 사랑을 해보자고, 거기까지도 좋다. 술이 도가 지나면 선생님이고 문사님이고가 없다.

성희의 손목을 쥐려 하고, 성희의 몸을 안아보려 하고, 성희의 입술을 강요하려고, 취한 체취의 추태를 한다. 날카로운 성희의 목소리가, 매서운 눈초리가 그들의 행동을 굳게 했다. 그래도 앞으로 다가오면 뒷걸음질을 하여 멍하니 땅만 들여다보고 어쩔 줄을 몰라 하는 내 옆으로 빗섰다.

나의 가슴에 못이 박히는 듯했다.

손님이 흩어져가고, 방 안은 고요하다. 흩어진 상에 접시와 술잔이 그대로 그들의 추태 같기도 했다.

그러한 밤이면, 이불 속, 야윈 내 가슴에 얼굴을 묻고 성희는 울었다. 피곤한 인생이 서러워서, 나도 서러워서 가슴이 메인다.

힘껏 안아달라고 했다. 힘껏 안아주지 못하는 내 몸이 또 서러웠다.

그러한 날이 지난 이 년.

성희의 솜씨도 늘었다. 말도 같이 늘었다. ─돈도 모였다.

나는 나대로 외로움만 늘었다.

성희는 숙이 엄마와 어울려 이천만 원이나 된다는 서울의 다방을 샀다. 휴전이 되고 서울로 환도만 하면 큰 것이라고 했다.

삼월 초순 나는 아내를 따라 서울에 왔다. 원남동에 적산집*도 얻었다. 성희는 나에게 휴양이 필요하다고 눕게 해주었다. 명년 봄, 병이 더하면 마산 요양원에 입원까지 시켜준다고 했다. 이때부터 성희는 나를 어린애처럼 대해주는 것이다. 어쩐지 나는 어린애 달래듯 그렇게 애무하여주는 것이 좋았다.

사람은 육체가 약하여지면 안기고 싶은 마음이 솟는 것인가.

안기고 싶은 내가 외롭다.

문밖에 자동차의 엔진소리가 사라지고…… 성희의 얼굴이 붉었던 날 밤이다.

* 1948년 9월 11일 대한민국 정부와 미국 정부 간에 체결된 재정 및 재산에 관한 최초 협정에 의하여 대한민국 정부에 넘겨진, 광복 이전 일본인 소유였던 집.

말없이 내 옆에 와 눕는다. 방 안에 침묵이 흐른다.

"나…… 또 술…… 먹었어, 싫어?"

"……."

"담배도……."

"알아."

"내가 밉지 않우?"

"밉긴……."

"정말?"

"……음."

"내가 무서워!"

고요한 방 안이 차다. 침묵이 차다.

성희의 뜨거운 두 손이 내 목을 힘껏 싸준다. 육체의 고독한 욕정이 가쁜 숨소리로…… 입술이 뜨겁다.

생명에 넘치는 정열의 고독, 육체의 강렬한 욕구를 포박하는 데서 오는 고독, 그것은 나의 허약한 육체를 떨게 했다. 숨 가쁜 가슴이 애달프다.

문득 나는 '그'라는 사람을 생각해본다. 그의 굵은 선, 두터운 입술, 으리으리한 눈, 넓은 어깨, 이렇게 그려보는 나는 그를 질투하는지 모른다. 육체의 질투다.

그러나 '그'가 나보다 훨씬 못생겼다는 것을…… 생각하는 나다.

음악도 문학도 모르는 돈만 아는…… 하고 나는 그를 경멸해본다.

이불 속의 나는 무슨 계산을 하고 있었다. 하나의 비극 연출가다.

그러나 아내의 육체를 힘껏 안아주지 못하는 내 육체가 외롭다.

성희가 오늘밤 집에 온다고.

촛불을 준비해야겠다. 정전停電이 되어도 성희의 얼굴을 보게.

"아저씨, 발에 힘을 좀 주세요. 자꾸 흔들려서……."

자색 비로드*로 윤을 내려는 구두닦이 애의 주의다. 사실 하마터면 동골의자에서 자빠질 뻔했다. 좌우로 문지르는 힘에, 멍하니 성희의 얼굴을 더듬던 내 발에 균형을 잃었기 때문이다.

그때서야 발에 힘을 주며 주위를 살피니 장소가 광화문 네거리 어떤 다방 앞이다.

유선형 자동차들이 군용트럭과 밀리어 달린다. 교통순경의 손짓 하나로 급정거를 한다. 순식간에 수십 대의 자동차가 밀린다. 자동차는 숨이 가쁘다. 핸들을 쥔 운전사들은 순경의 손만 응시한다. 초조한 얼굴들이다. 다시 엔진소리가 높아지며 가솔린 연기가 자욱이 길을 덮고 미끄러져 달린다. 가솔린 냄새가 코를 찌른다. 나는 싫다. 속이 메스껍다.

어린 시절 자동차가 달리는 뒤를 따르며 그 가솔린 냄새를 좋아하지 않았던가.

"아아, 아저씬 자꾸 몸이 흔들리시네."

"응, 힘줄께."

구두 닦는 것도 괴로운 일이다. 그러나 구두가 반득반득 윤이 난다. 다시 약을 바른다. 다시 비로드로 사뿐사뿐 좌우로 팽팽히 당겨 비빈다. 다시 입김을 호― 분다. 또 비빈다. 가볍게 어린애 뺨을 대보듯 달랜다.

"됐어요. 이쪽 발을 올려놓으세요."

하라는 대로 왼편 발을 올려놓았다. 닦은 구두와는 너무나 대차적이다. 때가 덕지덕지다. 구두 솔이 먼지를 날린다. 천 조각으로 문지른다, 마구. 히멀겋게 윤기가 난다. 아이는 약통을 연다. 약통과 구두 사이를 두 손가락이 번개같이 오간다. 이번에는 좋은 구두 솔을 골라잡고 날린

| * 짧고 고운 털이 촘촘히 심어진 직물.

다. 꺼매한 것이 반득 윤이 나고 기름이 흐른다. 신기하다. 이렇게 하여 바른발 구두를 닦았다는 것을 몰랐다. 무슨 계산을 하고 있었으니까.

이십 환이라고 한다. 싸다고 생각했다. 발이 가볍다. 신기하기만 하다. 기분이 가볍다. 걷기만 하고 싶다.

구두를 닦으라고 한 성희.

성희가 오늘밤 오겠다고.

버스는 타고 싶지 않다. 그렇다고 전차도 타고 싶지 않다. 걸었다. 석양이 구두를 비친다. 벌써 먼지가 앉았다. 그래도 번득인다.

걸음에 지치지 않았다. 광화문에서 동대문까지 걸었으나, 매일같이 내 일과인 동대문 시장을 한 바퀴 돌고 싶어서였다.

권태가 오고 가슴에 고독이 스미면, 자리에서 일어나 현관을 나서, 숱한 사람들이 서로 비비며 오고 가는 틈에 나도 끼어 걷는 것이 즐거워서였다. 시장에서 걷는 사람들이 하얀 셔츠 하나로 윗저고리도 없이 걷는 그들의 피부를 비비며 나도 걷고 싶어서였다.

일제시대에는 아무리 더워도 저고리를 입고 모자를 썼었는데, 해방과 더불어 몸에 자유를 찾는 상징일까.

점포마다 사치품이라는 것이 오고 가는 사람들의 눈을 유혹한다.

옛날에는 이러한 사치품이 가지고 싶었다. 바라보기만 해도 즐거운 흥분이 있었다. 지금은 별로 흥미가 없다.

성희는 이러한 것에 흥분한다.

나와 아내와의 감정의 차이는 이러한 것이라고 생각을 한다.

그래도 성희가 라디오를 사오겠다고 했을 땐 흥분했다. 음악을 들을 수 있다는 데서. 메마른 내 가슴에 음악이 흘러줄 것이다. 하지만 성희는 아직 라디오를 사오지 않았다. 어쩌다가 사오겠다고 한 것인데, 고대하는 내가 어리석게도 생각이 든다.

생각에 지치고 권태가 오면 그대로 매일같이 사람들이 보고 싶어서 시장으로 나오던 나였다.

한데, 오늘은 즐거운 것이 있다.

구두가 가볍고 몸이 가볍다.

성희가 오늘밤 오겠다고.

성희는 나의 가슴의 화약이다.

이러한 생각을 하는 나였다.

시계는 밤 열 시를 가리키려 한다. 불안이 가슴에 감돈다.

열 시의 사이렌이 운다. 통행금지를 알리는 사이렌.

절망이 가슴을 누른다.

버스도 전차도 택시도 없을 것이다.

그러나 성희는 초조한 마음으로 걷겠지. 아니, 뛰어오겠지.

나는 벌떡 일어섰다. 현관문을 열고 나섰다. 큰길가까지. 원남동 로터리가 보이는 데까지. 군용트럭의 헤드라이트만이 줄달음질을 한다.

분명히 온다고 했다.

'오늘밤 집에 가겠어요.'

정말이다. 분명히 그랬다.

야경 목탁이 저 골목에서 울린다. 되돌아선 나는 발이 떨어지지 않았다. 울고 싶다. 성희가 나를 속였다는 것이 원망스러워서가 아니다. 그저 내가 서러워서다.

벽시계가 열두 시를 친다. 분명히 열둘을 내가 셈했다.

불안도 절망도 사라진 텅 빈 가슴에 시계의 초침소리만이 울린다. 이것이 내 의식이다.

모든 기쁨에 불안한 마음을 느끼는 나였었는데 오늘은 왜 그러한 예감도 가지질 못했던가.

할멈이 요를 곱게 펴준 이불이 차갑게 보인다. 다시 나에게 감각이 온다.

흰 벽이 차갑다. 시계의 초침소리도 새롭다. 의식이 의식을 한다. 가슴을 파고드는 의식에 나도 지쳐간다.

사흘이 지난 오늘도 머리가 어지럽다. 무엇을 생각했는지 희미하다. 오고 간 생각에 어지럽기만 하다.

아직 성희가 준 천 환짜리 지폐가 있다. 나의 손에 쥐어주던 성희의 살결의 촉감이 있다. 지금까지 할멈을 주지 않았다는 것을 알았다. 촉감이 그리워서가 아니다. 어지러워서다.

시계는 또 밤 열 시를 친다. 사이렌도 울었다. 사람들의 발자국 소리도 끊어졌다.

공허한 가슴에 또다시 시계소리만이 차다.

어지러움도 권태롭다. 동대문 시장, 수탄* 사람들이 움직이지 않는가. 내 일과를 잊었다는 것을 깨달았다.

현관을 나서 로터리를 돌고, 종로 사가를 꺾어, 동대문 전차 차고, 골목 청계천을 낀 동대문 시장의 입구를 접어든다. 뱀같이 긴 시장 안은 숱한 머리만이 움직인다. 여인의 머리에 인 광주리 배추 냄새가, 파 냄새가 바람에 스친다. 빨간 생고추가 명동의 여인들 입술 같다. 시루의 떡 김이 코를 스친다.

두리번거리는 나를 보고 나일론 양말이 싸다고 한다.

* '숱하다, 많다'는 의미로 사용된 사투리.

옷가게, 양단 저고리 치마가 휘장을 치고 여인들을 황홀하게 한다. 흑색, 곤색, 자색 비로드가 바람에 결이 흐른다.

부산에서다. 성희는 비로드 치마를 끊는다고 같이 가자고 했다. 국제시장 옷가게에서 성희는 흑색, 자색을 하고 망설였다. 가게 주인은 지금은 자색이 유행이라고 했다. 성희는 그럴싸해서 몸에 감아보며 나의 동의를 청했다. 나는 역시 흑색이 좋다고 했다. 자색은 곧 지칠 것이라고 했다. 성희는 흑색을 끊었으나 아깝다는 마음이 있었다.

옷가게에 둘러선 저 여인들.

색깔을 잃은 마음에 초조만 한 것 같다.

색깔을 잃은 여인들. 문득 멋이 있는 말이라고 생각이 들었다. 내 생각을 의식했다.

남을 바라볼 수 있는 나를 발견했다.

바른편 판잣집에서 라드 냄새가 코를 찌른다. 빈대떡 집이다. 빈대떡 그 냄새다. 부치는 이가 남자다. 이 집 남편인가 싶다. 솜씨가 어색하다. 상을 훔치는 여인이 아내일 것이다.

무슨 착각이 일어날 것만 같다. 서성대고 들여다보는 나를 그 젊은 부인이,

"들어오세요."

한다.

성희도 부산에서 이렇게 손을 맞았다.

마음보다 발이 먼저 들어섰다. 의자에 앉았다.

"약주를 드릴까요?"

"소주 한 잔 주시오."

했다.

이내 떡 한 점을 접시에 놓아 왔다. 두터운 유리컵을 놓고 됫병*을 기

울여 부어준다. 짤짤 넘게스리.

"한잔 더 드릴까요?"

"주시오."

조심스레 부어준다.

"잘되나요?"

"뭐 그저 그렇지요."

예전부터 드나드는 손님과 주인 같은 말이다.

떡을 두 개나 먹고 석 잔의 소주를 마셨다. 얼굴이 훈훈하다. 떡집을
나섰다.

이 많은 사람들 틈에 끼어 걷는 것이 즐거워졌다. 다 같이 물건을 바
라본다.

고무신 가게가 쭉 늘어섰다. 똑같은 신발들이, 여자들의 고무신의 코
가 뾰족한 것이 귀엽다. 거기 비하면 남자의 고무신은 미련하게 생겼다.
검은 것이 돼지 물 주는 나무통과 흡사하다.

여자의 흰 고무신에 시선이 자꾸 갔다.

"아저씨, 고무신 사세요? 몇 문이십죠? 아주머니께 드릴갑쇼?"

점원애가 그 흰 여자 고무신을 들어 한 손에 하나씩 들고 탕탕 치고
내 앞에 내민다.

나는 손을 대어본다. 말랑한 것이 희다. 나에게 쥐어준다.

"얼마?"

"백십 환만 줍쇼."

나는 그 천 환짜리를 꺼내어 주고 거슬러 받았다. 고무신을 봉투에
넣어준다. 점원은 굽실굽실 절을 한다. 고맙다고.

| * 한 되를 담을 수 있는 크기의 병.

나는 무슨 볼 일을 다 본 것 같다. 다음 골목길로 빠져서 종로로 나와 집을 향했다. 자꾸만 봉투 속 흰 고무신에 눈이 간다.

원남동 로터리를 꺾어 집골목을 접어들자, 바로 이웃집에 이삿짐이 길가에 쌓였다. 트럭이 이삿짐을 내리고 빠쿠*를 한다. 나는 바로 그 이 삿짐 틈에 비켜섰다. 자개 박은 장롱과 단스**가 놓인 옆에 그랜드 피아 노가 있다.

나는 발걸음을 옮겨 피아노 옆에 갔다. 만지고 싶어 손을 대본다. 손 가락으로 쓸었다. 먼지가 쓸리고 까만 윤택이 빛을 낸다. 그러나 이 피아 노도 피란살이 삼 년에 몹시 상한 것 같다.

한데 나는 옆에서 나를 바라보는 이 주인댁 따님과 어머니 같은 부인 의 시선에 그만 당황했다.

"저 바로 이 이웃집에 삽니다…… 이리 이사 오시나요?"

"네, 그러세요. 앞으로 신세가 많겠습니다."

"예…… 천만에요."

부인의 부드러운 목소리에 당황이 풀리었다.

"피아노 좋습니다."

불쑥 이런 말이 나왔다. 초면에.

"삼 년 동안이나 그대로 버려두고 다녀서, 인젠 소리가 제대로 나지 않아요."

"제가 조율을 좀 할 줄 압니다."

하고 피아노의 덮개를 열었다. 그리고 피아노의 팔십오 건을 저음부에서 부터 고음부까지 빠른 속도로 쳤다. 다시 반대로 쳐 내려갔다.

나의 몸에 이상한 힘이 흘렀다.

* 뒤로 감.
** 장롱(서랍장)을 속되게 이르는 말.

"괜찮습니다. 여운餘韻이 좀 없을 뿐입니다. 레그레팅을 좀 고치면* 아직 좋습니다. 훗날 제가 꼭 고쳐드리겠습니다."

단번에 이러한 말을 했다.

그리고 다시 피아노의 건을 만져본다. 먼지가 촉감에 있다. 다시 한음, 한 음, 소리를 들어본다.

쇼팽의 환상곡 일절을 쳐본다. 나도 모르는 사이에.

오랫동안 메마른 내 가슴에 희열이 뛴다.

오! 아름다운 음률.

그러한 나를 아무 말 없이 바라만 보는 따님의 시선을 의식하자 그만,

"실례했습니다. 미안합니다."

하고 피아노 덮개를 닫는 것을 잊고, 그러나 피아노 위에 놓았던 고무신만은 다시 들고 달아나듯 집으로 돌아가 현관문을 열었다.

멍하니 서 있는 내 눈에 피아노의 흰 건반이 뛴다. 환상의 음률이 몸으로 흐른다.

문득.

고무신의 촉감이 있다. 성희의 흰 고무신이다. 고무신을 방 안으로 향해 놓는다.

회색 현관 바닥 위, 성희의 흰 고무신이 청초하다.

맑고 청초한 성희의 얼굴.

흰 저고리, 보라색, 긴 뉴똥** 치마를 입고.

흰 고무신을 신고.

성희가 왔다. 방에서 기다린다. 나를 기다린다.

구두끈을 푼다. 손가락이 떨린다. 끈은 풀리지 않고.

* 피아노 조율하는 조절 장치를 손보면.
** 명주실로 짠 옷감의 하나. 빛깔이 곱고 보드라우며 잘 구겨지지 않는다.

"성희! 성희!"

조급한 마음이 성희를 부른다.

구두끈이 끊긴다. 마구 벗어버린다.

"인제 오세요."

동시에 방문이 열린다.

"성희!…… 성희가 왔지요?"

할멈이었다.

"네에…… 선생이 나가시자……."

"왔군요."

"저…… 아씨가……."

"갔어요. 어디 잠깐 나갔어요?"

성희가 방 안에 보이지 않는다.

"에……?"

"아씨가 라디오를 보내시더라고, 가게 있는 분이 가져왔어요."

"라디오?"

분명히 성희의 흰 고무신이 보인다.

먼지가 앉은 내 구두도.

현관 회색 바닥이 세멘* 콘크리트라는 것을 처음 안다.

내 흐린 시선이 까만 라디오를 의식한다.

—《사상계》, 1954. 10.

---

* 시멘트cement. 이 책에는 '시멘, 세멘' 등으로 표기되어 있다.

오늘

오월 서머타임 여섯 시였다. 소공동과 명동의 거리에는 황홀한 사람들의 물결이 흘렀다. X출판사 직원 영호는 그 물결 속에 흘러갔다.

찬란한 옷차림들. 눈부신 여인들.

저고리와 바지 색깔이 다른 것은 영호 자기밖에 없는 것 같았다. 이 바지, 이 저고리는 구제품이다. 색깔조차 바래진 남루한 옷이다. 싸고 튼튼한 것을 산다고 동대문 시장, 남대문 시장의 헌 구제품 옷가게를 몇 번이고 돌다 산 거다. 저쯤 되면 영국기지 육만 환짜리 양복이다. 자기 월급으로 따지면 꼭 두 달분이다. 사장社長이 춘추 양복을 해 입고 육만 환짜리라고 해서 그 가격도 아는 거다. 영호는 무엇 때문에 미도파 이층에까지 올라갔는지 모른다. 인형같이 예쁜 여인들이 진열장마다 앉아서 손님의 얼굴을 바라본다. 한데 자기한테는 곁눈으로만 흘겨보고, 아예 이런 물건은 살 자격이 없는 사람이라고 흥미를 느껴 하지 않는 것 같다. 영국기지 양복 신사에게는 미소를 띠우고 바라보지 않는가. 불쾌하다. 하지만 이것이 사실이다. 어쩔 수 없는 사실이다. 영호는 무심히 바라볼 뿐이다. 멈칫 섰다. 보지 않을 수 없는 것이 있었다. 쇼-윈도에는 형광등

螢光燈이 값진 물건을 파랗게 비친다. 거기 여인의 유방乳房이 있었다. 분홍빛으로 젖꼭지까지 달렸다. 도대체 저건 무어라고 하는 이름이냐.

영호는 자기 아내의 젖가슴을 생각해본다. 유방이라고는 통 없다. 시들한 할머니의 젖가슴 같다. 내 아내와 같은 사람들이 저런 인조 유방을 가슴에 띠고 양장을 할 것이겠지. 하지만 아내는 저런 걸 가슴에 띨 상상조차 할 수 없는 사람이다. 저런 걸 보면 나와 같이 놀랄 것이다.

영호는 이런 생각을 하며 미소를 지었다.

여인의 흰 장갑, 까만 장갑, 저런 걸 끼는 여인의 손이란 옥으로 만들었단 말이냐. 그는 흥미가 있었다. 쇼-윈도마다 들여다본다. 아름다운 여인의 슈미즈가 귀중품같이 걸리어 있다. 영호는 여인의 슈미즈 속을 그려본다. 젊은 여인의 아름다운 육체가 그의 눈을 황홀케 했다. 그는 또 미소를 짓는다.

거리로 나와 명동거리를 걷는다. 확실히 이 황홀한 선남선녀의 물결은 행복, 사랑의 물결 같다.

행복, 사랑—이건 나하고는 인연이 없다. 이건 말만의 존재다. 비참한 현실에서 도피하기 위한—인생의 교사가 역설적으로 한 설교의 말이다. 도대체 행복이란 뭐냐. 사랑이란 뭐냐. 그 따위가 어느 하늘 아래 있다는 말이냐.

세 아이의 아버지, 피곤한 아내의 남편, 칠십이 넘은 노부모의 아들. 서른넷밖에 안 되는 나를 마흔가량으로 보았다고—망할 자식들. 아아, 아무 희망도 없는 피곤한 생활.

영호의 손에 든 가방이 지나가는 숙녀에게 부딪쳐 소리를 했다. 빈 도시락, 아니 빈 도시락이 놀라서 한 소리다. 사실 이 가방이라는 것도 십여 년 전 학생시대 유물이다.

영호는 어떤 다방으로 들어갔다. 이 다방에서 사장을 만나고, 중학교 교사를 만나고 그들에게 한턱내기 위해서다. 사장은 바빠서 만나기만 하고 도중에 빠지기로 되어 있다. 사장이 오고 교사들이 왔다. 그 중학교 선생의 한 사람이 같은 이웃에서 사는 이 선생이라는 자다. 도시 이자는 아니꼬운 자다. 이웃에 살면서 인사 한 번 없다. 내가 누군지 알고 있을 거다. 나도 네가 누군지 알고 있다. 자기가 무엇이라고 나는 접대를 해야 하는가. 쑥스러운 인사를 했다.

"댁은 어디시죠?"

"아현동입니다."

"그러시다면 혹시 포플러 나무 집 근처……."

"아아, 최 선생 아니십니까. 영희 아버지시죠?"

내가 누군지 알면서 모른 척했지. 너도 나이 삼십이 되었으면 이웃이 뭔지 알 것이 아니냐.

"그렇습니다. 이 선생은 옥희 아버지시군. 이웃에 살면서 인사 없이 지나 죄송합니다."

사실 이 말은 내가 할 말이 아니다. 네가 할 말이다. 중학교 교사면 제일이냐. 이래 뵈도 나는 대학을 나온 몰락한 인텔리다. 몰락한 양반 귀족의 후예다.

뭐— 레몬주스를 먹겠다고. 그건 여자나 먹는 게다. 아직 오월이다. 임마.

"레지…… 이봐, 레몬주스, 셋…… 사장은 무엇 드시겠습니까."

"난 너무 해서 그만두겠소."

그럴게다. 많이 먹었을 게다.

"레몬주스 셋, 커피 하나."

영호는 사장이고 교사고 모두가 나리낑* 냄새가 나는 자식들이라고 경멸했다.

요정으로 갔다. 회사의 단골집이다. 중류 이하의 관館이다. 문교부 고급관리를 모신다면 물론 이런 집은 아니다. 간판도 없는 고등 요릿집이지만 너희들은 이쯤으로 만족해라. 영호는 사장이 된 것 같다. 하기는 오늘밤 사장을 대리한 자리다.

뭐, 약주술에 거나해가지고 삐루**를 마시겠다고. 이건 좀 딱한 일이다. 허나 인색할 내가 아니다. 김 사장 같으면 모른다마는—사장, 자네는 해방 전 뭐였나. 일본놈 서점의 점원 아니었나—지금, 이 사장 영호는 양반, 아니 귀족이었다. 해방과 더불어 몰락했고 6·25에 완전 몰락했다. 6·25 전만 해도 그대로 이럭저럭 놀고먹었다. 지금은 이렇게 됐지만. 그러나 인텔리 특권계급 의식만은 또렷하다.

어지간히 취한 모양들이다. 할 말은 이제 해야 한다고 영호는 정색을 했다.

"해마다 폐사에서는 귀교, 특히 영어 선생님들의 혜택을 입습니다. 금번에도 교과서 채택에 있어, 폐사의 것이 전적으로 채택되다시피 한 것은, 선생님들의 아낌없는 조언이 있었기 때문이라고 생각하고, 이러한 누추한 자리를 빌려 감사의 뜻을 표하는 바입니다."

영호는 자기 말에 속으로 웃었다.

"천만의 말씀입니다."

천만의 말씀이 뭐냐. 사실 이 말은 너희들을 비꼬아 한 말이다. 이따위 인사를 받고 낯이 간지럽지 않으냐. 말하는 내가 간지럽다. 사실 이것은 영호의 신파 연극이었다. 목적은 교과서를 채택해줘서 감사의 목적으로 내는 것이 아니었다. 다시 이번 출판한 영어 부교재를 채택해주고—엉터리 참고서를 학생에게 팔아달라는 목적에서다.

---

* 저보다 사회적 신분이나 지위가 높은 사람들의 행세를 나타내는 속어적 표현.
** 맥주.

내가 교사라면 속지 않는다. 이 바보들아, 고분고분히 잘도 넘어간다. 결국 나는 너희들 때문에 이렇게 살아간다.

무엇이 즐거워서 노래까지 불러, 저것들이 다 기생이라고? 임마, 저것들은 갈보야. 진짜 기생이 어떤 것인지 알기나 하나. 노래가 무엇인지 알기나 하나. 불러라 불러, 엉터리 유행가나 불러라. 나보고 부르라고— 나를 모욕하지 마라. 내 노래를 알아주는 일류 기생들 앞에서는 모른다마는.

열 시, 요정에서 나왔다. 영호는 딴 두 선생을 먼저 택시로 보냈다. 이 선생과는 방향이 같아, 같이 집에까지 가려고 했으나, 다녀갈 데가 있다고 이 선생은 광화문에서 내렸다.

영호는 매일 밤 하는 버릇대로 대문을 두드렸다. 아내는 무엇을 생각하고 있었을까. 무엇을 생각할 것도 없다. 생각할 생활이 없다. 여섯 식구 뒤치다꺼리에 소같이 일을 할 뿐이다. 말라빠진 암소같이 무거운 짐을 지고 허덕일 뿐이다.

아내가 아니고 열 살짜리 큰 놈이 대문을 열었다.

"엄마 어디 갔어?"

"몰라, 할머니께 물어볼까?"

"그만둬."

계집이 어디 간다고 하지도 않고, 밤 열 시 반이 되었는데도 안 들어온다? 울화가 치밀었다. 건넌방 부모님은 주무시는 모양이다.

"넌 들어가 자."

하고 영호는 대문을 나섰다.

이웃 이 선생 댁 전등불이 유난히 밝다. 영호는 이 선생 부인을 그려본다. 무엇 먹고 그렇게 뚱뚱할까. 그는 부인에게 경멸을 느꼈다. 개성이 없는 여자. 미美라고는 손톱만큼도 없는 여자. 그러니까 너는 남편의 노예다. 술이 취한 남편에게 이유 없이 두들겨 맞고도 반항 하나 못하는 완전한 노예. 그래도 행복해? 행복을 남용하지 마라. 행복의 의지란 불행에 있다. 저항하는 거다. 당신 남편이라는 자가 지금 어디 갔는지 알 것이 뭐냐. 보아 하니, 색골이드만. 자식 술이 거나해가지고 기생도 아닌 갈보에게 추파를 던지고 허리를 끌어안고 좋다고. 집에 곧장 못 오고 광화문에서 내린 건 암만해도 그년을 만나러 간 거다. 틀림없다.

영호는 백 미터나 되는 큰길가에까지 나왔으나 아내는 오지를 않는다. 그는 우울해졌다. 번개 같은 것이 지나갔다.

아내는 나를 배반하고 어떤 사나이와 간통? 그러면 이건 쌍벌죄가 되는 것이 아닌가. 배덕, 불의, 간음, 이것이 악덕이요 진악*인 것은 누구나 아는 사실이나 인간의 습성이다. 해결할 수 없는 인간의 숙명이다. 정말 아내가 나 아닌 사람과…… 어째서 또 이런 생각이 떠오를까. 가능성의 상상이 아니냐. 내 아내도 일류 여학교를 나오고 젊었을 때는 미인이다. 가만? 나보다 삼 년 아래지. 그러면 서른하나다. 서른하나? 영호는 깜짝 놀랐다. 아내는 자기보다 늙었다고 관념했다. 피란살이에 꼭 그렇게 된 것이라 생각했는데 서른하나면 중년부인으로서는 가장 아름다울 때다. 성의 색깔이 관능적으로 노출되는 연령이다. 아내에게 불안을 느끼지 않는 남편이 있을 수 있을까. 오랫동안 느끼지 못한 불안의 감정이다. 영호는 쓴웃음을 웃었다.

광화문에서 헤어진 이 선생이 저기 걸어오고 있지 않는가. 이건 또 뭐냐. 바로 이 선생 뒤에 아내가 걸어오고 있지 않는가.

영호는 어두운 골목에 숨어 동정을 살폈다.

| * '진짜 악'이라는 뜻으로 쓰임.

오오, 나의 가능의 상상이 현실화되었다. 남 같으면 눈에서 불꽃이 튀겠지. 이때 남은 어떨까? 사내의 먹살을 쥐고 받고 차겠다. 아내, 요건 목을 졸라 죽일 게다. 그러나 나는 냉정하게 증거를 쥐고 고양이 앞의 쥐를 만들 것이다. 생각해보라, 고양이 앞의 쥐를.

이 선생이 골목을 지나쳐 간다. 십 미터가량 떨어져 아내가 골목을 지나쳐 가려 한다. 영호는 어두운 골목에서 쑥 나섰다.

"여보……."

아내는 깜짝 놀라며 머리를 돌리고 남편을 쏘아본다. 남편인 줄 알고 안도감을 느낀다.

"아이, 난 가슴이 선뜻했어요. 어떤 놈팡이가 그러는 줄 알고…… 오래 기다렸어요?"

"……."

영호는 묵묵히 걸으며, 아내의 말의 어조에서 무엇을 감득하려 했다.

"갑자기 친정에서 오라고 해서 저녁에 갔다 늦었어요."

변명이다. 나는 그쯤은 안다.

"인자 앞에 가는 사람 중학교 선생인가 하는 옥희 아버지 아니야?"

"……몰랐어요. 지금 앞에 간 사람, 옥희 아버지예요?"

거짓말 마라, 남자의 걸음이 빠르지 여자의 걸음이 빠를까. 서대문서부터 걸어왔으면 반드시 너를 지나쳐 오면서 모를 리가 있겠나. 너는 곧잘 이 선생 댁에 놀러가서, 이 선생과도 말을 했다고 하지 않았나. 이 선생의 그 못난 부인이 우리 집에 마실 와서 나와 말을 하듯이.

밤길을 이렇게 어깨를 나란히 하고 걷고 보니, 아내가 연인戀人 같다.

영호는 신혼 당시의 감미한 감정을 그려본다.

나는 지금도 내 아내 순희를 사랑한다? 아내의 화장 냄새가 살결 냄새가 얼굴을 스치고, 바람에 날리는 치마의 스쳐지는 소리가 갑자기 이상한 충동을 준다.

"멘스 끝났어?"

아내는 남편의 얼굴을 힐끗 치어다보고 웃는다. 그것이 무슨 웃음인지 모른다. 냉소?

"그제부터 아니에요."

영호는 유쾌해졌다.

이웃 이 선생이 대문을 들어서자 부인은 법석인다. 무엇 때문에 쩔쩔매느냐. 노예근성을 버리라. 현대라는 건 남녀동등권 시대다.

보라, 나나 내 아내를 보라. 남편이 외도를 하건, 아내가 간통을 하건 우리는 이렇게 동등이다.

영호는 어둠 속에서 웃었다. 누구를 비웃는 웃음인지 모른다. 대문을 연다.

서머타임 열한 시, 통행금지 시간의 사이렌이 울었다.

―《현대문학》, 1955. 7.

거리距離

　동래東萊 온천장으로 피란 온 영희가 송도에 놀러왔다가 막내 동생 성희의 집에 들러 이러한 말을 했다.

　"내 생활이 넉넉하면 너를 좀 도와주어야 할 줄은 알면서……."

　성희는 뜻하지 않았던 언니의 값싼 동정에 얼굴이 빨개졌다. 그리고 또

　"성희 결혼만은 너무 경솔했어."

하는 것이다.

　"언니, 이제 와서 누구를…… 경솔했어? 누가?"

　성희는 놀라기보다 가슴에 화살을 받은 것 같았다.

　"아니 할 말은 해야지…… 첫째 수남이가 불쌍해."

　자기의 결혼을 부정하는 언니를 그때 미워할 마음은 없었다. 보다 수남이가 불쌍하다는 말만은 가슴에 못이 박히는 듯했다. 수남이는 성희의 네 살 난 아들이다.

　이 말은 너무나 오랜 자기의 잠재한 의식의 상처를 자기만이 막연히 느꼈던 것을 다른 사람이 아닌 언니로부터 찔러주는 아픈 상처였다.

자기의 생활은 자기의 힘으로 처리할 것이라고 하는 대답보다도 성희는 '경솔'이라는 결혼의 동기에까지 더듬어 올라가는 기묘한 자기감정을 어찌할 수 없었다. 성희의 남편 한성우는 고향 숙부 댁에서 중학을 나오고 8·15 전까지 언니의 남편이 경영하는 광산礦山의 서기였다.

성우의 아버지 한치석은 해방과 더불어 임시정부의 요인과 같이 중경으로부터 국내를 들어왔다. 그들의 환국은 환호와 존경의 파도를 일으켰다. 알고 보니 한치석은 언니의 남편 이동선의 중학 선배였고 친분이 있었다. 이동선은 한치석을 한 배경으로 정계에 출세할 야심이 있었다. 그리하여 그는 한치석을 환영하여 주택도 알선했고 생활비까지 부담했다. 성우는 광산 서기를 그만두고 아버지의 비서가 되었다.

언니의 말로, 혼담이 있었고…… 어느 날 성희는 어머니와 언니 내외와 미장그릴에서 맞선이라는 것을 했다.

"한성우올시다. 아무것도 모릅니다. 앞으로 많이 지도하여주십시오."

한 젊은 여성에 대하여, 아니 결혼의 상대에 대하여 이러한 인사란 어색하기 짝이 없는 인사였다.

"이성희입니다."

그리고 성희는 언니의 얼굴만 쳐다봤다.

성희는 그날 밤 혼자 이불 속에 누워 생각했다.

한성우 그는, 한 시골 청년에 지나지 않는다. 그러나 그에게는 성실과 건강과 의지가 있는 것 같았다. 성우는 번잡한 도회보다도 한적한 시골에서 농사나 양계를 하거나 그렇지 않으면 다시 광산에 들어가 사내답게 광맥을 캐는 것이 얼마나 건강한 생활인지 모른다고 했다. 사실 자기는 정치에 흥미가 없다고 했다.

성희는 그의 솔직한 마음이 좋았다.

도회의 인텔리 청년과 같은 창백한 의지가 아니고, 남성의 굳은 의지

같은 것을 느꼈다.

인텔리에 속하는 가정에서 자라나고 여학교와 여전女專을 나온 처녀가 한 시골 청년과 결혼하여 별세계에 뛰어 들어가는 행동에, 어떠한 쾌감을 느낀다는 것은 결코 부자연한 감상만은 아니었다.

불합리한 것을 합리화할 수 있다는 감상,

조화와 미화의 감상적인 동경,

큰언니 내외의 적극적인 진언,

그해 5월 성대한 결혼식을 했다.

"나의 결혼이 경솔했다고요? 이제 와서 나를 책하는 것이에요? 불쌍하긴 누가 불쌍해요."

"그럼 형제간에 이런 말도 못하겠니?"

오만한 언니는 그만 일어서고 말았다.

언니로부터 모욕을 받은 것 같았다.

결혼한 후 성우의 인격과 그에게서 발산하는 촌티가 자기의식에 간격을 가져오는 것은 사실이었다. 그러한 것은 결혼 전부터 어느 정도 각오했던 것이다. 그것을 굳이 마음의 상처로 하지 않으려 노력했다. 노력하면 그 간격은 축소될 줄만 알았다.

허나 아무리 노력해도 넘을 수 없는 간격이 있었다.

아무리 같은 환경에서 자라났다 할지라도 성격이나 취미나 교양 같은 데서 오는 거리는 어찌할 수 없는 것으로 세상의 부부는 그것을 시인하면서 공동생활을 영위하는 것이 아닌가. 부부생활이란 오랜 세월의 공동생활로 서로의 가진 성격과 품성을 조화시키며 살아가는 것이 아닌가. 성희는 자기 결혼생활에 몇 번이고 실망을 느끼면서도 이러한 생각으로 자기를 타이르며 오늘까지 살아온 성희의 윤리였다.

피란 부산 생활에서 극도의 경제적 타격과 남편 성우의 행동은 그의 마지막 윤리마저 허물어지게 하고 마는 것 같았다.

가족을 먹여 살리기 위해서 미군부대에 근무하는 남편이 요샛말로 다소 얌생이*를 한다고 해서 그리 수치스러울 것은 무엇인가, 이렇게도 생각해봤다. 그러나 너무 딴 생활방식을 갖는다는 것은 괴로운 의식이었고, 남의 시선이 야릇하게만 느껴졌다.

아들 수남이는 아버지가 돌아올 저녁 무렵이 되면 언덕바지에 올라가 길가만 바라본다. 그것은 아버지에 대한 정이라고 생각해도 좋다. 하지만 그 아버지에게는 미군부대에서 주워 넣는 껌이나 초콜릿 같은 부스러기가 있기 때문이라고 이렇게 생각하는 것은 죄스러웠으나 괴로운 의식이었다.

간신히 부산에 도착하여 다행히 송도로 넘어가는 남부민동 산기슭 언덕바지에 방 한 칸을 얻었다. 쌀 한 말을 사고 보니 주머니는 완전히 비었다. 팔 것도 없었다. 성우는 부산에 도착한 다음 이튿날부터 부두에 나가 하역인부로 노동을 했다.

성희는 그러한 남편의 용기가 미덥고 마음 든든히 생각했다.

남편은 한 달 남짓, 부두노동을 하다가 미군부대 통역으로 취직이 되었다. 일도 헐하고 임금도 많다는 것이어서 성희는 무척 기뻐했다.

남편이 하루의 일을 마치고 돌아올 때는, 때로 묵직한 박스나 신문지로 싼 것을 들었거나 또는 포켓에서 지금 당장 필요한 빨래비누나 화장비누 부스러기가 나왔고, 치약이 나왔고, 헌 양말이 나왔고, 헌 내의가 나왔고……, 성희는 그것이 누가 쓰다버린 물건이라 할지라도 개의할 필요가 없다고 피란이라는 한 사실로 자위했다.

때로 남편이 가지고 온 레이숀 박스**에서 칠면조 발다리가, 모가지가

* 남의 물건을 조금씩 훔쳐내는 것을 속되게 이르는 말.
** 야전 식량박스.

나올 때는 아들 수남이는 그것을 들고 좋아라 벌금거리며 마구 주워 먹는다. 이러한 것은 미군 식당에서 내어버리려고 하는 것을 한국인 종업원이 나누어서 가지고 온다는 것이었다. 성희는 남편이 꺼내어놓는 것을 야릇한 심정으로 바라볼 뿐이었다. 남편은 식당 통역이라 했다. 그것이 차츰 그러한 물건이 아니고 아무리 물자가 풍부한 미군부대라 할지라도 그저 줄 수 없는 군복이나 셔츠 같은 신품이 박스나 허리에서 나오는 것이었다. 이러한 물품은 공급계 통역에게서 받았다는 것이다. 공급계 통역은 친절한 미군에게서 선사로 받는다는 것이고, 남편은 식당에서 버리는 식료품으로 서로 바꾸어 온다는 것이다.

이러한 물품이 자기네 초라한 살림에 큰 도움이 되는 것은 사실이지만…… 어두운 그림자가 마음을 억누를 때 성희는 남편의 얼굴을 정색으로 바라볼 수 없었다.

그날도 수남이는 아버지가 가져온 칠면조 모가지를 뜯어먹다 말고, 말없이 앉아 있는 엄마의 어깨를 흔들며

"엄마 먹어, 응?"

하고, 박스에서 칠면조 발을 꺼내어 엄마에게 권하는 것이다. 성희는 받았다 다시 박스에 넣어가지고 부엌으로 나가는 것이지만 슬프고도 괴로웠다.

저녁상을 받는 듯 물리고 난 남편은 포켓에서 양담배 꽁초를 몇 개고 꺼내어놓고 피웠다. 피란 오기 전까지는 그러한 남편을 보지 못했다.

세 식구 피란 살림을 유지하고 굶지 않고 살아가려는 남편의 초라한 모습이 슬프고 가엾기보다 그의 변신한 마음보가 미워지는 것을 어쩔 수 없었다.

성희는 6·25와 더불어 빈고貧苦의 생활 속에서도 불안과 공포는 느꼈으나 비천卑賤하다는 의식은 없었다.

그러나 지금은 비천한 의식에 마음 아픈 것이었다.

남편은 미군부대에서 얻어온 만화책 같은 것을 뒤적거리며 담배꽁초만 피웠다.

"오늘 산부인과에 가서 진찰했어요."

"음."

"내달 이십 일경이라고요."

"응."

아내의 말에는 흥미가 없어한다.

"희숙이 어머니도…… 여섯 달째 잡힌다고요."

희숙이 어머니란 바로 주인댁이다.

"음."

"당신은 그저 뭐 음, 응이에요."

"뭐라고 그래?"

"한 지붕 아래에서, 같은 해 두 아이는 낳지 않는다고요. 이 집에서 나가란 말은 하지 않아도……."

"망할 것들. 봉건사상이야. 그따윈 무시해도 좋아."

하기는 그렇다. 그러나 이곳 사람들의 그러한 생각의 뿌리는 깊다. 가족의 한 사람이 앓아누우면 의사를 부르는 것보다 먼저 무당을 불러 굿을 하는 풍속이다.

사십이 넘은 주인댁도 아이를 뱄다. 아이를 여덟이나 낳았으나 딸 하나 아들 하나밖에 기르지 못했다.

오늘 바로 동네 이웃 부인들이 몰려왔을 때였다.

한 지붕 밑에서 한 해에 아이를 둘이나 낳으면 반드시 한 아이에게 화가 미친다는 것은 사실인가고 주인댁이 묻는 것이었다. 이러한 말은 성희를 두고 하는 말이다. 동네 부인들은 모두 그렇다고 했다. 옛말 그른 데가 없다고 했다.

"누가 병원에 가서 낳으면 안 되겠는기요. 한 지붕 밑이 앙이면 괜찮다지요? 그것도 앙이면 뉘가 나가야 않겠는기요."

병원에 가서 낳지 않으면 나가달라는 말이다. 성희네 살림에 병원에 가서 낳을 비용도 없었고, 그렇다고 딴 집을 얻어 나갈 형편도 못되었다.

동네 부인들이 돌아간 후 성희는 괴로운 마음으로 산부인과에 가서 진찰을 받고 왔던 것이다.

"뭐라고 하던 이 집을 나가야 하지 않겠어요."
하고 언짢게 쏘아붙였다.

"피란민을 함부로 내어 쫓을 권리는 없어. 그따위에 신경을 쓸 필요는 없어."

남편은 초연하였다. 성희는 도도한 남편의 말이 아니꼬웠다.

성희는 수남이를 낳고 삼 년이 지난 6·25동란 그달에 다시 월경이 보였다. 성희는 육체적으로나 정신적으로 허약할 대로 허약했다. 시아버지와 친정아버지가 납치되어 갔다. 허망했다. 인생이 너무 무참했다. 슬픈 가슴에 호박죽도 잘 넘어가지 않았다.

모든 것이 비통이었고, 생에 대한 애착심도 의의도 상실한 때였다.

남편도 그러하였을 것이다. 그러나 그러한 남편이 밤마다 귀찮게 그러는 것이었다. 그럴 때마다 이러한 때에 아이는 갖고 싶지 않다고 했다. 그러나 남편은… 그리고 미안하다고 어색한 말을.

이제 와서는 만삭이 된 성희를 어색하게 바라보는 남편이다.

이튿날이었다.

"이 집 희숙이가 그러는데 이번 피란민을 위해서 시市에서 경영하는 산원産院*이 있다고요."

"음."

"입원비도 없고 무료라고요. 그리고 산후 곧 쌀 한 말하고 광목도 열 마 무상배급도 준다고요."

"좋군 그래. 그럼 거기 입원해서 낳기로 해."

남편은 무료 무상배급하는 말을 듣고서야 비로소 아내의 말에 흥미를 가진다고 성희는 생각했다. 성희는 반감이 가고 외로워지는 것을 느꼈다. 이러한 남편의 태도는 가난 때문만이 아니라고 생각했다.

"시 보건과라든가 거기 수속을 하면 된다고요. 알아보고 수속해주세요."

사실, 성희는 이 집 딸 희숙이한테서 이러한 무료 무상배급하는 산원 말을 들을 때, 비천한 의식에 마음 아팠다. 그러나 희숙의 호의를 나쁘게 해석하려 하지 않았다.

"희숙이보고 수속 좀 해달랄까."

성희는 어이가 없었다.

"희숙이보고요? 당신이 하실 거지 남인 희숙일 보고요?"

성희는 남편에게서 냉기冷氣를 느꼈다.

은행에서 돌아오는 희숙이는 어제보다도 희색**한 얼굴로,

"언니, 오늘 시 보건과에 가서 알아봤어요. 먼저 언니가 산원에 가서 진찰을 받고 진단서를 보건과에 가져가면 곧 수속해준대요."

"아이 고마워. 시간이 없었을 텐데."

"잠깐 다녀왔어요. 산원은 대신동 종점 근방인데 거기 가서 물어보면 곧 안대. 진단서 받아와요. 수속해다 드릴께."

"고마워."

---

* 산모의 해산을 돕고 산모와 아기가 건강을 회복할 수 있도록 필요한 설비를 갖추어놓고 돌보아주는 곳.
** 기뻐하는 얼굴빛.

정말 고마웠다.

희숙이는 6·25 전해 서울 자기 백부 댁에서 성희가 나온 여학교를 졸업하고 부산 집으로 내려와 은행에 취직한 이 집 주인 딸이다. 희숙은 성희를 여학교가 같은 동창이라고 해서 언니라고 부르고 무척 반겨 따랐다.

남편은 이 희숙을 처제처럼 생각해서 그런 일까지 부탁한 것인지는 모르나 누가 할 일이 아니었다. 성희가 가지 못할 바도 아니었지만 도도한 남편의 태도가 미워서 고집을 부렸던 것인데 결국은 희숙이가, 후에도 모든 수속을 해주게 되었다.

희숙은 자기 방에 들어가 양장을 벗어버리고, 흰 뉴똥 저고리에 까만 비로드 치마를 바꾸어 입고 얼굴을 매만지며 방에서 나와,

"언니, 나 방파제까지 산보하고 올게."

"저녁은 먹었어?"

"아니, 손님이 있어요."

하고 웃는 것이었다. 그 웃음이 무엇을 말하는 듯했다.

"희숙아, 저녁 안 먹고 어디 가노?"

희숙의 어머니의 말이었다.

"곧 다녀올게요."

하고 언덕바지를 뛰어 내려간다. 성희는 희숙의 뒷모양을 바라보며 동무가 아니고 손님? 희숙의 나이 스물한 살이다. 애인이 있다고 이상할 것은 없다. 옛 풍속으로 하면 벌써 혼기는 지났다고 해도 날씬한 몸매, 탄력 있는 몸매, 명랑하고 영리한 그 얼굴에 같은 여성으로서도 이상한 일종의 매력을 느끼는 희숙이었다.

희숙은 책을 읽고, 재미있는 것이면 성희에게 읽으라고 권했고……소설에 대해서 연애에 대해서, 서로 아름다운 회화를 가진 때도 한두 번이 아니었다. 그러나 희숙은 어떠한 애인이 있다고 말한 적은 없다. 오늘

의 희색한 얼굴이나 화장이나가 이전에 볼 수 없었던 것이다.

사랑하는 사람이 있다.

상대는 어떠한 사람일까?

성희는 그때, 희숙의 애인이 아니고, 자기 처녀 시대의 한 젊은 남자의 환상이 떠오르는 것에 놀라는 것이었다. 악몽 같은 순정이 가슴을 헤치고 오는 것은 무슨 이유인가.

이병기. 성희는 지금도 그 이름을 잊지 못하고 있다. 그가 바로 일제 학병으로 끌리어가던 1943년 7월 여름방학이다. 그가 고향 의주로 가는 도중 서울에 들러 의경이 집에 들렀을 때 처음 만난 그다. 의경이는 같은 동창이었고 그는 의경이의 사촌오빠였다.

성희는 무엇을 생각하는 그의 의지적인 눈이 좋았다. 그와 말하는 것이 즐거웠다. 이병기는 경응 대학 불문과 학생이었다. 성희는 그때 의경이와 같이 문학 소녀인 영문과 학생이었다. 경응 대학 동골모자를 쓴 그와 같이 걷는 것이 즐거웠다. 이병기는 열흘이나 서울에서 머물고⋯⋯ 자기가 이렇게 서울에서 머물렀다는 것은 성희와 이야기가 하고 싶어서였다고⋯⋯.

동경으로 다시 갈 때에도 또 만났고, 가서 편지도 있었다. 그 편지가 열렬한 사랑의 편지는 아니었으나 따스한 그의 온도를 느끼었다.

일제 발악에 그도 학병이라는 미명 아래 끌려갔다. 서울에 들렀을 때 그는 성희에게 앙드레 지드 전집을 선물로 주는 것이었다. 열두 권이나 되는 무거운 책을 트렁크에 넣어가지고 왔다는 것이다. 고향을 향해 서울역을 떠나는 그에게 성희는 불역 성서 책 사이에 자기 사진을 끼워주었다.

성희는 차가 움직일 때 자기를 하염없이 바라보던 그의 눈에 눈물이 핑 도는 것을 봤다. 성희도 알 수 없는 눈물이 솟아 손수건을 흔들지 못하고 눈을 가리어야 했다.

그가 평양부대에 입대하였다는 편지가 있었을 뿐, 그 후에는 편지도 없었다. 남방으로 끌리어갔다는 소식은 의경이에게 들었으나 8·15 후 전혀 그의 소식을 알 수 없다는 것이었다. 그뿐이다.

성희에게 있어 이러한 지난 이야기는 연애라는 말도 가져보지 못한, 한갓 동경의 이성이었는지 모른다.

희숙의 상대 되는 사람을 그려보지 않고 성희 자신의 환상을 그려보는 것은 무슨 이윤가.

그때는 연애라는 개인적인 감정은 무시당하던 시대였다. 일제의 관헌은 남자에게는 누런 군복을, 여자에게는 검은 몸빼(통바지)라는 일색주의를 강요하던 시대였다. 사치 아닌 수수한 치마저고리를 입어도 날카로운 관헌의 시선을 샀던 시대였다. 세상에 미라고는 있을 수 없었다. 인간의 감정에도 사상에도 획일주의劃—主義, 의복도, 주택도, 결혼도…… 결혼은 생산과 결부시켜서만 생각하던 시대였다. 과장이 아닌 이런 시대도 있었다는 것을.

개인의 감정이나 의지意志는 하잘것없는 존재에 지나지 않았던 시대였다. 그때와 오늘을 비교하여 생각하면 참으로 자유의 시대다. 성희는 처음으로 시대라는 것을 생각해봤다.

개인의 작은 의지라도 살 수 있는 시대. 희숙은 행복한 자유의 시대를 가졌다고 성희는 생각했다.

1951년 5월 30일 희숙이나 나나 같은 날의 시간을 호흡하는 인간이…… 이러한 시대의식을 갖는다는 것은 자기의 슬픈 의식이라고 생각했다. 성희는 희숙이 연애를 한다면 자기로서는 진심으로 희숙의 사랑이 이루어지도록 무엇이나 해주어야겠다고 생각했다.

희숙의 상대는 어떠한 남성일까.

첫째 마음은? 얼굴은? 학식은? 가정은? 성격은? 하고 꼭 자기 자신에 대한 것 같은 공상과 착각에 놀라는 성희였다.

그로부터 며칠 후, 희숙이 성희의 입원 수속을 해가지고 온 저녁이다.

성희는 일찌감치 저녁을 해치웠고 해서, 희숙이와 같이 방파제를 걸었다. 집에서 방파제까지는 백 '미터'도 안 되는 거리였다.

저무는 유월, 하늘색이 파랗고, 짙은 푸른 바다 위에 갈매기 휘날아 돌았다.

성희는 며칠 전 희숙이가 어떤 청년과 같이 이 방파제로 산보하던 것을 생각하고 말을 던졌다.

"희숙이 요새 행복해?"

희숙이는 성희의 얼굴만 바라보다가 미소를 지으며,

"뭐? 행복이라고, 무슨 의미?"

"무슨 의민 무슨 의미. 희숙이 기쁜 것이 있는 것 같아."

"저번에 언니 보았우?"

"멀리서."

"어때요?"

"누구보고 어때요가 뭐야. 내가 묻고 싶은 말인데."

두 여인은 말없이 걷다가, 희숙이 불쑥 이러한 말을 했다.

"언니, 한 선생하고 연애결혼은 아니라지만, 그전에 연애했어? 아이, 내가 언니를."

성희는 이 물음에 이유 없이 당황했다.

"못했어. 어떤 남성에게 연애 감정이 있었다면 있었지만, 그때는 자기 의지를 표현하지 못했어. 그러한 마음의 자유가 없었어. 그러나 희숙의 지금 마음만은 알 것만 같아."

두 여인은 등대가 서 있는 데까지 가서 멀리 수평선을 향해 앉았다.

"난 요새 나의 애정이 맹목적이 아닌가 하고 반성도 해요. 그이와 결혼해서 행복은 몰라도 불행하지는 않을까? 이러한 생각도 하는군요."

"결혼해서 무슨 불행할 것만 같은 것이?"

"아니, 그저 괜한 불안이겠지만…… 언닌 지금 한 선생하고 결혼해서 지금까지 후회해본 적 없우?"

성희는 가슴이 선뜩했다.

"후회? 후회하지는 않았어……."

하는 것이나, 그 아래를 무엇이라 말할 수 없었다. 후회하지 않는다는 그 말에 극력 부정하는 무엇이 있었다.

"결혼생활에서 자기 결혼을 후회하면 끝이야. 가끔 그러할 때도 있겠지만 마음을 신중히 가져야 해. 결혼은 누가 권한다고 또 어떤 무엇에 움직여선 후에 불행이야. 결국은 남편 될 사람의 인격이야. 자기의 행복은 자기가 결정하는 것이겠지."

그것은 자기 자신에게 말하는 것 같았다. 또한 자기 불행의 의식을 엿보일까 방패의 말 같기도 했다. 이날 저녁의 회화는 곧 성희에게 의식적인 행동을 가져오게 했다. 애써 남편이나 아이에게 다정하려 했다. 수남이를 안고 볼을 비벼 피부의 따스한 촉감을, 한 피의 흐름이라고 해석하기도 했다. 남편에게 웃음으로 다정하게도 했다. 그러나 그것이 의식적이라는 것을 의식할 때 괴로웠고 슬펐다. 의식적인 이러한 노력은 인간에 슬픈 애상이다.

성희는 예정 산일産日을 이틀 앞두고 입원할 준비를 해가지고 시립 산원으로 갔다.

그날 다시 여의女醫의 진찰이 있었다. 진찰 결과 여의는 꼭 육일을 더 기다려야 예정 산일이라는 것이다. 오늘부터라도 입원하려면 할 수 있지만 병원시설이 불충분하고 너무 비좁아서 집에 있는 것보다 더 불편할 터이니 나흘 후인 7월 2일 오후에 입원하는 것이 좋겠다고 하는 것이었다.

성희는 그래도 입원하고 싶었으나 수남이가 혼자 외로워할 것을 생각하고 보따리를 들고 다시 집으로 돌아왔다. 한데 성희는 그날 밤 자정이 되어서 갑자기 아랫배에 진통이 오고…… 암만해도 오늘밤 안으로 아이를 낳을 것만 같았다.

자는 남편을 깨웠다. 남편은 당황해서 아내를 바라볼 뿐이다. 그러다가 문득,

"무료 산원이니까 얼치기 바보만 있었겠지. 오늘밤으로 산기가 있는 사람을. 그따위 말을 듣고 오는 당신이 잘못이었어."

누구를 나무라는 짜증인지 몰랐다. 성희는 할 말이 없었다. 그저 쥐어뜯는 배를 두 손으로 싸매며 한 지붕 밑에서 같은 해, 두 아이를 낳지 않는다는 주인댁이 자꾸만 생각나서 오늘밤으로 낳게 되면 어찌해야 하는가 이것만이 근심이었다.

남편은 문을 열고 나가 희숙의 어머니를 깨워 오는 것이었다.

"원 육 일 후라더니 오늘밤으로 낳을 것만 같습니다. 주무시는데 미안하지만 어떡합니까."

남편은 쩔쩔매는 것이었다.

"희숙이 어머니, 암만해도 그럴 것만 같아요. 한 지붕 밑에서 같은 해 두 아이는 낳지 않는다고 하는데 어떻게 하면 좋아요?"

"근심 마이소. 내사 병원에 가서 낳으면 안 되겠는기요. 어서 편안히 낳기나 하소."

역시 미신 같은 관념은 벗어날 수 없는 것 같았다.

"그렇지만 희숙이 어머니, 뒤에 창고 있지 않아요. 거기서 낳으면 괜

찮겠죠. 한 지붕 밑이 아니니까요."

"한 지붕 밑이 앙이니까 그렇기는 하오만 어떻게 그럴 수가 있겠는기요. 근심 말고 여기서 낳으소마."

"아무 데도 좋아요. 나, 나 곡간에서 낳겠어요. 그래야만 마음이 편하겠어요."

성희는 아픈 아랫배를 꾸부리며 남편을 응시한다.

"여보, 곡간에 나가서 가마니라도 펴줘요. 왜 그렇게 서 있기만 하우."

남편은 아내 말대로 부스스 촛불을 켜들고 밖으로 나간다.

"와 이러는기요. 가만있소 마. 어서 이 방에서 낳으소. 내 나가 물을 끓이겠소. 수남이 아버진 들어오소."

하는 것이나 언짢은 기색이다. 그리고 부엌으로 나가 장작을 아궁에 넣는다.

남편은 곡간에 나가서 장작더미를 한 곁으로 치우고 가마니를 펴놓는 모양이었다. 한참 후에 들어와 준비가 되었다고 했다. 그리고 부엌문을 열고,

"저 이웃에 누구 아이 받아줄 노인 없을까요."

하는 것이다.

"바깥양반, 걱정 마소. 내가 아이 받는 데는 산파보다 낫소."

"주무시지도 못하고 미안해서. 사실은 산파나 의사를 불러야 할 텐데 피란민 사정에 부를 수가 있습니까. 그러면 수고 좀 하여 주십시오."

성희는 쥐어트는 배의 아픔보다도 남편의 비굴하고 인색한 마음이 더 아팠다.

성희는 자리에서 일어나 창고로 나가려 했다.

"내 등에 업혀. 걷지 못하지 않어, 자."

하고 남편은 성희에게 등을 댄다.

"비켜요. 아파 죽지는 않아요."

"고집도…… 자, 업혀."

성희는 남편에게 업힌다는 것은 생각만 해도 지긋했다. 남편이 거들어준다는 것도 물리치고 그야말로 힘을 다하여 곡간에 이르러 쓰러지고 말았다.

희숙은 그때서야 알고 자기 방에서 눈을 비비며 뛰어나왔다. 이 광경을 본 희숙은 울상이 되어 성희를 방으로 들어가자고 했다. 그리고 자기 어머니를 나무랐다.

아무리 희숙이가 끌어도 성희는 듣지 않았다. 희숙은 어쩔 줄을 몰라 했다.

"언니, 성희 언니, 나를 봐서도 이러시면 되겠어요. 나를 어떻게 아세요. 남으로 아세요. 언니도 미신을 믿으세요?"

성희는 그저 희숙의 그러한 마음이 고마웠을 뿐이다.

먼동이 트는 오전 네 시 십 분 장작더미와 헌 궤짝이 지저분하게 놓인 창고 안에 가마니와 시멘포대 종이를 깐 위에서 성희는 사내아이를 낳았다.

산후 성희의 건강은 좀처럼 회복되지 않았다. 산모는 하루에 너덧 번 미역국을 먹는다는 것이 습관인데 성희는 두 때의 국도 드는 듯했을 뿐이다.

더욱이 갓난아이는 뱃속에서 떨어지자마자 열이 나고 젖도 잘 빨지를 못했다. 산모는 산모대로 아이는 아이대로 열이 오르고 빼빼 말라만 갔다. 남편도 보기에 딱했는지 보다 못해 의사를 불렀다.

갓난아이는 아직 핏덩인데 뇌막염* 같다고 했다. 핏덩이에 주사를 놓

---

* 세균이나 바이러스 따위에 의하여 뇌척수막腦脊髓膜에 생기는 염증. 뇌척수액의 압력이 올라가기 때문에 심한 두통, 구역질, 목이 뻣뻣해지는 증상 등이 나타난다.

고 약을 먹이는 것이나 열은 그대로 계속했다. 산모는 열흘이 지난 후에야 겨우 일어나 앉을 수가 있었다.

성희의 큰언니 영희는 자가용차가 있어, 7월 여름이라 매일같이 아이들을 데리고 송도로 해수욕을 나오면서도, 저번에 영희와 그러한 일이 있은 후, 들르지를 않았고 오늘도 그대로 지나치려고 했는데 길가에서 노는 수남이를 보고 차를 멈추었다.

"수남아, 이리 온. 엄마 있니?"

수남이는 서먹서먹해서,

"음."

할 뿐이다.

"엄마, 뭐하니?"

"엄마, 동생 낳았다. 아프다."

영희는 적이 놀라며, 아이들은 그대로 차에 있으라 하고 수남이를 이끌고 들어갔다. 영희는 성희의 초라한 정상을 보고, 펄펄 뛰는 것이다.

"아니, 아이를 낳고도 친정에 알리지도 않아. 너의 남편은 왜 그렇게 쑥이냐. 이게 꼴이 뭐냐. 갓난애는 그렇다고 해도 글쎄 산모가 이게 뭐냐?"

성희는 언니를 쳐다볼 뿐 말이 없었다.

"왜 나한테 못 알려. 병원에 입원도 못했어? 산파라도 불렀니?"

"……."

"죽을 때는 동생이라고 아무리 내가 넉넉지 못해도 그쯤이야 어떻게 못해주었을 언니냐."

"그런 소릴랑 말아요. 언니는 누구를 나무라는 거유."

"넌 왜 그렇게만 생각하니."

영희는 그 이상 그러한 말은 하지 않았다. 그리고 친정어머니를 모시고 오겠다고 일어서 나갔다.

두 시간 후, 영희는 어머니와 유명하다는 의사를 모시고 다시 나타났다.

의사는, 산모에게는 안정이 첫째 조건이라고 했다. 갓난아이는 유행성 뇌막염이라고 했다. 그리고 산모와 아이에게 주사를 놓고 가버렸다.

늙은 어머니는 이 딸의 못사는 정경이 애처롭고 서러웠다. 목이 메고, 눈물이 앞을 가리어 말이 나오지 않았다. 어머니는 손수 가게에 나가 미역과 달걀을 사 들여오고 부엌에 나가 밥을 지어오고 하는 것이다. 성희는 억지로라도 그 밥을 먹는 듯이 해야 했다.

늙은 어머니는 성희의 못사는 초라한 살림에 가슴이 아팠다. 어머니가 며칠 묵고 일을 거들어주다가 가겠다는 것을 성희는 군이 돌아가시게 했다. 언니의 차가 매일 송도에 온다니 오시고 싶으면 그 차로 오셨다가 가시면 되지 않는가고 했다.

늙은 어머니는 돌아갈 때 성희에게 돈을 좀 주고 가야만 마음이 놓일 것 같아 영희를 부엌으로 조용히 불러 이만 원만 꾸자고 했다. 어머니는 성희의 성미를 잘 아는지라 성희 몰래 아이 담요 밑에 그 돈을 밀어넣고 일어섰다.

영희는 문을 나서며 핸드백 속에서 십만 환 뭉치를 하나 꺼내어 성희 앞에 던지며

"마음대로 먹을 것도 사먹고, 아이에게 의사도 불러 보여줘."

하고 나가는 것이다. 성희는 얼굴이 화끈했다. 하잘것없는 비천한 인간으로 형제의 값싼 동정과 멸시를 받는 것 같아 마음이 떨리었다. 어머니와 언니가 탄 차가 미끄러질 때 성희는 어떤 수치와 모욕에서 자기를 지키는 행동 같은 것을 느끼며 그 십만 원 뭉치를 차 속 언니 가슴팍을 향해 냅다 동댕이쳤다.

그것은 자기를 모욕과 수치에서 지키려는 여인의 본능적인 수호심이었다.

어머니와 언니가 왔다간 이튿날 새벽 갓난아이는 종일 울음 한 번 울어보지 못하고 열에 지쳐 고이 눈을 감았다. 성희는 서럽기보다 애처로이 울었다.

남편은 무표정한 얼굴로 죽은 아이를 들여다볼 뿐이다.

해가 솟아오르자 남편은 밖으로 나가 창고에서 세멘포대 종이와 가마니를 들고 들어왔다. 그리고 죽은 아이를 세멘포대로 아무렇게나 싸려고 하는 것이다.

성희는 남편이 하는 양만 바라보다가 남편의 손을 뿌리치며,

"아무리 어린 핏덩이의 주검이라도, 거지 애라도 그렇게는 못해요. 애 엄마가 있는 이상 그렇게는 못해요."

"그럼 어떻게 하려는 거요."

"그대로 둬요. 당신은 출근이나 해요."

"그러면 친정어머니께 알릴까?"

성희는 이러한 남편에게서 증오밖에 느끼지 않았다.

"당신은 누구에게 부탁하는 거유. 어서 출근이나 해요."

"오해 말아, 아이가 죽었다고 알리는 것이 부탁하는 거야?"

"아이 낳았을 때는 안 알리고요."

"……."

남편은 묵묵히 앉았다가 부엌으로 나가 찬 미역국에 찬밥을 놓아 들이키고 무엇을 생각하는 듯하다 문을 열고 나가는 것이다.

성희는 벌써 이러한 남편에게 분노도 증오도 느끼지 않았다. 그저 머릿속에는 자기가 취하여야 할 것이 있는 것 같았다. 성희는 일어서서 밖으로 나갔다. 가게에 내려가 사과 상자를 사 들고 돌아왔다.

남편이 가져다놓은 세멘포대 종이를 상자에 깔고 아이 시체를 이불에 싸서 넣었다. 알 수 없는 눈물이 자꾸만 흘렀다. 아이가 죽어서 서러운 눈물만은 아니었다.

성희는 다시 일어나 지게꾼을 부르러 밖으로 나갔다.

얼마 후에 성희는 지게꾼을 따라 감내로 가는 고개를 넘어 산으로 올라갔다. 바다가 보이는 양지에 이르러 관을 내려놓게 했다.

성희는 지게꾼이 묻어놓은 애의 무덤 앞에 홀로 앉아 무덤의 흙을 쥐어보며 자기 결혼의 무덤이라고도 생각한다.

성희는 자기 결혼생활의 권태와 암질에서 자기를 서러워하기보다 어떠한 무엇을 택해야 할 것이라고 생각한다. 물론 그 생각에는 결혼에서 도피하는 것은 비겁한 자기의 패배에 지나지 않는다고 자각한다.

패배 그것은 쓴 자각이다.

결혼의 동기, 그것이 어떠했건 자기가 측량했고 자기가 계산한 것의 패배인 것이다.

자기는 결코 결혼생활에 과오나 과실을 범하지 않았다고 생각한다.

"나는 겸양과 사랑으로 결혼생활을 유지하려 했다."

성희는 이러한 자기의 변명 같은 것을 생각한다. '사랑'—새롭게 사랑이라는 말에 부딪힐 때 성희는 떨렸다.

결혼생활 육 년…… 사랑이란 자기관념에 지나지 않았다는 것인가.

인텔리에 속하는 가정에서 자라난 처녀가 한 농촌 청년과 결혼했다는 그 사실이 결혼의 모독이었다는 것인가. 아니다. 성희의 맘속에는 부정하는 것이 있었다.

성희는 일어섰다. 소나기라도 내릴 듯 검은 구름이 몰려오고 바다에는 풍랑이 일었다.

영도影島 바다에 솟은 암초는 강한 바람과 파도에 휩싸여 자연의 폭위

暴威[*]에 고독히 서 있다.

—《중앙일보》, 1955. 7. 17.

| * 거칠고 사나운 위세.

의자의 풍경

서울의 거리, 낙엽이 지는 이른 아침.

종로 화신 앞 버스정류장에는 오늘도 수많은 버스가 숨 가쁘게 달려 왔다. 터질 듯한 차 내에서 간신히 빠져나오는 남녀 사무원들은 각기 자기 직장으로 달음질치듯 흩어져 갔다. 그들은 매일같이, 같은 시각에, 같은 보도를 어디로 간다는 의식 없이, 무턱대고 걸어가도 틀림없는 자기 직장, 사무실 문을 열고 들어선다. 머리를 끄떡하고 사무실 안을 걸어가면 틀림없는 자기 의자에 털썩 주저앉는 것이다.

삼화은행三和銀行 종로지점 행원行員 이만길 씨는, 오늘 아침도 누구보다 먼저 출근했다. 인사할 사람도 없는데 머리를 끄떡하고 유치장같이 창살로 둘러싸인 출납실出納室로 들어가, 자기 의자에 주저앉아 백양白羊 한 대를 꺼내어 물고 성냥을 그었다.

어쩌다가 처음 일찍 출근한 젊은 남윤호도 머리를 끄떡하고, 무심히 당좌계當座係 자기 의자에 가 앉아 담배를 꺼내어 물고 성냥을 긋는 것이다.

이만길 씨와 다른 것은 윤호의 담배가 필립 모리스라는 것뿐이다. 사실 이것은 이 은행의 오 소사가 윤호에게 무슨 신세를 졌다고 해서 선사한 담배였다.

셋째 번, 넷째 번, 사무실에 들어서는 행원마다 거의 꼭 같은 동작으로 들어와 담배를 문다. 여사무원만은 담배를 태우지 않는 대신 핸드백을 열고 거울을 본다. 파우더를 손가락에 끼고 얼굴을 친다. 이것이 다를 뿐이다.

지점장이나 대리代理들이 나타나게 되면 다들 일어서 굽실 허리를 굽혀 인사를 한다. 이 은행 종로지점, 하루의 일은 이렇게 행원이 출근하고 인사를 하고 철문이 찌궁찌궁 올라가고 영업이 시작된다.

대학을 나와 취직할 길 없는 젊은 실업자가 바라본다면,

'이것이 정말 직장이다. 직장 같은 직장이다. 천장이 높은 사무실, 의자에 앉아 유유히 담배를 피우고, 차를 마시고, 젊은 여사무원들의 프랑스 코티 냄새를 느끼며, 가끔 그 여인들을 웃기기도 하고, 산판을 놓고, 장부에 멋진 글을 휘갈겨 쓰고, 아……'

이 얼마나 부러운 직장일까.

남윤호도 그러한 젊은 청년이었다.

윤호는 6·25 되던 해 대학은 나왔으나 취직할 길이 없었고 부모 동생을 데리고 여기저기 피란살이로 막벌이를 하면서도 한 번 은행에 들어가 일생의 업業으로 정열을 쏟는 것이 꿈이었다.

꿈은 이루어졌다.

그러나 삼 년이 못되어 싫증이 났었다. 싫증이 났다고 은행을 그만둘 수는 없었다. 부모와 동생이 그의 어깨에 매달려 있었다. 그는 자기 직업에 아무런 흥미도 정열도 느끼지 못했다. 그저 살아간다는 것이었다.

윤호는 오늘 어쩌다 이른 아침 출근을 했다. 첫 담배에 불을 대자 견습[小使] 여아인 옥희가 삼각형 뾰족한 숙직패를 책상에 가져다놓는 것이

었다. 윤호는 담배 맛이 없어졌다.

윤호는 무심히 책상너머 창살로 둘러싸인 출납실을 바라보다가 문득 어제저녁 꿈을 생각했다.

어쩌다가 모 회사의 접대를 받는 일이 있다. 윤호는 옆에 앉은 기생이 하도 자기한테 반해 호감을 주는 것이 무척 좋아, 멋도 모르고 기분이 얼싸해서 마구 노래하고 떠들었다. 방금 옆에 앉아 자기의 손을 만지며 정다운 웃음을 주던 기생이, 어느 사이에 이상도 한 일이, 점잖은 척하는 말쑥한 지점장 무릎에 앉아 윤호를 바라보며 애원하는 듯 호소하는 듯 자기의 품으로 오려 하는 것이 아닌가. 그러나 지점장은 그 말쑥하고 점잖던 위엄이나 권위는 금시에 헤 이지러지고, 눈빛이 변해서, 두 팔로 고 가느다란 여인의 허리를 휘어 감고, 휘어 감은 그 팔이 갑자기 구렁이로 변해서 머리를 들고 가냘픈 여인의 빨간 입술에 혀를 날름거리며 얼을 빼는 것이다. 윤호는 가만히 앉아 그 광경을 바라볼 수는 없었다. 어느 사이, 자기 손에 푸른 칼이 쥐어지고 여인에게 감긴 구렁이에 덤벼들어 마구 찔렀다. 그러나 구렁이는 아무 상처도 받지 않고, 도리어 날름거리는 혀를 자기한테로 돌려 눈을 쏘는 것이다. 윤호는 그만 독을 받고 그 자리에 쓰러지고 말았다. 윤호는 죽지 않는다고 발악을 했다. 어찌된 일인지 모른다. 자기 몸이 하얀 붕대에 감기어 침대에 누워 있지 않는가. 그때 은행 사무복을 한 애인愛人 연희가 백장미 같은 하얀 얼굴을 하고 나타나는 것이다. 피로하고 외로운 눈으로 자기를 바라볼 뿐이었다.

윤호는 지금 생각해도 연희의 그 눈이 애절하게 느껴졌다.

하루속히 연희를 이 은행에서 그만두게 하고 결혼을 하여야 한다고, 그래야만 할 것이라고 생각은 하나…….

여덟 시 오십 분까지의 출근 시간이 다가오자, 삼사십 명의 행원이 줄을 짓다시피 줄지어 들어서는 것이다.

남자 행원은 팔에 검은 팔소매를 끼고, 여사무원은 파란 사무복을 입고 의자에 앉아 책상 위에 도장을 꺼내어놓고, 소사 애들은 금고에서 장부를 꺼내어 오고…….

윤호의 애인 연희는 휴게실에서 사무복을 갈아입고 들어와 윤호의 시선을 더듬어 눈웃음을 짓고 그의 옆을 지나 창살로 둘러싸인 출납실로 들어갔다.

얼마 후, 현관 철문이 찌궁찌궁 올라가고…… 수표를 지닌 손이 밀려 들어오고…… 나가고 들어오고, 들어오고 나가고…… 오전이 흘러가고…… 오후가 흘러가고…… 네 시 현관 철문은 드렁드렁 내려졌다.

계산계計算係에서는 각계로부터 모아 온 수백 장의 전표를 입금전표, 지출전표, 진체*전표, 수표로 이렇게 구분을 지어 주판을 놓고…… 더하기, 빼기…… 현금 잔고. 출납과 계산이 맞았다.

다섯 시 파란 사무복을 벗고 검은 팔소매를 빼놓고 모자를 찾아 쓰고.

그들은 뒤 출입문으로 빠져나와 낙엽이 구는 거리를 석방된 자유감을 느끼며 오늘도 흩어져 가는 것이다.

서울의 아침저녁은 이러한 사람들로 거리가 비좁고, 전차가 만원이 되고, 버스가 만원이 되어 흘러가는 것이었다.

윤호와 연희는 광화문으로 향해 어깨를 나란히 하고 남모를 이야기를 주고받으며 걸어갔다.

검은 모자에 흰 줄을 두르고, 고高자를 단 학생들은 이 젊고 아름다운 애인들의 뒤를 따라가며 마음에 선망을 느꼈다. 장차 나에게도 이러한

| * 어떤 금액을 한 계정에서 다른 계정으로 대체하는 일, 또는 그 계정.

꿈이 실현될 것이라고…….

'이 얼마나 아름다운 인생이냐. 꿈이 있고 사랑이 있고, 음악이 있고, 달고도 향긋한 커피가 있는 다방으로…….'

이러한 생각을 가지며 지나갔다.

윤호와 연희가 다방으로 찾아간 것은 달고도 향긋한 커피 때문도 음악 때문도 아니었다. 꿈같은 아름다운 사랑의 회화를 위해서도 아니었다. 이 두 애인에게는 부모도 동료도 친구도 모르는 애달픈 사정이 있었다.

그것을 무엇이라 부르면 좋을 것일까.

오늘 오후였다. 지점장실에서 윤 대리를 불러들이고 대부계*의 우 주임을 불러들이고 얼마 후에는 당좌계 남윤호를 불러들이는 것이었다.

윤호는 지점장실에 들어갈 때마다 늘 하는 버릇으로 도어의 핸들을 쥐고 심호흡을 한 번 했다. 뛰는 심장을 안정시키는 버릇이었다. 송구스러운 태도로 도어를 열고 들어서자 지점장실의 공기가 이상한 것을 느꼈다.

지점장 테이블 앞 소파에는, 낯모를 두 사나이가 앉아 있고, 윤 대리와 우 주임이 우울한 얼굴로 그 앞에 서 있는 것이다.

이 낯모를 두 사나이는 경찰국 경제과 형사라는 것을 윤호는 얼마 후에야 알았다. 윤호는 마음에 불안부터 느꼈다.

동일상사 당좌대월**에 대한 조사였다.

두 형사는 동일상사 변 사장과의 당좌대월의 계약서류와 당좌원장과

---

* 금융기관에서 이자와 기한을 정하고 돈을 빌려주는 일에 관한 업무를 맡아보는 부서.
** 은행이 당좌예금 거래자에게 당좌예금의 잔액을 초과하여 발행하는 수표에 대하여 계약된 한도액 내에서 지급하는 일, 또는 그 초과분.

전표철*을 가져오게 하고 어음** 관계와 지출 관계를 세세히 순서대로 메모를 하는 것이었다.

조사가 대강 끝난 후, 대리와 주임과 윤호에게 신랄한 질문을 던지고, 그들의 대답을 일일이 메모했다.

두 형사는 담보물이 없는 것, 수속 서류 불비***였던 것, 은행 본부의 승인 없는 것, 금융 통화법에 위법이었던 것을 들고 앞으로도 계속 조사할 것을 말하고 갔다.

지점장은 그들을 보내고 윤호만 나가 일을 보라고 했다. 윤 대리와 주임은 어떠한 대책을 세우는 모양이었다.

윤호는 모든 것을 알았다. 눈앞이 아득해지는 것을 느꼈다.

지점장실에서 나오는 윤호를 다른 행원들은 벌써 눈치 챈 모양인지 힐끗힐끗 그의 눈치만 살필 뿐이었다.

윤호는 이 년간 은행 본점 조사부에 근무하다가 이 종로지점으로 전근이 된 것이었다. 당좌계의 일을 보게 된 것이나 머리로는 알아도 손이 돌지 않았다. 그때는 윤호 바로 옆에 앉았던 연희의 도움을 받아야만 했다. 더욱이 주산이 서툴러 집에 가서까지 주산 연습을 했었다.

은행이란 째이고**** 째인 조직적 분할分割 일이라 곧 익숙하게 되는 것이다.

윤호는 일 년이 되자 당좌계 일이라면 손만 움직이면 되었다. 생각하는 일은 아니었다.

---

* 적힌 액수만큼 현금으로 바꿀 수 있는 표의 묶음.
** 일정한 시기에 일정한 장소에서 일정한 금액을 지불하겠다고 약속한 유가증권. 발행인 자신이 지급을 약속하는 약속어음과 제삼자에게 지급을 위탁하는 환어음이 있음.
*** 제대로 정리되거나 갖추어 있지 않음.
**** 짜이고, (어떤 일이나 사물의 내용이) 얽이가 세워지고.

윤호는 대학에서 회계학이니 케인즈의 이론 경제학이니 하던 학생 때의 이상의 머리로써 생각하면 은행 실무란 너무 무미건조할 뿐이었다. 차츰 싫증이 났다. 단순한 기계적 기능의 한 인간으로 변해가는 자기를 의식했다.

윤호는 십 년, 이십 년을 근무한 선배 행원들을 바라보면 성격까지도 은행부기와 같이 섬세해지고 취미까지도 같아지는 것을 느꼈다. 결코 그것이 나쁘다는 것은 아니었다. 환경과 습관이 제이의 천성을 만든다는 것을 새삼스럽게 느껴봤다. 선배 행원들이나 대리들이 자기 도장에 대한 취급이란 놀라운 것이었다. 변소를 다녀오려고 책상을 떠날 때도, 하여 간 자리를 떠날 때는, 반드시 도장을 포켓에 넣고야 자리를 뜨는 것이다. 분명히 도장을 넣었다는 의식을 갖기 위해서 포켓에 손을 다시 한 번 넣어 도장을 만져보거나 또는 포켓을 두들겨보고야 자리를 뜨는 것이다. 의식을 가지려는 동작도 그쯤 되면 벌써 무의식적인 습성이다.

윤호는 그러한 습성이 싫었다. 어떠한 저항 같은 것을 느끼며, 집으로 돌아갈 때 일부러 도장을 아무렇게나 책상 서랍에 던져버리고 가곤 했다. 책임자가 된다면 자기도 그럴 것이라고 생각은 했다.

책임자, 꿈같은 이야기다. 십 년, 이십 년, 삼십 년, 그것도 사고 없이 요령 있게 상부의 비위도 맞추고…… 또 되어본들 무어란 말인가. 이렇게도 생각하는 윤호였다. 자기 인생이 다하도록 매일같이 출근을 해야 하고, 자기 의자에 앉아 주산을 놓고 펜을 들고 도장을 누르고…… 그것이 무어란 것인가. 윤호는 갑자기 자기 인생의 모두가 알 수 없는 것으로 허황했다.

또 연희와의 관계도 그렇다.

연희는 6·25 때, 이 은행의 대리였던 아버지가 납치되어 갔다. 어머니와 두 동생을 위해 직업을 가져야 했다.

스물다섯이면 벌써 혼기는 늦었다. 결혼을 위해 어머니와 동생을 버릴 수는 없었다. 자기 결혼을 생각하면 그저 막연하기만 했다. 윤호가 연희의 가족을 도울 수 있다면 모르나 윤호의 다섯 식구도 그의 어깨에 매달려 있는 것이다.

윤호가 지점에 부임해서 당좌계 일을 보게 되자 윤호 바로 옆에 연희가 앉아 있었다. 서로 다정했다. 사랑이 흘렀다. 그러나 은행에서는 남의 시선이 두려워 서로 애정의 시선을 흘려 보낼 뿐이었다. 사무적인 일 외에는 딴말을 하지 않기로 했다. 만일 이러한 사랑이라도 상부에서 눈치 채게 되면 남자를 전근시켜 버리기 때문이기도 했다. 그러던 것이 지난달 연희는 출납계 일을 보게 된 것이다. 퇴근 시, 그들은 다방에 들러, 하루의 막히었던 정을 풀기도 했다.

그러나 지금 막히었던 서로의 애정을 풀기 위해서 이 다방에 마주 앉은 것은 아니었다.

"그 일의 변명을 하기 위해서 어떠한 오해를 풀기 위해서 이러한 말을 하는 것은 아니오. …… 석 달 전 동일상사 변 사장의 초대로 대리들과 대부계의 두 사람과 나, 이렇게 몇 사람이 을지로 어떤 요리점에 갔었다. 사실 나는 무슨 영문인지 모르고 따라갔었다. 요리점은 간판도 붙어 있지 않으나 호화스러운 집이었다. 금로주金露酒,* 황주 삐루, 통닭, 산해진미라는 것이었다. 나는 마구 먹었다.

변 사장과 대리들과는 벌써부터 어떠한 약속이 있었던지 모른다. 변 사장은 대부계 최 씨와 나에게 조용한 말로 오백만 환 당좌대월의 수속이 거의 되었다는 것이었다. 그러나 내일, 인천 관세 창고 물건을 내어야

| * 불로장생의 자양강장주로 옛날부터 중국에서 유명한 명약.

할 기한인데 임시 융통을 해주어야 하겠다는 것이었다. 물론 상부의 승낙은 되었다는 것이다. 그리고 하는 말이 자기 운이 터지면 당신들도 나쁠 것은 없지 않은가 했다. 나는 그저 그렇다고 했을 뿐이다. 물론 그것이 어떠한 뜻이라는 것을 전혀 모르는 것은 아니다.

요리점에서 나와, 잡아주는 택시를 타려 할 때 변 사장의 손이 내 포켓에 들어왔다. 어쩌자고 하는 것일까. 봉투였다. 이거 무엇입니까 했다. 변 사장은 그저 넣어두라는 말을 남기고 사라졌다. 그것은 순간적이었다. 나는 사회에 나와서 처음 이러한 것을 받았다. 봉투 속에 무엇이 있다는 것은 나도 짐작했다. 나는 생전처음 이러한 일로 가슴이 울렁거리는 것을 느꼈다.

자동차 속에서 그 봉투를 꺼내어 보고 싶었으나 참았다. 그 봉투를 한 번 보지도 않고 그대로 두었다가 내일 변 사장을 만나거든 그 얼굴에 냅다 던지는 용기는 없는가고 나는 나에게 반문도 했다. 나는 미묘한 불안을 느끼며 집에 이른 것을 알았다. 자리에 누울 때 보지 못할 것이라도 훔쳐보는 것처럼 호주머니에서 그 봉투를 꺼내어 봤다. 물론 수표였다.

십만 환. 나는 무엇을 훔쳐 오고, 그 비밀을 싸는 것 같은 마음을 느꼈다. 감추듯이 호주머니에 쑥 집어넣고 자리에 누웠다.

어찌하여야 하는가. 잠을 이루지 못했다. 용감하여야 한다고 나 자신을 타일렀으나 굴욕을 느꼈다.

물론 이 십만 환은 나만이 아니다. 대리들도 동료들도.

또 그러한 일은 상부의 허락 없이 되는 일은 아님에 틀림없다. 그들이 일을 섣불리 할 수는 없다.

나에게까지 이러한 몫이 돌아온다는 것은, 말단이나 직접 취급자이기 때문이다. 오늘 저녁 그 일의 모든 것은 끝난 모양이다. 그러나 어떠한 불안과 미묘한 감정으로 잠을 이룰 수 없었다. 양심의 의식보다 공포

같은 불안을 느끼는 것은 슬픈 일이라고도 생각했다.

매일같이 들은 것이 있지 않은가. 월급으로는 살아갈 수 없는데……
다 그렇고 그런 것이야. 대리나 지점장이 나보다 월급을 더 받으면 얼마
를 더 받을 것인가. 나의 배나 삼 배를 더 받는다고 하자. 한데 그러한 호
사스러운 생활을 할 수 있는가. 결국은 다 이러한 것이 아닌가. 그런 것
을 나만이 거부한다 한들…… 아니, 그보다도 이러한 것을 거부하고 상
부와 발을 맞추지 않는다면 어떻게 된다? 타협과 굴욕. 내 자신이 슬프
기도 했다. 변명은 아니다. 나 혼자라면 용감할 수도 있었다. 나의 용감
함으로 부모 동생이 거리에 방황한다면…….

입신출세의 길은 없어도 공명한 자유와 맑은 고독이 있어 서럽지는
않다. 그러나 그것은 나의 현실은 아니었다.

결국 나는 굴욕을 취했다.

내가 입고 있는 이 양복이 그것이다.

이튿날 변 사장은 은행 사무실에 나타나 대리들과 서로 유쾌한 인사
를 하고 의자에 턱 기대앉아 사무실 안을 휘둘러보는 것이었다. 나는 모
르는 척했다. 윤 대리는 대부계 계원을 부르고, 다음은 나를 부르고……
물론 나는 하라는 대로 했다. 보증수표 사백만 환을 떼었다. 남은 백만
환은 결국 우리 몫일 거다.

일주일 내로 완전 청산을 하거나 그렇지 않으면 정식 담보 수속을 한
다는 것이었다.

그것이 일주일, 이주일, 한 달, 두 달, 석 달이 넘었고 변 사장은 경찰
국 경제과에 구속되었다. 그 파문이 오늘에 이르러 은행에 미치게 된 것
이다.

…… 그 때문에 나는 오늘 두 형사의 조사를 받은 것이오.”

윤호가 여기까지 대강 이야기를 마쳤을 때, 석간신문 파는 아이가 다

방으로 들어왔다.

윤호는 아이에게서 신문을 뺏다시피 집어 들어 사회면을 폈다.

연희는 그저 슬펐다. 외로웠다. 눈앞이 아찔해지는 것을 느꼈다. 그러나 연희는 핸드백을 열어 이십 환을 꺼내어 신문 값을 치렀다.

신문을 판 아이는 돈을 받고 머리를 꾸벅했다. 그리고 돌아서 나가며 남자는 신문을 들어 펴고, 그의 애인은 핸드백을 열어 돈을 치르고, 정다운 풍경이라고 생각하며 다방을 나가는 것이다.

"벌써 신문에 났소."

윤희의 눈은 긴장과 불안이 뒤섞인 눈으로 기사를 읽어 갔다.

삼화은행 종로지점 부정대부

동일상사 사건과 관련?

관계자 문초 구속영장 발부?

윤호는 구속이라는 활자에 절망을 느꼈다.

'부모와 동생이 이 소식을 안다면.'

절망의 눈으로 자기를 바라보는 아버지의 얼굴, 어머니의 얼굴, 동생들의 얼굴.

거리로 헤매는 부모형제의 서러운 얼굴들이 그에게 공포와 절망을 주었다.

윤호는 감옥살이가 무서운 것도 아니었다. 감옥살이를 한다면 얼마를 하겠는가. 차라리 감옥살이를 해도 달게 받겠다고 생각했다. 연희와의 사랑이 끝나는 것이라고 생각해서도 아니었다. 자기를 침 뱉고 간다고 해도 그는 서러운 고독으로 참을 것이라고 생각했다.

직장에 애착심이라고는 털끝만치도 없다. 직장이, 직업이 인간을 유물적 기능의 한 기구로 만든다는 것을 새삼스럽게 느껴서도 아니었다.

그 얼굴들이다. 자기를 바라보는 그 얼굴들이다. 거리로 헤매는 그 얼굴들이다.

"그리 상심 마세요……."

연희는 이 절망한 애인에게 무엇을 말해야 할지 몰랐다. 연희는 모든 것이 서럽기만 했다.

윤호는 비장한 얼굴을 들 수 없었다. 울 수만 있는 자리라면 울고도 싶었다.

사랑하는 연희에게 슬픔을 주고 굴욕을 준다는 것은 너무도 가슴 아픈 일이었다.

윤호는 그대로 앉아 있을 수 없었다.

"나갑시다. 나 오늘 숙직이요. 마지막 숙직인지 모르나 해야겠지, 집에 일단 다녀가겠소."

윤호는 다방에서 나와 사직동 연희의 집 앞까지 바래다주기로 했다. 윤호는 이것도 마지막 길이 아닌가 생각했다. 바래다주는 도중, 서로 무슨 말을 하며 상대의 마음을 어루만질지 가슴 아플 뿐이었다.

윤호는 다시 광화문까지 돌아와 마포행 버스를 탔다.

윤호는 집에 들어가 억지로라도 명랑한 얼굴을 지으려 했다. 그러나 그것은 너무도 괴로웠다.

"어머니, 저 오늘 저녁 숙직이에요. 빨리 저녁 주세요. 좀 늦었습니다."

집에 들어온 윤호의 모든 동작이 어색했다.

아버지나 어머니나 동생들이나 어색한 윤호의 기색만 엿보는 것이었다.

윤호는 그 시선이 괴로웠다. 아들인, 형인, 오빠인 자기를 이 식구의 경제를 짊어졌다고 해서, 자기의 비위를 거스르지 않으려 하고, 자기의 눈치만 살피는 것이 괴로웠다. 가정의 중심을 자기에게 두는 부모와 동생이 때로는 밉기도 했다. 비굴하고 가엾기도 했다.

윤호는 그러한 분위기를 깨뜨리고 의식적으로 명랑하려 했고, 부모를 중심으로 하는 가정의 분위기를 지으려고 애써 노력도 했다. 동생들이, 더욱이 초등학교 오학년인 윤영이가 오빠의 눈치만 살피다가 학비를 달라고 할 때는 어린 동생에게 비굴감을 주는 것 같아 마음 아팠다.

윤호는 저녁상을 물리고 나서 내일 부산으로 출장을 갈지도 모른다고 했다. 그리고 있는 돈을 다 꺼내어 어머니에게 이천 환, 동생들에게 학용품을 사 쓰라고 오백 환씩 줬다.

동생들은 이렇게 많은 돈을 받아보기는 처음이었다.

윤영이는 오빠의 마음은 알 리 없으나 그저 좋았다.

"오빠, 이것 가지고 나, 전과지도서 산다. 이제 나가 사오겠어."

"음, 그렇게 하렴."

"오빠 공돈 생겼는가봐."

"공돈? 공돈이 어디 있어. 출장비 조금 먼저 받은 거야."

공돈? 초등학교 오학년짜리 계집애가 공돈이라고 하는 말은 어떻게 해석하여야 하는가. 공돈?

어머니는 앙상한 손으로 돈을 받아 주머니에 넣다 말고,

"저년은 무슨 그런 소리를 하니……."

하고 윤영이를 나무랐다.

"며칠이나 있어야 하니?"

"열흘 이상은 걸리겠어요. 확실한 것은 모르겠습니다. 일이 끝나면 곧 돌아올 터이니까요."

"열흘이 넘게 되면 편지라도 해라."

아랫목에서 아들의 거동만 살피던 아버지의 말이었다.

"네, 그럼 다녀오겠습니다. 오늘 저녁 가보아서 아침 이른 차로 떠나게 되면, 숙직하고 곧장 떠나겠습니다."

윤호의 이러한 말은 전부 거짓말이었다. 윤호는 밖으로 나오자 비밀의 긴장이 풀리며 울 것만 같았다.

가족의 불행의 그림자가 주마등같이 눈앞에 어리고.

절망의 그림자가 머리를 치는 듯했다.

'내가 없는 아버지, 어머니, 동생 윤수, 윤우, 윤영이, 거리에 담배 목판을 놓고 오들오들 떨며 지나가는 행인들을 바라보는 아버지의 초라한 얼굴, 어머니의 여윈 얼굴.'

남과 싸우지도 않고, 남을 미워하지도 않고, 아름답게 슬프게 이 아들을 믿고 살아온 어머니.

나는 이 어머니를 위해 어떠한 굴욕도 어떠한 공생도 나의 인간이 부스러지는 것도, 사회의 병에 물들어가는 것도 의식하며 살아왔다. 나는 하나의 직업 인간으로서 병든 사회가 명령하는 대로 하나의 역할을—양심의 마비를 느끼지 못한 것이 아니다.

인간으로서의 양심의 책임?

나의 양심의 책임은 부모형제를 굶게 하지 않는 것이다. 직장의 명령에, 아니, 무엇에 복종하는 책임뿐이었다.

사실 나는 이번 일만은 아니었다. 내 책무로서 은행 손님을 도울 수 있다면 도와, 다소의 공돈이 생기지 않은 것은 아니다. 그것은 일이 된 후이고, 사례로서 받았다. 물론 이것도 마음에 걸리지 않는 것은 아니었다. 때로는 그것을 바라고 하여 주는 때도 있었다. 이 시대에 성실하게 살기 위해서 나의 이성理性이 마비되는 것을 느끼기만 했다고 변명을 하는 것은 아니다.

'나는 나의 현실의 한 인식자認識者에 지나지 않는다. 어설픈 인식자

에 지나지 않는다.'

윤호는 슬픈 마음의 독백을 하며, 어딘지도 모르고, 버스도 타는 것을 잊고 무작정 걸어갔으나, 은행 숙직실의 문을 열었다.

제2부*

오늘 저녁 윤호와 같이 숙직인 이만길 씨는 윤호의 우울한 심정을 위로한다고 슬그머니 밖으로 나가 오 소사에게 소주 한 병과 깡통을 사오게 했다.

"남 형하고 나 오늘 숙직이기도 하고 울적도 해서 한잔하려고, 자 들며 천천히 세상살이 이야기나 합시다."

이만길 씨는, 이 은행 지점에서는 제일 늙은 노행원이었다. 이만길 씨의 아들이 살았다면 윤호의 나이와 같은 스물여덟이다.

윤호는 사양하지 않고 따라주는 대로 마셨다. 취하고 싶었다.

"벌써 신문에 났더구만…… 이번 사건은 남 형이 운수가 나빠서 걸렸지, 남 형이야 뭐 위에서 하라니까 했을 뿐인데 책임은 없어. 자 들고, 세상이 다 그런 걸, 솟아날 구멍이 없을라고. 자 들고……."

윤호는 들라는 대로 들었다.

오 소사를 불러 소주 한 병을 또 사오게 했다.

취기가 돈 만길 씨는 차츰 자기 신세타령이 나왔다.

우리 월급쟁이 신세가 딱하다는 것이다. 자기 신세가 얄궂다는 것이다.

그는 지나간 이십여 년 금융계 생활을 취기와 애상에 잠겨 푸념하듯

| * 원문에도 1부 표시가 없고 2부만 있다.

중얼거리었다. 이만길 씨는 스물네 살에 시골 사립 중학교를 나와 평안도 자기 고향 금융조합에 취직을 했었다. 그때만 해도 금융조합 서기란 하늘의 별을 따기만 하던 시대였다.

"글쎄 그때, 내 월급이 삼십 원이었는데 부모도 모시고 월부로 양복도 해 입고 재봉틀도 샀던 시대요. 옛 말이요."

그는 해방되던 해 금융조합부 부이사副理事가 될 뻔했다. 공립 상업학교나 고보高普를 나왔다면 십 년 근속이면 부이사가 되는 것이었는데 사립 중학을 나왔다고 해서 근속 십오 년이 되어서야 겨우 부이사의 물망에 올랐던 것이다. 해방이 되어 이제는 우리 세상이요, 앞으로의 자기 지위를 생각해도 금융조합 이사라면 남부러울 것은 없는 듯했다.

그러나 그는 십오 년간 월급과 보너스를 모아 논밭 세 정보*를 사고 해방을 맞은 것이 죄가 되어, 공산당 토지개혁이라는 바람에 토지는 물론 집까지 빼앗기고 또 지주라는 명목으로 금융조합에서까지 추방을 당하고야 말았던 것이다.

그때, 그는 자살을 생각했었다. 그러나 여덟 식구 목구멍을 생각하면 죽을 수도 없었다.

그해 가을에 자유 남한으로 거지가 다 되어서 삼팔선을 넘어왔다.

그에게는 생소한 서울이라 친척은 물론 아는 사람도 없었다. 금융조합 연합회를 찾아갔으나 취직할 길은 없었다.

자유시장에 나가 깡통장사까지 했다. 하루는 남의 자리인 줄 모르고 깡통을 벌려놓았다가 시비가 되어 머리가 터졌던 때도 있었다. 그 후로는 쌈을 걸어오면 두 손을 바짝 들고 달아나기만 했다. 장사는 아무나 할 수 있는 것은 아닌 것을 알았다. 주먹다짐도 말주변도 없었다. 그러나 내

| * 땅 넓이를 재는 단위를 나타내는 말.

친걸음이요, 월급쟁이도 싫증이 나서 그래도 장사를 한다고 몸부림쳐보
았으나 한 달이 못되어 본전마저 날려버리고 말았다.

"그때를 생각하면 여덟 식구가 꼭 죽는 것만 같드만요. 별수 있소?
굶으면 굶었지. 사십을 넘은 그때 내가 이력서를 백 장은 썼어. 별의별
데를 다 갔댔구…… 어떤 중학교 수위 자리가 있다고 해서 이력서를 가
지고 갔더니 금융조합 서기 일을 십오 년이나 본 분을 서무계 서기라면
모르되, 안 되겠다고, 정말 슬프더구만…… 그래도 사람은 굶어 죽으라
는 법은 없다고, 이 은행 김 상무가 그때 지점장이었지. 고향 사람이구,
나하고 보통학교 동창이고 해서, 부탁했지. 매일같이 찾아가서 졸랐더니
은행에 됐어, 생각만 해도……."

뼈아픈 말이었다.

대학 출신이 많은 은행에서는 그에게는 보통 사무는 시키지 않았다.
이만길 씨는 실력문제가 아닌 것을 알았다. 근 십 년간이나 그는 창살로
둘러싸인 출납실에서 때 묻은 돈만 세어야 했다.

대리가 될 희망도 없이, 인생의 낙도 없이, 어제도 오늘도 내일도 자
기와는 아무 상관이 없는 지폐더미 사이에서, 손가락이 빳빳해지고, 쥐
가 일어나는 손을 주물러가며 지폐를 세어야 하는 것이다.

"나는 요새 이러한 것을 생각하는구만. 출납실에 들어가 앉으면 나는
무슨 동물 같은 착각이야. 나 자신이 그렇게 생각해서 그런지 모르지마
는 창살 사이로 나를 들여다보는 손님들은 나를 동물로 보는 것 같단 말
이야. 돈 세는 나를 원숭이가 재주를 부리는 것으로 아는지 신기하게 바
라본단 말이야. 결국 원숭이 같은 동물이야."

윤호는 이만길 씨에게서 이러한 말을 들으리라고는 생각지 못했다.

"또 어떤 때는 이러한 것을 느끼는구만. 나는 누구보다도 아침 출근
이 이른 편인데 일찍 사무실 안을 들어서면, 나밖에 아무도 온 사람이 없

는데, 휘둘러보면, 의자마다 분명히 그 의자의 주인들이 허수아비들처럼 앉아 있는 것이 보여. 내 의자를 바라봐도 내 얼빠진 허줄한 얼굴이 거기 있는 것 같아. 결국 허수아비지……."

이만길 씨는 은행 출납실에서 지폐만 세는 것이 직업이지만, 한 번도 사고는 없었다. 그러나 신문을 보다 가끔 감원이니 하는 기사를 보면 가슴에 찬바람이 돌았다. 그날부터 상부의 눈치만 본다고 했다.

"글쎄 감원 바람이 불면 사실 나는 가슴이 덜렁 내려앉곤 하는구마. 내가 감원 대상이 된다면, 안경을 써야 신문을 본다는 것하구, 그러니까 늙었다는 죄밖에 없어요. 기계가 헐었다는 거겠지. 주름살 진 것뿐인데, 구식 기계라는 것이야. 나쁜 은행에서 쫓아내. 그러면 나는 죽으란 말이지 뭐야. 에이 고약한 놈들…… 이거 남 형보고 그러는 것 아니요. 알겠지. 고약한 세상이야."

윤호는 만길 씨의 주정 같은 말이나 허무한 인생은 보는 듯했다.

만길 씨는 자식 칠 남매를 두었다. 위의 딸 둘만은 겨우 시집을 보내었으나, 고등학교, 중학교, 초등학교에 다니는 아이들이 아직 다섯이나 된다. 만길 씨는 감원이니 정년停年이니 하는 말은 생각만 해도 머리가 아찔했다.

윤호는 만길 씨의 인생의 그림자에서 앞으로의 자기를 보는 것 같았다. 자기도 어쩔 수 없는 이 인생의 길을 걸어야만 하는가 생각하면 아득했다. 자기는 다못* 이 서글픈 인생의 인식자에 지나지 못한 것을 느꼈다. 비정非情의 의자에 앉은 무능한 인식자에 지나지 않는 것을 느꼈다.

그러나 이 비정의 의자에서까지 쫓겨나야 하는 자기의 운명을 슬퍼하는 것은 이 무슨 또 하나의 비정의 인간이냐.

| * '다만'의 사투리.

윤호는 잠에서 깨자 심한 갈증을 느꼈다. 갈증 때문에 잠에서 깬 것이다. 몽롱한 의식에서 손을 휘저어 베갯머리 앞, 물 주전자를 더듬었다. 자기 집인 줄 알았다. 물 주전자는 잡히지 않고 싸늘한 쇳대*가 스칠 뿐이었다.

'아니, 예가 어디냐? 유치장의 철창?'

윤호는 벌떡 일어나 앉았다. 도대체 여기가 어디냐? 암흑 세계였다.

윤호는 정신을 차려야 한다고 의식을 더듬었다.

숙직실 침대였다.

그는 안도의 긴 한숨을 지었다. 그는 다시 자리에 누웠다. 다시 심한 갈증을 느끼며, 갈증 때문에 잠에서 깨어났다는 것을 알았다.

그는 또 일어나 허둥지둥 복도를 하나 사이한 취사장 문을 열고 들어갔다. 취사장에 붙은 용인傭人 숙직실에서 이상한 소리가 들려왔다.

"하늘 천, 땅 지, 검을 현, 누를 황……."

천자문 외는 소리다.

오 소사의 잠꼬대였다. 윤호는 멍하니 무슨 소리인가 했다. 천자문은 열 자도 못되어 끊어지고 이번에는 또,

"가갸, 거겨, 고교, 구규, 그기……."

하는 것이다. 도대체 이것은 무슨 잠꼬대인지 알 수 없었다.

윤호는 수도를 비틀어놓고 좔좔 뻗치는 물줄기에 입을 대고 마셨다.

오 소사는 이 물소리에 잠이 깨어 깜짝 놀란 모양이다.

"누구요? 누구요?"

하는 동시에 미닫이문이 홱 열리었다. 그러나 눈이 떠지지 않아 애를 쓰는 것이었다.

| * 쇠로 된 열쇠.

"나요, 나."

윤수가 대답을 하자 그제야 비비던 눈이 떠졌다.

"아이구, 저는 잠결에 깜짝 놀랐습죠. 참, 어제 저녁엔 만길 씨도 윤호 씨도 되게 취해서 몸을 가누시지 못하시던뎁쇼."

"네, 주무시오. 놀라게 해서 안 되었군요. 자 어서 주무시오."

하고 윤호는 취사장을 나오는 것이나 오 소사는 직원 숙직실 문까지 나와,

"편히 주무십쇼. 윤호 씨 은혜는 평생 잊지 않습니다."

하며 문단속을 해주고 가는 것이다.

이 또한 어설픈 사람이다.

지난여름, 서무 주임의 숙직날, 주임은 어쩌다가 오 소사에게 이러한 말을 했었다.

우리 국문하고 천자문만 외어 쓰면 수위로 승격시켜준다고 했다.

사실 오 소사는 수위가 한 번 되어보는 것이 평생소원이기도 했다.

수위가 되어 금단추가 달린 곤세루 제복*에 금테를 두른 모자를 쓰고, 손님 안내를 한 번만 하면 세상에 난 보람이 있을 것만 같았다.

오 소사는 서무 주임의 그 말을 들은 이튿날부터 금년 봄에 초등학교 졸업을 한 딸 옥희에게 '가갸 거겨'를 써달래고 천자문을 사고, 밤이면 딸에게 매일같이 배우는 것이었다. 그러나 석 달이 되는 오늘도 그의 잠꼬대와 같이 한 줄밖에 외우지를 못했다. 서당 개도 삼 년이면 풍월을 한다고 하니, 자기도 삼 년을 이렇게 외우면 될 것이라고 속담을 믿는 위인이었다. 그러나 자기의 머리가 돌대가리라고 한탄도 했다.

윤호는 지난 숙직날 오 소사의 서글픈 이야기를 듣다가 금년 초등학교 졸업을 한 옥희를 은행에 견습생(여 소사아이)으로 취직시키면 어떤가

| * 곤색 세루천으로 만든 제복.

고 했다. 물론 오 소사는 벌써부터 서무주임에게 부탁을 해두었다는 것이었다. 윤호에게도 부탁한다는 것이다.

윤호는 이튿날 지점장과 대리들과 술을 같이하는 좌석이 있었다. 윤호는 기회를 노려 오 소사의 딸 취직을 부탁했다. 지점장은 그의 오랜 근속 공로를 생각해서 써준다고 했다.

오 소사의 딸 열네 살짜리 옥희는 자기 아버지와 같은 은행에 채용이 되었다.

오 소사는 이것이 일생에 잊을 수 없는 은혜라고 생각했다. 가만있을 수가 없었다. 며칠 후 월급날 양담배 한 보루를 샀다. 오 소사는 윤호가 퇴근하는 것을 기다려 취사장으로 잠깐 하고—윤호의 가방을 뺏다시피 해서 숨겨두었던 양담배를 넣어주는 것이었다.

윤호는 정말 미안하기도 하고, 언짢기도 했으나 너무도 진심의 호의여서 고맙게 받는다고 했다. 오늘 아침도 그 담배를 피운 것이다.

윤호는 아무리 잠을 이루려 하나 이제는 더 잘 수 없었다.

경찰국, 유치장, 부모와 동생들의 얼굴. 연희의 얼굴. 고민과 불안이 가슴에 물결칠 뿐이었다.

가슴이 막막해지고, 무수한 얼굴들이 암흑에서 헤매기만 했다.

그때다. 갑자기 이건 또 무슨 소리냐.

"삼십사 번…… 삼십사 번 손님."

윤호의 옆, 침대에서 자는 이만길 씨의 잠꼬대였다.

꿈에서까지도 수표의 지불 손님 번호를 부르는 것이다.

푸푸 하던 숨결 소리가 또,

"팔십칠 번, 팔십칠 번 손님."

윤호는 고민하는 능력도 잃어버리고 말았다. 절망의 의식도 잃어버리고 말았다.

그러나 옆에서 잠꼬대하는 만길 씨의 번호 소리만 높아갔다.

"백일 번…… 백일 번 손님……."

벌써 새벽이었다.

"뗑…… 뗑…… 뗑…… 뗑……."

무거운 밤하늘을 울리는 성당의 종소리가 여운을 끌고 흘러갔다.

"뗑…… 뗑…… 뗑…… 뗑……."

이 숙직실에서는 아직도 손님을 찾지 못한 수표의 번호를 부르는 이 만길 씨의 잠꼬대만이 울리었다.

"백일 번…… 백일 번 손님……."

—《문학예술》, 1956. 3.

213호 주택

1

퇴근 시간, 오후 다섯 시를 지난 서울의 거리. 종로 을지로 세종로 남대문로 소공동 명동의 거리. 오고 가는 남녀노소의 물결에는 긴장이 풀린 호흡이 흐른다.

그들은 가끔 화려한 상품이 진열된 쇼윈도에 비친 자기 얼굴을 힐끗힐끗 바라보며 지나간다. 사치한 상품의 강렬한 색채가 그들의 눈을 황홀하게 하나 그것은 한갓 원색 그림인양 바라보며 지나갈 뿐이다.

어떻게 하면 가족을 부양하는가, 이것만이 머리에 가득 찬 가난한 사람들에게 그것이 갖고 싶다는 욕망은 한낱 사치스러운 욕망이라고 관념할 뿐이다.

전차 정류장, 버스 정류장에는 이렇게 거리를 지나온 사람들이 어제도 오늘도 교외로 달리는 버스를 기다린다. 간신히 탄 전차나 버스는 발을 옮길 길이 없다. 남녀노소의 육체가 맞부딪쳐 안고, 등지고, 진동이 일어날 때마다 밀고, 당기고, 엎치고, 덮치고…… 그래도 타고 가야 하는 전차요, 버스다.

버스는 오늘도 오후 다섯 시를 넘는 이 시각에 만원이 되어 교외로,

교외로 ─신촌으로, 청량리로, 약수동으로, 미아리로, 돈암동으로, 흑석동으로, 상도동으로, 일터에서 집으로 돌아가는 서울의 남편들을 싣고 달려간다.

기사 김명학金明學 씨는 오늘도 매일과 같은 오후 여섯 시를 지나 공장에서 나와 상도동행 버스를 탔다. 그러나 지금 자기가 어디로 간다는 의식도 없이 손잡이를 붙잡고 흔들려 가고 있었다. 침울한 얼굴이었다. 밀고, 덮치고 해도 그는 동상처럼 흔들려 가고 있었다.

김명학 씨는 조경인쇄주식회사 공장기사였다. 이 공장은 한국에서 규모가 큰 공장의 하나다. 김명학 씨는 일제 시, 고공高工 기계과 출신으로 회사에서는 그를 채용하고 기사장이라는 사령장을 주었다. 그의 밑에 기사가 있는 것은 아니었다. 그를 돕는 조수가 한 사람 있을 뿐이었다.

그는 부산서 환도와 더불어 이 공장에 취직을 했다. 본래 그는 방직 공장 기사였으나 그 공장이 동란으로 파괴되고, 환도 후에도 재건의 길이 막히어서 그는 임시로 인쇄공장에 취직했던 것이다. 그 후 방직공장이 재건된다 해서 가려 했으나 인쇄공장에서는 그를 놓지 않았다. 미국과 독일에서 수입한 인쇄기와 주조기*와 제본기**와 재단기***들이 들어와 그 설치에는 기계과 출신인 그가 절대로 필요했다. 그는 한국에 처음 수입되어 들어온 기계들을 설치하고, 그 기능과 조종을 시험하여 직공들에게 그 운전과 조종법을 지도하는, 그야말로 이 공장 설비에 있어 없어서는 안 될 기사였다. 그는 묵묵히 일하고 묵묵히 돌아가는 사십대의 건실한 기사였다. 회사에선 사장 이하 직공에 이르기까지 그의 기술과 인격을 믿는 존재였다.

* 활자를 만드는 기계.
** 낱장으로 된 인쇄물 따위를 실, 철사로 매거나 본드로 붙이고 표지와 함께 책으로 만드는 기계.
*** 종이나 옷감, 철판 따위를 자르는 기계.

그러나 그는 이 한 달 사이, 제 이십삼 호 인쇄기와 특히 자가발전기의 빈번한 고장으로 우울한 고된 날을 보냈다.

이 인쇄공장이 제일 중요한 시기는 신학기 교과서를 인쇄하는 이삼월이다. 그런데 이월에서 삼월에 걸쳐 발전기와 인쇄기의 고장은 이 공장에 제일 큰 타격이었다. 인쇄기의 빈번한 고장은 그 원인을 발견하게 되어 고장을 고치고 수리하고 해서 면목이 섰으나 발전기만은 하루가 멀다하여 고장이 나고, 한 달이나 되었어도 그 고장의 원인을 발견할 수 없었다.

사장과 공장장은 그의 기계에 대한 권위를 믿지 않게 되었다. 야간 조업을 한다든가 또는 정전이 되면 발전기를 돌려야 하는데 그것이 고장만 났다. 이렇게 되면 수백 명의 직공이 할 일 없이 놀아야 하고, 회사 측에서는 그로 인한 손해만을 계산했다. 회사의 간부들은 그 전 책임을 기사장 김명학 씨에게 있는 것으로 생각했다.

드디어 오늘은 사장과 공장장 앞에서 권고사직의 이야기를 들었다. 결국은 파면인 것이다.

2

서울역에서 남으로 향하여 한강 인도교를 건너가면 왼편으로는 흑석동으로 넘어가는 언덕길이 뻗었고, 우편으로는 사육신 무덤이 있는 산을 돌아 영등포로 향한 아스팔트길이 플라타너스 가로수의 그늘을 받고 뻗어갔다. 노량진 장터를 지나면 바로 왼편으로 넓은 오르막길이 산허리를 굽이굽이 돌아 올라가는 길이 있다. 이 오르막길을 아침저녁으로 오르내리는 산 너머 사람들은 이 고개를 아리랑고개라고 한다. 산 너머 사람들이라고 하면 마치 두메산골 사람으로 관념할지 모르나 이 아리랑고개를 아침저녁으로 넘나드는 사람들은 대개가 서울 장안에 직장이 있는 공무

원이나 회사원인 양복을 입은 한국의 지식인들이다. 처음으로 이 아리랑 고개를 올라선 사람이라면 깜짝 놀랄 것이다. 플라타너스 가로수가 우거진 넓은 길이 좌우로 갈라져 내려가고, 종로 화신 앞 같은 로터리가 있기 때문이다. 이 로터리를 해서 동서남북으로 갈라진 십자로의 길가로는 주택 영단,* 똑같은 형의 특호 주택이 즐비해 섰다. 이 로터리에서 서로 향한 길을 내려가면 또 아담한 로터리가 있다. 여기에서 동으로 관악산을 바라보는, 가로수가 늘어선 길 한복판으로 맑은 산물이 흘러내리는 개천이 있다. 이 개천 양편으로 수양버드나무 늘어진 가지가 푸른 바람을 받고 실가지를 개천에 적신다. 멋진 길이 이러한 데 있으리라고는 상상 못할 것이다.

이 로터리, 이 길을 기점으로 주택이 좌우로 줄지어 아득히 보이는 산허리에까지 뻗치었다. 잔잔한 계곡을 타고 자리 잡은 똑같은 형의 특호 주택, 똑같은 형의 갑호 주택, 똑같은 형의 을호 주택이, 줄줄이 좌우로 마치 전차 기갑사단이 푸른 기를 꽂고 관병식장에 정렬하여 서 있는 것 같은 감이다. 관악산의 줄기가 병풍처럼 천여 호의 주택을 둘러쌌다. 이 주택촌을 상도동이라고 한다.

오늘도 저녁이 되자 달려오는 버스마다 만원이 되어 무거운 듯이 굴러온다. 질식할 듯한 이 버스를 매일 똑같이 똑같은 시각에 타야 하는 그들은 모두 하루의 일을 마치고 나의 집으로 돌아가는 사람들일 것이다. 그 속에는 여인도 있고 남녀 학생도 있을 것이다. 대개는 역시 피곤한 몸을 싣고 집으로 돌아가는 남편들이다.

그 남편들은 그렇게도 집이 그리워서일까. 늦게 돌아가면 아내가 짜

| * 주택 밀집 지역.

증을 내는 것이 무서워서일까. 배가 고파서일까. 할 수 없어서 그렇게도 똑같은 시각에 질식하는 버스를 타야 하는 것일까. 도심지에서 주택이 늘어선 교외로 달려가는 남편들은 가족을 부양하기 위해서 그 하루를 온갖 정력을 기울여 일했다. 돌아가는 길에 한 컵의 단술로 메마른 목을 축이지도 못하고, 숨도 돌리지 못하고 곧장 집으로 가야 하는 남편들이다. 그들은 가끔 이러한 자기 자신들을 생각하며 버스에 흔들려 간다. 그러나 김명학 씨는 오늘 사장으로부터의 사직권고의 이야기만 해석해보는 것이다.

"김 기사장의 인격이나 기술을 우리 사에서는 믿고 맡기고 있었소. 한 회사라는 것은 그 회사의 사업을 위주로 해서 사람을 쓴다는 것은 두 말도 할 필요 없겠지요. 김 기사는 우리 회사가 환도 후 재건에 있어서 가장 큰 공로를 세운 사람이라고 생각하고 있소. 그러나 금년 사월에 들어 발전기와 제이십삼 호 인쇄기의 고장은 우리 회사의 치명적인 타격이었소. 이렇게 되면 회사에서는 그 기계를 다루는 기사장의 책임으로 돌리지 않을 수 없소. 기사라는 것은 기계의 고장을 사전에 발견하는 것이라고, 아니 고장을 나지 않게 하는 것이 제일 큰 직책이라고 회사에서는 생각하고 있소. 한두 번이 아닌 고장의 수리가 이삼 일이 멀다 해서 또 고장이라면 결국 기사는 고장의 원인을 모르는 것이라고 해석하지 않을 수 없겠지요. 그 책임을 기사장이 져야 한다면 현명한 기사장은 자기 처신을 어떻게 해야 한다는 것은 여기서 민망한 말을 하지 않아도 잘 이해해줄 것이라고 아오. 회사의 고충을……."

"네, 알았습니다."

"이해해주어서 고맙소."

기사장은 공장장실에서 사장의 이 말을 듣고 나와 전기실 자기 의자에 앉아 침울한 생각에 자기 자신을 걷잡을 수 없었다. 기사로서의 패배감이 머리를 쳤다. 그러나 사직원을 썼다.

기사장으로서 사고 전에 고장을 발견하지 못하였다는 윤리의 세계, 그는 이것만을 생각했다

우리나라 전기 사정은 공장마다 자가발전기를 놓아야 하는 현실이다. 이 공장의 총 마력은 백 마력이 조금 넘는다. 야간 조업과 정전에 대비해서 자가발전기를 설비하지 않을 수 없었다. 회사에서는 막대한 금액으로 백 킬로와트의 출력 발전기를 수입했다. 사실 이렇게 되면 제2종 전기기사를 채용하여야 하는 것이다. 그러나 회사에서는 기사를 채용하지 않고 기사장의 전기 기술을 믿는다고 하며 전기실의 책임도 김명학 기사에게 맡긴다는 것이었다. 그는 하는 수 없이 전기실 책임도 맡기는 맡았으나 전기에 대해서는 기계과 출신으로서의 상식밖에 없다는 것을 자기 자신이 잘 알고 있었다. 그러나 인쇄공장의 요만한 전기 시설쯤은 그의 기술로써 감당 못할 바도 아니었다.

전기 기계에 있어서 우기라는 것은 가장 고장이 나기 쉬운 시기다. 금년 따라 교과서 인쇄기期에 눈비가 그치지 않은 우기를 만나 습기로 인한 것인지는 모르나 발전기와 인쇄기 모터에 고장만 났다. 하루는 단상 교류單相交流*로 인해서 인쇄기의 모터들이 우우하는 비명을 지르고 파란 연기를 내면서 모터의 코일이 타버리고 말았다. 이 수리는 즉석에서 고쳐지는 것은 아니다. 모터 수리 공장 직공들을 불러 고쳤으나 사흘이 걸렸다.

사장과 공장장은 김명학 씨만을 원망하는 것 같았다. 왜 고장이 일어날 것을 미리 발견하지 못했는가 했다. 그럴 때마다 동력의 삼상교류三相交流**의 원칙을 설명하고 공장 밖에서 합선이 된 것으로 어찌할 수 없는

---

* 위상位相 변화가 단 하나로 나타나는 사인파 교류로 일반 가정의 전등선과 같은 보통 교류.
** 전압과 주기가 같으며, 서로 120도의 위상 차를 갖는 다른 세 개의 교류 전압에 의해 발생하는 전류.

고장이라고 변명했으나, 사장과 공장장은 구구한 그의 변명으로만 생각하는 것 같았다. 이러한 고장이 일어난 얼마 후에 또다시 발전기의 스프링과 인슐레이션의 상태가 좋지 않았던지 그것이 또 타버리고 말았다. 그는 그날 밤을 밝혀서 수리를 완성했다. 그는 고장의 원인을 과열로 인한 고장이 아닌가 생각했다. 이튿날 협소한 발전기실의 냉각을 위해서 큰 창을 두 개나 내게 했다.

한데 그 고장의 수리가 일주일도 못되었는데 또 그것이 타버리고 말았다. 그는 야간 조업을 싫어했다. 그날 조수에게 맡기고 여섯 시 정각에 집으로 돌아갔다.

그날 밤에 일어난 것이었다.

갑자기 때 아닌 모진 바람에 눈비가 뿌렸다. 그 발전기실의 통풍창으로 휘날려 들어간 눈비는 발전기를 녹인 모양이었다.

조수는 발전기실에 무엇이 일어났는지도 모르고 전기실 자기 의자에 기대어 졸고 있다가 발전기가 완전히 타버린 후에야 당황해했다.

기사 김명학 씨는 성심성의를 다해서 기계와 살아왔으나 기계는 기계대로 고장만 냈다. 그리고 기계는 김 기사장을 면직케 했다.

김명학 씨는 사직원을 쓰고 의자에서 일어나 인쇄공장으로 들어가 제1호기에서부터 32호까지 하나하나 바라보며 이 인쇄기의 고장은 어디에서 나고, 저 인쇄기는 어디가 약하고……직공들이 인사하는 것도 모르고 기계만을 응시하며 지나갔다. 제1, 제2, 제3, 제4, 제5 기계실을 빙돈 후, 출입구에 서서 인쇄기를 바라볼 때, 그는 그 인쇄기들이 움직이는 괴물처럼 보였다. 또 자기를 덮칠 것같이 노려보고 있는 것 같았다.

그는 강한 고독을 느꼈다. 공허한 가슴을 느꼈다. 매일같이 매만지고 바라보던 저 인쇄기들을 다시 대하지 못한다는 것으로 이렇게 차가운 고독이 절박해오는 것일까.

이 공장의 일체가 자기에게 적의를 갖고 자기를 조소하고 자기와는 무관無關이라는 것이 이렇게도 자기를 공허하게 하는 것일까.

그는 사직원을 내고 모자를 들고 나오며, 그는 자기의 이 시간을 무슨 행동으로써 자기의 공허한 가슴을 메우려는 충동이 있었다. 그러나 아무것도 할 수 없는 공허한 시간이 자기를 싸고 있다는 것을 느꼈다.

3

삭막한 상도동 버스 종점에는 하루의 일을 마치고 어두워서야 돌아오는 아버지를 기다리는 아이들이 서성거리고 서 있다. 때로는 남편을 기다리는 젊은 여인이 한둘 서 있으나 그것은 아마도 신혼의 꿈 많은 아내들일 것이다.

만원버스는 헤드라이트를 켜고, 길 한복판으로 개천이 흐르는 우편 길의 수양버드나무 가지와 플라타너스 잎을 스치며 달려와 정거했다. 모두들 조금이라도 먼저 내리려고 앞을 다투다시피 내려 뿔뿔이 흩어져 갔다.

그들 남편들 속에는 그리웠던 처와 즐거운 저녁식사가 반가이 맞아주는 사람도 있을 것이다. 그러나 대부분 남편들은 따분한 주택에 아무런 사랑으로 아무런 기대도 갖지 않고 맞아주는 아내가 있는 집으로 찾아간다.

만원버스에 흔들려 가는 남편들은 가끔 꿀벌이 꿀을 모아가지고 벌집으로 찾아가는 것처럼, 자기도 월급을 받기 위해서 밖으로 나갔다 돌아가는 것이 아닌가 생각도 해본다. 꿀벌은 꽃을 상대로 한 아름다운 정이 있다. 꿈이 있다. 그러나 인간의 오늘의 직장에는 아름다운 인정도 꿈도 없다. 비정非情의 기계가, 비정의 의자가 있을 뿐이다.

김명학 씨는 버스에서 내려 무거운 걸음으로 갑호 주택 길을 건너가

제3행 을호 주택 길에 들어 묵묵히 걸어갔다. 그는 무작정 걸어갈 것 같았으나 발은 습관대로 213호 자기 집 현관문 앞에 가 섰다. 그는 아내 얼굴을 생각했다. 가난한 살림에 신경질이 된 아내의 여윈 얼굴이나 또 자식들의 얼굴을 생각했다. 건방져가기만 하는 고등학교 졸업반인 장남 석기의 얼굴, 멋만 내고 맵시만 내겠다는 여고생 장녀 석란의 얼굴, 손목시계가 갖고 싶다는 중학 이 학년짜리 이남 석운이, 돌아올 때마다 아버지의 손만 바라보는 석희와 석만이.

내일부터 직장이 없는 이 남편, 이 아버지를 바라보는 무수한 얼굴을 그는 생각만 해도, 그 시선, 그 표정은 바늘 끝 같았다.

그는 오늘 저녁 어떠한 일이 있어도 실직당한 이야기는 하지 않아야 한다고 느꼈다. 이대로 들어갈 수가 없었다. 너무나 침울해서 눈치 채일 것만 같았다. 그는 돌아서 걸었다. 구멍가게의 불빛을 느끼자 그는 그리로 가서 막과자 한 봉지를 샀다. 수다스러운 구멍가게 할머니는,

"석희와 석만이가 귀엽지요. 그 애들은 아버지를 잘 만나서 과자도 늘 먹고……"

그는 못 들은 체 과자봉지를 받자 돌아섰다. 그때 그의 앞으로 양키와 하이힐을 신은 젊은 여성이 팔을 끼고 지나갔다. 그들은 을호 주택 4 한길로 접어 들어갔다. 그도 그들의 뒤를 따라 4 한길로 들어서 걸었다. 얼마 후 그들은 한 집으로 들어갔다. 김명학 씨는 생각했다. 저들이 이 동네에서 산다는 미국 군인과 한국 여성이라는 것을 알았다.

그는 4 한길을 빙 돌아 자기 집 문 앞에 섰다. 그는 문을 드르릉 열고 현관문을 들어서며,

"우리 막내 있나? 아버지 왔다."

하고, 구두끈을 푸는 것이나 자기가 한 말에 어색함을 느꼈다.

아이들이 현관으로 우르르 달려 나왔다. 아이들은 과자봉지를 보자,

서로가 들고 들어가겠다고 야단들이었다. 그 야단으로 그만 과자봉지가 마룻바닥에 터지고 말았다. 아이들은 흩어진 과자를 제각기 자기 포켓에 넣고 치마에 싸고 서로 빼앗고, 집은 수라장이 되고 말았다. 김명학 씨는 이러한 자기 자식들의 꼴을 바라볼 때 갑자기 서러움 같은 것이 가슴에 왔다.

장남 석기놈이 나오더니,

"이 돼지 같은 것들, 이게 뭐야."

하며, 닥치는 대로 동생들을 갈기는 것이다. 엄마가 또 뒤따라 나오며,

"야, 이것들아. 사흘 굶은 거지 애들이라도 이러지 않겠구나. 다 이리 들 내놔, 똑같이 나누어줄 테니까 방으로 들어와."

어머니의 날카로운 소리에 석희가 먼저 치마에 쌌던 과자를 방바닥에 쏟아놓고 뾰로통해서 구석지로 가 섰다. 입들이 부어서 한 사람씩 내어놓았다. 멋만 부리고 맵시만 내던 석란이도 어느새 감추었던지 슬그머니 내어놓는다.

"여보, 당신은 돈도 많군요. 돈이 있거든 찬거리나 사오지 이건 뭐요. 불집을 일어놓고 멍하니 바라보기만 하면 좋우?"

"이럴 줄이야 알았나."

이렇게 말은 했으나 억지로 한 말이다. 아이들의 야단도 슬펐고 아내의 말도 슬펐다.

그는 저녁상을 받았으나 몇 술 뜨는 체만 했다. 친구들과 점심을 늦게 먹어서 그렇다고 변명을 했다.

명년 대학 시험을 앞두고 밤을 밝히다시피 공부한다는 석기가 아버지 밥상이 물러나는 것을 보고,

"밤을 밝히려면 밤참을 먹어야겠어. 석란이, 너 저 밥상 그대로 신문지 덮어서 내 방에 가져다놔."

"흥."

"뭐 흥이야, 가져다놓으라면 가져다놔."

"솔직하게 두부찌개가 먹고 싶으면 먹고 싶다고 그러지, 내 방에 가져다놔? 난 오빠 심부름하러 이 세상에 나오진 않았어."

"요것이……."

하더니, 벌써 석란의 뺨을 갈겼다. 아버지는 이렇게 되면 그대로 바라볼 수가 없었다.

"그만들 못해"

하고, 벌떡 일어섰을 때는 석기놈은 재빠르게 자기 방으로 달아나고 말았다. 벌떡 일어선 김명학 씨는 또 슬퍼졌다. 모두가 가슴을 메우는 슬픔이었다.

아버지가 되어서 남같이 아이들을 먹이고 기르지 못한다는 슬픔보다도 저 눈물이 저 몸부림들이 아팠다. 내일부터 면직을 당한 아버지를 바라볼 아내와 자식들의 눈물이 슬펐다.

그는 오늘 저녁, 이대로 잠을 이룰 수가 없을 것 같았다. 그는 술을 혼자 즐기는 편은 아니나, 술의 힘을 빌려 아픈 생각을 잊어야 할 것 같았다. 아내에게 술을 사오라고 했다. 아내는 남편의 울적한 기분을 알 것만 같았다. 아이들을 생각하고 사온 과자가, 물린 밥상이 남편을 상심하게 한 것이라고 알았다. 또 그의 아내는 가끔 신경질이 된다 해도 남편의 말을 거역해본 적은 없다.

김명학 씨는 아내가 사온 소주 한 병을 다 마셨다. 그는 억지로 기분을 돌려 막내를 안고 좋아하는 체도 했다.

맏딸 석란이는 이렇게 기분 좋은 아버지에게서 용돈이 타고 싶어 어리광을 부렸다.

"자, 내일 저녁 네 청구대로 줄 테니까 네 방에 가 자."

"네, 오백 환만. 네, 아버지."

하고, 방을 나가는 딸의 뒷모양을 바라보면 옛날의 아내의 모습을 닮았다고 생각했다.

"석란이는 꼭 당신 닮았소. 당신 여학교 시절의 사진과 비슷해."

이러한 말이 오고 가고, 밤은 깊어갔다.

자리에 누운 그의 아내는 기분이 좋아진 남편이라고 생각하며 가끔 하는 말을 또 했다.

그의 아내는 젊은 시절을 회상도 하고…… 또 그래도 남만큼 살며 집구석에서 이렇게 박혀 살고 싶지는 않다고 했다. 때로는 산뜻한 옷차림으로 문안으로 나가 거리를 걷고 싶고, 영화도 보고 싶다고. 밖의 시원한 공기를 마시며 자유롭게 남과 사귀고 사회적 호흡도 하고 싶다고 했다.

남편은 그렇게 하라고 했다.

그러나 집을 비울 수가 없다는 것이다. 밖으로 나가면 집의 일이 밀리고, 그보다 밖으로 나갈 수 있는 여유가 없다는 것이다. 가끔 아리랑고개를 넘어 노량진 시장이나, 어쩌다 버스를 타고 남대문 시장으로 나가는 일이 있어도 아이들에게 맡긴 집 생각을 하면 빨리 돌아가야 하겠다는 마음부터 앞선다는 것이다.

김명학 씨는 아내의 이러한 말을 들을 때마다 자기는 아내를 억지로 집구석에 가둬놓고 마구 부리는 무지막지한 고용주가 아닌가 생각하는 것이다. 아내는 남편을 위해서 식사를 만들고 남편의 와이셔츠를 빨고…… 역시 개미모양 모든 즐거움을 잊고 자기의 몸이 지쳐, 허리가 구부러질 때까지 일하여야 하는 것이겠는가, 그는 자기의 아내만은 이렇게 시키지 않으려 했으나 지금의 자기 현실을 생각하면 어찌할 수 없는 것을 생각할 뿐이었다.

그는 한 사내로서 한 기사로서 성심껏 일하고 일했다. 아내에게 대한 변명이라면 이것뿐이었다.

그는 잠든 아내의 손을 붙잡고 이러한 생각을 할 때 눈시울이 뜨거워졌다.

그는 온갖 정력을 기울여 일하고 일했다. 기계와 살아왔다. 한데 발전기와 인쇄기들은, 아니 사장은 고장의 사전 발견을 못했다고 나를 내쫓는다. 기계나 사람이나 너희들은 나와 식구를 생각지 않아도 좋으냐? 사장, 당신은 인간이 아닌가? 내가 고장의 사전 발견은 못했으나 고쳐놓은 것만은 사실이 아닌가. 기계란 건, 특히 전기란 전혀 예측 못하는 데 고장이 난다는 것을 기술자라면 안다. 기사는 사람이다. 사람은 고장 전에 기계의 고장을 발견하는 기계는 아니다. 사람은 기계가 못되는 것이다. 나는 기사로서 십칠 년간 기계의 고장을 고친 사람이다. 고장이 문제가 아니고, 고장을 고치는 것이 문제가 아니고, 사고 전에 고장 날 것을 발견하라고, 그리고 나를 면직시킨다?

그러나 그의 울분도 잠으로 사라졌다.

4

김명학 씨는 이튿날도 언제나처럼 같은 시각에 집을 나와 버스를 탔으나 회사로는 가지 않았다. 대서소代書所*에 들러 이력서를 부탁했다. 글씨를 쓸 줄 몰라서가 아니라 쓸 장소와 도구가 없었고, 또 사십이 넘어서 정성스럽게 이력서를 쓰기가 싫어서였다.

믿을 만한 친구들을 찾아가 이력서를 주고 취직을 부탁했다. 쑥스러운 일이라고 생각했으나 처자의 얼굴을 생각하면 아무것도 아니었다.

오후 세 시가 넘어 회사에 들러 회계과로부터 이달 월급과 다소의 퇴

* 남을 대신하여 서류나 편지 따위를 써주고 돈을 받는 곳.

직금이라는 것을 수표로 받았다. 가까스로 마감시간 전에 은행에 들러 십만 환만은 보증수표로 하고 나머지 만 환 정도는 현금으로 받아 넣고 은행을 나와 거리를 걸었다.

오래간만에 다방이라는 곳에 들러 차도 마시고 시간을 보냈다. 그는 오늘만은 이대로 집으로 갈 수 없을 것 같았다. 다방을 나와 또 걸었다. 사치한 사람들이 물밀듯 흘러가고 흘러오는 명동 입구에 서서 멍하니 바라보다가 그도 그 물결에 흘러 들어갔다.

학생 시절에 이 거리를 걷던 기억이 새롭다. 저 젊은 남녀와 같이 희망과 꿈을 안고 걸었다. 인생은 즐겁기만 했었다. 지금은 자기에게도 이러한 기억이 있다고 생각할 뿐이었다.

5

김명학 씨는 취하고 싶었다. 친구가 따라줄 사이도 없이 자기 손으로 따라 마셨다. 고공 동창인 오학삼은 이렇게 술만 마시는 김명학을 보지 못했다.

"여보게, 천천히 술을 마셔. 공장을 그만뒀다고 이래선 안 돼. 취직은 곧 된다니까."

"회사를 그만둔 것이 아니라 쫓겨났다."

그는 갑자기 말이 많아졌다.

"우리 이야기 좀 해보자. 자네는 아나? 오늘의 사회는 인간의 노동을 강제노동으로 타락시켰어…… 그렇기 때문에 우리는 노동을 고통으로 아는 거야."

"이 친구가 또 갑자기 왜 이래."

"왜 이러긴 뭐가 왜 이래…… 사회란, 그놈의 조직이란 의무도 약속도 규칙도 질서도 강제적으로 인간에게 요구해. 우리는 대등이 아니야.

그러니까 우리는 노동에서 고통을 느끼는 거야."

"이 친구가 왜 자꾸 이래. 그런 말은 후에 하고 술이나 마셔."

"그따위 소린 말고 내 말에 대답해봐."

"그럼 하나 물어볼까. 노동이 강제적이 아니고 자발적으로 존재하던 시대가 있었나? 미래에도 있을 수 있을 것으로 아나?"

"나는 역사고 미래고 몰라. 그러나 나는 기사로서 직장의 의무와 약속을 성실하게 지켜왔어. 그런데 응, 나는 쫓겨났어. 사고 전에 고장 날 것을 발견 못했다고. 나는 귀신이 아니야. 사람에게 귀신이 되라고 강요하는 것이야 뭐야, 응."

"그러니까 현대인은 고독하지."

"자네는 고독이란 것을 가지고 위로하나. 자네가 정말 자유라면 고독은 경멸할 것이다. 임마, 고독이 무엇이야, 고독이."

"자넨 그럼 자유인이 되고 싶던가. 자유 또 뭐야, 응…… 기계과를 나온 놈이 기계 앞에서 자유를 부르짖어? 도피하지 않는 자유가 필요해. 자유는 절대로 도피처가 아니야. 자유는 최고의 선은 아니야."

"임마, 누구한테 설교야, 응……."

"아아, 우리 취했네, 취했어……."

그들은 자기네 한 말이 싱거워졌다. 두 사람은 묵묵히 술을 마셨다.

"자, 우리 남과 같이 살아가……."

"그렇다. 그러나 외롭다."

"자네는 고독은 경멸해야 한다고 하더니 외롭다는 건 뭐야."

"뭐 시비야. 외로우니까 외롭다는 거지."

"나도 외롭다. 외롭지 않기 위해서 술을 마시는데 자네는 외롭고 나는 고독하구나."

그들은 주점을 나와 명동 거리를 걷다가 파란 불이 비치는 스탠드바에 들러 또 마셨다.

6

김명학 씨가 상도동행 버스를 타고 종점에 가서 내린 것은 통행금지 예고 사이렌이 난 후였다. 종차에서 내린 손님이라고는 칠팔 명뿐이었다. 그들은 빠른 걸음으로 어둠길을 사라져 갔다.

김명학 씨도 그저 내일부터의 자기의 처신이 딱하다고 생각하는 것이나 어릿한 취기에 흥얼흥얼 어둠 속을 걸었다. 213호 자기 집으로 간다는 의식도 없이 그저 걸어간다. 그러나 그 걸음은 무의식이라고 해도 집으로 향해 걷는 것만은 사실이다.

김명학 씨는 현관문을 열고 들어섰다. 다들 자는 모양이라고 생각했다. 남편이 돌아온다고 아버지가 돌아온다고 현관까지 마중은 못 나오나 불은 켜놓아야 할 것이 아닌가. 어렴풋이 그러한 생각을 하며 구두를 아무렇게나 벗고 방문을 열었다.

방 안 공기가 이상했다. 별안간,

"후 아 유?"

"누구요, 누구요?"

놀란 남자의 목소리와 여자의 목소리가 한꺼번에 뒤섞여 나왔다.

김명학 씨는 그만 기절을 할 뻔했다. 도대체 어떻게 된 영문인지 몰랐다. 플래시를 비추며 사내가 침대에서 내려서는 것이었다. 그는 그때야 사태를 짐작했다. 그는 현관으로 달아나며,

"미안합니다. 미안합니다."

했다. 그러나 사내는 뒤따라 나와 억센 손으로 김명학 씨의 뒷덜미를 잡아 낚아채는 것이었다. 그는 그만 현관 마룻바닥에 꽝 하고 나자빠지고 말았다. 그는 마룻바닥에 넘어져 머리가 아찔했으나 벌떡 일어섰다. 자

기를 넘어뜨린 사내를 봤다.

양키였다.

그는 그저 당황해서,

"아이 엠 쏘리. 아이 엠 쏘리."

를 연발했으나 팬티만 입은 사내는 그를 다시 넘어뜨렸다. 슈미즈를 걸친 젊은 한국 여자가 양키에게 옷을 내다주는 것이었다.

김명학 씨는 다시 일어날 생각도 않고 정말 미안해서 아이 엠 쏘리만을 부르짖었다. 그 목소리는 울음 섞인 비명이었다.

사내는 옷을 입고 그를 일어서라고 했다. 그는 일어서서 슈미즈를 입은 젊은 여자에게 허리를 굽혔다.

"미안합니다. 그만 술이 취해 길을 잘못 들어 이렇게 됐습니다. 용서하시오. 나는 213호에 사는 사람이요."

젊은 여자는 쌀쌀하게 바라볼 뿐이다. 김명학 씨는 모든 것을 알았다. 4 한길로 잘못 들어 걸었기 때문에 양키와 젊은 한국 여자가 산다는 집에 뛰어든 것을 알았다. 참으로 미안하고 죄송하다고 생각하나, 외국 사람에게는 말이 통하지 않았다. 말이 통하는 한국 여자는 얼음과 같이 차가웠다.

김명학 씨는 현관에 떨어진 모자를 집어 들고 양키를 따라 나섰다. 그는 모든 것을 각오했다. 양키는 그의 팔을 붙잡고 로터리 앞 파출소로 갔다. 양키는 숙직 순경에게 도둑놈이라고 했다. 순경이 양키를 눈짓손짓으로 잘 처리할 것이라고 일러 보냈다. 김명학 씨는 이렇게 된 사유를 잘 말했으나 순경은 자기 마음대로 처리할 수 없다고 했다.

그리고 순경은 본서로 연락을 취하는 전화를 거는 것이었다. 열한 시 통금 사이렌이 들려올 때, 오늘 저녁은 집에서 잘 수 없는 몸이라고 생각하자 눈이 뜨거워왔다.

열두 시경에 지프차가 달려와 두 형사가 그를 본서로 연행했다.

7

김명학 씨는 아무리 생각해도 이건 악몽이라고 생각했다. 현실이라고 생각하기에는 너무나 슬픈 일이었다. 남은 모르되 나에게만은 있을 수 없는, 있어서는 안 될 일이었다. 그러나 자기 손으로 넓적다리를 꼬집어보면 분명히 아픈 감각이 온다. 꿈은 아니다. 현실이다. 자기가 뜬눈으로 분명히 저 유치장을 바라보고 있지 않은가. 내가 유치장에 들어간다? 아아, 있을 수 없는 일이다. 나보고 도둑놈이라고…….

김명학 씨는 절망에 떨어졌다.

형사는 그에게 취조를 계속했다.

"도둑이라는 것이, 나는 도둑놈입니다 하고 어디 써 붙이고 다니는 것이 아니야."

"네, 맞습니다."

"그런데 왜 똑똑히 말을 하지 않는 것이야."

"글쎄 아무리 변명을 해도 왜 이렇게 안 통합니까. 저희 집은 을호 주택 3 한길로 들어가 육십 미터쯤 가면 틀림없는 저희 집 213혼데…… 그만 제가 술이 좀 취해서 4 한길로 잘못 들어갔기 때문에 우리 집인 줄 알고 들어간 것입니다."

"그런 소리만 말고 양심으로 대답해. 회사는 파면이라…… 생각하니 도둑질이라도 해야겠다고……."

"아, 아닙니다. 아무리 굶어죽는 한이 있어도 남의 것이라면 쳐다보지도 않는 사람입니다. 우리 집 변소 똥만도 못하다고 생각하는 사람입니다."

"뭐, 어쩌고 어째?"

형사는 그만 이 말에 성을 내고 말았다.

"뭐라고, 다시 한 번 말해봐. 여기 있는 우리가 바본 줄 아나. 다시 한 번 말해봐."

김명학 씨는 이 말이 무슨 말인지, 어째서 성을 내는지 몰랐다. 형사는 자꾸 다시 말해보라고 했다.

"저는 본래 아무리 굶어죽는 한이 있어도 남의 것이라면 처다도 보지 않습니다. 남의 집은 우리 집 변소 똥만도 못하다고 생각하는……."

이 말이 채 끝나기 전에 듣고 있던 형사는 어처구니가 없다는 듯이,

"이봐. 몇 살이야, 응?"

"네, 마흔두 살입니다."

"임마, 마흔두 살이나 처먹었어?"

"네, 그렇게 먹었습니다."

형사는 처음에 김명학을 적어도 고공을 나온 지식인이요 기사라고 생각해서 지능적으로 자기를 놀리는 줄만 알았다. 하기는 범죄자 가운데 형사를 놀리려드는 자가 한둘이 아니다. 형사는 내일 아침 다시 취조하기로 하고 유치장 문 앞에 가서 그를 오라고 했다.

"이리 와, 유치장 맛을 한 번도 못 봤다지?"

"네, 못 봤습니다."

"하룻밤 맛을 봐야 정신을 차리겠어. 이리 와."

김명학 씨는 가지 않고 그저 허리만 굽혀 그것만은 용서하라고 했다. 사실 그는 경찰서 유치장을 본다는 것은 난생처음이다. 유치장만 바라봐도 떨리는 것이 이 말을 듣자 더 떨렸다.

형사는 그가 몹시 떠는 것이 우스웠다. 형사는 그의 떨리는 팔을 잡아끌어 유치장 문 앞까지 와서 자물쇠를 열고 문을 열었다. 그리고 눈과 턱으로 들어가라고 가리켰다. 김명학 씨는 울상이 되어,

"이거 정말입니까? 정말 이럴 수가 있습니까?"

형사는 시끄러워졌다. 그의 등을 밀어 감방 속에 넣었다. 형사는 생각했다. 저런 놈은 지능범이 아니면 바보일 것이라고.

8

이튿날 오후가 되어서 유치장에서 형사실로 나온 그는 아내를 봤다. 알 수 없는 눈물이 핑 돌아 아내의 얼굴이 잘 보이지 않았다.

형사는 어제저녁과는 달리 친절했다.

"이리 앉으시오. 조사를 해보니 그럴 사람이 아니란 것을 알았습니다. 앞으로는 약주를 좀 덜하시고 주의해서 이웃집에는 들어가지 않도록……."

"네, 고맙습니다. 앞으로 주의하겠습니다."

김명학 씨는 아내와 같이 경찰서를 나와 걸어가나 눈물이 자꾸 괴고, 인생이 슬펐다. 아내가 무슨 말을 하나 그의 귀에는 들리지 않았다. 그는 입을 꽉 다물고 머리를 숙이고 걸어갈 뿐이었다.

그는 을호 주택 3 한길을 접어들면서 눈을 감고 소경처럼 걸어가는 것이었다. 아내는 남이 창피하다는 듯이 머리를 숙이고 땅바닥만 보고 걸어갔다.

눈을 감고 걷던 김명학 씨는 육십 미터쯤에서 눈을 떴다. 틀림없는 자기 집 앞이었다. 그는 현관에 들어가 윗저고리를 벗어던지고 곳간으로 나가 삽을 들고 나오는 것이었다. 그리고 길가에서 현관으로 들어가는 뜰 길에 발자국을 내고 그 발자국 하나하나를 파내는 것이었다.

아내는 보다 못해,

"여보, 왜 이러세요, 왜 이래요?"

"왜 이러긴 뭐가 왜 이래."

그는 곳간 담 밑에 가서 벽돌을 안고 왔다. 벽돌을 수없이 날라놓고 그 발자국 구멍에 벽돌 둘씩을 가지런히 놓고 발돋움 길을 만드는 것이었다.

아내는 무슨 영문인지 모르고 이러한 남편이 슬프게만 보였다.

"여보, 당신, 정말 이게 뭐예요. 사람이 돌기도 한다더니, 정말 돌았수?"

"돌아? 누가…… 돌지 않기 위해서 이렇게 해놓는 거야."

그는 발돋움 길이 되자, 몇 번이고 그 발돋움 길을 걸었다. 또 눈을 감고 걸어본다.

아내는 남편이 가엾었다.

김명학 씨는 다시 부엌으로 들어가 식칼을 들고 나오는 것이다. 그의 아내는 깜짝 놀랐다. 아내는 남편의 칼 든 손을 붙들고 그 칼을 뺏으려 했다. 무슨 영문인지 몰랐다. 그는 아내를 밀어버리고 현관문의 손잡이 부근을 깎아내는 것이다. 마치 빨래판 모양 손잡이 부근을 깎아내는 것이다. 그리고 그는 눈을 감고 손잡이 부근을 쓸어보는 것이다.

김명학 씨는 다시 길가로 나와 현관 발돋움 길을 눈을 감고 걸어가 문의 손잡이 부근을 쓸어보고, 문을 드르릉 하고 열어보는 것이다. 몇 번이고, 몇 번이고 같은 동작을 계속하는 것이었다.

그의 아내는 형용할 수 없는 서러운 눈물에 흐느꼈다.

—《문학예술》, 1956. 6.

부녀상

"덕희 씨, 전화."

"네."

덕희는 들었던 펜을 장부 위에 놓으며 일어서, 계장이 받았다 놓은 책상 위의 수화기를 들었다.

누굴까. 영신이 희숙이…… 하고, 생각해보나 짐작이 가지 않았다.

"전화 바꾸었어요. 덕흽니다."

"아…… 나 덕현 오빠다."

상상했던 동무의 목소리가 아니고, 너무도 의외인 맏오빠라는 데 적이 놀랐다.

"네? 덕현 오빠세요."

덕희는 의사의 흰 가운을 입고 전화 앞에 서서, 자기를 바라보는 듯한 차가운 오빠의 눈이 또렷이 그리어졌다.

"전화로 할 말은 아니고 해서, 오늘 좀 만났으면 하는데……."

"네, 그러세요."

"그럼, 회사에서 퇴근하는 대로 동화백화점 지하실 다방으로 오렴.

다섯 시 반까지……."

"네, 그리 가겠어요."

하고, 수화기를 놓았다.

서울 장안에서 살면서도 길거리에서 우연히 만나는 이외에는 전혀 소식을 모르는 오빠다. 덕희는 그저, 맏오빠는 계동댁 큰어머니를 모시고, 세브란스 병원의 의사로, 매일같이 직장에 출근하는 것으로 알고 있을 뿐이다.

덕희는 마음 한구석에 어두운 그림자 같은 것을 느끼며 자기 자리에 가 앉았다. 스물셋이 되도록, 덕현 오빠가 자기를 만나자고 한 것은 처음인 것이다.

덕현과 덕희는 친오빠요 누이동생이다. 형제라고 하지만 어머니가 다르다. 덕희의 친어머니는 아버지의 소실이다.

이 형제는 우연히 길가에서 만난다 해도 서로 서먹한 감정으로 모르는 체할 수 없어 인사하는 정도뿐이었다. 덕현은 덕희보다 칠팔 년 위이라는 연령의 차이도 있지만 제일 어려운 오빠였다. 아버지도 어머니도 그를 제일 싫어했다. 어릴 때, 덕환 오빠나 덕숙 언니는 큰댁에서 가끔 심부름도 오고 놀러도 왔으나 덕현 오빠만은 한 번도 놀러오기는커녕 심부름도 오지 않았었다. 일 년에 한두 번 계동댁에 심부름을 가게 된 덕희는 날카롭게 쏘아보는 덕현 오빠의 시선에 그만 울상이 되어 쫓겨 오다시피 했던 것을 기억하고 있다. 그가 대학을 나와 의사가 된 후, 덕희도 여학교를 마친 후, 다 장성해서 피란 부산 땅에서 처음 인사 정도의 말을 하였을 뿐이었다. 한데 오빠는 어떻게 자기가 근무하는 화재보험회사를 알고 있는 것인지 궁금했다.

오후 다섯 시를 조금 지나, 덕희는 장부를 정리해놓고 회사를 나왔다. 약속시간보다 십 분 전이었는데 벌써 오빠는 와 있었다.

덕희는 오빠의 얼굴을 보자 전혀 예기치 않았던 굴욕 같은 야릇한 감정에 싸이는 것을 의식했다. 그러면서도 무엇이라고 인사를 해야 할 건지 몰랐다.

덕희는 오빠 앞에 마주 앉으며 옛날의 그 차가운 시선을 의식했다.

"안녕하셨어요?"

하고, 머리를 숙였다.

덕현은 잠깐 머리를 끄덕할 뿐 아무 말이 없었다.

덕희는 갑자기 머리를 치켜들었다. 그리고 오빠를 바라보는 자기의 시선이 날카로워지는 것을 느꼈다. 지금까지 전혀 느껴보지 못한 야릇한 반감 같은 것이 가슴에 떠오르는 것을 느꼈다.

덕현은 옛날과 같은 그의 차가운 눈으로 장성한 이복 누이동생을 바라보다가 동생의 시선을 피하며 천천히 담배를 꺼내어 물며 내심 태연하려 하는 것이었다.

어색한 감정이 두 남매 사이를 흐르고 있었다.

레지가 왔다. 덕현은 어색한 감정을 지우려는 듯이 덕희를 바라보며,

"난 커피. 넌?"

덕희는 약간 망설이다가,

"전 홍차 하겠어요."

했다. 사실 자기도 커피를 마시고 싶었다. 그러나 무엇인가, 자기도 모르는 사이에 홍차라고 했다. 의식하고 한 말이 아니었다. 무엇인가 고분하게 할 수 없는 감정이 자기를 사로잡는 것이었다. 이래서는 안 된다고 생각했다.

덕희는 지나간 옛날에는 몰라도, 지금은 이렇게 된 남매를 이해하고, 사람의 운명과 인정을 넓게 이해할 수 있는 자기라고 생각했었으나 이렇게 마주 앉아 오빠의 시선을 의식할 때, 가슴에 일어나는 굴욕의 흥분을

억제할 수 없었다. 자기의 슬픈 운명의 감정이라고 의식할 때 가슴이 차가워왔다. 철이 들며 큰댁 형제를 만날 때마다 느끼는 자기의 슬픈 굴욕 감정의 습관이 오늘도 이렇게 자기를 걷잡을 수 없게 하는 것인가…….

"아버지는 요사이도 술 많이 하시지?"

이 말은 어색한 감정을 풀기 위해서 오빠가 이러한 말을 하는 것이 아니라고 덕희는 생각했다.

"옛날 같지는 않으시지만 조금씩은 늘 하세요."

덕희는 이렇게 대답을 하면서도 오빠는 아버지의 건강을 묻는 것인가, 그렇지 않으면…….

덕현은 다시 계속해서 무슨 말을 할 것 같았으나 새 담배에 불을 옮기고 힐끔 덕희를 바라볼 뿐이었다. 침묵이 흘렀다. 그러나 다방의 레코드는 '맘보맘보'만을 외치며 돌았다.

덕현은 차를 한 모금 들고 나서 다시 무거운 입을 열었다.

"계동 어머니가 병환이 중하신데 봄을 넘기시지 못할 것 같아…… 아버지가 이번만큼은 한 번 오셨다 다시 가신다 해도 오셔야 할 것 같아서…… 네가…….

"네, 알겠어요. 제가 아버지에게 말씀해서 꼭 가시도록 하겠어요."

"고마워, 네가 이해해주어서…….

이 말은 어떻게 들어야 할는지 몰랐다.

"계동 어머니가 병환이 아니시더라도 아버지는 당연히 본댁으로 가셔야죠. 제가 꼭 그렇게 하도록 하겠어요."

사실 이 말은 계동 어머니를 동정해서도, 오빠를 동정해서도, 세상의 도리가 그러하다고 해서도 아니었다. 지금에는 쓸쓸한 아버지를 동정해서였다.

덕희의 어머니는 명동에서 다방을 내고 있다. 마흔을 넘은 사십대의 여인이지마는 아무리 보아도 서른대여섯밖에 나 보이지 않는 요염한 아름다움을 지니고 있는 여인이었다. 옛날부터 사치한 옷차림을 하고, 남성의 시선을 끌며 거리를 걷는 것이 취미인 여인이었다. 자기의 아름다움을 의식하는 여인이었다.

8·15 해방 후, 덕희의 아버지의 토건회사가 파산에 이르자 덕희의 어머니는 재빨리, 명동에 다방을 내었다. 덕희 아버지는 잠시 형편을 보며 회사의 정리를 완전히 하고, 다시 회사를 재건한다고 집에서 관망하고만 있었다. 아내가 다방을 낸다고 해서 무슨 큰돈이 떨어진다고는 생각지 않았다. 자기 이름으로 있는 명동의 집을 다방으로 한다고 할 때, 하는 것은 좋으나 남에게 맡겨서 하고 하루 한 번 정도 나가 돌보기만 하라고 한 것이었다. 한데 한 달, 두 달은 남편의 말대로 했으나 그 후로는 아침에 집을 나갔다 밤이 되어서야 들어왔다.

토건업으로 일제 도가다판*에서 성공한 그의 괄괄하고 거친 성격은 자기가 아무리 망했다 해도, 아내를 시켜 호구하지는 않는다고 완전히 남에게 맡기라고 했다. 그래도 살금살금 나가는 아내를 보자, 하룻밤은 일부러 술을 진탕 마시고 아내가 있는 다방에 들어가 손님과 레지를 내어 쫓고 다방을 부셨다. 의자고 테이블이고 찻잔이고 닥치는 대로 부셔 버린 그였다. 아내는 그의 성격을 아는지라 말 한마디 없이 그러한 남편을 쌀쌀하게 바라볼 뿐이었다. 후에 그 다방을 수리해서 남에게 맡기고 형편을 보고만 있었다.

덕희의 아버지 신교철 씨는 다시 토건업을 재건하지 못했다.

영어를 알아야 군정청 청부를 맡을 수 있다는 것을 알았다. 영어의 시대가 된 것을 뼈저리게 느꼈다. 그는 오십에 접어들어 머리가 반백이

| * 노동판.

114

되어서도 다시 옛날 중학시대의 영어책을 사고, 포켓에는 언제나 영어회화 책이 들어 있었으나 혀가 돌지를 않았다. 영어 공부에 무진 애를 썼으나 이제는 자기의 머리가 돌대가리라는 것을 알았다. 그는 인생이 슬펐다. 갑자기 기력이 풀렸다. 영어를 모르는 천추의 한을 품으며 이제는 자기 시대가 아니란 것을 뼈아프게 관념했다. 패배자라는 것을 느꼈다.

그는 밖으로 나가질 않았다. 아내는 양과 같이 온순해진 남편을 봤다. 아내는 다시 다방의 마담이 되었다. 그러나 그때만 해도 아내는 남편을 잠자는 호랑이라고 생각하고, 단정히 몸을 가졌었다.

6·25 동란으로 해서 얼마 남지 않았던 가산이 재로 달아났다. 아내는 부산 피란지에서도 다방을 내었다. 신교철 씨는 정말 이제는 아무것도 못했다. 그는 담뱃값도 아내의 눈치를 보아서 달랬다. 돈이 없는 자기는, 아내의 등에 업혀 호구하는 자기는 죽은 목숨이라 관념했다.

아내가 무엇을 하건 이제는 무관이었다.

환도 후에는 다방 이층의 다다미방에서 화투패를 가지고 시간을 보내고, 기원에 가서 바둑을 두며 시간을 보내다가 약주집에 들러 몇 사발의 술을 마시고 들어오는 것이 그의 일과였다. 그는 자기 자신이 폐인이 된 노인이라고 관념했다.

아내는 매일 밤, 다방의 문을 닫고는 아래층 온돌방에서 밤늦게까지 젊은 사내들과 웃음으로 시시덕거렸다. 그러나 그는 귀머거리모양 몰라라 했다. 아무리 추운 삼동이라 해도 이층 자기 방에서 내려오지 않았다. 덕희가 아버지를 내려가자고 끌어도 아버지는 춥지 않다고 했다. 이러한 아버지를 볼 때, 동정이라기보다도 미운 생각만이 들었다. 그러나 덕희는 유담부*라는 것을 사다 물을 끓여 넣어 아버지 이불 밑에 넣어드리곤

| * 뜨거운 물을 담아 난로 대용으로 사용하는 고무물통.

115

했다. 늙은 아버지는 미안해했다. 덕희는 딸에게까지 미안해하는 아버지를 볼 때마다 눈이 뜨거웠다. 육십도 못된 아버지가 회갑을 지난 노인같이 너무도 기력이 없고, 눈치로만 살아가는 모양이 슬펐다. 옛날의 아버지의 모습은 조금도 찾아볼 길이 없었다.

덕희는, 지난겨울에는 아버지와 같이 이층 자기 방에서 겨울을 났다. 아버지를 동정해서가 아니라 어머니의 야한 몸가짐이 구역질나서였다.

영화배우라는 사내와 유행가 가수라는 청년과 매일 밤 마주 앉아 시시덕거리고 영화를 본다, 댄스홀로 간다, 정신이 없었다. 그만해도 좋다. 한데 때로는 영화배우가, 때로는 유행가 가수가, 어머니 방에서 밤을 새고 갔다.

첩의 딸이라고 하는 마음의 상처로 울던 여학교 때의 괴로웠던 시절, 아버지에게 속아온 어머니. 다방을 하며 뭇 사내에게 웃어야 하는 어머니. 추하게 늙은 아버지. 이 아버지는 자기에게 아픈 상처를 낸 범죄인으로서 저주했었다. 덕희는 자기 굴욕의 운명을 저주하여 아버지에게 원망을 가슴 깊이 느꼈었다.

그러나 이제는 아버지의 동정자가 되었다는 것을 어떻게 생각해야 할는지 몰랐다.

덕현 오빠를 만나고 집으로 돌아오는 덕희는 자기 집 다방과 샛길 골목으로 들어가 부엌으로 해서 이층 자기 방으로 올라갔다. 아버지의 방문을 열었으나 없었다. 기원에서 바둑을 두거나 주막에 있을 것이라고 생각했다. 아버지가 계신다 해도 이 집에서 그 이야기는 못할 것만 같기도 했다. 덕희는 다시 밖으로 나와 기원으로 가서 이층으로 올라가 문을 열었다. 담배 연기가 자욱한데 숱한 사람들이 서로 마주 앉아 바둑판만을 응시하고 있었다. 난데없이 젊은 여자가 들어갔다고 이상히 바라보는 사람도 없었다.

덕희는 곧 아버지를 발견할 수 있었다. 아버지는 한구석 의자에 앉아 바둑을 두는 것도 아니요, 그저 남이 두는 바둑판을 바라보며 앉아 있을 뿐이었다. 어깨를 축 늘이고, 한 손으로 턱을 고이고 앉아 있는 모습은 너무도 최최한* 모습이었다. 덕희는 갑자기 이러한 아버지에게 값싼 동정보다도, 도리어 이렇게까지 비굴하게 앉아 있는 아버지에게 알 수 없는 반감을 느꼈다. 덕희는 아버지의 옆으로 가 어깨를 흔들었다. 딸을 발견한 아버지는 너무도 의외라는 듯이 눈이 둥글해서 벌떡 일어섰다. 덕희는 말없이 앞장을 서 나왔다. 아버지도 말없이 딸을 따라 나와 계단을 내려왔다.

"집에 무슨 일이 있었니?"

"아뇨."

덕희는 그대로 걸어가다가 조그마한 중국요리점 문 앞에서 걸음을 멈추고,

"아버지에게 조용히 이야기할 것이 있어요."

하고 문을 열고 쑥 들어갔다. 아버지도 따라 들어와 방에 앉으며,

"난 술은 싫다."

하는 것이었다.

덕희는 자기 마음대로 요리를 시키고 술을 가져오게 했다.

아버지에게 술을 따랐다. 장성해서는 처음이었다. 어릴 때 아버지는 이 딸에게 곧잘 술을 따르라 했었다. 누구보다도 덕희를 귀엽다고 안고 춤을 덩실 추던 아버지였다.

덕희의 아버지 신교철 씨는 자기의 의견을 한번 내세우면 굽힐 줄을 모르는 고집 센 사내였다. 도가다판에서도 그의 고집은 통할 때가 많았

| * 북한어로 '몹시 초라한'의 뜻을 가짐.

다. 공사 현장에서 부하에게 명령하는 소리는 칼을 든 장군의 소리 같았다. 자기 명령에 불복종하는 자에게는 용서 없이 주먹으로 내려치는 그였다. 그러나 그의 오야가다*로서 인정은 특유한 것이었다. 그의 부하들은 그를 대장이라고 했다. 그러나 공사 현장에서는 그를 호랑이라고 불렀다.

그러하던 아버지가 육십도 넘기 전에 그 호랑이 같은 기상과 기력은 어디로 사라지고 이렇게도 양같이 변하였다는 것은 너무도 슬펐다. 그러나 아버지가 비굴하리만치 성격을 굽히고 눈치로 살고 눈치로 늙는다는 것은, 딸로서 슬프다기보다 도리어 이상한 반발심이 일어나는 것이었다. 술 없이는 살 수 없으면서도 "나는 술은 싫다." 하는 이러한 아버지가 미웠다.

아버지는 사업이 실패되기 전까지는 언제나 포켓용 위스키나 브랜디를 넣고 다니며 마셨고, 집에는 값진 양주를 수십 병씩 놓고 마시던 아버지였다. 매일같이 목욕을 하고, 이발소에 가서 면도를 하고, 깨끗한 멋진 옷을 입고 어머니를 데리고 걷던 아버지였다. 멋지게 술을 마시고 멋지게 돈을 쓰던 아버지였다.

덕희가 이 아버지에게 이렇게 반발하는 감정에 사로잡히는 것은, 과거의 강한 의지의 아버지, 사치한 과거의 아버지의 환상이 떠오르기 때문인지 몰랐다. 이제는 너무도 비굴하리만치 눈치로 사는 그의 모습에 환멸을 느끼며 일어나는 감정일는지 몰랐다.

덕희는 아버지에게 술만을 권했다. 술을 더 가져오게 하고,

"아버지……, 오늘 계동 덕현 오빠 만났어요."

"……."

| * 노동판의 우두머리.

118

아버지는 잠시 얼굴빛이 흐리었으나 이내 담배를 붙여 물며,

"계동 집 이야기라면 하지 마라."

하는 것이었다.

집에서도 가끔 계동 집 이야기가 나오게 되면 아예 말을 못하게 하는 것이었다. 계동 집과 자기는 무관이라는 것이었다. 그러나 어머니는,

"왜, 마음을 속유. 사람인 다음에야 계동댁이나 아이들 생각을 안 할 사람이 어디 있어요. 누가 뭘 해서 속이려고만 해요 응?"

"누가 뭐라나. 계동의 말은 하지 말라는 것이야. 나하고는 상관이 없는 집이야."

그러면 어머니는 더했다.

"흥, 옛날 돈 벌어다가는 다 계동 집으로만 가져가고…… 나한테는 해준 것이 뭐요 그래. 늙어선 여편네를 내세워서 돈벌이를 시키고. 누군 호강할 줄 몰라. 이런 장사를 하고 싶어 해. 덕희도 이제 시집을 보내면 다야. 그래도 나는 옛날 정으로 이러한 장사라도 하면서 굶지 않고 살려고 하는데 당신의 본심은 언제나 계동댁에만 있지. 나도 다 알아요. 누군 바보야. 가구려, 가. 진정이요. 여기 생각은 말고. 말고 가요, 가. 당신이 그리 가면 나도 인제는 첩 소리는 듣지 않고 살아요. 당신까지 벌어다 먹이는 사람이 굶겠어……."

"그만해, 그만……."

"뭐가 그만해, 여기 생각은 말고 가요, 가. 시퍼런 본마누라가 있겠다, 젊은 맏아들이 의사겠다, 며느리가 시중들어 주겠다, 무엇이 부족해서 못 가……."

"알아, 그만해, 그만해."

"흥, 알았으면 가요, 가. 누가 말려 못 가. 알았으면 가요."

덕희는 이러한 어머니의 넋두리를 들을 때마다 가슴이 아팠다. 정말

어머니는 아버지를 계동 집으로 쫓고 싶어 했다. 그러나 아버지는 이렇게 어머니에게 굴욕을 받으면서도 가지 않았다.

이제 와서 그런 말을 하면 딸까지 아버지를 계동댁으로 보내려고 하는 것 같아 덕희는 마음이 언짢아지는 것이었다.

"계동 집 어머니가 병환이 중하시다고요. 오빠가 일부러……."

아버지는 힐끗 딸을 바라보며,

"너의 오빠가 뭐라고 하건, 네가 뭐라고 하건, 나는 가지 않는다."

단숨에 술을 들이켜고, 다시

"계동 집하고 나하고는 상관이 없어."

"왜 상관이 없어요. 거짓말 마세요."

덕희는 자기도 알 수 없이 반발심이 일어났다.

"덕희야……."

"아버지 한 번 가셔야겠어요. 갔다 오세요. 어머니가 뭐라고 하건 가셔야 해요. 계동 집 어머니의 생사가 아니에요. 아버지도 한번 가보고 싶은 마음은 사실이 아니에요?"

"덕희야, 아버지는……."

"아니에요. 덕현 오빠에게 꼭 아버지를 보내드리겠다고 약속했어요. 아버지가 안 가시면 저는 무슨 죄를 짓는 거와 마찬가지예요. 꼭 갔다 오세요. 아주 가시라는 것이 아니에요."

"덕희야, 그런 말은 그만해."

딸에게 애원하듯 했다.

"그저 아버지는 계동 집 이야기만 하면 그만해, 그만해예요."

"아버지는 아무것도 아니다. 아버지는 없는 사람이라고 생각해라. 죽지 못해 사는 사람이다."

아버지의 말은 떨리었다. 그리고 그는 한 손으로 이마를 짚으며 머리를 떨어뜨리는 것이었다.

덕희는 이 이상 말을 할 수 없었다.

아버지와 딸은 옆길로 해서 뒷문으로 들어가 이층으로 올라가려 했다. 한데, 온돌방에서 젊은 유행가 가수의 큰 웃음소리가 들려왔다. 다방문을 일찌감치 닫고 위스키라도 마시는 취한 웃음소리였다. 어머니의 깔깔거리는 웃음소리는 색음色音이었다.

아버지는 올라가려던 발걸음을 돌리고 다시 밖으로 나가는 것이었다. 덕희는 아버지를 따라 나갔다.

"아버지, 어디 가세요?"

덕희는 오늘만은 아버지를 그렇게 밖으로 나가게 해서는 안 될 것 같았다. 허리를 구부리고 좁은 골목을 빠져나가는 아버지의 모습은 너무도 초라하고 슬펐다. 벌써 아버지는 큰길로 나가 오가는 사람의 물결 속에 들어가 밀리어 갔다. 요사이 아버지는 아래층에서 그러한 사내들의 시시덕거리는 색음소리가 들려오면 방을 나가 밖으로 사라지는 것이었다. 주막에서 술만을 마시다가 문이 닫히게 되면 길거리로 나와 혼자 돌아다니다가 통행금지 시간이 지나서야 가만히 들어오는 것이었다.

덕희는 이 아버지를 위해서 월급을 받는 날이면 벽에 걸린 아버지의 저고리 포켓에 몇 천환씩 넣어드리곤 했다. 때로는 어머니에게 용돈을 달라 해서 아버지 포켓에 넣어드렸다. 지난 아버지의 생일날, 옛날의 아버지를 생각해서 양주 한 병을 사드렸다. 웃지 않는 아버지였으나 그때만은 딸을 보고 쓸쓸한 미소를 지으며, 양주병을 바라보며 옛날을 생각하는 눈빛이었다. 그 후, 덕희는 때때로 다방 주방에 들어가 양주병을 들어다 아버지 방에 놓곤 했다.

그러면서도 덕희는 아버지를 대할 때마다 어머니의 비행에 대해서 한마디도 말하지 않는 것이 미웠다. 그렇게까지도 마음을 굽히고 살아야 하는가 하는 것이 슬프고도 괴로웠다. 아버지를 쫓아가다 말고 불현듯 모든 것이 미워지고 괴로워지는 생각에 발걸음을 돌려 집으로 돌아섰다.

그러나 이층 자기 방에 올라가 가만히 앉아 있으려 하나 밤이 짙어갈수록 아래층 어머니 방에서는 유행가 소리가 들려오고 어머니의 교태의 색음이 들려와 앉아 있을 수 없었다. 이 집의 풍속에 젖어온 자기였다. 이러한 분위기에는 졸업을 한 자기였다. 그저 자기의 흐린 운명을 고민할 뿐이었다. 어머니가 덕희에게 다방을 맡아보라고 할 때, 자기도 어머니와 같이 자기 인생을 아무렇게나 흘러가보고 싶기도 했다. 욕정에 떨기도 했다. 그럴 때마다 자기를 고이 품고 간 애인을 생각하며 그러한 생각을 지워버렸다. 그리고 아버지의 책임보다도 어머니의 책임 같은 것을 느낄 때, 덕희는 직장을 택했던 것이다. 그보다 아픈 상처가 또 있었다. 서로 사랑하는 상대가 있었다. 그러나 젊은 애인은 맑은 사랑과 깨끗한 사랑으로 전쟁터에 나아가 사라졌다. 야전병원에서 덕희의 이름을 부르며 갔다. 그를 위해서도 자기는 깨끗이 남과 같이 살다가 가겠다고 결심했었다. 그로 인하여 순결했던 자기의 공허한 가슴을 어머니와 같이 욕정으로 채우고 싶지는 않았다.

허리를 구부리고 샛골목을 빠져나가는 아버지의 모습이 애절하게 가슴을 찔렀다. 이럴 때마다 사치했던 아버지의 환상이 자꾸만 그려졌다.

덕희는 이층에서 내려왔다. 어머니의 방에서는 난취*의 목소리가 흘러왔다. 덕희는 자기도 모르는 사이에 어머니의 방문을 열어젖혔다.

"어머니, 그만하세요. 너무해요."

울음 섞인 날카로운 목소리로 그들을 쏘았다. 문을 홱 닫고 밖으로 뛰어나왔다. 물밀듯 오가던 사람들이 흩어져 간 명동의 밤거리에는 난취

| * 술에 몹시 취함.

한 사람들만이—그래도 집을 향해 발걸음이 빨랐다.

덕희는 무엇 때문에 이러한 밤거리로 나왔는지 몰랐다. 술집에 앉아 있을 아버지를 찾아 나온 것도 아니었다. 그들이 있는 집으로 아버지를 모시고 간다는 것은 괴로울 것밖에 없다. 아버지는 그들의 꼴을 보지 않아야 할 자유는 있어야 할 것만 같았다. 그렇다고 이대로 집으로 들어갈 수도 없었다. 이 밤중에 희숙의 집에 찾아갈 수도 없었다. 집으로 들어가 그들과 싸울 수도 없었다.

덕희는 시 공관 앞으로 중국 대사관 골목으로 돌아 충무로로—중부 경찰서 앞을 돌아 명동 성당 앞을 지났다. 언덕길을 내려 걷는데 바로 오륙 미터 앞에 아버지의 뒷모습이 아닌가. 덕희는 멈칫 섰다. 자동차의 강한 헤드라이트가 그를 비치었다. 통금 예고 사이렌이 서울의 밤하늘을 길게 울리며 사라졌다. 덕희는 아버지의 뒤를 따랐다. 첫 골목길로 꺾어야 집으로 가는 것인데 아버지는 그대로 시 공관 앞으로 중국 대사관 골목길로 걷는 것이다. 충무로로 경찰서 앞으로 성당 앞으로 다시 돌아왔다. 아버지는 다시 첫 골목길을 꺾지 않고 같은 코스로 또 걷는 것이다. 덕희도 뒤따라 걷기만 했다. 그들을 스치고 지나가는 취객들의 발걸음은 빨랐다. 그러나 아버지와 딸의 걸음은 빠를 줄을 몰랐다.

오월 하순 어느 날 밤—마담은 영화배우와 같이 밖으로 외출하고, 레지는 다방의 문을 닫으려 했다. 한데 한 사나이가 나타나 신교철 씨를 만나게 해달라는 것이었다.

"신교철 씨가 누군데요?"

"이 집 주인."

"마담이라면 최애자 씬데요."

"신교철 씨라면 알아."

레지는 그때서야 알 듯하다는 듯이 안으로 들어가는 것이었다.

"덕희 언니⋯⋯."

레지는 덕희를 불렀다. 이층에서 내려온 덕희는 레지의 말을 듣고 다방으로 나왔다.

덕희는 자기를 쏘아보고 섰던 덕현 오빠의 시선에 마주치자 놀라며 그 자리에 서고 말았다. 인사의 말도 나오지 않았다.

한 손을 윗저고리에 넣은 오빠는 침착하려는 듯하나 떨리는 것이었다.

"아버지 계시냐?"

그 목소리에는 떨리는 분노가 서려 있었다.

"안 계세요. 밖에 나가셨어요."

덕현 오빠는 잠시 아무 말을 하지 못하고 덕희만을 날카롭게 쏘아보다가,

"그러면 아버지에게 네가 전해라. 어머니가 오늘 저녁 일곱 시 십이 분에 운명하셨다고 전해라. 나는 아들의 의무로서 전할 뿐이다."

덕희는 머리를 숙였다. 앞이 막막해지는 것을 느꼈다. 말문도 막혔다. 계동 어머니가 돌아갔다는 것이 슬퍼서가 아니었다.

"나는 너에게 나를 굽히고 부탁했었다. 그러나 아버지도 너도 너무나 비정非情한 인간이라는 것을 몰라서였다. 누구를 비난하러 온 것은 아니다. 아들의 의무로서 어머니 돌아간 것을 알리고 갈 뿐이다."

덕현은 바람같이 사라졌다.

덕희는 석상같이 그대로 서 있을 뿐이었다. 그러나 가슴에는 화살을 맞은 것 같았다.

얼마 후, 덕희는 아버지를 찾아 거리로 나왔다.

푸른 페인트칠을 한 판잣집 주막 문을 열었다. 후줄근한 잠바를 입은 아버지는 한구석통 의자에 앉아 약주 사발을 들고 멍하니 바람벽만을 바

라보고 있었다. 술꾼들은 이러한 집에 젊은 여자가 나타났다고, 들던 술사발을 멈추고 바라보는 것이었다. 덕희는 그러한 시선에는 무심히 술꾼들을 헤치고 들어가 아버지를 불렀다.

놀란 아버지는 또 아무 말 없이 딸을 따라 길거리로 나왔다.

"왜 그러냐?"

"집에 가시면 알아요."

하고 덕희는 머리를 푹 숙이고 걸어갔다. 아버지는 풀이 없는 딸이 이상했다.

"덕희야, 무슨 일이냐? 별일 아니면 난 좀 더 있다 들어갈란다."

"가세요. 집에는 아무도 없어요."

덕희는, 아버지가 무엇 때문에 오늘 저녁 또 이렇게 나와 있는 것을 알기 때문이었다. 갑자기 아버지의 불행 같은 것을 느끼며, 알 수 없는 설움이 복받치는 것이었다.

이층에 올라간 아버지는 딸의 거동만을 살폈다.

덕희는 아버지의 양복을 꺼내어놓으며,

"옷 갈아입으세요."

"갑자기 왜 이러는 거냐?"

"하여간 갈아입으세요."

"도대체 무엇 때문이냐?"

아버지는 딸의 눈만을 바라보는 것이었다. 바라보는 아버지의 눈에는 젊었을 시절의 으리으리한 정기의 빛이 흐르는 것이었다. 그 빛은 무엇에 대한 항거의 빛이었다. 덕희는 이 아버지의 눈은 속일 수 없는 것을 알았다.

"계동 어머니가 돌아가셨어요."

아버지는 갑자기 그 눈빛을 흐리며 머리를 떨어뜨리는 것이었다.

"오늘 저녁 일곱 시 십 분에 운명하셨다고 금방 오빠가 오셨댔어요."

그는 정말로 바위같이 앉아 움직일 줄을 몰랐다.

"아버지, 옷 갈아입고 가세요."

그는 그대로 앉아 머리를 흔들 뿐이었다.

"가셔야 하지 않아요? 왜 이러세요."

"나는 누구의 아버지도 아니고 누구의 남편도 아니다. 나는 없는 사람이다."

그는 일어나 밖으로 나가는 것이었다.

덕희는 이 이상 무어라 할 수 없었다. 알 수 없는 눈물이 흘러, 사라지는 아버지의 모습이 보이지 않았다.

―《현대문학》, 1956. 7.

백호白虎 그루우프*

1

용석은 자리에서 눈을 떴다. 커튼이 걷힌 창문으로 햇살이 뻗쳐 방 안은 눈이 시울도록 환했다. 오래간만에 보는 햇빛이다. 지루한 장마가 걷히고 날은 맑게 개었다.

용석은 눈이 뜨여도 그대로 누워, 누워 있는 것이 싫증이 나고 배가 고파야 침대에서 일어나는 버릇이었으나 오늘 아침만은 벌떡 일어났다. 몸이 가볍고 마음이 맑다. 벌써 아홉 시는 넘은 시각 같았다.

용석에게는 아침 몇 시에 일어나건 누가 관계하는 사람이 없었다. 오늘이 며칠이고 무슨 요일인지도 잘 몰랐다.

사실은 알 필요가 없어서다. 무위도식이란 말 그대로라고 생각했다.

금년 봄 고등학교 이 학년에 진학되어 한 달을 채 못 다니고 퇴학을 당했으니 벌써 이러한 생활도 석 달이 된다. 인제는 싫증도 났다.

용석은 휘파람을 불며 파자마 바람으로 창을 뛰어넘어 이층 베란다에 나왔다. 내려다보이는 정원의 나무와 화초의 빛깔이 유난히 생생하여

| * 그룹, 제목이 그루우프로 되어 있어서 본문에서도 '그루우프'를 현대 표기법으로 고치지 않고 적용함.

127

무슨 생명이 살아 움직이는 것을 보는 것 같았다. 수목의 빛깔에 처음 느껴보는 감정이었다. 맑은 공기를 가슴 가득히 마셔본다.

갑자기 담배가 피우고 싶었다. 방으로 들어가 담배를 찾아보니 없다. 더 피우고 싶어졌다. 사실은 담배 맛이라고는 모른다. 담배를 꺼내어 입에 무는 멋과 성냥을 그어 대고 불을 훅 불어 끄는 재미와, 담배를 손가락 사이에 끼고 있는 멋이 좋을 뿐이다. 또한 어른의 맛이 나기 때문이다. 용석은 이러한 아침에 멋을 좀 부리고 어른의 기분을 내고 싶었는데 담배가 없다. 어젯밤 피우고 버린 꽁초를 주워 물고 성냥을 그어 대었다. 쓴 것이 머리가 찔했다. 이내 꺼버렸다. 칫솔을 물고 아래층 계단을 내려갔다. 형이 소파에 비스듬히 누워 담배를 멋들어지게 피우고 있다. 이러한 형을 바라보자 공연히 패배감 같은 것을 느끼며 불쾌했다. 형은 용석을 바라보자 담배연기를 훅 불어 둥근 원을 만들어 커가는 원의 구멍으로 용석을 비웃어 보는 것 같았다.

용석은 칫솔을 문 채 '홍' 하고 세면소로 갔다.

형은 벌써 방학을 하고, 날만 개면 대천으로 간다고 했으니까 내일쯤은 떠날 것이다. 형이 대천으로 간다면 용석은 부산으로 간다고 결심했다. 또한 친구들과도 부산 가기로 약속했다. 그러나 아버지는 학교에 다시 안 가는 한, 돈은 주지 않는다고 했다. 또한 퇴학 맞은 벌로 집에서 근신하라는 것이었다. 새 학기에는 딴 학교에 보내줄 터이니 아무 데도 가지 말고 공부를 하라는 것이었다. 그러나 어제저녁 두고두고 생각한 것이 있다. '홍, 내가 못 가' 하는 것이었다.

용석이 세면소에서 얼굴을 씻고 나오는데 새어머니와 부딪칠 뻔했다. 용석은 언제나 새어머니를 골려주는 것이 하나의 취미였다. 그러나 자기 계획대로 새어머니의 다이아몬드 반지를 뺏으려면 접근해두어야 하기 때문에 오늘 아침만은 전과 달리 대하려고 했다.

"어머니, 아버지 출근하셨어요?"

전에 없이 부드럽게 물었다. '새어머니' 하는 것을 '새'자를 빼고 그저 어머니라고 불렀는데 대답도 없이 변소로 사라진다.

새어머니는 삼 년 전에 용석의 아버지와 결혼했다. 결혼할 때 스물다섯 살이라고 했으니까 지금은 스물여덟인가 그쯤이다. 아버지는 이 새어머니보다 꼭 이십 년 위다. 새파랗게 젊은 여자가 이십 년이나 위인 아버지와 결혼한 것은 뻔한 일이라고 용석은 생각했다. 전처 자식으로 형과 자기와 같은 것이 있는데도.

용석은 이 새어머니가 꼭 누나처럼밖에 생각이 들지 않았다. 정말 어머니가 돌아간 후에는 새어머니와 같은 누나가 있었으면 했다. 한데 젊은 여자가 자기네 형제에게 아주 어머니 행세를 하려는 것이었다.

형을 용철아! 자기를 용석아!

누나라면 다정도 하지만 시집온 지 이튿날, 제 딴에는 아주 다정한 것처럼 용석아! 그때 중학 이 학년이었던 용석은 그렇지 않아도 마음이 언짢고 말할 수 없는 감정과 반목으로 새어머니라는 것을 바라보고 있었는데,

"용석이라고 한다지, 어느 중학에 다니지?"

용석은 비위가 상하고 어처구니가 없어지고 말았다. 한데 또 한다는 소리가, 미소까지 띠면서,

"용석아, 몇 살이라지?"

자기를 마치 유치원 아이인 줄 아나, 별게 다…… 용석은 자기네 말로 새어머니를 한참 쩨리다가,

"왜? 유치원 아인 줄 알아, 흥…….."

돈 때문에 우리 아버지한테 시집을 왔지, 아버지가 은행 상무라고, 너도 행세하고 싶어서, 새파랗게 젊은 게, 용석아, 몇 살이라지, 흥……

이러한 말이 목구멍까지 나오는 것을 참고 이층 자기 방으로 뛰어올라갔다. 한참 후에 복잡한 감정과, 복받쳐 오르는 분함으로 울었던 것을 지금도 생각한다.

용석은 새어머니와는 말을 안 하기로 한 것이나 골려주기 위해서 말을 거는 것이다. 그러나 반드시 '새'자를 붙여 새어머니라고 했다.

젊은 어머니와 용석이 사이에는 냉전이 계속되었다.

사실 용석이 형제에게는 먼 사돈의 팔촌이라는 식모 할멈이 제일 다정했다.

"할머니, 나 빵 줘."

집안 식구들은 할멈이라고 불렀지만 용석은 의식적으로 할머니라고 불렀다. 또한 할머니는 용석을 친손자처럼 사랑했다.

"오늘 아침은 밥 먹어라. 열무김치도 잘 익고, 물 좋은 갈치조림이 맛있다. 응, 밥 먹어."

"그럼 밥 줘."

신식 젊은 부인이 이 집에 들어온 후에는 대개 아침식사가 빵과 버터와 밀크와 커피로 바뀌어졌다. 할멈만은 그것이 딱 질색이어서 밥을 먹었다. 그리고 그게 무슨 식사가 되겠는가고 용석에게만은 밥을 늘 권했다.

식당으로 들어가려는데 새어머니가 변소에서 나오는 소리가 났다. 며칠간은 새어머니의 환심을 사두려고 했는데 자기 물음에 대답도 없이 변소에 사라졌다 나오는 것이 아니꼬웠다. 용석은 버티고 서서 복도를 돌아오는 새어머니를 째렸다. 시선이 마주치자 새어머니는 질렸는지 시선을 돌린다. 이렇게 되면 자기의 승리라고 생각했다. 새어머니가 용석을 피해 가려 할 때 짓궂게 복도를 막아서며,

"새엄마, 좀 일찌감치 일어나시지. 지금이 몇 신 줄 알아."

새어머니는 잠옷 바람으로 멈칫 서서 젖가슴을 가리며 용석을 매섭

게 쏘아본다. 그러나 용석은 조금도 무섭지 않고 마치 누나와 농을 하는 것 같아 재미있다.

"누구에게 참견이야. 너는 매일 몇 시에 일어나곤 했어. 비켜."

이건 꼭 누나와 같은 목소리요 말이다. 이래서 농을 거는 것이다. 용석은 히죽이 웃으며 비켜선다. 새어머니는 입술을 꼭 다물고, 자기보다 키가 큰 용석을 새침해서 눈을 흘기고 콩콩 걸어가서 침실로 들어가는 것이다. 좀 더 농을 했으면 좋겠는데 너무 노하게 하면 재미가 없다. 앞의 계획을 위해서.

사실은 젊은 새어머니도 용석과의 입싸움은 단조로운 가정에서 재미가 있는지 모른다. 재미가 없다 해도 싫지 않은 모양이다. 한참 입싸움을 하다가는 깔깔대며 웃는다. 동생 같은 전처 아들과 입싸움을 하는 자기 자신이 어처구니가 없어 웃는 것이다.

이 젊은 새어머니는 어처구니가 없어 웃는다고 생각하나…… 자신 젊음의 희롱인 줄 모른다.

젊은 이 여인에게는 젊음이 그립다. 남편은 점잖만을 빼고, 젊음의 그림자도 없다.

젊음과 젊음이 부딪치는 희롱의 쾌감인 줄을 이 젊은 새어머니는 의식하지 못하고 용석과 입싸움을 하고는 어처구니가 없어 자기는 웃는다고 생각했다.

용석의 형 용철과는 거의 말없이 지낸다. 젊은 새어머니나, 스물두 살의 대학생은 서로 맞서는 것이 무엇인가 무서웠다. 형용할 수 없는 무서움으로 두 사람의 거리는 접근하지 않고 먼 거리를 두고 지속하는 것이다. 서로 언짢은 의식밖에 의식하지 않는다. 한 지붕 밑에서 삼 년을 살았어도 서로 남의 생활을 엿볼 뿐 말이라고는 없다. 여관에 든 사람들 같이 서로 남남이다.

용철은 대학에 들어가게 되고, 새어머니가 오게 되면서부터 집에서는 일절 말이 없었다. 동생이 퇴학을 맞건 무슨 지랄을 하건, 그것도 자기와는 무관이라는 듯…… 가끔 동생을 아니꼬운 시선으로 바라볼 뿐이다. 오늘 아침과 같이.

용석은 밥을 먹으면서도 자기 계획을 생각해본다.

2

인학이와 영길이 찾아왔다. 같이 퇴학을 당하였는데 용석을 내어놓고는 A고등학교나 B고등학교에 다니고 있다.

"재호하고 병훈이 말이야, 집에서들 대천으로 간다고, 할 수 없어 그리로 간대."

"그러면 민선인?"

"갠 우리하고 같이 갈 거야."

"돈 준비됐어?"

"가는 날 차표도 사준대."

"난 아직 돈이 안 됐어."

"그럼 어떻게?"

"될 수 있어."

용석은 자기 계획을 설명했다.

"오케이."

"잘될까?"

"안 될 것이 뭐야. 안 되면 억지로라도 빼앗지."

"그럼 오늘부터 한 번 연습을 해."

"그래."

세 학생은 아래층으로 내려갔다. 마침 용석의 형은 외출하고 새어머니가 응접실에서 신문을 보고 있었다. 용석이 선두로 응접실로 들어갔다. 새어머니는 의아하여 그들을 바라보다 다시 신문에 시선을 던진다.

"자, 앉아. 우리 어머니야."

새어머니는, 또 그들의 거동을 바라본다.

"어머니, 우리 친구들 아니에요? 전에 교장실에서 한 번씩 보았을 거예요."

"응, 너의 그루우프들이구나, 딴 학교에 다들 다녀?"

"네, 용석이 혼자 아직 학교에 안 들어갔지 다 들어갔어요."

인학이가 이렇게 이야기를 하자 영길이도,

"저희들이 자꾸 말했더니, 용석이두 새 학기부터는 아무 학교에라도 간다고 했어요."

"그래, 새 학기부터는 물론 가야지. 그래도 너희들 말은 듣는군."

용석은 R학교를 퇴학당하고는 아무 데도 가지 않는다고 버텼던 것이다.

"어머니, 친구들한테 커피라도 내주세요."

"그래, 할멈, 할멈."

할멈을 부르나 대답이 없다.

"어디 나가신 모양인데 제가 타 오지요."

하고, 용석이 일어섰다.

"아니, 넌 있어, 내가 내어올게."

새어머니는 주방으로 가서 한참 만에 커피세트를 가져다놓고 설탕 단지를 열어 하나하나 커피 잔에 넣는 것이다.

"설탕은 조금씩 넣어주세요."

"너희들 그러면 벌써 커피에 중독이 들었구나."

"뭐 맛을 알아요?"

용석은 두 친구와 같이 새어머니의 환심을 샀다. 새어머니는 아침과는 전혀 딴판인 용석을 바라보며 의아스럽다고 생각했다.

용석은 새어머니의 손가락에 끼인 반짝이는 다이아 반지를 힐끗힐끗 바라보며 가슴이 설레는 것을 느꼈다.

그날 친구들을 보내고, 약방에서 수면제를 샀다.

3

중학 삼 학년 때 용석은 부반장이 되었다. 정·부반장 투표 때, 인학의 그루우프가 용석을 성원해서 부반장에 당선된 것이다.

삼 학년 칠 반에 편성된 용석과 인학은 바로 가지런히 앉게 되었다. 부산 피란 시 용석과 인학이 초등학교 때, 반은 한 번도 같지 않았어도 같은 초등학교였다.

성적 평균 점수 팔십오 점 이상인 학생이라야 정·부반장의 후보 자격이 있었다. 담임선생은 팔십오 점 이상 한 학생의 명단을 흑판에 쭉 썼다. 열두 명이었다. 이중에 용석의 이름도 있었다. 그중에는 작년 이 학년 때 반장과 부반장을 지낸 학생이 세 사람이나 있었다. 대개는 그 학생들이 되는 것이 보통이다. 한 학년이 일곱 반이나 되어 새 학년 때는 전부 뒤섞여 편성이 되기 때문에 얼굴은 알면서도 서로의 성격은 몰랐다.

"선생님."

하고, 인학이 손을 들었다. 담임선생은 머리를 끄떡하며 인학에게 언권을 주었다.

"저희들 새로 편성이 되어서 누가 누군지 이름도 잘 모르고, 누가 반장에 적당한지 잘 모릅니다. 그래서 하루이틀 간 여유를 두어 좀 안 다음에 투표를 했으면 좋겠습니다."

담임선생은 잠깐 생각해보더니,

"그것도 그렇겠군. 그럼 내일 선거하기로 하지."

"좋습니다."

여러 학생이 좋다고 했다.

"선생님, 후보자들은 한 번 교단 앞에 나서서 자기는 누구라는 것을 소개했으면 좋겠습니다."

인학이 그루우프의 재호가 의젓하게 일어나 발언을 하는 것이었다.

"그것도 좋지, 민주주의 선거니까. 그럼 여기 써놓은 학생들 나와."

후보자들은 서먹서먹 일어나 교단 앞으로 나가며 겸연쩍어했다. 열두 명이 교단 앞에 나가 정렬을 하고 섰다.

누가, '잘들 생겼어' 하자 와하고 웃음이 터져 나왔다. 담임선생도 웃었다. 담임선생이 웃자 학생들은 더 덩달아 웃었고 여기저기서 별한 소리*가 다 나왔다.

"선생님, 자기소개를 하고 자기는 반장이 되면 어떻게 하겠다는 연설이 있어야 하겠습니다."

"옳소."

여기저기서 그러한 소리가 나왔다.

"학생들 조용해. 그것도 좋아, 한 번씩 연설을 해봐."

젊은 담임선생은 미소를 띠우며 이렇게 말하면서 자기 대학 시대에 본 〈보이스 타운—소년의 거리〉라는 영화의 이야기를 해주었다.

용석은 교단 앞에 서서 반 동무들을 바라보며 무엇이라고 말을 하여야 하는가 생각했다.

반장 후보자들의 말은 거의 비슷했다.

담임선생님을 받들어 잘 지도하겠습니다. 또 한다는 소리가 교장선

| * '별소리'의 뜻으로 사용됨, 생각하지 못했던 말.

생님과 학교 교훈을 지켜 반을 지도하겠습니다.

이러한 똑같은 말이 나올 때마다 여기저기서 시시하다고들 했다.

용석은 남의 말을 들으면서 색다른 말을 하고 싶었다.

"저는 먼저 우리 반 동무들의 심부름꾼이 되겠습니다. 그리고 반 동무들이 뭣을 요구하는가를 알고 학교 당국에 전달하며 담임선생님과 교장선생님의 교육 방침을 돕겠습니다. 전교의 모범반이 되도록 노력하겠습니다."

제일이다. 일등이다. 제법이다. 됐어,라는 말이 여기저기서 일어났다.

용석은 초등학교 때부터 잡지를 읽고 소설을 읽어 작문도 잘 짓고, 말도 조리 있게 곧잘 했다. 또한 성적도 열째 안에는 늘 들었다.

이튿날 투표에서 이 학년 때 반장이었고 성적 평균 구십오 점을 한 오순길이 반장이 되었다. 반 칠십이 명 중 삼십팔 표가 오순길이었고 다음으로 용석이 이십 표로 차위였다.

인학의 그루우프는 어제부터 오늘 투표까지 용석의 선거운동을 했다.

용석은 사실, 반장이건 부반장이건 그리 흥미가 없었다. 초등학교 때 반장으로 고생을 해서다. 그리고 담임선생의 비위를 맞추어야 하고, 심부름도 하여야 하고, 온갖 종류의 돈을 걷어야 하고, 학급에 말썽이 일어나면 교무실에 드나들어야 하고.

그러나 정작 투표가 시작되었을 때는 당선이 되었으면 했다.

부반장 투표에서 용석이 사십칠 표를 얻어 당선이 되었다.

인학은 용석이 된 것을 보고 자기가 무슨 큰 승리나 한 것처럼 으스댔다.

며칠 후에 자기 그루우프에 가입하라는 것이었다. 그루우프 이름은 백호라는 것이다. 그루우프 원은 전부 다섯 명인데 용석까지 가입시키면 여섯 명이라는 것이다. 용석은 흥미가 없어서 대답을 안 했으나 같이 밀리어 다니다가 결국은 그루우프에 가입했다. 가입한다고 그러지는 않았으나 자연히 그렇게 되고 말았다.

어떠한 학교나 이러한 그루우프가 있고 행세하나 대개는 열의 칠팔은 깡패 비슷한 그루우프다.

백호 그루우프의 가정은 전부 부유한 가정이었다. 그 학생들의 아버지는 회사 사장, 국회의원, 전 장관, 대학 교수, 의사, 그리고 용석의 아버지는 은행의 상무.

학교에서 하학한 후면 매일같이 모여서 이 집 저 집 몰려다니며 시시한 잡담을 하다가는 으례,

"너 얼마 있어?"

"넌?"

"넌?"

이렇게 돈을 모아서 중국 요리점이나, 냉면집이나 케이크 집으로 다녔다. 돈이 많을 때는 양식당에까지 갔다. 메뉴에 있는 것을 모조리 한 번씩 먹어본다는 것이었다. 그리고 영화관에 가고…… 영화의 흉내를 냈다. 대개 서부활극의 흉내다. 카우보이 바지를 사 입고는 여섯 명이 사진도 찍었다.

또 어떤 집에 가나 아령이 있고 역도力道 도구가 있고, 평행봉대가 아니면 철봉대가 있었다. 복싱 글러브도 있었다.

부모들은 애들의 운동하는 것을 바라보며 믿음직스러워했다. 벌써 어깨가 툭 벌어지고, 가슴이 나오고 팔다리의 근육이 힘깨나 써보이고, 저쯤 되면 누구한테나 맞지는 않을 것이라고…….

누구한테 맞는 것보다 도리어 약한 남을 치기 위한 운동이요 훈련인지 몰랐다.

용석 외에는 대개 누구나 누이동생들이 있어, 그 동무들을 데려오게 하고 다이아몬드게임이나 트럼프놀이를 했다. 여학생들도 그들과 같이

노는 것이 재미있어 찾아오곤 했다.

4

용석이 아버지는 용석에게 용돈을 곧잘 주었다. 중학생놈이 어디 돈을 그렇게 쓰는가 했지만 이러쿵저러쿵 귀찮아 주곤 했다. 용석이, 새어머니에게는 절대로 달라고 하지 않는 것이라 알고 있다.

용석의 아버지는 젊은 여자에게 재취하고, 아들들에게 미안한 감정도 있고, 아이들의 자존심을 생각해서, 돈 주는 것으로 풀어보려고 했는지 모른다. 또 용석이 놈은 공부도 잘하고 부반장까지 되었다니 기특도 했다. 그러나 용돈 달라고 하는 것이 너무 잦고 한 번에 천 환, 이천 환이다. 아침 책가방을 들고 들어와서 천 환, 이천 환을 청구하고 가끔 무엇에 쓰겠는가 물어보면, 버스비니, 노트대*니, 학교에 바칠 무슨 대금이니, 친구의 것을 얻어먹어 갚아야 하겠느니 변명은 얼마든지 있었다. 속는 것이 있는 줄 알면서도 주었다. 또 술이 거나해서 들어오면 이층에서 부르르 뛰어 내려와 손을 내어 밀고 돈 하기도 했다.

용석은 이렇게 돈을 달래 쓰나 한 주일에 한 번쯤 한 턱 내어야 하는 이천 환을 마련하기란 그리 쉬운 것이 아니었다. 소소한 학비와 교통비와 영화 관람료를 합하면 한 달에 만 환 가지고도 모자랐다. 돈이 없을 때는 중국집에 시계를 잡히고 먹는 담까지 생겼다.

용석이 중학 삼 학년 때니까 새어머니가 온 지 일 년쯤 된 뒤였다. 용석은 아버지를 속여 타 쓰는 돈 가지고는 모자랐다. 자기의 이상야릇한 자존심까지 꺾어서 새어머니와 타협하고 용돈을 타 쓰기로 했다.

"새어머니, 용돈 이천 환만 줘."

* '대'는 물건의 값을 말함.

용석은 어느 날 저녁 아버지가 없을 때 불쑥 이러한 말을 했다. 어머니, 하지 않고 '새'자를 붙여 일부러 새어머니라고 부른 것은 자존심 때문이었다. 어머니가 너무나 젊어 새어머니라고 부르지 않으면 어색한 것 같기도 했다. 사실 새어머니가 양장을 하고 나설 때는 꼭 여자대학생 같기도 했다.

젊은 새어머니는 말을 이내 못하고 용석을 한참 바라보다가,

"무엇에 쓰려고?"

하면서도, 자기 핸드백을 단스에서 꺼내어 천 환짜리 두 장을 주는 것이다. 두 사이의 냉전을 해소하자는 의미에서 주는 돈인지 몰랐다.

열흘 후, 또 이천 환을 달라고 했다.

"저번에 준 것 벌써 다 썼어? 아버지한테도 타 쓰면서."

"이틀이면 다 없어져."

"무엇에 썼길래?"

"그런 건 다 알 것 아니야. 대학까지 다닌 엄마가."

하고, 히죽이 웃었다. 꼭 누나 같은데 엄마라고 해서다.

용석은 이 새엄마에게 공대말*을 쓰지 않았다.

젊은 새어머니는 언짢은 생각에 마음이 복잡했으나 또 주지 않을 수가 없었다.

"아버지한테 비밀."

하고는, 이층으로 뛰어 올라가는 것이었다.

용석은 또 그렇게 몇 번을 달랬다.

"어디 쓰는지도 모르고 어떻게 척척 주겠어?"

용석은 이때,

| * 남을 공손히 대접하기 위하여 쓰는 말.

'이거 왜 이래. 네 돈이야? 우리 아버지 돈 가지고서 인색해. 내라면 내.'

이러한 말이 목구멍까지 나오는 것을 참고,

"용돈이라고 그러지 않았어. 새엄마도 다 알 것 아니야."

젊은 새어머니는 '새엄마도' 하는 데는 질렸다. 안 주면 싸워야 하고…… 주는 수밖에 없었다.

"아버지한테는 비밀. 이르면……."

협박까지 하는 것이다.

이튿날 저녁 용석은 아버지에게 불리어 내실로 내려갔다.

"너 조그만 놈이 무슨 돈을 그렇게 타 쓰냐. 나한테서도 타 쓰고, 엄마한테서도 적지 않게 타 쓰고. 어데 쓰는 거야?"

아버지의 언성은 높았으나 용석은 조금도 무서워하는 빛이 없었다.

"왜 대답이 없어?"

"학교 내는 돈도 있고, 버스비도 있고, 학용품대도 있고, 그렇게 드는걸요."

"그렇게 들어? 중학생놈이 한 달에 용돈을 만 환 이상이나 써?"

"우리 동무들도 다 그렇게 쓰는걸요."

"대학에 다니는 형보다 더 많이 써, 이 자식 무슨 병이 들었어."

"병은 무슨 병이 들어요."

"땅땅 말대꾸를 하면서, 이놈."

"아버지가 물으니까 대답하죠."

"무엇이? 이놈의 자식, 좀 맞아야 알겠어."

"때리세요."

"뭐라고……."

아버지는 벌떡 일어나면서 용석의 빰을 후려갈기려고 했다. 그러나 용석은 후리는 아버지의 손목을 날쌔게 붙잡았다. 그러자 또 아버지는 왼손을 후리려 했다. 왼손도 붙들리었다. 아버지는 중학생 아들에게 양손을 붙들리어 어쩔 줄을 몰라 하며, '이놈, 이 자식'을 연발할 뿐이었다.

용석은, 아버지한테 좀 맞춰줘도 분할 것은 없다고 생각하나 새어머니가 응접실에서 건너다보고 있는 데서는 맞기가 싫은 것이었다. 자기가 얻어맞고 터지는 것을 보면 고소해할 것같이만 생각되었다.

"아버지, 왜 이러세요. 진정하세요."

"뭣이, 이놈 이것 못 놓아."

용석은 아버지의 두 손을 놓는 순간 획 몸을 돌려 이층 자기 방으로 뛰어 올라가고 말았다. 아버지는 용석의 방까지 따라 올라가지는 않았다.

용석은 그날 밤 또 돌아간 어머니를 꿈에서 봤다.

5

그러한 일이 있은 후에는 돈을 잘 주지 않았다.

용석은 부반장이어서, 서적 대금이나 학급비나 기타 모든 대금은 전부 받는, 결국은 반의 회계 일을 맡은 것이었다.

이러한 돈을 받아가지고 조금씩 썼다. 수중에 돈이 있으니 안 쓸 수가 없었다. 쓴 돈을 메우기 위해서 이 돈을 받아 저 돈에 메우고, 저 돈을 받아 이 돈에 메우며 써 갔다. 그리고 동무들에게 그 돈에서 꾸어준 돈도 적지 않았다. 자식들은 주지도 않고. 오륙 종목이나 되는 대금을 이리저리 메워놓기란 고통이었다.

얼마 안 있으면 겨울방학이 되어서 받은 돈은 전부 청산해야 했다. 청산하려면 이만 환 이상이 있어야 했다. 만일에 이것을 청산 못하고 학교에 발각되는 날에는 퇴학이다. 겁이 났다.

용석은 아버지에게 고백을 하고 돈을 달래볼까 하나 그러한 일이 있은 후에는 싫었다. 또 너무나 큰돈이 되어서 무섭기까지 했다.

일요일, 아버지는 늦게 외출을 하고 새어머니는 침실에 들어가 낮잠을 자는 것이었다. 용석은 됐다고 생각했다.

안방에 들어가 단스 서랍을 빼고 새어머니 핸드백을 열었다. 화장품 도구와 돈이 있었다. 오만여 환 있는 것 같았다. 천 환짜리로 삼만 환을 세어 포켓에 넣고 나왔다. 자기 방에 가서 생각해보니 큰 소동이 일어날 것만 같았다. 용석은 망설이던 끝에 종이에 이렇게 썼다.

삼만 환을 정확히 빌림. 언젠가는 갚음. 만일 이 일을 유설시키면 각오를 하여야 함.

백호단 P·Y·S

P·Y·S는 물론 박용석이란 이름의 알파벳 머리글자다.

이튿날 용석은 그 돈으로 모든 대금을 깨끗이 청산했다.

저녁에 집으로 돌아갔을 때, 새어머니가 현관문을 열고 들어오는 용석을 쏘아보고 있었다. 이전 같으면 용석도 맞서 쏘아보며 누가 이기나 보자는 것이었겠는데 오늘은 그럴 수가 없었다.

"용석이 책가방 가져다 두고 안방으로 좀 와."

용석은 자기 방에서 새어머니를 만날까 안 만날까 생각했다. 안 만날 수가 없는 것 같았다. 일부러 천천히 가슴을 내어 밀고 어깨를 재며 안방으로 들어갔다.

"앉아."

의외에도 부드러운 말이었다. 날카로운 목소리였다면 쩨렸는지 모른다. 순순히 앉았다.

새어머니는 단스 서랍을 열고 종잇조각을 펴놓았다.

"이거 네가 한 거지."

"음."

"왜 묻지도 않고 삼만 환이나 끄집어냈어?"

"그렇기에 이 편지 써놓지 않았어."

"이건 무슨 협박장이야, 응?"

말이 날카로워졌다.

"이다음에 내가 돈 벌어서 내어놓으려고 해. 가지고 있다가 이다음에 나 줘. 차용증서나 마찬가지야."

"말은 잘하는군, 삼만 환 돈을 무엇에 썼어?"

"엄마가 그동안 돈 안 주니까 여기저기서 꾸어 쓴 돈 갚느라고…… 이다음에 꼭 주께 눈감아줘."

젊은 새어머니는 어이가 없어 웃는 것인지 모르나 웃는 것이었다.

"이번엔 내가 눈감아줄게 다음에 또 그러면 가만 안 있겠어. 아버지가 물으면 내가 이렇게 저렇게 썼다 하고 이다음 어른이 되어서 꼭 벌면 꼭 갚아."

젊은 새어머니와 아들은 서로 시선이 마주치며 웃었다.

용석은 새어머니가 자기를 달랜다고 생각했다. 그러나 아량이 넓은 것 같다고 생각했다. 웃는 젊은 새어머니가 참으로 예쁘다고 느껴졌다. 처음으로 느껴보는 감정이었다.

6

용석의 성적은 역시 팔십오 점을 넘어서 고등학교에 진학해서도 부반장에 당선되었다.

그리고 백호 그루우프는 고등학교 일 학년 전체의 소위 헤게모니를 쥐었다. 박치기에는 백호 그루우프를 당할 수 없었고, 학업 성적도 중 이상은 해서다. 상급생도 그들 그루우프를 손은 대지 못하고 아니꼬워했을 뿐이다.

일 학년 가을이었다. F여고 예술제에 구경을 갔던 백호 그루우프는 Y 고등학교 학생들과 격투가 벌어졌다. 오후 일곱 시라 해도 아직 밝았을 무렵이다.

자기네 학교 상급생이 Y고교 두 학생에게 바로 F여고 교정에서 꼼짝 도 못하고 맞는 것이었다. 이것을 목격한 용석의 그루우프는 자기네 학 교를 위해서도 가만히 있을 수가 없는 것 같았다. 더욱이 F여고 교정에 서, 여학생들이 보이는 데서 자기네 학교 학생이 맞는다는 것은 굴욕이 었다. 또한 Y고교와는 무엇이나 서로 경쟁이었고 사이도 좋지 않았다. 먼저 인학이 싸움을 말리는 척하면서 상대를 쳤다. 그만 코피를 나게 했 다. 그러자 Y고교 학생이 모여 오게 되고…… 인학의 그루우프와 격투가 벌어졌다. 운동장 풀 옆이라 돌도 날아가고 날아왔다. 머리로, 손으로, 발로, 받고 받기고 나중에는 단도들이 나왔다. 돌에 맞아 픽픽 쓰러지는 놈도 있고 단도에 찔리어 비명을 지르는 놈도 있었다. Y고교 학생은 배 나 더 많았다. F여고에서는 선생들이 총출동을 하고 부상당한 학생들은 병원으로 운반되고 예술제는 일대 수라장이 되고 말았다.

R학교의 부상자는 인학이 단도에 찔리었고, 민선이는 돌에 맞아 머 리가 터졌고, 용석과 하급생 한 명이 약간 부상을 당했을 뿐이다. 상대방 은 돌과 단도에 맞아 오륙 명이 부상을 입었다.

이튿날 용석의 그루우프는 훈육부와 교장실에 불리어 지독한 꾸지람 을 듣고 모표와 배지를 압수당하고 무기정학 처분을 받았다.

저녁 신문 삼 면에는 어제의 활극 사건이 크게 보도되었다. 학생들의 무지각한 행동과 학교 당국들의 철저한 지도감독이 요망되고…… 통탄

할 일이라고 보도하고 있었다.

훈육선생과 교장선생은 부반장인 용석을 더 꾸짖었다.

학교에서 꾸지람을 들으나 설교를 들으나 그것은 그리 아프지 않으나 부모를 불러오는 데는 질색이었다. 더욱이 용석은 그러했다. 그날 학교에서는 어떻게 연락을 했는지 용석의 새어머니가 왔다. 불리어 온 부형은 전부 어머니뿐이지 아버지는 한 사람도 없었다. 어머니들은 다 최고급으로 으리으리하게 차리고들 있었다.

학생들은 또 어머니들과 같이 교장선생과 훈육선생과 담임선생의 설교를 돌아가며 들었다. 그리고 모표와 배지를 떼이고, 무기정학을 당하고, 학교 교문을 나서면서도 영웅심으로 어깨를 재며 나오는 것이었다.

"우리 학교 자식들은 쑥이야. 우리가 싸우는데 무서워서 비실비실 피해 달아났다니 말이야."

붕대로 머리를 싸맨 민선이 중얼거리었다. 그들은 다 똑같이 그러한 생각을 하면서, 집에 돌아가 또 설교를 들어야 하는 생각을 하면 기가 차다고 생각하는 것이었다.

용석은 새어머니와 같이 집에 돌아가자 자기 방에 가 누웠다.

새어머니가 용석의 방에 올라갔다. 처음이다.

"어제저녁에 그러한 큰 싸움을 하고서 집에 와선 왜 말하지 않았어?"

용석은 누구하고도 말하고 싶지 않았다.

"난 네가 그렇게 용감하게 싸운 줄 몰랐어, 부반장도 하고 공부만 하는 줄 알았더니……."

젊은 새어머니는 용석을 바라보면서 무엇인가 신기해서 말하는 것 같았다.

"너희 그루우프가 그렇게 싸움 잘하니? 나 같아도 싸웠겠어. 자기 학교 학생들이 맞는데 어떻게 가만있겠니. 싸울 때 여학생들 많이 봤지?

신이 더 났겠구나. 너도 머리 다쳤다는데 봐."

침대에 걸터앉으며 용석의 머리를 만져보는 것이었다. 용석은 젊은 새어머니의 몸에서 나는 향수 냄새와 크림 냄새가 향긋했다. 이 젊은 새어머니가 누나였음 좋겠다고 생각했다.

"아버지한테는 내가 말 잘해줄게. 남자가 싸울 땐 용감하게 싸워야지……."

또 하는 말이,

"무기정학이라도 한 달 안으로 다시 학교에 가게 운동하기로 했어. 안심하고 푹 쉬어."

저녁에 아버지한테 불리어 가서 설교를 들었다.

7

재호와 병훈은 본래부터 타교 깡패들과 연락이 있었는데 정학을 맞고는 더 접근해갔다.

타교생 그루우프와 어울려서 어둠이 찾아드는 저녁 무렵 타교 그루우프와 재호, 병훈은 일당이 되어 청량리 밖으로 갔다. 청량리 밖 교외는 양돈장이 있었다.

일당 중 몇은 멀리서 망을 보고, 몇은 돼지새끼가 주둥이를 내어 밀고 우글거리는 돼지 울에 들어가 미리 사서 모아 온 다량의 수면제를 가루로 만들어 물주개*에 쏟고 즙즙한 밑바닥에 발랐다. 돼지새끼들은 무슨 영문인지 모르고 꿀꿀대며 물주개에 몰려와 보나 먹을 것은 없다.

망을 보던 친구들의 암호로 울에 들어갔던 학생들은 울에서 나와 자취를 감추었다. 돼지의 주인이 지게에 돼지물을 지고 와서 물주개에 물

| * 가축에게 먹이를 담아주는 그릇, 구유.

146

을 부어주고, 새끼들이 물을 먹는 것을 바라보다가 갔다.

돼지새끼들은 꼬리를 내저으며 뾰족 나온 주둥이를 틀어박고 마구 먹어댔다.

일당은 완전히 어두워지는 것을 기다려 돼지우리로 갔다. 울 속으로 들어가 전지로 새끼들을 찾았다. 새끼들은 한구석에 모여 엎드려 꼬록꼬록 코를 골며 잤다. 만져도 정신없이 자고만 있었다.

일당은 미리 준비했던 마대를 벌리고 감각을 잃어버린 돼지새끼들을 두 마리씩 집어넣어 가지고 울에서 나와, 다시 륙색에 넣어서 지고, 청량리로 나왔다. 택시로 달렸다. 동대문 근처 친구의 집 사랑방에서 짐을 풀었다. 이튿날 이른 아침 동대문 시장에 나가 열두 마리를 팔아 돈을 받던 차에 동대문 경찰서 형사에게 발견되어 그중 두 놈이 잡혔다. 병훈이가 잡혔다. 잡힌 놈들이 불게 되어 전부 붙들리게 되고 집으로 학교로 연락이 갔다.

재호와 병훈은 무기정학 중인데 또 그러한 사건을 일으켜 퇴학을 당하고 말았다.

8

무기정학 처분을 받았던 학생들은 사십 일간의 정학으로 끝나 다시 학교에 등교하게 되었다. 용석은 물론 부반장에서 물러나고 딴 학생이 되어 있었다.

백호 그루우프 여섯 명 중 두 학생은 퇴학을 당해서도 일주일에 한두 번은 반드시 모였다. 재호와 병훈은 T고교에 편입이 되어 학교를 계속해 다녔다.

재호와 병훈은 전보다 돈을 더 잘 썼다. 알고 보면 일당이 작당해서 약한 학생들에게 시비를 걸고 뒷골목으로 끌고 가서 만년필이나 시계를 빼앗는 것이었다.

"임마, 왜 가만있는 사람에게 째리는 거야."

하거나,

"왜 똑똑히 다니지 못하고 남을 밀치고 다녀. 이 넓은 길에서 말이야."

이렇게 시비를 거는 것이다.

또 전에 다니던 R학교의 하급생을 만나면,

"나를 모르겠어. 학교 잘 다녀? 만년필 잠깐 빌려줘."

대개 중학생은 상대가 전혀 누군지 모르면서 겁에 질려 만년필을 꺼내주는 것이다. 그러면 종이나 수첩 같은 것을 꺼내 무엇을 쓰는 척한다. 그때 어디선가 또 한 놈이 나타나서,

"어, 나 좀 빌려줘."

이렇게 만년필이 건너간다. 그놈은 어물어물하다가,

"이거 네 거지, 오늘만 좀 빌려. 내일 줄게."

"아니야, 내 거 아니야."

만년필을 손에 넣은 놈은 뺑소니를 친다.

"어렵쇼. 자식 어디로 가는 거야. 야, 야."

따라가는 척하고 자취를 감추지 않으면 그대로 서서 딱한 척하다가,

"야, 너 나 알지. 찾아주게 내일 이맘 때 이리로 와. 내 건 줄 알고 자식, 장난하는 모양이야."

꼬마 중학생들은 이렇게 만년필을 잃어버리고 울먹울먹하며 하는 수 없이 돌아가는 것이다. 이렇게 벌어 오는 돈으로 백호 그루우프는 중국집에 가는 것이다. 겨울방학 때는 벌써 자장면이니 만두 같은 것은 먹지 않고, 잡채니 잡탕이니 해삼탕이니 하는 요리를 시켜놓고, 청주를 가져오게 하고 술을 마시는 것이었다. 담배도 물론 배우는 것이었다.

이 학년 진급을 하고 그들은 그전과 같이 중국집에서 마셨다.

인학이 손뼉을 쳤다.

"뭐 또 시키려고 그래?"

"술 좀 더 먹자. 취해야지."

"삼천 환밖에 없어."

"괜찮아, 책임은 내가 진다."

중국 보이가 문을 열었다.

"전부 얼마야?"

보이는 아래층을 향해서 무엇이라고 고함을 질렀다. 이내 아래층에서 고함이 질려 왔다.

"쌈천육백 환."

"음, 술 다섯 개만 더 가져와."

"예예."

보이는 문을 닫고 간다.

"정말 삼천 환밖에 없어."

"자식, 안심하라니까. 그 돈 나 줘."

재호는 인학에게 돈을 주었다.

"너희들은 안심하구 먹으라고. 먹어라 먹어."

술 다섯 도꾸리*가 들어와 세 도꾸리를 먹었을 때, 인학은,

"자, 인젠 그만 먹어. 내 술 만들게 봐."

하고는 빈 도꾸리에 대고 오줌을 싸 넣는 것이다.

"됐지. 술 같지 않아. 이젠 이것을 탄단 말이야."

남은 두 도꾸리 술을 타서 네 개를 만들어놓고,

"지금 들어온 술은 하나밖에 먹지 못했다고, 한 도꾸리 값만 물면 돼.

| * 일본식 술병.

이렇게 지혜가 있어야 해."

"야, 이 술은, 놈팡이들 오줌인 줄 모르고 마시면서도 커커 하겠지."

웃음이 벌어지고 야단들이었다.

"그런데 너 그거 꼭 삼천 환이야. 어떻게 할래."

인학은 재호의 말에 엄지손가락을 뻗쳐 들고,

"나를 믿으란 말이야. 너희들은 슬슬 다 나가 사라져버려. 덕수궁 문
앞에서 나를 기다려. 그전 식 알지?"

일당은 자리를 떨고 일어섰다.

인학은 맨 나중 천천히 일어서 방을 나왔다. 보이는 인학을 살피고
있었다.

"에이, 우리 술, 네 도꾸린 안 먹었어. 돈이 모자래, 그러면 얼마야?"

"이렇게 하면 안 돼. 정말이 돈이 없어?"

"돈이 없어. 술을 남겼어!"

중국식 우리말을 하며 농을 거는 것이다. 보이도 조금 전과 같이 아
래층을 향해 고함을 지르고 또 무엇이라고 했다. 보이는 인학을 아래층
까지 따라 내려와 경계를 하는 것이었다.

먼저 나가는 일당들은 얼굴들이 빨개서 모자를 뒤꽁무니에 차고, 카
우보이 바지에, 잠바에 손을 넣고 나갔다.

카운터의 주인은 보이들에게 무엇이라고 했다. 이러한 학생들한테
많이 속았기 때문에 보이들에게 다짐을 한 것이다.

인학은 호주머니를 이리 뒤적 저리 뒤적 했다. 주인과 보이는 인학의
거동만 살폈다. 아래층 홀에 앉아 술을 마시던 손님들은 자기 자식이나
같은 놈들이 술을 처먹고 모자를 꽁무니에 차고 나가는 꼴에 입맛이 썼
으나 말 한마디를 못하는 것이었다.

인학은 바지 뒤 포켓에서 돈을 꺼내 세는 것이다. 그제야 주인이나

보이는 안심을 했다. 이천사오백 환 정도를 세었을 때 인학은 시선을 홀에 던지자 돈을 부르쥐고 쏜살같이 홀을 달려 문쪽으로 발길을 고쳐 뛰었다.

그러나 벌써 이러한 학생들에게 많이 속아본 중국 보이는 벌써부터 문밖에서 망을 보고 있었던 것이다. 밖에서 망을 보던 보이가 정면으로 부딪치며 붙잡자 인학은 날쎄게 머리로 보이의 면상을 받았다. 보이는 코피를 흘리면서도 뒤따라온 응원 보이들과 합세하여 덕수궁 앞 노상에서 인학을 붙들었다.

"여기 돈 있어. 돈 내면 안 돼?"

"짜식이 술이 먹고 또망해. 울리 안 쏙아, 짜식아."

내리치는 것이었다. 돈은 물론 보이 손에 들어갔다. 저만큼 멀리서 바라보던, 먼저 나간 일당은 가만히 있을 수는 없었다. 인학이 맞으며 끌려가는 뒤로 달려가 발로 머리로 박치기를 했다. 일대 수라장이 벌어지자 마침 순찰 중인 파출소 순경이 달려왔다. 보이들이 용석과 영길이를 붙잡고 놓지 않아 붙들리고 말았다. 다른 네 명은 도망했다.

이렇게 되어 집에 학교에 알리게 되었다. 백호 그루우프는 어느 학교서고 퇴학 처분을 당하게 되었다.

용석의 아버지는 용석을 완전히 단념했다. 죽으라고까지 했다. 새어머니는 용석을 흘낏흘낏 바라보며 경멸의 시선을 보냈다. 형은 용석을 깡패 자식이라고 자기와는 무관이라는 듯했다. 용석은 이러한 가족에게 그러면 그럴수록 반발심만 일으켰다. 그래도 할멈 한 분만은 용석을 아껴주고 전과 다름이 없었다.

9

형은 대천으로 떠났다. 아버지는 형에게 삼만 환인가를 주었지. 그런

데도 자기한테는 집에 묻혀 있으라고 한 푼도 주지 않고…… 용석은 이러한 생각을 하며 형이 대천으로 떠나간 날 모욕감으로 하루 종일 불쾌했다. 아버지 서재에 몰래 들어가 팔아먹을 것이 있는가고 뒤졌다. 벽에 붙은 큰 책장에 헌 책이 몇 권 있을 뿐 돈 될 것이 없었다. 한데, 벽에 골프 바지가 걸려 있었다. 용석은 이것도 돈은 될 것은 아니라고 생각하며 호주머니를 뒤졌다. 뜻밖에도 양담배가 나왔고, 칠백 환의 돈까지 나왔다. 아버지가 골프장에서 담배를 사고 받은 거스름돈일 것이다. 이것만은 오늘의 재수라고 생각했다. 자기 방에 올라와 담배를 피워 물고, 형의 방으로 가 형이 벗어놓은 알로하 셔츠*를 입고 외출을 했다. 영화 구경을 하고 베비 야구홀**에 들어가 이백 환을 깠다. 그리고 거리를 헤매다 인학의 집에 들러 저녁을 먹고 내일 자기 집에서 만날 약속을 했다. 집으로 돌아갈 때는 버스 값을 달래도 좋지만 어쩐지 싫었다.

이튿날 열한 시경에 인학이 영길이 민선이가 찾아왔다.

오늘의 목적을 달성하려면 아무래도 할머니가 있어 재미가 없다. 궁리 끝에 용석은 아래층으로 내려가 할머니에게,

"할머니, 친구들 왔는데 남대문 시장에 가서 생선 좀 사다가 점심해줘."

"남대문 시장이 아니라도 있다."

"글쎄, 남대문 시장에 가야 물도 좋고 값도 싸대. 가서 사와."

할멈이 시장으로 나가는 것을 보고 이층에서 아래층 응접실로 다들 내려갔다.

용석은 부엌으로 나가 커피를 끓였다.

새어머니에게 커피를 끓여달라고 하는 것보다 자기가 하는 것이 일에 틀림이 없을 것 같아 계획을 변경한 것이다.

* 꽃무늬가 크게 들어간 알록달록한 셔츠.
** 야구를 즐길 수 있는 작은 공간을 일컫는 듯함.

부엌에서 서툰 솜씨로 커피를 끓이고 세트를 닦아놓고 설탕을 스푼으로 세 술씩 놓았다. 그리고 미리 준비했던 수면제를 포켓에서 집어내어 봉을 폈다. 어떤 약방에서 네 알을 사서 미리 가루로 만들어놓았던 것이다. 마음에 약간 이상한 물결이 일어나는 것을 느끼면서 잔 하나에만 부었다. 그리고 끓는 커피를 부었다.

용석은 응접실로 와서,

"어머니, 어머니."

"왜?"

"이리 좀 오세요. 저의 동무들 왔어요."

젊은 새어머니는 어떤 영문인지 모르고 응접실로 건너왔다.

"앉으세요. 제가 오늘은 커피를 끓여놓았어요. 제 솜씨를 보세요."

용석은 부엌으로 나가 커피를 날라 왔다.

"자, 먼저 어머니……."

이렇게 커피 잔을 돌렸다.

한 모금 마셔본 새어머니는,

"제법인데. 솜씨가 훌륭한데, 내겐 조금 진하지만."

"제법이죠? 일부러 진하게 했는데, 너희들은 왜 평이 없어."

"됐어. 제법이야. 너 이젠 다방에 가서 커피나 끓여. 취직해."

"자식, 사내는 무엇이나 할 줄 알아야 하는 거야."

새어머니의 마시는 잔을 바라보는 것이 야릇하고 이상했다. 이런 말이 오락가락하는 사이에 다들 마셨다. 용석의 동무들은 용석과 같이 젊은 새어머니 손가락에 끼인 다이아몬드 반지를 힐끗힐끗 바라보며 가슴이 뛰었다. 어쩐지 분위기는 또 이상했다.

용석은 생각했다. 저 다이아몬드 반지를 팔면 십만 환? 이십만 환? 하여간 십만 환 이상은 될 것이다. 집에서 무슨 소동이 일어나건 오늘 밤

차로 부산을 향해 떠나면 된다.

그러나 어쩐지 이러한 자기가 무섭기도 했다. 이렇게 생각하는 것은 자기가 약한 탓이라고, 이래선 안 된다고 했다.

"잘 먹었어. 다음엔 내가 해줄게. 그럼 너흰 점심 해 먹고 놀다 가."

새어머니는 이런 말을 하며 일어서 안방으로 가는 것이다. 그리고 조금 후에 할멈이 들어오자 새어머니는 외출을 하려고 했다.

이건 큰일이다. 밖에 나가 걸어가다 졸려 아무 데나 정신없이 쓰러져 버린다면 이건 큰일이다. 그보다 목적한 다이아몬드도 수포다. 이건 안 된다.

"어머니, 나가지 마세요. 들어오세요."

다급한 목소리였다.

"왜? 친구 집에 좀 갔다 올게, 너흰 할멈이 점심해주는 것 먹고, 재미있게 놀다 가."

"어머니, 오늘은 외출하면 안 돼요."

"저희들 용석이 어머니하고 트럼프도 하고 같이 놀려고 했는데 나가면 안 되십니다."

"오늘 친구의 집에 꼭 가봐야 할 일이 있어."

용석의 새어머니는 벌써 현관을 나서 가는 것이었다.

용석은 그만 아찔해서 바람벽에 기대었다. 어쩐지 이상했다. 머리가 희미해오는 것이. 용석은 길게 한숨을 쉬면서 응접실에 들어와 소파에 걸터앉으며 하품을 하는 것이었다.

"뭐야. 이것이…… 허사다…… 실패다……."

용석은 시무룩해서 스르르 눈을 감으며,

"이거 어떻게 된 거야. 내가 이상해."

"자식, 잔이 바뀐 것 아니야?"

"모르겠어. 그런 것 같아…… 졸려."

"이거 큰일이다. 어떡하면 좋아?"

"야, 이층 방으로 가."

"난 죽어도 좋아."

"이 자식, 정신 차려."

동무들의 부축으로 이층에 올라가 침대에 누웠다.

얼마 후 용석은 정신없이 잠들고 말았다.

바라보던 동무들은 겁이 났다.

"어떻게 하면 좋을까?"

"의사를 부를까?"

"봐서 그래야겠어."

인학은 용석을 흔들었다.

"용석아, 용석아!"

손만 내어 쳐들 뿐 대답이 없다.

동무들은 겁에 질려 무언으로 용석을 바라볼 뿐이다.

"인학아, 용석을 업고 병원에 갈까? 이리로 의사를 부르면 할멈이, 있어 알겠고. 어떻게?"

"자식, 가만있어."

세 친구들은 또다시 무언으로 용석의 얼굴만 들여다보고 있었다.

용석은 깊은 잠에 떨어져 코고는 소리가 요란했다.

그러다가 다시 잠잠해지고 숨결이 고르지 못했다.

"안 됐어. 이리로 의사를 부르면 안 돼, 민석이 넌 할머니가 우리 나가는 것을 못 보게 수단껏 해."

민석이는 말없이 인학의 말대로 아래층으로 내려가 부엌으로 갔다.

인학은 용석을 업고 땀을 흘리며 이층을 내려왔다.

무거운 용석의 몸이 이상하게 가슴을 누르는 것 같았다. 두 다리가 죽은 사람의 두 다리 모양 맥없이 흐느적거렸다.

"용석아…… 용석아…… 대답 좀 하람."

인학이가 목메어 용석을 불렀다. 따라가는 영길이도 비감한 인학의 목소리를 듣자 더 앞이 보이지 않았다.

"용석아…… 용석아……."

두 친구는 알 수 없이 흐르는 눈물에 앞이 보이지 않았다. 눈물을 닦으나 샘같이 흘러내렸다.

—《문학예술》, 1957. 10.

모녀상

"어디를 나가? 저녁도 먹지 않고."

"누가 저녁도 사고, 영화도 같이 보자고 해서요."

"누가가 누구냐?"

순애는 대답하지 않았다. 그저 친구라고 할까 했으나, 언젠가는 알게 될 것이고, 앞으로도 그와 만나게 되면 늘 거짓말만 할 수가 없어서 일부러 '누가'라고 말했다. 차라리 솔직하게 말하고 그와 교제하고 싶다.

"응, 누구야?"

"훗날, 자세한 말 하겠어요."

딸은 얼른 옷을 갈아입고 밖으로 나가려 했다.

"안 된다. 스물세 살이나 먹은 처녀가 밤중에 어디를 돌아다니려고, 안 돼."

"어디를 돌아다니긴, 영화 보고 온다는데 왜 이러세요."

"안 돼. 어떤 누가 영화를 같이 보자고 너를 꼬이니, 응?"

"누가 꼬이긴 누가 꼬여요. 어머니 걱정은 안 시켜드리니까 갔다 오겠어요."

딸을 안타까이 바라보던 어머니가,

"너 누구하고 좋아하냐? 응?"

"훗날 알게 되실 거예요."

딸은 가로막은 어머니를 뿌리치고 문밖으로 나갔다.

"너는 나를 이렇게도 속을 태우냐? 너 하나만을 믿고 사는 나를 응? 얘, 순애야. 안 된다. 저녁도 안 먹고 누구하구 응? 안 돼."

순애 어머니는 문을 가로막고 딸을 내어보내지 않으려고 한다.

"어머니는 정말 저를 생각해서 하시는 말이에요?"

"그럼 너를 생각해서 하는 말이지 누구 때문이겠니?"

"제가 어머니 속을 빤히 아는데, 인제는 정말 이러지 마세요."

"나를 빤히 안다는 것이 뭐가? 나는 너 하나만을 믿고 사는데."

딸은 달아나다시피 문밖을 나가버렸다.

순애 어머니 금주는 자기를 뿌리치고 나가버린 딸의 뒷모습을 바라보다가 갑자기 허황한 가슴을 느꼈다. 깊이 뿌리박았던 나무가 가슴에서 뽑히어 나가는 느낌이었다.

분명히 딸에게는 어떤 자식이 생겼다. 어떤 자식이 순애를 후려낸다는 말이냐. 그래서는 안 된다. 자기 딸에게만은 있어서는 안 된다. 내 품에서 그 애를 뽑아내려는 자식은 어떤 놈일까, 안 된다. 금주는 지금 당장 자기 딸을 누가 빼앗아가는 것 같은 생각이었다.

순애 어머니 금주는 스무 살에 삼대 외독자인 사람과 결혼했다. 아들하나를 낳고 순애를 낳았다.

순애를 낳은 다음해 남편은 장질부사를 앓다가 갔다. 스물다섯에 과부가 되어 엄한 시부모를 모시고 두 아이를 위해 살았다. 그러나 아들도 초등학교 삼 학년이 된 여름에 갑자기 이름 모를 열병으로 죽었다. 그때의 터지는 듯한 가슴의 비통을 무엇으로 형용할 수가 있으랴. 정말 누구를 믿고 살아야 할지 몰랐다.

손자 죽은 것을 비탄하던 시아버지도 시름시름 앓다가 갔다. 바로 또 그 해에 시어머니마저 돌아갔다.

세상에 이렇게도 허무할 수는 없었다. 눈물도 마르고 남은 것은 찬바람만이 도는 가슴뿐이었다. 고독과 서러움뿐이었다. 앞이 캄캄해서 무엇을 생각하고 무엇을 해야 할지 몰랐다. 어린 순애를 안고 텅 빈 집에 누워만 있었다. 차라리 순애와 같이 죽어버리는 것이 사는 것보다 낫다고 생각했다. 정말 자살을 생각하고 한강가에 가서 배회하기까지 했다. 그러나 죽지 못한 것은 순애가 있었기 때문이다.

동네 사람들은 순애 어머니가 정신이상이 생겨 미쳐버리는 것이 아닌가 했다. 정말 정신을 잃을 때도 있었다. 그러나 여섯 살 난 순애를 생각해서 정신을 가다듬곤 했다.

가산도 몇 차례의 장례식으로 다 없어지고 들어 있는 집만 있었다.

겨우 정신을 차리고 8·15까지는 학생 하숙을 하며 딸을 학교에 보냈다. 9·28 후는 건넌방과 사랑방을 세 주어 간신히 살아왔다. 부산 피란 시에는 담배 장사로 겨우 연명을 하며 그래도 딸을 여학교에 보냈다.

구변이 없어서 남과 같이 장사도 잘할 줄 몰랐다.

피란에서 돌아와 보니 다행히 집만은 남아 있었다. 또다시 이럭저럭 살아오다가 딸이 여고를 졸업하고 먼 친척의 소개로 은행에 취직이 되어 이삼 년 전부터는 집세와 딸의 월급으로 그닥 남부럽지 않게 살아오는 길이다.

그동안의 긴 슬픔과 고독은 이 여인의 성격을 완전히 비굴하게까지 했다. 지난날의 고생과 빈한*은 생각만 해도 진절머리가 났다. 인제는 다

| * 가난하고 쓸쓸함.

시 그런 고생은 할 수 없다. 생각만 해도 머리가 어지럽다. 신물이 난다. 인제는 정말 앉아만 있고 싶었다.

금주는 딸에 대한 애정도 점점 경제적으로만 생각하게 되었다. 지금의 모든 지주支柱는 딸과 남은 집뿐이었다. 그러나 집은 이제 너무 헐어서 고쳐 짓지 않는 이상 값이 나가는 집은 아니다. 그래도 집이 종로 신문로에 있기 때문에 땅값만은 아직 상당하다는 것을 알 뿐이다. 그저 믿는 것은 딸뿐이다.

금주는 누가 딸의 혼처가 좋은 데가 있다고 하면 아직 철이 들지 않아 좀 더 있다 보내겠다고만 했다. 딸의 혼사 이야기를 하는 사람은 잘 만나지도 않으려 하고 밉기까지 했다.

작년, 딸이 어떤 젊은 청년과 걸어가는 것을 멀리서 보았을 때 금주는 갑자기 마음이 허전해지는 것을 느꼈다.

그날 밤 금주는 자리에 누워 혼잣말 같으면서도 딸에게 들으라는 말을 했다.

"나는 지금 무엇 때문에 이렇게 살아오는지 모르겠다. 생각하면 모두가 순애 때문에 살아왔지만 마음이 쓸쓸하구나."

딸은 이 어머니가 왜 이런가 했다.

그런 말을 하고 한참 있다가 이번에는 전혀 딴 이야기를 한다.

"남자란 믿지 못하는 거야. 남을 속이고 여자들을 버려주구…… 더러운 거야."

딸은 아무 말 없이 듣고만 있었다. 왜 이런 이야기를 하는지 몰랐다.

"아까 시장에 갔다 오다가 광화문을 지나가는 너를 봤다."

"네, 왜 부르시지 않았어요?"

"멀리서 보니 부를 순 없었다. 그런데 어떤 남자하고 같이 가더라."

"네, 은행에 있는 사람이에요."

"그래? 총각이지?"

"아직 미혼인 사람이에요."

"음."

한참 말없이 무엇을 생각하는 모양이다. 불은 꺼져 방 안은 어두우나 딸은 어머니의 숨소리로 그렇게 느꼈다.

"그 사람과 너하고 좋아하는 사이가?"

"싫어하는 사이는 아니에요."

"음."

딸은 어머니가 이런 일에 한숨짓는 것이 이상했다.

"내가 살아온 것을 생각하면 허무하구나. 너를 믿고 고생하면서 이렇게 살아왔지만…… 아무것도 없어."

순애는 이 어머니가 오늘 따라 왜 이런 말만을 하는가 했다.

"나도 너의 아버지인 남편이 돌아가신 후, 몇 번이고 좋은 혼처가 있었단다. 나를 따라다니는 사람도 있었고, 편지까지 주는 사람도 있었다만."

"왜 재혼하지 않으셨어요?"

"네가 불쌍해서. 너 때문에 혼자 고생하면서도 살아왔어. 너 하나만을 생각해서지, 내가 누구를 생각하고 살아왔겠니."

"다 알고 있어요. 그렇지만 재혼하셨더라면 좋았을 거예요."

"네가 슬퍼할 텐데…… 내가 너만을 믿고 살아오는 사람이…… 또 결혼을 해봤자 남자란 믿지 못하는 거야."

"믿지 못할 사람도 있고, 믿을 수 있는 사람도 있지요."

"믿을 사람이 몇이나 되겠니."

금주도 지금 자기 말에 모순을 느끼며 딸의 마음을 어떻게 달래야 할지 몰랐다.

지난날의 자기의 슬픔과 불행은 딸에 대한 애정 때문이라고, 그것을 알아달라는 어조다.

"나는 너만을 위하고 너만을 믿고 이렇게 살아왔어. 너는 나를 저버려서는 안 돼. 허튼 놈 만나서 나를 잊으면 하늘이 무심치 않을 거다."

"어머닌 왜 그런 소리를 하세요. 주무세요, 인젠. 제가 어머니를 모르는 사람이 아니에요."

두 모녀는 잠을 이루지 못하고 제각기 자기 생각만을 했다.

그때, 순애를 좋아하던 청년은 자기 부모의 반대로 순애를 단념하고 가정이 좋다는 부잣집 딸하고 결혼하고 말았다.

순애는 마음의 상처로 혼자 울었다.

그러나 지금 그는 자기하고 결혼하자고까지 했다.

×

애인과 같이 즐거운 밤을 지내고 늦게 돌아온 딸을 본 금주는 딸의 얼굴만 살피고 앉았다.

확실히 딸은 자기에게서 멀어진 것을 느꼈다. 딴 남과도 같이 느껴졌다. 딸의 얼굴은 피어 있다. 틀림없이 누구를 사랑하고 있다. 행복한 얼굴이다.

금주는 보기가 싫다.

"어머니, 주무세요. 왜 그렇게 도사리고 앉아 계세요?"

그러나 말없이 앉아만 있었다.

딸은 옷을 벗어 단스에 넣고 자리에 눕는다.

딸의 미끈한 흰 살결과 불룩한 앞가슴을 바라보는 그녀는 무엇을 생각하고 있는지 몰랐다.

딸은 어머니가 자리에 눕자 망설이던 말을 꺼냈다.

"어머니."

"응?"

"아까는 어머니한테 미안했어요. 저, 어머니, 내일 누구 좀 만나주세요."

"누구를?"

"제가 좋아하는 사람이 있어요. 그 사람도 나를 좋아해서 어머님을 한번 만나 뵙겠다고요."

순애 어머니는 가슴이 싸늘해지는 것을 느꼈다. 정말 이 애가 애인이 생겼구나. 얘기하지 않은 것은 아니지만 알 수 없는 불안한 마음이다.

순애는 말없는 어머니에게 다시,

"내일 만나주세요. 토요일이기도 해서 오후에 저하고 만나 어머님을 찾아뵙고 말씀드리겠다는 거예요."

하는 것이다.

순애 어머니는 점점 마음이 불안해졌다. 가슴이 무거워지는 것을 어쩔 수 없었다. 무엇을 놓치는 순간 같았다.

"너도 더러운 계집애야."

갑자기 한다는 소리가 이러한 이야기였다.

"무엇이 더러워요, 제가?"

"응, 내가 잘못했다."

그녀는 이내 자기 한 말에 후회했다.

"어머니는 저를 너무 몰라주세요. 제가 좋아한다는 남자와 만나달라는데 무엇이 더러워요. 전 누구하고도 깨끗한 교제를 하고 있어요. 함부로 처신하는 사람은 아니니까요."

딸은 자기 어머니가 더럽다는 데 자기대로 해석하고 말한 것이다.

"내일 두 시쯤 같이 오겠어요."

"음…… 같이 오렴 그럼."

싸늘한 음성이다.

말없이 무거운 침묵이 흘렀다. 순애 어머니는 혼잣말 같은 것을 했다.

"제가 뭐 어머니를 잊겠어요. 그 사람은 어머니를 잘 이해해주실 거예요. 그리고 만일 결혼하게 되면 우리 집에서 어머니와 같이 살 거예요. 어디서 살아도."

"그만해라. 넌 완전히 그 사람인가 무언가한테 반했구나, 반했어."

딸은 이 이상 어머니와 말하고 싶지 않았다. 어머니는 자기가 누구하고 결혼하는 데 불만인 것을 안다. 어머니는 외로워서 그런지 모르나 서로 좋아하는 사람을 어머니 때문에 그를 버릴 수는 없다고 생각했다.

×

이튿날 순애는 다방에서 애인을 만나 집으로 데리고 왔다.

그러나 기다리고 있어야 할 어머니가 없다. 어디 갔는지 알 수가 없다. 한 시간을 기다려서도 어머니가 나타나지 않아 하는 수 없이 애인과 같이 거리로 나갔다가 늦어서야 집으로 돌아왔다. 어머니는 누워 있었다.

"어머니, 그런 법이 어디 있어요."

순애는 문을 열고 방으로 들어서자마자 어머니에게 대어들 듯이 말했다. 그러나 순애 어머니는 자는 척만 하고 있다. 말이 없다.

"주무시지 않는 것 알아요. 무엇 때문에 만나주시지 않는 거예요."

"누워 자자. 네가 성이 삭은 다음에 말하겠다. 어서 누워 자자."

"자는 것은 문제가 아니에요. 무엇 때문이에요? 어제저녁에는 만나주시겠다고 그러시지 않았어요. 네?"

"그러지 말고 누워라."

"그러지 말고 말씀하세요. 제 꼴이 무엇이 됐겠어요. 왜 만나주시지 않는 거예요?"

그녀는 딸이 마구 달려드는 서슬에 바람벽을 향해 누우며,

"내가 그 사람, 멀리서 봤다. 직접 만나보고 좋지 않으면 내가 무어라

하겠니. 그래서 너희들이 멀리서 오는 것을 보고 사람이 마음에 들면 들어가 이야기할까 했더니, 나 보기엔 키가 큰 녀석이 싱겁겠더라. 여문 데가 없는 사람을 무엇에 쓰겠니."

사실 순애 어머니는 멀리서 딸과 딸의 애인이 걸어오는 것을 봤다.

딸과 나란히 서서 걸어가는 것을 바라보기만 해서도 몸이 떨렸다. 자기도 알 수 없는 일이었다. 더 바라볼 수가 없어 그녀는 못 볼 것이라도 본 사람처럼 달아나다시피 했다. 무작정 걸어가다가 종로 탑 공원에 들어가 시간을 보냈다.

딸의 애인의 인상은 알 수가 없다. 그저 키가 후리후리한 것밖에 알 수가 없다. 그 자식이 밉기가 한량없었다.

탑 공원으로 남대문 시장으로 방황하다가 해가 질 무렵에야 집에 돌아왔다.

그리고 지금 자기한테 맞서는 딸이 무섭다. 그런데 자기도 모르는 그러한 말이 나왔다.

"어머니는 직접 만나보시지 않고 어떻게 사람을 그렇게 비평하세요. 어디가 싱거운 사람이에요. 그러지 마시고 솔직하게 저더러 시집가지 말라고 하세요."

사실은 그렇다. 그러나,

"좋은 사람이면야 내가 왜 그러겠니."

"다 알고 있어요. 어머니도 불쌍하지만 저도 불쌍해요."

두 모녀는 서로 다른 서러움과 외로움에 잠을 이루지 못했다. 그러나 딸은 잠이 들어 무슨 꿈을 꾸고 있는 모양이다. 이불을 헤친다.

순애 어머니는 일어나 달빛에 희미한 딸의 얼굴을 들여다보다가 조심스럽게 가만히 이불을 덮어준다.

✕

딸은 일요일마다 륙색을 메고 친구들과 산에 간다는 것이다. 어느 일요일 날, 멀리서 딸의 뒤를 밟아봤다. 아무래도 이 애가 그 키다리하고 일요일마다 산으로 놀러가는 것 같아 멀리서 따라가 본 것이다.

집에서 얼마 멀지 않은 국제극장 앞의 어떤 다방에 들어가더니 잠시 후에 그 녀석하고 나오고 있는 것이 아닌가. 그만 너무도 다방 가까이 갔다가 딸과 시선을 마주치고 말았다.

순애는 놀랐으나 이내 어머니 앞으로 갔다. 자기 애인은 멋도 모르고 따라왔다.

"어머니, 왜 나오셨어요?"

이내 자기 뒤에 선 애인에게,

"저의 어머니예요. 마침 어디 가시는 모양인데 인사드리세요."

딸의 애인은 다소 당황하면서 캡을 벗고 공손히 머리를 숙였다.

"정인홍입니다."

순애 어머니는 머뭇머뭇하다가

"전에 한 번 찾아온 걸 그땐 갑자기 무슨 일이 있어서 미안했어요."

"뭐…… 이렇게라도 뵙게 돼서 반갑습니다."

순애는 그래도 어머니가 그러한 말이라도 해주는 것이 고마웠다.

"어서들 가봐요."

하고, 순애 어머니는 방송국 골목으로 사라져버린다.

자기가 생각한 대로다. 그년이 그놈한테 완전히 미쳤구나, 뻔뻔한 자식이, 순애를 꼬여가지고, 산에 가서…… 아니꼬운 놈.

걷잡을 수 없는 마음에 어디를 걷고 있는지 몰랐다. 시청 앞으로 돌아 덕수궁 담을 끼고 돌았다. 순애를 꼬인 자식의 모습만 그려도 화가 치밀었다. 왜 딸을 붙잡지 못했는지 모를 일이었다.

×

또 다음 일요일 날, 딸은 등산모를 쓰고 륙색을 멘다.

순애 어머니는 눈에 불이 일었다.

"너 또 그 녀석하고, 안 된다. 이제부턴 안 돼."

"또, 왜 이러세요?"

"안 돼, 그놈하고는."

딸은 이 이상 말을 하지 않으려고 입술을 꼭 다물고 산에 갈 준비만 했다. 어머니가 무어라 하건 침묵했다. 그리고 륙색을 메고 나가려 했다.

"나는 이제 다 알았다. 이젠 너한테 더 말하진 않겠다. 나가거든 완전히 이 집에서 나가, 나가. 너는 이 홀어머니를 버린 년이니까, 내 집에 있을 자격이 없어. 이건 내 집이니까…… 그래도 가?"

딸은 입술을 깨물며 나갔다.

"이젠 그 녀석하고 가 살아라. 다시 돌아와도 절대로 안 들이겠다. 응, 돌아오지 마, 안 들여."

멀리 사라지는 딸의 뒷모습을 바라보며 다시는 집에 들어와도 받지 않는다고 고함을 질렀다. 그러나 비명이었다.

대문간에서 돌아서는 순애 어머니는 눈물이 핑 돌았다.

×

그날 갑자기 오후부터 비가 내렸다.

망할 년, 가지 말라고 그만치 붙잡았는데 가더니만. 금주는 딸이 산에서 비 맞을 것을 생각하면 그대로 앉아 있을 수도 없었다. 은행에 갔을 땐, 비가 내리면 우산을 가져다주고 오고 했지만 어디를 가 있는지 알 수가 없으니 어떻게 할지 몰랐다. 비는 점점 억수*를 한다.

순애 어머니는 안절부절 어쩔 줄을 모르다가 딸의 우산을 들고 밖으

---

* 물을 퍼붓듯이 세차게 내림.

로 나갔다. 광화문 전차 정류장 앞에 가서 기다리고 섰다. 그러나 딸은 나타나지 않았다. 몇 시간을 서서 기다리다가 딸이 돌아오면 배고파할 텐데 생각하면 그대로 무작정 서 있을 수는 없었다. 집으로 돌아가 밥을 지었다. 어두워오는데도 딸은 돌아오지 않는다.

정말 이 애가 오늘 아침 그런 말을 했다고 돌아오지 않고…….

갑자기 겁이 났다. 아침에 한 말을 후회했다.

저녁 여덟 시가 지나서야 비를 흠뻑 맞은 딸이 돌아왔다. 물에 빠졌다 나온 사람 같았다.

"너 내가 뭐라 하던? 그만치 가지 말라고 했는데 가더니 꼴이 뭐냐 응? 그 녀석한테 홀려서 정신을 못 차리고 그 주제가 뭐냐?"

딸이 돌아온 것은 다행했으나 이 어머니는 또 잔소리를 되풀이하곤 했다.

"그러다 병을 만나면 어쩌니? 그저 어미 말 안 듣는 것을 생각하면…… 다 내 말 안 듣는 죄야. 그래 싸지 뭐냐."

순애는 몸이 떨리고 피곤해서 저녁도 안 먹고 눕고 말았다. 미열도 있는 듯했다. 그보다 어머니의 잔소리가 듣기 싫다. 정말 집을 뛰어나가고도 싶었다.

순애는 밤중에 열이 갑자기 오르면서 정신을 못 차려 했다.

순애 어머니는 뜬눈으로 밤을 새웠다.

아침이면 열이 좀 내릴까 했으나 점점 더하기만 했다. 의사를 불러다 주사를 놓고 했으나 효력이 없다.

이러다 딸이 죽는 것이 아닌가 겁에 질려 어떻게 해야 할지 몰랐다.

순애 애인은 그날 회사에 나가서 전화를 걸어보고 순애가 결근한 것을 알았다. 퇴근하자 곧장 순애 집으로 달려왔다.

생각했던 대로 앓아누운 것을 본 애인은 유명하다는 의사를 불러왔다. 의사는 진찰을 하고 나서 장질부사가 될지도 모른다고 입원시켜 결과를 보는 것이 어떤가고 했다.

애인보다도 순애 어머니가 더 겁에 질려 입원해야 한다고 서둘렀다. 장질부사라는 말만 들어도 놀랐다. 남편도 장질부사를 앓다가 갔다.

이튿날 순애는 병원에서 심한 열에 정신을 잃고 헛소리를 했다. 그러면서 자주 자기 애인의 이름을 불렀다. 어머니를 찾지 않고 애인만을 정신없이 찾는 딸을 깨워보나 그냥 헛소리만 하고 있다.

저녁 무렵에 달려온 딸의 애인이 순애 손목을 쥐고 머리를 흔들며 정신을 잃은 순애를 불렀다.

지금까지 순애 어머니가 아무리 딸의 이름을 불러도 정신을 못 차리던 순애가 눈을 바로 뜨며 정신을 차린다.

미운 딸의 애인이 손목을 잡고 딸의 이름을 불러 정신을 차리게 하는 것을 보는 어머니는 마음의 한 가닥 희망마저 끊어지는 것을 느꼈다. 자기의 순애가 아닌 것을 느꼈다.

텅 빈 가슴을 안고 이 어머니는 병실을 나와 처량히 섰다.

—《자유문학》, 1958. 7.

어설픈 독백

나의 상처를 크게 떠들어본들 무슨 위안이 될 것인가. 나는 침묵 속에서 고독 속에서 생을 보내는 대인이 아니다. 대인이 못된 것이다. 즐거우면 즐거운 대로 슬프면 슬픈 대로 말이 하고 싶은 나다. 나는 소인인 줄 안다. 나는 평범한 사내다. 나는 나를 그렇게 생각하는 것이나…….

하기는 평범한 사람이라는 말은 일정한 상식을 가진 사람이요, 일정한 생활을 가진 사람을 말한다. 한 사회인이다. 한데, 나는 평범한 사내라고 믿었던 것이 잘못이었는지 모른다.

그렇다면 나는 무엇인가.

위인偉人, 이것은 백 번 죽었다 깨도 못된다.

영웅英雄, 이것도 백 번 죽었다 깨도 못된다. 싸움이라면 맞기도 전에 손을 바짝 들고 도망하는 나다. 맞기만 하면 그대로 쓰러져 뻗은 척하는 나다. 남의 싸움도 보지를 못하는 나다. 어쩌다 싸움하는 소리만 들어도 치가 떨리는 나다. 생각만 해도 머리가 아찔해진다. 코가 터지고 입술이 터져 흐르는 피를…….

이렇게 싸움이라면 치가 떨리는 나를 바보 못난이라고, 이건 정말 아니다. 바보 못난이가 될 수 없다.

　죽은 처는 나를 사랑했고, 나도 처를 사랑했고, 우리 둘 사이에는 아들도 하나 있다. 사랑을 받은 내가, 사랑을 한 내가, 아들이 있는 내가, 어찌 바보 못난이가 되겠는가. 될 수 있겠는가. 지금의 처 영숙은 나를 영원히 버리고 갔는지 모른다. 그러나 영숙은 아직 내가 세대주인 기류계寄留屆*에 나의 처로 되어 있다. 이러한 사실이 있다고 해서 나를 버리고 간 영숙에게 아직 미련이 남아 이러한 소리를 하는 것은 아니다. 내가 어스러져서** 하는 소리다. 아내는 아니, 영숙은 이제 와서는 나를 필요로 하지 않는 것인지 모른다. 나는 안다. 나를 사랑하기에는 너무도 젊고 영리한 영숙임을 아는 나는 단념도 그리 힘든 것은 아니다. 영숙은 애정을 느끼지 못하는 부부생활을 절망하고 나를 버리고 갔는지 모른다. 그렇다면 좋다. 나도 알겠다. 영숙은 자기 젊은 몸을 이 평범한 남편 속에 묻고, 자기 청춘을 버린다는 것이 싫어서 나갔는지 모른다. 그렇다면 좋다. 나도 알겠다.

　이만큼 생각하는 내가 한 여인에게 버림을 당하였다고 해서, 바보 못난이가 될 리 없다.

　아무리 나 자신을 평범한 사내라고 생각해도 사회에 대한 상식도 있는 나라고 생각해도 어찌된 '나'인지 모를 일이 있다. 아무리 해석하려고 해도 모를 일이 있다. 그렇다고 현명한 위인이 못 된 것을 한하지 않는다. 영웅이 못 된 것을 탓하지 않는다. 영웅, 이건 정말 백 번 죽었다 깨도 못 된다. 그저 평범한 나라고 생각하는데…….

　바보 못난이, 이건 정말 아니다. 하여간 나는 나다. 나는 난데 모를

---

* '기류신고寄留申告'의 이전 말. 본적지 이외의 일정한 곳에서 30일 이상 머물러 살며 주소 또는 주거지를 갖는 것을 관할 관청에 보고하는 일이나 그런 서류.
** 말과 행동이 정상적이지 않아서.

일이다. 세상이란 모를 일이다.

무엇 때문에 십 년간을 하루같이 근무한 ○○청을 그만두게 되었는지 모를 일이다. 내 의지로 그만둔 것이 아니요, 파면이라는 것이 맞을 것이다.

해방 전에 그러니까 내가 스물다섯 때 취직이 되어 십여 년간—6·25 석 달을 제하고는 한 번도 나는 결근을 해본 일이 없다. 바보 못난이가 아닌 내가 6·25 석 달을 출근했겠는가, 안 했다.

또 사고도 한 번 없었다. 이러한 내가 그만둔 것이 아니라 권고사직이란 것이다. 명목은 감원이다. 감원 바람에 현금 두 달 치를 받고 사직원을 써야 했다. 사직원을 내고, 책상 정리를 하고, 사무실 문 밖을 나올 때, 알 수 없는 눈물이 핑 돌아 걸음을 멈추어야 했다.

나는 아무리 생각해도 감원의 대상이 될 바보 못난이는 아니라고 생각했는데 세상은 모를 일이다.

사실 나는 여사무원 미스 김을 바라보는 것이 좋았고, 그 여자와 말을 하는 것이 즐거웠다. 그저 그뿐이다. 한데 과장은 눈물을 머금고 나를 감원의 대상이 되어 나가게 되었다는 것이다. 과장은 자기가 미안하고 슬프다는 것이다.

암만 생각해봐도 미스 김을 바라본 죄, 말을 한 죄밖에 없다. 그것이 어찌 죄가 되겠는가. 이유는 그밖에 없는 것 같다. 세상에 아름다움을 바라보지 말라는 법이 어디 있고, 살아 움직이는 여성에게 말을 하지 말라는 법이 어디 있는가. 그것이 죄가 될 리 어디 있는가. 십 년 하루같이 근무했고, 서무를 맡아보나 회계를 맡아보나 한 푼의 틀림이 없는 나다. 이러한 나를 면직이라고…… 생각하면 그때, 사직원만 써내지 않았다면 지금도 출근해서 일할 수 있는 것이 아닐까. 그것을 쓰지 않고 버티었더라면 좋았을 것을, 바보 못난이같이. 그런데 이러한 생각만 하면 정말 바보 못난이다.

미스 김이 나를 좋아한 것만은 사실이다. 좋아하는 것과 사랑하는 것과는 다르다. 그쯤은 나도 안다. 왜 나를 좋아했을까. 내가 유순해선가. 내가 남의 사정을 잘 이해해선가. 남의 딱한 사정에 동정을 해선가. 아니, 남을 동정한다는 것은 상대를 모욕하는 것이란 말도 있다. 이것이 미덕이 아니라는 것을 어떤 유명하다는 사상가가 말해서 나도 알고 있다. 그렇지만 내가 이해하고 동정한다는 것은 남이 슬퍼할 때, 같이 슬퍼해 주는 것뿐이다. 글쎄 남의 슬픈 이야기를 들으면 나도 슬퍼지니까, 어쩔 수 없이 눈물까지도 흘리게 되니 누구를 동정해서도 아니다. 그것이 나쁘다면 내가 나쁘다. 그러나 나는 바보 못난이가 아니다. 나의 아내는 이러한 나를 보면 "바보 못난이같이 뭐 그래요" 하는 것이니 말이다.

하여간 미스 김은 나를 좋아했다. 다방에 가서 차도 같이 마셨고, 유명하다는 영화 〈황혼〉도 같이 구경을 했다. 사실 미스 김이 나를 보고 꼭 같이 가자고 해서 간 것이다. 이것은 변명이 아니다. 그 많은 사람 가운데 젊은 사람도 많은데 꼭 나보고 같이 가자고 한 것은 미스 김이 나를 좋아했다는 사실밖에 없다. 왜 이런 말을 자꾸 하는가고? 미스 김이 나를 좋아했다는 실증을 들기 위해서다.

사실 나는 참으로 오래간만에 영화라는 걸 봤지만 그 〈황혼〉이라는 게 좋았다.

그 〈황혼〉에 나오는 여편네가 늙었기는 하지만, 내 젊은 아내 영숙과 성격이 비슷하다. 앙칼지게 남편을 다루는 것이 비슷한 게 아니라 꼭 같다고 해도 좋다. 그것은 그렇다 하고 〈황혼〉의 남편과 같이 나도 가정이요 명예요 부귀요 하는 것을 버리고…… 미스 김과…… 첫째 나는 버릴 가정도 명예도 부귀도 없다. 미스 김이 나를 사랑하는 것도 아니다. 설사 미스 김이 나를 사랑한다 해도 내가 그렇게 사랑할 수도 없고 자식이나 아내를 버릴 용기도 없는 나다. 속단은 아니다. 나는 그럴 것이라고 생각이 된다. 그러나 마지막 장면…… 젊고 아름다운 한 여인을 위하여 온갖 것을 버리고 바친 후, 인생의 오해로 거지가 되어, 사랑한 옛 여인을 만나…… 은화 한 닢을 가지고, 너무도 슬프게 사라지는 장면은 좋았다. 그저 나는 무엇이나 좋다 나쁘다는 평밖에 못하는 사람이다. 좋았다. 그의 깨끗한 고독이 좋았다. 멋이 있었다. 멋을 모르는 나도 그것이 인생의 멋이라고 느꼈다. 그런데 알 수 없는 것이…… 나도 고독했다. 영화관에서 나온 나는 미스 김을 자동차로 보내고 (미스 김이 입장권을 샀기 때문에 그 답례로 자동차를 붙잡아 태웠다) 고독한 감정을 안고 묵묵히 걸어 해방 후 처음 명동 스탠드바라는 델 들어갔었다. 값비싼 찡*을 묵묵히 마셨다. 그 고독이 나를 사치케 했다.

하여간 나는 미스 김과 어깨를 나란히 하고 서울의 거리를 걸었고, 다방에도 갔고, 레스토랑이라는 데도 가서 양식이라는 것도 먹었다. 멋진 영화도 보았다. 내 가난한 인생에 꿈같은 향기의 시간이었다. 인생의 향기가 무엇인지 몰랐으나 알 것만 같았다. 지나간 꿈이나 회상하는 꿈이다.

그때 사무관이라는 계장이 나를 미워했다. 나와 미스 김이 다정했던 것이 미웠는지 모른다. 지금 생각하면 그가 미스 김을 바라보는 눈이 이상했던 것이 분명했다. 나는 그것은 몰랐다. 내가 면직을 당하고 그에게 작별인사를 했을 때, 그는 나를 보고 미안하다고 했다. 그리고 그는 돌아서는 나를 보고 웃었다. 비웃음이었다. 그 웃음에 얼음이 있었다. 그래도 나는 그 웃음이 무엇인지 몰랐다.

바로 일주일 전, 같이 있던 동료를 만나 술을 마시다가 미스 김의 이

| * 증류된 '진'을 일컫는 말.

야기를 들었다. 미스 김은 그 사무관인 계장과 결혼을 했다는 것이다. 나는 마음이 텅 비는 공허한 가슴을 느꼈다. 알 수 없는 일이었다. 직장을 그만둔 지 벌써 반년이 지나서도 이렇게 공허해보기는 처음이었다.

계장이 나보다 머리가 좋은 것은 나도 잘 안다. 나는 십 년이 넘어서도 계장이 못되었는데 그는 오 년 만에 계장이 되고 주사에서 사무관이 되었으니까, 또 그는 일본 어느 대학인가를 나왔다니까. 그가 6·25 때 아내를 잃은 것은 나도 안다. 그의 나이는 나와 동갑이지마는 나보다 훨씬 젊어 보이는 것도 안다. 오 년은 줄이어서 삼십밖에나 보이지 않았으니까. 그야 어떻게 되었건 미스 김을 좋아해서 결혼하고 싶으면 결혼했지 나를 감원의 대상으로 만들 것은 무엇인가.

알고 보니 나를 면직하게 한 것은 그였다.

그때는 나는 아내가 있는 사람이다. 지금은 나를 버리고 갔지마는……

사실 아내가 나를 버리고 간 것은 내가 면직을 당했기 때문인지 모른다. 직장이 없다고 당장 굶을 정도의 가난한 우리 살림은 아니었다. 그래도 한두 해는 세 식구가 먹을 수는 있었다.

나의 아내 영숙은 6·25 때 전 남편이 행방불명이 되었다. 인민군에게 총살을 당했다고도 했다. 하여간 스물두 살에 과부가 되어 피란살이로 허덕이다가 바로 환도 전 나의 아내가 된 것이다.

내가 봐도 아내의 인물은 예쁜 편이었다. 또 지나치게 영리한 편이라고 나는 지금도 생각한다.

환도 후, 아내는 계를 해서 돈을 모아 남부럽지 않게 산다고 바빠했다. 나보다 수백 배 사교성이 있고 세상 처사에 능했다.

영숙은 나를 진심으로 사랑하지는 않았다. 나는 그것을 안다. 바보 못난이가 아닌 내가 아내 영숙의 심정을 모르겠는가. 그러나 내 아들만은 어머니로서 사랑해주기를 바랐다. 그러나 바라는 내가 무리였다는 것을 알았다. 후에는 냉혹하게 대해주지 않기만을 바랐다. 그것은 무리한 부탁이 아니다. 내가 아들의 이야기만 꺼내면 별나게 짜증을 냈고 나를 나무랬다.

하지만 곧잘 나를 달래기도 했다. 가끔 나보고 바보같이 못나게 아들 이야기를 하지 말라고…… 자기가 아무리 나쁜 년이라 해도 계모라고 해서 아이를 못살게 천대하겠는가……. 말은 그랬지마는 나 보기에는 아들에게 대한 영숙의 태도가 늘 섭섭했다. 일곱 살밖에 나지 않은 놈이 엄마의 눈치만 보고 행동하니 내 가슴이 쓰렸다.

하여간 나는 면직을 당했고 아내를 잃었다. 잃은 것이 아니라 빼앗긴 것인지 모른다. 그것은 그리 아프지 않다. 그러나 면직을 당한 것만은 아프다. 왜 이유 없이 파면을 당했단 말인가.

나는 회계에서 용도계로 전계轉係되었다. 그것이 바로 감원 풍설이 돌기 직전의 일이다. 주사主事인 나는 물품을 검수하고 그 복잡한 수속의 서류를 수십 장 작성해서 몇 사람의 도장과 계장, 과장, 국장의 도장을 받아 회계로 돌리는 책임이다. 이 자리는 남들이 부러워하는 자리다.

바로 전계가 되자 일기분 소모품과 비품, 집기 용지 등을 대량으로 구입해야 했다. 입찰한 상사商社로부터 납품한 물건을 검사했는데…… 세상에 이런 법이 어디 있는가. 납품명세서納品明細書와 너무도 상이했다. 바로 납품하기 전날 입찰자 동일상사의 초대를 받았다. 과장 계장 나 대여섯 명이 산해진미를 진탕 먹었다. 간판도 없는 요리점이었는데 그렇게도 호화한 방이요, 찬란한 음식인 데는 놀라지 않을 수 없었다. 나는 멋도 모르고 예쁜 기생이 술을 부어주는 대로 마시기만 했다. 그렇게 호화한 초대를 받아보기는 난생처음이었다.

한데 사장이라는 그 뚱보가 내 곁에 바짝 다가앉아 술을 권하더니,

"이 주사, 그저 눈을 한 번 딱 감으시오. 이 주사, 꾹꾹 눌러주시오.

이 주사."

했다. 또 하는 말이 술잔을 내 손에 쥐어주고

"이 주사, 이런 양복 입고야 예쁜 기생들이 따르겠소. 내 이 주사한테 영국기지로 양복 한 벌 해드리지. 어때, 하하하……."

과장 계장은 술이 거나해서 기생들에게 혼을 빼앗기고 있다. 나는 그들을 바라보며 나만은 혼을 뺏기지 않는다고 그것만 생각했다.

나는 사장의 말이 무엇을 의미하는 것인지 안다. 그래도 신문을 매일 보는 내가, 그 말이 무엇을 의미하는지 모를 리가 없다. 바보 못난이가 아닌 다음에야.

그 이튿날 나는 물품을 검수했다. 이것은 터무니없는 것이었다. 말도 되지 않는 것이었다. 물품은 열 개인데 납품명세서는 이십 개, 삼십 개. 상식으로 생각해보아도 만 환짜리도 못될 것이 이만 환. 납품명세서와 맞다고 인정할 것은 오 할밖에 되지 않았다. 나는 일일이 그 내용을 적었다.

나를 바보 못난이로 아는 것인가. 사장은 그저 눈을 찔끔찔끔했다. 나는 모욕을 당하는 것 같아서 그 돼지 같은 살만 찐 사장이라는 자식을 보기 좋게 두들겨주고 싶었다. 그러나 사실 나는 그만한 용기가 없었다. 그자가 덤벼들기만 하면 나는 손을 바짝 들고 맞기만 하다가 도망쳐야 하니까. 그때 생전처음, 싸움 잘하는 영웅이 못된 것을 슬퍼했다. 슬퍼도 좋다. 나는 영웅이 싫으니까. 모욕, 이건 정말 참을 수 없다. 일개 장사치기가 나라의 정부를 모욕하고 나를 모욕하고—내가 모욕을 당하고 나라가 모욕을 당하고도 참으면 나는 죽는 것만 못하다. 내가 주검을 택하지 않을 바에야 요따위는 나라의 법으로 혼을 빼놓겠다고 생각했다.

'임마, 부끄러움을 알라. 수치를 알라. 비겁한 놈. 너 같은 놈을 악질이라고 한다. 이 최고 악질.'

나는 목구멍까지 나오는 이 말을 참았다. 두고 보자고 했다.

나는 계장 과장에게 이건 터무니없는 허무맹랑한 악질 사기꾼이라고 흥분해서 보고했다. 나는 상투 끝까지 흥분하고 노했다. 물론 나에게 상투가 있는 것은 아니다. 그래도 이 현대에 생을 타고 나고 서울에서 살고 있는 내가 설마 상투야 틀겠는가. 하이칼라 머리지. 노해보지 못한 내가 이 사회에 나와서 처음으로 상관 앞에서 노했다. 우리를 얼빠진 허수아비로 본 것밖에 더 무엇이 있는가고 했다. 그놈이 어제저녁에 우리를 청해 술을 먹인 것은 우리를 허수아비로 농락하려 한 것이라고 했다. 물건을 많이 팔아주어서 고마움의 표시로 알았더니 우리를 이용하자 한 것이니 어제 술값은 우리가 물어주자고 했다.

나는 이러한 말을 하고 또 어제 먹은 술이 더럽고 치사하고 구역질난다고 했다. 생각하니 어제 먹었던 술이 되살아 오르고 헛구역질이 날 것만 같았다. 상관 앞에서 이렇게까지는 하지 않아야 할 것을 알면서도 어쩔 수 없는 나였다.

생각해보라. 바보 못난이가 아닌 이상, 내가 어찌 참을 수가 있겠는가. 수치를 당하고 모멸을 당하고도……

한데 과장 계장은 노하지도 않고 그저 나의 노하는 것을 못마땅해할 뿐이었다. 그들은 알겠다고 했다. 일을 잘 처리하겠다고 했다. 하여간 나는 우리를 모역한 놈을 국법으로 처리하겠다고 했다. 계장과 과장은 나를 달래며 그 일을 자기네에게 맡기라고만 했다. 그래서 나는 상관과 계장 과장에게 노한 것은 아니라고 했다. 사실이 그러니까.

나는 생각했다. 역시 과장이나 계장은 나와 같은 평범한 사람이 아닌 것을 알았다. 노하지를 않았다. 사실을 알면 되는 것이니까. 내가 노하였다는 것은 인간 수양이 부족한 탓이다. 생각하면 쑥스럽기도 했다. 나는 어떠한 수양을 해야 노하지 않을 것인가. 역시 나는 다시 한 번 속인임을 깨달았다. 나는 수양을 하여 매사에 침착하고 노하지를 않는 현명한 상관을 모셨다고 생각했다. 존경할 분이라고 생각했다.

나는 왜 현명하지 못할까. 나는 왜 지혜를 못 가졌을까. 지혜는 사물을 정관靜觀*한다는 것이 아닌가. 이해타산을 한다 해도 지혜는 노하지 않고, 성내지 않고 현명하게 처리한다는 것이 아닌가. 자기에게 불리하다 해도, 그렇다면 나는 뭐냐. 아아, 나는 현명하고 싶다. 현명하게 살고 싶다. 나는 왜 현명하지 못할까.

며칠 후 박 주사가 내 대신으로 그 물품 검수를 했다. 그 사장의 납품 명세서는 숫자 착오가 많았고, 모자란 것은 다 가져와서 맞게 했다고 했다. 현명하지 못한 나는 그것이 무슨 말인지 똑똑히 모르겠으나 사람이란 착각과 착오가 있는 법이다. 나는 그 착오와 착각으로 노했다는 것이다. 나는 슬퍼졌다. 숫자의 착각, 착오? 그렇다. 나는 그때 안경을 쓰지 않았다. 나이가 사십도 못되었는데 눈이 자꾸 흐릿해갔다. 그래서 안경을 사 써야겠다고 하였지마는……. 나의 눈이 흐릿해서 숫자의 착각을 일으켰는지 모른다. 나는 그날로 안경을 사 썼다. 전에보다는 확실히 숫자가 똑똑히 보였다.

수양이 없는 평범한 내가, 눈이 벌써 흐릿해진 내가, 감원의 대상이 되었다는 것은 당연한지도 모른다. 그러나 십 년간을 하루같이 근무한 나를 고만한 과실로 나를. 감원의 대상으로 하지는 않았을 것이다. 암만 생각해봐도 면직의 원인은 미스 김이다. 그렇게 생각이 간다. 계장은 자기 결혼에 내가 눈의 가시였는지 모른다.

그렇지만 파면이라는 것은 내 어설픈 인생의 상처였다. 눈물도 나오지 않는 슬픔이었다. 눈물도 비명도 나오지 않는 차가운 아픈 생각이었다.

---

* 무상한 현상계 속에 있는 불변의 본체적, 이념적인 것을 심안心眼에 비추어 바라보는 것을 말하는 철학 용어.

아내도 나와 같이 슬펐는지 모른다. 내가 파면을 당하자 영숙은 아내로서 남편을 위해 과장 댁을 찾아갔었다. 백화점에서 필그림이라는 와이셔츠와 양과자를 사 가지고.

나는 그럴 필요가 없다고 했으나 아내는 아내대로 내가 교제를 몰라서 그렇게 됐다는 것이다.

과장은 나를 퍽 동정한다고 했다. 동정했을 것이다. 그는 훌륭한 사람이니까. 몇 개월 지나면 나를 다시 복직시켜준다고 아내는 말했다.

사실 나의 젊은 아내는 사교성이 이만저만이 아니다. 수단이 보통 아니었다. 내 소유로 되어 있는 시골 고향 집을 팔아다가 계를 해서 그 몇 배나 되게 불리었고 가정 살림살이를 윤택하게 했다.

아내는 계 때문에 매일 다방에 드나든다고 했다. 내가 면직 후에는 남편인 나를 위해 과장을 가끔 만난다고도 했다. 아내는 과장이 참으로 훌륭한 인격자고 이해성이 많은 신사라고 했다. 물론 그것은 나도 잘 안다. 나도 그러한 말을 하지 않았던가.

×

나는 어제 술이 거나해서 밤거리를 걸었다.

소공동 조선호텔 담 옆으로 두 남녀가 팔을 끼고 다정히 걸어갔다. 정다운 도시의 풍경이라고 생각했다.

나도 아내 영숙과 저렇게 걷고 싶었다. 처음으로 가져보는 감정의 파동이었다.

행복한 부부다. 영숙이 돌아와 주면 나도 저렇게 걸으리라.

그들, 행복한 부부의 뒤를 따라 걸으며 나는 알 수 없는 젊은 감정을 느꼈다. 이러한 사랑의 풍경을 별빛 아래 바라보는 것은 한층 더 내 가난한 인생에 향수 같은 것을 느끼게 했다.

행복한 부부는 조선호텔 정문 앞을 건너가 달리는 택시를 멈추었다.

택시 헤드라이트의 강한 광선이 그들을 비치었다.

나는 봤다. 나는 안 봐야 할 것을 봤다.

그 행복한 부인은 바로 내 아내 영숙이었다.

그 행복한 남편은 나를 다시 복직시켜준다고 한 과장이었다.

나는 내 눈이 착각이 아닌가 했다. 나는 안경을 찾아 쓰고 똑똑히 다시 한 번 보아야 했을 것이다. 그러나 나는 내 눈이 착각이기를 바란다.

안경을 쓰고 본 것이 분명히 내 아내요, 과장이라면 나는 어찌해야 할 것이었는가.

나는 이 이상 독백의 회화를 모른다. 나는 오늘도 내 눈의 착각을 풀기 위해서 내 인생의 오해를 풀기 위해서 주막으로 가야 했다.

—『비정의 향연』, 동국문화사, 1959.

고목의 유령幽靈

1

나는 명동에서 친구들과 헤어져 거나한 기분으로 합승을 타러 시청 앞으로 갔다. 합승을 기다리는데 가끔 빗방울이 떨어지다가는 말고 선선한 바람이 가로수를 우수수 몰아치곤 했다.

구름이 낮고 공기가 무거운 것이 찌푸린 날씨다.

합승 정류장에는 나 혼자만이 홀로 서 있었다. 통금 예고 사이렌이 찌푸린 공기를 진동하며 잠시 뻗어 갔다.

그러자 신촌행 합승이 잠깐 정지하고 차장이 손님을 부른다. 바쁜단 듯이 달아나 버리고는 내가 타야 할 효자동 차는 좀처럼 나타나지 않았다. 조바심이 났으나 통금 십 분 전까지 기다렸다 타본 기억이 있어 그대로 서 기다렸다. 자동차들은 전속력을 놓다시피 태평로를 질주하고 인도에는 가끔 총총걸음으로 달리다시피 걷고 있는 몇 사람뿐이다.

효자동행 합승이 왔다. 내가 타자 정원이다. 한데 차장 꼬마놈은 손님을 부르고 있다.

"얘, 인젠 가자."

손님들은 가자고 하지만 차장은 아랑곳이 없다.

"야 임마, 가."

"네."

하는 것이나, 차장은 골목길들을 바라보며 또 손님을 불렀다.

차 내는 점점 찌푸린 얼굴이다.

"야 임마, 안 가?"

그만 내 입에서도 날카로운 목소리가 터지고 말았다.

시청 앞에서 또 한 사람을 억지로 태우고야 차는 떠났다. 차가 움직여서야 날카로워진 신경이 진정되는 것 같았다.

나는 눈을 감고 잠시 몽롱했었다. 종점에서 칠팔 분 또 걸어야 한다.

골목길을 돌아 집 대문 앞에 서서 초인종을 누르려고 하다가 나는 그만 멈칫하고, 빳빳이 서고 말았다. 꼼짝하지 못하고 감전된 사람처럼 서 있었다.

대문의 철책 사이로 보이는 바로 정원 안에 서 있는 고목 은행나무 아래에, 까만 우산을 받고 레인코트를 입은 한 사내가 서 있었다. 윤곽은 확실하지 않으나 나를 향해 서 있는 것만은 틀림이 없었다. 창문에서 흘러나온 불빛이 희미해서인지 모르나 어디서 한 번 본 사람의 모습 같기도 했다.

누굴까? 이 밤중에?

날은 찌푸렸어도 비는 오지 않는데 우산을 받고 레인코트를 입고……

누구냐?

나는 머리를 기웃했다. 바로 그러한 순간 그 유령 같은 까만 우산의 레인코트가 슬며시 은행나무에 꺼졌는지 사라졌는지 알 수가 없게 되었다. 까만 우산을 받은 레인코트의 사내가 은행나무 뒤에 숨었는지 꺼졌는지 그것은 확실하지 않으나, 나는 눈을 껌벅거려보았으나 순식간에 사라지고 만 것은 틀림이 없었다. 이건 이상하다. 나는 잠시 더 서서 철책 사이로 고목나무 주변을 바라보았으나 아무 인적도 느끼지 못했다.

이건 유령이다. 분명히 유령이다.

나는 이런 생각이 들자, 더 눈을 똑바로 뜨고 힘을 주었다.

본래, 이 집 전체의 분위기가 음침해서 나는 벌써부터 유령이 있다고 생각했는지 모른다. 갑자기 이러한 생각이 들자 나는 초인종을 눌렀다. 초인종을 누르면서도 은행나무 주위를 살폈다. 꼼짝도 않고 고목을 응시하며 서 있었다.

식모아이가 나오고 뒤따라 아내가 마중 나왔다.

나는 대문 앞을 들어서면서도 백여 평이나 되는 넓은 정원에 우뚝 서 있는 고목만을 응시하며 걸어 들어갔다.

아내가 무엇이라고 했는지 나는 잘 모른다.

나는 들어가다가 은행나무 옆으로 가서 한 바퀴 빙 돌았다. 그리고 머리를 들어 나무 뒤를 살폈다.

아무것도 없었다. 그저 매일 보는 은행나무를 다시 한 번 되돌아서서 고목 은행나무를 바라보다가 들어갔다.

"은행나무에 무엇이 있어요?"

"아니."

"당신 이상하우. 왜 그러세요?"

"음, 별한 것 아니야."

하고 나는 방으로 들어갔으나 식모아이나 아내가 이상하게 나의 거동을 살폈을 것만은 사실이다.

"저녁은 먹었어. 커피나 진하게 타 줘."

"커피는 좋지 않아요. 홍차 드세요."

"글쎄 커피 가져와."

아내는 방에서 나가 식모아이에게 물을 끓이라 하고 들어왔다.

"기분이 좋지 않으세요?"

"아니, 오늘은 유쾌하게 술을 마셨어. 기분이 좋아."

아내는 머리를 살래살래 흔들었다.

나는 그러한 아내가 예뻤다. 충동적으로 아내의 허리를 안고 얼굴을 바라보다가 아내의 입술을 빨았다.

"너는 내 것이야."

아내는 곱게 머리를 끄덕였다.

나는 다시 뜨거운 키스를 부으며 아내의 유연한 허리를 힘껏 안았다.

"나를 얼마나 사랑해?"

아내는 입술로 내 입술을 싸며 있는 힘을 다해 두 팔로 내 목을 감았다.

"말해봐."

"아이! 아이처럼……."

"음."

"내 것 전부."

"정말?"

"음."

"연기가 아니지?"

"내 것 전부."

나는 아내를 얼싸안아 방 안을 빙 돌았다. 서로 입술을 대고.

우리 부부의 이러한 것을 남이 보면 어처구니가 없어 픽 웃을 것이다. 그러나 나와 아내인 미영美英과는 멋쩍은 감정은 조금도 없다. 자연스럽다. 자연스럽다는 것은 남이 보아도 어색하지 않은 것이다. 유치원 아이들의 장난이 귀엽듯이.

나는 미영을 안고 방 안을 돈 후, 의자에 앉아 멍하니 흰 벽만을 응시하며 커피가 오기를 기다렸다. 나는 그 흰 벽에서 무엇을 그려보려고 했다. 들어오다 고목 은행나무에서 본 까만 우산을 받은 레인코트의 환상을 그려보려 애썼다.

"무엇을 그렇게 생각하세요?"

나는 이 아내의 말에 머리를 흔들며 시선을 옮겼다.

"음, 아무것도 아니야."

"당신 얼굴이 왜 그렇게 해쓱해요? 어디 아프세요?"

"아니, 아니, 술을 마셔 그렇겠지."

"술을 하셨을 땐 얼굴이 불그레하셨는데."

하며, 미영은 일어나서 내 머리를 짚어본다.

"열 없어. 왜 내 얼굴만 보면······."

나는 아내의 손을 뿌리쳤다.

"당신 인제 들어왔을 때와는 달라요. 들어오실 때부터 이상하지만······ 참 인제 들어오실 때 왜 은행나무를 한 바퀴 도시는 거예요? 무엇이 있었어요?"

나는 다시 입술을 꽉 다물고 흰 벽만을 응시했다. 흰 벽에 그 까만 우산을, 레인코트를 그려보려 했다.

환상은 자꾸 그려지다가는 지워졌다.

"참 이상해서, 무엇이나 말해보세요."

나는 한참 멍하고 있다가 머리를 흔들었다. 무엇을 떨어버리듯이 머리를 흔들었다.

"나 말이야, 인제 들어오다가 은행나무 밑에서 이상한 것을 봤어."

"이상한 것을?"

"음, 참 이상하지만 분명히 봤어."

"무엇을요?"

"놀라지는 마. 은행나무 밑에 까만 우산을 받고 레인코트를 입은 젊은 사람을 봤어."

"뭐, 무엇이라고요?"

"봤어. 그런데 안개처럼 되더니 없어져. 아니, 은행나무에 들어가는 것 같기도 했고, 뒤로 숨어버리는 것 같기도 했고, 하여간 순간적으로 사라졌어. 이상하거든."

미영은 나를 뚫어질 듯이 바라보고 있었다.

"그러면 유령이라는 말이에요."

"음, 유령인지 몰라."

"무서운 소리 그만하세요. 유령이 어디 있어요, 이십 세기에. 당신 신경쇠약이 되어서 그러시는 거예요. 술이 좋지 않으신 거예요."

그럴는지 모른다. 신경쇠약이 되어서 술이 좋지 않아서. 그러나 분명히 봤다.

"당신 몸이 허약해져서 큰일이에요. 커피를 가져올게요."

나는 커피를 들면서 그런 생각을 지워버리려고 했다.

"오늘 약 잡수셨어요?"

"음, 음, 아니."

"그러니까 자꾸 신경이 약해지시죠. 암만 바빠도 꼭 좀 잡수시고 다니세요. 어쩌자고 그러세요?"

"난 무슨 환자가 아니야. 무슨 약을 밤낮 먹어야 하는 거야, 응?"

그래도 아내는 내 포켓을 뒤져서 오늘 아침 넣어준 약봉을 꺼내어 펼치고 물을 가져오고…… 나는 하는 수 없이 또 무슨 약인지 모르나 마셨다.

이층 침실로 올라가 눕자, 밖에는 비가 내리는 소리가 들렸다.

나는 빗소리를 듣다가 옆에 누운 아내가 잠들기를 기다려 창문으로 은행나무를 내려다보리라 했으나 아내보다 내가 먼저 잠이 든 모양이다.

　2

　오늘은 아침 아홉 시부터 두 시간 강의가 있어서 어제 아침 잠시 보다 내버려둔 노트를 봉투 속에 집어넣고 서재에서 나와 가만히 계단을 내려갔다. 현관에서 구두끈을 매고 있는데 아내가 따라 나왔다.

　"아니, 외출하신다고 하시지, 몰래 나가시려는 거예요?"

　"몰래 나가긴 누가 몰래 나가나? 목요일 아침에는 대학에 나가는 것을 알고 있지 않아? 나간다 들어온다 하는 것이 귀찮으니까 그러지."

　"그런 것을 귀찮다고 생각하는 것이 다 병적인 거예요. 들어와 약 마시고 약 가지고 나가세요."

　"글쎄 내가 무슨 병이란 말이야? 약은 또 무슨 약이야?"

　"그러다 큰일 나세요. 어제 저녁 유령을 보았다는 것도 신경쇠약 때문이에요. 방으로 들어와서 약 마시고 나가세요."

　미영은 약장이 있는 방으로 들어가 또 그 약을 짓는 모양이다.

　이렇게 되면 나는 들어가는 수밖에 없다. 사실은 그 약이라는 것을 마시지 않기 위해서 몰래 외출하려던 것이다.

　생각하면 나는 약 마시는 것을 희극으로 안다. 허나, 아내는 내가 약을 마시지 않으면 비극이 된다고 안다. 나는 병이 없다는데, 아내는 나를 신경병 환자라고 한다.

　나는 우물쭈물하다가 약장이 있는 방으로 들어갔다.

　아내는 약장 문을 열어놓고 천칭天秤을 들여다보며 약 가루를 갈라 흰 절구 단지에 쏟아놓고 믹스를 하는 것이다.

　"어제저녁 은행나무 밑에 유령을 보았다는 것도 당신 신경이 극도로 약해져서 그러시는 거예요. 이십 세기에 유령이 어디 있어요?"

"당신 말이 맞았어. 약이나 빨리 줘."

나는 의자에 앉아 멍하니 미영의 뒷모습을 바라다보다 말고 흰 벽을 바라봤다. 순간 어제저녁에 본 까만 우산을 받은 레인코트를 그 흰 벽에 그려보려고 했다.

"자, 드세요."

"음, 음."

나는 머리를 가볍게 흔들며 컵과 약봉지를 받아들어 마셨다.

"이 한 봉은 점심 후에 드세요."

하며, 또 내 포켓 속에 넣어준다.

"오늘은 잊지 마세요. 어제는 약을 안 드셨으니까, 그런 유령을 다 보고, 그러시는 거예요."

나는 일어나 아내에게 가벼운 키스를 하고 현관으로 나와 연희를 불렀다.

"연희야, 이리 온."

안방에서 연희가 뛰어나왔다.

"뽀뽀."

연희는 나에게 뽀뽀를 하고,

"일찍 들어와. 나도 유치원 갔다 일찍 오께, 응, 아빠."

"그래, 그래."

"약속."

새끼손가락을 내어 밀고 걸자는 것이다.

나는 아이가 하자는 대로 했다.

"엄마하고는 뽀뽀 안 해?"

"벌써 했어. 그럼 또 한 번 할까?"

하며, 나는 아내의 머리를 두 손으로 싸며 가벼운 뽀뽀를 하고 현관을 나왔다.

나의 생활은 금년 들어 완전히 변했다. 작년만 해도 나는 하숙에서, 나간다 들어온다는 말없이 다녔다. 그러던 내가 벌써 완전히 남편이 되었고 아버지가 되었다.

나와 미영이와 결혼한 것은 금년 정월이다. 그러니까 반년이 된 셈이다. 두 사람 다 결혼한 경험이 있으니 재혼이다.

나는 일제 학도병으로 끌려 나갔다가 돌아와 결혼하였으나 일 년 만에 아내를 잃었다. 병원에서 해산을 하다가 그만 의사의 실수인지 모르나 여아를 분만하고, 젊은 아내는 절명하고 말았다. 아이는 시골 할머니가 데려다 기르다가 세 살 때 홍역을 하다 죽고 말았다.

나는 아이에게 미안했다. 일 년에 한두 번 시골에 내려가 남의 아이 보듯 하였을 뿐, 부녀父女의 정을 모르고 타계로 보냈다. 아이에게 미안했다.

나는 재혼을 하지 않는다는 것은 아니었으나 이럭저럭하다가 상처한 지 십 년이 넘어 서른여덟이 된 금년에 미영과 재혼했다.

미영은 다섯 살 된 딸을 가진 스물아홉 살인 미망인이었다.

미영과 나 사이에 서서 중매하여준 대학 일 년 선배인 김정하는 미영에 대해서, 미영은 약대藥大를 나오자, 그해 봄에 결혼을 하였으나 일 년도 못되어 남편을 잃었다는 것이다. 무슨 신경병인지 뇌막염인지 하여간 그런 병으로 타계의 사람이 됐다고 했다. 그러나 미영에게는 유복자가 있었다.

미영이 남편 되었던 사람은 일제시대의 귀족의 후예로 그의 증조부의 별장 같은 양옥집에서 살다가 죽고, 미영은 그 집만을 유산으로 받아 아이와 외롭게 살다가 이 년 전에 종로에 약국을 내고 자활한다는 정도로 나는 전해 들어 알 뿐이었다. 그렇게만 알고 미영과 가끔 만나다가 작년 크리스마스경에 미영의 딸인, 그때는 네 살이었던 연희妍姬를 보자, 갑자기 나는 이 두 모녀와 한 가족이 되고 싶었다. 자연스러운 교제로 우리 두 사람은 결혼했다.

결국은 결혼하자 내가 미영의 집에 들어가 식구가 된 셈이다.

나는 미영의 전 남편 집이 되어서 꺼려했으나 적당한 시기에 옮기기로 하고 이럭저럭 지난 것이나 벌써 반년이 되도록 이 집에 머물게 되었다.

나는 결혼하고 나서 날이 갈수록 미영을 더 열렬하게 사랑하는 것을 알았다. 나 자신이 어떻게 되지 않았는가 할 만큼 미영을 사랑하고 아꼈다. 연희도 나를 아빠 아빠하고 몹시 따랐다.

나의 호젓하던 마음이 밝아지며, 처음으로 남녀의 사랑을, 가정의 따스함을 느꼈다. 나는 행복이라는 것을 느꼈다.

나는 지난날, 행복이라는 것에 대해서 거의 생각하지 않고 살아온 것만 같이 느껴졌다. 행복이란 관념으로만 알았다. 행복을 말한다는 것은 무엇인가 부도덕한 것같이 느꼈다. 사실 나는 본능적으로, 보다 아름다운 행복을 찾아 헤매었는지 모르나 외로움과 고독을 의식 속에서 향락하고 있었는지 모른다. 나는 이제 와서는 사랑을 발견하지 못한 사람만이 자의식 속에서 불행을 생각하며 행복이 덕이라는 것을 모르는 가난한 사람이라고 말하고 싶었다. 행복은 생각하는 것이 아니다. 아름답게 움직이는 것, 아름답게 남과 같이 사는 것이라는 것을 알았다.

한데, 미영은 나의 건강에 대해서 너무도 예민하다. 성가실 만큼 나의 건강에 주의한다. 기분이 좀 언짢아도 어디가 아프지 않은가 하고, 그리고 약을 복용시키려 한다.

사실 결혼한 후부터는 매일같이 비타민을 먹어야 했고, 감기 기운만 있어도 주사다 약이다 해서, 나는 질색이지만, 강의에 지쳐 목소리만 좀 약해져도 약이다. 기분이 좀 좋지 않은 나의 얼굴을 보고도 약이다.

얼마 전에 감기로 저녁마다 열이 오를 때는 아내는 약국에도 나가지 않고 의사를 불러다 진찰을 시키고 정한 시간마다 약을 복용시키고 주사를 놓고 해서 도리어 그것이 귀찮았다. 아무리 약국에 나가보라 해도 자기 걱정은 말라는 것이다. 정성에는 탄복하나 성가셔서 화까지 치밀었다. 사오 일간 앓다 열도 떨어져서 외출을 하려면 복용할 약까지 포켓에 넣어주며 신신당부다. 나는 밖에서 약을 버리고 들어오지만.

어제 외출할 때도 그랬다. 그러나 어제저녁에는 밖에서 약을 버리는 것을 잊었다. 술을 마시고 거나했으니.

나는 정원의 고목을 바라보면서 천천히 대문을 나왔다.

광화문까지는 전차를 탔다. 전차는 가다 정류장에 정거를 해도 손님을 기다리지 않고 곧 떠나는 것이 좋다. 학교 앞까지는 합승밖에 없어서 하는 수 없이 타지만, 타면 신경을 날카롭게 한다. 합승을 타려는데 차안에서 음악소리가 들린다. 내가 앉은 바로 옆에 젊은 회사원 같은 자가 무릎 위에 트랜지스터를 올려놓고 재즈 음악 감상이다. 차 속에서 음악 감상이 무엇이냐? 자기 혼자 택시를 탔으면 모르지만 만원이 된 합승 속에서 아침부터 강아지 새끼가 떠들어대듯 하는 것을 억지로 들어야 하니 자식이 아니꼽다. 또 바른편에 앉은 중년 신사는 담배를 피워 물고 연기를 내 얼굴에 뿜어대고, 이건 정말 신경이 날카로워지는 것을 진정하려니 애가 탄다.

달리는 합승 속에서 종로의 아내가 경영하는 약국을 바라보니 여점원이 명상에 잠긴 얼굴로 고이 앉아 있다.

두 시간 강의를 끝마치고 백남표 강사와 같이 합승을 타고 나와 명동으로 들어가 점심을 먹고 바둑을 두러 기원으로 갔다.

백 선생과 나는 팔 급 정도로 서로 백을 빼앗았다 빼앗겼다 하는 상대다. 우리 두 사람이 두기 시작하면 열 판은 두어야 성이 가시는 버릇이다. 백을 잡았던 나는 세 번을 연거푸 지고 말아 백을 뺏기고 흑을 잡고는 두 번을 이겨 다시 백을 꼭 뺏으려 했는데 세 번째는 또 지고 말았다. 이렇게 두 번, 그러니 아홉 판인가를 두고 다시 백도 뺏지 못하고 무거운 머리로 기원을 나왔다. 벌써 저녁 여덟 시가 넘었다. 백 선생과 헤어진 나는 시청 앞 정류장으로 걸으면서도 바둑판이 눈에 어른거렸다.

구석에는 무엇하러 들어가 선수를 뺏기고, 그저 순순히 거기 한 점을 놓았으면 대마가 죽지 않는 것 아니냐? 그러면 그저 이기고 백을 뺏는 것을, 그런 실수가 어디 있어? 먼젓번도 그렇지, 죽은 말을 산 말로 알고, 그것도 먹어 치면 단수가 되는 것을 모르고 싸우긴 무엇을 싸운다고, 왼편 구석만 뻗쳐서 중앙으로 진출했으면 개가를 올리는 것을 원.

이건 무슨 부질없는 생각이냐? 하지만 바둑에 취한 머리는 어쩔 수가 없었다. 멍하니 차를 기다리다 하늘을 바라보니 별들이 바둑알 모양으로 보여, 별로 바둑을 두는 자신을 발견하고 놀랐다. 정말 바둑에 취했다. 여섯 시간이나 바둑판만 들여다보았으니 머리가 돈 셈이다.

3

나는 가끔 차도를 건너갈 때 묘한 생각을 하는 버릇이 있다. 오늘도 국회 앞에서 대한공론사 쪽으로 건너가다가 갑자기 얼토당토않은, 그야말로 망상에 사로잡히고 말았다.

차도 한복판에서 나는 문득 시청 앞에서 줄지어 달려오는 군용트럭의 선두를 바라보며 내가 차도를 건너 완전히 인도에 올라선 다음에 차가 건너온 선을 질러가야지, 만일에 올라서기 전에 차가 내 뒤를 지나가 버린다면 나는 오늘 불운할 것이다 하는 망상.

나는 차도 한가운데에서 일부러 걸음을 주춤하고 서 있다가 차가 어느 거리에 이르렀을 때, 태연히 다시 걷기 시작해 건너갔다. 건너가기는 건너갔어도 내가 인도에 완전히 올라서기 전에 내 등 뒤를 지나갔다.

나와 차와의 거리와, 나와 차와의 속도 계산의 착각, 나의 직감의 계산과 착각을 오늘의 불운으로 생각하는 나란 말인가. 내 직감의 오산이라면 모르되 운명에다 가져가는 나 자신을 의식하며 걸었다. 사실은 직감의 오산이 아니다. 내가 너무 천천히 속도를 줄여 걸었기 때문이다. 그것은 변명.

'이 따위 망상이 어디 있어' 하고 나는 이러한 자신을 의식하며 마음의 안정을 얻으려고 천천히 보도를 걸어갔다.

시청 앞 광장을 건너가려는데 누가 나를 불러 돌아섰다. 지금 대전 대학에서 교편을 잡고 있는 오학준 형이었다.

"자네 결혼했다면서? 그래 청첩장도 안 보내는 친구가 어디 있어?"

"누구한테 알리지 않았어."

"이 사람아, 그런 법이 어디 있나? 그래 홀아비를 면하더니 사람이 멀끔해졌어. 재미있나?"

"그저 그렇지. 한데, 언제 올라왔어?"

"어제."

일 년 만에 만난 반가운 얼굴이다. 다방에 들어가 잡담을 하다 헤어졌다. 한데, 나는 참 이상한 생각이 들었다.

오늘 아침 무심코 얼굴을 씻다가 문득 오학준을 생각했다. 그리고 순간적으로 오학준의 얼굴이 내 머리를 스쳐갔던 것이다. 한 번도 생각조차 하지 않던 오학준을 갑자기 생각하게 되고, 그리고 몇 시간 후에 우연히 길가에서 만나게 되니 이상했다. 사실은 이런 일은 한두 번이 아니다.

아무리 생각해도 이건 우리 인간의 머릿속에 레이더가 있는 것이 아닌가. 오 형의 전자 전신기가 내게 송신했다는 것인가. 그렇지 않으면 내 머릿속의 전자 탐지기가 내 앞에 나타날 것을 탐지했다는 것이 아닌가.

우연으로만 들린다는 것도 좀 이상하다. 오 형의 생각이 왜 내 머리를 스치고 지나갔는지 알 수가 없다.

오늘은 이상한 날이다, 이상하긴 무엇이 이상한가. 인간의 머릿속에는 분명히 레이더가 있다. 쓸데없는 망상.

이런 망상의 머리를 식히려면 이발관으로 가서 이발하는 것이 좋을 것 같았다.

나는 을지로에서 만날 사람을 만나고 이발관으로 갔다.

이발관에 들어간 나는 갑자기 불안해졌다. 나는 담배를 피워 물고 내 차례가 오길 기다리고 앉아 있었다. 한데 이발사의 손에 든 면도칼을 응시하고 있는 나 자신에 놀랐다. 푸른 면도칼을 든 저 이발사가 손님의 얼굴을, 저 오뚝 솟은 코를 베어낼는지 모른다는 생각이다. 저렇게 살그미 귀를 잡아당기며 면도질을 하는 체하다가 살짝 귀를 잘라낼 것만 같았다. 이제 막 잘라내어 새빨간 피가 뚝뚝 흐르는 귀를 가지고 이발사는 달아나는 것이 아닌가 했다. 귀를 잘린 사람은 비명을 올리며 벌떡 일어나다 쓰러질 것만 같이 느껴졌다. 하마터면 내가 비명을 지를 뻔했다. 내 눈앞이 아찔해지는 것을 느꼈다.

나는 잠시 눈을 감고 있다가 이런 망상을 떨쳐버리려고 머리를 흔들며 눈을 떴다. 그러나 내 눈의 시선은 자꾸만 면도칼을 든 이발사에게로 향해서 가는 것을 어쩔 수가 없었다. 이발사의 면도칼이 손님의 목을 밀고 있었다. 저거 저러다 조금만 힘을 주어 면도칼을 누르면 목에서 피가 콸콸 내어 뿜으며…….

나는 나도 모르는 사이에 벌떡 일어서 이발관을 나가려고 했다. 이러한 거동에 나 자신이 당황했다.

"저, 손님, 다 되었습니다. 인제 곧 자리가 납니다. 이리 오십쇼."

어떤 손님의 머리에 기름을 바르던 이발사가 나가려는 나를 부른다.

195

"곧 됩니까?"

"네, 다 됐습니다. 일 분만 기다려주십쇼."

나는 슬그머니 다시 자리에 가 앉고 말았다.

나가다 다시 돌아가 앉을 것은 무어냐 했다. 나가면 나갈 것이지……
곧 됩니까가 무엇인고, 쑥스럽게…… 아, 곧 다녀오지요, 하고 나가버렸
으면 되는 것을 슬며시 돌아와 앉기는 못나게 말이지. 이제는 다시 일어
서 나갈 수도 없게 되었다.

불안한 마음으로 의자에 앉은 나는 거울의 내 얼굴을 바라보며 자신
에게 타일렀다.

너는 왜 허망한 공상 때문에 자기 자신을 괴롭히고 있는가 말이다.
그런 것이 병이란 것이다. 병? 이런 생각을 허망한 공상이라고 의식하는
내가 병이란 말인가? 아니다. 이런 것을 정신의 유희라고 하는 것이다.
누구에게나 이런 정도의 유희는 있다. 이런 걸 병이라고 할 것까지는 없
다. 한데, 무엇 때문에 벌떡 일어나 이발소를 나가려 했는가? 유희라고
하지만 그것은 너무 심하지 않은가? 남은 그러지 않을 것이다. 정신 유
희라고 했는데 그것이 심하면 병이란 말이다. 자네는 병이란 말이다. 일
종의 정신병이란 말이다. 그러나 이렇게까지 나를 의식하는 것을 병이라
하겠는가. 천만에, 나와 나를 의식하는 나를 나는 알고 있지 않은가. 하
여간 병이고 병이 아니고 이발사를 의심할 필요는 없다. 불안해할 필요
는 없다. 병이 아닌 증명으로 나는 지금 이발을 하고 있잖은가.

나는 귀 밑의 가위 소리를 들으며 눈을 감았다.

지금 나는 무엇을 생각해야 할 것인가 했다. 그렇다.

약국에 앉아 있을 미영은 무엇을 생각하고 있을 것인가?

미영의 얼굴이 환하게 나타났다. 맑은 눈, 부드러운 감미한 입술. 직
선으로 고이 그려진 코. 흰 얼굴의 고운 선線. 이렇게 또렷이 나타나다가

희미해지고 만다.

미영은 언젠가는 나를 잊어버릴는지 모른다.

망상이다.

나는 감았던 눈을 크게 떴다.

그러나 미영은 나를 잊어버릴는지 모른다는 생각이 자꾸만 떠올랐다.

미영은 나를 잊어버릴는지 모른다.

아니다. 미영은 나를 버릴 수는 없다.

나는 이 두 개의 생각으로 불안해지고 말았다.

이발사가 내 목에 둘렀던 타월을 풀고…… 면도칼을 든다.

나는 이발사와 면도칼을 응시해봤으나 조금 전과 같이 불안하지는 않았다. 도리어 태연한 심정이었다. 그러나 미영은 나를 잊어버릴는지 모르겠다는 생각이 가슴을 파고들어 침착할 수가 없었다. 눈을 감으면 미영의 환상이 그리워지다가는 희미해지고 눈을 뜨면 또 면도칼이 불안했다. 누워, 면도칼이 내 목을 밀고 갈 때는 촉감이 참으로 싫었다.

이발소에서 나온 나는 한결 기분이 가벼워지는 것을 느꼈다. 산뜻한 얼굴을 느꼈다.

출판사에 들러 원고 교정을 좀 보고 사장과 바둑을 두었다.

바둑을 두다 또 문득, 미영은 나를 잊어버릴는지 모른다는 생각이 떠올라 안절부절하는 나를 느꼈다.

나는 기원을 나와 종로를 향해 걸어갔다. 꼭 미영을 만나고 싶었다.

지금까지 미영과 결혼 후에는 아마 한두 번, 그것도 어쩌다 부득한 일로 들렀을 뿐이다. 약국 앞을 지나가야 할 때는 약국 건너편 길로 피해 가다시피 한 내가 지금 약국으로 미영을 만나러 가고 있는 것이다. 들르지는 말자. 멀리서 한번 미영을 바라보고 가자. 이런 내심으로 종로에까지 걸어갔다. 약국이 있는 길 건너편에서 서성거리며 약국 앞을 바라보고 있었다.

약국 안에는 중년 신사 한 사람이 의자에 앉아 아내와 무슨 말을 하고 있는 것이다. 약을 사러 온 사람 같지는 않았다.

저렇게 미소하며 다정하게…… 미영도 미소하는 얼굴로 명랑한…… 저렇게 명랑한 미영의 얼굴을 나는 아직도 보지 못했다. 누구란 말인가? 도대체 저 중년 신사의 정체가 무엇인가? 미영과 무슨 깊은 관계가 있음이 틀림없다.

길 건너 남몰래 그들을 바라보고 있는 나를 의식하자 얼굴이 확 하고 뜨거워지는 것을 느꼈다. 비겁한 자신을 느꼈다. 나는 돌아서 무엇에 쫓기듯이 허덕대고 걷고 있었다.

나는 지금 미영을, 내 아내를 의심하고 있다. 무엇을 의심하고 있다는 것인가? 미영은 딴 남자와는 말을 해서는 안 된다는 나의 심사가 아닌가. 못난이, 밑도 끝도 없이 자기 아내와 사나이를 의심하는 것이다. 정말 나는 못난이다.

나는 무턱대고 걸으며 나 자신에 쓴 환멸을 느꼈다. 그러나 곧 또 그 생각이 머리를 쳐들었다. 미영은 너를 잊어버릴는지 모른다. 약국에 의젓이 앉아 미영과 다정스럽게 이야기하는 사람은 누군가 말이다. 무슨 말을 하기에 담뿍 미소를 하고 있는가 말이다. 아! 그렇다. 여점원은 없었다. 여점원도 외출시키고…… 그렇다면…….

머리가 어지러웠다. 나는 현기증을 느끼며 막 길거리에 쓰러질 것만 같았다. 간신히 정신을 차려 어떤 다방에 들어갔다.

나는 나를 생각하여야겠다고 마음을 가다듬었다.

너는 무슨 질투에 사로잡혀 있다. 참으로 어처구니없는 질투다. 나는 나 자신에 쓴웃음을 머금었다. 그러면서도 나는 나 자신이 두려웠다. 정말 이러다 발작이라도 일으켜 쓰러지는 것이 아닐까 하는 것이 두려웠다.

커피 한 잔에 마음이 훈훈해지며 덮였던 구름이 걷혀가는 것을 느꼈다. 생각하면 참으로 나 자신이 우스워졌다.

나는 나를 씹으며 천천히 다방을 나왔다. 차를 타고 싶지는 않았다. 집으로 향해 걸으며 어지러운 내 마음을 진정시키려 했다.

일부러 효자동까지 천천히 걸어간 나는 집 대문을 밀고 들어서자 갑자기 이마에 공기가 무겁게 느껴졌다. 우렛소리가 하늘을 진동하며 소나기가 내릴는지 모른다는 것을 느꼈다.

나는 정원의 고목을 바라보자 이렇게 느꼈는지 모른다.

나는 이백 평이나 되는 넓은 정원의 이 고목이 싫다. 또한 저 시멘트 회색 벽이 싫다. 하여간 이층 고가古家가 음침한 것이 싫다.

본래 이 집은 미영의 전 남편의 집이었다. 전 남편이라는 사람은 일제의 무슨 후작*인가 남작**의 후예로 미영과 결혼하자 그 조상의 별장인가 한 이 옛 헌 집을 상속받은 것이라고 나는 알고 있을 뿐이었다. 전 남편은 이 집에서 어린 딸과 젊은 미영을 남기고 객혈로 슬프게 갔다고 들었다. 미영은 이 헌 집을 팔고 작은 집이라도 사서 나가려 했으나 흉가라고 하여 제값을 주려 하지 않았고, 또 부산에서 올라온 작은오빠가 갑자기 집을 구하지 못해 같이 있게 되어 이럭저럭하다가 나하고 결혼하게 되고 그대로 이 집에서 살게 된 것이다.

결국은 내가 미영과 결혼하게 되고 미영의 집에 들어간 셈이다. 사실 나는 미영의 집에 들어가는 것이 멋쩍기도 하고 자존심 같은 것이 허락지 않아 부흥주택***이라도 장만하고 결혼하려 했으나 주위에 있는 사람들이 서둘러서 결혼하고, 결국은 내가 미영의 집에 간 것이다. 그러나 신

---

* 중국 고대 제후나 귀족의 오등작五等爵의 둘째 작위. 공公의 아래이며 백伯의 위이다.
** 다섯 등급으로 나눈 귀족의 작위 가운데 다섯 번째 작위.
*** 서울 환도 후(6·25 후)에 재건주택이라고 하여 외국의 차관을 도입하여 공동주택을 지었다. 1956년까지 재건주택, 부흥주택, 희망주택이라는 이름으로 3,000여 채에 이르는 집들이 공급되었다.

혼여행에서 돌아온 나는 미영의 집에 들어가기가 멋쩍어 처음에는 하숙집에서 며칠을 지냈다. 미영도 내 심정을 알고 이해하여주었으나 저녁에 만나 식사를 하고 미영의 집까지 바래다주러 갔던 나는 미영의 집에서 밤을 새곤 했다. 그러자 미영의 오빠가 이사하여 가고 큰 집에 미영 혼자 있을 수 없다고 해서 결국은 짐을 옮기고 만 것이다.

이 집을 팔아버리려고 내놓았으나 원체 큰 집이고 헌 집이 되어선지 아직도 팔리지 못한 것이다. 내가 팔려고 서두르는 것도 이상해서 나는 방관적으로 있을 뿐이다.

나는 대문 안을 들어서 은행나무를 쳐다보며 오늘 저녁 우렛소리가 천지를 진동하고 소나기가 내리면 이 고목나무에 무엇인가 일어날 것만 같은 생각이 들었다. 저번 날 본 그 까만 우산에 레인코트를 입은 사나이가 나타날 것만 같이 느껴졌다.

이 고목에는 반드시 무슨 비밀이 있다. 그리고 미영과 무슨 관계가 있을지 모른다는 생각이 머리를 스치고 지나갔다.

나는 서재에 들어가 무거운 머리를 식히려고 누웠으나 미영은 나를 잊어버릴는지 모른다는 생각이 또 나를 괴롭혔다. 그리고 고목나무에 무슨 비밀이 있다는 것, 나는 그것을 꼭 탐지해내고야 만다는 결심을 했다.

한데, 나는 지금 이 이십 세기 후반에 고목나무를 보고 무슨 비밀이 있을 것이라고 느끼는 너 자신이 우습지 않은가, 한국에서 가장 지식층에 있다는 자가 말이다. 이렇게도 생각했다.

잠도 이루지 못하고 이런 상념이 오고 가는 몽롱한 가운데서 얼마나 시간이 흘렀는지 모르나 천둥소리에 나는 벌떡 일어났다. 나는 어느 사이에 창가에 붙어 은행나무를 바라보고 있었다. 황혼이 짙어가고 천지는 회색이다.

굵은 빗방울이 떨어지고 고목나무는 전신을 너울거리며 무당 춤추듯

활개를 치는 것이다. 그럴 것이다.

너는 검은 구름과 우레와 비와 그리고 남이 잠든 밤과 무슨 비밀이 있으니까.

그런데 너는 아까 내가 들어올 때 우레와 비가 올 것을 알고 있었어. 그리고 좋아했지. 나도 알고 있었어. 네 그 비밀을 나는 알았어. 내 이마가 그것을 탐지했어. 내 머리의 레이더가 탐지했어. 오늘은 내가 네 비밀을 알아내고야 말 것이다.

이런 생각에 잠겨 있을 때 미영이 우산을 받고 골목길을 들어오고 있었다.

나는 이층 서재에서 이전 같으면 아래층으로 내려가 아내가 들어오는 것을 반겼을 것이다. 그러나 갑자기 미영은 고목나무의 비밀을 알고 있을 것같이 느껴졌다. 아니, 고목나무와 무슨 비밀을 갖고 있는 것으로 느껴졌다. 이 생각은 나를 화석처럼 굳게 했다. 나는 몸을 숨겨 숨을 죽이고 아내가 들어오는 것을 바라보고 있었다.

미영은 대문을 밀고 들어와 문을 잠그고 정원을 걸어 들어왔다. 들어오다 은행나무 밑으로 가는 것이 아닌가. 나는 숨이 막힐 듯 미영의 일거일동을 하나도 빼놓지 않으려고 쏘아보고 있었다.

미영은 고목나무 밑둥 앞에서 허리를 꾸부리자 자취를 감추고 말았다.

나의 예감이 맞았다. 암만 생각해도 오늘밤 저 고목나무에 무엇이 일어날 것만 같다고 생각한 것이 맞았다.

순간 나는 휙 돌아서 다시 숨을 죽이며 아래층으로 내려가고 있었다. 비밀을 알아내려고.

아래층 계단을 내려가 현관 복도로 살금살금 나아가는데 미영이 현관을 향해 들어오고 있지 않는가.

나는 눈을 크게 뜨며 입술을 꽉 물며 미영을 응시하고 서 있었다.

"오늘은 저보다 먼저 들어와 계셨군요."

나는 그대로 서 있었다.

"왜 그렇게 서서 저를 바라보세요?"

나는 그때야 숨을 크게 쉬었다.

"내가?"

"네, 왜 그러세요, 제가 어떻게 되었어요?"

하며, 미영은 자기 몸을 살폈다.

"아니, 내가 어쩌긴? 들어와요."

미영의 우산을 든 손에 연희 아이의 빨간 스커트가 있었다.

나는 그 빨간 스커트만을 유심히 바라보고 있었다.

"그 손에 든 빨간 스커트는 뭐야?"

"연희 것이에요. 이 스커트가 어떻게 되었어요?"

"아니…… 그것이 어디 있었기에?"

"은행나무 아래에요. 왜 그러세요?"

나는 멍하니 섰다가,

"왜, 그것이 거기 있었어?"

"빨래해서 줄에 널어놓은 것이 바람에 떨어져 날아간 거겠죠. 참 당신은 이상하셔."

"이상하긴, 내가 들어올 땐 떨어져 있지 않았는데…… 그때 떨어져 있었으면, 아니, 날아가 떨어져 있는 것을 보았으면 내가 주워 왔을 것을, 하고……."

아내는 내가 이상하다는 듯이 한참 빤히 쳐다보다가 그때에야 복도로 올라서면서,

"참 당신은 이상한 데 신경을 쓰셔."

방 안에는 아직 전등을 켜고 있지 않았다.

"불도 켜지 않으시고 어디 계셨어요?"

"이층에 있었어."

"이층에도 불도 안 켜시고 무엇 하셨어요?"

"침대에 누웠다가 깜박 잠이 들었어."

아내는 도리어 나를 수상하다는 낯이다.

나는 아무렇지도 않은 것처럼 태연하려 했으나 아내가 한구석에 던진 연희의 빨간 스커트로 시선이 자꾸만 갔다.

아내는 옷을 갈아입으면서 힐끔힐끔 나를 바라보다가,

"오늘 저녁, 참 당신 이상하우. 그것은 왜 자꾸 바라보세요? 그것이 어떻게 되었어요?"

"아니, 아무렇지도 않아."

아내는 내 앞으로 와서 내 이마에 손을 대어보는 것이다.

그때 천둥이 울리며 나무 소리와 같이 창문을 흔들었다. 바람이 창문을 치고 지나가고 굵은 빗방울이 유리창 문에 뿌리고 있었다.

나는 저 창 너머에서 누가 우리를 바라보고 있는 것이 아닌가 하는 생각이 스쳐 지나가자 아내의 손을 뿌리치며 벌떡 일어나 창가로 갔다.

나는 비가 뿌리는 유리창 너머를 응시하면서

"나를 왜 무슨 병자로 보려고 그러나? 열이 있어?"

"열은 없어요. 그렇지만 당신 얼굴빛이 이상하고 말도 이상해서……."

"나는 도리어 나를 그렇게 보는 당신이 이상해. 그리고 들어오다, 아니, 아니야."

"무엇이 아니에요. 들어오다 어쨌어요, 제가?"

나는 내 말과 아내의 이런 말에 당황하며 말문이 막혔다.

"제가 들어오다 어쨌어요? 무엇이 있었어요?"

"아니, 들어오며 나를 보자 당신이 나를 이상하게 생각하니 말이야."

"이상하게 생각하긴…… 당신 연희 스커트를 보고 이러니저러니하시고, 지금도 자꾸 그것을 바라보시니 그런 거죠. 지금도 이상해요. 오늘처럼 나를 이렇게 대해주는 것도 처음이구요."

"음, 내가 아마 자다 일어났으니까 잠에서 덜 깬 모양이야."

나는 돌아서 아내를 꽉 껴안고 격정적으로 아내의 입술을 감쌌다.

나는 잊어버렸던 미영을 다시 찾은 것만 같이 느꼈다.

다시 미영을 포옹했을 때, 갑자기 비 뿌리는 창 너머에서 누가 우리의 이 포옹을 바라보고 있는 것만 같은 생각이 머리를 스쳐 지나갔다. 나는 순간 미영을 힘껏 껴안으며, 유리창을 응시했다.

바람과 빗방울이 유리문을 치고 빗물이 흘러내릴 뿐이다. 그러나 저 어둠 속에서, 은행나무 밑에서 누가 우리를 바라보고 있을는지 모른다는 생각이 들었다.

미영이, 내 가슴속에서 무슨 말을 하려는 것을, 입술로 미영의 입술을 덮었다.

나의 입술은 격정에 떨린 듯했으나, 보라, 너는 우리 두 사람을 보라, 했다. 이때는 연기였는지 모른다.

"자, 이젠 저녁식사해요."

미영은 내 팔을 풀며 이렇게 말했다.

연희의 빨간 스커트가 어째서 고목나무 밑에 떨어져 있었을까? 우연? 식모아이가 빨래해서 줄에 넌 것이 바람에 너울거리다 떨어졌을 것이다. 그러나 하필 고목나무 밑에 굴러 갔다는 것은 무슨 일인가. 이것이 수상하다. 내가 들어올 때는 그대로 줄에 있었고…… 나는 그것을 보지 못했다. 아내가 들어올 때 그것이 눈에 띄도록 누가 가져다놓은 것에 틀림없다. 물론 그 까만 우산을 쓴 레인코트의 자식일 것이다. 그자가 미영과 만나고 싶어 한 짓이리라, 나는 이렇게 생각하며 오늘밤 꼭 그자를 발견할 것만 같이 느껴졌다.

아내가 주는 원기손*가 에비오젠**가를 아이처럼 받아먹고 이층 서재로 올라갔다. 비는 줄기차게 내리고 있었다.

저녁 신문을 보고 책을 펴놓았으나 머리에 들어오지 않았다. 아래층의 라디오의 음악소리가 가늘게 흘러왔다. 차이코프스키의 〈비창〉이었다.

아내가 홍차를 가져왔다.

"난 커피가 좋은데."

"밤에는 홍차가 좋아요. 커피는 아침에나 드세요."

"당신은 내 건강에 대해서 너무나 신경과민이야."

"그러지 않으려 해도 요사이의 당신 건강이 좋지 않아요. 자칫 잘못하면 노이로제에 고생하시게 되는 거예요."

"노이로제? 하기는 누가 그러는데 도시에 사는 사람은 누구나 다소는 노이로제 환자라니까…… 당신도 조금은 노이로제 환자 같아."

"제가요?"

"그럼, 나만 보면 무슨 환자처럼 생각하는 그것이 노이로제지 뭐야?"

"참 당신도…… 당신은 자기 건강에 대해서 너무 무관심이세요. 삼사층에 올라가면 곧 아래를 내려다보고 싶고 내려다보면 현기증을 느낀다면서…… 저번의 그 영화 〈환상〉의 주인공과 같이 공포증이지 뭐예요. 또 버스나 합승만 타면 신경질이 나서 차장과 싸우려 하구, 천둥소리나 다이너마이트 터지는 소리를 들으면 서울 장안이 타는 것같이 느껴지고, 때로는 그 불안에서 얼굴색까지 다 변하면서요. 뭐 저번 날은 병원 앞이나 약국 앞을 지나면 나지도 않는 알코올 냄새를 느낀다고 하셨죠? 그리

* 원기소, 곡류 효소의 영양제.
** 에비오제, 원기소와 같은 종류의 영양제.

고 그렇게 느낀다는 것에 마음이 불안해지신다고 하지 않으셨어요?"

"내가 그것을 잘 알고 있는데 무슨 병이야? 절대로 괜찮으니까 근심 마."

"당신의 그것이 큰일이에요. 지금 당신은 불안신경증不安神經症하고 강박반응強拍反應이나 공포반응 같은 신경병의 시초예요. 그러니까 몸을 튼튼히 하시고 편안히 쉬어야 하시는 거예요."

"도시에서 사는 사람은 누구나 다소는 노이로제 환자라면 환자야. 그렇다고 나를 정말 노이로제 환자로 만들지 말아요. 당신의 그 직업이 나를 그렇게 바라보게 하는 거야."

하고, 나는 웃었다.

아내의 말을 듣고 생각해보면 나는 노이로제의 경환자인지 모른다. 그러나 나는 심한 것은 아니다. 처음 아내한테서 노이로제의 병세라는 말을 들었을 때는 놀랐다. 노이로제라는 병의 언어를 발견하고…… 즉 나의 건강상태는 노이로제라는 병에 해당한다는 의식에 그만 놀랐던 것이다. 그러나 나의 정신상태는 그런 것에 허둥대지는 않았다. 나의 의식을 내가 잘 의식하고 있다.

한데, 얼마 전 고목나무 밑에 우산을 쓴 레인코트를 입은 사나이를 보았다는 것, 이것은 정신상태가 이상해서, 즉 노이로제 증세로 느꼈다고는 돌릴 수 없다. 분명히 봤다. 확실히 봤다. 나는 그것을 본 나를 믿는다. 나는 아내의 옆에 누워 아내가 잠들기를 기다렸다.

세차게 내리던 비는 가랑비가 된 모양이다. 바람도 점점 자기 시작한 모양이다. 창밖에 간간이 떨어지는 낙숫물 소리만이 정원의 고요를 잔잔히 파도쳐 멀리 사라지는 듯했다.

아내가 잠들기를 기다리던 내가 도리어 잠들고 말았다. 시간이 얼마나 흘렀는지 모르나 나는 가만히 눈을 떴다.

창밖은 가랑비도 멎은 모양이다. 죽은 듯이 고요했다. 방 안도 어둠 속에 내 숨소리만이 들렸다. 나는 갑자기 이상한 예감에 옆에서 자는 아내를 더듬었다.

없다. 옆에서 자야 할 아내가 없다. 나는 놀랐다. 숨이 꽉 막히는 것을 느꼈다.

나는 침대에서 가만히 일어났다. 주위를 살폈다. 어둠 속에서도 복도로 향한 출입문이 사람 하나 나갈 만큼 열려 있는 것이 보였다. 순간 나는 모든 것을 안 것 같았다.

미영은 나를 재워놓고 나 몰래 밖으로 나가 그 사나이와 만나고 있음에 틀림없다. 그 레인코트의 사내는 미영의 전 남편일 것이다. 그자는 죽지 않고 살아 있으면서 사람의 눈을 피해 미영과 만나고 있다. 그렇다, 그자는 죽지 않고 살아 있다. 아까도 내가 서재에서 몽롱해 잠이 들었을 때 그때는 자기 딸과 만나고 있었을 것이다. 그러기에 그 빨간 연희의 스커트가 은행나무 밑에 있었다. 연희가 빨랫줄 밑에 떨어진 것을 주우러 나갔다 그자와 만나 놀다가 모르고 떨어뜨리고 들어온 것에 틀림없다. 지금 그자가 미영과 은행나무 밑에서 만나고 있을 것이다.

나는 숨을 죽이고 은행나무가 보이는 창가로 소리 내지 않고 발끝으로 갔다. 정말 저번 날 본 그자가 있다. 까만 우산을 받고 레인코트를 입었다. 똑똑히 보인다. 나를 향해 빤히 쳐다보고 있다.

나는 그자의 일거일동을 놓치지 않고 응시하려 했다. 그러나 그자는 꼼짝도 않고 나만을 향해 바라보고 있다.

그런데 미영은?

하는 순간, 아래층에서 누가 이리로 올라오는 발자국 소리와 같이, 그와 동시에 깜박하는 순간 그자는 땅으로 꺼졌는지 없어지고 말았다.

은행나무에 미풍이 스치며 나뭇잎에 맺혔던 빗방울이 몇 방울 떨어지는 소리가 들릴 뿐이었다. 검은 구름이 하늘을 덮은 사이로 멀리 별 하나만이 유난히 빛났다. 구름이 흘러가는 것이 어둠 속에서도 보였다. 그런데 그자는 어디로 꺼졌단 것일까?

발자국 소리가 문가로 다가왔을 때, 나는 그리로 몸을 돌렸다. 열린 문 사이로 가만히 잠옷을 입은 아내가 들어오는 것이다. 방 안에 들어온 아내가 갑자기,

"누구세요?"

놀란 외마디 소리를 지르며 빳빳해지는 것이었다.

"나야, 나."

놀란 숨소리만이 들렸다.

나는 아내를 가슴에 쓸어안았다.

"나야, 나. 놀랐어?"

"아이, 가슴이 활랑거려요.* 그렇게 사람을 놀라게 하세요? 아이."

가슴에 안긴 아내의 고동이 뛰는 것을 느꼈다.

"어디 나갔댔어?"

"어딜 나가기는 어딜 나가요. 변소에 갔다 오는 거죠."

"변소에?"

"그럼 어딜 나간 것으로 알았어요?"

"잠에서 깨어나 옆을 더듬으니까 당신이 없어서 놀랐어."

"아이 참, 이 밤중에 어딜 간 줄 아셨어요?"

"아니, 없으니까 그저 놀랐지."

나는 아내를 안아다 자리에 눕혔다.

"그런데 당신은 왜 거기 서 계셨어요?"

| * (가슴이) 놀라거나 설레어 자꾸 빨리 뛰다.

"음…… 날이 개였나 해서 밖을 내다본 거지."

나는 고목나무 밑에 우산을 받은 레인코트의 사내를 말할까 했으나 입을 다물었다.

4

유치원에 다니는 연희도 방학이 되어 아내가 약국으로 나가면 무료해서 나하고만 놀았다. 그러나 혼자 정원에서 놀 때도 많았다.

나는 연희가 정원에만 나가 노는 것을 알면 서재의 창가에 몸을 숨기고 연희 아이의 노는 것만 봤다. 혹시 그자가 나타나 연희와 노는 것이 아닌가 해서다. 그러나 그자는 나타나지 않았다. 그자는 아이 앞에는 나타나지 않는지도 모른다. 나에게 무슨 말을 할까보아 나타나지 않을 것이다. 나는 그것을 모르고.

나는 연희와 놀다가 문득 이 아이는 자기 친아버지의 얼굴을 알 것이라는 생각이 들었다. 사진을 보면 곧 알 것이라는 생각이 들었다.

집에는 연희의 친아버지 사진은 없다. 나와 결혼하기 전까지는 미영의 남편의 사진이 있었을 것이다. 미영은 나와 재혼하면서 전 남편의 사진은 죄다 친정이나 같이 살던 오빠한테 맡겼을 것이다.

내가 만난 그 레인코트가 틀림없이 미영의 전 남편이라는 것을 나는 알아야 한다. 딴 자가 아니고 그자라면…… 아니 그자엔 틀림이 없는데 내가 본 그자와 사진의 그자와 확인하는 것에 지나지 않는다. 확실히 나는 그자의 얼굴을 알아두어야 할 것 같았다.

"연희야, 외삼촌댁에 갈까? 아저씨네 댁에 놀러 가."

"음, 가, 아빠. 아이, 좋아."

"그렇게 좋아?"

기뻐하는 아이를 데리고 신촌에 있는 연희의 외삼촌댁으로 갔다.

사실 내가 갑자기 찾아가는 것은 이상했으나 방학도 되고 연희가 너무 갈 데가 없어서 왔다고 평계했다.

　　나는 연희 외삼촌 엄마가 우리가 왔다고 무엇을 사러 시장에 간 틈에 책상 위에 놓여 있는 사진첩을 내려놓고 몇 장을 넘겼다.

　　미영과 전 남편의 약혼사진과 결혼사진이 있었다. 나는 이상해진 마음을 진정하면서 바라보고 있었다. 나는 고목의 레인코트의 인상과 미영의 전 남편의 이 사진의 인상과를 생각했다. 비슷했다. 콧날이 서고 눈이 유난히 둥근 그 모습이 비슷한 것이 아니라 같았다. 역시 미영의 전 남편이었구나, 그자가.

　　"아빠, 무엇 보고 있어?"

　　연희가 대청에서 들어오며 이렇게 하는 말에 나는 비밀의 무엇을 들킨 사람 모양 놀라 연희를 바라봤다.

　　"아빠, 사진 보고 있어? 나도 같이 봐."

　　"음, 이리 온."

　　나는 사진을 가리키면서,

　　"이거 누구지?"

　　"우리 엄마."

　　"이 사람은?"

　　"이 사람은 우리 아버지."

　　난 연희 아이를 뚫어지게 내려다보았다. 나는 문득,

　　"연희야? 너 요사이도 가끔 이 아버지 만나지?"

　　"나?"

　　"음, 이 아버지하고 놀지?"

　　연희는 나를 쳐다보며 머리를 흔들었다.

　　"거짓말하면 안 돼요. 이 아버지하고 우리 집 은행나무 밑에서 가끔 만나서 놀지?"

"아, 아니."

나는 이 아이가 거짓말하는 것만 같이 느껴졌다.

또 하나의 사진첩 사이에 봉투에 넣은, 붙이지 않은 사진이 있었다. 나는 그것을 봉투에서 꺼냈다. 어떤 예감에.

미영의 남편의 사진들뿐이었다. 한 장 한 장 들여다보고 놓던 나는 그만 깜짝 놀라고 말았다.

우산을 받은 바바리코트가, 아니 레인코트를 입은 미영의 전 남편이 바로 여기 사진에 찍혀 있지 않은가. 그 옆에는 미영이 남편과 같이 한 우산대를 잡고 있지 않은가. 나는 어디서부터 무엇을 생각해야 할지 몰랐다.

사진은 거리의 스냅 사진이었다. 분명히 이러한 차림으로 나타나곤 했다. 나는 뚫어지게 이 사진만을 바라보고 있었다.

"딴 거 봐, 응?"

나는 연희를 바라보면서,

"연희야, 너 저번 날 이렇게 입은 아버지하고 우리 집 은행나무 밑에서 놀았지? 음?"

"아니다."

"아니야? 그렇지 않지? 보기는 봤지?"

"이 아버지?"

"음, 그래."

"이 아버지 죽었다."

"뭐? 죽어? 안 죽었어."

나는 내 말에 놀랐다.

"음, 내가 모르고 한 말이야."

나는 사진을 봉투에 넣어 사진첩에 접어 넣고 전과 같이 책상 위에 놓아두었다.

연희의 외삼촌댁이 들어온 후 나는 주인 없는데 사진첩을 무단히 보았다고 했다.

나는 연희 아이에게 너무 미안한 생각이 들어 합승 정류장에 올 때 도중에서 업어주었다. 정말 미안한 생각이 들었으나 너무 영리한 계집아이이기 때문에 지금도 가끔 만나고 있는 자기 친아버지에 대해서 말하고 있지 않는 것만 같이 느껴졌다.

5

나는 서재에서 바쁜 잡지사의 원고를 쓰다 시계를 보니 벌써 저녁 아홉 시다. 미영은 아직 집으로 들어오지 않은 모양이었다. 물론 들어오면 나 있는 데로 먼저 온다. 문득 나는 아내가 들어오고도 나한테 알리지 않는 것만 같이 생각이 되며, 혹시 지금 은행나무 밑에서 그자와 만나고 있는지 모른다는 생각이었다. 나는 펜을 놓고 조용히 일어서 창문가로 가서 은행나무 밑을 내려다보고 있었다.

얼마동안 바라보고 있는데 대문이 열리며 아내가 들어오는 것이 아닌가. 나는 전날과 같이 얼핏 옆으로 몸을 피해 숨어 들어오는 아내를 몰래 바라보고 있었다. 내 가슴은 뛰었다. 그러나 아내는 은행나무가 선 가까이로 오자 손을 들며 이층으로 향해 손짓을 하는 것이 아닌가. 나는 흠칫하면서 빳빳이 서고 말았다. 그자가 바로 이 서재의 옆방 우리의 침실에서 미영이 들어오는 것을 보고 손짓을 한 것이 아닌가 하는 생각이 획 내 머리를 스치고 갔다. 나는 그자의 정체를 찾아내려고 발걸음을 죽여 서재를 나가 침실 문을 힘껏 밀었다.

"너는 누구냐?"

했다. 그런데 아무도 없다. 아니, 있었는데 분명히 있었을 텐데 없다. 아니, 나는 얼핏 그자를 보았기 때문에 고함을 쳤을는지 모른다. 그랬음에 틀림이 없다. 그러면 내 고함에 놀라 창문으로 떨어졌던 것인가. 나는 침실 창문가로 가서 아래를 내려다보았다.

계단을 올라오는 발소리가 났다. 나는 얼핏 서재로 가 테이블 앞에 앉았다.

아내가 들어오다.

"왜, 저를 보자 몸을 숨겨서 몰래 바라보시는 거예요?"

"누가?"

"누구는 누구예요. 아이들 장난처럼 누가 모를 줄 알았어요? 꼭 어린 애만 같았어요. 전등을 켜고 머리는 내놓고, 몸만 숨기면 돼요?"

하고, 웃어대는 것이다.

"왜 또 그렇게 저를 바라보세요?"

"예뻐서."

나는 의자에서 일어나며 뽀뽀했다.

손을 잡고 서재를 나왔다.

"인제 당신이 무슨 소리를 질렀죠?"

"응."

나는 멈칫 서서 우리의 침실을 들여다봤다.

"왜 그러세요?"

"이리 들어와."

나는 아내의 손을 이끌고 침실로 들어갔다.

"인자 이 방에 누가 있는 것을 들어오면서 보았지?"

"네? 그래서 소리를 지르셨어요?"

아내는 깜짝 놀라는 것이다.

"왜 이렇게 놀라?"

"누가 있었어요?"

"못 봤어?"

"무엇을 봐요?"

"당신의…… 아니 하여간 당신이 들어올 때 누가 이 방에 있었던 것 같아서……."

"정말이에요?"

미영은 무서운지 나에게 바짝 안기다가 벽에 붙은 스위치를 눌렀다.

"무슨 소리가 이 방에서 났어요?"

나는 대답을 못하고 이 방 안을 둘러보았다.

"당신이 들어오다 아무것도 보지 못했으면 아무것도 아니겠지. 자, 내려가 저녁식사나 하지."

아내는 나를 따라 내려오면서,

"당신은 가끔 이상해요. 남을 깜짝 놀라게도 하고……."

연희 아이는 여느 때 같으면 벌써 저녁을 먹고 자고 있었을 텐데 오늘은 부엌에서 식모아이와 놀다가 엄마 들어오는 것도 모르고 있는 모양이었다. 우리를 보자 어떻게나 반기고 좋아하는지 몰랐다. 나는 연희와 놀아주지 못하고 아이를 외롭게만 해준 것이 미안했다.

라디오는 기상경보를 알리었다. 태풍이 대만에 상륙해서 동북쪽으로 진행하고 있다는 것이었다.

"어떤 신문사에서 해수욕 강습을 만리포에선가 한다는데 거기나 다녀오세요."

"당신하고 같이 가면 대천에나 잠깐 다녀오지. 나 혼자는 싫어."

"전 약국의 일도 있고, 여성 잡지사의 하계 대학 강사로 며칠 나가야 하기 때문에 못 가겠어요. 연희나 데리고 아무 데나 다녀오세요."

"당신하고 같이 가 아니면 아무 데도 안 가."

"어린애처럼, 안 가, 뭐 안 가요? 한 열흘만 갔다 오면 몸도 훨씬 나아지고."

"글쎄 혼자 안 가."

사실 나는 방학 때마다 해수욕장을 찾아갔다. 그러나 결혼한 지금은 나 혼자는 안 된다. 그보다 내가 이 집을 비우면…… 우리와 놀다가 그만 자버린 연희를 안아다 아이 방에 재우고 우리는 이층으로 올라갔다.

후에 안 것이지만 밤 세 시에서 네 시 사이였다.

미영과 나는 깊은 잠에 떨어져 그자가 우리 방에 침입한 것을 모르고 자기만 했다.

나는 무슨 소리와 갑자기 눈이 휘황한 바람에 눈을 뜨려고 했다. 그러나 너무도 갑자기고 눈이 시어 뜰 수가 없었다. 그러나 몸을 일으키려고 했다.

"이 자식아, 꼼짝 마라. 움직이면 없다."

그때 내 옆에서 자던 아내도 갑자기 깨면서 놀라 나를 쓸어안았다.

"누구요?"

내 목소리는 떨렸다. 그러나 나는 침착하려고 애썼다.

"꼼짝 말고 내 말을 들어. 오늘 이 집에 돈을 많이 가져온 것을 알고 있어. 어디 있나?"

나는 멍멍하고 있었다. 플래시가 강하게 비추어 한 번 눈을 떴다가 다시 감았다.

"많이 없지만 내게 돈 얼마 있소. 일어나 드리죠."

어느 정도 침착해진 나를 느꼈다. 나는 내 아내에게 사나이로서 비겁하지 않고, 겁만 집어먹는 약자가 아니라는 것을 알도록 태도를 취해야 한다고 생각했다.

"고이 일어나. 만일 이상한 생각을 하고 덤비면 재미없어."

이불 속에서 아내는 떨고 있었다. 나는 아내에게,

"자, 떨지 말아요. 저 사람은 우리가 돈을 주면 곱게 갈 테니까."

"그렇다. 일어나."

나는 조용히 일어났다. 그자의 손에는 플래시와 또 한 손에는 권총 같은 것이 있었다. 그는 나를 온 신경으로 경계하고 있었다.

나는 서재로 가려 했다. 그때야 밖에서는 강한 바람과 빗방울이 치는 것을 의식했다.

"서재로 갑시다."

하고, 나는 복도로 나아가 서재로 갔다. 그자는 내 뒤에서 따라오며 플래시로 내 앞을 비추었다.

"불을 켜도 괜찮소?"

"무엇이? 빨리 돈이나 꺼내."

나는 벽에 걸린 윗저고리에서 돈을 전부 꺼내놓았다. 칠천 환 정도였다.

"요까짓 것 때문에 온 것은 아니야. 딴 데 있는 것을 내놓아."

"내게 있는 것은 전부 이것뿐이요."

"거짓말 마라, 이 자식아. 저리로 가."

플래시로 문을 가리켰다. 밖은 바람소리로 요란했다.

나는 플래시의 안내를 받아 다시 침실로 들어갔다.

"거기 꼼짝 말고 누워 있어. 그리고 안주인이 일어나야 되겠어. 일어나."

아내는 이불을 쓰고 있었다.

"내가 당신이 하라는 대로 할 테니까 내 아내는 일으키지 마시오."

"닥쳐! 일어나."

하며, 침대의 이불을 걷어차는 것이다.

"내 아내에게만은 손을 대지 마시오. 달라는 대로 줄 터이니까."

"너는 닥쳐. 일어나지 못해."

아내는 이불을 젖히고 잠옷 바람으로 일어나면서,

"일어날게요. 무엇이나 가져가요."

나보다 침착한 목소리였다.

"돈 있는 데로 가."

"아래층에 내 핸드백에 있어요."

"너는 여기 꼼짝 말고 누워 있어. 만일에 움직이면 없어. 자, 내려갑시다."

번갯불이 방 안을 비추고 꺼졌다.

나는 깜짝 놀랐다. 도둑은 레인코트를 입고 있지 않은가. 레인코트? 내 머리에는 많은 생각이 번개 치듯 지나갔다.

미영은 말없이 그자의 앞을 서서 방을 나가고 있었다.

그자는 바로 은행나무 밑에 나타나던 그자에 틀림없다. 그자는 언제나 이 방을 엿보고 있었을 것이다. 그러다가 오늘밤에는 정체를 나타내고…… 도둑으로 가장하고…… 돈이 필요해서가 아니고 미영을 끌어내려고…….

나는 침대에서 벌떡 일어났다.

그렇다 아까 초저녁에 벌써 이 집에 침입해 있었다. 미영은 밖에서 들어올 때 그자에게 손짓을 한 것이다. 나는 무엇도 모르고…… 속고…… 방금도 미영은 처음에 그자가 무서워 떠는 체하다가…… 그렇다, 후에는 침착해 있었다. 그자는 틀림없이 미영의 전 남편이다. 그자는 죽지 않고 살아서 재혼한 우리를 감시하고 있었다…… 그렇다. 그리고 오늘밤…….

나는 급하게 방 안을 뛰어나가며,

"미영이! 미영이!"

있는 힘을 다해 미영을 불렀다.

아찔한 순간 계단에서 발을 헛짚어 엎드러지고 말았다. 굴러 떨어졌다.

집을 흔드는 권총소리에 나는 눈을 떴었으나 정신을 잃고 말았다. 기절하는 순간 까만 우산의 레인코트가 희뜩 나타났던 것을 나는 지금 생각한다.

나는 지금 누워 있지만 권총에 맞아 누워 있는 것은 아니다. 미영은 내가 위층에서 미영을 부르짖으며 뛰어내리다 내가 엎드러져 꽝 하는 소리와 권총소리에 기절하고 넘어갔다. 그러나 이내 깨어나 정신을 잃은 나를 안고 울었다고.

지금도 오늘까지 아무 데도 출입하지 않고 나를 간호하며 내 손을 꼭 쥐고 있는 미영이다.

—《사상계》, 1959. 12.

아이스만 견문기

삼 년 전 초여름에 행방불명이 되었다가 바로 일주일 전에 나타났다는 손용성을 나는 만났다.

손용성은 나와 농업학교 동창이다. 그는 졸업하자 고향 군청의 기수로 있다가 8·15 해방 후에는 목장을 경영하는 건실한 친구다. 규모가 큰 목장은 아니나 산양 백여 마리와 젖소 다섯 마리에 닭 삼백 마리를 가진 목장이다.

아담한 서구식 주택을 지었고 시내의 우유조합에 납품하기 위해서 지프차도 가졌고 세상에 부끄러움이 없는 행복한 농부인, 자랑스러운 나의 친구였다. 그러한 친구가 행방불명이 되었다는 소식에 나는 놀라 그의 목장을 찾아갔던 일이 있었다. 그때 친구의 아내는 눈물뿐이었다. 이유를 알 수가 없었다. 가정에 무슨 불화도 없었다.

한데 염소를 몰고 들에 나간 사람이 그대로 행방불명이 되었다고 했다. 그날 여느 날과 달랐다는 것은 조금도 없었고 카메라를 어깨에 걸치고 나간 것만이 달랐다고 했다. 그날 따라 산양을 돌보는 일꾼이 몸살이 나서 그는 계사만 잠깐 돌보라 하고 혼자만이 염소를 몰고 들로 나갔다는 것이다.

나는 실신하다시피 한 친구의 아내와 아이들을 달랬고 일꾼들에게도 그는 꼭 살아 있을 것이니 그가 돌아올 때까지 지금 이상 목장을 잘 경영하라고 타이르며 돌아왔다. 그 후에도 가을, 봄 목장을 찾아가곤 했다.

경찰에서도 그의 실종에 대해 수색하였으나 전혀 알 바가 없었다. 그의 가족이나 친구들이나 그의 실종의 원인을 알 수가 없었다. 지금까지 그는 누구에게 원한을 준 사람도 없었다. 여자관계도 전혀 없었다. 호랑이한테 물려갔을 리도 없고, 정신이상이 생겨 자살하였을 리도 없고, 수수께끼 같은 그의 실종 원인을 알 수가 없었다.

삼 년이나 지난 지금 돌연히 그가 나타났다는 소식을 듣고 나는 곧 그의 목장을 찾아갔다.

첫인상이 그는 퍽 파리했다.

그는 나를 알아보자 반가워는 했으나 이전과 같이 명랑한 표정은 없었다.

"어떻게 되었던 건가? 하여간 자네가 살아 있었고 이렇게 또 만나니 무척 반갑네."

"응, 정말 내가 살아서 이 세상에 있고 자네를 만났다는 것이 기적이야. 반갑네."

묘한 말이나 어딘가 전의 손용성과는 다른 인품 같은 것을 느꼈다. 본래 침착하고 과묵한 친구지마는 어딘가 잠에서 깨어난 사람같이 어릿한 데가 있어 보였다.

"어떻게 된 건가? 자네의 일은 알 수가 없었어. 나한테는 말할 수 없는 일인가?"

"아니, 자네는 믿어줄 것을 알아. 나는 꿈에서 깬 사람은 아니니까. 자네만은 내 말을 현실로 알아줄 것이야."

그의 아내는 죽었던 남편이 무덤에서 살아 나온 것같이 기뻐했다.

나는 처음 그의 말을 들을 때 이 친구가 정말 정신이상이 아닌가 생각하기도 했다. 아직 이 세상에서는, 아니 우리 인간으로서는 누구도 경험해본 일이 없는 일이기 때문이다. 기상천외의 말이란 아마 이런 말일지도 모른다. 나도 그 친구의 말을 믿어야 할지 믿지 않아야 할지 모르는 그대로 반신반의다.

이 소설을 읽는 독자도 나와 마찬가지로 반신반의일 것이다. 아니, 읽고 전적으로 무시해도 좋다. 정신이상자의 말이라고 생각해도 좋다. 몽유병자의 말이라고 해도 좋다.

난 영국의 스위프트가 쓴 『걸리버 여행기』를 회상하며 그의 말을 들었다. 그리고 그의 말을 옮겨보려고 한다.

이십 세기에도 걸리버와 같은 여행을 한 실제의 인간이 있다는 것을 우리는 믿어도 좋고 믿지 않아도 좋다.

새벽녘에 한소나기 지나가선지 그날은 여느 날보다도 더 맑게 갠 아침이었다. 유난히 푸른 하늘을 바라보면서 산양을 몰고 오 리 길이나 갔다.

산언덕에 이르러 나는 라이터를 꺼내 담배에 불을 붙이고 나무 그늘에 주저앉았다. 담배 한 대가 다 탈 무렵 갑자기 저쪽 숲속에서 그야말로 거인이, 사람 같기도 했고 무슨 괴물 같기도 한 거인이, 성큼성큼 뛰어와 산양 한 마리를 덥석 안아가지고 숲속으로 사라지는 것이었다.

나는 놀라 소리도 지르지 못하고 정신 나간 사람 모양 바라보고만 있다가 벌떡 일어나 그리로 달려갔다. 순간 또 하나의 거인이 숲속에서 내 앞으로 다가오는 것이 아닌가. 나는 비명을 지르면서 뒤로 넘어지고 말았다. 속담에 범한테 물려가도 정신을 차리라고는 했으나 나는 거의 정신을 잃다시피 했다. 거인, 아니 괴물은 나를 덥석 안고 숲속으로 달렸다. 숲속을 지나 평지 잔디밭에 백색인 원형 집채 같은 곳에 나를 안고 들어가는 것이 아닌가. 나는 죽었다고 생각했다. 이제는 비명도 지를 수 없는 나였다.

그 속에는 거인이 다섯 명이나 있었다. 벌써 붙잡혀 온 산양은 파란 눈으로 공포에 떨며 나를 바라보고 있었다.

잠시 후에 들어온 문이 닫히고 이상한 엔진소리 같은 것이 나고 수직으로 하늘 공중에 떠올라 가는 것이 아닌가.

나는 정신을 차려야 한다고 내 마음에 타이르며 주위를 살폈다. 그들 다섯 거인은 나와 산양은 거들떠보지도 않고 온갖 신경을 집중시켜 복잡한 내부의 기계를 조정하고 있었다.

나는 그들이 인간이냐 무슨 괴물이냐 하고 그들의 거동을 바라보았으나 알 수가 없었다. 도대체 무엇이냐? 나와 산양을 납치해서 어디로 데려가는 것이냐? 나는 눈을 감았다. 이제는 공포보다도 불안 속에서 나를 의지하는 것 같았다.

이 날고 있는 집은 무엇이냐? 비행기도 아닌데 저 괴물들은…… 나는 문득 언젠가 신문에서 보도된 비행접시를 생각했다. 만일에 이것이 비행접시라면 저 괴물들은 어떤 별세계의 인간(?)이 아닌가?

나의 이 생각은 맞았다. 후에 안 일이지만 날고 있는 백색의 원형 집은 세상 사람들이 말하는 비행접시였다. 이 비행접시는 하늘 공중에서 유도탄처럼 되어 날아가고 있었다.

얼마나 시간이 갔는지 나는 모른다. 거인 세 사람은 모여 앉아 나와 산양을 바라보며 무슨 이야기를 하는 모양이었다. 전혀 알 수가 없었다. 그러자 거인 하나가 이상한 옷 같은 것과 얼굴에 쓰는 마스크를 가져다 나에게 입혀주고 얼굴에 마스크를 씌워주고 무엇인가 옷과 마스크에 붙은 것들을 누르고 틀고 하더니 아주 내 몸에 꼭 맞게 해주는 것이다. 그리고 한참 마스크에 붙은 묘한 계량기 같은 것을 바라보더니 무엇을 조정하고 있었다. 숨이 이상하게 가쁘던 것이 그 조정으로 나는 가슴이 편해지는 것을 느꼈다. 또한 거인은 나와 같은 것을 산양에게도 입히려 했으나 발버둥을 치고 야단이어서 내 옆의 거인이 붙들어서야 겨우 입히게 되었다. 그들은 엎드려서 산양의 흉내 같은 것을 내며 머리를 기웃거렸다. 또 얼마 후에는 나에게 씌운 마스크 같은 것을 자기들도 쓰는 것이었다.

한 거인은 꼭 나와 산양 옆에 앉아서 마스크에 붙은 계량기 같은 것만을 들여다보고 앉아 있었다.

나는 시간의 측정을 할 수가 없었다. 얼마나 시간이 그 후로 갔는지 모르나 밤은 없고 나는 산양과 같이 모로 누워 생리적인 요구로 자지 않을 수가 없었다.

꿈에서 나는 내 아내와 자식들을 보았다. 서울에 있는 우유조합에도 갔었고 가축연합회에도 가고 거리를 헤매고…….

나는 잠에서 깨어 갈증을 느끼며 현기증을 느꼈다. 나는 거인에게 마실 것을 달라고 손으로 시늉을 했다.

거인은 거인끼리 무슨 의논을 하더니 나와 산양을 어떤 실로 데리고 가서 고무호스 같은 것을 마스크의 어떤 부분에 가져다 대고 무슨 조종을 하는 것이었다. 그러자 입술에 부드러운 것이 씌워지면서 이상한 무슨 주스 같은 액체가 입 속으로 흘러들어왔다. 무슨 맛이라고 할까, 세상의 물맛도 아니요 우유 맛도 아니요, 어떤 음식의 맛도 아닌, 그러면서도 수분이 있고 염분이 있고 영양소가 있는 것 같은 그러한 주스였다. 배가 부르려 할 때 멎었다. 산양은 아직 먹고 있는 것 같았다. 하여간 거인의 하나는 마스크와 옷에 붙은 묘한 복잡한 계량기나 온도계 같은 것을 들여다보고 조종하고 있었다.

나는 이렇게 해서 자고 먹고 자고 했다. 내가 두 번인가 세 번인가 잤으니 세상의 시간으로 하면 이삼 일 또는 삼사 일은 된 것 같았다.

어딘가 닿은 것 같다고 생각하자 나에게서 마스크와 옷을 벗기고 이번에는 아주 투명한 유리 같은 마스크를 씌워주고 산양에게도 그렇게 했다. 잠시 후에는 마스크를 떼어놓는 것이다. 그들 거인들도 완전히 마스크를 떼고 이상한 옷 같은 것도 벗었다. 내 눈에는 그들의 피부색이 회색처럼 보였고 모습은 거의 우리 인간과 같았다. 키만은 칠 척가량이나 되었으나.

나와 산양은 그들에게 안기어 비행접시에서 내렸다.

넓은 비행장에는 수백 명을 헤아리는 거인들이 우리 일행을 환영하는 듯했다. 역시 이 세계에도 신문 잡지가 있고 라디오가 있는지 카메라 같은 것을 대기도 하고 우리를 데리고 온 비행사에게 마이크 같은 것을 가져다 대고 무슨 말을 시키고 또 나에게도 그 마이크를 가져다 대고 말을 하라는 듯했다.

그들은 벌써 우리 인간 세계를 상당히 연구한 것 같았다. 인간은 무슨 말을 할 줄 안다는 것을 미리 아는 것 같았다. 절대로 그들은 나와 산양을 해하려고 하지는 않는다는 것을 나는 알 것만 같았고 우리 인간을 연구하기 위해서 납치해 온 것이 아닌가 생각했다.

신문기자인지 라디오의 기자인지는 모르나 여러 거인들이 내 입 앞에 마이크를 가져다 대었다. 무슨 말을 하여야만 할 것 같으나 도대체 무슨 말을 할 것인가. 이렇게 되면 나는 인간의 대표다. 이 거인의 세계에 무엇을 보여주어야 할 인간의 존엄성 같은 것을 느꼈다. 비행장인지 무슨 광장인지는 모르나 수백 명의 군중이 나를 무슨 동물로 보고 있기 때문에 갑자기 인간의 존엄성을 느꼈는지 모른다. 내가 무슨 말을 해도 모를 것만은 사실이나 이 세계에서 인간으로서는 처음 발하는* 인간의 육성이 될 것이다. 이러한 생각을 하며 나는 바른팔을 번쩍 들어 군중에게 손을 내어저었다.

"나는 인간입니다. 인간으로서는 처음 이 세계에 온 것이 아닌가 생각합니다."

이러한 내 육성이 수백 배로 확대되어 울리는 것을 알았다. 군중들은 내 말소리에 놀라는 듯했고 서로 수군거렸다. 나는 다시 말을 이었다.

"나는 이 세계가 어떤 세계인지 어떤 나라인지도 모릅니다. 틀림없이 우리 인간 세상과 같은 문화를 가진 세계라는 것을 알겠습니다. 우리 인간 세계에서도 당신네만큼 과학이 발달되어 우리도 멀지 않아 이 세계에 올 것입니다. 나는 인간 세계의 한 조그마한 목장의 경영자에 지나지 않아 과학에 대해서는 잘 모릅니다마는 우리와 당신네는 서로 과학과 문화를 교류하여 우주 세계의 문화의 창조에 협력하기를 진심으로 바랍니다. 나는 하루속히 당신들의 말을 배우고 우리의 말도 알리고 싶습니다. 또 당신들의 생활양식과 풍습과 모든 사회 제도를 배우고 인간 세계로 돌아가고 싶습니다. 그리고 나와 산양은 말하자면 납치되어 왔습니다. 그러나 당신들은 동물 아닌 인간인 나를 당신네와 같이 동등으로 대해주기를 바라며 거듭 하루속히 인간 세계로 가게 해주기를 바랍니다. 끝으로 답답하게 생각하며 이만 인사의 말을 끝맺겠습니다."

나는 말을 끝맺으며 두 손을 번쩍 들었다가 놓았다.

그들은 하도 이상하다는 듯이 내 말을 듣고 있다가 묘한 환성을 울렸다.

다음 기자들은 산양에게도 무슨 말을 하라고 하나 산양은 알 리가 없다.

"매앵…… 매애……."

산양은 나를 바라보며 처량한 울음만 울었다.

| * 발화하는, 소리를 내어 말을 하는.

나는 산양은 말을 하지 못한다고 말을 했으나 알 리가 없어 손짓과 머릿짓으로 알렸다. 그들은 그제서야 마이크를 어떤 거인에게 돌렸다.

비행 중 내 옆에 줄곧 붙어서 나를 관찰하던 그 거인이 단상에 오르며 여러 가지 상자를 펼쳐놓는 것이었다. 그러자 군중들은 안경인지 망원경인지는 알 수 없으나 일제히 외안경 같은 것을 눈에 대고 상자들을 바라보는 것이었다.

상자에는 지구에서 가져온 흙과 나뭇가지와 풀과 들꽃들과 돌 같은 것이 있다.

그 거인은 일일이 지구에서 가져온 것들을 설명하고 있었다.

비행사와 우리 일행은 타원형으로 생긴 자동차에 올랐다. 그러나 이 세계의 자동차는 굴러가기도 하고 그대로 수직으로 떠서 날기도 하고 자유자재였다.

나는 어떤 한적한 곳에 있는 빌딩의 한 방에 들어가게 되었다.

산양은 따로 데려갔다. 나는 그것이 무척 섭섭했다. 나의 유일한 친구였기 때문이다.

육 개월이나 되었을까, 이 나라의 시간은 측정할 수가 없었다. 낮과 밤이 지구보다 길다고 생각하였기 때문이다.

나는 그들의 말을 배우기 시작하여 쉬운 말을 하게 되었다. 또한 그 거인의 세계의 글도 배우게 되었다. 우리나라의 한글의 자모 비슷한 글자도 있고 로마자 같은 글자도 있었다.

음소문자音素文字*로 쉬 배울 수 있었고 읽는 것만은 곧잘 읽었다.

그들은 나에게 말과 글을 배워주고 인간 세계의 사정을 알려고 무진

─────────────
| * 한 글자가 하나의 낱소리를 가진 문자.

애를 쓰는 것이었다.

일 년쯤 지난 후에는 차츰 인간의 역사와 과학에 관해서 질문하기 시작했다. 그러나 원체 내 학식이라는 것이 중학교 정도밖에 되지 않아 그들도 답답하였지만 내가 더 답답했다.

천문학에 대해서 나에게 물었으나 전혀 그 방면에는 백지이기 때문에 그들에게 실망을 주었다. 정말 나는 혹성, 위성, 혜성, 유성이 어떠한 것인지 그 뜻을 전혀 몰랐다.

내가 지금 있는 이 거인의 세계에서 보는 태양이 우리 지구에서 보는 태양과 같은 것인지 또는 무한대의 우주의 어떤 또 하나의 태양계에 속하는 무슨 별인지 알 수가 없었다.

내가 말하는 지구의 인간 세계사와 과학에 관한 단편적인 것을 신문은 매일같이 보도하고 있었다. 또한 내 신체에 대해서는 세밀한 검사와 건강에 대해서 유의하는 듯했다. 나는 산양으로부터 우유를 짜서 먹기도 했으나 산양은 점점 쇠약해져서 젖도 나오지 않게 되고 죽을 것만 같았다. 나도 몸은 여의치 않았으나 그래도 견디어갈 만했다. 주요 식물은 주스 같은 것이다. 빵이나 육류 같은 것은 있기는 있어도 내 입에는 전혀 맞지를 않았다. 맛이 이상해서다.

나는 이러한 것보다도 나의 흥미를 끌고 관심이 있었던 것에 대해서 말해보고자 한다.

그들은 자기들이 살고 있는 세계를 아이스만이라고 했다. 이 아이스만의 세계에는 세 개의 큰 국가가 있어서 언제 전쟁이 일어날지 모르는 냉전이 계속되고 있었다. 이 세계에도 지구의 인간 세계와 마찬가지로 전쟁이 있고 냉전이 있었다.

후에 안 일이지만 지구까지 날아가서 나와 산양을 납치해 온 안센스 다국이 가야그마나 소렐파도국보다 다소 과학 문명이 발달되어 주도권을 잡으려 하고 있는 것 같았다. 나의 소견으로는 이 아이스만 세계의 과학은 인간 세계의 과학보다 수십 년 앞서 있는 것 같았다. 그리고 역시 이 세계에도 종교가 있었다. 박애주의와 평화주의를 부르짖고 있었다.

그들 정부는 인간인 나를 연구하기 위해서 의사 같은 거인 세 명과 나에게 말을 가르치는 교사 한 명과 그밖에 과학자 같은 두 거인, 이렇게 여섯 명이 따라다녔다.

나의 어학 교사 홀란은 중년 거인으로서 가정을 가진 사람이나 어떤 젊은 여자를 사랑하고 있었다.

그들 세계의 비극도 경제적인 생활 때문에 일어나는 생존경쟁에 있었고 남녀의 사랑에 있는 듯했다. 인간 세계나 비슷했다.

홀란이 나에게 한 말을 추측하여 생각해보면 인간 세계의 통속 소설과 같은 것이었다. 젊은 여자를 사랑하기 때문에 고민하고 있었다. 말하자면 그 젊은 여자를 사랑해서는 안 되는 도덕이 있고 또한 이루어진다 해도 가정을 버리고 멀리 딴 세계의 생활을 해야 하는 모양이었다. 그렇게 되면 이 사회의 이단자로 직업을 얻을 수가 없고 양로원과 같은 곳으로 들어가는 수밖에 없고 인간 대접을 받지 못하는 폐인이 되어야 하는 모양이었다. 이 세계는 철저한 일부일처주의인 것 같았다.

그들의 노동시간은 다섯 시간이 기준이고 일단 어떤 직업만 가지면 보통 생활이란 아파트 생활이다. 모든 것이 거의 공동이다. 그렇기 때문에 생활양식이 일률적이요, 획일적이다. 그리고 사회보장제도가 철저히 시행되고 누구나 의무교육을 받아야 한다. 의무교육을 받을 때만 부모와 같이 있고—대개 이십 세면 의무교육이 끝난다—그 후로는 상급학교에 가면 거기에서는 누구나 기숙사에 들어가야 하고 의무교육만 끝나면 누구나 직업을 갖게 되고 가져야 하고 그렇게 되면 자연히 독신 아파트로 가게 되는 것이 보통인 모양이다. 이 나라에는 실업자가 없다. 반면에 누구나 더 노동을 하여서는 돈을 모아 아파트에서 벗어나 단독으로 하나의 주택을 가지려고 한다. 노동을 다섯 시간 이상을 할 수 있다는 것은 그만큼 경제적인 혜택을 입을 수 있고 일률적인 획일적인 아파트 생활에서 벗어나 풍부한 자유생활을 할 수 있다는 의미다. 그들의 생활 경쟁이란 노동 시간을 한 시간 내지 두 시간을 더 얻는 목적에 있다. 이것은 쉬운 일이 아니다. 특수한 기술을 가진 사람이 아니면 불가능한 모양이었다. 그리고 특수한 직업을 가진 사람만이 주택 생활을 하는 모양이다. 그러고 보니 이 세계에도 계급이 있고 남을 모함하는 악덕자가 있고 시기가 있고 생활 경쟁이 있었다.

교사 홀란은 어느 날 자기 젊은 애인에게 나를 보여주기 위해서 나의 숙소에 찾아오게 한 적이 있었다. 그들은 내 방에서 뜨거운 키스를 했다. 그들의 키스는 우리 인간의 키스와는 달랐다. 입과 입의 키스가 아니고 입이 서로 귀를 물고 빠는 키스였다. 아마도 이 세계의 사람의 키스는 그러한 모양이었다. 이 나라 사람들의 귀는 토끼 귀를 거꾸로 한 것같이 귓밥이 묘하게 늘어져 있었다.

홀란은 그 여자가 간 다음에 자기는 온갖 것을 다 바쳐 사랑한다고 했다. 그러면서 고민했다. 자기는 그 여자를 사랑하기 때문에 양로원 같은 곳에 가도 좋고 거지가 되어도 좋다고 생각하나 그 처녀는 그렇게 당신의 인생을 망치고 싶지 않다고…… 그리고 자기의 인생을 버리고 싶지는 않다고…… 인생을 버리지 않고 우리의 사랑을 이룰 수 있으려면 자기 아내가 죽거나 특수한 직업을 가져 돈을 많이 모은 다음이라야 된다는 것이다. 나는 그 애인이 퍽 에고이스트라고 생각했다. 나는 그에게 이혼을 하지 못하는가 하고 물었다.

물론 부부 사이에 합의가 되면 이혼할 수가 있다. 그러나 일방적으로는 절대로 이혼할 수가 없다. 자유의사에 의한 합의이혼이라고 해도 이혼만 하면 특수 직업이 아닌 이상 직장에서 해고를 당하기가 일쑤고 그러면 삼 년간 고아원과 같은 아파트 생활을 하여야 한다고 했다. 두 사람다. 물론 좀 쓸쓸한 생활이나 그쯤은 문제가 없으나 자기 아내는 절대로 이혼을 하지 않는다고 한다는 것이다.

나는 그에게 이러한 의미의 말을 했다.

우리 인간 사회에는 부부 사이에 누가 인격을 침해했을 때 또는 아내로서 남편으로서 책임을 지키지 못하고 일방을 학대할 때 이혼할 수가 있다고 했다. 그리고 직장에서 해고를 당하는 법이 없다고 했다.

그는 직장에서 해고를 당하지 않는 것은 부럽다, 그러나 자기 사회에서는 인격 침해란 무엇인지 잘 모르나 거의 없다고 했다.

결국 이 세계에도 사랑은 좋으면서도 병인 모양이라고 나는 생각했다.

어느 날 홀란은 침울한 얼굴로 들어와 멍하니 앉아 있었다.

나에게 예습을 시키고 혼자 무엇을 깊이 생각하고 있다가 당신네 인간 세계에서는 아내가 아닌 여자에게 알을 낳게 하면 어떻게 하는가고 묻는 것이었다.

나는 무슨 이야기인지 전혀 알 수가 없었다.

"아내가 아닌 딴 여자에게 알을 낳게 한다는 것은 당신네 세계에서도 죄겠지?"

"무슨 소리인지 알 수가 없어. 여자가 알을 낳다니 무슨 소린가?"

"그러면 어떻게 자손이 있나?"

"자손?…… 음 아이들을 낳지. 여자가 임신해서 열 달 만에 아이를 낳지……."

"뭐? 아이를 그대로 낳아? 알을 낳아서 까지 않고?"

그때의 대화를 번역하면 이러한 말이었다. 그들의 세계의 언어에는 존칭이고 비칭이고 없다.

나는 이처럼 이 세계에 와서 놀라보기는 처음이었다. 그도 나의 말에 깜짝 놀라는 것이었다.

나와 그는 어떻게 하여 자손을 가지는가, 즉 어떻게 종족보존을 하는가 하는 두 세계의 말이 오고갔다.

그들은 먼저 가슴과 가슴의 사랑, 말하자면 정신적인 사랑 같다. 서로 이 마음의 사랑이 있고서야 남녀의 키스가 있게 되고 마음의 사랑이 강할 때만 키스를 통해서 임신한다고 한다. 알을 임신한다는 것이다. 물론 임신 안 할 때도 있다. 그렇기 때문에 알은, 즉 아이는 사랑의 선물이요 표시라는 것이다.

나는 아이를 갖고 싶지 않을 때는 그 알을 버리는 것인가고 물었다.

버릴 수도 있지만 그것은 첫째 신에 대한 죄요, 사랑에 대한 죄요, 또한 여자는 본능적으로 알을 까려고 하기 때문에 여자가 버리지 않는 한 남자는 그럴 권리가 없다고 하는 것이었다.

홀란은 아내 아닌 여자에게 알을 임신하게 한 것 같았다. 그래서 그렇게 우울했다.

겨우 뜯어보는 신문에서 나는 이 세계에도 절도가 있고 강도가 있고 살인 강도단이 있다는 것을 알았다. 날치기로부터 은행을 털어내는 갱단도 있었다.

그들 강도의 수단 방법이 특이했다.

나는 하루아침 신문 사회란 전면을 채운 갱의 기사와 은행 내부의 사진과 사망자들을 보았다.

오후 두 시, 은행의 영업시간이 끝나려 할 무렵 다섯 명의 전염병 방역소 직원이라 하는 자들이 위생복을 입고 들어와 지점장을 만나자고 했다. 그중 대표자 한 사람이 지점장을 만나게 되었다.

그는 지점장에게 갑자기 오늘 아침 다섯 곳에서나 호열자(편의상 호열자라고 해둔다)가 발생하여 무서운 세력으로 만연하고 있다, 은행원이나 은행에 온 손님 가운데 이상한 사람은 없었는가 물었다.

지점장은 그만 놀라 아직 그러한 보고는 없었다, 빨리 우리에게 예방주사를 해달라고 했다.

대표는 안심한다는 듯이 곧 예방주사를 실시할 테니 은행원과 지금 이 자리에 있는 손님들에게도 하여야 하니 그 말을 직접 지점장이 말해달라고 했다.

지점장과 대표는 영업실로 나왔다. 그때 영업시간이 다 되어 출입구의 철문이 내렸다. 지점장은 잠깐 자기의 말을 들으라 하고 갑자기 오늘 아침 호열자가 발생하여 만연하기 때문에 이 장소에 있는 사람은 손님일지라도 누구나 빠짐없이 예방주사를 맞고 가야 한다고 했다. 은행원 칠십여 명과 일을 채 마치지 못한 손님이 삼십여 명이나 있었다.

지점장으로부터 소위 예방주사를 맞기 시작하여 백여 명이 잠깐 사이에 다 맞았다.

예방주사를 맞은 지 십 분이 지나자 하품을 하면서 모두 쓰러지기 시작했다.

그들 갱단은 방 안의 모든 사람들이 잠들어 쓰러지기 시작하자 금고로 가서 유유히 수천 만 라라(라라는 이 나라의 화폐 단위)를 미리 준비했던 트렁크에 넣어가지고 비행 자동차로 도주했다는 기사였다.

그중에 생존자가 꼭 한 사람 있었다. 은행의 사환아인데 주사 맞는 것이 싫어서 남들이 주사 맞는 것을 보자 슬그머니 변소에 들어가 숨어버렸다는 소년의 목격으로 범행 과정이 드러났다는 기사였다.

나는 홀란의 힘을 빌려 겨우 이 갱단의 범행 과정을 알 수가 있었다.

나는 특이한 갱 사건에 대해서 놀라는 동시에 심각해졌었다.

홀란은 나를 한참 바라보다가,

"그렇게 놀라운가?"

하는 것이었다. 그는 다시 이어서,

"지구 세계에는 이러한 범행은 없나? 없다면 참 좋은 세곈데."

"절도, 강도, 갱 다 있지. 그러나 지구의 딴 나라는 몰라도 내가 살고 있는 한국에는 그렇게도 흉악한 비인간적인 독살 범인은 아직 없었어. 들어본 일이 없어."

사실 나는 이 세계가 무서워졌다.

"본래 이 세계에도 이렇게 비인간적인, 이렇게도 독창적인 살인범은 없었어. 점점 복잡한 세계가 되면서 이러한 독창적인 복잡한 살인 행위가…… 말하자면 현대의 복잡한 문명 속에 내포되어 있는 비정의 한 표현이야."

홀란은 이러한 의미의 말을 했다.

이 문명 세계 안센스다국의 살인 갱단은 은행의 행원이고 손님이고 전부 독살했다. 특정한 사람이나 몇 사람도 아니고 그 장소에 있는 전부를 살해했다. 피살된 사람으로 생각하면 자기의 돈도 아니요 은행의 돈을 못 가져간다고 반항하지도, 할 염도 없었던 사람들까지 그야말로 무의미한 죽음이다. 그 장소에 몇 시 몇 분에 있었다는 우연성으로 인해서 은행의 손님들은 피살되었다.

이 나라의 살인범들은 특정한 피해자를 염두에 두고 범행한 것이 아니라 그 돈이 있는 장소만이 문제였다. 무의미한 살인계획이 처음부터 계획되었다. 많고 적고 간에 그 장소의 사람의 전부요 개인별은 아니었다. 살인범들은 피살자에게 대해서 비인간적이요 살인의 무의미를 처음부터 문제시하지 않았다.

단 한 사람 살아난 사환아이의 말을 보면 범인들을 주사를 놓으면서 아프다고 얼굴을 찡그리는 사람들에게,

"조금 아파도 참아야지 이제 곧 기분이 좋아집니다. 너무 기분이 좋아서 스르르 잠이 다 올 테니까요 조금 아파도 무서운 호열자에 걸려 죽는 것보다 낫지 않겠어요?"

이렇게 말하면서 미소까지 지었다는 것이다.

나는 이 기사를 읽으며 이 문명국의 인간들이 무서워졌고 싫어졌다.

이 살인범들은 그야말로 의사들의 일상행위와 같이, 아니 병자에 대한 의사로서의 측은한 생각과 긴장도 전혀 없이 농담까지 하면서 살인을 했다.

긴장이 전혀 없는 이 나라 사람들의 살인행위, 더욱 피살자를 선택하지 않고 무의미한 살인을 문제시도 하지 않는 범행에 나는 이 아이스만 세계의 문명국 안센스다의 인종들이 무서워졌다. 나는 하루속히 지구의 한국으로 돌아가고 싶었다.

홀란은 이 문명국 인종들의 갱 사건을 보고 실망한 나에게 너의 세계의 인간들의 범행은 어떠한 건가 물었다.

나는 내가 한국 신문에서 본 은행의 갱 사건을 주로 말했다.

갱단은 권총을 들이대고 위협하면서 누구나 꼼짝 말고 손을 들게 한다. 금고에서 돈을 넣어가지고 사라지면서 우리가 문을 나간 후 십 분 후에 경찰에 알리라 하고 사라진다. 그렇지 않으면 지점장실에 들어가 권총이나 수류탄으로 지점장을 위협하고 아무도 알리지 않고 돈을 가져오게 해서 사라진다고 했다.

홀란은 웃었다. 그러한 방법으로 은행의 돈을 강탈해갈 수 있는가고, 유치하기 짝이 없다고 웃었다. 그러한 방법은 이 세계에서는 몇 세기 전의 일이다. 이 나라에서는 은행 안에서는 갱이라고 눈치만 채여도 묘한

장치가 있어서 경찰에 곧 연락이 되고 이삼 분 내에 형사들이 날아온다는 것이다. 범행이 인간적인지는 몰라도 단순하고 비문명적이라고 웃었다.

나는 단순하고 비문명적이긴 해도 특정인이 아닌 무의미한 생명은 아무리 강도라 해도 빼앗지 않는다고 했다. 만일에 죽인다 해도 비참한 광경이 범행인의 인상에 남아 잔인한 자기를 인식하고 고민하는 것이다. 또 살인에는 전심전력을 다한 필사적인 것이 있는데 의사가 환자를 대해 주사 놓는 것보다도 더 용이하게 간단하게 농담까지 하면서 살인할 수 있는가? 문명국의 살인범은 참으로 위대하다고 비꼬았다.

나는 이 세계에 와서 놀라운 것이 많았지만 이 사건이 제일 흥미가 있었다. 매일같이 신문의 보도를 보면 안센스다 연방국 전역에 수사망을 펴고 전체 수사진이 총동원되었다는 것이다. 드디어 그들은 체포되었다. 몰락한 부호의 산장을 사고 정부와 살림을 차린 두목과 그 잔당들이 한 달 만에 체포되었다.

역시 이 나라의 범행의 뒤에도 정부情婦가 있는 모양이었다.

그들은 재판에서 사형을 언도받았다. 그러나 끝까지 좀 더 목숨을 연장하기 위해서 재심을 청구한다고 홀란은 그들을 증오했다.

홀란은 하루아침 나를 가르치고 있다가 전화를 받고 얼굴이 창백해졌다. 아버지가 별세했다는 것이다. 그는 나에게 미안하다고 하고 급히 달려갔다.

그 후 홀란은 아버지가 살고 있던 주택으로 이사했다. 그러나 그가 나에게 한 걱정은 집은 유산으로 받았으나 비용을 감당할 수가 없어 곤란하다고 했다. 이러한 일도 홀란으로부터 들은 이야기지만 이 나라에서는 부모가 아무리 돈이 많았다 해도 자식에 남겨주는 것은 주택 정도라고 한다. 모든 기업이 거의 국가 경영이기 때문에 큰돈을 모을 수가 없게 되어 있고 돈이 또 있으면 누구나 사회사업 단체에 기부하고 또는 사회사업을 하기 때문에 유산이라야 주택 정도라고. 이 나라 사람들은 자손에게 재산을 남겨준다는 것은 꿈에도 생각지 않는다. 자식이 이십 세만 되면 벌써 남남이 되어버리는 인정이다. 철저한 개인주의요, 가정은 절대로 부부 중심이다. 자식에 대한 교육의 책임도 없다. 의무교육을 받을 때까지 자식에게 밥만 먹여주면 된다. 가난해서 그것도 할 수 없으면 기숙사에 넣어버리면 그만이다. 상급학교인 대학까지 보내려면 우선 아이의 머리다. 머리만 좋으면 어떠한 방면의 대학에도 갈 수 있다. 머리가 좀 시원치 않아도 부모가 대학까지 보낼 의지만 있으면 갈 수가 있다. 실업자가 없는 나라니까 졸업만 하면 그 사람의 능력에 따라 직업을 가진다.

홀란은 유산으로 받았으나 주택 유지비가 이만저만이 아니라고, 그러나 한번 주택에서 살아보기 위해 몇 달을 살아도 주택생활을 해본다는 것이었다.

신문에 보도되는 기사를 읽어보면 안센스다국과 소렐파도국과의 냉전은 극도에 달하여 일촉즉발의 상태 같았다. 서로 가야그마국의 동맹을 얻으려고 애쓰는 인상이었다. 아마도 이 아이스만 세계의 세 나라 가운데 가야그마국은 중립국인 모양이었다. 지금은 이 아이스만 세계에 삼대국*으로 나뉘어 세력 유지를 하고 있지만, 옛날에는 수십 개 군소국가로 나뉘어 있다가 오랜 역사가 흐르는 가운데 연방국가로 크게 삼대 연방국이 되었다는 것이다.

원래 안센스다국에는 법률에 사형이라는 것이 금지되어 있으나 근래에 극악무도한 살인범에게는 예외라는 것이 법률화되었다는 것이다. 사형 언도라는 것은 극히 드문 일인데 이번 갱 사건을 더욱이 다섯 명씩이나 다수 사형 언도가 있었다는 것은 근래에 드문 일이라고 전 국민의 흥

| * 세 개의 큰 나라.

236

분한 관심이 사형 집행일을 기다리고 있는 듯한 신문의 보도였다. 나도 사형 집행에 대해서 큰 관심을 가지고 바라보고 있었다.

나는 이 나라의 텔레비전를 통해서 사형 집행을 구경할 수 있었다.

그들은 사형 집행실을 아피안실枉이라고 했다. 이것은 지구 세계의 문명국이라고 하는 아메리카의 가스실이나 마찬가지다. 텔레비전에 나타난 아피안실은, 즉 가스실은 투명한 유리로 된 사면 벽과 천장이었다.

열 시 정각, 결박된 다섯 명의 사형수가 아피안실 앞 넓은 홀에 끌리어 나왔다. 그들 사형수의 입장이 끝나자 무대처럼 되어 있는 단 위의 문이 열리고 잠시 후 괴상한 복장을 한 사람들이 나왔다. 검사와 배심원과 형무소 소장과 그 간부들인 모양이다. 그들의 임석*이 끝나자 또 한 사람의 이상한 복장을 한 사람이 (아마도 인간 세계로 말하면 신부나 목사인 모양이다) 특별석에 임석하자 형무소 소장이 일어나 간단한 무슨 말을 했다. 소장의 말이 끝나고 신부인가 목사인가가 일어나 그들 앞으로 갔다. 사형수 중 세 사람만이 목사의 손을 잡고 축복을 빌어달라고 할 뿐 두 사람은 거부했다. 목사는 세 사람에게 일일이 결박된 손과 가슴에 손을 대고 하늘을 우러러 빌었다.

이상한 사형 집행 의식 같은 것이 끝나자 간수들은 미리 준비했던 까만 수건을 가지고 사형수들의 눈을 싸맸다.

투명체의 사형실인 아피안실의 문이 저절로 열리었다.

다섯 사형수 가운데 두 사형수는 발광이라도 한 듯이 소리를 지르면서 아피안실, 즉 가스실에 들어가지 않으려고 반항하고 있었다. 그러나 간수들에게 끌리어 들어갔다. 다섯 개의 의자에 한 사람씩 앉히고 꼼짝 못하게 사형수의 가슴과 무릎과 발, 그리고 결박을 풀어 손을 네 개의 지

| * 임하여 참석함.

름대로 질러놓고 일일이 검증을 하고 간수들은 가스실을 나왔다.

저절로 가스실의 문이 닫히었다.

형무소 소장은 한 번 벽시계를 보고 바른손을 들었다.

그러자 텔레비전 카메라는 이 투명 유리 사형실이 전혀 보이지 않는 스위치실을 비추기 시작했다. 이 스위치실에는 마흔아홉 개의 스위치 단추가 있었다. 텔레비전 화면은 이 마흔 아홉 개의 단추를 클로즈업해서 하나하나 비추며 아나운서는 스위치 단추 마흔아홉 개 가운데의 한 스위치만이 아피안, 즉 가스를 나오게 하는 것이라고 설명했다. 덧붙여서 이 가스실이 처음 되어 사형 집행을 할 때는 스위치가 하나뿐이었는데 그때 그 스위치를 누른 간수는 얼마 후 정신이상이 생겨 발광하다가 정신병원에서 죽었다는 것이다. 그 후는 두 개의 스위치를 장치하고 집행하여보았으나 단추를 누른 두 간수가 다 정신이상이 생겨 세 번째로는 이렇게 마흔아홉 개나 스위치를 설치하고 누구도 모르는 기계장치로 그중 하나의 스위치가 아피안, 즉 가스를 넣게 하는 것으로 되었다. 그리고 집행하여본 결과 그제서야 정신이상이 생기는 간수가 없어졌다고 설명했다.

이러한 이 나라의 현대인들에게 사형 집행실을 투명 유리실을 만들어놓고 사형수를 집어넣고 또 텔레비전까지 동원해서 이 광경을 공개한다는 이 나라 사람들의 심리를 나는 알 수가 없었다.

텔레비전의 화면은 스위치 단추와 이제 곧 그 스위치를 누를 간수들의 얼굴을 번갈아 비추고 있었다. 마흔아홉 명의 간수들의 얼굴은 입술을 굳게 다물고 심각한 눈동자와 표정이었다.

이윽고 간수장 같은 지휘관도 심각한 표정으로 명령을 내렸다.

"오 보 앞으로 갓!"

일곱 명 단위의 일곱 줄이 기계처럼 오 보 앞으로 가 스위치 앞에 섰다. 간수장은 바른손을 높이 들며,

"스위치에 엄지손가락을 갖다 댓."

역시 기계와 같은 동작이었다.

화면은 마흔아홉 개의 엄지손가락을 그로테스크하게 비추었다.

"눌럿!"

클로즈업된 엄지손가락들이 힘을 주어 스위치를 눌렀다.

"하나 둘 셋, 떼어…… 뒤로 돌아섯…… 앞으로 갓!"

간수장의 호령대로 간수들은 움직였다. 화면은 다시 아피안실을 비추었다.

그러나 곧 화면은 다시 스위치실로 이동되었다. 아나운서의 말.

기계실에서는 눌러졌어야 할 스위치 단추가 아직 눌러지지 않았다는 것이다.

마흔아홉 명의 간수 중 누구 한 사람, 그렇지 않으면 두세 간수가 스위치 단추를 누르는 시늉만 했지 실제로는 누르지 않았다는 것이다. 누르지 않은 그 단추가 공교롭게도 진짜 스위치인 모양이었다.

간수장은 노발대발하면서 일곱 명씩 편대를 다시 짓고 전번과 꼭 마찬가지의 호령을 했다. 간수들은 아까와 같이 기계와 같은 동작을 했다. 이번에는 또 어떤 스위치에다 접선을 시켰는지 신만이 알 것이라는 아나운서의 설명이었다.

화면은 다시 아피안실.

연한 김 같은 것이 아피안실을 뒤덮고 있었다.

숨 가쁜 몇 분이 흘러갔다. 그러자 의자의 사형수들은 중얼거리는 표정이었다. 의자의 사형수를 묶고 있던 지름대들이 스르르 풀리고 사형수는 한 사람 두 사람 의자에서 천천히 일어나는 것이 아닌가. 그리고 진탕 술에라도 취한 사람모양 덩실덩실 너울너울 춤까지 추는 것이 아닌가.

화면은 여기에서 바뀌며 형무소의 지붕과 지붕을, 그리고 갱을 당한 은행의 현관으로부터 내부로 들어가 텅 빈 오피스를 비추고 있었다.

아나운서는 더 설명을 계속하며 지금쯤 오 인의 사형수는 아피안에 마취되어 춤까지 추다가 이슬과 같이 쓰러졌을 것이라고.

나는 이 아이스만 세계의 안센스다국에 납치되어 온 지 이 나라의 시간으로 이 년이 되어 왔다. 과학자들은 지구에 대한 연구를 거듭하면서 나에게서 지구의 신비를 알아내려고 무진 애를 쓰고 있었다. 지구에도 무서운 파괴력을 가진 원자탄과 수소탄이 있고 인공위성이 발사되었다고 했다. 그들은 나의 이 말에 크게 놀라고 있었다. 신문에는 지구와의 전쟁이라는 말이 있었다. 그러나 그들은 아이스만이 하나가 되어 세계정복을 꾀하여야 한다는 논조였다.

한데 후에 안 일이지만 안센스다국이 나를 납치해 간 다음에 아이스만 세계에 대해서 지구는 안센스다국의 영토라고 선포한 모양이다. 이렇게 되어 소렐파도와는 더욱 심각한 냉전이 벌어졌던 것이다.

나에게서 알아낸 지구의 비밀은 극비에 붙이고 별로 시원치 않은 것이나 비과학적인 것만은 가끔 신문에 발표하고 있던 모양이었다.

소렐파도국에서도 지구까지 비행하였다고 안센스다국의 신문들이 보도하고 있었다. 그러나 지구의 인간은 납치해 오지 못한 것이라고 했다.

나는 나의 지혜를 다 짜내어서 지구의 이야기는 다 했으니 나를 고향인 지구의 한국으로 보내달라고 했다. 나는 지구로 돌아가면 지구와 안센스다와 아이스만 세계와의 친선을 도모하고 당신들이 지구에 와도 해하지 않고 서로의 문화를 교환하도록 전력하겠다고 설명하였다. 그리고 나는 음식물이 맞지 않아 이대로 계속해 가다가는 일 년밖에 더 살지 못할 것이라고 했다. 나와 같이 납치되어 왔던 산양은 일 년도 못되어 죽었다. 산양은 지금 국립 과학관 표본실에 있는 모양이었다.

나의 이야기는 상부에 전달되었다고 했다. 그리고 머지않은 장래에 지구까지 꼭 보내주게 될 것이라고 과학자들은 나에게 말하였다.

내가 지구에 돌아오기 일 년 전 어느 날 새벽이었다. 나의 시종을 드는 하인과 공군 참모부 장교 세 명이 자고 있는 나의 방으로 들어와 나를 깨워 일으키는 것이었다. 나는 옷을 주워 입고 그들의 보호를 받으며 공군 총참모부로 이끌려 가는 것이었다. 참모부 건물로 들어가 엘리베이터를 타고 지하실로 들어가 이상한 자동차를 타고 지하실 길을 달렸다. 그리고 어떤 방에 나를 안내하고 지금 전쟁이 일어나 지하실로 피란시킨 것이라고 했다.

드디어 소렐파도와 전쟁이 일어나고 말았다. 지구의 영유권을 가지고 냉전이 심각화했다가 사소한 국경 분쟁으로 전쟁에까지 이른 모양이었다. 물론 딴 원인도 있었겠지만 주되는 목적은 지구의 영유권이었다.

전쟁이 일어나자 이 나라 연방 사람들은 지하실 생활이었다. 그러나 전쟁이라는 실감이 하나도 없었다. 내가 보고 듣고 한 것으로 미루어보면 그랬다. 나는 공군 참모부에 피란해 있었기 때문에 전쟁하는 것을 실제로 보고 있었다. 그들은 나에게 모든 것을 보이고 있었다.

전쟁이란 총칼로 싸우는 것이 아니라 완전히 유도탄 전쟁이다. 지하실의 작전실과 전투실에는 수없이 많은 타이프라이터와 같은 계산기와 레이더와 바람벽이란 바람벽에는 이상한 기계들과 거기에 수없이 달린 단추들로 차 있었다. 그 바람벽 앞에는 전화 교환수모양 장교들이 의자에 앉아 빨간불이 켜지면 그 아래 단추들을 누르고 있었다. 이것이 즉 전쟁의 일선 지구였다. 이 전투실에는 방위대실과 공격대실로 나누어져 있어서 방위실에서는 적으로부터 날아오는 유도탄을 막아내기 위하여 방위 유도탄을 발사하기만 했다. 방위 유도탄은 적의 공격 유도탄을 공격하여 공중에서 완전히 분쇄하여버리는 것이다. 그 실황을 레이더로 볼 수가 있었다. 또한 자기편의 공격 유도탄이 날아가다가 적의 방위탄에 맞아 분쇄되는 것도 레이더에 나타나는 것이었다. 방위탄을 피해 목표물에 명중되면 그 실황도 나타난다. 레이더를 바라보는 장교는 마치 영화 구경이라도 하고 있는 것 같았다. 유도탄 발사 단추를 누르는 장교들이나 병사들은 잡담을 하면서 담배 같은 것도 피우고 커피 같은 것도 마시면서 단추를 누르고 있었다.

전쟁의 기분이란 전혀 없었다.

전황은 이 안센스다국이 퍽 유리한 모양이었다. 소렐파도의 제이의 대도시를 비롯해서 이십여 개의 도시를 완전히 파괴하였다고 보도했다. 적은 그래도 집요하게 공격해오나 방위 유도탄에 거의 분쇄되어 버리고 이쪽은 소도시 몇 개만이 파괴되었다고 했다.

이 나라 비행접시들은 유도탄이 날아 넘어오는 국경 지대와 주요 도시 주변 상공에 떠서 적의 유도탄을 공격하는 데만 쓰고 있었다.

적의 유도탄이 날아오다 방위탄에 떨어진다 해도 또 이편의 공격 유도탄이 날아가다가 적의 유도탄에 맞아 이편 국경이나 국내 안에 떨어진다 해도 그 피해와 파고는 무서운 것이었다.

한데 이것은 전쟁으로 인한 파괴로 보이는 것보다 일종의 천재天災 같았다. 자연의 재앙 같았다. 그러나 이것은 인간의 행위였다. 보이지 않는 도시와 시민을, 그것도 전투원이 아닌 일반 시민을 단추 하나를 누르는 행위로써 죽여버리고 문화를 파괴하여버리는 것이다.

유도탄을 발사하는 단추실에는 담배와 커피가 있을 뿐 정신적인 긴장도 육체적인 긴장도 없었다. 처절한 전쟁터의 조그마한 인상도 찾아볼 수 없었다. 그들 전사戰들은 빨간불이 켜지면 그저 그 발사 단추를 누를 뿐이다. 전사들은 멍하니 앉아 권태롭기만 한 것 같았다. 공포가 전혀 없었다. 피비린내 나는 처참한 광경도 없고 천지를 깨어버리는 듯한 폭발음도

들을 수 없고 병사들이 쓰러져 넘어가는 비명도 없고 부상자의 절규도 없었다. 그러나 저 세계에는 이 단추 하나로써 무서운 파괴가 있었다. 커피를 마시며 담배를 물고 있는 권태로운 이 전사의 손가락이 비정한 단추 하나를 누르는 순간 천재와 같이 수천수만의 인간이 죽어 쓰러지고 그 인간이 쌓아올렸다는 역사와 문화가 재가 되어 타버리는 것이다.

나를 납치해 온 공군 장교가 유도탄 발사 단추실에서 나를 만나자 퍽 반가워했다. 그는 나에게 전쟁은 거의 끝나간다고 하면서 전쟁이 끝나면 머지않아 나를 데리고 지구 여행을 한다는 것이다.

"지구에 가면 이 나라의 전쟁이 어떻다는 것을 말해. 당신에게 전쟁 광경을 세밀하게 보여주는 것은 지구의 인간들이 우리 아이스만 세계의 과학이 얼마나 발달했고 무서운 파괴력을 가지고 있는가 하는 것을 말해 주기 위해서야. 지구가 만일 아이스만과 전쟁을 하자면 지구의 인류는 멸망한다는 것을 당신이 잘 보고 말해."

이러한 말을 한 끝에 그는 이제 저기 불이 켜지면 저 단추를 한번 눌러보라고 했다. 그리고 그 유도탄이 발사되어 가서 파괴하는 광경을 레이더로 보라는 것이었다.

"자, 이리 와. 이제 곧 빨간불이 켜질 것이야. 그러면 눌러."

나는 머리를 흔들며 거부했다.

"나는 비인간적인 결의만 하면 할 수 있다. 그러나 나는 아직 비문화적인 지구의 인간이 되어서."

"자네는 아주 휴머니스트인데. 알고 보니 감상가야."

하고, 웃는 것이었다. 참으로 문명인의 웃음이었다.

나는 지구에서 가져온 카메라를 가지고 왔다. 멀지 않아 지구에 간다면 이 유도탄 전쟁의 일선인 공격실과 방위실, 계산실의 광경을 필름에 넣어 가지고 싶었다. 그래서 그 뜻을 나를 납치해 온 장교 무감파에게 물었다. 그는 아주 찬성이라고 했다.

나는 이 비정한 물체들을 또 간접적인 물체를 가지고 모든 것을 파괴해버리는 권태스러워하는 병사들의 표정을 찍었다. 그리고 레이더실에 들어가서는 어떤 도시의 파괴되는 순간을 찍으려고 카메라를 눈에 대고 기다렸다. 한참 만에 그 순간을 포착해서 찍었다.

무감파는 나의 어깨를 툭 치면서,

"나는 당신을 아까 휴머니스트요 감상파인 줄 알았더니 전혀 잘못 보았어. 무서운 파괴 장면을 수천수만이 쓰러지는 그 장면을 꼼짝 않고 꼭 비정한 기계와 같이 찍어내는 것을 보니 무서운 문명인이야. 비인간적인 결의가 없으면 그러한 비참한 광경은 찍을 수가 없을 것이야."

나는 그의 패러독스에 질리고 말았다.

"나도 이 무서운 문명국에 와서 알지 못하는 사이에 자네들을 닮았어. 문명에 병든 모양이지."

"하여간 자네는 훌륭한 문명인이야. 낙심 말게."

"나는 훌륭한 이 세계의 문명을 보았고 문명인을 보았어. 하루속히 나의 목장으로 데려다주게."

나는 이날 밤 지구의 내 고향 산천과 산양들과 그리고 내 가족들을 보았다. 파란 그 산양의 눈들은 나를 기다리는 듯했다.

—《사상계》, 1960. 9.

진공지대

1

유월의 시원한 맑은 아침, 동천의 햇살이 서울 장안을 뻗치어 유난히 눈이 부신데, 오늘은 일요일, 거리의 오가는 모든 속도가 느릿한 것만 같은 아침. 러시아워도 잊어버린 일요일 아침의 주택가, 골목길은 아직 잠든 듯, 고요하기까지 했다.

돈암동 일대의 주택가를 내려다보며 우뚝 솟은 교회당 종각의 차임벨*이 울리어 퍼지는 아홉 시였다.

문일우文—祐는 아직 의식이 몽롱한 잠자리에서 일어날 줄을 몰랐다. 그러나 그는 여느 날의 버릇대로 일곱 시경에 잠에서 깨어나 이불을 걷어차고 벌떡 일어나 앉기까지 했었다. 한데 '오늘은 일요일'이라는 생각이 들자, 단잠에서 깨어난 것이 아쉬웠다. 해방감을 느끼며 다리를 쭉 뻗었다. 오늘은 마음 놓고 아침잠을 늘어지게 잘 수 있다는 것이 즐겁다. 그는 이불을 안고 다시 자리에 누웠다. 눈을 감고 잠을 청했다. 그러나 잠은 오지 않고 무언가 거북했다. 매일 아침의 버릇대로 소변을 해야 하

| * 교회의 탑이나 집의 출입구 등에 설치하여 시각을 알리거나 호출용으로 쓰는 종.

는 생리의 습성 때문이었다. 그는 그 생리를 의식하지 못했다. 그는 단잠을 계속해보려고 노력했다. 그러나 노력할수록 잡념이 떠올랐다.

일요일이라는 것을 잊고 벌떡 일어난 자신의 기억력을 그렇게도 나쁜가, 그는 생각해본다. 토요일 저녁마다 눈을 붙일 때는, 내일은 직장에서 해방되는 완전한 자유의 날이니, 우선 깨어나지도 않고 열 시까지 열두 시까지고 늘어지게 자리라, 다짐하고 잠에 드는데, 아무리 늦게 잠자리에 들어도 일곱 시면 영락없이 깨어나는 것이다. 안타까운 일이었다.

그는 어제저녁, 직장의 간부들과 잘하지도 못하는 술을 많이 마셨고 열두 시가 다 되어 집으로 돌아와서 아내와 이야기를 하다가 한 시가 되어서 자리에 누웠다. 그리고 아내와 흥분된 오랜 시간을…… 그러니까 오전 두 시가 되어 피로해서 잠에 떨어졌는데, 그러면서도 내일은 일요일이니까, 하며 다짐했는데, 아내에게 내일 아침은 깨우지 말고 그냥 자게 내버려달라고 당부까지 했는데…… 깨어난다?

그는 부질없는 이런 생각을 지워버리려고 잠을 청해보려고 노력하나 점점 거북했다. 그때서야 변소에 가야 하는 생리를 의식했다. 그는 침대에서 내려와 복도로 나갔다.

이층 계단을 내려오던 그의 아내가 걸음을 멈추고,

"잘 일어나셨어요. 진규가 가정교사의 말도 안 듣고, 이젠 내 말도 안 들어요. 아빠가 단단히 혼을 내야겠어요."

한숨 섞인 호소였다.

"왜?"

"오늘은 일요일이라고 아침 공부도 하지 않고 잔다는 거예요. 그러면서도 또 한강에 수영 간다구요."

"내버려둬."

"내버려두다니요? 아이들한테 그렇게 무관심하면 어떻게 하자는 거예요. 이젠 내 말도 안 듣는데 당신까지 그러면 난 정말 속상해서 죽겠어요."

"알았어. 수영만은 못 가게 해."

그는 아내의 상심한 얼굴을 보자, 다시,

"알았어. 일요일이니까 잠은 마음대로 자라 하구, 수영만은 내가 절대로 안 보낼 테니까."

하며 변소에 갔다.

그의 아내는 그사이에 상심한 얼굴로 침실에 들어가 커튼을 걷고 창문을 열어놓고 있었다.

그는 복도에서 그러한 아내를 보고, 아직 잠에서 깨어나지 않았다는 듯이 눈을 반 감고 들어가 다시 자리에 누우며,

"피로해. 좀 더 자야겠어. 커튼을 걷지 마."

했다.

"일단 일어나셨는데, 아버님과 같이 조반이나 하시고 다시 누우세요. 진규도 깨우고요."

"글쎄, 내 어제저녁 자리에 누우면서 미리 부탁했지 않아. 당신도 피로할 텐데 같이 좀 더 자."

그는 아내의 피로를 생각해서보다도 아내를 안아보고 싶은 정욕이 불현듯이 일어났기 때문이었다. 어제저녁, 자기보다 팔 년이나 위인 인사과장이, 음담 끝에, 자기는 아직 여자와의 관계에 있어서 사흘만 걸려도 머리가 무겁다느니, 하룻저녁 두세 번은 아직 거뜬하다느니, 하고 호탕하게 웃던 그 말이 이상하게 머리를 스쳐가며 정욕이 불붙는 것을 느꼈기 때문이다. 그리고 어제저녁 그 기생의 얼굴의 환상이 나타나다가 희미하게 아른거렸다.

그러나 그의 아내는 남편의 그러한 생각이나 환상은 알 리 없이,

"남들이 알면 나까지 주책없는 여자라고 할 거예요. 일요일마다 난 정말 속이 상해 죽겠어요."

하는 것이다.

"그 죽겠다는 말은 빼. 일요일까지도 규칙 생활을 어떻게 하나."

"당신이 그러니까 진규까지 그러죠."

그의 아내는 할 수 없다는 듯이 걷던 커튼을 다시 치고 침실을 나갔다.

그는 다시 잠을 청하려고 노력해보나 그럴수록 뒤숭숭한 잡념에 잠은 오지 않았다. 몸이 찌뿌드드한 것이 피로는 풀리지 않았는데 잡념은 자꾸 떠올랐다.

생각이란 마음대로 정지시킬 수는 없는 것이다.

변소에 갔었지만 오줌의 양은 극히 적었다. 그 양으로는 단잠을 깨울 만한 생리의 영향은 못 줄 것인데…… 일곱 시에는 꼭 일어나던 버릇 때문에, 그놈의 습관이…… 어제저녁, 그 애 꽤 예뻤어. 인사과장이 눈독을 들였지. 앞으로 가만 안 둘 것이야. 아니 벌써 어제저녁에…… 하여간 꽤 예뻤어. 그만하면 미인이지.

그는 어제저녁의 그 기생의 얼굴을 그려본다. 또렷이 떠오르는 그녀의 얼굴 모습. 그러나 한순간이었다. 다시 애써 그려보려고 하나 희미한 환상이다. 갑자기 또렷해졌다가는 사라지고 만다.

기생 다섯 가운데 제일 예뻤으니까. 하여간 처음엔 내 것이었어. 한데, 인사과장이 가로챈 거지. 내 옆자리에 앉아서 나와 다정했는데, 과장은 슬금슬금 그녀와 말을 건네며 눈독을 들였어. 나는 슬그머니 급하지도 않은 소변을 하러 가는 척, 일어섰지. 못나게…… 그러나 할 수 없지 않아. 변소에서 방으로 돌아와 보니 과장은 내 자리로, 나는 하는 수 없이 과장 자리로 가 앉은 거지. 그러나 대리로 승진하려면 그자의 환심을 사야 하고 비위를 건드려서는 안 되니까. 사실, 일부러 양보한 거지. 하여간 그자는 나를 똑똑하고 착실하고 사무에 능률이 있다고 인정하고 신임하는 것만은 틀림없어. 사실 그렇고…… 그는 은행 간부와 동료들로부터 유능하고 착실하고 똑똑하다는 평을 들었다. 그것을 그는 잘 알고 있었다. 나이 서른다섯이니 이제는 중년이라고 생각하며 아직 대리로 승진 못한 것을 부끄럽다고 느끼는 그였다. 그러나 동기 입사 행원들 가운데 대리로 승진한 사람이 없으니 수치는 아니다. 자기가 누구보다도 먼저 승진할 것이라고 그는 믿고 있었다. 똑똑하고 착실하고 사무에 유능하다는 것을 자타가 공인하는 사실이니까 하고…… 그는 일류의 일류 대학, 상과 대학*을 그것도 우등으로 나왔고 입사시험에도 수석이었고, 출납계, 당좌계, 대부계, 인사계, 그러니까 가장 중요한 계는 다 돌았고, 본점에서만 근무했고, 간부들도 문일우라면 인정하니까…… 승진은 눈앞에 있다고 생각하며 출세를 꿈꾸었다. 칠월의 인사이동 시에는 기어코 승진해야 한다고 생각하며 고민하는 그였다.

대학 동기 가운데 벌써 국회의원이 하나, 국영 일류 회사의 부장, 과장이 몇이야? 그자, 그자 참 그자 셋, 넷, 다섯…… 열하나, 또 있지 열둘, 열셋, 아니 그보다 사장이 둘이나 있지. 하나, 둘, 하긴 그자들은 실업가인 자기 아버지가 일찍 죽어서 물려받은 사장이니까 부러울 것은 없고…… 하여간 칠월 인사이동 시에는 꼭 승진해야 하는데…….

그는 동기생들의 출세와 비교하면 자기의 출세가 늦은 것을 고민했다. 문득 그 기생의 환상이 나타나다가 지워지고 딴 기생의 환상이 또렷이 아른거렸다. 술좌석에서 처음은 인사과장의 것이었다고 그는 생각한다.

사실 직속상관이어서 내 것을 양보했지만 바꾼 그녀는 정말 대조적으로 너무 못생긴 밉상이었어. 그것이 내 환심을 사보려고 아양을 떨어.

| * 상업과 경제에 관한 전문 학술과 경영 기술을 연구하고 가르치는 단과대학.

아양이 부자연스러워서 도리어 내가 거북했어. 메스꺼웠으니까. 그런데 그 밉상의 환상이 자꾸 또렷해……

그는 밉상의 환상을 지워버리려고 애를 쓰다가 아내의 환상을 그려보았다.

아내는 누구보다도 미인이야. 그러니까 내가 결혼했지만, 몸이 좀 약해. 우리 부부의 관계는 너무 정상적이 아닌 것 같아. 이제는 결혼생활 십 년이 지났는데 한 번도 먼저 나를 달래본 적은 없어. 싫어하는 편은 아닌데 내성적이어서? 그러나 그 관계에 있어서 우리 부부는 호흡이 맞는 편이지. 그는 이런 잡념에 지쳐 몽롱해졌다. 몽롱 속에서도 그 잡념이 명멸했다. 그는 선잠이 들었다.

교회당의 차임벨의 멜로디가 그를 다시 몽롱한 의식을 불러일으키게 했다. 그는 또다시 벌떡 일어나려 했으나,

'아! 오늘은 일요일이지!'

하는 의식에 안도감을 느끼며 다리를 쭉 뻗었다.

2

문일우는 아직 조반 생각이 나지 않았으나 자기가 일어나기를 기다리며 식사도 하지 않았다는 아내를 생각해서 식당에 가 앉았다.

딴 가족들은 모두 아침식사를 마치고 뿔뿔이 흩어져 자기 방에 가서 아래층은 조용했다.

문일우는 아내와 단둘이 마주 앉아 조간신문을 보며, 입맛이 없다는 듯 식사를 하고 있었다.

그의 아내는, 오래간만에 부부만의 식사인데 남편은 신문만을 읽어가며 한참씩 술을 들지 않고 입술만 우물우물하는 것을 보니 답답하고 침울하기까지 했다. 말없는 답답한 식사가 모래를 씹는 듯했다.

"신문은 좀 두었다 보세요."

"음!"

했지만 그의 손에선 신문이 떨어질 줄을 몰랐다. 그의 아내는 그러한 남편을 쌀쌀히 쏘아보고 있었으나 그는 아랑곳없이 신문만을 그냥 읽으며 술을 들려 하지 않았다.

"일요일이라고 집에 좀 있는 날엔 아침부터 늦잠이고, 식사도 이 모양이니 당신은 가정을 어떻게 생각하시는 거예요?"

그의 아내 남경희南京姫 여사는 짜증이 나서 남편에게 불평을 털어놓았다.

그러나 그는 아내의 말을 의식하지 못하고,

"음? 응……."

했을 뿐 신문을 놓지 않았다.

"제 말을 들으시는 거예요, 뭐예요. 이것이 사람이 산다는 살림이에요?"

그는 그때야 아내의 내색을 살피고 신문을 놓았다.

"뭐가 그렇게 불평이야? 자, 밥 먹을게."

"불평을 안 하게 되었나 생각해보세요. 당신은 절 뭣으로 생각하시는 거예요?"

"아침부터 왜 그러지?"

"생각해보세요. 이런 살림이 어디 있어요. 여느 날은 모르지만 일요일에도 이렇게 가정이 냉랭해서야 무슨 가정이에요."

"뭐가 그렇게 냉랭해? 식사하면서 신문 좀 본다고 그렇게 불만이면 이제부턴 안 볼게."

"조용히 이야기할 기회나 있어요? 여느 날은 아침에 출근하셨다가 밤은 술이 취해 들어오시기가 일쑤고."

"알았어. 자, 그만."

그는 아내의 불평에 손을 들었다. 그리고 답답한 침묵 속에 조반이라고 마쳤다. 그는 응접실로 들어가 읽던 조간을 다시 보고, 이번에는 주간지를 들치고 있었다. 한참 후에 남편을 따라 들어온 그의 아내는 한숨 섞인 숨을 몰아쉬며 그의 앞에 앉았다. 그는 아내의 한숨소리에 주간지를 탁자 위에 놓았다.

"왜 그렇게 심산*해서 한숨을 짓나? 무슨 이야기가 있어?"

"무슨 이야기가 없으면 이렇게 당신 앞에 앉을 수가 없나요?"

"오늘 아침은 왜 이렇게 가시 돋친 어조야."

"당신, 생각해보구려."

아내의 말에 그는 한참 생각하는 척하다가 미소를 지으며,

"생각해보니 어제저녁 서로 재미있는 부부생활을 했고…… 당신은 만족하지 못했나? 그렇지?"

"그런 상스러운 소리 하는 당신을 생각하면 기가 차서. 당신은 그저 그것이면 그저 재미있는 부부생활이라고…… 왜 그렇게 상스러워졌어요."

"뭐가 상스러워? 세상 부부란 다 이 이상의 성 이야기를 하며 즐기는 거야. 당신은 유머도 모르고 너무 청교도적이야."

"유머도 모르고 청교도적인지 모르지만 당신은 한 번도 저에게 진실로 대해주려 하지 않아요."

"그건 부당한 말이야. 내가 당신하고 진실한 말을 하지 않으면 누구와 하겠어. 무슨 이야기가 있는 모양인데 말해봐."

이렇게 말은 하나 그는 아내의 이야기를 들으나마나 알 것이라고 생

| * 마음이 평온하지 않고 어수선함.

252

각했다. 또 아이들 이야기일 것은 틀림없다. 한데, 오늘 아침은 아내가 여느 날과 달리 상심한 것 같았다. 그는 아내의 마음을 좀 누그러들게 해 주려고,

"여보, 오늘은 오래간만에 영화 구경이나 하고 밖에서 식사나 하지. 단둘이서만."

했다. 그러나 그가 기대했던 대답과는 달랐다.

"영화는 텔레비전에서 매일같이 보는 걸 일부러 나가서 볼 건 뭐 있어요."

"텔레비전에서 보는 영화하고야 다르지."

"구경하고 싶으면 혼자 나가 하세요."

그의 아내는 한참 묵묵히 앉았다가 또 한숨을 지으며,

"우리 진규는 정말 어떻게 다루어야 할지 큰일 났어요."

하는 것이었다.

"뭐가 또?"

"초등학교 삼학년 애가 벌써, 기가 막혀 말할 수도 없어요."

그의 아내는 또 땅이 꺼질 듯한 한숨을 몰아쉬며 아래만 내려다본다.

"진규가 어쨌다는 거야?"

"창피해서 말할 수도 없어요."

"무슨 이야긴데 그래?"

"전부 제 책임이에요. 미안해요."

"뭐가 미안해?"

"용서하세요."

"갑작스레 미안은 뭐고, 용서는 뭐야?"

"오늘 아침 좀 전에 진규가 또 한강에 간다고 그러지 않아요."

"그래서?"

"수영 갔다가 죽고 만다는 거예요."

"……."

"미쳤느냐고 하면서, 너 어제 선생님한테 꾸지람 듣고 그따위 생각하는 거냐고 했더니, 그런 것이 아니래요. 실연했다는 거예요."

"실연이라니? 무슨 뜻이야?"

"진규와 같은 반에 예쁘장한 김미리라는 계집애가 있어요. 유치원도 한 유치원이었어요. 그 애하고 연애하다가 실연했다는 거예요."

"뭐라고?"

그는 실연이라는 말에 깜짝 놀랐고, 다음 순간 너무도 어처구니가 없어, 하하 하고 폭소를 했다. 자기 아내가 어떻게 된 것이 아닌가 했다. 아홉 살짜리 초등학교 삼학년 애가 실연? 그는 곧이들리지가 않았다.

"웃을 일이 아니에요. 진구를 데려다 물어보세요."

"여보! 애들이 친하게 놀다가 싸웠거나, 놀림을 당해서, 실망해하는 소리를 당신이 신경과민이 되어서 연애니 실연이니 하는 말로 표현하니까 웃을 수밖에. 사람을 놀라게 하지 말아요."

"그럼 제가 신경과민이 되어서 일부러 지어 하는 말이군요. 그러니까 당신은 아이들 교육에 너무 무관심하다는 거예요."

그는 아내의 말을 곧이들으려 하지 않았다. 그러나 그의 아내는 상심해서 이 일을 어떻게 하느냐고 수심에 싸여 절망하고 있었다. 그는 갑자기 의자에서 벌떡 일어나 복도로 나갔다. 리빙룸으로 들어가 이층 계단 어귀에 서서 진규를 불렀다. 진규는 찌푸린 기운 없는 얼굴을 하고 내려왔다. 그는 진규를 데리고 응접실로 들어왔다.

"진규야, 거기 앉아."

진규는 시무룩해서 의자에 앉는다.

그의 아내는 그러한 진규를 바라보다가 비감해서 얼굴을 돌렸다. 눈

254

에는 눈물까지 맺혔다.

"너 좋아하던 계집애 이름이 뭐라고 했지?"

"김미리."

"그 애가 너하고 안 놀겠다고 하던?"

"음. 우리 연애했는데 이젠 안 한대."

그는 놀라기보다 어이가 없어 한참 입술을 실룩거렸다.

"뭐라고? 연애?"

"음. 딴 자식한테 빼앗겼어."

"빼앗겨? 너 연애가 무엇인지 알고 연애라는 말을 하나?"

"그것도 모를까봐."

"임마, 같이 좋아서 노는 것을 너희끼린 연애라고 하는 것 아니냐?"

"노는 것하구 연애하는 것하군 다르지 않아?"

그는 그만 이 말에 말문이 막히고 말았다. 아홉 살짜리 자식과 연애
니 실연이니 하는 말을 입 밖에 내고 있으니 자기가 어떻게 되지 않았나
생각했다. 질려서 한참 진규의 얼굴만 뚫어지게 바라보다가,

"노는 것하구 연애하는 것하구 어떻게 다르냐?"

했다.

"아빠는 그것도 몰라서 묻는 거야?"

"잘 몰라."

"거짓말 마. 아빠도 엄마하구 연애했지 않아."

문일우는 어안이 벙벙했다. 귀에 피도 마르지 않은 자식이 요렇게까
지 까먹었을까* 했다. 이것이 외국영화나 텔레비전 드라마에 나오는 아
동 배우의 연기나 말이면 모르되, 실제의 자기 자식이라는 의식에 그는

| * '까졌다'의 속된말로 지나치게 약아 되바라지다.

또 한 번 놀라서 질렸다. 그는 아직까지 초등학교 아동이, 그것도 겨우 삼학년 아홉 살짜리가 연애한다는 이야기는 들어보지도 못했지만 꿈에도 생각하지 못했던 일이다.

"엄마하고 누가 연애했다고 해?"

"아빠가 그랬지 않아?"

"내가?"

"음."

"언제?"

"언젠가 당신이 그랬지 않아요?"

옆에서 듣고 있던 그의 아내의 말이었다.

"내가?"

"그래요. 진규가 어느 날, 작년인가 뚱딴지같이 당신더러 물었어요."

"그래?"

"아빠가 그랬지 않아. 엄마하고 열렬한 연애해서 결혼했다고."

"열렬한 연애? 열렬한? 임마, 열렬하다는 게 무슨 뜻이야?"

"뜨겁다는 거지 뭐. 내가 모를 줄 알고. 다 알아."

"여보, 당신은 아이에게 테스트하는 거예요, 뭐예요."

그의 아내는 남편을 나무랐다. 그러나 그는 한편 자식이 신기하기까지 했다.

"임마, 그런데 연애는 어떻게 하는 걸 연애라고 하니?"

"누굴 시험하는 거야, 뭐?"

"아니, 너희 초등학교 학생들은 어떻게 연애하는가 해서."

"데이트도 하구 아베크*도 하구, 그런 거지 뭐."

| * 함께 다니는 한 쌍의 젊은 남녀.

"데이트? 아베크? 임마, 데이트라는 게 어떻게 하는 거냐?"

"사랑하는 남자와 여자가 만나는 거지 뭐."

"사랑하는 사람끼리? 흠! 너 그따위 말은 어디서 배웠어?"

"텔레비전 보면 매일 있지 않아? 영화라는 것도 전부 그런 거지 뭐."

그는 진규가 아이처럼 생각되지 않았다. 무서움마저 느꼈다. 그는 처음으로 진규의 교육 문제를 심각히 생각해야겠다고 느꼈다. 상상조차 할 수 없었던 자기 자식을 발견하고 그는 너무 아이에게 무관심했다는 것을 알았다. 그는 아이들의 교육 문제는 자유방임주의라고 자처하며, 아내가 너무 교육에 열을 올리고 간섭하는 데 반대였다. 그러나 이제부터는 생각을 좀 달리해야겠다고 느꼈다.

"너, 텔레비전만 보고, 공부는 하지 않았지. 이제부턴 텔레비전 보면 안 되겠어."

그가 기껏 생각해서 한다는 말이 텔레비전을 보지 못한다는 어설픈 소리였다.

"선생님이 좋은 프로는 보라고 그랬어."

"좋은 프로고 나쁜 프로고 안 되겠어. 이제부턴 안 돼."

"왜 안 돼? 흥!"

"안 된다면 안 되는 줄 알아."

"흥. 텔레비전 안 보면 연애 안 하나."

"자식이. 조그만 자식이 연애?"

"나만 하는 줄 알아? 다 한단 말이야."

"다 해? 그래서 넌 뭐 김미리라는 계집애하구 좋아했어?"

"좋아한 것 아니란 말이야. 연애했는데, 나하군 이제 안 한대."

"그러니까 실연했구나?"

"음, 고 계집애가 우리보다 더 부자인 부반장 자식하구……."

진규는 분하다는 듯이 입술을 깨물며 말을 잇지 못한다.

참으로 어처구니가 없다. 세상이 이렇게도 변했을까. 웃어야 할 것이냐. 노해야 할 것이냐. 정말 이런 현실도 있을까. 진규만이 아닌 것도 또한 사실인 것 같다. 그렇다면 도시의 애들은 초등학교 때부터? 도대체 이 세상이 어떻게 되려는 것인가. 이거 진규 자식을 어떻게 다루어야 하나.

요대로 크면 어떻게 된다? 그는 이런 생각을 하며 자식이 무섭기까지 했다. 그는 이런 생각에 심각해졌다.

"아빠, 우리도 자가용차 사."

진규가 뚱딴지같이 한다는 소리였다.

"뭐?"

"남들은 거의 다 있단 말이야. 미리가 부반장의 자가용차를 몇 번 타 보고 그러더니 마음이 달라졌단 말이야. 부반장 아버진 사장이고, 큰 부자고, 집도 굉장하고, 우리 집 같은 건 아무것도 아니야. 우린 자가용차도 없는 가난뱅이라고 날 버린 거지 뭐. 뻔하단 말이야."

이 말에 진규의 엄마인 남경희 여사는 비감해지기까지 했다. 여사는 가난하다는 말에 가슴이 뭉클했던 것이다. 사실 남들은 거의 다 자가용이 있어서 그것으로 통학하는데 우리 진규는 스쿨버스로 통학하며 열등감에 사로잡혀 있었구나 하는 생각이 들자, 진규에게 애처로움마저 느끼며 남 여사는 비감했었다. 그녀의 남편인 문일우도 가난뱅이라는 소리에 마음이 언짢았다. 은행의 과장, 대리도 못되는 일개의 보통 은행원이라는 자각에 그는 열등감마저 느꼈다. 아내와 어린 자식에게까지 미안했다. 부반장인가 한 자식네보다 가난해서 진규는 친구까지, 아니 애인까지 빼앗겼다는 것이 아니냐? 그는 진규를 동정까지 하는 야릇한 심정이었다.

이들 부부는 한참 비감에 젖어 말을 하지 못했다. 방 안의 분위기는 갑자기 침통한 빛마저 흘렀다.

"우리 자가용차 사."

"이담에. 네 방에 올라가."

"음, 우리 자가용차 살 돈 없어?"

"있어."

했다. 그는 얼핏 생각한 것이 그만한 돈이 없다면 아이에게 열등감을 줄지 모른다는 두려움에서였다고 했다. 사실 허장성세는 아니었다. 지금은 손을 댈 수 없지만 아버지만 돌아가시면, 그 재산은 문일우의 것이다. 그러나 그는 아버지가 곧 돌아가시고 그 재산이 자기 것이 되어도 그것으로 사업을 해보겠다는 생각은 조금도 없었다. 지금 처분해도 몇 천만 원은 넘지만 고까짓 자본 가지고 잘못 사업을 시작했다가는 패가망신하기가 일쑤라고 생각하는 그였다. 그보다도 대리로, 과장으로 순조롭게 승진하고 은행장 그리고 재무장관, 또 그리고 정계에 들어가 국회의원이 되고 한 당의 당수가 되고, 국무총리가 되고 대통령까지 꿈꾸는 그였다. 때로는 자기의 꿈이 한없다고 생각하면서도 그렇게 되지 말라는 법은 없지 않느냐, 나만 똑똑하고 착실하면 된다, 내 재능에 있는 것이다, 내 노력에 있는 것이다, 그리고 운만 좋다면…… 이렇게 생각하는 그였다. 자가용차쯤 그것은 문제도 되지 않는다.

진규는 아버지 말에,

"있으면 빨리 사."

하는 것이다.

"지금은 그럴 때가 아니야. 이담에 산다. 빨리 네 방에 올라가 공부해."

"음, 나 오전엔 공부하고, 오후엔 아저씨랑 선생님이랑 한강에 가서 수영해. 응?"

"안 돼. 한강엔 절대로 안 돼. 공부나 해."

"마음이 상해서 공부가 안 된단 말이야."

"마음이 상해서? 조그만 자식이."

"아빠, 지금 내 마음 몰라. 실연했단 말이야."

"이 자식, 귀에 피도 안 마른 자식이 연애다, 실연이다, 어디서 그따위 말은 배워가지고…… 썩 물러가. 공부해. 이제부턴 내가 정말 공부 감시를 해야겠어. 가정교사에게도 단단히 이를 테니까."

"아빠 실연 안 해봤으니까 내 맘 몰라. 텔레비전 좀 봐. 실연한 사람의 마음이 어떤가?"

하며, 방 안을 나가는 것이다. 머리를 푹 숙이고 아주 비감한 듯이.

그들 부부는 어이없어 한참 말이 없었다. 그러나 그의 아내는 눈물까지 글썽해서 비관하고 있었다.

"여보! 과히 상심 말아요. 이제부터는 내가 진규에게 관심을 두고, 잘 타이르며 공부시킬 터이니까."

"염려 마. 가만 그 원인을 따져보니까 텔레비전 때문이야. 오늘부턴 절대로 아이들한테 텔레비전 보는 것을 금하겠어. 가정교사한테도 단단히 부탁해놓겠으니까."

그의 아내는 무슨 죄인처럼 남편 앞에 머리를 푹 숙이고 눈물만 흘렸다.

"여보! 우는 거야? 그만 일에 울기는."

그는 아내를 달래었으나 소리 없이 울고만 있었다.

"나도 놀라기는 했어. 아무리 도시 애들이 조숙했다 해도 진규 자식이 그럴 줄은 몰랐어. 그러나 진규 말하는 것이나 태도를 봐. 텔레비전을 보고 흉내 좀 내어보는 거야. 유희지…… 울기는, 누가 당신보고 잘못했다나…… 그 자식이 너무 까먹어서 그런 유희를 한 거야. 말하자면 텔레비전 보고 연기해본 거니까, 과히 근심할 것 없어. 울기는."

그의 아내는 눈에 손수건을 대고 흐느끼었다.

"하, 아이들 장난을 가지고 그렇게 심각하게 생각하면 어떡해?"

"당신한테나 진규한테나 미안해요."

"무슨 소리야?"

"제 교육 방침에 미스가 있었어요."

"미스는 또 무슨 미스야. 앞으론 나도 진규에게 간섭을 할 테니까."

"자유방임주의는 절대로 아니었는데, 하여간 제 잘못이었어요. 용서하세요."

"용서는 또 다 무슨 소리야. 책임이 있으면 내게도 있어. 용서가 무슨 용서야. 과히 근심 말아요."

"미안해요."

"하, 그, 미안이고 용서고……."

3

문일우는 아이 때문에 좀 심각한 얼굴을 하고 있었다. 아내에게 말은 그렇게 했지만 곰곰이 생각하니 심상치 않은 일이라고 느꼈다. 그렇다고 그의 머리에서 뾰족한 무슨 수가 나올 리도 없었다. 하여간 진규 자식이 무슨 못된 병에 걸려 있는 것만은 틀림없다고 그는 생각했다. 그러나 이내 교육에 열심인 아내가 어떻게 할 것이라고 믿었다.

그는 가정교사를 불러서 여러 가지 이야기를 하고 텔레비전은 절대로 보여서는 안 된다고 일렀다. 가정교사가 돌아간 후 그는 다시 신문을 펴놓고 읽기 시작했다. 그리고 주간지를 읽고 있었다.

그의 아내는 외출 준비를 하고 진영이와 같이 그의 앞에 나타났다.

"자, 진영이 과외공부 때문에 선생 댁에 좀 다녀오겠어요."

"진영이 과외공부?"

그는 유치원 원아가 무슨 과외공부냐 하는 생각이 들어 읽던 주간지를 놓고 아내의 얼굴을 쳐다보았다.

"어제저녁 잠깐 이야기했지 않아요? 과외공부를 시켜야겠어요."

"음? 응!"

어제저녁, 진영이에 대해서 잠깐 무슨 이야기를 듣기는 들었으나 취중에 그저 아내의 말을 무심히 들어 넘겨서 기억이 없었다.

"그런데 유치원 아이에게 무슨 과외공부야?"

"명년, 혜성초등학교에 입학시키려면 과외공부를 시켜야 해요. 진규 때는 우리가 몰라서 그랬지 남들은 그때도 과외공부를 시켰다는 거예요."

"그럼, 초등학교 입시 준비 공부?"

"그렇지요."

"별일이 다 있군. 그래, 유치원 아이에게 공부를 시키면 무슨 공부를 시키길래?"

"초등학교에서 보는 멘탈 테스트를 중심해서 공부시킨다는 거예요. 유명한 선생이 있는데, 그 선생한테서만 배우면 꼭 된다니까 진영이를 부탁했어요. 그 선생은 다섯 아이밖에 지도를 하지 않는데, 벌써 삼월에 다 찼다는 거예요. 그런 걸 기숙이 엄마가 특별히 부탁해서 진영이를 받아준다니까요."

"그것도 특별히 부탁을 해서?"

"그렇다고요. 정말 기숙이 엄마의 특별한 부탁이 아니면 안 되는 것이었어요."

기숙이 엄마란 진영이가 다니는 유치원의 자모회 회장이었다.

"월사금은 얼만데?"

"삼천 원요."

"뭐, 삼천 원?"

"삼천 원이면 싼 거예요."

"아니, 유치원 아이의 과외공부를 삼천 원이면 싸?"

"생각해보세요. 진규가 떨어져서 그때 오만 원 기부를 하고야 들어갔는데, 앞으로 칠팔 개월이니까. 삼칠은 이십 일, 이만여 원밖에 더 들겠어요. 명년에는 떨어지면 십만 원은 기부를 해야 입학할 거예요. 떨어지면 얼마나 창피해요. 돈은 고사하구."

사실 삼 년 전 진규가 혜성초등학교를 떨어졌을 때를 생각하면 한 달에 과외비 삼천 원으로 그 학교에 입학한다면 싼 셈이라고 그도 계산했다. 정말 진규가 떨어졌을 때의, 그때 심정은 형용키가 어려웠다. 장남이요, 첫 자식인데, 초등학교부터 낙방을 하고, 밥도 안 먹는다면서 빌빌하는 것을 볼 때 그는 가슴이 아팠다. 더욱이 그의 아내가 완전히 침식을 잊고 누워버린 것을 볼 때는 어떠한 수단을 써서도 꼭 입학을 시키고야 만다는 결심을 하고 초등학교 교장을 찾아가 만났었다. 그때, 교장은 일개 은행 행원쯤은 상대도 되지 않는다는 듯이 아주 쌀쌀했다. 그는 미칠 듯했다.

혜성초등학교는 선 지 얼마 되지 않지마는 사립 초등학교로는 자타가 제일이라고 칭하는 학교였다. 과거에 사대부국에 들어가기가 과거하기만 했다*는데 지금은 별로 인기가 없고, 사립 혜성초등학교가 인기의 절정을 걷고 있었다. 이 학교를 본뜬 사립학교의 붐이 일어나서 서울 장안 각지에 귀족학교가 마구 섰다. 그러나 혜성초등학교는 귀족학교 중에 귀족학교로 웬만한 부모는 명함도 들일 수 없는 학교였다.

문일우는 애당초 진규를 이 학교에 보내겠다고 한 것이 잘못이었다

| * '과거를 보는 것처럼 어려웠다'라는 내용인 듯.

고 생각했지만 진규가 떨어지고 보니 환장을 할 지경이 되어 은행에 가도 일이 손에 잡히지 않았다. 밥도 먹히지 않았다.

그의 아내 남 여사는 완전히 침식을 잊고 절망에 빠져 자기가 아이를 잘 지도하지 못해 이렇게 되었다고 생각하는 것이다. 남편에게 미안하고 죄송하다면서 자기는 그 책임을 져야 한다고 우는 것이다. 진규놈은 엄마가 우는 것을 보고 또 따라 우는 것이 아닌가. 문일우도 같이 울고 말았다. 그의 아내는 첫 아이요, 장남인 진규를 학구제學區制인 공립학교, 그것도 이름도 없이 삼부제인가 사부제인가 한다는 학교에 넣는다는 것은 자기 아이를 마치 소년 감옥에라도 넣는 것 같은 심정으로 말하는 것이었다.

문일우의 아버지 문상윤 씨는 이런 꼴을 보며 못마땅했으나 이러다간 집안에 무슨 일이 일어날 것만 같아 근심이었다. 그도 어떻게 해야겠다고 생각하며 거리로 나갔었다.

들리는 소리에 의하면 남들은 삼만 원, 오만 원 학교에 기부를 하고 입학을 시킨다는 것이었다. 남 여사는 유치원 원장을 찾아갔다. 결국 유치원 원장의 소개로 오만 원의 기부를 하고 진규를 그 혜성초등학교에 넣은 것이었다. 생각하면, 명년에 꼭 그 학교에 진영이를 넣을 수만 있다면 과외비 삼천 원쯤 문제가 되지 않는 것이라고 그도 수긍하지 않을 수가 없었다.

"그래, 보내요. 그러나 진영이 교육비가 너무 들어. 유치원비에 피아노 레슨비에, 과외비에 칠팔천 원 드는군."

"그럼 어떡해요. 자식을 가진 부모의 도리지 뭐예요. 없으면 몰라도 있으면 있는 만큼은 최선을 다 해줘야죠."

"알았어. 갔다 와요."

"그럼, 갔다 오겠어요."

아내는 진영이와 같이 외출하고 아래층은 식모의 일하는 소리만 가끔 들릴 뿐 집 안은 조용했다. 갓난아기는 자는 모양이었다.

그는 다시 조간지를 들어 거의 모조리 읽었다. 그러고는 한참 멍하니 앉아 밖을 내다보았다. 별로 할일이 없었다. 그는 읽었던 신문을 다시 뒤적거렸다. 일 단짜리 기사도 다 읽었으니 별로 읽을거리가 없다. 한참 신문의 표제와 광고란을 바라보다가 이번에는 다시 주간지를 집어 들어 폈다. 읽어보아야 알 수 없고 흥미 없는 것 한두 편 빼고는 다 읽었으니 별로 읽을거리가 있을 리 없었다. 그러나 그는 수상잡기手相雜記라는 기사를 읽어 내려갔다. 자기 손바닥을 펴서 손금이라는 것을 들여다보았다. 하여간 자기 손금의 생명선이 길다는 것만은 알았다. 장수한다는 것은 나쁘지 않다고 좋아했다. 한데 성공선이라는 것이 자기 손금에 있기는 있는데 어느 정도 성공한다는 것인지 그것은 알 수 없다. 어쨌든 내 손금에 성공선이 있다는 것만은 사실이니까 성공할 것만은 틀림없을 것이라고 그는 손금을 믿으며 이번엔 현상퀴즈 문제를 들여다보고 있었다. 그는 열심히 생각했다. 모두 쉬운 듯한데 잘 안 된다. 오랜 시간 생각하며 맞혀보려 했지만 잘 안 된다. 그래서 이번엔 신문의 퀴즈 문제를 들여다보며 생각했다. 좀 쉬울 것 같았다. 생각하니 되었다. 그러나 확실히 맞힌 것인지 모른다. 다시 주간지 퀴즈 문제를 들고 생각했다. 그러다가 그는 머리가 띵한 것을 느꼈다. 생각한다는 것은 머리가 아픈 일이다. 자꾸 생각하면 못 맞힐 내가 아니지만 아무것도 않고 푹 쉬려고 한 일요일이 아닌가.

그는 신문을 내어던지고 침실로 들어가 누웠다. 그러나 잠도 오지 않고 머리만 무거웠다. 그리고 무언가 허황한 느낌이었다. 마음이 공허하다. 무언가 불안하다. 그는 생각했다. 내가 왜 이럴까. 불안할 아무것도 없지 않은가. 진규 자식 때문에? 그건 현대 도시 아이들의 유희가 아닌

가. 그런 것 가지고 불안할 수는 없다. 우리 집의 이만한 살림이면 한국에선 남부럽지 않은 상류층에 속한다. 우리 은행 영업부장 집보다는 훨씬 크고 윤택한 살림이 아닌가. 이백 평 대지에 오십 평 이층 양옥에, 세탁기, 냉장고, 텔레비전, 이만하면 자가용차가 없다뿐이지 일개 은행원으로서 이만큼 산다는 것은 물론 아버지 덕분이지만 별로 바랄 것 없는 살림이다. 한데 무슨 불만이야. 칠월의 정기 인사이동 시는 과장대리로 승진할 것 같은데 불안할 이유는 없다. 역시 오늘 아침 그 진규 자식 때문에? 그 자식이 벌써부터 열 살도 못되어서 계집애가 어떻고 뭐, 연애를 하다가 실연했다고? 이건 참 기막힌 일이다. 자식이 너무 조숙했어. 기가 차서. 그러나 그건 매스컴에 의한 도시 애들의 유희일 테니까 근심할 것은 없다. 자식이 머리가 좋으니까 텔레비전이나 영화를 보고 어른의 흉내를 내어보는 것에 지나지 않을 것이다. 그런 걸 가지고 신경을 쓰는 내가 잘못이다. 그는 혼자 마음속의 생각을 씹다가 다시 머리가 무거워 벌떡 일어나 응접실로 가 앉았다. 또 조간지와 주간지를 뒤적여보나 물론 읽는 것은 아니었다. 멍하니 밖을 내다본다. 그러나 공허한 그의 마음에 갑자기 불안과 고립감 같은 것이 엄습해오는 것을 어쩔 수 없었다. 이유 없는 공허감이었다. 허용할 수 없는 고립감이었다. 초조한 불안이었다.

그는 벌떡 일어나 정원으로 나갔다. 화초를 들여다보면서 정원을 거닐었다. 그래도 마음은 공허하고 불안하다. 다시 방 안으로 들어와 의자에 앉아 밖을 내다보고 있었다. 그의 눈은 무엇인가 바라보고는 있었으나 의식은 없었다. 그러나 기분은 안절부절못했다. 그는 월요일 아침부터 토요일 저녁까지 은행의 행원으로서 그 사회에 적응하기 위해 조그마한 변화에도 사소한 자극에도 그것이 무엇인가 자기와 어떤 관계가 있는가 하는 것을 예리하게 분석하려 했고 적중한 반응을 나타내려 노력하며 살아왔다. 노력하였다기보다도 먼저 승진하려는 그의 욕망은 더욱 그를 열심히 하는 행원으로 만들었고 외부세계의 사소한 움직임에도 본능적으로 전 신경을 쏟았다. 그는 하나의 기능인으로서 움직였다.

일요일! 그는 일요일만은 무엇인가 하지 못하던 것을 하리라. 자유로운 하루를 온전히 자유롭게 지내리라. 직장이라는 집단에서 해방이 되어 지성인으로서 부끄럽지 않게 자유로이 즐거운 독서를 하리라 생각했다.

그는 문득 즐거운 독서를 생각하고 서재로 들어갔다. 이유 없이 공허하기만한 마음에, 책을 읽는다는 것은 얼마나 다행한 일인가. 즐겁고 조용한 독서의 시간. 나는 왜 지금껏 독서의 시간을 생각지 못하고 안절부절못했을까. 그는 이런 생각에 용기를 얻은 듯 기운을 내어 가벼운 발걸음으로 서재에 들어갔다.

몇 년 동안, 월부로 전집 서적을 사 모아 서가의 책도 제법 즐비하고 깨끗이 청소되어 있는 서재의 분위기가 마음에 들었다. 그는 이러한 안식처가 있는 것을 까마득히 잊고 안절부절못한 것을 생각하니 오늘은 자기가 어떻게 되지 않았는가 생각했다. 그러나 일요일마다 서재에 들어가 깨끗한 테이블에 앉아 책을 읽어보려고 했지만 책이 읽혀지지 않았다는 것을 안다. 그는 오늘만은 독서를 좀 하리라. 자기 자신에 다짐하며 서가에서 책을 골랐다. 그는 어느 것을 읽을까 하고 자기 전공인 상학 계통인 서적을 죽 들여다본다. 모두 다 읽고 싶다. 서가에서 이것저것 책을 빼어 목차를 훑어본다. 『경영관리經營管理의 이론理論』이란 거창한 책을 빼어 목차를 보다가 이것을 읽어야겠다고 책상에 앉았다. 그는 저자의 머리말부터 읽어 내려갔다. 그러나 서른다섯 페이지를 다 읽지 못하고 책장을 벌컥벌컥 뒤집었다. 너무 딱딱해서 읽을 흥미가 없었다. 오늘은 좀 가벼운 것을 읽지 하는 생각으로 서가에 서서 세계문학전집을 훑어보았다. 파스칼의 『명상록』을 뽑아 보았다. 왜 그런지 그것이 읽고 싶었다. 다시 책상에 앉아 읽었으나 이번엔 세 페이지를 넘기지 못했다. 도무지 읽혀지지 않았다. 가벼운 것을 읽자 했는데 역시 딱딱하다. 이런 때는 소설을 읽어야 한다는 생각이 들었다. 그는 T·S 엘리엇의 『칵테일 파티』를 뽑아들고 앉았다. 책의 표제가 그럴 듯한 것 같고 무엇인가 달콤한 것이 있어서 읽히게 해줄 것같이 생각이 되었다. 그런데, 이건, 제일 막 제일 장 한 것을 보니 희곡이로구나…… 그는 생각했다. 겨우 네 페이지를 읽었는데 영 재미가 없다. 엘리엇이 유명하다는 것만은 그도 어디선지 들어 알고 있었다. 유명한 시인이라고 들었는데 극작가가 아닌가 하고 그는 생각했다. 책이 처음은 재미가 없어도 읽어가노라면 차츰 재미가 날 것이라고 그는 자기 자신에 타이르며 두 페이지를 더 계속해 보았다. 계속해 본다는 것은 고된 일이었다. 더 읽을 흥미가 없었다. 그는 책을 덮고 멍하니 밖을 내다보았다. 그의 마음은 또다시 공허했다. 무언가 초조하기만 했다. 책도 읽을 수 없는 서재에 더 앉아 있을 수가 없었다. 그는 리빙룸으로 가 앉아 텔레비전의 스위치를 넣고 채널을 돌렸다. 일요일이 되어 어쩌면 운동경기 실황 방송이라도 있을 법한데 없었다. 이번에는 라디오의 스위치를 넣었다. 재즈 음악이 흘러 나왔다. 한참 들어보니 흥미가 없다. 괴성을 지르며 떠들어댄다고 꺼버렸다. 그는 다시 침실에 들어가 침대에 누웠다. 불안하고 걷잡을 수 없는 마음이었다. 책을 읽고자 노력했으나 활자의 행렬이 머리만 아프게 했다. 라디오의 음악은 시끄럽기만 했다. 도대체 오늘은 아무것도 못하고 이렇게 초조히 불안하게 일요일을 보낼 것인가, 이 의식은 그를 더 초조하게만 했다.

그는 진정 일요일만은 자유로운 자기의 내적內的 자발성에 의해서 책도 읽자, 자기 인생문제도 생각하며 보내고자 했다. 한데, 그의 내적 욕구라는 것은 이제 정지해버렸는지 모른다. 아니 그런 내적 욕구를 느껴는 보나 행하여지지 않는 것이었다. 애당초 그런 걸 행하여 보겠다고 서재에 들어가 앉아본 것이 잘못이었는지 모른다. 읽히지 않는 책과 자기의 공허한 마음을 느끼자 그는 더욱 초조만 하고 불안하기만 했다. 밑도 끝도 없는 불안이라고 그는 생각해보나 어쩔 수가 없었다. 그런 걸 생각하면 마음은 더욱 황량해가기만 했다. 보통날은 직장의 일에 분주해선지, 공허하다거나 초조하다거나 한 것을 그는 모른다. 그러면서 그는 자유로운 일요일을 고대하며 그날그날을 보내는 것이었다. 그러나 정작 일요일을 맞으면 자유라고는 없다. 도리어 초조하고 불안하고 황량한 마음이었다. 식욕도 없고, 아무런 의욕도 없다. 그의 마음은 완전한 진공지대였다.

그는 침대에서 벌떡 일어났다. 머리가 무겁고 가슴이 답답해서 더 누워 있을 수가 없었다. 그는 주섬주섬 외출복으로 갈아입고 거리로 나왔다. 은행 통근버스가 아침저녁 서는 정류장에 와서 그는 멍하니 섰다. 은행 통근버스가 올 리는 없었다. 한참 만에 어디로 갈 것인가 생각해보았다. 그러나 어디라고 꼭 갈 곳은 없었다. 하여간 합승 정류장으로 가서 서울역행을 탔다. 그는 미도파 앞에서 내렸다. 걸었다. 무심히 걸었다. 은행 앞이다. 뒷문으로 들어갔다. 수위가 인사를 하며,

"어쩐 일이십니까? 오늘은 일요일인데 어떻게?"

한다.

"볼 일이 있어서 명동까지 나왔다가 들렀는데 누구 안 나왔어요?"

"아무도 안 나오셨습니다. 일직원뿐이죠."

그는 숙직실에서 일직 행원들이 바둑을 두고 있는 것을 잠깐 바라보며 그들과 말을 하다가 영업부 사무실로 들어가 한 바퀴 둘러보았다. 아무도 없었다. 그러나 이층 인사과에 올라가 자기 테이블에 앉았다. 서랍을 빼어 보았다. 무슨 할일이 있는 것은 아니었다. 일부러 일을 만들어서 하고 싶으나 중요 서류는 모두 캐비닛 속에 들어가 있고 열쇠는 과장이

갖고 있어서 일거리가 없었다. 인사과는 영업부보다는 퍽 한가한 과였다. 하여간 그는 그렇게 한참 앉아 있었다. 이제 그는 초조하고 불안한 마음을 느끼지는 않았다.

그는 퇴근하듯 사무실을 나왔다. 다시 숙직실에 들러 바둑 두는 것을 바라보고 있었다. 바둑을 그는 몰랐다. 그러나 그는 들여다보고 있었다. 바둑을 배우고 싶었는데 그럴 시간이 없었다. 아니, 그에게 시간이 없었다기보다 바둑을 둘 시간이 있으면 책을 읽을 것이라고 생각했기 때문에 배우지 않는 것이다. 바둑 두는 사람들을 보면 답답했다. 재미는 있다. 하지만 금 같은 시간이 아깝지 않느냐. 책을 읽어야 한다. 생존경쟁 시대에 바둑을 둘 시간이 어디 있느냐. 그는 그렇게 남을 비판하며 배우지 않았다. 그렇다고 그는 독서를 한 것도 아니었다. 한데 인사과에 와서 안 일이지만 지금 서무과장은 학벌도 없는데 바둑으로 출세를 했다는 것이다. 바둑이 일급으로 은행장의 사택에 가 살다시피 하며 은행장의 바둑 상대가 되어 승진했다는 뒷공론이었다. 바둑도 출세의 수단이 된다는 것을 그는 알았다. 지금부터라도 배워볼까 생각은 했으나 이 나이에는 늦다는 것을 알고 단념했다.

숙직 행원들의 바둑 두는 것이 그는 부러웠다. 그러나 알 수 없는 것을 아무리 들여다본들 무엇하느냐 하는 생각이 들자, 그는 은행을 나왔다. 하여간 마음은 가볍다. 그의 발걸음도 가벼웠다. 불안도 없어졌다. 특근하는 기분이었다.

거리에는 때 아닌 자전거의 행렬이 달리고 있었다. 미도파 앞 고·스톱의 불이 빨간불로 변하자, 자전거의 행렬은 정지했다. 그중의 한 자전거는 갑작스러운 스톱에 그만 나가자빠지는 것이었다.

—《신동아》, 1965. 11.

문씨 일가의 여가餘暇

1

문상윤文相允 씨는 작년 회갑을 지난 노인이었다. 회갑 잔치 때는 너무도 젊어 보여 남들은 회갑 잔치가 어색하다고까지 했었다. 그도 그렇게 생각했다. 자기는 젊다. 이제부터 무슨 일이나 침착히 생각하고 계획하고 정력적으로 일할 수 있을 것이라 생각했다.

그러나 회갑과 동시에 삼십오 년간 일해오던 직장을 정년퇴직이라는 명목으로 그만두지 않으면 안 되었다. 그는 정년퇴직 제도라는 것을 원망했다. 이제부터 진정으로 일이 무엇이라는 것을 알고 진심과 성의로 일할 수 있는 나이인데 그만두는 나이라니, 어쩔 수 없이 타의로 회사를 물러나오지 않을 수 없었다.

문상윤 씨는 회갑 잔치를 치르고, 그와 동시에 정년으로 퇴직을 당하고, 일 년이 지난 오늘, 그의 모습은 남이 의심하리만치 늙은 모습이었다. 완연히 노인이었다. 일 년 전 회갑 잔치 때의 젊음은 조금도 찾아볼 수 없을 만큼 늙어버린 것이었다.

회갑이 어색하다고 생각하며, 자기는 젊다고 은근히 기뻐하던 그는, 이제 자기는 노인이라고 스스로 생각하지 않을 수 없었다. 이 생각은 그의 마음을 더 공허하게 했다.

회갑 잔치를 지낸 노인에게는 그때부터 불행만이 찾아오는 것 같았다. 정년퇴직, 그것은 미리 마음에 준비를 하고 맞은 것이나, 아내와 사별死別하리라고는 미처 생각조차 하지 못했던 일이었다. 회갑 잔치를 지낸 한 달 후, 담석통*으로 수술한 그의 아내가 회복을 하지 못하고 죽게 된 것이었다.

문상윤 씨는 조금도 예견하지 못했던 일이었다. 아내와의 사별은 너무나 큰 충격이었다. 그는 갑자기 수척해지고, 기운이 없어지고, 늙어버려 이제는 완전히 노인이 되고 만 것이었다.

문상윤 노인의 일생은 아주 평탄한 인생의 길이었다. 그는 일찍 일본에 유학하여 W대학 공학부 토목과를 나와 곧 전업회사에 들어갔다. 우리나라 주요 수력 댐 공사에는 거의 다 참여한 유일한 기사였다. 8·15해방 후, 그간 회사는 국영 대회사가 되고, 그는 승진을 거듭하여 간부로, 중역으로 일을 해왔다. 그는 성심껏 일했다. 국영 회사의 간부나 중역은 정치바람에 움직이는 인사이동이 많았으나 문상윤 씨만은 그러한 바람에 타지 않았고, 정년퇴직까지 근무할 수 있었다. 그는 기술 계통의 인사요, 정치에는 아랑곳없는 성실한 인품이어서 정년퇴직까지 한 회사에 근무할 수 있었는지 모른다. 그리고 남부럽지 않은 치부도 했다. 조금도 부정한 일은 없었다. 본래 부모로부터 물려받은 재산도 좀 있었고, 변두리의 땅을 샀던 것이 올라만 갔다. 종로 상가에 조그마한 빌딩도 한 채 있어서 다달이 들어오는 월세만 해도 수십만 원이나 되었다.

자식도 오남매나 두었다. 딸 셋은 이미 출가를 시켰고, 장남인 일우도 장가를 가서 손자를 셋이나 보게 되었다. 더욱이 일우는 상과대학을

| * 쓸개나 담낭 등에 생긴 결석으로 인한 병.

우등으로 나와 지금은 은행의 행원으로 앞날이 있다. 한데 막내 자식인 민우旼祐가 좀 걱정일 뿐이다. 금년 봄에 서울대 공과 대학 입시에 낙방을 하고 지금은 학원에 다니고 있는 것이 안되었고 보기가 딱했다. 그러나 명년에는, 하고 기대를 걸고 있다.

이 노인에게 불행한 것이라면 아내를 잃고 홀아비가 된 불행이었다. 정년퇴직은 예기*했던 일이었지만은 아내와 사별하리라고는 꿈에도 생각지 못했던 일이었다. 그는 아내를 잃고 나서 처음으로 인생의 적막을 느꼈다, 인생이 허무했다. 노인은 직장에라도 나가서 일할 수 있다면 이렇게 허무하고 적막하지는 않을 것이라고 생각하기도 했다. 몸과 정신은 건전한데, 만 육십 세라고 폐물로 취급하는 사회. 사실 이제부터 십 년은 더 일할 수 있는데, 나이 육십이면 헐고 폐물이라고 정년이라는 명목으로 내쫓는 사회. 그는 원망스러웠다.

그러나 그는 정년퇴직이 가까운 어느 날 조용히 생각했다. 퇴직을 하면, 생활에는 곤란하지 않고 여유는 있으니까, 푹 쉬고, 지금까지 하지 못했던 일이나 하며 여생을 보내리라 생각했던 것이다. 그간 회사에 얽매어 있었기 때문에 자기 인생의 무엇인가를 소홀히 한 것만 같았고, 자기가 해야 할 무엇이 있는 것만 같이 느껴졌다.

한데, 정작 퇴직을 하고, 우선 푹 쉬어보겠다고 쉰다는 것이었는데, 그 쉰다는 것이 고통이었다. 자유로운 시간을 어떻게 처리해야 할지 몰랐다. 지금까지 하지 못했던 일이나 하자, 생각하고, 무엇인가 소홀히 했던, 그 무엇인가 해야 할 일을 찾아보았다. 한데 없었다. 그런 것은 애당초 없었는지 모른다. 그런 것은 관념이었는지 모른다. 노인은 그래도 무엇인가 있을 것만 같다고 생각했다. 그러나 생각해낼 수가 없었다. 그러

| * 앞으로 닥쳐올 일을 미리 예상함.

면 일을 만들어보자 했다. 자기가 알고 일할 수 있는 일은 댐 공사다. 하지만 그건 너무나 큰 자본이 있어야 하는 것이니, 개인의 얼마간 자본으로는 엄두도 못내 볼 일이었다. 자기의 부동산을 정리하면 몇 천만 원은 되겠으나, 그것을 가지고는 어림도 없는 일이다. 그렇다고 그것을 가지고 모르는 세계에 발을 디딘다는 것은 위험천만한 일이다. 노인은 아무리 생각해보아도 자기에게 주어질 일이라고는 아무것도 없다는 것을 느꼈다. 이 생각은 노인을 고독하게 했다. 그러한 때 아내마저 잃고는 실의에 차 얼마간 눕기까지 했었다. 아내가 살아 있을 때는 그래도 말동무라도 있었는데, 이제는 누구하고 정답게 말할 상대조차 없었다. 고립감과 절망감을 느꼈다.

노인은 자유로운 나날을 멍하니 소일을 하는 수밖에 없었다. 마음은 메말라오고 가슴은 답답했다.

노인은 거리로 나갔다. 집구석에만 파묻혀 있어서 그럴 것이라고. 거리는 모두 젊은 사람들의 행렬이었다. 그 행렬 속에 가끔 노인들도 있었으나 대개가 기운이 없고, 느럭느럭 걷는 것이 볼 만한 상이 아니다. 거리에는 시원한 것이 없다. 노인은 다방에 들어가 앉아보기도 했다. 그러나 저 늙은이는 혼자 볼일도 없이 무엇하러 우두커니 등신처럼 와 앉아 있는 것인가, 하는 남들의 시선이 자꾸만 오는 것만 같아 오래 앉아 있을 수도 없었다.

세 딸의 집들을 찾아가 보고 싶기도 했다. 생각 같아서는 매일 한 차례씩 다녀오면 무료하기가 좀 덜할 것 같으나, 그것도 한두 번이지, 일도 없이 찾아다니면 사돈댁이나 이웃이 주책없는 늙은이라고 손가락질할 것이고…… 노인은 어쩌다가 영화관에도 가보았다. 한데 모두가 입 맞추다가는 울고불고 하는 비극. 노인의 윤리관으로써는 해괴망측해서 볼 수가 없었다.

2

민우는 돈이 꼭 필요했다. 아버지한테 천 원을 타낸 것이 나흘 전인데 또 달라면 잘 안 줄 것은 뻔했다. 그 오천 원 돈이 없어선 안 된다. 오천 원은 꼭 필요한 돈이다. 오늘 저녁 그 화분 하나는 어떠한 일이 있어도 사서 보내야 한다. 만일 그것도 못한다면 나는 쑥*이 되고 만다.

민우는 이런 생각에 골몰하며, 학원에서 일찍 집으로 돌아왔다.

"도련님, 오늘은 일찍 돌아왔군. 점심은?"

외출 차비를 하고 나오던 민우의 형수 남 여사의 말이었다.

"이제 들어가 하겠어요. 어디 가세요?"

민우는 형수에게 잘 나오지 않는 존댓말을 써보나 감정이 어색하다고 느꼈다. 국민학교 삼 학년 때인가 사 학년 때, 그러니까 민우가 아홉, 열 살 때, 시집온 형수여서 서로 반말로 써오던 것이었다. 그러나 민우는 이제는 고등학교도 졸업했고, 성년이 다 된 스무 살 나이에, 남 보기가 안 되어서 존댓말을 써보는데, 익숙하지 않아선지 어색한 감정이었다. 그러나 이제는 자기가 스스로 존댓말을 해야 형수도 자기에게 존댓말을 해줄 것이라고 생각했다. 민우는 어색하지만 감행해보는 것이다.

"혜성국민학교에 잠깐 다녀오려고."

"그럼 일찍 돌아오시죠?"

"왜? 무슨 일이 있어?"

"내 친구가요, 오늘 저녁 SBS교향악단 정기연주회에서 상상스**의 피아노협주곡 오번을 치는데 표를 보내왔어요. 같이 가세요."

"그래? 그럼 같이 가, 형님이랑."

민우는 자기가 존댓말로 쓰고 있는데 형수는 그대로 반말인 것이 언

* 지나치게 순진하거나 사리에 분별이 없는 사람을 비유적으로 이르는 말. 한자로는 '菽(숙)'이라고 쓴다.
** 〈동물의 사육제〉 등을 작곡한 프랑스 음악가 카미유 생상스.

짧았다. 그래서 이번에는 아주 정중하게 깍듯이,

"형님이 가시겠습니까? 음악에는 취미가 없으신 것 같으신데요."

했다.

남 여사는 그제야 알아차렸다. 도련님이 이젠 어른이 다되었고, 앞으로는 서로 존댓말을 쓰자는 것을 미리 알아차리지 못했다는 것은 자기의 실수였다고 약간 당황하기까지 했다. 남 여사는 자기의 내심을 보이지 않으려고, 자기가 둔감하지는 않다는 듯이,

"왜, 형님도 옛날엔 퍽 음악을 좋아했던 편인데, 오래간만이니까 같이 가자면 좋아할 거예요."

"그럼 같이 가도록 하세요. 여섯 시 오십 분까지 시민회관 정문 옆에서 기다리겠어요. 일곱 시부터 시작이니까요."

"집에서 같이 가는 것 아니에요?"

"난 조금 일이 있어서요, 그럼 거기서 기다리겠습니다."

민우와 그의 형수는 현관 앞에서 이런 말을 하다가 헤어졌다. 민우는 형수가 곧 알아차리고, 지금은 서로 좀 어색하지만 존댓말을 하게 되었다고, 오래전부터 생각했던 자기의 목적이 이루어졌다고 생각했다. 민우는 금년 봄 고등학교를 졸업하고 나서부터 머리도 길러 넘겼다. 대학입시에 낙방을 하고 학원에 다닐망정 어른의 대우를 받고 싶었다. 그러나 밖에선 그렇지 않은데 집에서는 형수까지 반말로 취급해주니, 금년에 새로 들어온 조카인 진규의 가정교사까지 자기를 중학생 취급을 한다고 생각했다. 우선 형수가 자기에게 존댓말을 쓰도록 해야겠다고 벼르고 있던 참이었다. 형수도 둔하지 않으니까 곧 자기의 뜻을 알아주었다고 민우는 생각했다.

사실, 민우는 형수보고 음악회에 가보자고 했으나 그것은 딴 목적에 서였는데 형수가 그렇게 선선히 그것도 형님까지 같이 간다고 대답하리

라고는 생각지 못했던 일이다. 민우는 어릴 때는 몰랐으나 차츰 철이 들고 고등학교 졸업반이 되면서 가정과 출신인 형수를 다소 경멸하며 대해 온 것이다.

집에 전축이 있는데 한 번도 음악 감상하는 것을 본 일이 없다. 미술 전시회나 음악회나, 그런 회에 가는 일을 보지 못했다. 영화관에도 어쩌다 일 년에 한두 번쯤 가는지는 모르나 영 몰취미한 여자라고 형수를 깔보기도 했다. 적어도 최고 학부라는 대학을 나온 여자인데, 예술과는 담을 싼 형수를 얕잡아보기도 했다. 취미라고는 통 없는 여자요, 기껏 본다는 것이 월간 여성잡지요, 육아법育兒法이니, 가정 요리니, 편물이니 하는 따위의 책이나 들여다볼 뿐이라고 경멸했다. 셋째 아이를 낳고는『육아 교육백과』라는 책만을 들여다보며, 아이를 기르는 것 같아 민우는 좀 우습게 생각하며 형수의 생활을 바라보고 있었다. 그러나 형인 남편에 대해서는 극진한 것 같았고, 아이들 교육에는 극성이라고 생각했다. 국민학교 치마부대라는 족속은 대개 우리 형수 같은 여자일 것이라고.

민우는 이틀 전 우송되어 온 두툼한 봉투가 자기 책상에 놓여 있는 것을 보자 가슴이 두근거렸다. 역시 보내왔구나. 아직 나를 잊지는 않았어, 하는 생각으로 봉투를 들여다보았다. 분명한 김향숙金香淑이의 필적이었다. 봉투 이면에 역시 김향숙이라는 이름 석 자가 있었다. 다시 누구라는 것을 의식하자, 민우는 갑자기 두근거리던 가슴에 기쁜 정이 확 피어오르는 것을 억제할 수 없었다. 그러나 이내, 향숙이는 이렇게 출세를 하는데 나는 뭐냐, 하는 생각에 민우의 마음은 점점 어두워갔다. 열등의식에 사로잡혀 민우는 곧 봉투를 뜯지 못하고 있었다. 그러나 한참 만에 그것을 뜯었다.

초대권 두 장과 프로그램 두 장이었다. 프로그램 표지에는 피아노 건반 위에 손을 놓은 향숙이의 사진이 선명하게 나 있었다. 그리운 얼굴이었다. 보고 싶은 얼굴이었다.

민우는 한참 정신없이 향숙이의 사진을 들여다보다가 버린 봉투 안을 보았다. 그러나 빈 봉투였다. 간단한 편지 한 장쯤 있을 것 같아 봉투를 들여다본 것이나 없었다. 민우는 서운했다. 무척 서운한 마음이었다.

향숙이는 이제 자기와는 먼 거리에 있는 것 같았다. 민우는 일주일 전, 거리의 벽보판에 붙여진 SBS교향악단 정기공연 연주회 포스터에서 김향숙의 큰 사진을 보았을 때도 그랬다. 그 포스터의 사진을 보았을 때 민우는 놀라며 기쁜 정보다는 형용할 수 없는 열등감에 사로잡혔었다. 향숙이는 이젠 교향악단과도 협연을 하게 되었구나. 향숙이는 자꾸 앞으로 내달리고 유명해가고만 있는데 나는 제자리걸음만 하고 있어. 민우는 이런 생각 끝에 이제는 동등으로 대할 수 없는 먼 거리를 느끼며, 자꾸만 자기가 비참해지는 것을 어쩔 수 없었다. 가슴이 아팠다. 금년 초, 대학 입시에 낙방하기 전까지만 해도 향숙에게 꿀릴 것은 조금도 없다고 생각했었다. 사내로서 자기 애인을 떳떳이 대했었다. 그러나 지금은 다르다. 떳떳할 수가 없었다.

금년 민우와 향숙이는 같은 대학교의 공과 대학과 음악 대학에 각각 입학시험을 치렀다. 같이 합격하여 기쁨을 나누며, 자랑하며 즐거운 대학생활을 하자는 약속이었다. 그러나 소년 민우는 미끄러지고 말았다. 한데 소녀 향숙이는 합격을 해도 수석 합격이었다. 말하자면 소녀는 장원급제로 머리를 치켜들고 거리를 날 듯이 활보하였지만 소년은 낙방으로 머리 둘 곳이 없어 자기 방에서 한숨만 쉬며 절망하여 자살을 생각하고 있었다. 그러나 민우는 사랑하는 아름다운 향숙이를 세상에 그대로 두고 자기 혼자 죽을 수만은 없는 것 같았다. 그러한 때 가장 친한 한 그룹의 친구들이 찾아와 민우를 위로했다. 자기네 그룹 여섯 명 가운데 넷은 합격하고, 민우와 진철이만은 낙방을 했던 것이다. 친구들은 민우와 진철이에게 이차 대학을 쳐보라고 권했으나 그들은 자존심이 허락지 않았다. 결국 명년에 다시 치기로 하고 진철이의 의견으로 당장 용문산의 용문사龍門寺로 들어가 세상과 담을 쌓고 공부만 하기로 약속했었다. 그래서 그들은 부모를 납득시켜 낙방한 지 일주일 만에 택시 한 대를 얻어 짐을 싣고 절로 들어갔던 것이다.

민우는 절로 들어가는 날 아침까지 자기의 애인 향숙이를 꼭 한 번만 만나고 가고 싶은 심정이었다. 그러나 만나지 않고 가는 것이 도리어 남자다운 것이 아니겠는가, 하는 생각이 들었다. 그래야만 할 것 같았다. 대학입시 발표 날, 자기는 떨어졌으나 향숙이의 입학을 진심으로 축하한다고 전보 한 장을 쳐주었던 것이다. 향숙이는 자기를 어떻게 생각하건 사내로서 그래야만 떳떳하고 남아대장부의 긍지를 보여줄 것 같아서였다.

발표 날, 그날 밤이었다. 낙방을 한 진철이가 다시 두 번째 찾아와서 낙제생끼리 한숨을 짓고 있는데, 식모아이가 자기 방문을 노크하면서 전화라는 것이었다. 오늘 급제한 그룹의 친구들이 또 위로의 말이라도 하려고 전화를 걸어온 것이라고 민우는 짐작했다. 고맙긴 하지만 누구와도 만나고 싶지 않았다.

"없다고 해."

"난 계신다고 했는데요. 어떤 아가씨의 목소린데요."

민우는 아가씨의 목소리라는 말에 가슴이 떨리는 것을 느꼈다. 분명 향숙이가 전화로 만나자고 하는 것에 틀림이 없을 것 같았다. 민우는 향숙이의 환상을 그리며 절망을 느꼈다. 차마 대답할 수가 없었다. 패배자로 애인 앞에 나설 수가 없었다. 쓰디 쓴 패배자의 의식과 절망에서,

"없다고 해. 남자고 여자고 나한테 오는 전화는 모두 없다고 해."

고함을 치듯 했다. 그러나 곧 전화통에 달려가 향숙이의 목소리를 듣고 싶은 충동에 안절부절못했었다.

"진철아, 넌 내 심정 알아줄 거야. 난 정말 죽고만 싶다. 어떻게 머리를 들고 다녀. 내가 무슨 면목으로 향숙이를 만나."

"자식, 낙제했다고 못 만나? 스타일은 구겼지만 명년에 가서 깨끗이 펴면 돼. 난, 뭐, 만날 놈은 다 만나고 할 테니까."

그러나 진철이도 낙제생끼리 설움을 나누자고 민우를 또 밤에 찾아온 것이다. 가슴이 터질 것 같아 민우를 찾아온 것이다.

두 낙제생은 서울 거리가 싫어졌고 친구도 부모도 만나고 싶지 않은 심정이었다. 그래서 절간으로 들어가 다시 입시 준비를 하기로 약속했던 것이다. 일주일 후 두 낙제생은 용문사로 들어가게 되었다.

그때 민우는 비장한 마음으로 향숙이에게 간단한 편지 한 장을 썼다. 나는 낙제생이다. 할 말이 없다. 그간 전화를 매일같이 해주었지만 누구하고도 만나고 싶지 않았다. 그래서 받지 않았다. 이해하여줄 것으로 안다. 나는 명년을 위해 다시 입시 준비하러 어떤 절로 들어간다. 명년에나 만나자. 나는 영원히 너를 사랑한다. 마음 변치 않을 줄 안다. 믿는다.

이런 내용의 편지를 부치고는 용문산으로 들어갔던 것이다.

진철이 어머니는 일주일에 한 번씩 꼭꼭 찾아왔다. 먹을 것을 해가지고.

그러나 민우 집에서는 누구 한 사람 찾아오지 않았다. 민우는 작년에 돌아가신 어머니가 한없이 그리웠다. 진철이 어머니가 올 때마다 민우의 집에 들러 옷가지나 반찬 같은 것을 가져다주었다.

민우는 머리를 싸매고 공부만 하려고 했다. 그러나 마음대로 결심대로 자기를 움직일 수는 없었다. 향숙의 환상으로 책을 읽을 수가 없었다. 아무리 지워버리려고 해도 어쩔 수가 없었다. 또한 열등의식에 사로잡혀 절망만 했다. 허망한 공상 속에서 헤매기만 했다. 향숙이는 지금쯤 대학에서 어떤 자식하고 데이트를, 아베크를…… 공상이 여기까지 미치면 미쳐버릴 것만 같았다. 당장 서울로 달려가 그 자식을……

공부는 되지 않았다.

이월이 가고 삼월도 다 간 어느 날, 민우와 진철이의 그룹이 용문산 절로 찾아왔다. 보고 싶은 얼굴들이었다. 그러나 자식들은 대학 제복에 반짝이는 배지를 달고 의기가 양양해서 찾아온 것이 아닌가.

민우는 승자와 패자라는 것을 의식했다. 어쩔 수 없는 현실이었다. 악몽이 아닌 현실의 패배자인 자신을 의식했다.

친구들은 소주와 안주를 가지고 왔다. 마구 마시며 떠들었다.

바로 엊그제 고등학교 제복에 까까머리였는데, 금단의 술이었는데, 이제는 자유, 마음껏 멋을 부리고, 마음껏 술을 먹어도 자유, 자유였다. 그러나 그 자유는 자기한테는 없다는 것을 민우는 느꼈다. 이젠 제복을 벗어버렸고, 머리를 길렀고, 술을 마음대로 마셔도 자기한테는 자유가 없다는 것을 절실하게 느꼈다.

풋내기 술이 오고 가다가 향숙이의 이야기가 나왔다.

"민우야, 네 애인 때문에, 지난 토요일 날인가 우리 그룹이 한 번 멋지게 싸웠다."

"왜?"

민우는 이 친구의 말에 놀라며 신경이 날카로워지는 것이다.

"들어봐. 칠 반에 김영필인가 있지 않았어?"

"음, 고2 때는 나하고 같은 반이었어. 참 이번에 음악 대학 작곡과든가 됐지."

"그래. 우리가 입학식 날 만났어. 그때 우리가 부탁했지. 기악관가 피아노과에 김향숙이라고 금년에 들어갔다. 우리 그룹의 민우의 애인이니까 넌 말할 것도 없고, 어떤 자식이 건드리기만 하면 알려줘, 했거든. 말하자면 감시원을 하나 붙였어. 그런데 그자 네 애인인 줄 알고 있더라."

"음, 알고 있어. 나하고 좀 친했었으니까."

"그래? 했더니, 한 보름 전이지? 영필이가 나를 찾아와서 하는 말이 말이야, 부산내기라는데, 바이올린과라나, 자식이 향숙이한테 치근치근 하면서 말을 하자 하구, 데이트를 하자 하구 그런 눈치드래."

민우는 이 말에 가슴에 불이 확 일어나는 것을 느꼈다. 당장 그 자식을……

"그래서?"

"흥분하지 마. 그래서 영필이가 그 자식을 한 번 만나가지고 김향숙이는 우리 고등학교 동창의 애인이니까 손가락 하나 까딱하지 말고, 건드리지 말라고 충고했대. 그랬더니 자식 하는 말이 남의 사생활에 무슨 간섭이냐고, 까불지 말라고 아주 도도하더래. 하여간 빈대 붙지 말라고 했는데, 이튿날 또 보라는 듯이 향숙이를 찾아가서 빈대 붙더라는 거야. 그래서 지켜보고 있다가 헤어진 담에 만나서 얼렀대. 그랬더니 그자 친구놈이 같이 덤비더래. 그래서 영필이는 토꼈대. 그리고 문리대로 찾아가서 윤구를 만나 연락을 하려고 했으나 만나지 못해 참았다고. 이튿날 그자를 만나서 내일 오후 두 시에 얼러보자고 했더니, 그러자고. 자식 촌놈치곤 배짱이지. 다음 날 영필이하고, 우리 넷하고 미리 음대 교정에 들어가서 흩어져 있었어. 그랬더니 그쪽도 대여섯 명이 나타나. 영필이를 보더니 다가가서 빙 둘러서는 거야. 흩어졌던 우리가 그자들을 포위했어. 그러자 영필이가 날쌔게 그 자식을 받아 넘겼어. 영필이에게 욱 덤비는 것을 하나씩 잡고 박치기를 했지. 그랬더니 세 놈은 삼십육계를 놓는데, 그래도 장본인하고 한 놈이 억세게 덤벼. 그렇다고 되겠어? 자식들 촌뜨기가 우릴 잘못 봤지."

"통쾌했어. 떡판 치듯 치고 밟았더니 화해하자고 빌었어. 그래 점잖게 타일러주구 개선했어. 그런데 그 용감하던 자식을 이튿날 강의실에서 만났어. 자식 나하고 같은 행정과 아니냐. 친하게 지내자고 했지."

민우의 그룹 친구들은 민우의 애인을 지키던 무용담을 술과 같이 늘어놓다가 그날 밤을 묵고 갔다.

민우는 고민했다. 향숙과의 거리는 점점 멀어만 가는 것 같고, 이러다가 놓쳐버리는 것만 같았다. 그의 친구들은 향숙이를 일 년만은 지켜준다고 했지만……. 민우는 이런 생각에 불안하고 초조하기만 했다. 공부는 되지 않았다. 당장 향숙에게로 달려가 과거의 변치 않는다는 맹세를 다시 한 번 다짐하고 오지 않으면 공부가 되지 않을 것만 같았다. 그러나 그런다면 도리어 못난 짓이라고 향숙이는 생각할 거다. 그렇다. 나는 이 일 년을 죽었다고 생각하고 공부만 해야 한다. 그래야만 한다. 사내답게 침묵으로써 대하여야만 한다. 비굴해선 안 된다. 민우는 이런 생각을 되풀이하면서 시간을 보내고 있었다. 민우는 쓰라린 망상에 공부는 되지 않고, 초조하고 불안만 해서 차라리 서울 집으로 돌아가는 것이 낫지 않을까 생각하기도 했다. 그러나 그건 안 된다. 남자답지 못하다. 비겁하다. 친구들도 우습게 볼 거다. 약한 자라고 비웃을 거다. 그건 안 된다. 이런 생각들이 민우를 겨우 절간에 머물게 하고 있었다. 때로 실연한 주인공이 되어 산간벽지의 외로운 절에서 세상을 잊고 사는 자기라고 공상하기도 했다.

이렇게 삼월이 또 가고 사월 중순 어느 날, 뜻밖에 너무나 뜻밖에 꿈에도 생각지 못했던 향숙이가 용문산으로 찾아온 것이었다.

향숙이는 민우 친구들과 같이 용문사를 찾아왔다. 말하자면 민우 친구들로부터 소식도 들었고 또 그들의 권유로 찾아온 것이었다.

민우는 눈물이 나도록 고마웠다. 자기를 잊지 않고 변치 않았다는 애인의 마음을 보는 듯했다. 그러나 향숙의 외모는 너무도 변한 데 민우는 놀랐다. 지금까지 환상에서 본 향숙이는 아니었다. 앳된 고등학교의 여학생은 아니었다. 너무나 성숙한 여인으로 보였다. 머리는 파마를 했고, 연한 화장까지 했다. 옷도 투피스에 바바리코트를 걸치고 하이힐을 신었다. 한두 달 사이에 이렇게도 사람이 변할 수 있을까. 놀랐다.

민우는 눈물이 나오도록 고맙고 반가우면서도 향숙이는 자기보다 앞서 달리고 있고, 자기는 제자리걸음만 하는 거리감을 또 느꼈다. 손에 닿지 않는 곳에서 또 자꾸 달려가고만 있는 것 같았다. 민우는 애인을 앞에 두고 애인을 바라보면서 자기의 초라한 모습을 의식하며 또다시 열등감에 사로잡혀 절망을 느끼기도 했다.

"야! 우리 여기서 밥 짓는 동안 두 사람은 산에나 올라가서 그동안 풀지 못한 사연이나 풀어."

"낙제생이 무슨 사연이 있겠어."

민우의 자학적인 대답이었다.

"자식, 비하하지 마. 할 말이 많을 거야."

"할 말? 하여간 여기까지 왔으니까, 절이나 안내하지."

민우가 묵고 있는 집은 절에서 한 이백 미터 떨어진 곳에 있는 초가집이었다. 방 둘에 부엌이 있었으나 살림하는 집은 아니고, 절에 딸린 집이어서 민우 같은 학생들에게나 간혹 원고를 쓰러 오는 문사들에게 빌려주는 방이었다. 식사는 절에 가서 했다. 찾아온 친구들은 륙색에서 자취 도구를 내놓고 식사를 만든다고 법석들이었다.

민우와 향숙이는 그러한 친구들을 두고 절로 갔다. 동양 최고의 은행나무 앞에서 민우는 전설적인 이야기를 향숙에게 들려주고, 절은 볼 것이 없다면서 개천이 흐르는 계곡을 따라 올라가다가 자리를 잡고 앉았다.

민우는 향숙에게 할 말이 많았으나 정작 만나고 보니, 말을 한다는 것은 자기가 싱거워지고 시시하기만 한 것 같아 침묵하고 있었다.

향숙이가 그간의 이야기를 혼자 하며,

"남자가 입학시험에 한번 실패했다고 만나주지도 않고, 전화도 안 받고, 그럴 것 뭐 있어. 처칠 같은 사람도 몇 번인가 실패하다가 들어갔다는데. 시시하게 이런 산속으로 와서."

"낙제생이 시시하지 뭐."

"자학하지 마. 이런 산속에서 공부가 돼?"

민우는 입을 굳게 다물고 침묵했다.

"내 생각 같아선 서울로 가서 학원에 다니는 것이 좋을 것 같아."

민우도 사실 그렇다고 생각했다. 지금 같아서는 잡념에 공부가 되지 않았다. 학원에 나가 주입식 입시교육을 받는 것이 훨씬 나을 것 같았다. 그러나 침묵했다.

"잘 생각해봐. BY학원이 제일 좋다는데 거기만 다니면 틀림없다고, 금년에도 거기를 거친 학생들은 구십 프로나 됐다고 하던데. 그렇게 해봐. 몇 년 전까지는 이런 산속에서 공부해서 됐지만 지금은 학원이 훨씬 낫다고 다들 학원에 다녀."

향숙이는 마치 동생에게 타이르는 것처럼 말을 하는 것 같았다.

듣고만 있는 민우도 마치 누나한테 충고라도 듣는 것처럼 생각이 됐다.

"알아, 우리 이런 이야기는 그만해. 저번 날, 우리 그룹들이 와서 그러더군. 향숙이 때문에 싸웠다고."

"들었어? 내가 누구한테 넘어갈 사람이야?"

"알아."

"오버 센스들 하지 말라고 그랬어. 창피하게 학교로 몰려와서 싸우고. 내 입장 곤란하지 않아."

"그랬어?"

"소문이 좍 퍼져서……."

"음."

"하여간 그건 그렇고, 서울로 돌아와 학원에 다녀."

"음, 생각해볼게."

옛날에는 그렇지 않았다. 오늘은 완전히 말에서 리드를 당하고, 풀이 없고, 충고를 받는 자기라고. 그날 오후 늦게 용문역에서 애인과 친구들을 보내고 밤길 삼십 리를 진철이와 같이 터벅터벅 걸으며 오늘의 자기를 쓰게 느끼는 민우였다. 그립고 그리던 애인을 만나보았지만은 역시 향숙이는 먼 곳에서 자기를 버리고 혼자 달리고 있는 것 같았다. 마음은 더 불안하기만 했다.

그 후, 진철이와 같이 민우는 다시 서울서 학원에 다니기로 하고 집으로 돌아왔다. BY학원은 들어갈 수가 없어 SB학원 대학 입시반에 다니고 있었다. 그러나 향숙에게는 서울로 왔다는 소식도 그리고 학원에 다닌다는 소식도 전하지 않았다. 하지만 같은 음대의 영필이가 향숙에게 알려주었다.

소식을 들은 향숙이는 민우의 집으로 전화를 걸었다.

"나 향숙이야. 오늘 영필이한테서 듣고 전화하는 거야. 전화나 편지로 거기서 왔다고 전해주면 어때? 뭐가 그래, 사내답지 못하게."

"명년 성공할 때까지 만나고 싶지 않아서……."

"싱거워."

"싱거워도 좋아."

"그러면 나도 안 만날게."

"그래."

"정말?"

"응."

"만나면 공부에 방해가 돼?"

"음."

"정말 그렇다면 안 만나. 우연히 거리에서 만나도 못 본 체하겠어. 그래도 좋아?"

"좋아."

"그럼, 공부 잘해."

"그런 충고 안 해도 돼."

"왜 그렇게 무뚝뚝해?"

"몰라."

"그럼 좋아. 끊어."

마음과는 달리 말은 엇나갔다. 그런 것이 아니었는데 감정은 그렇게 되고 말았다.

이러한 일이 있은 후 두 달이 되도록 전화 한 번 걸려오는 일도 없었고 편지 한 장 없었다. 우연히 거리에서 만나는 일도 없었다. 서운하고 얄밉기까지 했지만 그렇다고 이편에서 전화나 편지는 할 수 없었다. 자존심이 허락지 않았다. 그러나 매일같이 그립고 만나고 싶은 향숙이다. 책 앞에 자꾸만 환상으로 나타나는 향숙이다. 민우는 향숙이를 생각하면 열등의식에 비참한 자기 자신을 생각해야 했다.

민우는 매일, 거리에서 음악회 포스터의 향숙이의 사진을 볼 때마다 자기한테서 더 멀리 간 애인을 바라보며, 자신이 더 비참해지는 것에, 어쩔 수 없었다.

그러나 잊지 않고 음악회의 표를 보내준 향숙이.

민우는 먼 곳에 있던 향숙이가 갑자기 자기 앞으로 달려온 것같이 느껴졌다. 그러나 편지 한 장쯤 있어야 할 것 같은데 없다. 나도 이젠 특별한 사람이 아니고, 그저 전부터 아는 한 보이프렌드? 민우는 너무 섭섭했다.

방금 자기 앞에 다가왔던 향숙이가 다시 먼 곳으로 가버린 것 같았다.

하여간 오늘 저녁 무대 뒤로 꽃다발을 보내야 한다. 아니 오래 기억할 수 있는 상록수 화분을 보내야 한다. 돈이 필요하다. 학원에서 집으로 돌아올 때 본 그 고급 화분이 오천 원이라지. 그만한 것은 해야 해. 오천 원? 아버지가 선선히 줄까? 안 주면 형수에게 꾸자. 어떤 짓을 해서라도 그만한 것은 해야 돼. 오천 원!

민우는 이층 아버지 방으로 들어갔다.

3

노인에게 태양이 중천에 솟은 낮 한때의 시간처럼 지루한 것은 없었다. 누워서 천장만 바라보다가 가끔 라디오를 듣는 일이었다. 그것도 뉴스 정도였다. 심심풀이로 라디오의 음악을 좀 들어보려면 이상야릇한 괴성이나 지르고, 미친놈 지랄하는 것 같은 것뿐이다. 노인은 도저히 들을 수가 없었다. 그러나 어쩌다가 드라마를 듣는 일이 있다. 영화처럼 시각적인 남녀의 사랑이나 비극은 아니어서 그런대로 들어주는 일이 있으나 정말 할 일이 없어 들어준다는 것이었다. 하여간 하루를 보낸다는 것은 이 정년퇴직 노인에게 있어 여간 고생스런 일이 아니었다. 자유의 하루 하루가 이렇게 고될 줄은 몰랐다.

밤은 낮보다 무료하기가 좀 덜했다. 리빙룸의 안락의자에 앉아서 텔레비전을 보는 것이 유일한 재미라면 재미였다. 그러나 그것도 연애영화 같은 것은 질색이었다. 그 입 맞추는 꼴을 며느리 손자와 함께 앉아 바라볼 수는 없었다. 운동경기 실황방송이 제일 재미있었다. 매일 그런 거나 해주면 좋겠다고 생각하나 많지가 않았다.

그런데 그것도 어제저녁에는 보지를 못했다. 노인은 못내 서운했다.

어제저녁은 참 좋은 프로였다. 레슬링 헤비급 세계 챔피언 타이틀매

치여서 노인은 여간 즐겁지가 않았다. 노인과 아들 일우와 며느리, 두 식모, 이렇게 다섯 사람이 막 시작되어 보고 있는데 막내 자식인 민우와 손자놈인 진규가 어느 사이에 살금살금 그들 뒤에서 숨을 죽이고 보고 있었다. 진규의 가정교사도 복도에서 서성거리며 기웃거리고 있었다. 그도 눈치를 보아 들어가 볼 작정이었다.

얼마 전부터 아이들에게 텔레비전 보는 것을 엄금하고 있었기 때문이다. 지난번 진규의 연애 사건 때문에 그만 보지 못한다는 엄명이 내려진 것이었다. 그전에는 프로만 좋으면 한두 시간 볼 수 있었다. 어린이 시간에는 교육적인 프로라고 해서, 진규의 어머니인 남 여사는 일부러 아이들을 불러 같이 보기까지 했던 것이다. 그러던 것이 진규의 아버지인 일우가 진규와 가정교사와 동생인 민우까지 불러놓고 텔레비전을 보아서는 절대로 안 된다고 했던 것이다. 민우보고는 대학에 든 다음은 마음대로 하지만 안 된다고 했다. 민우는 그러한 형이 아니꼬웠으나 대꾸를 하지 않고 나왔다. 그때 남 여사는 어린이 시간만은 보게 해달라고 했으나, 하여간 당분간은 안 된다고 고집했다.

한데, 절대로 금지된 명령을 어기고, 민우와 진규가 그들 뒤에서 보고 있고, 대학생인 가정교사도 복도에서 서성거렸다.

노인과 일우는 자기 뒤에서 아이들이 살금살금 들어와 텔레비전을 보고 있는 것을 모르고 정신없이 관람하고 있었는데, 진규의 엄마가 경우를 채고 뒤를 돌아보고는 진규에게 가라고 눈짓을 했다.

가정교사가 알아차리고,

"진규야, 방으로 가서 공부하자, 자."

하며 진규의 손목을 끌었다.

이때 진규의 아버지 일우도 뒤로 머리를 돌리고 가지 않으려는 아들을 쏘아보았다. 그러나 그러한 아버지에게,

"이것만 보고 올라가 공부할게, 응."

하는 것이다.

"뭣이? 내가 저번 날 무어라고 그랬지?"

신경질적인 날카로운 말이었다.

"알아. 그렇지만 이건 꼭 봐야 돼."

"봐야 돼? 네 방으로 못 가겠어?"

"이거 안 보면 내일 동무들하고 말도 못한단 말이야. 딴 아이들은 이런 건 다 보고 공부한단 말이야."

"당분간은 안 돼. 타이를 때 순순히 올라가."

"안 보면, 동무들은 그것도 못 봤다고 날 깔본단 말이야."

"이 자식이 아버지 말을……."

일우는 아홉 살짜리 아들에게 아버지의 위엄을 보인다는 듯이 화를 내면서 벌떡 일어나려고 몸을 움직였다. 그러나 그의 아내가 남편을 일어나지 못하게 막고 자기가 일어나 진규의 손목을 끌었다. 가정교사도 마지못해 아이의 손목을 잡고 달랬다. 그러자 진규는,

"선생님도 보고 싶어 그러면서 뭐야, 안 가."

하며, 그 자리에 털썩 주저앉았다. 떼를 써서라도 본다는 속셈이다.

이 광경을 모르는 척하고 텔레비전만 보던 노인도 머리를 돌리고 막내인 민우를 쏘아보며 너도 가라는 눈짓을 했다. 그러나 민우는 알은 체를 하지 않고 시치미를 떼며 텔레비전만 바라보는 것이다.

"민우야, 넌 지금이 어느 때라고 텔레비전을 봐. 응? 한시 한초가 새로운 이때에……."

"알아요, 이것만 보고 가 공부하겠어요."

"안 돼. 빨리 올라가."

"아, 가끔 머리도 식히며 공부해야죠."

"머리를 식힐 시간이 어디 있어, 금년의 낙방을 생각 못해?"

"아, 그 낙방 소리는 그만하세요. 조카 앞에서 낙방, 낙방, 창피하게."

"창피한 줄 알면, 지금 이 시간이 어떤 시간이라고."

"안다고요. 명년에 장원급제하면 될 것 아니에요."

"뭐라고, 이런 꼴을 봐선 명년에도 또······."

"글쎄 걱정 마세요."

"이놈, 순순히 타이르니까 걱정 말라고? 이젠 나도 안 보련다."

언성이 높아진 노인은 자리에서 일어섰다. 안 일어날 수가 없었다. 며느리와 손자 사이의 말도,

"아무리 달래도 말을 안 들으면 엄만 매를 들어야겠어."

"때려봐."

펄썩 주저앉은 진규놈은 엄마에게 반항적으로 대들었다.

"아니, 때려봐? 네가 이렇게까지 됐어? 정말 넌, 이러다 어떻게 되지?"

"뭐가 어떻게 돼? 엄만 왜 봐? 아빠랑 할아버지랑은 왜 봐, 응? 왜 난 못 보게 해? 공부 다 한단 말이야."

이런 손자놈의 말에 노인은 버티고 앉아 볼 수가 없었다. 일우도 그랬다.

이렇게 되어 일우는 텔레비전 앞으로 걸어가 스위치를 껐다.

그러자 민우가,

"어른들의 횡포다, 횡포야."

하는 고함을 지르며, 자기 방으로 뛰어 올라가는 것이었다.

진규 엄마는 슬펐다. 가정교사에게 진규를 끌려 보내고 한숨지었다. 그 한숨은 곧 눈물로 변했다. 진규만은 그래서는 안 된다. 제 막내 삼촌을 닮아서 저렇게 반항적이 되었을까. 내 가정교육이 어디에 잘못이 있

기에 저렇게 반항적이고…….

진규를 생각하는 남 여사는 민우의 그 언행이 진규에게 전염되어간다고…… 생각은 한이 없었고 눈물도 한이 없는 것만 같았다.

일우는 그렇게 눈물짓는 병적인 아내를 달래었다.

노인은 상심해서 자기 방으로 갔다. 막내자식이라고 너무 귀엽게만 길러서 저렇게 버릇없이 반항적이 되고 말았을까. 명년에는 어떻게 해서도 공대에 들어가야 할 자식인데, 철없이……. 저놈이 대학을 나오고, 취직을 하고, 장가를 가고……. 그런 걸 꼭 보아야 죽어도 눈이 감길 것 같은데…… 자식이…….

한데, 기대했던 레슬링 프로나 보고 자려 했는데, 그것마저 자식들 때문에 볼 수가 없게 되었다고 노인은 생각했다.

노인은 쓸쓸한 자기 방에서 시름겨워 누웠다. 잠은 오지 않고 불쾌한 감정이었다. 레슬링 프로를 보지 못한 것이 못내 아쉽다. 트랜지스터의 스위치를 돌리고 여기저기 다이얼을 돌렸다. 연속 방송극을 듣는 둥 마는 둥하다가 뉴스만은 그래도 무슨 새로운 소식이 있는가 해서 정신을 차려 들어보나 저녁 신문의 반복이었다. 가까스로 시간을 보내어 자정이 넘었다. 노인은 이제 좀 몽롱하나 깊은 잠은 들 수가 없었다. 잠을 자보려고 노력했다. 노력하면 노력할수록 의식은 점점 또렷하다. 노인은 그 수면제만은 될 수 있는 대로 쓰지 않으려고 했으나 오늘 저녁만은 쓰지 않을 수가 없는 것 같았다.

잠에 대한 노인의 욕구는 무엇보다도 강렬했다.

노인은 아내를 잃고부터 불면증에 고생했다. 노인은 밤이 지옥 같았다. 그러한 어떤 날 신문 광고와 텔레비전의 광고를 보고, 약국에서 수면제를 사서 가끔 복용했다. 그러던 것이 이제는 매일같이 복용하지 않을 수 없었다. 노인은 될 수 있는 대로 수면제를 먹지 않고 잠을 이루어보려고 애를 썼다. 수면제는 가끔 써야지 매일 쓴다는 것은 의학상 좋지 않다는 것과, 어떤 수면제는 아편 같은 것이 들어 있다는 것이라, 알고 있기 때문이었다. 그러나 수면제를 쓰지 않으면 잠을 이룰 수가 없었고 뜬눈으로 무서운 환상 속에서 해매야 하는 것이다. 그것은 지옥이었다.

노인은 생활의 목표를 잃어버린 것이었다. 자기 앞에 조금씩 다가오는 것은 인생의 종점終點, 죽음이라는 관념이었다. 예기치 못했던 아내의 죽음이 노인에게 더한층 죽음의 관념을 가져왔는지 모른다. 그때까지는 죽음이라는 것을 어쩌다 가끔 느끼게 되었으나 그것은 아직 자기에게는 먼 것으로 느꼈고, 무관한 것처럼 느끼기도 했던 것이다. 그러한 그에게 늙었다는 회갑 잔치와 정년퇴직, 그리고 생각지 못했던 아내의 죽음으로 자기 인생의 종착점, 그것은 곧 죽음, 죽음을 절실하게 느끼게 되었다. 죽음은 너무나 허무한 것 같았다. 있을 수 없는 일 같았다. 그러나 노인은 자기의 죽음이 조금씩 다가오는 것을, 아니 자기가 다가가는 것을 느꼈다. 이 노인에게 있어 죽음이란, 무서움, 허무, 고독 그런 것이었다. 노인은 죽은 아내를 산에 묻고 온 날 밤, 아내는 캄캄한 이 밤에 깊은 땅속, 꼼짝할 수 없는 관 속에서 얼마나 고독하고 외로울까. 무서울까 하는 생각이었다. 그날 밤 노인은 무서워하고 외로워할 아내의 무덤으로 달려가 위로해주고 싶은 마음이었다.

때로 자살을 생각해보기도 했다. 아무것도 할 수 없는 나, 매일을 허송만 하고, 식욕도 없고, 몽롱하고, 우울하고 초조하기만 한 나, 이런 내가 더 살아 무엇하느냐, 아무래도 죽음 앞으로 다가가는 난데, 빨리 가는 것이 편하지 않겠는가. 노인은 이런 이유로 자살을 생각해보기도 했다. 그러나 가만 생각해보면, 쓸쓸한 산의 무덤 속에서 꼼짝 못하고, 눈을 감고 누워 있다는 것은 너무나 무서운 외로움이었다. 아내의 무덤 옆에 묻혀서 그래도 아내와 외롭지 않게 말만 할 수 있다면 자살을 하겠다. 그러나 그것도 없다니 얼마나 무서운 고독인가. 캄캄한 밤, 귀신이 울며 활개 친다는 무서운 산에, 땅속에 묻혀서······.

노인은 싫었다. 생각만 해도 무서웠다. 외롭고 고독한 것이 무서웠다.

노인은 가끔 자기가 형무소에 살고 있는 것이 아닌가 생각했다. 형무소의 수인*보다도 더 불행하다고 느꼈다. 형무소의 수인은 형기만 채우면 다시 세상으로 나가 일할 수 있는 희망이나 있지 않은가. 한데 자기는······.

잠을 이루지 못하고 멍하니 이런 생각만을 하는 노인은 잠시라도 모든 것을 잊는 잠에 드는 것이 유일한 낙이었다. 그러나 잠은 오지 않았고 잠을 청하는 집념은 무엇보다도 강했다. 이제 가장 행복한 시간은 잠자는 시간밖에 없는 것같이 느껴졌다.

오늘 저녁은 더욱 그러했다. 텔레비전의 좋아하는 프로로 무료한 시간을 보내려고 했는데, 그것도 못 보고, 어미 없이 자라는 막내자식 민우가 점점 반항적이고, 국민학교 삼 학년짜리 손자놈의 연애 소동으로 텔레비전도 이젠 잘 보지 못할 것을 생각하니 더욱 세상은 삭막했다. 그러다가 또 자기 앞에 다가오는 죽음의 관념에 사로잡히는 것이다.

노인은 쓰지 않으려던 수면제를, 그것도 특수한 수면제라는 것을 꺼내어 삼켰다.

처음에는 해독성이 없다는 보통 수면제를 썼다. 그러던 것이 어느 날, 수면제가 떨어져 단골이 된 약국으로 갔다. 오래전부터 다니는 약국에서는 무언가 수면제를 산다는 것이 이상한 것 같아 가지 않았고 집에서 멀리 떨어진 한 약국을 노인은 단골로 삼았던 것이다. 약국 주인이 약

| * 죄를 짓고 옥에 갇힌 사람.

294

사는 아니었으나, 노인이었고 텁텁해서 좋았다. 며칠 전, 갔더니 약국 노인이 달라는 수면제를 주고, 조용히,

"이런 수면제도 있는데 안 써보시렵니까?"

하는 것이었다.

"어떤 것인데요?"

"늘 쓰면 좋지는 않습니다. 우울하고 불안해서 견딜 수 없을 때, 정말 고통스러워 잠이 잘 안 올 때 가끔 한 번씩 쓰면 괜찮습니다. 저도 이따금 그러한 때는 쓰는데 좋더군요."

"수면제인가요?"

"네, 수면제도 되고, 정말 보통 약은 아니더군요."

"아편이 든 것 아닙니까?"

"다소 그런 것이 들었겠지요. 그러기 가끔 쓰셔야죠. 한 달에 한두 번 정도면 절대로 괜찮지요. 저도 가끔 쓰니까요. 의지가 약하면 몰라도 이제 우리같이 인생의 쓴맛, 단맛 다 보고, 산전수전 다 겪은 우리 같은 나이에……"

이러한 약국집 노인의 말에 호기심으로 한 갑을 사왔다. 그러나 곧 쓰지는 않았다. 그러던 것을 한 열흘 전에 한번 복용해보았다. 보통 수면제보다는 좀 다른 것 같았으나 별로 이상할 것은 없었다. 그리고 사흘 후에 또 써보았다. 전번보다는 훨씬 기분이 좋았고 잠도 잘 잘 수 있었다. 이튿날 또 복용했다. 어제보다 더 기분이 좋았다. 모든 시름을 잊고 미묘한 몽상적 어떤 도취에 잠기다가 잠에 들었다. 잠에서 깬 노인은 함부로 써서는 안 되겠다고 생각했다. 그러던 것을 오늘 저녁같이 우울한 저녁은…… 노인은 망설이다가 그 '로마피랑'이라는 수면제를 복용했다.

노인은 침대에 누워 멍하니 약기운이 돌 것을 기대하고 있었다. 잠을 청한다기보다도 어떤 기대를 바라고 있었다. 점점 전신이 이상해왔다.

아니 정신이, 생각이…….

그것은 슬프고도 즐거운 지난날의 환상이, 혼을 감미롭게 어루만져 주는 것이었다.

이튿날 아침 노인은 깊은 잠에서 깨어나 어젯밤 그 수면제로 황홀감에 도취했던 것을 생각했다. 노인은 무서움을 느꼈다. 이러다 내가 마약 환자가 되는 것이 아닌가 하는 공포를 노인은 느꼈다. 안 되겠다. 그놈의 약을 버리자. 다시는 복용해서는 안 된다. 이제 곧 버리자. 의지가 약하면 걸려들 테니까. 아편쟁이?

노인은 이러한 생각에 벌떡 일어났다. 환한 아침이었다. 노인은 옷을 갈아입고 감추어두다시피 했던 그 '로마피링'갑을 호주머니에 넣어가지고 밖으로 나갔다. 쓰레기통에 버릴까 했으나 만일에 누가 안다면 하는 생각에, 꽃밭에 묻어버리려고 했다. 누가 보지나 않을까 하고 주위를 둘러보았다. 아무도 보는 사람이 없었다. 노인은 정제로 된 '로마피링'갑을 당장 밑의 땅을 손으로 헤쳐 파고 묻었다. 그리고 발로 흙을 더 모아 덮고 밟았다.

노인은 참으로 잘했다고 생각했다. 그길로 세면실로 들어가 이를 닦고 세수를 했다. 몸에 밴 마약의 독소를 닦고 씻어버리듯이.

노인은 신문을 찾았다. 있어야 할 자리에 신문이 없었다.

"복순아, 신문 안 왔냐?"

부엌에서 일하는 식모아이에게 한 말이었다.

"오늘은 월요일이 되어서 신문은 안 옵니다."

"오늘이 월요일이군, 참."

조간신문을 보려고 리빙룸에 들렀던 노인은 신문이 오지 않는 월요일이라는 것을 의식하게 되자 무언가 허전했다. 노인에게 있어서 월요일처럼 답답한 날은 없었다. 하루의 가장 중요한 일과인 신문을 읽지 못한다는 것은 노인에게 있어 큰 실망이었고, 고통이었다. 월요일의 노인은 공연한 궁금증에 사로잡혀 침착할 수가 없었다. 세상이 어떻게 움직이는 것인지, 통 알 수가 없는 것 같았고 답답했다. 궁금증을 풀기 위해 라디오의 뉴스를 들어보나 귀로 듣는 것만으로는 마음이 놓이지 않았다. 역시 답답했다. 마음은 공허했다. 월요일은 노인에게 있어 아쉬운 날이었다. 월요일 아침을 보내기란 참으로 고된 것이었다. 석간신문이 배달되는 시간까지 공허와 초조 속에서 헤매야만 하는 날이기도 했다.

노인은 고독했다. 식욕이 없어 술을 들었다 놓았을 뿐이다. 식탁에서 일어나 넓은 리빙룸을 지나서 복도로 나가는 노인의 뒷모습은 기운 없어 축 늘어진 어깨에 고독이 배어 있다.

노인은 자기 방에 들어가 담배를 태우며 오늘 하루를 또 어떻게 보낼 것인가 생각했다.

정원에 나가 화초를 좀 가꾸다가, 온실로 들어가서 공작선인장의 가지를 몇 개 떼어내어 모래상자에 이식했다. 그러고는 할 일이 없었다. 또 트랜지스터를 벗 삼아 무료한 시간을 보내다가 정오의 뉴스를 듣고 식욕 없는 점심을 마치고, 혹시나 하고 리빙룸으로 들어가 텔레비전의 스위치를 켰으나 두 개의 방송이 모두 없다. 미군 방송에서는 프로가 있었으나, 말도 알아들을 수가 없고, 흥미 없는 프로여서 꺼버리고 자기 방으로 올라가 좀 누웠다. 그 약 생각이 났다. 그러나 그것은 안 된다고 자기 자신에 저항하면서 누워 있었다. 사실, 그놈의 약이 해로운 것만 없다면 좋은 것인데, 그러나 그것에 중독만 되면 무서운 것이란다. 패가망신. 노인은 참았다.

이런 때 막내자식인 민우가 들어왔다.

"오늘은 일찍 왔구나."

노인은 일어나 앉으면서 자식의 얼굴을 보니 반갑고 귀여운 정이 마음에 솟구쳤다. 한집의 같은 이층에서 살면서도 어떤 날은 자식의 얼굴을 한 번도 못 볼 때가 있었다. 노인은 어제저녁 일 같은 것은 까마득히 잊고 자식이 귀엽기만 했다.

"점심 먹었니?"

"네."

"앉아라. 우두커니 서 있지만 말고."

그러나 민우는 선 채로 무뚝뚝하게,

"아버지, 돈 오천 원만 좀 주세요."

"오천 원을?"

"네, 책을 몇 권 사려고요, 비싼 책이 되어서요. 그리고 그동안 친구들한테 얻어먹기만 해서, 좀 갚아야겠어요."

거짓말이었다. 애인에게 화분을 사서 보내야겠다는 사실은 말할 수가 없어서 옹색한 거짓말을 했다.

노인은 이 말에 묵묵히 자식의 얼굴을 쏘아보다가,

"대학생도 아닌 놈이 밤낮 책값 달라고, 그것도 오늘은 비싼 책이 되어서 오천 원?"

"책값만이랬어요 뭐? 친구들한테 얻어먹은 것 좀 갚아야겠다고 그랬지 않아요."

"그래, 얻어먹었으면 요릿집에 가서 술을 얻어먹었단 말이냐? 너, 속에 무슨 바람이 들었어. 가만 보니."

"무슨 바람이 들어요. 좀 주세요, 꼭 필요해요."

"안 돼. 네가 한 달에 육칠천 원 이상 쓰고 있어. 학원 수업료 이천 원 제하면 오륙천 원이나 잡비를 쓰는데 무엇에 쓰냐? 교통비, 점심값 해야 하루 백 원이면 실컷 족할 텐데, 무슨 장난하고 있지?"

"장난은 무슨 장난을 해요. 책값 있잖아요. 가끔 당구 좀 치죠."

"당구? 아, 입학시험 준비하는 자식이 당구는 다 뭐냐, 응? 그런 데 쓰느라고 돈이 필요하구나. 안 된다. 매일 백 원씩밖에 안 돼."

"그러지 마세요. 가끔 당구도 쳐야지 그것도 못 치면 병신 되는 거예요. 자, 어서 주세요."

"못 줘. 병신돼도 좋으니까 대학에 들어갈 때까지는 당구고 동구고 집어치워라. 넌 금년 낙방의 창피를 생각지 못하고……."

"그 낙방, 낙방, 제발 좀 그만하시고 어서 주세요."

노인은 이렇게 대꾸만 하는 자식이지만, 귀엽기는 했다. 자식이 좀 고분고분하고 싹싹하면 좋으련만 그것이 못내 아쉽다.

"오늘은 그럼 천 원만 준다. 당구 값은 빼고."

노인은 조그만 캐비닛 앞으로 가서 열쇠를 넣고, 다이얼을 돌리고 문을 연다. 또 그 속에 있는 조그만 손금고를 그렇게 열쇠를 넣고 돌리고 열어 오백 원짜리 두 장을 꺼내어놓고,

"사나흘 전에도 천 원 주었지? 하여간 이것으로 한 열흘 써라."
하며, 돈을 아들 앞에다 내밀었다. 그러나 민우에게 이건 안 될 일이다.

"아버지, 꼭 오늘은 오천 원이 필요해요. 앞으론 용돈 안 달라고 할 테니까요, 이번만은 좀 주세요."

"이거나 받아. 안 된다면 안 되는 줄 알아."
하고, 노인은 캐비닛 문을 잠근다.

"정말 안 주시겠어요?"

"천 원 이상은 안 돼."

"그러면 좋아요. 책 사고, 친구 신세 좀 갚겠다는데, 그래 집에 돈이 없으면 몰라요. 있단 말이에요. 좋아요, 좋아. 책도 못 사고, 친구 신세나 지고 살라면 차라리 공부고 뭐고 집어치워요. 학원이고 뭐고, 좋아요. 공부해서 뭐해요. 좋아요. 산속에 들어가서 중이라도 될 테니까요."

"아, 이놈이……."

"좋아요. 내가 없어졌다고 찾지는 마세요. 안녕히 계세요."

민우는 생각지 않았던 말을 늘어놓고 아버지 방을 뛰어나왔다.

"아, 이놈아……."

"글쎄, 날 찾지는 마세요. 중이 되어서 한 번 찾아오겠어요."

민우는 아래층으로 달려 내려와 문을 박차고 집을 나갔다.

노인은 이층 방에서 문을 박차고 나가는 아들을 바라보다가 기가 막혀 침대에 털썩 주저앉고 말았다.

저러다가 저놈의 자식이 어떻게 될 것인가? 정말 저놈이 집을 나가는 것이 아닌가? 그래, 자식놈이 늙은 아비에게…… 망할 놈. 집을 나가 산속으로 들어가서 중이 돼? 그건 안 된다. 자식이 용문산 절에 좀 들어가서 공부한다고 하더니 중이 좋아서 중이 돼?

노인은 기가 찼다. 괘씸한 자식이었다. 그러나 한편 생각해보면 가엾은 자식이라는 생각이 들었다. 겁도 났다. 작년에 어미를 잃고 외로웠을 텐데, 또 금년에는 대학에 미끄러져서 낙망하고 있는데, 달라는 대로 줄 것을 그랬다고 노인은 이내 후회했다. 정말 달아났다면 이건 큰일이다. 자식이 좀 정답게만 그랬어도 몰라, 원 무뚝뚝한 놈이어서…….

노인은 안절부절못했다. 근심은 쌓이고 쌓였다. 주섬주섬 옷을 갈아입고 거리로 나갔다. 그러나 이놈은 어디로 갔을까. 어디서 찾아올 것인가.

노인은 돈암동 전차 종점까지 나갔다가 다시 집으로 돌아왔다. 마음은 너무 허전했다. 기운이 빠져 앉아 있을 수도 없었다. 침대에 누웠다. 마음은 허전하고 불안하고 초조만 했다. 가눌 수가 없었다. 일어나 앉았다가 또 눕는다. 문득, 약 생각이 났다. 모든 것을 잊어버리는 약 생각이 간절했다. 그러나 오늘 아침 버리고 없지 않느냐. 아니 갑째로 묻어서…… 내가 약해서는 안 된다. 그러나, 아니…….

노인은 마음의 암투에 시달렸다. 내가 지금 중독자는 아니니까. 이렇게 괴로울 때 한 번 더 쓴다고 당장 중독이 될 것은 아니니까. 하여간 모든 것을 잊고 잠시라도 이러한 상태에서 떠나고 싶었다. 노인은 그 세계가 그립다. 갑작스러운 변화, 지옥에서 솟아나 파란 하늘을 나는 듯한 몽상적 도취. 천상의 희열을 주는 불가사의한 체험.

노인은 벌떡 일어나 이층 창문으로 정원의 담 밑을 바라보았다.

저기, 저기 모든 것을 잊고, 감미로운 꿈을 주는 천국이 있다.

노인은 아래층으로 내려가 뒷문으로 해서 정원으로 나갔다. 혹시나 누가 보지 않나 해서 주위를 살폈다. 누구도 보는 사람은 없었다. 담 앞에 섰다. 쭈그리고 앉았다. 흙을 파헤쳤다.

바로 그때 새까만 도둑고양이 한 마리가 담장으로 기어 올라와 그러한 노인을, 목을 길게 하고 내려다보고 있었다.

―《현대문학》, 1966. 1.

책상이 있는 풍경

1

일반 보통 버스 1-42번 선이나, 급행버스 3-64번 선을 타고 한강교를 넘어 십여 분 달리면 거북 마을이라는 정류장이 있다.

아마도 이 정류장의 이름은 와구산臥龜山, 속칭 거북산 밑에 있는 마을의 이름에서 온 모양이다. 십여 년 전까지만 해도 초가집과 기와집이 몇 채 있는 가난한 마을에 지나지 않았고 경기도 무슨 군의 지역이었다. 그러나 지금은 서울특별시에 편입되었고, 논과 밭이 정리되어 상가까지 들어섰다. 한국의 시골 냄새가 나는 초가집이나 기와집은 한 집도 없는 고급 주택지로 변했다. 근대식 양옥이 들어찼고, 시장 어귀에는 삼층 극장이 서고, 밤이 되면 극장과 상가의 네온사인이 휘황찬란하다. 바로 이러한 상가를 내려다보고 서 있는 고급 주택들이 있다. 이것은 수년 전에 동산산업東山産業이 거북산을 사들여 그 완만한 경사면을 계단식으로 정하고 거기 근대식 각종 고급 주택들을 세운 것이다. 그래서 이 주택 단지로 들어가는 입구에는 동산산업 사택이라는 팻말이 서 있다. 이곳 사람들은 약식으로 그저 동산 사택이라고 한다.

거북 마을에 시장이 선 것은 수백 호의 동산 사택 때문에 섰고 그래서 시장의 이름까지도 동산 시장이라고 붙인 것이다. 동산 사택은 이 고장의 중심은 물론 시장의 상인들은 동산 사택의 주부들의 얼굴쯤은 누구나 알고 있었고, 콩나물 장사꾼들까지 그들을 단골로 삼으려고 외상을 환영했다. 한국 십대 재벌의 하나인 동산산업의 사원의 주부들은 거의 외상도 없었지만…….

하여간 그것은 그렇고, 거북산의 동산산업의 사택은, 그 계단식 주택은, 높은 곳으로 올라가면 올라갈수록 크고 호화스런 주택들이었다. 맨 하단인 일단에서 삼단까지는 연립식 주택이다. 연옥*이라고는 하지만 멋진 디자인의 건물로 온돌방 둘과 마루방이 있고, 깨끗한 부엌과 목욕탕에 수세식 변소가 달린 십삼 평짜리 건물이다.

이 연옥 건물에서 사는 사람들은 일반 평사원들이다.

삼단과 사단 사이에 아동 공원이 있고, 바로 사단에는 대지 육십 평에 건물 십팔 평짜리 아담한 독채들이 있다. 이 사택에는 계장급 사원이 들어 있다.

오단에 있는 사택은 과장대리격의 사원이 입주하는 사택으로 백여 평 대지에 건평 삼십 평의 건물이다.

육단에 있는 주택은, 대지 이백여 평에 건평 사십 평이 넘는 이층 양옥이다. 이런 집의 구조는 보는 이의 상상에 맡기며 과장격의 사원이 살고 있는 것이라고만 말해둔다.

한데, 더욱 곤란한 것은 칠단과 팔단에 있는 사택에 대해서는 보통 사람의 상상으로는 상상조차 못할 현대식 양옥에 일부 한식이 곁들인 육칠십 평이나 되는 고급 주택이다. 대지는 아무리 줄잡아도 삼백 평은 되리라. 칠단에는 차장격이, 팔단 주택에는 취체역** 부장이 들어 있는 건

* 연립주택.
** '이사理事'의 이전 말.

303

물이다.

동산산업의 경영 수뇌부의 상무들이나 전무들이나 사장의 집은 이 단지에는 없다. 그것은 개인 소유에 별도다.

하여간 이 동산산업은 사택 단지를 멀리서 바라보면 수목이 우거진 공원에 주택이 들어서 있는 것 같다. 한 폭의 그림이다. 그 이름과 같이 평화로운 동산이다.

반찬거리로 꽉 찬 시장바구니를 팔에 끼고, 사택으로 돌아오는 고영숙 여사는 동산 사택이 쭉 올려다 보이는 다리 위에 서서, 오단과 육단에 있는 주택들을 바라보며 미소를 지었다. 오월의 석양을 받고 있는 그 주택들은 아름답게 포근히 신록에 싸여 있다. 어제까지만 해도 그것은 실감이 없는 풍경이었다. 그저 무심히 보이는, 그저 그런 자기와는 아무 상관이 없는 하나의 풍경이었다. 그러나 사실은 하도 바라보다가 지쳐버렸고, 자기네는 바랄 수 없는 사택이어서 단념했던 심정에서였다.

한데, 오늘은 다르다 그녀는 사단에 있는 계장급 사택을 껑충 뛰어넘어 과장대리의 오단 주택과 과장들의 주택인 육단의 고급 사택들을 바라보고 있었다. 그럴 만한 자격이 얻어진 것이라고 생각하며…….

―언제쯤 저리로 이사 갈 것인가.

고영숙 여사는 이렇게 생각만 해도 즐겁다. 가슴이 부풀었다.

이 단지에 사택이 건립되고, 평사원 사택인 연립 가옥에 입주한 것은 벌써 팔 년이 된다. 그때 같이 함께 연옥에 입주했던 덕희네 영훈네 성호네…… 많은 사원들이 계장으로 승진되어 사단의 독채 사택으로 이사했고, 거기서 또 과장대리가 되어 오단 사택으로, 그리고 과장이 되어 육단 사택으로, 얼마 전에 덕희네는 차장이 되어 칠단 사택인 호화로운 주택으로 이사를 간 사원이다. 한데, 자기네는 영 움직이지를 않았고, 팔 년이나 좁은 집에서, 연옥에서 살고 있는 것이다. 같은 동료였고 같은 연옥에 살던, 그들이 승진되어 남편의 직속 상사가 되어 넓고 큰 이층 양옥으로 이사할 때마다 자기는 그들의 이삿짐을 날라 올리며 축하를 해야 했던 것이다. 연령으로는 남편보다 아래인 그의 부인도 자기보다 아래인 그들에게 억지로 미소를 보내며 축하와 비위를 맞춰야 하는 자기의 신세를 얼마나 한탄했는지 모른다. 같이, 한날, 맨 첫번으로 연옥 사택에 입주한 평사원들 가운데, 아직 평사원으로 머물러 있는 사원은 별로 많지 않다. 있다고 해도 학벌이 고교 출신이 되어 승진의 길이 거의 막힌 사원들과 자기네뿐이다. 고 여사의 남편은 대학 출신인데도 승진이 없다. 그녀의 남편보다 사오 년이나 후에 입사한 사원이 연옥에 입주했다가 벌써 대리가 되어 오단 사택에서 살고 있는 사원도 있다. 그런데 자기네는 무엇이냐. 은행에서 이 회사에 옮기고 나서 벌써 십 년이나 되는데 승진이라고는 없이 만년 평사원이다. 그럴 수가 있느냐 말이다. 그것도 남편이 대학을 못 나왔다면 몰라도……

—그러나 이제는 다르다. 오늘 갑자기, 남편은 앞이 환하게 트인 승진의 가도에 섰다. 문 비서 댁을 보라. 그 댁은 사단 계장 사택과 대리 사택인 오단도 껑충 뛰어넘어 육단에 있는 과장 사택으로 이사해간 예가 있지 않나.

그녀는 부푼 가슴으로 발걸음도 가볍게 언덕길을 걸어 올라갔다.

2

—이것이 참말인가? 진정인가? 꿈인가?

최수현崔守賢은 자기 귀를 의심했다. 잠시 말뚝처럼 멍하니 서서 표정이 굳어지기까지 했다. 무엇을 생각해야 할지를 모르는 사고思考 정지의 자기 부재의 순간이었다. 그러나 이내 참말인, 진정인, 꿈이 아닌 현실이라고 느끼기까지에는 정지했던 머리의 회전이 수없이 돈 후였다. 정확히 말해서 인사부장과 인사과장의 미소를 느끼며, 그들의 악수를 받으며 그 체온을 느낄 때에,

— 지금 인사부장의 손을 잡고 있는 것이 아닌가. 이 두툼한 손의 체온을 느끼고 있는 것이 아닌가. 인사부장의 미소! 이것은 꿈이 아닌 현실이다.

"저로서는 너무나 뜻밖입니다. 중책을 맡겨주셔서 능히 감당할는지 모르겠습니다. 겁부터 납니다마는 힘껏 사장님을 보좌하여 회사를 위해 일하겠습니다."

"물론이지. 하여간 최 형의 앞길은 환하게 트인 것이니까, 재삼 축하하오. 열심히 성의껏 일해요."

"감사합니다. 저를 발탁해주신 인사부장님과 과장님께 마음으로 감사하며 이 은혜를 잊지 않겠습니다."

"아니, 사장님이 직접 지명해서 된 것이니까…… 그리고 사령장은 사장이 직접 주실 것이요……."

그는 너무나 뜻밖에 중책을 맡게 되었다고 말했지만, 실은 고대하고 고대하다가 지쳐서, 실의에 빠져, 기회만 있으면 직장을 옮기려고 했던 그였다. 몇 년 전부터 조석간으로 신문의 사원 모집 공고란만 먼저 보다시피 했던 그였다.

사실 신문광고를 보고, 이력서를 내어 입사시험과 같은 면담을 몇 번 치렀던 것이다. 그러나 모두 조건이 맞지 않았다. 직장을 옮긴다면, 하다 못해 큰 회사면 계장자리, 작은 회사라면 과장이나 부장은 되어야 한다. 그래야 체면이 서는 것이고, 또 봉급도 그러했다. 한데, 국영회사나 큰 회사는 계장이나 과장자리를 내어놓고 모집하는 회사는 없었고, 신문 광고에 간부 사원 모집이라고 해서 가보면 거의 간판뿐인 회사나 엉터리

회사뿐이었다. 자칫 잘못 직장을 옮겼다가는 언제 어떻게 망할는지 모를 그런 회사들이었다. 그런 회사에서 일하는 사람들을 보면 어떻게 마음을 놓고 일하는 것인지 불안하기까지 했다.

결국은 굴욕을 삼키면서 평사원으로 감수해야 했다. 그러나 그는 오늘부터는 다르다. 모든 평사원의 선망의 대상이 된 것이다.

── 하마터면 나는 내 일생을 버릴 뻔했다. 생각만 해도 무서운 일이다. 역시 참는 자 복이 있다고……

최수현은, 오늘의 영광이 있을 것을 모르고, 이 직장을 버리고 옮기려고 했던 자기의 어리석음을 생각하며, 인사부장과 과장과 함께 사장실로 들어갔다. 바로 얼마 전까지만 해도 불평불만이 가득 찬 마음으로 바라보던 사장과 부과장들이었으나 지금은 고맙고 황송하기만 했다.

최수현은 삼월 삼십일일부로, 동산산업 주식회사 비서실 근무, 사장의 비서가 된 것이다. 그 직책도 일반 잡무 비서가 아니고, 동산산업이 몇 개월 후 방계회사로서 설립할 동산합섬의 설립 사무를 전담할 사무 비서였다.

사장은 최수현에게 사령장을 수여하면서,

"최 군을 비서로서 스카우트한 것은 고치근 상담역相談役으로부터의 추천도 있었고, 또 최 군의 평소의 사무 능력과, 법학과를 나와 법률에도 밝겠고 해서 특히 뽑은 것이니까, 새로 설립될 동산합섬을 위해 헌신적으로 일해주기를 바라."

최수현은 사장의 말을 들으며, 무슨 말로 답변해서 사장의 마음을 흡족케 할 수 있을까를 생각했다. 그러나 얼핏 좋은 말이 떠오르지를 않아 초조했다. 그저 고맙고 황송하고 송구했다.

"네, 감사합니다. 사장님과 동산산업, 동산합섬을 위해 분골쇄신 헌

신할 것을 맹서합니다."

그는 이렇게 말을 하고 나서, 자기의 목소리와 어조가 군대 초년병 같았다고 쑥스러움을 느끼며, 달리 저들을 만족시킬 만한 재치 있는 말이 없을까 생각했다. 그러나 마음은 더 얼어붙기만 하고 굳어지기만 했다.

"좋아, 말보다 실천이 앞서도록. 그리고 신문에도 보도되어서 알겠지만 설립되는 동산합섬은 우 전무가 사장이 될 것이니까, 모든 사무는 우 전무의 지시를 받도록……."

최수현은 사장에게 허리를 굽히고 다시 우 전무에게 국민학교 일학년 아동처럼 공손히 허리를 굽혔다.

"불초, 전무님을 받들어 성심성의를 다하여 일할 것을 이 자리에서 맹서합니다."

"잘 부탁하네."

우 전무는 미소를 머금고 그렇게 말했다. 그러나 그 미소는 따스한 것이 아니고 무엇인가 경멸하는 미소 같았다.

최수현은 자기가 한 말과 자기의 굳은 목소리와 군대식 어조에서 절망을 느끼면서,

— 불초가 무엇이냐. 촌뜨기라도 그렇겐 말하지 않았을 것이다. 맹서는 또 뭐냐. 도대체 생각조차 못할 불초니 맹서니 하는 말은 어디서 나온 말이냐. 이건 창피다. 저 우 전무의 미소, 그리고 저 사장의 미소, 저것은 미소가 아니다. 냉소다. 내 재치 없는 말에 멸시의 표정이다.

최수현은 이렇게 생각하면서 다시 한 번 자기 자신에 절망감 같은 것을 느꼈다. 그는 군에 입대해서 직속상관은 물론 부대장이나 사단장 앞에서도 몸이 이렇게 굳어지고 말이 얼어붙지는 않았다고 생각했다. 더욱이 불초라는 말은 일생 처음 써보는 말이었다. 이 한마디와 어조에서 완

전히 촌놈이 되어버렸고, 경멸과 천시를 받게 되는 것이 아닌가 두려워했다. 첫 출발부터 재치 있고 기지에 찬 대화로써 경영자들을 감탄시키지 못하고, 어쩌다가 둔하고 무딘 말로 저들의 쓴웃음을 사게 되었는가, 탄식했다. 그러나 앞으로 멋있는 재치와 기지를 발휘해서 이 오욕의 순간을 씻어야 한다고 생각하며 사장실을 나왔다.

자리로 돌아온 최수현은 사령장을 들고 직속 과장 테이블 앞으로 가서 사령장을 펼쳐 보이며,

"과장님이 염려하여주신 덕분으로 비서실로 가게 되었습니다. 앞으로 더욱 많은 지도 편달을 바랍니다."

과장은 자기의 눈을 의심하듯이 사령장을 한참 바라보다가 자리에서 일어서기까지 하면서

"축하하오. 여, 비서! 축하하오. 앞으로 잘 부탁하우."

모든 사원의 선망의 시선을 받으며 굳은 악수를 했다. 과장은 진심으로 잘 부탁한다는 말투였다. 한데, 이 무역과장은 다소 불만이 있었다. 자기의 직속 사원을 아무리 사내 이동이라 해도 자기한테 한마디쯤 사전에 알려줄 만한 일인데 그렇지가 않았기 때문이다. 무엇보다 놀란 것은, 최수현은 입사한 지 십 년이 되었는데도 계장자리 하나 차지하지 못했고, 불평분자로 알려져 있던 사원인데, 갑자기 비서실로, 그것도 새로 설립되는 동산합섬의 창립 담당 비서로 영전된다니 자기의 눈을 의심하지 않을 수 없었던 것이다. 그 자리는 잘되면 부장, 차장, 그렇게는 바랄 수 없다 해도 과장자리는 문제가 없다. 아무리 낮춰 잡아도 과장대리다. 그리고 비서실 근무의 전력이 있는 관리직 간부 사원은 본사는 물론 장차 수없이 설립될 신설 회사나 형제 회사의 감사역, 상무, 전무라는 경영 전문직에까지 승진할 수 있는 엘리트 사원이 걷는 코스다. 자기는 현재 과장이라고는 하지만 딴 무슨 행운이 오기 전에는 차장이나 부장에도 오르

지 못하고 정년퇴직할 것은 뻔한 일이다. 이렇게 자기의 신상에까지 생각이 미친 무역과장은 최수현 비서가 부럽지 않을 수가 없었다.

최수현은 무역과의 계장급까지 인사를 하고, 타 부과에서는 과장대리 이상에게만 인사를 다녔다.

모든 평사원들의 선망에 찬 시선을 받으며, 축하의 인사를 받으며, 영화의 제목 같은 생애 최고의 날을 맞이한 그였다.

최수현은 흥분했다. 흥분을 감추려고 애를 쓰나 그러면 그럴수록 더욱 나타나는 것만 같아, 의식적으로 의젓한 몸가짐과 태도를 보이려고 했다. 더욱이 부과장 앞에서는 말씨에 신경을 썼다.

사장실 옆에 있는 화려한 비서실에 자리를 옮긴 그는 자기의 책상과 의자가 일반 비서들과는 달리, 과장대리급의 것임을 알게 되자 더욱 흥분했다. 삼십여 명의 남녀 비서 가운데 이러한 책상과 의자는 대리급 비서로 다섯이 있을 뿐인데, 자기를 위해 또 하나가 만들어졌다는 것을 알게 되자 감격했다. 비서실장은 동산합섬의 창립 사무에 있어 극비에 부쳐야 할 것이 많기 때문에 함구해야 하며, 비밀을 보존하기 위한 조치로 곧 비서 과장실을 비워주겠다고 했다. 그리고 젊은 비서 한 사람과 사무계 여비서 세 사람을 배치한다고 했다.

— 이렇게 되니, 나는 설립될 동산합섬의 비서실장격이다. 그러면 본사의 취체역 상무격은 못되겠지만 그 아래인 부장급이 아닌가. 본사의 비서실 과장이 아닌가.

그의 가슴은 고무풍선같이 부풀어 하늘 공중으로 둥둥 뜨기만 했다.

— 꿈이 아닌 현실이다.

3

최수현은 이날 저녁 가장 친하다는 한 과장대리—그는 입사 동기생—와 사원들이 내는 자기 승진 축하연에서 거나하게 취해 집에 돌아왔다. 그는 아내의 환대를 받았다. 희색에 찬 아내의 얼굴이 환했다.

"그동안 당신도 고생했어. 우리도 앞으로는 최 비서 댁이 되었고, 최 과장, 최 부장도 얼마 멀지 않았어. 아니 최 상무 댁, 최 전무 댁, 최 사장 댁…… 하하하…… 꿈은 아니야. 될 수 있어."

그의 꿈의 날개는 아내와 같이 하늘 높은 줄 모르고 치솟기만 했다.

그러나 그의 꿈의 날개는 갑자기 부러진 듯 머리를 아래로 급강하하는 것을 느꼈다. 그것은 자기가 동산산업의 김동산 사장과는 혈연도 지연도 없다는 관념 때문이었다.

이 회사의 경영 수뇌부의 중역은 예외 없이 혈연인 족벌族閥이요, 규벌閨閥이고, 지연이요, 사연인 학벌學閥이요, 향토벌鄕土閥로 조직된 회사다. 이것은 사회적 비판을 받으며, 악폐라는 것을 모를 리 없으면서도 꼼짝 않는 철칙이라는 것을 최수현은 알고 있다. 그러나 사장이나 중역들은,

"사원의 능력은, 근대화된 인사 관리로 과학적인 평가를 받게 되어 있고, 인재 개발, 말하자면 엘리트 사원을 스카우트하는 데 있어 절대 공평하다. 본사는 인재를 적재적소에 배치하는 주의며, 승진시켜 중역까지 가게 하는 것이 경영 수뇌부의 생각이며 책임이라는 것을 알고 현재 실현하고 있다. 회사를 위해 헌신 노력하는 사원, 우수한 사원은 승진이 약속되어 있다. 근대화의 인사 관리에 있어 정실*이 들어갈 틈이 있을 수 없다. 의심치 말고 정진하라."

---

* 사사로운 정이나 관계에 이끌리는 일.

귀가 아프게 듣는 말이다. 그러나 그것은 빨간 거짓말이다. 현재 부장급 간부까지만 보아도 안다. 거의 혈족이요 규벌에, 그렇지 않으면 서울 대학이라는 학벌이다. 그 학벌도 향토벌을 동반해야 한다. 사대私大 출신으로는 이 재벌 관계 회사에 사오 명 있으나 그것도 일류 사대 출신뿐이고, 문벌이나 규벌을 동반한 사람들뿐인데, 그따위 허망한 잠꼬대 같은 소리가 어디 있느냐, 했던 최수현이었으나 오늘은 그렇지가 않았다 믿고 싶었다.

최수현은 아직도 흥분이 가라앉지 않은 어조로,

"여보! 작년에 만든 하복 있지…… 저 체크무늬의 회색 하복."

"네, 알겠어요. 크리닝해두었어요."

"아침 일찍 세탁소에 가서 다시 대려와. 이젠 양복 하나도 아무렇게나 입을 수 없으니까. 그리고 이제부터는 매일 아침 손수건도 갈아주고……."

"알고 있어요. 당신이 비서로서 손색이 없게, 아내로서 다할 테니까요."

"음 그래야 해. 라이터가 하나 필요한데……."

"당신 있지 않아요."

"음, 지금 것은 가솔린 라이터가 되어서 못써. 단힐 가스라이터*가 꼭 있어야 하겠는데."

"꼭 필요하면 장만해야죠. 얼마나 해요?"

"글쎄, 한 만 원?"

최수현은 비서로서 라이터가, 그것도 고급 가스라이터가 필요한 것을 느껴서였다. 비서는 언제나 최고급품을 몸에 지니는 습관을 가져야

| * 단힐 가스라이터.

하며, 사장이 담배를 꺼내면 재빨리 최고급 가스라이터를 내어 불을 붙이어주는 것쯤 알고 있기 때문이다. 오늘 사장실에서 잠깐 본 것이지만 그 인사계 비서는 사장 옆에서 사장의 거동을, 손 하나 움직이는 데도 신경을 쓰고 있는 것을 보았다. 앞으로의 자기의 인간관계가 얼마나 복잡하고 미묘할 것인가를 생각하며, 자기도 권모술수주의를 교묘하게 쓰지 않으면 안 된다고. 옛날이나 지금이나 성공자의 의자에 올라앉은 자들은 모두 권모술수의 모장謀將들이다. 스카우트와 출세에 마키아벨리스트가 되지 않으면 전락하고 만다는 것을…… 동료들은 물론 모든 사원들은 그쯤 알고 있는 것이 아닌가. 술좌석에서 늘 하는 말이다.

— 이제 나에게는 기회가 왔다. 나도 스카우트되었고, 엘리트 사원이 된 것이다. 좀 늦었지만…….

최수현은 아내가 맥주병을 올려놓은 밥상을 들고 오는 것을 보고,

"당신부터 내게 대하는 대우가 달라졌어. 아무것도 먹고 싶지 않은데."

"그래도 내 정성인데 뭐."

"어제까지만 해도, 소주 한 병 안 사다주던 당신이, 그래 오래간만에 당신과 한잔 마시지."

회사에서도 가정에서도 벌써 이러했어야 한다. 대학을 나오고 직장을 가진 지 십삼 년째가 아니냐 말이다. 그러나 자기도 이제는 출세의 에스컬레이터에 올라탄 것이다.

최수현의 아내도 맥주 한 잔을 마시고 나서,

"여보, 우린 언제 사택을 옮기게 되는 거예요?"

"글쎄, 인사과에서 생각이 있겠지. 하여간 옮기게 될 거야."

"옮기게 되면 어떤 사택이에요?"

그의 아내는 몰라서 묻는 것이 아니다. 문 비서도 그렇고 민 비서도

단번에 대리 사택인 오단으로 뛰었기 때문에 그럴 것이라고 믿고 있지만, 남편이 어떻게 나오는가를 보고 싶어서다.

"비서 가운데도 여러 계층이 있지만 오늘 나에게 준 의자는 대리격 의자에 책상이야. 그러니까 오단 사택은 문제없겠지."

이들 부부는 환하게 웃음이다. 오래간만에 단란한 웃음이다. 그들 부부는 똑같이 우리는 얼마나 서러움을 받으며 말단 평사원의 이 사택에서 고생했는가를 생각했다. 그의 아내는 남편의 상사인 과장 댁이, 부차장 댁이 이사를 할 때마다 거들었다. 번번히 놀러간 것처럼 찾아가서는 가사를 도왔고, 심지어는 좋아할 것 같은 정원수를 사다가 심어주기도 하고, 잡초까지 뽑아주던 일들이 떠올랐다. 앞으로도 부장이 되기까지는 상사에는 그렇게 해야겠지만, 그러나 한없이 펼쳐질 미래의 무한한 영광이, 우리 부부의 꿈과 이상에 직결될 것이라는 것을 그들은 느끼고 있었다.

그들 부부는 자리에 누워서도 지난날과 미래의 영광이 교착하여 잠들 수가 없었다.

— 내가 서울 대학만 나왔다면…… 그렇신 못해도 일류 사대만 나왔다 해도…….

최수현은 미래가 불안해서 이런 생각을 하는지 모른다. 그래도 중고교는 일류를 우등으로 나왔다. 그러나 서울 사대를 낙방하고 말았다. 너무나 의외였다. 일 년만 재수하면 문제가 없었던 것이다. 커트라인 일점 차로 낙방의 고배를 마셨으니까 말이다. 자기보다 못했던 친구들이 합격을 했는데 운수가 없었다고 체념하고 재수하려 했으나 집이 가난해서 이차 대학에 진학해야 했다. 입학에서 졸업까지 우등이었고 장학생이었다. 이 학년을 마치고 군에 입대했다가 일 년 반만에 다시 복교해서 고시에 응시할 수험 공부를 했다. 졸업반 때 사법고시에 응시했으나 낙방이었다. 가정 사정은 취직을 해야만 했다. 은행원이 되려고 했다. 그래서 은행입사 시험에 수석을 바랐으나 삼석이었다. 행원이 되어서도 사법고시의 미련을 버리지 않고 공부했다.

그러나 또 낙방, 다음 해도 낙방이었다. 이 년째는 일차 시험에 합격했으나 삼 년째는 일차 시험에도 낙방이어서 고시를 단념하고 말았다.

허탈 상태에 있을 때, 같은 조사과의 고영숙의 따뜻한 위로와 교제로 인생의 맛을 느꼈다.

그들의 사랑은 급속도로 익어갔다. 그러나 이것이 행 내에 알려지면 두 사람 가운데 누구 한 사람은 그만두어야 했다. 같은 남녀 행원 사이의 연애는 허용하지 않는 것이 그 당시의 규칙이었다.

터부를 범하면서까지 연애하려고 하지 않았으나 최수현은 자기도 모르는 사이에 고영숙과의 사랑이 깊어졌다고 생각했다. 벌써 눈치 빠른 여사무원들 가운데는 그들의 사이를 알고 비꼬는 자도 있었다.

그는 삼 년이 되는 은행원 생활에서 조사부장인 오치근 씨의 두터운 신임을 얻게 되었던 것이다. 영업부에서 조사부로 가게 된 것도 오 부장의 배려에 의한 것이었고, 앞으로 그는 최수현을 자기 사람으로 만들려는 심산인 것 같았다. 그래서 최수현은 오 부장을 자기의 백본*처럼 생각했고, 그가 행장이 되는 날 자기에게도 승진이 거듭될 것을 믿고 있었다. 한데, 오 부장은 갑자기 은행을 그만두고 동산산업의 재무담당 상무로 가버리고 말았다. 최수현의 낙망은 컸다.

이러한 때 한 사람밖에 없는 대학 선배인 인사과 계장이 조용히 만나자고 해서 명동의 비어홀로 갔다. 이윽고 계장은 최수현의 신상에 대해 발언했다.

"······하여간 우리는 봉건사회에 살고 있는 것이니까, 하여간 우리

| * 뒤를 받쳐주는 중요한 사람.

은행에서는 연애는 엄금이니까, 하여간 사랑에 빠진 상대가 된 여자 행원은 불의를 범했다고 즉일로 파면이니까, 하여간……."

최수현은 이 선배의 말에 파랗게 질리면서,

"그러면 연애도 결혼도 하지 말라는 것 아닙니까. 아무리 우리나라가 후진국이라 해도 연애의 자유조차 빼앗은 이런……."

"최 형, 진정해. 지금 최고 간부들이란 구세대 사람들이어서 같은 행원끼리 연애에 빠진 행원은 행 내의 통제를 문란시키는 자라고 보는 걸 어떻게 하나. 은행의 이익이 안 된다는 것이야. 은행의 이익이 있게 되어야 비로소 행원의 생활이 있다는 원칙의 결과니까."

"그러면 고영숙과 저와의 관계는 벌써 인사과의 부과장까지 알게 되었다는 것입니까?"

"세상에 비밀이 있나."

"그러면 고영숙은 해고가 됩니까?"

"그렇게 되겠지. 내일…… 그래서 내가 미리 최 형을 만난 것이야."

"저는 어떻게 되죠?"

"터부를 범했으니까 승진 평점에서 감점될 뿐, 해고는 아니니까 과히 근심 말아요. 우리가 입행할 당시는 로맨스를 향락한 자는 남녀 모두 해고였어. 어떻게 붙어 있다 해도 출세 못하는 낙인이 찍혀 전락하고 말았으니까."

최수현은 동창 선배의 말에서 자기의 행원으로서의 앞날을 직감하는 듯 절망을 느꼈다. 쓰디쓴 맥주 맛이었다. 이 은행에는 더 있을 필요가 없었다. 고영숙과의 연애로 승진과 출세를 망치고 만 것을 깨달았다.

이튿날 고영숙은 권고사직을 당하고 말았다.

4

동산합섬의 설립에 있어서의 관계 정부 기관과 외국 차관에 관한 조정 등, 최수현 비서의 일은 너무도 많았다. 신설될 회사의 사장이 될 우 전무의 수족처럼 움직이는 그는 매일같이 부장 회의와 중역 회의까지 소집해서, 때로는 우 전무를 대신하며 회의를 리드해 나갔다. 최수현 비서의 열성적인 태도에, 그리고 또 명석한 판단과 사무 능력에, 부장들은 물론 중역들도 놀랄 정도였다. 일개의 비서가 부장 회의나 중역 회의에 참석해서 일의 진행 경과를 보고하며, 결정 사항을 제시하는 최수현의 태도는 마치 중역같이 보이기도 했다. 어떤 부장은 최수현 비서가 무엇이기에 부장 회의에 참석을 시키느냐고 생각했다. 그러나 신설 회사의 사장이 될 우 전무는 실무에 있어서는 밝지 못하기 때문에, 실무자인 최 비서를 회의에 참석시켜 왔으며, 질문이 있을 때 자기가 잘 모르는 것은 직접 최 비서에게 답변을 시켰던 것이다. 처음엔 그랬으나 차츰 회의가 거듭할수록 최 비서의 답변이 더 많아졌고, 나중에는 회의를 리드해 나가는 격이 되었다.

신설 회사의 정관定款을 만드는 일로부터, 설립 발기인의 명단을 정하고, 주식을 결정하고, 주권株券의 인쇄, 그리고 등기*하는 일까지 거의 끝나게 되었다. 공보**와 선전 관계까지 포함하면 방대한 사무 처리가 필요했다. 그러나 최수현은 자기 밑에 직속으로 있는 남자 비서 한 사람과 여비서 두 사람***을 지휘하며, 정력적으로 일을 했다.

남자 비서인 민 비서는 동산산업의 부사장, 그러니까 사장 동생의 사위가 되는 소위 규벌에 속하는 사원이다. 그가 엘리트의 엘리트 사원인

---

* 국가 기관이 법정 절차에 따라 권리, 재산, 신분 등과 관련된 사실이나 관계를 등기부에 기재하는 일.
** 널리 알리는 보고.
*** 위의 글에서는 여비서를 세 명 배치한다고 되어 있지만, 이곳에서는 두 명으로 언급되고 있어 작가가 잘못 표기한 것이 아닐까 싶다.

비서로 뽑힌 것은 말할 것도 없이 규벌이었기 때문이고, 서울 대학을 나왔기 때문이다. 민 비서는 명년에 총무 관계의 관리 직무 연구생이라는 명목으로, 미국의 어떤 회사에 파견되기로 되어 있었다. 민 비서는 반드시 장래 중역이 될 사람이다. 최수현은, 지금은 내가 상사격이지만 곧 자기의 상사로 군림할 민 비서인 것을 알기 때문에 그의 비위를 맞추기 위해 고심했다. 그러나 민 비서는 냉담했고, 어디까지나 엘리트 의식으로, 또는 사내의 주류파 인맥이라는 것을 잊지 않고, 그 귀족 취미와 때로는 방관자 같은 비평의 차가운 눈으로, 그를 내려다보는 태도였다. 민 비서는 이 회사의 규벌 관계의 한 사원이기는 하지만, 그의 가문은 정계에서 유명한 가문이다. 문벌까지 겸한 젊은 사원이다.

최수현은 자기와 같이 연공年功*으로도 잘 승진하지 못하는 신세와는 전혀 다른 민 비서를 책상 너머로 바라보며 비애를 느꼈다. 그러나 자기는 경영 수뇌부의 전무, 상무는 못되어도 부장까지는 갈 수 있는 것이 아니냐고 스스로 위로했다.

최수현은 사법고시를 위한 수험 공부를 하는 것처럼 이 회사에 들어와서도 경영 관리에 관한 서적과 인사 관리에 관한 서적을 사들여 열심히 공부했었다. 은행의 전직 경력은 법과 출신으로서 큰 도움이 되었고, 엘리트 사원으로 스카우트되기 위해 섬유 관계의 공부는 물론, 외국어 공부도 게을리하지 않았다. 그의 실력은 이제 비서로서, 신회사 창설 사무에서 충분히 발휘하게 되었다.

최수현의 사무 처리 능력은 부과장들은 물론 중역들까지 인정하게 되었다. 그러나 부장 회의나 중역 회의에서, 또는 그 합동 회의인 간부 회의에서 묻지도 않은 설명과 때로는 자기의 박식을 과시하듯 하는 설명

| * 여러 해 동안 계속하여 근무한 공로.

과, 또는 그가 마치 부장이나 중역이 된 것처럼, 미결정 사항을 자기로서는 이렇게 해야 한다는 단정적인 의견을 내어놓기까지 했던 것이다. 그것은 자기 분수를 넘친 설명이었고 과시였고, 단정이었던 것이다. 최 비서의 설명이나 그 박식이나 단정이 정당하지만, 그의 어조와 설명하는 태도는 그 자신은 겸손히 했다고 해도 어딘가 거만한 인상을 주었다. 더욱 현대의 기업을 자기만치 이해하고 있는 중역이나 부장은 한 사람도 없다는 것 같은 자기 과시가 무의식중에 나타나곤 했다. 그는 모르나 듣는 사람은 좋은 인상이 아니었다. 또한 자기 소관이 아닌 결정 사항을 놓고 합동 회의에서 갑론을박할 때,

"제가 말씀드릴 자격은 없습니다마는 제가 그 일을 추진하는 사무 담당자로서 한 말씀드린다면, 섬유업계는 인견 스프*의 시대는 지나고, 신섬유가 해외로부터 내습 대 폭풍 시대가 되었습니다. 너무나 잘 아는 사실입니다. 늦었지만 본사는 신섬유인 합성섬유의 메이커로서 동산합섬을 설립하는 것이라고 알고 있습니다. 그렇다면 인견 스프의 동산화학섬유회사는 분명히 사양 산업인 것을 솔직히 확인하면서 그 규모를 축소시켜, 보다 많은 자본과 설비를 동산합섬에 집중 투자해야 할 것이라고 저는 믿고 있습니다. 아직도 인견 스프의 미련을 버리지 못한다면 시대의 추세에 역행하는 것이라고 저는 믿어집니다. 미국의 섬유업계와 일본의 섬유업계를 보아도 인견 스프의 시대는 지나갔다는 것을 말하여주고 있습니다. 그 예로서 일본의……."

최수현은 아주 침착하게 외국의 예를 들며 설명하고 있었다. 그는 장황한 서두를 놓고, 미국 섬유계의 저명한 회사의 체질 개선 예와, 아메리카 듀퐁 회사가 개발한 신섬유, 나일론의 역사며, 폴리에스테르, 엑스란

* 인조 섬유를 짧게 잘라서 솜 모양으로 정제한 것.

같은 신섬유 산업의 역사와 업적과 전망을 유창하게 설명했다. 듣고 있는 간부들은 아니꼬웠으나, 공부하지 않고 어두운 간부들은 감탄까지 했다. 최 비서의 말에 계몽까지 받는 형편이었다. 그러나 비서로서 자기의 분수를 모르고 하는 말이었다.

최수현이 그런 설명을 하게 된 것은 동산합섬의 사장이 될 우 전무가 당초의 계획이었던 소규모의 것을, 그 배로 확장할 것을 제의하자, 사장과 동생인, 그러니까 동산산업의 부사장이요, 인견 스프의 메이커인 동산화학 섬유회사의 김동해 부사장의 반대에 부딪쳐서 갑론을박의 회의가 되어 나선 것이다. 김동해 부사장은 스프 연구에 일가견을 가졌고, 지난날 경이적 업적으로 한국 섬유업계의 총아로서 군림하던 인물이었다. 그는 후진국인 한국의 시장은 물론 동남아의 후진국 무역에는 아직 인견 스프라고 고집했다. 더욱 자기가 관리하는 회사를 축소해서라도 신설 회사의 자본과 시설을 늘리자는 데 불복이었다. 거기에 또 일개의 비서가 간부 회의에 참석해서 우 전무의 의견을 찬성하며, 외국의 예를 들어 자기의 말을 공박하는 데는 참을 수가 없었던 것이다.

"최 비서, 자네는 이 자리에 나올 자격도 없지만, 무얼 안다고 말참견이야."

최수현은 부사장의 핀잔을 받고 설명 도중에 주저앉고 말았다.

며칠 회의가 거듭된 후 김동산 사장의 용단으로 처음 계획보다 배의 규모인 회사로 계획 변경이 되었다. 결국 우 전무의 승리를 자기의 승리처럼 기뻐하며 최수현은 일했다.

동산산업 산하에는 새로 창설하는 동산합섬까지 합하여 8개 회사가 있다. 이 재벌은 동산모직과 동산화학 섬유를 기간으로 한 섬유계의 회사로, 이제 신섬유인 합섬 나일론 공장과, 몇 년 후에는 폴리에스테르와 엑스란 공장까지 세울 계획으로 동산합섬 회사를 창설하는 것이다. 이 계획은 우신일 전무의 적극적인 추진으로 실현을 보게 되었으나 김동해 부사장과는 전부터 사이가 좋지 않은데다가 동산합섬의 규모 축소를 단행해야 한다는 우 전무의 주장에 두 사람 사이는 더욱 대립을 보게 되었다.

최수현은 부사장의 미움을 받게 된 것을 알게 되자 입맛이 씁쓰레했으나, 이렇게 된 이상 김동산 사장의 처남인 우 전무의 파벌이 되고 말았다고 생각했다.

5

남편이 비서가 되었고, 그것도 신회사의 창립 사무를 담당한 비서인데 말단사원의 비좁은 사택에 그대로 머물러 있다는 것은 참을 수가 없었다. 이제는 최 비서 댁인데 사단 주택에도 못 간다면 말이 되느냐 말이다. 남이 창피하다. 남편의 의자와 책상은 대리격이라는데, 그럴 수가 있느냐 말이다. 남편은 멀지 않아 대리 사택으로 이사하게 될 것이라고 하지만 부지하세월이다.

이러한 때 서무과 석호순 대리가 암으로 세상을 떠났다.

최수현과 그의 아내는 석 대리의 죽음으로 오단의 대리 사택이 하나 나게 된 것을 기뻐했다. 자기네가 그리로 갈 것이라고 믿었기 때문이다. 그의 아내는 상가에 일을 거들어준다고 드나들며, 이 집에 오게 되면, 회사에 부탁해서 집수리도 하고 부엌 구조를 좀 고쳐야 하겠다고 생각했다.

석 대리의 장례가 끝나자 고영숙은 총무부 후생과장 댁을 찾아가, 대리 사택이 나면 자기네가 그리로 가고 싶다는 말을 비치었다. 최수현도 후생과장을 찾아가 그런 뜻을 말했다. 그런 일이 있은 후, 고영숙은 자주 후생과장 댁을 찾아가 무슨 말이 나오기를 기다렸다. 어느 날,

"글쎄, 우리 집 훈이 아빠가 그러는데 석 대리 댁이 나면 부탁도 있고

해서 최 비서에게 드리려고 했더니만, 간부 회의에서, 회사는 자꾸 커가고 자매 회사도 늘어나구 해서, 자매 회사 사원은 사택에 들 자격을 주지 않게 되었다는구려. 어쩌면 좋죠?"

　고영숙은 과장 부인으로부터 너무나 기막힌 말을 들었다. 만일에 그 것이 사실이라면 지금 들어 있는 평사원 사택에서도 살지 못하고 쫓겨나게 되는 것이 아닌가. 자매 회사도 다 같은 동산산업의 회사지 남의 회사고 남의 사원인가 말이다.

　"언제부터 그렇게 되나요? 결정되었다는 건가요?"

　"어제 간부 회의에서 그렇게 결정되었지만 현재 들어 있는 사원은 자매 회사로 전근되어서도 더 올라가진 못해도 그대로 남아 있을 수는 있다는구려. 그러니까 최 비서는 자매 회사인 동산합섬의 사장실 비서가 아니에요? 그래서 자격이 없다는 것이 되겠죠."

　고영숙의 가슴 부푼 꿈은 산산이 깨어져 나가고 말았다. 그날 남편에게 이런 말을 하자 남편은 그런 사실을 모르고 있었고 놀라기만 했다. 그는 동산합섬 비서로 발령이 나서, 같은 동산 빌딩에 근무하지만 사무실도 옮겼고, 동산 본사의 결정 사항 같은 것은 모르는 것이 당연했다. 그러나 자매 회사 사원에게는 사택에 들 권리조차 없게 되었다니 이건 너무하다고 생각했다. 이튿날 직접 후생과장을 만났으나 아내가 들은 대로 그렇게 되었다는 것이다. 그러나 지금 들어 있는 사원에게는 기득권을 인정하나 그것도 잠정적이라는 말이었다. 자매 회사는 각기 자매 회사 독자로 사택을 건립하라는, 완전히 남의 회사처럼 말하는 것이었다. 최 비서는 더 할 말이 없었다. 신설회사가 이런 주택 단지를 사들여 사택을 짓는다는 것은 어림도 없는 일이었다.

　"여보, 당신이 우 사장을 움직여서 동산합섬 회사의 사택을 이보다 더 멋지게 설계해서 짓게 해요. 그리고 우린 보라는 듯이 그리로 이사 가요."

"그래야 되겠어. 꼭 할 테니까 좀 참아."

최수현은 아내에게 그렇게 말은 했으나 실현될 수 없는 꿈같은 일이었다. 사택도 한갓 꿈에 지나지 않게 되었지만, 비서로서의 자기 대우도 일반 평원으로서의 대우였고, 책상과 의자는 대리격이었지만 동산합섬으로 발령이 날 때, 대리격, 그렇지 않으면 과장격으로 발령이 나리라고 생각했다. 그러나 정작 발령을 받고 보니 계장격도 아닌 본사와 같은 일반 평사원 비서였다. 그는 낙망했으나 신설 회사 비서실은 아직 직제를 두지 않았기 때문에 그렇게 되었으리라고 믿었다. 그러니 대리 사택을 탐내고 운동했다는 것은 남의 웃음거리가 되었다고 생각했다.

사택 입주자의 자격이 자매 회사 사원은 제외되게 되고, 또 그 자격 점수 십 점에서 일약 십오 점으로 되었다는 것이다. 대학 출신으로 입사하게 되면 오 점을 얻게 되고, 근속 만 일 년이 되면 일 점씩 가산된다. 결혼하면 이 점이 가산되고 아이를 낳으면 일 점이 더해진다. 그러니까 전에는 대학 출신으로 일 년만에 결혼하면 팔 점이 이 년 만에 아이를 갖게 되면 꼭 십 점이 되어서 삼 년째는 사택에 입주할 자격이 생겼으나 십오 점으로 껑충 뛰었으니 입사하고 칠팔 년을 기다려야 겨우 자격을 얻게 되는 것이다. 고등학교 출신 사원이 사택에 입주하려면 십 년 이상은 기다려야 하게끔 되었다. 영점으로 출발해서 일 년 후에야 겨우 일 점을 얻게 되니 말이다. 팔 년 전에 사택이 건립되어 최수현이 입주하게 될 때, 자격 점수에서 삼 점이나 남았고 평원으로서는 고참이었다. 대학 출신이 되어 오 점, 은행 경력 삼 년과 이 회사에 들어와 만 이 년이 되어 오 점, 결혼했기 때문에 이 점, 장남이 출생해서 일 점, 모두 십삼 점이었다. 사단, 오단, 육단은 계장자리라도 그 직위를 얻어야 올라가게 되어 있으니 여기서는 아무리 많은 점수도 필요 없고 직위가 문제였다.

현재 최수현은 이십삼 점인데도 그것은 필요 없다.

고영숙은 남편에게 차라리 이 사택에서 나가자고 했다.

"글쎄 나가는 것도 좋지만 전세를 얻으려고 해도 사오십만 원은 당장 있어야 하지 않아."

"그만한 돈도 못 장만해요. 적어도 동산 재벌의 비서가."

"조금만 참아. 동산합섬은 내가 세운 회사나 다름없고 비서직에서 타직으로 영전될 때는 최소한 과장은 될 테니까. 잘되면 부장자리니까. 조금만 참자고."

"자매 회사의 과장은 본사의 대리격이라면서요."

"그건 한 계급씩 낮지만 과장은 과장이고 부장은 부장이니까. 하여간 금년 구월에 일부 공장이 조업만 시작하게 되면 인사이동이 있게 되어 있으니까 그때만 기다리자고."

"그러면 빨리 구월이 와서…… 생각하면 오늘도……."

고영숙은 오늘도 국민학교에 수업 참관을 갔다가 고깝고 치사해서 견딜 수가 없었던 것이다. 혜성국민학교는 사립으로 학년마다 두 클래스씩 있는 작은 학교지만 일류도 손꼽히는 국민학교였다. 바로 이 사택에서 일 킬로미터 정도 떨어진 곳에 있기 때문에 동산산업에서 설립한 학교 같았다. 수업 참관일에 가면 동산 사택의 부인들의 얼굴은 거의 다 볼 수 있었다. 부장, 차장, 과장, 대리, 계장의 순으로, 누가 만든 것도 아닌데 교실 안에 만들어진 것처럼 되어 있었다. 누가 시켜서가 아니고 자연히 그렇게 되고 평사원의 부인들은 그들이 앉은 뒤나 복도에서 그대로 서서 참관하는 것이 되었다. 선생이 학생을 활동시키는 것도 거의 간부 사원의 자녀들이다. 수업이 끝나고 학급 간담회 같은 것이 있을 때도 발언하는 것은 거의 부과장의 부인들이었다. 사친회가 금지되어 정식 회장이나 임원은 없지만 고참 부장 부인이 회장격이 되고…….

오늘은 담임선생님에게 무엇인가 좀 해주어야 하겠다면서 돈을 거두게 되었고 그 일은 경리과장 부인이 맡게 되었다. 부인은 고영숙에게 와서,

"최 비서는 장차는 모르지만 아직 그러니까 오백 원만 내시지."

하는 것이었다. 돈 적게 내는 것은 좋으나 아직 평사원이라는 것을 못 박고 한 말이었고 또 그 말이 반말이었다.

"아이가 듣는데 창피해서. 자기는 그래 뭐예요, 우리와 같은 평사원에, 같은 이 사택에서 살며, 스스럼없이 지내다가, 그래 남편이 사장의 생질이 되어서 그 덕택으로 과장이 되었으면 되었지 반말이 뭐예요. 글쎄."

"지금까지 참아오며 잘하다가 왜 이래. 조금만 더 참아. 당신도 곧 과장이나 부장의 아내가 될 터니까. 젊어서는 이렇게 고생을 하지만 우리도 이제 보라는 듯이 남을 내려다보며 잘 살아보자고. 어떤 세상 어느 사회도 다 그런 것이 사회야."

6

동산합섬의 수원 공장은 예정대로 순조롭게 진척되어 일부 건설도 끝났고, 이미 조업도 개시되어 제품이 나오고 있었다. 제품이 나오기까지 만 이 년 이 개월의 세월이 흘렀다. 이 기간에 동산 산하의, 각사의 공장들은 증설에 증설을 거듭했고, 동산합섬 외에 동산해운 회사와, 동산전자 회사까지 창설하게 되었다. 그러나 동산화학 섬유만은 사양의 길을 걷고 있었다.

신설 회사와 함께 수뇌부에 대이동이 있을 것이라는 소문이 사내에 떠돌기 시작했다. 이런 말이 나오고 얼마 후, 소문대로 동산산업의 김동산 사장은 총수격으로 회장에 앉고, 그의 동생인 김동해 부사장이 사장

으로 승진되는 동시에, 산하 회사의 몇몇 중역들이 퇴임하고 부장급들이 각사의 상무로 전임되었다. 합섬의 우신일 사장은 신설 동산해운 회사의 사장으로 취임하게 되었다. 김동해 사장과는 뜻이 맞지 않기 때문에 섬유계가 아닌 해운계에서 활약하게 되는 것 같았다.

최수현은 자기의 한 팔이 떨어지는 것 같은 느낌이었다. 초대 사장이 갈리고 김동해 사장이 합섬 회사의 겸임 사장이 되어 더욱 그러했다. 그러나 이 회사의 인사이동에서 부장은 못되어도 과장이나 과장대리는, 설립에 고생한 공적으로 줄 것이라고 셈하고 있었다.

합섬회사는 본사장이 겸임이기 때문에 사장실을 폐하게 되었다. 이렇게 된 이상, 자기는 비서의 임무는 끝났기 때문에 자기의 전출이 곧 있을 것이라고 짐작했다.

총무 인사 담당 상무가 최 비서를 부른다는 말을 듣고, 그는,

― 이제 오늘부터 나의 신분은 달라진다. 과장, 과장대리, 아니 차장, 부장…… 그건 너무 과하고 과장…….

상무실로 들어간 최수현은 거기 본사의 인사부장과 합섬의 인사과장이 상무와 함께 앉아 있는 것을 보았다. 그들은 최 비서가 들어가자 갑자기 웃음을 걷고 그의 얼굴을 응시했다.

최수현은 어딘지 모르게 한겨울의 냉방 같은 한기를 느꼈다. 그는 세 사람 앞에 가서 공손히 허리를 굽히며,

"부르셨습니까."

"음, 자, 거기 앉지."

"감사합니다. 여기 좋습니다."

"최 비서도 알다시피 합섬의 비서실은 사장실과 같이 본사 사장실로 통합하게 되었어."

"알고 있습니다."

"그래서 자연히 없어지는 것과 마찬가지가 되었는데, 최 비서는 전출키로 사장님과 합의가 되어, 오늘……."

상무는 여기까지 말을 하고, 인사과장에게 자기 테이블 위의 사령장을 가져오라고 했다. 가져온 사령장을 한 손에 접어 들고 상무는,

"최 비서한테는 대단히 겁겁한* 인사가 되었는데 낙망할 것은 없어."

최수현은, 결국은 대리로 낙착이 되었구나 순간 생각했다.

"과장과 대리의 공석도 없지만 지금은 계장자리도 없어. 최 비서를 승진시키기 위해서 어떤 과장이나 대리를 사임시킬 수도 없고…… 차기 인사이동 때는 고려할 테니까 지금은 불만이겠지만 최 비서는 합섬의 총무과 서무계로 전출시키기로 어제 회의에서 결정되고 말았으니까, 자 사령장을 받아."

최수현은 자기의 귀를 의심했다. 비서의 사령장을 받을 때는 너무나 의외에 엘리트 사원으로 스카우트되었다는 의식에서 그랬지만, 이번에는 너무나, 너무나 의외인, 생각조차 못한, 평사원도 좌천 자리인 서무계라는 것이 아닌가. 그는 절망의 낭떠러지에 떨어지며 그 자리에 폭삭 주저앉을 것만 같았다.

"우리는 최 비서를 버리지 않을 것이야. 시기만 오면 어떻게 할 것이니까. 자 받아."

최수현은 그 사령장을 받아 이 자리에서 갈기갈기 찢어버리자고 생각했다. 그는 받아서 그것을 펼쳐 보았다. 상무의 말 그대로 총무과 서무계 근무를 명함이었다. 갑자기 찢어버리자는 생각은 사라지고, 쓰러질 것만 같았던 기분도 날아가고, 무엇인가 가슴에 확 치미는 것을 느꼈다. 비애도 설움도 아닌 분노와 복수 같은 것이었다.

---

* 성미가 급하여 참을 수가 없는.

"방금 상무께서도 말씀했지만 최 비서를 그대로 버리지 않을 것이니까. 불만이 있다 해도 참는 자 복이 있다고, 상무님 말씀을 믿어요. 자 그럼."

이제는 볼일을 다 보았으니 자기를 물러나라는 인사부장의 말이었다.

최수현은 다시 손의 사령장을 갈기갈기 찢어서 상무와 인사부장의 면상에 확 뿌려주고 나가고 싶은 충동을 느꼈다. 그러나,

'복수를…… 두고 보자.'

는 생각이 들어 참았다. 그러자 갑자기 분노의 가슴이 가라앉는 것을 느꼈다.

"잘 알았습니다. 사장님, 상무님, 인사부장님, 과장님의 뜻을 잘 알았습니다."

그는 들어와서와 마찬가지로 공손히 머리를 숙이고 그들의 냉랭한 시선을 뒤통수에 느끼며 떨리는 발걸음으로 상무실을 나왔다. 복도에 나와 서자 자기가 가야 할 방이 없는 것 같았다. 자기 손의 사령장을 의식하며 그것을 한참 들여다보다가 찢었다. 그것을 포켓에 집어넣고 어디로 갈 것인가 생각했다. 비서실로는 갈 수 없다. 일단 가서 책상 정리는 하여야겠지만 지금은 갈 수 없다. 비서실에는 냉소가 가득 차 있을 것이다. 그렇다고 총무과 서무계로 갈 수도 없다. 집으로? 집으로도 갈 수가 없다. 누구의 얼굴도 만나고 싶지 않다.

'자살! 자살! 자살!'

그 누구도 만나고 싶지 않은 심정과 자살의 관념만이 가슴에 꽉 차서 쓰러질 것만 같은 순간이었다. 또다시 분노와 복수의 불길이 치솟으며,

— 용기를 내, 용기를. 쓰러져도 갚을 것은 갚아야 한다.

최수현은 머리를 치켜들며, 하여간 이 빌딩에서 벗어나 어디고 조용

한 곳에 가 앉아 너무도 많은 생각을 정리해야 한다고 느꼈다.

그는 자기가 지금 서 있는 자리가 삼층 복도라는 것을 한참만에야 의식했다. 그러나 전과는 아주 다른 색조로 변한 복도라는 것을 느꼈다. 바닥의 연한 올리브색도, 굽도리의 민트그린도, 벽의 흰색도, 천장의 연한 하늘색에 악센트 칼라를 박은 바이올렛도 모두 회색처럼 일색으로 보이는 것 같았다.

최수현은 섬유계 회사에 있는 이상, 색채 연구도 해야 한다면서『현대인의 컬러 가이드』라는 책 같은 것을 보고, 상품의 색깔은 물론, 건축의 실내 장치에까지 관심을 가지고, 동산 빌딩의 실내와 복도의 색깔에 대해서도 관심을 가지고 바라보던 그였다. 동산 사택 건물에 대해서도 꼭 같은 색깔에, 꼭 같은 형의 주택을 비방하면서, 하나의 단지라고 해도 수 명의 건축가를 기용해서 자유로운 설계를 시켜 개성적이게 해야 하며, '통일 속에 변화를' 하고 미학의 원칙을 동료들에게 자기 박식으로 떠벌이었던 일도 있다. 그러나 이 복도와 저 사무실들이 철창 없는 회색 일색으로만 보여,

— 나는 지금, 저 모든 색깔이 회색으로만 보인다. 물론 저 천장의 악센트 컬러 바이올렛도…… 모든 색깔은 죽었다. 나는 죽었다. 죽어서는 안 된다. 살아야 한다. 무엇인가를 하고…… 절망에 떨어지면 하늘은 노랗다고 하지만, 나는 이제 저 창 너머 하늘을 푸르게 의식하고 있다. 나는 나를 의식하고 있다. 자살, 천만에, 천만에…….

그는 빌딩을 나와 서소문에서 시청 광장 앞으로 나와, 억지로 구름이 덮인 하늘을 바라보며, 구름의 색깔을 중얼거려보며, 자꾸 자기를 의식하려고 생각을 돌리려 했다.

— 어디로 가야 하나?

그는 뉴코리아 호텔 앞에 서서, 흘러가고 흘러오는 자동차의 물결을

바라보며 생각했다.

　—어디로 가야 하나? 아니, 나는 내 현실을 생각해야 한다. 지금의
내 현실은? ……동산합섬의 일개 평사원, 서무계 직원…….

　그는 조용한 지하다방 한구석에 가 앉아 자기의 현실을 생각하고 있
었다.

　그가, 근무 연수 십 년, 그것도 은행 경력까지 합하면 십삼 년에, 사
장실 비서라는 영직에 앉았다는 것은 조금도 이상한 일이 아니었다. 그
만치 공부를 하고, 동산산업을 위해 신명을 바친 것이니까. 회장이나 사
장의 비서로 근무한 사원이 전출할 때는 계열 자매 회사의 부장이나 차
장에 앉는 것이고 본사라면 과장이나 지점의 차장으로 승진되는 것이,
타사는 물론 이 회사 인사의 범례였다. 학구의 사원인 그를, 사무 능력이
비상한 그를…… 그의 동료 사원들은 한없이 부러워하며, 굉장한 출세
코스에 뽑힌 엘리트의 미래는, 최수현의 미래는 회사의 건설과 확장이
끝나면, 단번에 상무, 전무? 중역이 되는 것이 아닌가? 동료들은 그렇게
선망의 눈으로 바라보았던 것이다.

　그를 보는 동료들의 눈은 달라졌고, 상사를 대하는 태도로 그를 대했
었다.

　—사무 능력이 필요했기 때문에 비서로 임명했다는 것인가. 이제는
다 이용하고 버린다는 것이 아닌가. 그것을 모르고…… 나는 바보, 바
보…… 바보였어. 사회란 본래 그런 것 아니야? 그러나 너무하다. 그만
두라고 하기가 멋쩍어서 서무계로…… 서무계장은 나한테 절절매던 사
원이다.

　최수현은 가슴이 터질 것 같아 고함을 치며 밖으로 뛰어 나갈 것만
같았다.

　—은행 삼 년에 십이 년 육 개월 근무, 그러니까 십오 년 경력의 사원

을, 사장의 비서를, 조사부와 기획부와 무역부까지 거친 나에게, 앉힐 의
자가 없다고? 다음 기회에 보자고? 거짓말이다. 거짓말이다. 자리는 있
다. 신설된 자매 회사에도 본사에도 있다. 없으면 만들 수도 있다. 얼마
든지 만들 수 있다. 정말 없으면 과장대우 사원도 있지 않냐 말이다. 의
자가 없다는 말은 빨간 거짓말이다.

그는 마음에서 통곡을 하나 조금도 기분은 풀리지 않고 아내의 얼굴
이, 아이들의 얼굴이, 동료 사원들의 얼굴이 압박을 줄 뿐이다. 가슴은
메고 답답하여 터질 것만 같았다. 복수를 생각하나 누구에게 복수를 한
단 말인가? 회장? 사장? 상무? 인사부장? 인사과장? 너무도 많다. 생각
하면 모두가 아니다. 보이지 않는 그 무엇이다. 정체를 알 수 없는 그 무
엇이다.

─그것은 너도 나도…….

최수현은 문득 민 비서의 이야기를 생각해서였다. 민 비서는 미국에
일 년간 다녀와서 그대로 비서실에 이삼 개월 있다가 저번 인사 이동 때
합섬의 총무과장이 되었다. 새파랗게 젊은, 삼십이 갓 넘은 과장이다.

"최 형은 아주 사무 능력은 비상해요. 아는 것도 많고, 공부도 하는
사원이지만 비서로서는 조금 모자라. 사내에서의 비서의 일은 사장에게
담뱃불을 붙이는 일이라든가, 배차계장 같은 일을 한다든가, 요정의 접
대원 노릇도 한다든가, 회계사원 같은 역할도 한다든가, 모두 중요하지
만 경영자의 사적私的인 관계에까지 발을 들여놓을 수 있는 신용을 얻어
야 하는데, 어때요? 우 사장과의 관계는?"

"그렇게까지는……."

"못했죠? 그러니까 이번 최 비서를 데리고 가지 않은 것이라고 아는
데."

"나는 우 사장의 비서로서 전심전력을 다 했다고 생각하지만…… 조

금도 마음에 걸리는 것이 없는데…… 글쎄, 우 사장이 나를 어떻게 생각했는지……."

"하여간 각자의 성격도 있겠지만…… 어떤 의미로 비서는 남창적男娼的인 면도 필요하지 않을까요? 그것이 싫으면 할 수 없지만 말이죠. 그것은 뭐 도리어 멸시를 당할 일도 되겠지만…… 그건 그렇고, 최 형은 너무 이론을 좋아하는 것이 탈이야."

"그럴까요? 나는 별로 아는 것도 없는데 무슨 이론을……."

"천만에, 중역이나 간부들에게 정보를 제공하는 것은 좋지만, 가장 나쁜 것은 정면으로 이론을 내세우고…… 그만, 아 내가 취했어. 그만, 그만……."

우 사장이 해운회사에 취임하는 날 저녁 어떤 요정의 연회가 벌어지고, 비서인 자기들은 딴 방에서 한잔하면서 하던 이야기다.

최수현은 우 사장의 사적 생활까지는 모른다. 그럴 필요가 없다고 생각했던 것이다. 정보는 물론이지만 알고 있는 지식은 말했고 이론 전개를 한 것은 사실이다. 그러나 알아야 할 일을 사장이 모르기 때문에 한 것이고, 알아줄 때까지 이론을 폈고, 사장의 틀린 정보나 이론에는 시정을 위해 싸우다시피 한 것은 사실이다. 그러나 그것은 어디까지나 회사를 위해서고 사장을 위해서였다.

— 그런데 그것이 잘못이었나? 그래서 우 사장은 나를 데리고 가지 않은 것인가? 그래서 나를 버린 것인가? 자기 심복이 아니라고…….

"회사에 출근하면, 차나 마시며 신문이나 보고, 결재서류에 아무 말 없이 도장이나 찍고, 손님이 오면 접대한다고 다방이나 식당에서 식사를 하고 돌아와서, 아무 일도 하지 않고 부장 회의서는 졸기만 하고 발언을 잊어버린 것 같은 부과장들이 있죠. 부하들의 격론이나 의견을 듣고 있는지 마이동풍인 부과장들이 있죠. 아무것에도 감동을 보이지 않는 부과장도 있고. 그러나 그들은 졸고 있는 것 같지만, 보지도 않고 듣지도 않고 있는 것 같지만, 사실은 긴요한 것은 다 보고 다 듣고 머릿속에 적어두고 새겨두고, 최후의 결재는 반드시 잊지 않고 하는 요령을 지니고 있어요. 부하 사원의 이모저모는 따질 대로 따지고 평가하고 있고, 공짜로 월급을 타는 사람들이 아니니까…… 다 알고 있어요."

새파랗게 젊은 동료 비서에게 설교를 들었던 것이다.

최수현은 마치 물에 빠져 허덕이며 지푸라기라도 부여잡고 싶은 심정이었다. 그러나 지푸라기도 없는 망망한 바닷속만 같았다. 동료도 친구도 친척도 부모도 아내도 만나기가 무서운 사람들로 변하고 말았다. 통곡도 할 수 없는 캄캄한 고독을 느꼈다.

아내의 실망한 얼굴, 허탈한 얼굴, 눈물이 흐르는 얼굴, 아내의 무수한 얼굴이 클로즈업되곤 했다.

7

고영숙은 취한 남편의 얼굴을 대하자, '와' 하고 눈물을 터뜨렸다. 최수현도 현관에서 신발도 벗지 못하고 아내의 눈물을 보자 막히고 막혔던 강물이 터져나오는 듯 마구 눈물이 흘러나왔다. 아내와 같이 흐느끼기까지 했다. 멋모르는 아이들도 어른들 울음에 따라 울어댔다. 초상집 같았다.

최수현은 아이들 울음소리에 간신히 정신을 차리고, 방으로 들어와 아이들과 아내를 달랬다. 위로를 받아야 할 사람은 자기인데 반대로 아이들과 아내를 위로하며 달래야 했다. 그의 비참한 얼굴은 일그러질 대로 일그러지며,

"당신이 그러면 어떻게. 내가 죽었다 해도 이러면 안 돼. 나도 좋은 생각이 있으니까. 이런 더러운 회사에 있는 것보다 몇 배 좋은 곳이 있어."

"어디에요. 그리로 가요, 당장."

"일이라는 것은 갑자기 되는 것이 아니야. 조금만 참아."

"정말이에요?"

"아, 그럼 벌써 이렇게 될 줄 알고 다 생각해둔 것이 있으니까, 조금도 낙망할 것 없어. 일은 성사되기 전에 말하는 것이 아니어서, 자세한 말은 하지 않겠어. 여기보다 몇 배 좋은 자리가 있으니까……."

최수현은 생각조차 못한 거짓말로 아내를 달래며 태연한 체했다. 생전 처음 혼자 술집에 들어가 취하도록 마셔본 술이었고, 취한 기운으로 아내에게 전화를 걸어 사실을 알렸던 것이다. 정면으로 아내를 대하고 말할 용기가 없었기 때문이다. 집에 들어오자 술도 깨버리고, 보고 싶지 않은 가족들의 눈물과 수심에 찬 얼굴들이 자꾸 압박을 가해오기만 한다. 일찍 자리에 누웠으나 잠은 오지 않고 막힌 가슴은 풀릴 길이 없다.

— 동산산업은 본사와 각 공장은 커가고 관리직은 증가되어 가고 있다. 그렇기 때문에 은행과 무역상사에서 스카우트한 과장, 부장의 신임도 부쩍 늘어나고 있는 형편이다. 그리고 산하의 각 공장으로 영선된 사원들이 남으로 내려가고 있지 않는가. 이러한 정세 속에 나를…….

남은 영직에 올라가나, 최수현의 현실은 좌천된 일개 평사원이라는 현실이다. 지금 그의 옆에는 새파랗게 질려 불안에 떨고 있는 아내의 탄식의 숨결이 얼굴에 와 닿는다.

— 평사원으로 서무계에 있다면 상석에 앉기는 앉겠지만 보잘것없는 잡무계가 된 나에게 쏠리는 눈들은 조소뿐이다. 지금까지 당당한 비서로서 일 대 일로 대하던 신문기자들, 요정의 마담들, 상인들, 동산의 저명인사들…… 그들의 멸시와 경멸과 수모에도 참고 견디어야 한다.

그는 미칠 것만 같아 머리를 치어들며 일어나 앉으며 비정의 회사를 저주했다.

— 그만둘 수는 없다. 그만둔다는 것은 회사의 중역들과 부장들이 파놓은 함정에 그대로 빠져, 그들을 더욱 즐겁게 하는 것이 된다. 그러나…….

그의 눈앞에는 실직한 중년의 사나이가 된 자기가, 어깨를 축 늘어뜨리고 이력서를 들고 거리를 헤매는 처참한 꼴이 보이었다. 다시 취직했다 하여도 월급은 지금의 반 정도도 안 될는지 모른다. 사택도 나가야 한다. 전셋집으로 돌아가야 한다. 셋이나 되는 아이들과 아내를 어떻게 부양할 것인가. 큰집도 도와야 하는데…… 그의 생각은 점점 체념으로 흘러갔다.

— 이제 그만두면 퇴직금도 사십만 원 정도다. 내일부터 매일매일이 바늘방석에 앉은 것 같겠지만 정년까지 근무하면 그래도 이백여 만 원의 퇴직금이 있다. 그때가 되면 아이들도 커서 대학도 나오게 될 것이고, 새 생활의 설계를 할 수 있다. 상무의 말을 믿는 것은 어리석지만 혹시 승진이 있을지도 모른다.

최수현은 자기가 어리석은 줄 알면서도 다시 한 번 승진을 믿고 싶었다. 또한 그만두지 않는 것이, 공로 사원에게 냉혹한 비정의 대우로 퇴직을 원하는 그들 중역들에 대한 통쾌한 복수도 될 것이라고 생각했다.

— 참고 참자. 참을 때까지 참는 것이다. 복수를 위해 그만두지 않아야 한다.

그는 사퇴하지 않는 것이 복수가 된다는 역설을 믿었다. 이 역설은 그에게 눈을 지그시 감게 했다. 그러나 걷잡을 수 없는 생각에 머리를 두 손으로 싸맸다. 끈질기고, 융통성이 없고, 소심하고, 유머도 없는 그는, 마음속으로서는 이용할 때는 이용하고 배신할 땐 배신해야 한다는 생각이었으나, 모략적 인간 공작도 서툴렀다. 그는 도리어 당하고 만 격이 되고 말았다.

그의 방의 서가에는 경영에 관한 상경계 서적이 더 많았다. 관리 기능을 이해하고, 과학적인 운영을 하기 위해, 관리자가 되기 위해 이론과 그 본질을 알아야 한다고 생각하며, 계획, 지령, 조정, 조직, 원가, 기획과 아이디어 개발, 인간 관계, 인사 관리, 취업, 경영학, 기술 혁명, 유통 혁명, 노사 관계에 이르기까지 근대 기업의 경영자로서 알아두어야 할 책은 모두 구비했고, 또 열심히 읽었다.

최수현은 비서가 되자 자기의 학문적 연구를 자만했고 사무처리 능력의 재능을 과시했다. 반드시 관리직 간부가 될 것이고, 중역에까지 승진될 것이라고 과신했다. 오만도 있었다.

최수현은 생각했다. 그때 고치근 상무는 자기를 은행에서 동산으로 데리고 간 후,

"자네 결혼은 내게 맡겨. 엘리트 사원이 되려면…… 무어라 말할까, 하여간 맡겨, 좋은 규수가 있으니까."

했던 것이다. 그러나 고영숙과 결혼했던 것이다. 청첩장을 가지고 갔을 때 고치근 상무는 일변 놀라며,

"은행에 있던 고영숙인가?"

"네, 그만 그렇게 되었습니다. 축복을 받고 싶습니다."

"물론 축복하지. 같은 직장에서 연애를 했구만…… 은행에 있었다면 행 내의 통제를 문란케 했다고 감점이 되었을걸. 이 회사에도 있는 것이 겠지만, 하여간 직장을 옮기길 잘했구만 그래……."

고 상무는 축복을 해준다고 했지만 자기의 기대에 어긋났다는 듯이,

"하마터면 나는 큰 실수를 할 뻔했군."

"그것은 무슨 말씀입니까?"

"아니 좋아. 사실 나는 우리 회사의…… 말하면 무엇하겠나. 하여간 축하하네."

그때, 그의 말을 생각하면 분명히 회사의 중역이나 부장급의 딸과 자기를 맺어주려고 했던 것을 알 수 있다. 그렇다면 규벌이 되어 십 년이 된 지금쯤은 벌써 부장이 되었는지 모른다.

— 나는 그때 고 상무의 직계 심복에서 떨어져 나간 것이다. 그러나 이 년 전에 나를 우 사장의 비서로 추천한 것은 그였는데…… 나의 사무 능력만을 이용하라고?

최수현은 자기가 왜 이렇게 되었는가를 아무리 추측해보나 수수께끼였다.

— 이제 와서 결혼을 후회하여본들 무슨 소용이냐. 모두가 다 나의 잘못인걸.

그러나 그의 눈앞에는 자기라는 존재를 무시한 잔혹한 군상들과, 막 뒤에서 연출하는 엘리트 사원들의 얼굴들이 자기를 비웃고 있는 것이 어둠 속에서도 보였다.

자리에서 이불을 차고 벌떡 일어나 앉은 그의 눈에는 배신당한 분노의 눈물이, 회한의 눈물이 범벅이 되어 뜨겁게 뺨에 흘러내렸다.

이튿날 그의 아내는 전과 다름없이 회사로 출근하는 남편의 얼굴에 미소를 던졌다. 그러나 얼굴은 웃고 마음으로는 울고 있었다.

—《월간문학》, 1969. 10.

불쾌지수 85

1

고경수高慶洙는 집 앞에서 택시를 내리지 않고 골목 어귀에 멈추어 내렸다. 담배 가게의 불빛에 손목시계를 보니 열한 시 사십 분이 지난 시각이었다. 요사이는 매일 밤 동인극단의 공연으로 극이 끝나면 아무래도 한잔하게 되고, 그러면 으레 오늘처럼 늦었다.

그는 집사람들에게 약간 미안한 감을 느끼면서 버저를 눌렀다.

"당신이요?"

"음."

"매일 밤 열두 시가 한정이군요. 집에서 기다리는 사람도 생각해줘야죠."

대문을 열기 전부터 그의 아내는 남편을 나무랐다.

아내는 어젯밤도 똑같은 말을 했다고 그는 생각하며 서 있었다. 여자란 결혼을 하면 으레 남편에게 그런 말을 해야 하는가. 결혼 생활 삼 년이 지났으니까 하기는 세상의 아내들과 마찬가지로 아내의 자리를 굳혔고 익숙해졌다는 태도다. 결혼을 해도 친구처럼 지내자고 했는데 아내의 냄새만 난다고 그는 생각했다.

"아이 술 냄새. 또 취하셨군요. 태평하시지."

"태평? 음, 고태평 아닌가?"

―아내의 냄새가 아닌, 좀 신선한 냄새를 풍길 수 없을까. 옛날같이. 우리는 결혼을 해도 세상의 부부와는 다를 것이라고 생각했는데.

그는 아내 지숙知淑이가 세상의 아내들과 마찬가지로 세속적인 아내의 냄새만 난다고, 그 신선하고 발랄하던 맛은 어디 갔느냐고, 그런 것을 강렬하게 느끼며 정원을 지나 현관에 들어섰다. 장인이 화장실에서 나오다가 밤늦게 들어오는 그를 보고 못마땅하다는 듯이 한참 바라보다가

"지금이 몇 시인가? 좀 일찍 들어오게. 이른 아침 출근해야 할 사람이 매일 밤……."

도무지 아니꼽다는 어조다.

"아버지 들어가 주무세요."

그의 아내는 당황해서, 아버지에게도 남편에게도 미안해 두 사람 사이에 서서 그들의 시선을 막았다.

고경수는 자기 방으로 들어가 옷을 벗어 던지다시피 했다. 그리고 잠옷을 입고 입술을 꽉 다물고 누웠다.

그의 아내는 문단속을 하고, 부엌에 들러 냉장고에서 레몬주스를 두 컵 쟁반에 받쳐 들고 들어왔다.

"들어요."

"음? 음."

그는 아내의 정성을 생각해서, 또 다소 미안해서 일어나 앉아 주스 컵을 받았다.

"여보, 내일 특별한 일이 없죠?"

"음. 왜?"

"지희네가 내일 집들이를 한다고 모두 청했어요. 당신도 꼭 와야 한

다고 신신당부였어요."

"나까지 갈 건 없지. 당신이나 갔다 와."

"내일은 특별한 일도 없다면서 안 갈 것 없잖아요. 내일은 처가 식구들만 청하고, 모레 일요일은 시댁 식구들만 청하기로 되었다니까, 내일 당신이 빠지면 되겠어요? 지희의 친정이라야 아버지, 어머니와 우리 내외와 지영이 내외밖에 더 있어요. 젊은 세 동서가 한자리에 모여서 맥주나 하자는데……."

"알았어."

"그러면 가시는 거죠?"

"알았다니까."

"내일 두 시에 차를 보내준다니, 두 시까지는 꼭 들어와야 해요. 잊지 말고요."

"알았어, 알았다니까."

고경수는 사실 가고 싶지 않았다. 그저 알았다고만 했다.

"그럼 약속했어요."

"꼭 믿진 말아. 갑자기 무슨 일이 생기면 할 수 없지."

"일은 무슨 일이 생겨요?"

"남의 호화판 주택을 가서 보았자 뭐해. 그리고 성 서방인가 그 속물 노는 것을 어떻게 보나."

"지희 남편이 왜 속물이에요. 당신과 같은 나이 서른두 살에 대 경기 상사주식회사의 영업부 차장으로 날리는데."

"알았어. 그만 자."

"당신도 좀 분발해요. 언제까지 이러고만 있겠어요. 동생들은 큰 저택을 짓는다, 땅을 산다, 하는데……."

"그 친구들은 재간이 비상하니까. 나는 그런 재간 없어."

"왜 당신은 재간이 없어요? 텔레비전이나 라디오 드라마를 써요. 그러면 동생들 부럽지 않게 우리도 집도 짓고 차도 사고……."

"그만 자라고."

아내의 한숨과 함께 차가운 침묵이 두 사람 사이에 흘렀다.

"아버지도 어머니도 우리의 걱정을 얼마나 하는지 몰라요. 지희나 지영이네는 그렇게들 잘사는데 맏딸인 우리만이 그렇다고 늘……."

"닥쳐, 그만 자지 못해? 돈 잘 벌고 출세하는 것으로만 훌륭한 사람이라면, 왜 나와 결혼했어. 그런 사람하고 결혼할 것이지. 이제도 늦지 않았어."

"당신 그것을 말이라고 해요? 부모님이 우리를 걱정한다는데 무슨 말을 그렇게 비꼬아 듣고 하세요."

"하여간 당신 동생 남편들과는 생각도 다르고 사는 방법도 달라. 그러니까 내가 싫으면 언제든지 깨끗하게 헤어져줄 테니까."

"여보, 당신 요사이 확실히 달라졌어요. 어떤 누가 있죠? 그렇죠?"

아내는 눈물이 글썽해서 입술을 깨물며 남편을 쏘아보았다. 남편의 입에서 그런 말이 나올 수 있을까. 자기 귀를 의심하다시피 했다.

"당신, 다시 한 번 말해봐요. 음."

고경수는 자기가 좀 지나친 말을 했다고 약간 후회의 감을 느꼈다. 그러나 사실 헤어져달라면 헤어져줄 것이다. 말을 하고 보니 솔직한 심정이라고 그는 생각했다.

그는 혼자 자리에 누웠다. 지그시 눈을 감고, 우리의 결혼 생활이 왜 이렇게 되었는가 반추했다.

"나는 당신 입에서 그런 말이 술술 나오리라고는 꿈에도 생각을 못했어요. 당신, 왜 이렇게 변했죠?"

"나도 변했겠지만, 당신도 변했다."

"그러면 전의 우리가 아니란 말이에요?"

"음, 분명히 아니야."

"나는 변하지 않았어요."

"그럼 됐어. 자요."

고경수는 부드럽게 아내를 달랬다.

아내는 그대로 오랜 시간 혼자 앉았다가 불을 끄고 누웠다.

그리고 캄캄한 허공을 바라보다가

"여보, 잠들었어요?"

"아니."

"무엇을 생각하고 계세요?"

"별로…… 잠을 청하고 있어."

"난 이런 걸 생각했어요. 우리 사이에 아이가 없어서……."

"뭐?"

"아이가 있다면 다를 거예요. 당신의 권태기를 메울 수 있을 거예요."

"기껏 그런 걸 생각했나? 집도 없는 우리가 무슨 수로 아기를 가져."

"우리에게 왜 집이 없어요. 이 집은 내 집이나 다름없어요. 나는 맏딸
이고 아들 노릇도 해야 하니까요."

"나는 이 집 데릴사위로 들어온 것은 아니야. 그건 분명히 하고 들어
왔어. 착각하지 말어."

"당신의 자존심은 알고 있어요."

"자존심의 문제만 아니야."

"하여간 나는 아이를 갖고 싶어요."

"약속이 달라."

"잘못된 약속이었어요. 나를 안아줘요."

"이 사람, 좀 돌았나?"

아내는 그의 가슴을 파고들었다.

그는 돌변한 아내를 생각하며, 여자의 마음이란 이런 것인가 했다. 그는 아내를 거부했다.

그러나 아내는 완강히 파고들었다. 그리고 흐느꼈다.

2

섭씨 32도 5부.

불쾌지수 85.

라디오는 금년 들어 제일 더운 날씨라고 한다. 그러나 고경수는 뜨거운 커피를 마시며, 김호길의 이야기를 듣고 있었다.

김호길은 아예 고등학교 훈장직을 집어치웠다고 했다. 몇 푼 안 되는 월급으로 도저히 인간다운 생활을 할 수 없어 정말 미련 없이 그만두었다고 했다.

"하여간 그만둘 수 있으니 다행한 일이야."

"다행? 하긴 그렇지."

"무엇하겠나?"

"닥치는 대로 하지. 아내의 집장사하는 것이나 도울까. 하여간 발 벗고 나서면 굶어야 죽겠나."

"참, 자네 부인은 집장사를 한다지? 재미를 본 모양이군."

"하여간 내 월급보다는 나아. 일 년에 집 두어 채만 지어 팔면 그럭저럭 백여만 원은 남는 모양이야."

"나도 훈장을 해봤지만 훈장 잘 그만두었네. 축하하네."

"오늘 토요일이기도 한데 저녁에 만나 한잔하지. 자축하는 의미로 내가 낼 테니까."

"누가 내든 마신다는 것은 좋은 일이니까."

"그럼 이따 '자스민' 다방에서 만나. 일곱 시에."

고경수는 친구와 헤어져 회사의 지하다방에서 어두컴컴한, 습기 찬 계단을 올라가며 며칠 전에 본 신문 기사를 생각했다.

─미국에선가는 불쾌지수 80인가 85면, 관공서고 회사고, 냉방시설이 안 되어 있는 곳에서는 휴업이라던데……. 우리로선 꿈같은 이야기다.

이런 생각을 하며 편집실에 들어서자, 습하고 후끈거리는 공기가 그의 몸을 쌌다.

그는 계장, 과장, 부장의 시선을 느꼈다.

근무 시간에 어딜 쏘다니다 오느냐, 하는 그런 시선이라고 느꼈다.

─무서워할 내가 아니다. 그만두면 되니까. 김호길은 이보다 나은 훈장직도 내동댕이쳤는데, 이까짓 편집사원쯤 집어치우지 못할 내가 아니다. 조금이라도 누가 무어라고만 하면 그만둘 테니까. 일만팔천 원짜리 사원쯤, 치사해서라도 그만둔다. 임마, 사람을 한 달 쓰고 일만팔천 원이 뭐고. 웃겨. 진정으로 나를 웃겨.

"무슨 좋은 일이라도 있었어요?"

"음? 음."

고경수는 딱딱한 의자의 촉감을 느끼며 앉았다.

─내가 쓴웃음이라도 짓고 있었던 모양이지?

그는 자기의 마음의 생각이 겉으로까지 나타난 모양이라고 씩 웃었다. 여자란 남의 표정을 잘도 읽는다고, 바로 건너편 테이블에 앉아서 말을 던진 미스 오에게 농이 하고 싶었다. 근무시간에 농담은 금물이지만.

"내가 무엇 때문에 웃었겠어?"

"글쎄요. 무슨 즐거운 일이죠?"

"즐거운 일? 내가 즐거워서 미소한 줄 아나? 천만에 쓰디쓴 냉소였어."

"냉소고 온소고 내가 알 바는 아니니까요. 저, 댁에서 전화가 있었어요."

"전화? 아, 고마워."

"들어오시는 대로 곧 전화 달라고요. 부인이신가 본데, 무슨 급한 일이라도 있으신 모양이더군요."

"아, 알았어."

고경수는 미스 오의 이야기를 들었으나 곧 전화를 걸려고 하지 않고, 담배만 피워 물고 앉았다. 계단을 사층이나 올라왔으니 아직 숨도 차고, 목덜미에서 땀방울이 맺혀 가슴팍으로 흘러내렸다. 무슨 징그러운 벌레가 목덜미에 붙었다가 미끄러져 내려가는 듯한 섬뜩한 기분이었다. 그는 가슴팍을 문질렀다. 끈끈했다. 잔등에서도 땀방울이 흘러내렸다. 손을 뒤로 가져다가 셔츠를 잡아당기며 문질렀다. 더 끈끈했다. 팬츠도 살에 찰싹 붙었다.

부장, 과장, 계장의 옆에는 그래도 선풍기라는 것이 돌아가는데, 우리에겐 그것도 없다고 그는 생각하며, 빨간 볼펜을 들고 교정지를 들여다보았다. 그렇다고 그는 일을 하는 것이 아니었다. 시선이 흐리고 멍하기만 했다. 그는 왼팔로 이마를 짚었다. 오수미도 일을 하는 척하기만 하는 것 같았다. 펜이 움직이지 않는 것을 보아, 그리고 고경수에게 슬쩍슬쩍 시선만 던졌다. 그도 그랬다.

―나는 너를 좋아한다. 때 묻지 않은 그 청초하고 발랄한 너를 좋아한다. 너도 나를 좋아하는 것을 알고 있다.

"댁에 전화 안 거세요?"

"아, 음."

그는 무슨 꿈에서라도 깨어난 듯이 부스스 일어났다. 셔츠며 팬츠며 살에 찰싹 붙었다. 반창고처럼. 끈끈했다. 기분이 나빴으나 어쩔 도리가 없었다. 고경수는 사실 전화를 걸고 싶지 않았다. 그러나 과장 옆에 있는 전화통 앞으로 갔다.

과장은 그를 힐끔거렸다. 왜 일은 하지 않고 다방에 내려간다, 전화를 건다, 하느냐 하는 시선이라고 그는 느꼈다. 그러나 그는 불현듯 저항을 느꼈다.

—시설을 해놓아. 냉방시설을 말이다. 그렇지 않으면 싸구려 선풍기라도 돌려줘. 불쾌지수 85란 말이다. 오후면 90이 되리라고 해. 나는 지금 불쾌하단 말이다. 불쾌하면 그만두라고? 그만두라면 그만둔다. 미련은 눈곱만치도 없다. 만팔천 원이란 돈이 좀 아쉬울 뿐이다. 아니, 내가 왜 이러지? 내가 좀 돌았나? 잡념이 너무 심한데…….

그는 다이얼을 돌리고 있었다.

"저 장모님이세요? 경수올시다."

—내가 늘 못마땅하다는 장모! 다 알고 있소.

고경수는 장모가 말은 그렇지 않지만 그 시선은 언제나 쌀쌀하다고 생각하고 있었다.

"전화 바꾸겠다."

"네."

"당신?"

"음, 전화 걸라고 했다면서?"

"네, 오늘 약속 잊지 않았죠? 그래서 건 거예요. 열두 시 끝나는 대로 곧 돌아오시는 거죠?"

그는 목소리를 죽였다.

"저, 약속은 잊지 않았지만, 갑자기 일이 생겨서, 나는 빠지지."

"그런 말은 아예 마세요. 거짓말쯤 당신 목소리를 들으면 아니까요."

"그런 것이 아니고……."

그는 될 수 있는 대로 피해보려고 했으나 막무가내였다. 하는 수 없이 두 시까지 간다고 했다. 그는 수화기를 놓고 자리로 돌아가 씁쓰레한 침을 삼켰다.

3

빨간 볼펜을 들고, 역시 또 왼손으로 또 이마를 받치고 원고지를 들여다보나 시선은 역시 움직이지 않고, 그는 멍하기만 했다.

—어제저녁 나는 끝까지 그런 곳엔 가지 않는다고 버티었어야만 했다. 내가 홍 씨 가문에 양자로 들어간 것도 아니고 데릴사위로 들어간 것도 아니다. 그러한 내가 동서의 집들이를 가야 할 이유가 어디 있단 말인가. 아무리 생각해도 이것은 잘못된 일이다. 장인 장모는 내가 맏사위라고 친아들처럼 믿고 살겠다고 했지만 요사이 와서는 나를 못마땅하게 생각하고 있는 것쯤 알고 있다. 내가 눈에 가시인지 모른다. 그 이유란 뻔하다. 만팔천 원짜리 월급쟁이밖에 아무것도 아니라는 거다. 생활의 무능력자라는 데 있다. 장인 장모는 처음엔 나를 오늘처럼은 바라보지 않았다. 지숙이와 연애시절 그들은 방관적이었고 반대하지는 않았다. 내가 군에 입대해서 신춘문예에 시가 당선되었고 제대 후 희곡이 당선되었을 때만 해도 나를 높이 평가한 것만은 틀림없다. 그것은 지숙이와의 결혼을 서두른 것을 보아 그렇게 생각해도 좋다. 시골서 고등학교 훈장을 하며 조촐하나마 단란한 결혼 생활을 하는데 지희知姬가 시집을 가고, 이듬해 또 지영知英이가 시집을 가자, 장인 장모는 외로워 살 수 없다고 서울에 올라와 같은 집에서 같이 살자고 한 거다. 어제저녁도 무어냐 말이다. 고경수는 집에 가도 자유롭지 못하고, 눈치만 봐야 하고 질식할 것만 같았다.

그러나 고경수는 자기대로 욕심이 있어서 처가살이를 하게 된 것이다. 문학을 하려면 더욱이 희곡을 쓰려면 극단이 없는 시골에서는 불가능한 것만 같았다. 서울에서 살고 싶었다. 옛부터 처가살이하는 작자는 못난이라고 낙인이 찍혀 있는 것을 그는 잘 알고 있었다. 그는 자기가 처가살이를 하게 되면, 남은 자기를 홍 씨 가문에 데릴사위로 들어간 것으로 알 것에 틀림없다고 생각했다. 그의 장인은 딸 삼 형제밖에 없었기 때문이다. 그리고 그는 맏사위였다.

고경수는 남이 무어라 하건 그쯤 문제가 아니라고 생각했다. 명작을 써서 상연도 시키고 돈도 벌기 위해 라디오나 텔레비전 드라마도 쓰고 하면, 이삼 년 내에 독립생활을 할 수 있을 것으로 믿었던 것이다. 직업은 아예 갖지 않고 좋은 작품만 쓰면 다 된다고 생각했는데 희곡이란 발표할 무대가 너무도 적었다. 겨우 두 편을 동인극단에 상연시켰다. 그러나 작품료도 없었고 또 별로 반응도 없었다. 라디오나 텔레비전에 극본을 쓴다는 것은 초년병인 그로서는 뚫을 길이 너무도 막연하다는 것을 그는 알았다. 묘한 교제도 해야 되고 묘한 운도 타야 하는 것 같았다. 하여간 생활을 위해서, 경제적 독립을 위해서 꼭 뚫어야 한다고 생각했다. 교제의 재능도 없고, 교제의 비용도 없지만 해야 한다. 현상모집에 응모해서도 해야겠다고 그는 다짐했다.

이 년 가까이 무직인 그로서는 용돈까지 장인에게 얻어 쓰지 않으면 안 되었다. 아내가 장인 장모에게서 탄 돈을 그는 또 아내에게서 타 써야 했다. 못할 짓이었다. 그의 아내도 출가해서 남편 아닌 아버지에게 돈을 탄다는 것도 못할 짓이었다.

장인이 그가 역겨워진 것은 일 년도 못되어서다. 취직을 하는 것이 어떤가고 했다.

그는 밥은 얻어먹어도 용돈은 벌어서 써야 한다는 것을 잘 알고 있었으나 이왕 신세를 지는데 조금만 더 참자고 눈을 딱 감고 작품만 썼다. 하지만 상연되지 않는, 발표되지 않는 작품만 썼다. 가끔 잡문을 썼으나 몇 푼 되지 않았다.

언제까지고 그러한 생활을 할 수는 없었다. 친구의 소개로 지금의 출판사에 임시로 취직이라는 것을 했다. 용돈이나 벌어 쓰자는 아르바이트를 하는 기분으로 회사에 나갔다. 그런데 그것이 아니었다. 싸구려 월급쟁이가 되고 만 것이다. 벌써 일 년이 되어왔다.

—나는 이대로 이렇게만 세월을 보낼 수는 없다. 무언가 내 자신이 기적을 만들어야겠다. 만들기 위해서도 이 화이트칼라*족에서 벗어나야 한다. 분명히 그렇다.

4

그는 종업을 알리는 버저 소리에 해방감을 느꼈다. 그러나 책임 수량의 교정을 보지 못했다. 이십여 페이지는 더해야 했다. 초교初校여서 한 시간은 더 걸리는 일거리다. 자기 책임 수량을 완료한 친구들은 슬슬 일손을 멈추고, 계장에게 교정 완료분을 맡기고 퇴근하였다. 내일은 일요일, 마냥 즐겁기만 하다는 표정들이다. 그는 책임 수량 때문에 그대로 일을 해야 했다. 마음은 바쁘기만 했다.

"아직 많아요?"

"아, 많아."

"저한테 좀 보내세요."

"그럴 것까지는 없고, 가지만 말고 내 앞에 앉아만 있어줘."

"그러지 말고 보내요."

그는 오수미를 바라보다가 반 정도를 넘겨주었다.

"차는 사지."

| * 정신적, 지적 노동을 주로 하는 노동자를 이르는 말.

한 시간 남짓 걸릴 것을 오수미의 도움으로 반 시간에 끝내고 그들은 회사를 나섰다. 역시 토요일 오후란 아무리 무덥고, 불쾌지수 90이 되었는지 몰라도 유쾌하기만 하다고 그는 생각하며 걸었다. 그들은 다방에 들어갔다. 냉방 시설이 되어 있어서, 흐리멍덩하던 머리가 맑아지고 생기가 도는 것 같았다.

"부인 목소리가 참 아름답더군요. 상냥하시고. 미인이시죠?"

"미인? 마음대로 생각해."

"행복하시겠어요."

"행복? 그런 시시한 소리는 그만둬."

"행복이 왜 시시해요. 그럼 불행하세요?"

"행복이고 불행이고, 화제를 돌려."

"그럼 내 이야기나 할까요."

"음, 그건 하라고."

"나, 이달까지 회사에 근무하고는 내달엔 그만두겠어요."

"뭐? 그만둬?"

고경수는 약간 놀랐다. 오수미가 그만둔다면 직장은 그야말로 사막이 될 것만 같았다. 증기탕 같은 무더운 사무실에서도 오수미만 바라보면 그녀가 미소라도 던지면 그는 오아시스라도 마신 기분이었다. 한데 그만둔다는 것이다.

"그만두지 마."

"왜요?"

"나를 위해서."

오수미는 그의 말에 그를 빤히 쳐다보다가,

"무책임한 말."

"무책임? 그러나 내가 책임을 진다면?"

"어떻게 책임지죠?"

"하여간 나의 곁을 떠나지 마라."

그는 정말 자기의 무책임한 말에 쓰게 웃었다.

"나는 그만두고 시골로 내려가겠어요. 나의 시골로 가실 수 있어요? 나를 따라서요."

그는 오수미의 농이지만 대담한 말에 약간 놀라며, 자기란 오수미와 결혼을 한다고 해도 처가살이를 해야 할 운명인가 생각했다.

"음, 갈 수 있지. 가고말고."

"아름다운 부인과, 모두를 버리고요?"

아무리 농담이라고 해도 이 말에는 선뜻 그렇게 하겠다고 대답을 할 수는 없었다.

"그것 보세요, 농담이었어요. 오해는 마세요."

오수미는 잠깐 무엇인가 생각하다가,

"서울에서 몇 년 살아봤지만 난 역시 내 고향 시골이 좋아요. 상가도 없고 영화관도 없지만 자동차의 홍수도 없고 소음도 없고 교통사고도 없고…… 그리고 첫째 신선한 공기가 있고 맑은 냇물이 있고, 산새 소리가 있고, 하늘로 치솟아 푸름을 불태우는 포플러가 있고, 잔디밭에 노송이 있고……"

"그만, 그만."

오수미는 활짝 웃었다. 고경수는 그러한 시골에 가고 싶었다.

"나의 고향은 바다가 보이는 언덕에 자리 잡은 시골이야. 정말 서울은 질색이군. 여름은 더욱. 매일 만나는 회사의 사람들이란 기계처럼 움직이고, 하기는 나는 교정 기계가 되어버렸지만 말이지. 인간다운 인간이 없어. 메마른 인간들뿐이야 그러나 오수미만은……"

"그만하세요."

"그래, 하여간 나는 지쳤어. 권태로워, 인생이."

"벌써 인생이 권태로우면 어떡허죠?"

"나도 몰라. 밤낮, 누구한테 쫓겨 다니는 것만 같아. 이러다간 미치겠어. 아 정말 썩어버리고 말 거야. 이렇게 썩을 수는 없는데. 안 그래? 썩을 수는 없어."

"썩을 수는 없죠. 그래도 저번 달에 어떤 잡지엔가 시를 쓰셨던데요. 안 썩은 증거잖아요."

"아 그건 전에 썼던 거야. 한데 정말 시골로 가?"

"네, 가죠. 시집도 가고요."

"그래? 가야지, 가야지, 시집가야지. 한데, 나는 말만 들어도 외롭군."

"아름다운 부인이 있잖아요?"

"……."

5

고경수가 오수미와 함께 헤어져 집에 들어갔을 때는 벌써 두 시가 훨씬 넘어서였다.

대문 밖에는 자가용 세단이 대기하고 있었다. 차는 동서인 성기수가 보낸 것이다. 자기네 회사차지만 마음대로 쓰는 모양이라고 고경수는 생각했다.

─공용이 아닌 사적인 자기 일에 자기를 광내기 위해서 회사차를 보낸 것쯤 알겠다. 제멋에 겨워 제멋대로 사는 데 내가 관여할 바는 아니다마는…….

고경수가 집에 들어서자 그의 아내는 뾰족하니 부어 있었다. 도시락 봉투를 받아들며 차는 벌써 와서 대기하고 있는데, 이렇게 늦는 법이 어디 있느냐 하는 것이었다. 장인도 화가 나 있었다.

"그 좀 빨랑빨랑 다니게. 두 시까지 들어온다고 약속을 했으면……
원 젊은 사람이 매사가 그런가. 차가 삼사십 분이나 기다리고 있어."

"여보, 좀 늦었어도 들어오지 않았소? 무슨 급한 일이 있어 그랬겠지."

장인이 사위에게 심하게 말하자 장모가 나서서 변명을 하며,

"어서 들어가 옷이나 갈아입고 나오게."

했다.

고경수는 장인을 쏘아보며 한마디 붙이려고 했으나 장모와 아내가
등을 미는 바람에 입술만 꽉 다물고 들어갔다.

─안 가면 그만이다. 그러노라면 또 한바탕 모두 감정들이 일그러질
것이고, 참고 간다마는……

"당신, 면도도 좀 하시고, 와이셔츠도 갈아입으세요."

"면도?"

"수염이 꺼매요. 어서요."

고경수는 어이가 없었다. 누구를 만나러 가기에 모두들 수선을 피우
는지 알 수가 없었다. 더워서 얼굴만 씻고 와이셔츠만 갈아입고 나갔다.

"면도나 좀 하고 머리에 기름도 좀 바르지 원. 자넨 밤낮 머리가 텁수
룩해서 자다 나온 사람 같아. 젊은 사람이 몸을 단정히 하고 다녀야지,
남들이……."

"어머니, 그만하세요. 어서 나가세요."

아내가 남편의 기색을 살피며, 어머니의 말을 끊었다.

고경수는 입술을 깨물며 참았다. 가지 않고 저항한다면 오늘 당장 이
집을 나가야 한다고 생각했다. 이렇게 되면 모두가 끝장이다.

─끝장이 무서워서가 아니다. 이런 일로 끝장을 내고 싶지 않기 때문
이다. 참는 데도 한도가 있다는 것만을 알아둬라.

그는 쓰디쓴 침을 삼키며 조수처럼 앞자리에 앉아 한강을 넘어 대방

동이라는 곳으로 갔다. 그의 동서인 성기수 부부는 그야말로 만면의 희색으로 일행을 맞이했다.

하기는 자랑하기 위해서 일부러 초대를 하고, 차를 보내고 모시었으니까. 고경수는 이런 생각을 하며 동서와 악수를 했다. 막내동서 부부인 윤승호尹勝浩 내외도 있었다.

"어떻습니까? 전망이 좋지요?"

"음, 아주 앞이 탁 트이고, 신림동 일대가 내려다보이며 관악산이 환히 보이는 것이 좋구만."

장인의 말이었다.

"참 좋구나. 시원하구."

"영등포 일대의 주택지로 대방동과 상도동이죠. 여기는 일등 택지라고 하더군요."

"그렇겠다. 이렇게 전망이 좋으니 안 그렇겠나."

"작년에 평당 이만 원씩 주고 샀는데 지금은 육만 원 한다고요."

"그러니까 대지 값만 해도 백이십 평이니까 칠백이십만 원이구만."

"그렇게 되죠. 글쎄 복덕방이 와서 보더니만 이 집을 천오백만 원은 받아주겠다는 거예요."

"지희 너희는 벌써 큰 부자가 되었다. 형제들 중에 너희가 제일 낫구나."

그는 장모, 장인과 동서 부부와의 대화를 들으며, 서로 맞장구를 잘들 친다고 생각했다.

"하여간 성 군은 선견지명이 있어."

"뭐 그런 것은 아닙니다마는, 강남땅에 바람이 불 것이라고 생각하고, 땅을 산 것이 맞아든 셈이지요."

―자식, 선견지명이 있다고 장인이 말하니까, 슬그머니 그렇다는 것

이 아닌가. 네 멋에 살아라.

고경수는 하는 말들이 아니꼬웠다. 그러나 또 참고 참는 수밖에 없다고 생각했다.

"저 정원석은 어디서 가져왔나?"

"제주도 것이라는데 모르죠. 저 구석엔 연못도 만들고 분수도 만들었죠. 이리들 와서 보시죠. 아직 모터를 설치 못해서 뿜지는 않습니다만, 하여간 이 정원 꾸미는 데 오십만 원 먹었습니다."

"오십만 원이나?"

"네, 한 오십만 원 더 들여야 보기 좋을 겁니다. 정원수 하나에 이삼만 원짜리가 보통인데, 그런 것을 심으려면 몇 백만 원이 들죠."

"나무 한 포기에 이삼십만 원짜리가 다 있어?"

"오륙십만 원짜리도 있답니다. 아직 잔디도 갓 심어서 푸르지 않지만 내년 이맘때면, 가든파티도 할 수 있겠지요."

돈 자랑, 집 자랑 마음대로 해라, 네 멋에 겨워 실컷 해라. 고경수는 이런 생각을 하며 정원 한가운데 멍하니 혼자 서 있었다. 그러자

"여보, 이리 좀 와 봐요."

"음? 음."

아내가 남편의 속도 모르고, 와서 보라는 것이었다. 그는 가지 않으면 또 어색할 것 같아 어슬렁어슬렁 다가갔다.

"잘 봐둬요. 우리도 집을 지을 땐 참고가 될 것이니까요."

그는 아내의 어처구니가 없는 말에

"음, 잘 봐둬요."

했다. 막내 동서인 지영이 내외는, 자기네가 집을 짓고 정원을 꾸밀 때는 연못은 물론이지만 풀을 만들어야겠다고 했다. 지영은 일부러 지희 언니한테는 지지 않을 것이라는 그런 의미였다. 그 말을 들은 지희는,

"우리도 저만치에 풀장을 만들까 생각해봤지만, 정원 맛이 없어질 것 같아서 그만두었어. 그 대신 목욕탕을 크게 했어."

지희와 지영은 서로 지지 않으려고 했다. 그들 틈바구니에 서성거리는 아내가 고경수는 가엾어 보였다기보다 자기네도 집을 지을 땐 어쩌고 하는 데는 정말 메스꺼웠다. 자기 분수를 알고 하는 말인지, 그렇지 않으면 좀 이상해진 것이 아닌가 했다. 하기는 그런 아내가 가엾다면 가엾은 것인지 몰랐다.

─나라고 이런 집을 못 지을 것은 없다. 얼마든지 지을 수 있다. 이보다 몇 십 배의 집을 지을 수도 있다. 당장 오늘내일은 안 되겠지만…….

그는 이렇게 생각하고 있는 자신을 발견하자 쓰게 미소를 지었다.

"자, 들어들 가시죠."

성기수는 앞장을 서서 안내를 하며 우선 현관의 문과 새시는 모두 알루미늄으로 해서 보기에 산뜻할 것이고, 벽지는 갈포벽지도 아닌 고급 수세미벽지를 썼고…… 스팀장치도 외제 보일러를 놓았고…… 설명이 대단했다. 거기에 지희도, 아까 들어오다 보았겠지만 차고가 있는 길에서 보면 삼층 건물인데, 지하실에는 바로 차고 옆에 운전사가 살림할 수 있는 방과 부엌까지 마련했고, 당장 차를 살 수도 있지만 회사차를 자가용처럼 쓸 수 있어 사지 않는 것뿐이라고 설명했다.

지희 내외는 오늘 이 시간에 자기네가 잘산다는 것을 부모와 형제들에게 과시하기 위해서 눈으로 보면 아는 것인데 별의별 것을 다 설명했다. 음식도 진수성찬으로 차렸다.

─도대체 너도 월급쟁이에 틀림없는 놈인데 무슨 돈을 이렇게 벌었다는 것이냐. 너의 아버지가 초등학교 교장인가 한다는데 너를 도와주면 얼마나 도와주었겠느냐 말이다. 말인즉 땅은 자기가 저축해서 산 것이고 부모가 사준 집이 값이 올라 그것을 팔아 지었다고는 하지만 말이다.

"일 개월 후에 또 미국으로 구라파로 한 바퀴 돌아와야 하게 되었습니다."

"자넨 해마다 세계일주를 하게 되는 셈이구만."

"네, 그렇게 되었어요. 작년에 사장과 무역부장을 모시고 간 것이 아니겠습니까. 그런데 무역부장은 겨우 이십만 달러밖에 못 맡았는데 저는 근 이백만 달러의 주문을 맡았습니다. 그래서 돌아와 곧 차장도 되었습니다마는, 역시 늙은 사람들은 센스가 없다 할까 무능하다 할까…… 자, 어서들 드세요."

"그러면 이번에 갔다 오면 형님은 또 한 급 진급해서 부장이 되겠구만요. 또 갔다 오면 상무, 전무가 되고 좋습니다."

막내 동서 윤승호가 슬그머니 비꼬아 추켰다.

"뭐 갔다 올 때마다 진급하는 것은 아니지만 지금도 실질적인 부장의 일은 내가 하고 있는 셈이지. 내 자랑 같지만 사장도 나를 조용히 불러서 무역부는 자네가 맡은 것이나 다름이 없다면서 포켓머니도 주는데……."

"한 번에 얼마나 돼요?"

지영이가 궁금하다는 듯이 물었다.

"그것은 비밀이고."

"하여간 무역부장이란 로봇이로구만."

고경수가 한마디했다.

"사실은 그렇지만, 부장은 주로 국내업자만 맡고 외국 무역 관계는 내가 맡은 셈이죠. 그 친구는 외국 사정을 몰라요, 말도 잘 못하고…… 중역들이란 대개 그런 사람들인데 내가 자세히 설명하면 놀라기만 하니까. 현대의 기업이란 과학적이고 정보니까요."

"아무리 과학시대요, 정보시대라고 해도 결국은 인간이고 인간관계라고 나는 알고 있는데, 인간이 되어먹지 않은 친구들이 회사를 움직인다면 어떻게 된다는 것쯤 알 만한데."

고경수는 너 같은 인간이 회사를 움직이다니 그 사장도 썩었다고 하고 싶은 것을 빙 돌린 말이었다.

"그야말로 옳은 말인데 인간관계란 조직에선 상사를 잘 보필하고 부하를 잘 일시키면 되는 것이니까 어렵게 생각할 것은 없어요."

"자, 그런 말들은 그만두고 식기 전에들 좀 들게."

장모가 분위기가 좀 이상해져서 한 말이었다. 그의 장인인 홍성범은 맏사위 자식이 둘째 사위를 샘내서 하는 소리라고 그를 쏘아보고 있다가,

"하여간 기수 자네가 회사에서 중히 여김을 받고 신임을 받고 있다니 나로선 기쁘기 한량없구만."

했다.

"형부 저 무광 옷장은 이번에 사신 거예요?"

"음, 사실은 산 것이 아니고 업자들이 이번에 보내준 것인데 괜찮은 것 같아. 다시 돌려보내려고 해도 막무가내라."

"어마, 그래요."

"사실 이번에 업자들이라는 사람들이 많이 도와준 셈이야. 알루미늄 새시도 그렇고, 수세미벽지도 그렇고 하여간 모든 것을 싸게도 샀어."

지희가 남편의 뒤를 이어 자랑이었다.

―자식아, 잘도 처먹었구나. 글쎄, 네가 무슨 돈이 있어서 이런 호화판 집을 지었겠니 말이다. 말하자면 자기네 회사와 관계 있는 업자들로부터 마구 짜내어서 지었구만. 자식아, 그것을 자랑이라고 해? 임마.

"그리고 내가 집을 짓는다니까, 사장도 포켓머니를 주더군요. 그래서 회사의 중역들을 한 번 초대하렵니다. 홈바*도 만들었으니까 토요일이나

| * 서양식의 선술집처럼 긴 탁자를 놓고 서서 술을 마시도록 집에 설치한 시설.

일요일 같은 날 관악산 골프장에 갔다 오다 들러서 한 잔씩 하라고 할 겁니다. 사실 그래서 홈바도 만든 거죠."

―자식, 모든 것을 계산하고 지었구나. 그래서 골프장에 오가는 길 언덕에 자리를 잡았고, 알았다 알았어.

그는 생각하며 한마디 쏘아주고 싶었다.

"하여간 여기에 집을 지었다는 것은 계산이 치밀했군. 천재요, 천재야. 하기는 일류 중고, 일류 대학을 나온 사람은 달라. 도저히 나 같은 사람은 생각조차 못할…… 요령이 좋소."

"좀 나를 비꼬는 모양인데, 사회란 아까 형님이 말했다시피 인간관계요. 인간관계를 잘하기 위한 공부는 필요한 것이고 요령이 합리적인 것이면 좋은 것이라고 나는 생각하죠. 지금 사회는 생존경쟁이 더 심해졌고 또한 인간관계가 절대적인 것이기 때문에……."

"즉 아첨이란 뜻이군. 하기는 상사에 아첨 잘하면……."

"아니, 왜 이렇게 말끝마다 나를 비방하는 것인지 모르겠소."

"이러지들 말아요."

"나는 성 형을 비방하는 것이 아니고 세상사가 그렇단 말인데 왜 곡해를 하지?"

"곡해요? 좋아요. 처지가 불우한 사람은 사리를 직시하지 못하고 삐뚤게만 보고, 즉 세상을 곡해하고 오해하죠."

"그런데 진정 불우하고 불행한 사람은 권력이나 금력에 머리를 숙이고 아부하는 족속이라고 나는 생각하는데, 어때? 미스터 윤은?"

"술맛 떨어지는데, 그런 말들은 그만하고 자 드세요."

"사실 너무 유치한 이야기야. 한데 나는 약속이 있어서 먼저 가보아야겠어."

고경수는 일어섰다.

"자넨, 이 자리에 없는 것이 낫겠다."

"그렇겠죠, 장인."

"가도 고이 가."

"여보, 당신은 늙은 사람이 좀 가만있구려."

고경수는 장인 장모의 말을 들으며 치사하고 아니꼬워서 메스껍다고 생각하며 나왔다.

6

고경수는 열 시가 조금 넘은 시각에 집으로 들어갔다. 들어가자마자 장인이 기다렸다는 듯이

"나하고 이야기가 좀 있는데 응접실로 오게."

했다. 그는 자기 방으로 들어가지 않고 장인을 따라 응접실로 들어가 마주 앉았다. 그러자 그의 아내도 들어왔다.

"무슨 이야기신지 모르지만 내일 아침에 하세요. 약주들도 취하셨는데."

"아니, 좋은 일은 단김에 빼라고 했으니, 너도 거기 앉아라. 내가 성서방에게 자네 일을 부탁했더니만 선뜻 응낙을 했어."

"무언데요?"

아내의 말이었다. 그러나 고경수는 도대체 무엇을 부탁했다는 것이냐, 하여간 자기 일을 지희의 남편에게 부탁하다니 불쾌한 감정부터 앞섰다.

"월급도 얼마 안 되는 그 출판사에 붙어 있을 수는 없지 않나?"

"그럼요. 그래 무슨 좋은 수가 있어요?"

"내가 너희 사정이 하도 딱해서 성 서방에게 오늘 저녁 슬그머니 고서방 취직을 부탁했더니만, 당장 될 수 있다는 것이다."

"어딘데요? 좋은 자리예요?"

부녀가 멀쩡한 사람을 놓고 주거니 받거니 잘도 지껄인다고 그는 생각하며 태연하려고 노력했다.

"고 서방이 영문과 출신이니까, 자기네 회사의 무역부에 채용토록 하겠다면서, 초봉 사만 원 정도는 될 것이라고 하더군. 처음엔 성 서방 밑에 있게 되겠지만 빠른 시일 내에 승진토록 해서, 자기 정도의 지위까지……."

"그만하시죠."

고경수는 장인의 말에 기가 차 입이 막혔다가 터진 것이다.

"물론 동생뻘 되는 차장 밑에 취직하겠다고 할는지 하고, 성 서방도 말하더라만, 어떠냐? 지금 월급의 두 배나 되는 곳이고, 얼마든지 승진하고 출세할 수 있는 대회사니까, 아랫동서 밑이지만 그런 것 상관하지 말고……."

"여보, 지금 월급의 두 배나 되는 곳인데 그까짓 뭐가 창피해요. 그렇게 하세요."

고경수는 아내마저 이렇게 나올 줄은 몰랐다.

"닥쳐, 너까지 그렇게 나와? 돈에 환장했어?"

그는 아내의 뺨이라도 갈겨주고 싶었으나 참았다.

—이렇게까지 자기를 비천하게 만들 수 있을까, 교활하고 능글맞은 성가가 나를 동정까지 하고, 선심을 쓰는 척 자기 부하를 만들려는 그 수작에 아내마저 장단을 쳐? 자존심마저 팔아먹었단 말인가?

"싫으면 그만두세요. 화까지 내실 필요는 없지 않아요."

"나는 자네를 생각해서 부탁한 것인데 남의 호의를 받아들이지 못할망정 내 앞에서 큰 소리를 쳐?"

"아버지, 그만하세요. 들어가 주무세요."

"아니, 오늘 저녁 할 말은 해야겠다. 나는 지금까지 자네를 잘못 보았어. 아까 성 서방의 집에서도 그 무슨 태도냐. 그건 그렇고, 나는 너희들을 이 집에 불러들일 때 우리에겐 아들자식도 없고, 또 너무도 쓸쓸해서 함께 살며 모든 것을 차차 맡기려고 생각했어. 양자처럼 생각하며 믿고 살려고 했어. 그렇게 되면 내가 가진 재산 얼마 되지 않지만 이 집이며 모두 자네에게……."

"나는 눈곱만치도 바라지 않으니까 그런 말 마시죠. 나를 잘못 보고 모두 잘못 생각했습니다."

"그래 내 잘못이다. 도대체 자네 버는 것으로 살 수 있나? 이 사람아, 살 수 있게 해주겠다는데 못해? 글을 써서 돈을 벌겠다고 하는 것부터가 어리석어."

"돈을 벌기 위해 글을 쓴 것은 아니니까요."

"예술이고 나발이고 우선 입에 풀칠은 해야지?"

"굶어 죽지는 않을 테니까, 근심 말아요."

"어디서 큰 소리고, 여기는 내 집이야. 도무지 정신상태가 삐뚤어졌어. 내가 없으면 한시도 살지 못할 주제에 무슨 말을 그 따위로 해! 응!"

"아버지, 고정하세요."

지숙은 아버지와 남편 사이에서 눈물이 글썽해 어쩔 줄을 몰라 했다. 고경수는 장인에게 이 이상 모욕을 받을 수는 없다고 생각했다. 그리고 이 이상 이 집에 머물 수는 없다고 생각했다. 자리를 차고 일어났다. 더 무슨 말을 하랴. 달려 나오다시피 응접실을 나와 곧장 현관으로 갔다.

"지숙이가 불쌍하다. 네 앞길도 뻔하구나. 어쩌다가 원."

지숙은 아버지의 이런 말을 들으며 남편을 따라 달려가려 했다.

"가면 어딜 가, 제까짓 게. 내버려둬."

지숙은 남편의 뒤를 따라가 현관에서 그의 팔을 붙잡았으나, 뿌리치고 어둠 속으로 사라진 그를 찾을 수가 없었다. 하염없이 눈물만 흘렸다.

7

고경수는 여관에서 밤을 새며, 지난날의 자기 못난 생각을 반추했다.

—한데, 앞으로 어떻게 해야 할 것인가? 회사를 그만두고 고향 집으로 내려가 당분간 글이나 쓸 것인가? 아내와는? 도대체 우리는 같이 살아야 하는가, 헤어져야 하는가? 그것은 애정의 문제다. 고경수는 아내에게 애정을 느끼고 있는가 없는가를 생각했다. 있는 것 같기도 하고 없는 것 같기도 했다.

—도대체 아내는 나에게 애정을 느끼고 있는 것일까? 있다면? 없다면? 없다면 깨끗이 헤어지고 오수미와…… 오수미를 따라서 시골로 가서…… 아니, 그것은 또 처가살이다. 그건 안 된다. 절대로 안 된다. 무슨 부질없는 생각을 하고 있어.

그는 뜬눈으로 밤을 새다시피 했다. 이튿날 전화를 걸어 아내를 '자스민' 다방에서 만나자고 했다.

아내는 눈이 부어 있었다. 그러나 남편을 만나자 미소했다.

고경수는 아내의 그 눈과 미소를 보고 살얼음같이 얼어붙었던 마음이 깨어지며, 약간 아내가 측은하게 느껴졌다.

"어디서 주무셨어요?"

"여관에서."

그들은 한참 서로 바라보았다. 눈이 말을 하는 것 같았다.

"아버지가 어제 좀 취하셔서 말이 너무 지나쳤어요. 아버지와 싸웠어요."

"싸울 필요 없어."

또 그들은 말없이 바라보기만 했다.

"이 다방, 옛날 우리가 만날 때와 조금도 변하지 않았어요."

"음 이봐, 아직 나를 사랑하고 있나?"

"왜요? 말이라고 하세요. 옛날이나 다름없어요."

"그럼, 어디고 나하고 가겠어?"

"그럼요. 왜 못 갈 줄 알아요?"

"변두리 판잣집이라도 가서 살겠어?"

"네, 가요."

"어제저녁 김호길이가 자기 퇴직금 중에서 십만 원은 빌려준다니까 그것으로 정말 변두리에 가서 판잣집 전세를 얻겠어. 그리고 김호길이가 자기 그만둔 학교에 소개해준다니까 가기로 하겠어, 한 삼만 원 된다니까. 그리고 글도 열심히 쓰고."

"그래요. 그렇게 해요."

"구차한 살림이라고 짜증 내지 마."

"당신이나 내지 마세요."

"그래, 그럼 이제 곧장 변두리로 가서 판잣집 전세를 얻어."

그들이 일어나서 나가려고 할 때, 오수미가 친구들과 같이 다방으로 들어왔다. 고경수는 오수미를 아내에게 소개했다.

"네, 오수미예요."

지숙은 잠깐 오수미를 남편과 관련시켜 생각하다가 부질없는 생각이라고 날려버리며 남편과 같이 다방을 나갔다. 오수미는 그동안 잠시나마 저런 고경수를 좋아했다는 자신을 생각하자 불쾌했다. 그러나 행복한 부부라고 생각하며 멍하니 서 있었다.

—《신동아》, 1970. 2.

제2부 평론·수필·기타

김광식의 『문학적 인생론』(신구문화사, 1981.)에는 작가가 쓴 여러 가지 글들이 발표 연대와 함께 들어있었다. 하지만 역자가 그 글들의 출처를 찾아본 결과 제목이 다르거나 연도가 다른 것, 그리고 아예 수록된 글이 없는 것과 보관되지 않은 관계로 찾을 수 없는 것도 있었다. 따라서 『문학적 인생론』에는 실려 있으나 그 출처가 확인되지 않은 글들은, 그 글이 수록되어 있는 『문학적 인생론』을 출처로 했다. 그리고 글의 순서는 『문학적 인생론』에 기록된 발표 연도에 따랐다.

현대인에 있어서의 성격의 문제

　우리나라의 문학 비평, 특히 문예시평 같은 평론을 보면 작품 속에 뚜렷이 살아 있어야 할 성격이 없다고 한다. 성격 창조가 없다는 것이다. 등장인물이 무성격이라는 것이다.

　물론 한 소설작품에서 산 인간을 그린 이상, 인형이 아닌 인간을 그린 이상, 성격이 없다면 작품으로서 성립될 수 없다. 성격이 없다는 것은 생활이 없다는 것과 마찬가지다.

　그러나 성격이 없다는 평자의 말을 들으면 셰익스피어의 햄릿과 오셀로 같은, 스탕달의 줄리안 소렐* 같은 성격이 그려져 있지 않다는 것이다. 먼저 작품은 성격 창조에 있는 것으로 아는 평자가 있다. 현대의 문학 평론이 성격 창조를 강조하는 것은 어떠한 면에서는 의의가 있으나 이제 와서는 평자의 협소한 고정관념이라고밖에 생각되지 않는다.

　작가가 작품을 쓴다는 것은 하나의 세계의 발견이다.

　또한 하나의 세계의 인식이다. 하나의 자연, 하나의 인간, 하나의 사

---

　* 스탕달의 작품 『적과 흑』의 주인공.

회를 발견하고 인식하는 수단이기도 하다.

이러한 뜻의 말은 누구나 하는 말이지마는 나도 작품을 쓰게 된 후에 심감으로서 알게 된 말이다.

작가가 작품을 쓸 때 하나의 세계를 발견하려는 의지와 예감을 갖고 쓸 것이다.

이 하나의 세계는 인물의 성격만을 의미하는 것은 아닐 것이다. 그보다도 인간의 생명일 것이다. 인간은 이 지구에 생을 받으면서 우주의 일 자연인 생물이다. 또한 사회생활을 하지 않을 수 없는 운명으로서 사회 구성의 일원이다. 아무리 미약한 개인이라 해도 사회의 일원이다. 우주의 일점으로서 존재하는 존재물이다.

존재라는 것은 일정한 위치를 가지고 있다. 작가는 이 자기의 위치의 발견에서부터 인간 사회의 생활을 그리는 것일 것이다.

말을 돌린다. 고대 사회에서 르네상스 전까지의 인간관 세계관을 문학에서 찾아보면 운명을 하나의 명제로 했다. 그래서 희랍의 문학은 인간의 운명을 중심 명제로 했다. 아무리 강한 인간이라 해도 피할 수 없는 운명을 짊어지고 살아야 하는 인간이라고 했다. 인간의 행복과 불행은 어찌할 수 없는 자연의 운명으로서 돌렸다. 인간 이외의 신과 자연을 믿었다. 이 신 또는 자연의 의지가 인간의 운명을 좌우하는 것으로 믿었다.

이 희랍의 운명에 대하여 르네상스 이후의 문학은 인간의 성격을 중심 명제로 했다. 자아의 발견과 생명의 자유의 자각은 르네상스의 의미였다. 여기에서 문학은 한 인간의 성격 탐구의 문학이 되었던 것이다.

인간의 운명은, 인간의 행불행은, 인간의 희비극은 그 개인의 성격으로 인하여 만들어지는 것이라고 생각하게 되었다. 타고난 성격이 즉 운명으로 해석되었다. 셰익스피어의 햄릿, 오셀로, 스탕달의 줄리안 소렐 같은—대체로 근세문학의 주인공들은 거의 다 그러한 성격의 소유자였기 때문에 그러한 비극의 주인공들이 되었다. 그 성격은 그렇게 살아야 하는 그러한 비극을 만들지 않을 수 없는 운명을 지니고 있었다.

인간의 존중과 개인의 자유와 자주성에 근저를 둔 르네상스의 세계관·인간관은 문학이 한 개인의 성격을 탐구하는 명제가 되었다는 것을 곧 이해할 수 있다. 인간의 비극, 세계의 비극은 곧 개인의 운명적인 성격에 인한 것으로 성격을 아는 것이 인간과 사회를 아는 척도였던 것이다.

여기서 다시 그 시대와 사회를 설명하지 않을 수 없다. 봉건사회의 군주와 귀족과 영주는 자기 권한 내의 영지에서는 절대자인 것이었다. 때로는 그들의 말은 곧 법이었던 것이다. 그들은 자기 성격대로 그야말로 자기만의 생각, 자기만의 자유로 행동할 수 있었고, 생활할 수 있었다. 그들 밖의 평민들은 그들의 성격, 그들의 자유에 억눌리어 인간의 생활이라고 할 수 없는 생활이었다. 자기를 주장할 수 없는 사회였다. 시대였다. 그것이 18세기, 19세기 후반까지의 문학의 주인공이 군주나 귀족이나 영주였다는 사실을 보아도 알 것이다. 다시 말하면 그들에게만 운명을 만들어내는 성격이 있었다는 뜻이다. 그들 이외의 인간에게는 행복과 비극을 만들 수 있는 성격도 없었다. 예외는 있어도, 평범한 무성격을 주제로 문학이 될 수 없었다. 그래서 18세기 또는 19세기 전반까지의 작품은 거의 인간 성격의 규명이었다고 볼 수 있다. 산업혁명 이후, 도시와 시민사회가 형성되면서 문학은 비로소 시민사회와 도시민을 주인공으로 취급하게 되었다.

영국의 의회제도와 프랑스혁명 이후, 유럽 사회에는 점차 강한 성격의 소유자가 실존하지 않게 되었다. 뚜렷하고 강한 성격의 인간상이라든가, 내가 법률이라는 거인은 거의 실존하지 않게 되었다. 20세기에 와서도 히틀러나 무솔리니나 스탈린 같은 독재자—즉 강한 성격의 소유자가 있다. 그러나 이들은 그 사회가 그와 같은 독재를 만들어주고, 그와 같은 성격을 만들어주었다고 보는 것이 타당할 것이다. 과거의 군주와 귀족과는 달리 하나의 출세욕으로 가득 찼던 불량배인 것이다. 불량자 앞에는 자유도 민주주의도 없는 것이다.

20세기의 자유민주주의 사상은 문학에서도 그 주제와 인물이 도시의 시민의 세계로 옮아가게 했다. 문학의 주제는 시대성과 사회성에까지 구명하는 작업이 되었다.

오늘이라는 현대에 살고 있는 한 개인이라는 것은 누구나가 거의 톱니바퀴의 톱날과 같은 것이 되고 말았다. 이제 한 개인의 의지나 욕망은 톱니바퀴의 기능 속에서 하나의 역할을 하는 범위에서만 살게 되었다. 타고난 한 개인의 생생한 의지와 욕망과 성격은 20세기라는 현대의 복잡한 사회의 제 제도와 제약 밑에서 살아야 하게 되었다. 의지나 욕망이나 성격은 이 제약 밑에서 깎이고 위축되었다. 사회생활은 그것을 요구하고 있다. 사회 질서에 순응해야만 살게 되었다. 이제 와서는 옛날과 같은 강한 성격의 소유자는 있을 수 없게 되었다. 개인의 의지나 의욕은 사회의 제약 속에서만, 그 범위 안에서만 살게 되었다. 이 의지와 욕망의 상실은 곧 성격의 상실을 의미한다. 현대인은 이 의지와 욕망과 성격의 상실과 동시에 의식과 심리가 강하게 되었다.

이것이 현대 문학에 의식과 심리가 등장하게 된 이유라고 본다.

그리고 인간의 행불행 희비는 개인의 성격에서보다도 사회 환경에서 결정되는 것이라는 사상도 강하게 되었다. 이 사상은 문학작품에서도 사회과학을 취하게 되었다. 개인의 의지, 욕망, 성격 이외에 많은 시대성과 사회성을 취급하게 되었다. 물론 르네상스 문학에서도 시대와 사회를 전혀 들지 않았다는 것은 아니다. 그러나 그것은 하나의 배경이었지 현대 문학과 같은 하나의 조건은 아니다. 현대 문학의 특징은 그 주제가 의식과 심리를 현대와 사회에 결부시켜서 그리는 것이 특징이다.

현대에 살려면 직업을 가져야 한다. 직업, 이것은 오늘을 사는 절대적인 조건이다. 대통령으로부터 동서기에 이르기까지 그것은 직업이다. 현대의 왕이라는 것도 선조로부터 물려받은 직업이다. 다시 말하면 왕직이다.

오늘날에 와서는 그 사람의 직업이 무엇인가 하는 것으로서 그 사람의 어떠한 성품을 알 수 있다. 직업은 그 직업의 기능으로서 인간의 성격을 유형화하고 있는 것이다. 손님을 많이 대하는 기생은 주석에 모여 앉은 사람들을 보고, 이 사내는 상인, 이 사내는 은행원, 이 사내는 교원, 이 사내는 정치 브로커,* 이 사내는 관리 등등 이렇게 그 직업을 구별하고 맞힌다. 직업이라는 것은 하나의 냄새가 있는 것이다. 이 냄새를 맡을 수 있는 직업이 기생이라는 직업인지 모른다.

하나의 직업이 인간의 생생한 성격을 깎고 깎아 같은 유형의 인간을 만드는 것이다.

현대인을 생각할 때 그 직업을 생각하지 않을 수 없게 되었다. 그래서 현대의 인간은 자기의 직업 또는 자기의 환경을 인식하고 행동한다. 자기의 환경의 자각에서 인간 본래의 욕구가 작용하는 것이라고 본다. 인간의 욕구가 제일의 현실이라면 환경은 제이의 현실이다. 인간의 역사는 제일의 현실, 즉 의욕으로 전개되지마는 제이 현실 즉 환경은 계기가 되는 것이다. 성격이란 무엇인가? 나대로 생각하면 인간이 본래 타고난 욕망과 성질이 생활 속에서 전개되면서 이루어진 개인의 사고방식, 행동 방식이라고 본다. 자기가 직면한 일에 대하여 어떠한 사고를 하고, 어떠한 행동을 하는가, 그 사고와 행동이 하나의 형으로 되어진다는 것을 말

| * 다른 사람의 의뢰를 받아 그를 대신하여 어떤 행위를 하고 쌍방으로부터 수수료를 받는 사람.

한다. 성질이라는 것은 천성적으로 좋아하는 것과 싫어하는 것으로 보면 욕망은 인간의 본능이라고 보고 싶다. 이 본능과 성질이 교육을 받고 생활하는 데서 어떻게 닦이어졌는가, 어떻게 굳어졌는가에서 한 성격이 되는 것이라고 본다. 옛날의 귀족이나 기사는 자기의 행동에 제약을 받지 않았다. 강한 몸부림이 있었다. 그것이 뚜렷하고 강한 성격의 소유자로 만들었다. 그러나 현대인은 앞에서도 들었지마는 복잡한 사회의 제 제도와 제약에 순응하지 않으면 사회생활을 할 수 없게 된 데서 뚜렷하고 강한 성격은 있을 수 없게 되었다. 타고난 성질과 인간의 본능인 욕망은 복잡한 생각을 갖게 되었다. 다시 말하면 심리적이 되고 말았다. 내성적인 인간이 되고 말았다. 현대 문학의 한 과제로서 심리가 등장하게 된 이유다.

인간이 공동생활을 하기 위해서 만든 제 제도와 질서, 도덕, 법률 같은 것이 도리어 인간을 얽어매어 놓고 말았다. 그러나 인간의 본래의 욕망은 한도가 없는 것이다. 도덕과 법률을 무시하면 곧 자기의 존재의 상실을 의미한다.

하지만 한편에서는 이 만들어놓은 질서를 뚫고, 새로운 질서를 가져오려고 한다. 이 욕구가 자유주의를 발견했다고 본다. 자유주의는 언론을 무기로 한다. 그렇기 때문에 현대의 언론은 사회 질서에 대한 불만과 비평으로 가득 찬 것이다.

현대인은 자유를 마음대로 끌고 나갈 수 없는 심리를 가졌다. 이 심리는 자기의 안식과 위안을 위해서 있다. 인간은 고독 속에서 자기의 불행을 자각하고 그 고독에서 자기의 행복을 발견하는 것이다. 현대인은 모두가 고독하고, 고독을 슬퍼하고, 고독을 즐기고, 고독에서 행복을 찾는다. 현대의 사회, 정치, 경제, 문화, 법률, 과학의 진보는 놀라운 것이다. 그러나 현대인은 고독하다는 것이다. 이 고독을 발견한 현대인은 니

힐리즘*에서 다시 에고이즘**으로 자기만의 세계로 돌아가고 있다. 술을 마셔도 고독을 찾고 연애를 해도 고독을 찾는다. 술을 마셔도 에고 속에서 마시고, 연애를 해도 에고 속에서 연애를 한다.

옛날에는 찾아볼 수 없는 음주의 태도요, 연애의 행위다.

인간, 다시 말하면 거대한 성격이 있었다.

고대 사회나 중세 사회나 현대 사회나 인간이 살기에는 다 허무한 사회다. 어떠한 사회 어떠한 시대에 태어난 사람들이나, 자각한 의식을 가진 인간이면 인생의 사회가, 자기를 둘러싼 환경이 비참하다고 생각하지 않는 사람은 없을 것이다. 고대인에 있어 허무 그것은 사상이 아니었다.

허무를 느끼는 데서 출발이 있었다. 즉 행동이 있었다. 그러나 현대인은 허무를 사상으로써 발견하였을 뿐, 출발이 없다. 현대에 있어서는 이 허무로부터 출발이 문제인 것이다. 허무는 이 시대의 특성도 아니요 한 개인의 특성도 아닌 것이다.

나는 인간의 진보는 믿지 않는 사람이다. 희랍 사람이 생각하는 태도나 방법이나 그 사상이나, 오늘의 사람이 생각하는 태도나 방법이나 그 사상은 같은 것이라고 알고 있다. 인간에게는 진보는 없다. 그러나 그 생활이 시대와 사회에 따라 양식이 달라졌을 뿐이라고 생각한다. 인간의 감성이나 감정이나 이상이나가 시대에 따라 사회에 따라 변한다는 이유는 없는 것이다. 그 생활의 양식이 달라졌을 뿐이라고 생각한다. 고대와 근세에 이르는 시대와 르네상스인은 굵은 직선적인 행동으로 생활했으나 현대인은 가는 곡선적인 행동으로 생활한다. 현대 문학이 심리적이 되고 복잡한 곡선적이 되었다는 이유일 것이다.

현대 문학 작품에서 강한 성격자를 본다든가 강렬한 행동가를 본다

* 모든 사상, 진리 따위가 아무 가치가 없다고 생각하는 주장이나 태도. 허무주의.
** 다른 사람이나 사회 일반에 대해 배려하지 않고 자신의 이익이나 행복만을 고집하는 사고방식. 이기주의.

면 이 시대, 이 사회에 있을 수 있는 인간일까, 나는 의아함을 품는다.

—《연합신문》, 1956. 8. 7.

하나의 세계의 발견을

신인의 발언? 편집자의 의도는 현 문단에 대해 신인으로서 무슨 주장, 불만, 항의 같은 것을 말하라는 것 같다. 그러나 무슨 공개장을 쓸 흥미는 없다.

신인이라는 말은 작품을 발표하기 시작해서 십 년 이하 된 작가에게 붙이는 말인 동시에 새롭고 젊다는 의미로 해석하는 것이 상식이다.

나의 작품이 새로워서, 젊어서 신인이라는 레테르가 붙여진 것은 아니다. 나도 작품활동을 계속해서 수년이 흐르면 나에게도 신인이란 레테르 대신 중견이라는 레테르로 바뀌어질 것이다.

나는 새로운 문학을, 젊은 문학을 위해서 노력하는 것은 아니다. 그러나 나의 작품은 항상 나의 미지의 세계에 대한 새로운 발견이 되지 않으면 안 된다고 생각한다. 하나의 자연의 발견이어야 한 것을 안다.

나는 언제나 인간의 불행, 사회의 불행을 발견하려 한다. 불행에 대해서 생각하고 불행에서 얻는 감정과 사상으로 또 내 생활과 의견으로 작품을 쓰려고 한다. 생활과 불행과 사상은 인간과 사회의 운명으로 알고 있다. 나는 현실 속에서 살고 있다. 나는 현실 속에서 나온 사상이 현실을 지배한다는 것을 안다.

만일 이 지상에 인류의 불행이 없었다면 소설을 쓰지 않아도 좋았을 작가가 얼마나 많은지 모른다. 남녀의 사랑이 영원불변하였다고 하면 얼마나 많은 문학이 쓰이지 않았을지 모른다.

작가라는 것은 비극의 미美를 직감하고 모색하고 표현하는 것일 것이다.

이 지상의 인류의 불행이나 사회의 불행이나 남녀 간 사랑의 변함은 예나 지금이나 새로운 것도 달라진 것도 없다. 복잡미묘하게 되었을 뿐이다. 무엇이 새로운 것 같고 별다른 것 같은 것은 인간과 사회의 복잡성과 미묘성을, 그리고 표현의 형식을 몰라 하는 소리다. 셰익스피어 문학이 괴테의 문학이 도스토예프스키 문학이 언제나 새로운 것은 어디 있는가? 그들은 벌써 아득한 과거의 사람들이다. 그러나 그들의 문학은 과거에도 현재에도 새롭다. 그들의 문학은 진실한 인간의 고민, 불행, 운명, 사랑의 비극의 미가 심원하기 때문이다. 복잡미묘하기 때문이다. 동해의 바닷물은 신라 때나 지금이나 언제나 깊고 푸르고…… 바람이 일면 물결치는 것이다.

나는 나의 감정의 해방을 생활과 사상의 표현을 문학예술에 구했을 뿐이다. 그러나 나에게는 한계限界가 있을 것을 안다. 사물을 바라보는 나의 눈은 한계가 있을 것을 안다. 타인에게도 한계가 있을 것을 안다. 나의 한계는 좀 더 넓고 싶고, 깊고 싶고, 높고 싶다. 나의 정신활동의 노력에 달렸다. 그리고 나의 눈, 나의 세계, 나의 표현 형식이 개성적이기를, 그리고 노력하여야 할 것을 안다.

청년기의 인간의 감정은 격동한다. 그것을 억누를 수 없어 타인에게 호소하고 표현하고 그러고도 억누를 수 없는 감정에 고민한다. 개성적인 자기의 감정으로 안다. 그러나 자기만의 개성적인 감정의 격동이라고 생각하고 있던 것은 대개는 기성의 감정의 격동이었다는 수가 많다. 부풀어 오른 감정의 정체는 공기의 압력같이 힘은 있어도 형체가 없는 수가 많다.

나는 압축된 무색투명한 공기같이 형체가 없는 것은 싫다. 한국의 문화도 청년기는 지났다고 본다. 감정의 격동의 호소나 표현이나 고민도 좋으나 그것을 생각하는 사상의 형태를 이룩해야 할 시기다.

—《서울신문》, 1957.

—『문학적 인생론』, 신구문화사, 1980.

소설가가 된 동기와 이유

소설가가 된 이유?

간단히 설명할 수도 있지만 생각하면 무엇인가 옛날 소년 시절까지 거슬러 올라가서 나를 생각하게 된다. 이 짧은 원고에 소년 시절부터의 일을 쓸 수는 없다. 자서전으로 쓰라면 모르되.

사람은 어떤 일에 감동하면 그것을 남에게 말하고 싶은 충동을 받는다.

나는 나의 감동의 표현을 문학예술에 구하였다고 생각한다. 문학예술 가운데에서도 소설을 택한 것은 아마도 내가 문학작품을 읽은 처음이 춘원의 『무정』이었기 때문이 아닌가 생각한다. 시를 읽은 것은 소설보다 조금 후이었다.

중학 2학년 때, 소설과 시를 읽으면, 가슴에는 따뜻한 인간의 낭만의 꽃이 피고, 또 무언가 막연하게 그리운 것이 있고, 무언가 생각하고 싶었다. 생각하는 사람이 되고 싶었다. 음악가의 연주나 독창을 듣고는 음악가가 되고 싶은 꿈에 마음이 젖었고, 운동경기장에서 우승기를 받는 선수를 보고는 운동선수가 되고 싶은 꿈에 젖었으나, 문학작품을 읽고는 소설가나 시인이 되고 싶다는 꿈은 곧 가질 수가 없었다. 무언가 사상의 세계 같았고, 음악이나 운동보다는 들어가기가 퍽 힘든 세계같이 느껴졌기 때문인지 모른다.

음악세계의 전문가가 되려면 물론 타고난 소질이 있어야 하지만 기악에 있어서의 유년 시절부터의 훈련으로 어느 정도까지 된다고 안다. 운동도 소질과 훈련의 세계. 헌데, 사상의 세계는 짐작이 가지 않았다. 무척 깊고 넓은 세계 같아서 들어가기가 힘든 것같이만 느껴졌다. 그리고 같은 예술세계에서도, 시인이나 소설가가 점점 더 위대해 보이고 더욱이 문학 세계의 작가들이 이 세상에서 제일 위대한 것처럼 느껴졌다. 그래서 나도 위대한 생각하는 사람이 되어보자는 꿈을 가져본 것이다. 그러나 중학 이 학년인가 삼 년 때 괴테의『파우스트』를 읽고 그만 절망을 느꼈다.『파우스트』가 문학작품에서 가장 유명한 작품이라고 해서 읽었는데 통 알 수가 없어서, 나는 도시 문학의 소질이 없다고 절망한 적도 있다. 그러나『보바리 부인』이나『로미오와 줄리엣』을 읽고는 무언가 알 것 같아서(그저 줄거리를 알았다는 것) 희열을 느끼며 또 소설가가 되어본다는 꿈을 다시 가져보기도 했다. 중학 이 학년 때 괴테와 바이론, 하이네의 연애시를 읽고, 두 번인가 신문에 투고해보았으나 나지 않아 실망한 적도 있다. 여기에서 내가 시인은 되지 못한다고 단념했는지 모른다. 허나 처음에 써본 것은 시다. 시집을 만들어 소중히 책상 서랍에 넣고 일기에도 수없이 시를 썼다.

인간은 사춘기를 지나 청춘기에 들면서 감정의 격발*을 타인에게 호소하며 공감해주기를 바란다. 그러나 나는 나의 시집과 일기에만 감정의 격발을 호소했다. 내가 나의 친구에게 문학에서 받은 문학에 이야기를 하면 나를 건방지다든가 우스운 자식이라는 것이어서인지 모른다. 무언

---

* 기쁨이나 분노 따위의 감정이 격하게 일어남.

가 나는 친구들에게서 외로움을 느꼈다. 하여간 나는 나의 세계 나의 의지대로 산다는 자각이 들면서 문과로 진학을 했다. 문학가가 되겠다는 것은 나의 의지였다. 그러나 작가는 무엇을 발견하는 인간이라고 느꼈다. 작품은 작가에게 있어서 하나의 발견이기 때문이다. 하나의 발견을 위한 것이 작가의 사명이라고 느꼈기 때문이다. 새로운 세계, 새로운 사회를 발견하는 사람이 곧 작가라고 느꼈다. 그러나 나는 먼저 나 자신을 발견하는 데서부터 시작하여야 한다는 것을, 나는 지금도 나 자신을 발견하기 위해서 언제나 나를 생각한다.

내가 작가가 되려고 한 이유는 감동의 표현, 하나의 세계의 발견이라고 했지만 또 하나는 인간의 불행을 아름답게 헤어나고 싶고 쓰고 싶었기 때문인지 모른다.

사실 이 지상의 슬픈 일, 슬픈 사랑이 없다면, 시인이나 소설가는 침묵했어도 좋았을 것이다. 불행한 인간을 보았을 때, 슬픈 사랑을 보았을 때, 고독한 인간을 보았을 때, 작가 자신 불행과 슬픈 사랑과 고독에 젖었을 때 작품은 써지는 것이라고 생각한다.

나는 짝사랑을 하기도 하고 짝사랑을 받기도 했지만, 여자는 무엇인지 잘 모른다. 그래서 나는 마음속에만 그려져 있는 여인과 사랑을 한다. 고독해서 시 아닌 구체적 표현인 소설을 쓰고 있는지 모른다. 여자를 모르기 때문에 소설을 쓴다고 하면 역설적인지 모르나 심각한 사랑을 하여보지 못한 내가 연애를 하고 싶어 여자를 알고 싶어 소설을 쓰고 있는지 모른다.

이런 점에서 내가 작가가 되었다는 것은 역설이 아니라 모순이다.

작가라는 레테르가 붙여진 오늘 나는 생활과 사상이라는 것을 생각한다. 그리고 예술에 있어서 기술의 요소를 생각하지 않을 수 없다. 생활, 사상, 기술 이 세 가지 요소가 지금은 머리에 차 있다.

소설가가 된 이유, 소설가가 무엇 때문에 작품을 쓴다는 이유보다 먼저 묘사하여야 할 것이다. 이렇게 사진을 걸고 선전할 것이 아니라 먼저 좋은 작품을 써야 할 것을 안다. '메가폰'을 들고 자기선전을 할 것이 아니라 나 자신과 인간과 사회의 렌즈가 되기를…….

—《세계신문》, 1959.
—『문학적 인생론』, 신구문화사, 1980.

소월의 자살

얼마 전 《동아일보》 기사에 '남한에 살아 있는 소월의 영식'*이라는 타이틀로 크게 보도되어 다시 한 번 우리의 시인 소월을 생각하게 했다. 바로 그 신문에 보도되기 사오 일 전, 부산 피란지 같은 집에 셋방을 얻고 바람벽 하나를 사이하고 살던 홍지인洪智仁 여사가 뜻밖에도 어떤 청년과 같이 나를 찾아왔다. 반가운 말이 오고 가는 데 "소월이라는 시인을 알지요?" 하는 것이었다. 나는 알다뿐이겠는가고 반문했다.

홍 여사는 바로 소월의 처제라는 것을 나는 처음 알았다. 그리고 소월의 아들 김정호 씨를 소개받았다.

신문에 보도된 그대로를 대강 들었다. 나는 여기에서 신문에 보도된 것을 되풀이하려는 것은 아니다. 나 자신 소월에 대하여 연구한 바도 없고, 또 시인도 아니고, 무엇을 쓸 자격도 없다. 그러나 홍 여사로부터 들은 불행한 소월의 죽음을 전하려 할 뿐이다.

소월의 시에 대해서는 많은 문인들이 논한 평론이 있지마는 인간 소

| * 윗사람의 아들을 높여 부르는 말.

월에 대하여서나 그의 죽음에 대해서는 말한 이가 적다.

김억金億 씨의 「소월의 추억」에 쓰인 소월의 면모를, 그 정도 알 뿐이다.

나는 먼저 소월의 죽음이 병사가 아니고 자살이라는 데 놀랐다.

김억 씨의 글에 "언제든지 소월이 생사에 대하여 이야기하던 것을 생각하면 그의 요절은 저다병楮多病*의 그것이라기보다도 요절을 의미하는 무슨 전조가 아니었던가 하는 생각도 없지 아니하였다." 소월은 저다병으로 돌아간 것으로 알려져 있으면서 무슨 의문이 있었던 것 같은 글이다. 나는 김억 씨의 「소월의 추억」을 읽고 다시 홍 여사를 만나 병사라고 쓰여 있다고 말하였더니 그렇지 않다는 것이다. 홍 여사의 언니 홍실단 여사로부터 직접 들은 이야기 또는 본 이야기를 나에게 세세히 말해주었다.

소월은 바로 운명하던 날 밤 부인과 소주에 취하였다. 밤 자정쯤 부인이 잠들었을 때, 남편인 소월이 부인의 입에 무엇을 넣어주기에 부인은 잠결에 싫다 하며 입에 자꾸 넣어주는 무엇을 무의식중에 뱉어버렸다고 한다. 오밤중 오전 4시경, 부인은 잠결에도 남편의 이상한 숨소리에 깨어나 남편을 돌보니 벌써 의식을 잃고 헛소리를 하더란 것이다. 깜짝 놀란 부인은 불도 켜지 않고 혼자 간호를 했다.

촌락이 되어 병원이 있는 곳까지는 십여 리를 가야 하고 그보다 정신을 잃고 헛소리를 하는 사람은 조용히 간호를 하여야 하며, 불을 켜지 않는다는 (혼이 잠깐 밖으로 나간 사람은 그대로의 분위기여야지 불을 켜 방을 밝히면 혼이 들어오지 않는다는) 미신에 불을 켜지도 않고, 캄캄한 방에서 부인 홀로 간호하다가 소월은 그의 부인 무릎에서 새벽 먼동이 틀 때 운명하고 말았다는 것이다.

| * 저다병은 '저리다'의 저다를 쓴 것으로, 팔다리를 절고 심하면 팔다리가 붓거나 마비되는 병.

날이 샌 후에 안 것이지마는 부인 입에 넣어주던 것은 아편이었다. 소월은 아편으로 세상을 떠났다. 평안도에는 만주가 가까워선지 아편이 많았다. 보통 깜당약*으로 부부가 공사共死하려고 하였으나 부인이 무의식중에 잠결의 거부로 아마도 소월은 혼자 가기로 그 약을 입에 넣은 것으로 추측된다.

소월이 민족의식이 강하였던 오산학교를 거쳐 배제고보를 졸업하고 동경 상과 대학 중퇴라는 것은 세상이 다 아는 일이다. 그가 당시 서울과 동경에 유학까지 할 수 있었다는 것은 그의 조부의 힘이었던 모양이다. 소월의 친부는 정신이상으로 폐인이었다고 한다. 그의 고향 사람들은 소월의 친부가 정신병자였다는 것을 알고 있었으나 문단에서는 잘 알지 못하는 일이다.

소월은 먼저 민족주의 의식이 강한 분이었다. 그가 세상을 떠날 때까지 일어를 잘 쓰지 않고 양복도 입지 않고 한복만을 입었다고 한다.

소월의 사업에 대한 욕망은 대단히 컸다고 한다. 그러나 모든 것에 실패한 소월은 곤경에 빠져 처가가 있는 한촌 구성군 서산면 평지동으로 이주해야만 하였다. 평지동은 한 촌락이나 산수가 미려하고 풍광이 수려한 마을이었다. 소월은 거기서 한시에 능한 장인과 더불어 한담하는 것이 낙이었다.

그러나 그는 일제하의 세상을 늘 염세 비판했고, 이것저것 큰 꿈을 꾸고 장담했던 사업에도 실패하고, 가계에 허덕이었고, 정신병으로 신음하는 친부에 마음이 아팠다. 소월의 자살은 이 세 가지 비관이 아니었든가 한다. 소월은 평지동에 갔을 때에는 파산하다시피 되고, 친구들과도 정의를 끊다시피 하고, 아니 버림을 받다시피 되어 산촌에서 그는 홀로

| * 아편.

고독했다.

　불우한 고독한 시인 소월은 평지동 산촌으로 들어가 부인과만 벗 삼고 독한 소주로 모든 울분을 토하였다.

　소월 부부의 의가 좋았다는 것은 그 지방의 한 전설처럼 되어 있다. 소월은 음식물이나 인단* 같은 것을 부인의 입에 넣어주고 자기도 입에 넣으며 웃었다고 한다.

　삼 년 맏이인 부인은 남편을 극진하게 섬기었다. 소월은 부인에게 술을 권했다. 배워주었다. 평지동 산촌에서는 부인이 유일한 벗이고 주붕이었다. 그들 부부는 진달래꽃이 한창인 이른 봄부터 단풍이 물들어 시들 때까지 산으로 헤매며 자연을 노래하며 고독에서 울부짖었다.

　이 글을 쓰고 있는데 김용제金溶劑 씨의 『소월 방랑기』**가 나왔다는 신문광고를 보고 한 번 그것을 읽어보고 다시 쓰고 싶었으나 그대로 전한다.

—《조선일보》, 1959. 7. 8.

---

* '은단(향기로운 맛과 시원한 느낌이 나는 작은 알약)'의 잘못.
** 김용제, 『소월 방랑기』, 정음사, 1959.

자기소외

한 가난한 소녀는 높은 언덕 위의 조그만 집에 살고 있었다. 매일 아침 아직 채 밝기도 전인 새벽녘에 일어나 계곡을 따라 내려가 산 밑의 마을 우물에서 물을 길어오지 않으면 안 되었다. 그것은 새벽부터 고된 일이었다.

소녀는 물이 가득 찬 무거운 물동이를 머리 위에 이고 산길을 타박타박 올라가고 있었다.

겨울이었다.

소녀는 춥고 무겁고 고통스러웠다. 그러나 꿈 많은 소녀는 한 발짝 한 발짝씩 산길을 올라가면서 어느 사이엔가 공상의 세계로 끌리어 들어갔다.

공상은 화려했다. 추움도 무거움도 고통도 잊은 듯했다.

내가 만일 부잣집에 태어났더라면 지금의 나는 어떠할까. 지금보다 얼마나 예쁠까. 아마 천사 같을 거야. 즐거운 무도회의 장면, 그것은 감미로운 음악이 흐르는 도무회*였다. 높은 기품과 교양을 가진 아름다운 천사, 나에게 멋진 예복을 입은 젊은 미남들이 앞을 다투어 춤추어줄 것을 간청한다. 그리고 결혼신청을 해온다. 그렇다고 나는 호락호락 넘어가지 않는다. 나는 어디까지나 교양이 있고 높은 품위를 가진 천사이다. 나는 머리를 오뚝 치켜세우며 쉽게 응하지 않을 것이다.

소녀는 완전히 공상의 세계에서 지금의 자기 처지를 잊고 정말로 오뚝 머리를 치켜세웠다. 그러자 그만 소녀의 머리 위의 물동이는 땅에 떨어져 산산조각이 되고 말았다.

이것은 '이솝 이야기'다. 웃어넘길 수 없는 애절한 이야기다. 꿈 많은 소녀의 그 꿈은 물동이를 깨고 말았다. 얼마나 후회했으랴. 공상이 소녀를 처참하게 만들었다.

인간은 자기의 현실이 고될 때, 곤란할 때, 그와는 반대되는 화려한 공상의 세계로 자기도 모르는 사이에 끌려 들어간다. 이것으로 그치면 일은 그만이다. 그러나 곤란한 현실을 뚫으려 하지 않고 곧 안이한 본능의 세계로 들어가, 그 속에서 자기를 잃어버린다.

현실은 산다는 것은 어떠한 시대에도, 어떠한 사회에도, 누구에게나 어려운 일이다. 그러나 반대로 본능의 세계에 들어가 본능이 명하는 대로 주색잡기에 떨어져 놀기는 쉬운 일이다. 인간은 현실에 적응하며 현실을 극복하려는 노력 중에도 공상의 세계로 도주하려는 경향이 있다. 이 경향은 현실이 곤란하면 곤란할수록 그러하다.

자기소외란 이러한 도주를 말한다. 다시 말하면, 참된 자기로부터 허위의 자기가 되는 것을 말한다. 자기의 진실을 던져버리고 자기 이외의 어떤 무엇에 사로잡힌 괴뢰**라는 뜻이다. 자유의 자기로부터 도주하며

---

* 무도회가 잘못 쓰인 듯하다. 무도회는 성장을 하고 춤을 추면서 즐기는 서양식 사교 모임.
** 꼭두각시놀음에 나오는 여러 가지 이상야릇한 탈을 씌운 인형. 인형 조종자는 손으로 인형의 하반신을 잡고 움직이거나 실을 연결하여 움직인다.

괴뢰의 조종을 받는 것을 말한다.

자기란 하나의 개성이며 인격이다. 개성과 인격은 자유 속에만 있는 것이다. 자유를 떠날 때, 자유를 버릴 때, 그것은 곧 개성과 인격을 버리는 것이 된다.

그것은 하나의 동물이다.

동물에게 자유는 없다. 자유가 무엇인지 모른다. 그러나 인간은 자유다.

우리 인간의 육체를 철저하게 생각해본다면 그것은 하나의 물질이요 동물이다. 물질적이며 동물적인 요소를 떠나서는 존재할 수 없는 것도 사실이다. 동물은 본능적으로 산다. 본능이 명하는 대로 사는 것이 동물이다. 또한 동물은 물질로만 산다. 물론 인간도 물질적인 것을 떠나서 살 수 없는 공통성을 가지고 있다. 그렇기 때문에 인간은 물질과 본능의 세계로 떨어지기 쉬운 것인지도 모른다. 그 환상의 세계로 도주하는 것이다.

자기소외란, 자유의 자기로부터 물질의 세계로, 본능의 세계로 도주하는 상태를 말한다.

인간은 물질이고 동물이지마는 동시에 정신이요, 자유다. 물질이나 동물에는 정신도 자유도 없다. 개성도 없다. 한 마리의 돼지의 성질은 전체 돼지 종족의 성질이며, 그 한 마리가 가지는 고유한 성질은 없다. 개성은 없다. 그것은 정신과 자유가 없기 때문이다.

인간은 사회적 동물이라고 한다. 사회란 개인이 모인 집단이다. 한 인간은 여러 개의 집단 속의 일원으로서 살고 있다. 그러나 인간은 자기가 소속된 그 집단 속에 매몰되지 않고, 그 집단을 초월하는 곳에 오늘을 사는 현대인의 개성을 볼 수 있으며, 자유를 볼 수 있는 것이다. 만일에 소속된 집단에 완전히 얽매여 있거나 헤어나지를 못할 때는 자유도 개성도 없다. 집단이라는 기구의 조종을 받는 괴뢰가 있을 뿐이다.

인간은 자유라고는 결코 말할 수 없다. 우리는 자기 이외의 것에 지배되고 있다. 자기 이외의 정치, 경제, 사회의 기구나 제도나 조직에, 타의로 또는 자의로 조종을 받으며 지배를 받는다.

그럴 때 우리는 가끔 자기라는 주체성을 자각할 때가 있다. 그것은 자기가 소외되어 있다는 것을 자각한 것이다. 자유의 정신은 오늘과 같은 복잡미묘한 거대한 조직과 집단에 지배받지 않는 곳에만 있는 것이다.

자유정신은 곧 개성이다.

종교를 잃어버린 오늘의 인간은 개성적이 아니고 균등화된 무개성의 인간이 되고 말았다. 참 인간은 대자연과 신을 두려워한다.

허위의 신이란 권위다. 권위란 무엇인가. 그것은 감투다. 한 인간이 쓰고 있는 감투다. 문벌·학벌·직장의 직위·인기 등등 외면적인 것이다.

사람을 평하는 데 있어서 그 사람의 내면적 개성과 인격을 존경하려 하지 않고, 외면적인 감투만을 존경하여 평하는 것을 권위주의라고 한다. 현대인의 대부분은 이 권위주의의 노예다. 일제니 미제니 하면, 무조건 신용 있고 권위가 있다. 국산은 아무리 좋아도 불신한다. 병에 걸리면 큰 병원으로 가서 박사에게 진찰을 받아야만 안심한다. 자식이 일류학교에 다녀야만 장래를 낙관하고 안심한다.

권위주의의 노예가 되는 것도 자기소외의 한 상황이다.

현대인은 자유와 평등을 부르짖는다. 그러나 종교를 떠나 현대인에게 자유와 평등은 있을 수 없다. 종교는 신을 두려워하며 자기 생명의 본질에 대하여 정신세계의 진실한 자유와 평화를 위해 있는 것이다.

이 종교를 떠난 곳에, 물질과 본능의 세계에, 진정한 자유와 평등·평화가 있겠는가. 현대인은 먼저 종교를 알고, 자유 평등을 부르짖어야 할 것이다.

현대인은 마구 집단을 만든다. 묘한 집단을 마구 만든다.

자살을 해도 집단을 만든다. 중매를 해도, 결혼을 해도, 회갑을 해도,

여행을 해도, 그래서 집단 중매, 집단 결혼, 집단 회갑, 집단 여행 등등, 이런 집단 속에 들어가면 천편일률 자기는 부재다. 자기상실이다. 자기 아닌 무엇에 조종되어 움직이는 꼭두각시다. 허수아비다. 육체만이 움직일 뿐이다.

자살, 그것도 결국은 타의에 의해서 자기의 귀중한 생명을 버리는 것이다.

집단은 인간의 자유와 개성을 사멸시키는 독소가 있다.

—『신구 현대한국문학전집』, 신구문화사, 1967.

신인의 마음

우리는 경험이 소중하다는 것을 안다. 그러나 우리의 경험에서 어떤 의미를 찾고 발견했을 때만 비로소 경험은 소중한 것이다. 어떤 의미는 우리 생활에 유용하기 때문이다. 무슨 일에 실패했다던가, 사기를 당했다던가, 한 경험에서 어떤 의미를 얻지 못했다면, 또는 깨닫지를 못했다면, 그것은 경험 그것뿐이다. 소중한 것은 아무것도 없다. 다시 같은 실패의 반복을 하지 않기 위해서 그 경험을 반성하고 자기 행동과 일과 새 방법을 찾아내는 지혜, 그것을 얻지 못하면 경험은 아무런 가치가 없다. 작가는 누구나 경험에서 하나의 세계, 하나의 의미를 발견했을 때 붓을 들어야 한다. 그러나 그 의미나 발견이 타인에게 있어서 아주 무의미하다면 소설을 쓸 필요가 없다.

소설은 경험을 쓰는 것이 아니고, 그 의미를 표현하는 것이어야 한다. 표현에는 기술이 필요하다. 신문기사는 사건을 전하면 그만이다. 그러나 소설은 기사적인 요소도 다분히 있지마는 그 의미를 표현하는 데 목적이 있으므로 자연히 표현의 기술이 따르게 마련이다.

작가는 자기의 경험의 의미를 타의 공감과 감동을 얻자는 목적에서 쓴다고 해도 과언은 아니다. 그러나 작가는 언제나 자기의 그 의미가 객관적인 것인가를 알아야 한다. 타인의 입장에서 바라볼 수 있어야 한다. 자기의 감동, 자기의 의미만으로는 안 된다는 것을 나는 알고 있다.

자기 혼자 취해서 감격해버린다면 남은 취하지 않는데 혼자 취해 떠드는 주정꾼과 같은 것이 된다. 그것은 추태다.

청춘에 자살이 있다. 청년은 연애를 하다가 양가의 부모가 반대해서 그 사랑을 이루지 못해 고민하고 절망하다가 독배를 든다. 청년은 자기의 생명을 건 사랑이었다. 그의 경험은 절실하고 심각했다. 그러나 신문에는 일 단짜리 기사밖에 되지 않았다. 방관자로부터 볼 때는 그 청년의 심각하고 생명을 건 절실한 경험이 일 단짜리 기사밖에 되지 않는 것이다.

청년은 자기 사랑에서 얻은 경험이 죽음이라는 의미밖에 얻지를 못했다면 그것은 희극이다. 어떤 사람의 비극적 경험은 방관자의 눈에 희극으로밖에 보이지 않는 것이 많다. 작가는 비극으로 그렸는데 희극으로 보는 독자, 통속소설이란 대개 그런 것이 아니겠는가. 독자의 눈을 의식하는 것이 작가의 제일 조건이다. 어떤 작가는 자기를 위해서 작품을 쓴다고 한다. 독자는 안중에 없다고, 그것은 거짓말이다.

확실히 자기를 위해서도 쓰지마는 보다 독자의 공명, 공감을 위해서 작품을 쓰고 쓰이는 것이다. 작가는 소설의 소재가 된 경험이나 사건이 독자의 눈에 어떻게 비칠 것인가 하는 의식이 선행해야 한다. 문학은 언어의 수단에 의해서만 표현된다.

문학은 언어에 의한 예술이니 그 언어의 성질과 법칙을 알지 않으면 안 된다. 언어를 구사하는 기술이 문제된다. 그러나 언어는 인간의 마음을 표현하는 수단으로서는 불충분하다. 조금이라도 글을 써본 사람이면 알고 있다. 우리들의 입과 눈과 표정은 언어만치 중요한 역할을 하고 있다는 것도 느끼게 된다. 그러므로 언어를 이런 면으로 볼 때 추상적인 표현 수단이라는 것을 알 수 있다. 앞에서 말한 경험에서 얻은 어떤 의미가 새롭지 않다면 신인 작가로서는 필요가 없다. 독자는 문학에서 새로운 감정, 새로운 사상을 찾는다.

나는 문단에 나와 십여 년이 되어 기성 작가라는 레테르가 붙었다. 새로운 문학을 들고 나오지도 못하고, 그러나 나의 염원은 새로운 문학을 쓰는 신인이 되고 싶다. 신인이란 기성의 영토에 새로운 감정과 사상의 문학을 수립하는 작가의 찬란한 이름이기 때문에 나는 기성의 영토 위에 새로운 것을 염원한다.

나는 내 어떤 카테고리 속에 안주하며, 이미 붙여진 레테르에 만족해 있는 것이 아닌가. 그렇다면 펜을 던져야 한다. 그러나 지금까지 언어로서 표현할 수 없었던 그것을 표현해보려고 노력한다. 내 어떤 경험에서 기성 작가가 찾은 의미가 아닌 새로운 문학을 하겠다는 신인의 마음은 변하지 않고 있다.

나는 고전 속에서 지금 새로운 영원히 새로운 작품을 본다. 그 작품만이 가진 눈, 감정과 사상을 본다. 그 작가만이 느낀 개성과 생명이 깃든 고전의 주인공들, 작가의 내면의 세계를 언어의 세계로 전환시킨 인간 전형을, 언어로서 표현할 수 없는 작가의 개성적 체험을, 언어로써 승화시킨 작품들을 알고 있다. 작가의 독창성이란 그것이 아니겠는가. 나의 독창성은? 이제부터 신인의 마음으로 써야 한다. 그것은 나의 정열이다.

―《우석신문》, 1967.

―『문학적 인생론』, 신구문화사, 1980.

소설을 쓴다는 것

소설은 무엇 때문에 쓰는가? 당신이 쓴 소설 중에 어떤 것을 제일 좋아하며 걸작이라고 생각하는가? 하는 이런 물음에 대해 나는 대답을 거절한다. 사실 몇 마디로 말할 수도 없고, 더욱이 후자의 물음 같은 것은 우문우답愚問愚答일 수밖에 없기 때문에 그리고 계면쩍고 싱거운 일이기 때문이다. 내 친구들 가운데 나를 누구에게 소개할 때 「213호 주택」을 쓴 유명한 소설가 어쩌고 하면 나는 참으로 당황하면서 못난이처럼 그저 미소를 짓는다. 때론 그 유명이고 무엇이건 빼라고 하며 인사를 한다. 사실 유명이란 말은 나에게 무관이다.

싱거운 친구, 내 작품 중에 겨우 그것이나 하나 읽고 남들이 그러니까 자식…… 속으로 이렇게 외쳐본다. 내가 그것도 늦게 문단에 나와 현대문학사의 현대문학상을 그 작품으로 받았기 때문일 것이며, 그 후의 나의 작품은 전혀 모르고 있기 때문에 하는 싱거운 친구들이 하는 말임을 나는 안다. 그렇다고 무슨 걸작이 있다는 것은 더구나 아니지만 나로서는 불만이고 불쾌하기까지 한 것이다. 대체로 우리나라의 문단 풍토가 그런 것인지 모른다. 물론 나에게 한한 것만은 아닌 것을 안다.

이 몇 년간 나는 속사俗事와 잡사雜事로 인해 별로 작품을 쓰지 못했다. 잡사에 시달리면 작품을 쓸 의욕도 없고, 무엇을 깊이 생각할 욕구도 없어서 마음 한구석은 작품을 쓰지 못하는 불안에 초조하다. 매월 나오는 문예지를 받아 소설을 읽어보려고 노력한다.

그러나 굉장한 노력이 필요하다. 왜냐하면 끝까지 읽어 내려갈 수 없는 것이 대다수이기 때문이다. 쓰고 싶은 것이 없는데 잡지사에서 쓰라니까 그저 쓴 것 같은 작품이 너무 많기 때문이다. 자기 마음속에 쓰고 싶은 것이 아무것도 없는데 그것을 쓴 작품, 이런 작품이 너무도 많다. 쓰고 싶은 것이 없는데, 쓴다는 것은 작가에게 있어 치명상이 아닐 수 없다. 매월 양산되는 작가들의 소설 가운데 정말 쓰고 싶어서 쓴 작품이 몇 작품이나 될 것인지, 그리 많지는 않을 것이다. 물론 무언가를 말하고는 있지만 그 문장은 독자에게 감동을 주지 못하고 있다. 그러기에 문장은 무서운 마음의 거울이다. 나는 그 작품 속에 작가의 주의 주장이라든가 인생관이나 사상이 없다고 불만을 말하는 것은 아니다.

서정 시인이 쓰고 싶다는 것과 작가가 쓰고 싶다는 것과는 다소 다르다고 나는 생각한다. 시는 본래 많은 청중에게 호소하는 작업이었다. 시인은 작가가 소속해 있는 공동사회에 대하여 그 역사의 영웅이나 민족적 신조 같은 것을 읊었고 호소하는 봉사인이었으며 교사이기도 했다. 옛 서사 시인은 그랬다.

그러나 오늘과 같이 근대화와 함께 산문의 시대가 되고, 고독한 상황 하에 있어서의 서정 시인들은 독자를 위해 쓴다기보다 자기 자신을 위해 쓴다고 할 것이다. 운문으로서는 오늘의 복잡다기한 인간과 사회를 말하기 어려워졌고, 따라서 시인들은 좁은 범위에서 동감자에게 호소하게 되었으며, 드디어는 순수시를 생각하게 되었고, 고독한 방에 앉아 자기 자신에 호소하는 정도가 되었다. 이런 이야기를 몇 년 전 책에서 보았든가 누구한테서 들었지만, 시인은 자기가 먹기 위해 자기 기호대로 만든 요리를, 즉 자기의 시를 남에게 권하게 되었다는 것이다. 어쩌다가 자기 집에 찾아온 손님에게 대접하게 된 자기 미각대로 만든 요리 같은 것이란 뜻이다. 속으로는 그렇지 않지만 겉으로는 겸손해하며, 객에게 변변치 않은 것이라 했는데, 객이 아주 맛이 있다고 하면 정말이냐고 시인은 이상한 표정을 짓는다. 자기 이외의 사람은 누구의 미각에도 맞지 않는 것을 자랑으로 삼는 시인들이 되고 말았기 때문에 이것이 현대의 고독한 시인상이라는 것이다.

현대의 소설가는 다르다. 소수자만이 알아도 좋다는, 아니, 결국은 자기밖에는 모른다는 자부로 소설을 쓸 수는 없다. 고매하고 독선적인 엘리트 의식의 시인과는 다르다. 시인에게는 관용이 있지만 소설가에게는 그렇지가 않다. 독자를 예상하지 않는 시는 존재할 수 있으나 소설도 그럴 수 있다면 그것은 난센스다. 그렇다고 주의 주장과 사상이 있으면 소설은 쓸 수 있다는 의미는 아니며, 자기 생활 속에서 자연히 넘쳐흐르는 생활감정이나 인생에 대한 관찰이나 인간성에 대한 고찰이나 어떤 경험 등이 쌓이고 뭉쳐져서 그것을 남에게 말하지 않고는, 쓰지 않고는 배길 수 없는 심정 때문에 소설을 쓰는 것이라고 나는 가끔 생각하는 것이다. 어떤 일로 자기 혼자 웃는 사람을 보면 실성한 사람같이 느껴지고 싱겁다. 그러나 슬픔은 혼자 슬퍼한다고 해서 싱겁거나 실성한 사람처럼은 보이지 않는다.

도리어 자기 슬픔을 대성통곡하며 떠들어대는 사람을 보면 동정보다 경박한 사람으로 보인다. 웃음은 혼자 웃을 것이 아니고 남과 함께 웃어야 자연스럽다. 혼자 웃는 것처럼 싱거운 것은 없다.

세상에는 우스운 일이 많고 웃지 않을 수가 없는 일도 많다. 또한 슬픈 일도 많고 슬퍼하지 않을 수가 없는 일도 많다. 하지만 웃고 우는 것으로 모든 것이 해결되는 것은 아니다.

다시 말하지만 마음속에서 웃고 울며 말하고 싶은 것, 쓰고 싶은 것이 넘칠 때 참을 수가 없어 쓰는 것이 소설이어야 한다. 혼자는 웃을 수가 없어서 남과 함께 웃고 웃기는 사람의 심정과 소설가의 심정은 같은 것이다. 슬픈 일도 독백이나 푸념으로 표현하는 것이 아니고 남과 함께 생각해보자는 생활의 유로감流露感에서 쓰는 것이다. 친구나 가족들의 관찰이나 담화는 곧 자기의 제재가 되고 사회의 모든 현상이 소재가 되어 작가의 가슴은 무슨 탱크처럼 가득 찼을 때 말하지 않고는 못 배기는 마음, 쓴다는 것이 즐겁다는 마음, 나는 그런 심정의 작가가 되고 싶다. 무슨 사상을 써야겠다고 심각한 표정을 짓는 소설가를 보면 딱한 친구라고 나는 생각하게 되었다.

나는 메마르지 않는 가슴과 감정을 잃지 않으려고, 가지려고, 노력하며 또한 상상하고 생각하는 사람이 되려고 노력하며, 소설을 쓰는 것이 즐거워야 하겠다고, 때로는 옛 시인처럼 노래하듯 써야겠다고 생각해본다. 나의 슬픔과 남의 슬픔, 나의 희극과 남의 희극, 나의 비극과 남의 비극을 웃지도 않고 울지도 않고 그저 쓰겠다는 말은 아니다. 나는 이 순간 내 가슴에 쓰고 싶은 정열을 느낀다.

나의 지난 소설을 볼 때, 무슨 비장한 심정에서 쓴 것은 없다. 그렇다고 노래하듯 쓴 것도 아니다. 세상을 위해 남을 위해 쓴 것도 아니며 나를 위해 쓴 것도 아니다. 무슨 정열에 의해 쓴 것 같다.

정열이란 본래 경박한 것이라고 한다. 이 논리대로 하면 나의 작품은 모두 경박한 것이 된다. 그러니까 내 작품 속의 기쁨이나 슬픔 모두가 경박한 것이다.

어떤 정열이건 그것이 정열로서 불탄다는 것은 경박 그것이다. 이렇게 되면 삶의 정열도 인생의 모든 기쁨과 슬픔도 모든 인생사가 경박하다는 것인가. 인생을 산다는 것이 경박한 것이 아닌가.

진실로 성인이나 현자는 말은 했어도 쓰지는 않았다. 소설을 쓴다는 것은 무엇인가? 소인의 하는 짓이다. 적은 일이나 조그만 기쁨과 슬픔에도 마음이 흔들리는 그런 소인이나 소설을 쓰는 것이다.

나는 초연한 대인은 못되고 오늘도 소설을 생각하는 정열에 사로잡혀 있다.

—《동덕학보》, 1976.

—『문학적 인생론』, 신구문화사, 1980.

영원한 우정

당신도 잘 알다시피 내가 당신을 만나게 된 것은 우연이었다. 1943년 10월, 어느 일요일이다. 나는 일제학병日帝學兵을 피하여 일본 동경에서 만주로 도주하던 도중, 고향에서 얼마 멀지 않은 운향시의 할아버지 산소를 찾아가 참배하고 신의주로 가는 길이었다. 나의 소년 시절, 이 고장 주일학교를 다니던 기억도 새롭고, 그때의 친구들도 만나고 싶었고 해서 교회를 찾아갔다. 시골 교회는 옛날 그대로였으나, 친구들의 얼굴들은 모두 변했고 어른들이 되어 있었다.

그때 당신은 찬양대석에 앉아 나를 보았다고 했다. 나는 주일학교에 같이 다니던 몇 친구와 이제는 모두 성장하여 시집을 갔거나 아직 미혼인 낯익은, 그러나, 이제는 모두 변한 얼굴들을 기억할 뿐 당신의 기억은 조금도 없었다.

당신이 미인이었다면 그럴 리는 없었을 것이다.

내가 당신을 미인이 아니라고 한데 대하여 당신은 불만일지 모른다. 나는 솔직히 당신을 미인이라고 생각한 적은 없지만, 결혼하고 어느 날 당신이 부엌에서 음식을 만들며, 된장찌개가 팔팔 끓는 냄비 앞으로 다가가 파와 다진 마늘과 고춧가루를 넣고, 숟가락으로 그것들을 꼭꼭 누르다가 그 국물을 떠서 훌훌 불 때, 눈은 먼 데를 바라보며 그 맛을 볼 때, 그러고 나서 무슨 나물을 무치며 양념들을 넣으며 뿌리며 뒤채어 섞다가, 다시 눈은 먼 데를 바라보며 그 나물 두 서너 오라기를 입술에 넣고, 온 신경을 집중해 맛을 보고, 간장을 조금만 더 넣고, 식초를 더 넣고, 뒤섞어 주무르다가 또 한 번 그 맛을 보고, 이제는 되었다는 듯, 그 나물을 접시에 담고, 찌개를 불에서 꺼내는 그 모습…… 나는 당신의 그 모습이 참으로 아름다웠다.

당신의 그 찌개와 나물의 맛을 보는 모습은 온 신경을 혀의 미각味覺에 집중하면서도 여유가 있는 마음, 우리들 식구를 위하여 정성을 드리는 청결한 그 마음이 얼굴에 흘러, 아름다웠는지도 모른다. 하여간, 나는 젊은 날의 그 아름다운 당신의 모습을 지금도 간직하고 있다.

나의 이 글을 보면 당신은 또 한 번 불만일지 모른다. 그러한 마음의 모습에서나 아름답게 보았다고. 우리가 S고교 사택에서 살 때, 학생 녀석들이 벌인, 사택의 삼사십 명의 사모님들의 콘테스트에서 당신이 일등으로 당선이 되었다는 것을 기억하고 있겠지만 나는 실감이 없었다. 그런 일이 있었다는 것을 옛 동료가 말해 기억해냈지만 나의 친구인 황 시인은 젊은 날의 당신을 기억하고 지금도 당신이 옛날엔 미인이었는데 하지만, 본래 황 시인의 별명은 황 과찬이니까 믿을 만한 말은 아니다.

어쨌든 말이 옆길로 너무 들어갔다. 하여간 나는 찬양대석을 자꾸 바라보았지만 당신의 얼굴 기억은 없다.

한데 당신의 아버지가 나라는 학병 도주자인 청년을 교회에서 보고…….

나는 미래의 내 아내 될 사람이 찬양대석에 앉아 있는 줄도 몰랐고, 얼굴의 기억도 없이 그곳을 떠나 신의주에 당도했고, 이튿날인가 변장을 하고 압록강 인도교를 아슬아슬하게 넘어가 만주 안동安東에서 기차를 타고 봉천, 장춘(신경), 하얼빈을 전전하다가 남만주 요하의 끝 잉커우에 당도하게 되었다. 이듬해 봄에는 학병의 폭풍우도 잠잠해지고 대학 선배의 소개로 은행에 취직까지 하게 되었다. 이런 이야기는 당신도 다 알고 있다.

한데, 당신 아버지가 교회에서 본 나를 수소문해서 알아보고 결국은 나의 이모부가 중매를 했다. 나의 이모부는 장인의 사촌처남이기도 했다.

하여간 안팎 사돈이 된 이모부의 서두름으로 우리는 맞선이라는 것을 보게 되었고, 바로 그 자리에서 약혼식을 거행했으니, 그야말로 전격적 약혼을, 우리 아이들이 알게 되면, 먼저 놀라고, 다음은 의아해서 도저히 이해하지 못할 것이다. 그러나 우리 두 집안은 서로를 너무나 잘 알고 있었기 때문이기도 했다.

어쨌든 내가 하고 싶은 말은 우연이라는 것이, 우리 두 사람을 부부로 만들었다는 것이다. 내가 그때 교회에 가지 않았다면, 할아버지 산소를 찾지 않았더라면 우리는 오늘과 같은 운명의 부부가 되었을까.

하기는 어쩌다 버스나 지하철에서 만나 알게 되었다든가, 어쩌다 길가에서 부딪쳐 알게 되었다든가 하는 그런 우연에서 부부가 된 사람들도 있다. '우연' 그것이 얼마나 많은 운명을 만드는가.

만남, 그것은 우연이건 필연이건 사람의 운명을 바꾸어놓는다. 만일 내가 당신을 그때 만나지 않았다면 지금 나의 인생은 오늘과는 다른 것일 것이다. 당신도 나라는 사람을 만나지 않았다면 지금의 당신의 인생도 다른 무엇이었을 것이다.

무슨 감상에서 이런 말을 하는 것이 아니다. 나는 가끔 나와 당신이 부부가 되지 않았다면 오늘의 내 인생은 이것이 아니고 별개의 무엇이었을 것이고, 우리의 자식들도 지금과 같은 얼굴이 아닐 것이고……. 하기는 이런 생각은 잡념이다. 그러나 잡념 없는 인생이 있는가. 친구나 애인은 자기 의지로 상대를 선택할 수 없다.

그건 그렇고, 나는 남을 처음 만났을 때, 첫인상을 중요시하고 믿는다. 간혹 실수가 있긴 해도 그 사람의 첫인상으로 사귄다. 나에게 있어선 첫인상이 좋은 사람은 무조건 믿고 싶다.

당신은 그러한 나를 나무라기도 한다. 그러나 나는 나의 직감을 믿으며 남을 믿는다.

실은 왜 이런 말을 하는가 하면, 나는 당신의 첫인상이 좋아 첫 번 만난 그 자리에서 약혼식을 했고 결혼했다. 나의 직관은 틀리지 않았다. 당신과 맞선이라는 것을 보았을 때, 당신의 용모에서 청결한 여대생의 향수를 느꼈고, 다소곳이 앉아 나를 또렷이 바라보며 말하는 당신의 말씨와 몸가짐에서 나는 당신이 침착한 여자라는 것을 느꼈다. 한편 당신의 내부에 청순한 꿈이 활짝 피어 있는 것도 나는 엿보았다. 나의 직관, 즉 당신의 첫인상은 오늘까지 틀림이 없었다.

이야기가 너무 장황스레 회고적인 것이 되었다. 그러나 그럴 수밖에 없다. 늙으면 회상 속에서 산다고들 한다. 그렇다 해도 우리는 아직은 그럴 나이도 아니고 할 일도 많다. 우선은 아이들을 공부시켜야 하고 과년한 아이들은 시집 장가를 보내야 할 일들이 많으니까. 괴롭지만 할 일이 있다는 것은 즐거운 것이 아닌가.

나는 지금 당신에게 우정을 느낀다. 이건 솔직한 이야기다. 아내인 당신에게 우정을 느낀다면 무언가 사리에 맞지 않는 어설픈 표현인지도 모른다. 그러나 나는 당신에게 우정을 느끼고 있는 것만은 어쩔 수가 없다. 우정이라는 말 이외에 적절한 말이 없다. 우정 바로 그것이다. 사랑이니 애정이나 하는 말은 우리 사이에는 맞지 않는다. 그런 말은 젊어서나, 아니, 그런 건 벌써 넘어섰다. 우리 부부 사이에 사랑이니 애정이니

하는 건 정말 싱거운 표현이다. 서양의 영화나 소설에서 머리가 하얀 부부 사이에 아침저녁으로 "아이 러브 유"니 "마이 달링" 하는 말을 들으면 미지근한 맥 빠진 콜라 맛 같아 나는 거부반응을 일으킨다.

당신도 지금 나에게 느끼는 심정을 말하라면 사랑이니 애정이니 하는 말은 싱겁고 쑥스러워 못할 것이며, 역시 우정이라는 말밖에 더 적절한 말을 발견 못할 것이다. 평범하지만 적절한 말이다. 아니라면 무엇인가. 우리는 무의식 속에 우정으로 변했다. 우정이라는 말의 뜻과 뉘앙스가 꼭 맞는 것 같다. 이제 당신은 내 아내라기보다 내 인생의 친구라는 감정과 생각이 앞선다.

사실 내 인생에 많은 사람을 만났고 사귀었고 교제해왔다. 수백 수천 명이다. 제자들까지 하면 수만 명이다. 그러나 우정을 느끼는 친구는 별로 많지 않다. 그러나 그것도 오래 만나지 않으면 영영 식어버린다. 한데 당신은 다르다. 내 곁에 없으면 안 된다. 우리 막내가 여고생인데도 학교에서 돌아와 당신이 집에 없으면 이 방 저 방으로 당신을 찾듯이 나도 집에 돌아와 당신이 없으면 허전하고, 딴 식구가 다 있다 해도 집의 대들보가 빠져나간 것 같은 텅 빈 집으로 느껴진다. 좀체 안정할 수가 없다.

당신이 없는 집은 쓸쓸하기 이를 데 없다. 당신이 마중 나와주지 않아도 집에만 있어주길. 당신이 이 글을 읽는다면 묘한 얼굴을 할지 모르나, 나는 숨김없는 감정을 썼고, 또 우정이란 그렇게 뜨끈하고 화끈한 것이 아니라는 것을 썼다.

당신과 나와의 부부생활은 삼십사오 년의 연륜이 흘렀다. 그간 험난한 고개와 죽음이 도사리는 준령을 같이 넘었다. 해방과 더불어 만주의 도주생활에서 귀국할 때, 삼팔선을 넘을 때, 육이오 때, 그때는 정말 실제로 총부리가 몇 번이고 우리 가슴에 대어졌고 끌려가기도 했고, 진정우리의 생명은 폭풍우 속의 등잔불 같기만 했다. 그러나 그 등잔불은 꺼지지 않았고 오늘에까지 이르렀다.

또한 말하지 않을 수 없는 것이 있다. 그건 당신이 우리 열두 형제의 맏며느리였다는 일이다. 지금 세상은 대가족주의에 대한 공격시대다. 아들딸 구별 말고 둘만 낳아 잘 기르자는 구호의 시대다.

하여간 당신은 대가족인 우리 집으로 시집을 왔다는 것이다. 당신은 형제가 적은 것보다 많은 것이 좋다고 했다. 그러나 삼팔선을 넘어와서의 빈궁한 생활에, 부산에서의 피란생활에…….

형제들이 시집 장가를 갔으나 대신 우리의 아이들이 태어나 십사오 명의 대가족, 그 생활의 고심과 고생은 형용할 말이 없을 것이다. 어머니와 당신이 큰살림을 두 어깨에 메고, 그래도 우리 형제 모두를 대학까지 보내었고, 그러니 그 허구한 날의 고심이야……. 물론 당신은 불평불만도 있었다. 그러나 그 불평불만은 일시적 감정이었고 언제나 가정을 위해 헌신했다. 만일 당신이 한 번도 불평불만을 하지 않았다면 그러한 당신에게 내가 도리어 불만이었을 것이다. 그런 여자였다면 노예나 몸종이 었을 테니까. 인간이 아니었을 테니까. 오직 굴종을 미덕으로 아는 아내였다면 나는 당신을 버렸을 것이다. 나는 노예와 결혼하지 않았으니까.

하여간 나와 당신과의 우정은 그런 연륜 속에서 만들어졌고 생겨났고, 성장했다는 것을 우리는 알고 있다.

이렇게 말하고 보니 내가 굉장한 애처가인 것처럼 들릴 것이다. 그러나 나 자신도 애처가로는 생각하지 않지만 당신도 내가 애처가라면 픽 웃을 것이다. 그런 말은 우리 사이에 맞지가 않는다. 그저 우정이 있을 뿐이다.

각설하고, 내 친구 유공희의 말 한마디만 전하자. 유 선생이 얼마 전 우리 집에 왔다 가서 하는 말이 전에도 가끔 그렇게 느꼈지마는 당신은 완전한 주부상, 바로 틀이 꽉 잡힌 주부였다고.

앉은 당신의 침착한 자세에서, 침착한 말씨에서, 침착한 몸가짐에서 느꼈다고. 그러한 당신이 풍기는 가정의 분위기에서 그렇게 느꼈다고 한다.

유 선생의 말대로 당신은 침착하다. 그러나 어쩌다 나와 당신의 그 신경질이나 짜증이 나면, 집안은 태풍이 일어나 바다의 난파선처럼 된다는 것을……. 유 선생이 그것까지야 알겠는가.

바다를 항해하는 선박은 반드시 태풍을 만나게 되어 있다. 아무리 큰 선박이라도 태풍 앞에는 일엽편주다. 그러나 당신과 나의 돛배는 꺾일 줄 모르는 강철이니까.

사람이 산다는 것은 부부간이든 부모자식간이든, 형제간이든 서로 상처를 주고받으며 사는 것이 평범한 인간들의 삶이라고 안다. 나는 나대로 당신에게 대해서는 선량한 남편, 자식들에게 대해서는 좋은 아버지가 되려고 노력은 하지만 부지불식간에 당신이나 자식들에게 상처를 주며 살아온 것도 사실이다. 그리고 또 나는 나대로 부모에 대해서, 형제에 대해서, 좋은 아들, 좋은 형, 좋은 오빠가 되려고 노력도 했으나 역시 상처를 주고받으며 살아온 것도 사실이었다.

하여간 당신과의 만남으로 나는 달라졌고 나로 하여 당신도 달라졌다는 것은 사실이다. 당신이 여대생이었을 때의 꿈은 오늘의 그것은 아니었을 것이다……. 나는 다시 한 번 이 세상에 태어나 결혼 상대를 고른다면, 역시 당신이라는 것을…….

우리는 많은 고난 속에서 살아왔다. 그러나 당신이나 나나 그 고난의 의미를 알고 있기 때문에 고난을 고난으로 생각하지 않았다. 또다시 오늘을 살고 내일을 살 것이다. 인간의 사랑은 불완전한 것인지 모른다. 모든 인간을 사랑할 수도 없고 한 사람만을 완전히 사랑할 수도 없는 것이 인간인지 모른다. 그러나 우리의 사랑은, 우정은 영원한 것임을 알고 있다. 『우리 부부에게 영원한 사랑이, 영원한 우정이…….

우리는 서로를 위해 기도를.

(※ 이 글은 나의 소설*에 일부 중복되기도 한다.)

—『차 한 잔의 연서』, 태창출판부, 1978.

---

* 『식민지』. 1963년 을유문화사에서 간행되었음. 작가 김광식의 자전적 소설의 경향을 띠고 있어서, 그의 행보를 유추할 수 있는 소설에 해당된다.

내 마음에 혁명을 준 여인에게

나는 지금 당신이 살아 있는지 어쩐지도 모르고 이 편지만을 씁니다. 남쪽으로 떠난다는 말도 못하고 홀쩍 떠나온 지 벌써 만 삼십 년의 세월이 흘렀습니다. 내가 당신에게 향했던 그 마음은 지금도 소중히 간직하고 있습니다.

그것이 연정이었는지 우정이었는지 모르나, 수십 년의 세월이 흐르며 그 마음은 더욱 넓어지고 깊어만 갔습니다. 연애는 정열을 낳고, 그 연애의 에너지는 나이가 들면서 잃어버려지게 되며, 그것이 우정의 형태로 변한다는 어떤 심리학자의 말도 있지마는.

나와 당신은 어렸을 때부터 소꿉놀이 친구로, 나는 당신의 남편 당신은 나의 아내로, 모래 밥과 온갖 풀을 뜯어다 무치고, 우리는 맛있게 먹었던 그 많은 그날들을 기억합니까?

내가 보통학교 오 학년 열한 살, 당신은 사 학년 열 살, 그 어느 날 갑자기 우리는 만나도 말을 하지 못하고 그저 불그레한 미소만 지으며 어색했던 그 많은 날들을 기억합니까?

"쟤들은 사이가 너무 좋아, 다 큰 것들이…… 연애를 하는가봐."

하는 시샘 말이 우리에게 들려왔을 때, 우리는 그때부터 알 수 없는 부끄러움과 부자연함을 느끼며 만나도 서로 미소만 지었습니다. 그것도 남몰래. 당신의 그 소녀의 미소는 지금도 내 마음에 새겨져 있습니다. 내가 조각가라면 그 미소를 재현했을 겁니다.

육 학년 어느 날, 학교 실습장인 논에서 김을 매고 있을 때, 나이 든 학생들이 선생 몰래 곰방대로 담배를 피웠습니다. 그것이 발각되어 우리 반 오십여 명이 담임선생으로부터 문초를 받게 되고, 내 옆의 친구가 자기 곰방대를 내 허리춤에 끼워놓았습니다. 나는 그만 당황해서 감추었으나 들통이 나 대여섯 명의 친구들과 같이 운동장 한복판에서 회초리를 맞게 되었습니다. 담임선생은 "반에서 나이 제일 어린 애가 벌써 담배를 피워." 하며 더욱 노했습니다. 많은 구경꾼 앞에서 회초리를 맞게 되었을 때, 나는 곰방대가 내 것이 아니라고 변명을 하고 싶었지마는, 사나이가 그럴 수는 없다고 바지를 걷어 올렸습니다. 그때 당신은 조금 멀리 소나무 등 뒤에서 나의 못난 꼴을 훔쳐보고 있었습니다.

나는 얼굴이 화끈하는 동시에 굴욕감을 느끼면서, 나는 절대로 울지 않아야 한다는 생각이 번개처럼 지나가는 것이었습니다. 사정없는 회초리는 내 종아리를 찍어내는 듯, 그러나 입술을 깨물며 아픔을 참고 눈물을 참았습니다. 나보다 칠팔 세나 위인 친구들도 회초리를 맞고 울어버렸지만.

나는 그 일이 당신에게 부끄러우면서도 한편 울지 않았다는 긍지와 자랑을 느꼈습니다. 내가 담배를 피우지 않는다는 것은 내가 변명하지 않아도 당신은 알고 있으리라고 믿었습니다.

나는 그 일로 갑자기 어른이 된 것 같았고, 당신에게 합당한 사나이가 된 것 같았습니다. 그것은 참으로 놀라운 일이었습니다.

스탕달은 남녀의 연애 성립과정을 결정화라고 하며, 그 첫 단계가 쇼

크라고 했습니다. 즉 연애는 충격에서 시작된다는 것입니다. 우리는 소꿉놀이를 한 어깨동무로서 지내왔으나 그날 비로소 나는 당신의 아름다운 많은 점을 한꺼번에 갑자기 발견하고 깨달은 것 같았습니다. 그리고 또 당신은 내가 누구라는 것을 발견해줄 여성이었습니다.

나는 부친의 병환으로 보통학교를 마치고 당신이 있는 그곳을 떠났고, 가산도 기울어 중학교를 가지 못하고 장사를 해야 했습니다.

그 후 당신이 여학교에 진학했다는 소식을 들었을 때, 당신과 나의 거리가 너무나 멀어진 것을 느꼈습니다. 당신에게 어울리는 사나이가 되어야 한다는 마음, 당신에게 인생으로서 훌륭한 사업을 성취해 보이어야 한다는 마음, 그것이 당신에게의 봉사라는 것을 생각했습니다. 나는 공부를 해야 한다는 생각에서 던졌던 책을 다시 펴고 맹렬히 공부하기 시작했습니다. 나에게는 혁명이었습니다.

다행히 부친의 병환도 사업도 좋아져 나의 소원도 이루어지게 되어 나는 당신이 있는 곳의 중학교에 가게 되었습니다. 그 어느 날 길가에서 당신을 만났습니다. 나는 당신을, 당신은 나를 발견하고, 그 반가움과 놀라움에 우리는 발걸음을 똑같이 멈추었습니다. 나도 그랬지마는 당신의 표정도 너무나 착잡한 표정이었습니다. 같이 걷던 당신의 친구들이, 그리고 나의 친구들까지 걸음을 멈추고 우리 두 사람에게 모두 시선을 던졌습니다. 당신도 나도 서로 해야 할 말이 가슴에 뭉쳐 있으면서도, 한마디 인사의 말도 없이 스치고 지나갔습니다. 그때 튤립처럼 빨간 얼굴의 시선이 지금도 내 눈 앞에 어립니다.

나는 그날부터 더욱 공부에만 열을 올렸습니다. 시와 소설을 읽었습니다. 학기마다 성적은 올라갔습니다.

당신은 여고를 졸업하고 서울의 이화여전으로 갔습니다.

나는 대학에 진학할 만한 경제적 능력이 없어 취직을 해야 했습니다.

그러나 반 년 후 부모의 허락 없이 동경으로 건너갔습니다. 고학한다고 무작정 간 것입니다. 그것은 내 인생의 또 하나의 혁명이었습니다. 당신은 나에게 혁명을 일으켜주곤 했습니다. 다행히 원하는 대학에도 들어가게 되어 먼저 동경에 유학 온 당신의 오빠를 찾아가 만났습니다.

당신의 소식을 듣고 싶어서였습니다.

나는 대학을 졸업하자 일제 학병에 걸려 만주로 도주하는 길에 위험을 무릅쓰고 당신의 집에 찾아갔습니다.

그때 당신은 흰 저고리에 연한 초록색 치마를 입은 청초한 얼굴로 나를 보자 한 발자국 뒷걸음질을 쳤습니다. 역시 놀란 착잡한 표정이었습니다. 그러나 나는 놀라지 않았습니다. 그리던 당신의 맑고 청순한 얼굴과 그 모습 그대로였기 때문입니다. 그 순간을 기억하십니까. 우리는 근 십 년 만에 만난 것이었습니다. 나는 이십삼 세의 청년, 당신은 스물두 살의 청춘이었습니다.

당신의 어머니는 나를 친아들처럼 맞아주었고, 나를 위해 저녁식사를 특별히 차렸습니다. 학병을 피해 도주하는 나의 앞날을 위해 기도도 하여주었습니다.

그날 저녁, 막 식사를 하려 할 때, 한 청년이 같은 식탁에 앉게 되었습니다. 당신의 어머니는 그 청년을 소개했습니다. 의사며 당신의 약혼자라고 했습니다.

그 순간, 나의 모든 것이 허물어져 내리는 소리를 들었습니다. 내 앞은 암흑 그것이었습니다. 목표도 없고 길도 없는 길을 떠나야 했습니다. 도주였고 방황이었습니다. 나는 그날 밤, 고독을 안고 정말 삭막한 만주로 도주의 길을 떠났습니다.

나는 쫓기는 몸으로 이국 땅 만주에서 전전하다가 해방과 더불어 신의주로 나와, 여고 교사일 때, 또 거리에서 당신을 만났습니다.

후에 안 일이지만 당신은 나의 아내의 친구였더군요. 우리는 월남했으나 당신네는 그대로 거기서 살고 있는지요?

나는 당신에게 부끄럽지 않은 인간이 되려고 노력한 나의 소년 시절과 청춘을 회상하는 지금, 문득 "우리는 현실의 인간을 사랑하는 것이 아니고 자기가 만든 사람을 사랑한다." "연애는 상상에 의해 생겨난 착각이다."라는 프루스트와 스탕달의 말이 떠오릅니다. 그러나 나는 그들의 말을 믿지 않습니다. 왜냐하면 나는 환상으로 당신을 만들지 않았기 때문입니다.

단테는 베아트리체의 죽음에서, 그녀는 아직 하늘에서 살고 있다는 것을 믿고 그녀와 만나기 위해서는 그에 합당할 만큼 자기를 높이지 않으면 안 된다고 결심하고, 더욱 문학에 열중한 것을 나는 다시 새삼 생각해보며 이만 붓을 놓습니다.

—『처음 만난 그대로』, 태창문화사, 1979.

자기소외와 현대의 시대적 상황

현대는 소외疏外의 시대다. 불안의 시대다. 또는 현대인은 모두 자기소외에 떨어져 있다. 불안에 떨고 있다. 이런 말들은 유행어가 되었고, 벌써 퇴색해버린 말들이다. 그러나 이 말들은 살아 있다.

그러면 인간의 자기소외란, 인간의 불안이란 어떤 정황을 말하며, 어떤 상황을 말하는가.

그것은 한마디로 말할 수는 없으나 인류는 자기 생활을 영위하기 위해, 보다 나은 생활을 실현키 위해 그 수단으로써 만들어낸 모든 문화적 소산이 다시 말하면 기계의 발명과 그 이용, 정치와 사회구조 등등이 반대로 우리들의 인간으로서의 생존과 생활을 위협하고 파괴하는 결과가 되었다는 것이다.

인류는 인간으로서 살려고 하는 욕망에 의해 문명문화를 창조하였고 갖가지 생활영역을 만들어냈다. 정치, 경제, 사회 그 모든 기구機構나 제도나 조직이나 또는 사상이나 도덕이나 예술이나 과학이나가 모두 사람답게 살기 위해서 만들어낸 갖가지 생활영역인 것이다. 한데, 이 인간다운 생활을 실현하기 위한 수단이었던 그 모든 생활영역의 제도나 조직이나 기구가 반대로 인간을 구속拘束하고 생활을 압박하고 지배하게 되었다. 각 개인의 인간으로서의 주체성이 위기에 처해졌고, 유린蹂躪되는 결과를 가져왔다.

이러한 현상은 인간의 자기소외라는 말로 표현되었다.

그리하여 현대 문학의 관심은 이러한 문제에 쏠리게 되었다. 현대는 지난 어떠한 시대보다도 그러한 현상이 인간생활의 모든 면에 침식하여 인간성의 상실을 가져오게 하였다. 이것은 오늘을 살고 있는 우리들이 직면하고 있는 위기인 것을 일찍 문학자들은 직감하였다.

또한 현대는 불안의 시대라고 한다.

원자시대原子時代인 오늘 전쟁이라도 일어나면 원자폭탄이 언제 우리 머리에 떨어지려는지 모른다.

흉악한 범죄는 매일같이 발생한다. 그리고 교통난은 이제 병적 상태에 이르러 교통지옥, 교통전쟁이라는 유행어를 낳았다. 유행어란 얼마간 성행하다가 사라지는 법인데 이 말들은 사라질 줄을 모른다.

국내외의 정치, 경제, 사회문제는 불온과 긴장의 연속이다. 우리는 불유쾌하고 괴로운 현실에 포위되어 있으면서, 믿고 의지할 사상도 보이지 않는다. 돌아가 편히 쉬어야 할 '집'이라는 곳도 핵가족이니, 뭐니 하며 붕괴되어가고 있다.

친구라는 것도 가만히 생각하여 보면 겉과 안은 달라 출세의 라이벌이 아니면 적이다.

남녀의 애정이라는 것도 서로의 에고이즘으로 파탄의 지경에서 어디로 갈지를 모르고 있다.

믿어야 할 아무것도 없는 시대다. 끝없는 불안의 시대라는 것이다.

그러나 이러한 견해는 일방적 견해다. 불안은 그 어느 시대에고 있었다. 우리는 우리의 역사와 세계사에서 볼 수 있다. 결코 현대의 특산물은 아니다. 천재지변의 공포는 예나 지금이나 변함이 없다. 전쟁, 범죄, 전염병 등등 모두 그렇다.

한데, 현대에는 현대의 불안이 있다. 인구의 과잉에서 오는 불안. 모든 사물의 가속적 변화에서 오는 불안. 자극량의 과다에서 오는 불안.

자연과 생명의 숨소리가 들리는 전원에 공장이 진출하여 고요와 평화를 빼앗고, 산에 올라도 등산객의 행렬은 도봉산이 명동이라는 패러독스 바로 그대로다. 도시는 이제 비대의 한계를 모르며, 공해라는 공해는 공간과 하천에 넘쳤고, 지하에까지 스며들었다.

일상생활에서 신문을 펴면, 국내외의 충격적인 기사로 현기증이 날 지경이다. 텔레비전이라는 괴물상자는 우리의 귀와 눈에 생생한 사건 현장을 보여주고 들려주고 오락으로 우리를 즐겁게 하여 주지마는, 도를 지나친 자극과 욕망을 불러일으켜 주며, '나의 시간'을 침식하는 독침을 지닌 괴물상자다. 이제 한국에도 어느 가정에나 이 괴물상자 하나만은 모두 갖추고 있다고 한다. 이젠 누구나 이 괴물상자의 노예가 아닌 사람은 거의 없다. '자기의 시간' 스스로 삶을 생각할 시간을 빼앗기고 텔레비전이 말하는 대로 보여주는 대로 무비판적無批判的으로 받아들이며, 생각하지 못하는 인간 무비판적 인간이 되어간다. 바보가 되어가는 현대인들 그래서 텔레비전을 바보상자라고도 한다지마는.

현대인은 모두가 바쁘다. 마음의 여유가 없다. 현대의 자극물의 포화는 정신의 기본적 안정을 교란시키고 있다. 최저로 필요한 안정상태의 폭을 넘을 때 정신의 병리는 시작된다.

가정용품은 개량을 거듭하고, 가전품의 모델 체인지는 호화로워 작년의 제품은 구식이 되어, 이제는 사용할 수 없는 것이 아닌가 하고 착각을 일으키게 한다. 관광레저 산업의 발달 사무의 기계화와 컴퓨터화된 현대의 기계산업은 우주개발에로 머리를 돌리고 있다.

이러한 현대라는 시대와 환경상황은 우리 인간의 마음을 어떻게 작용하고 있는 것인가.

산업혁명 이전의 서구 사회에 있어서의 모든 사람들은 신의 존재에 관해 의심하지 않았다. 성서의 우주창조의 이야기를 믿었고, 그 모든 운행은 신의 의지에 의한 것으로 믿었다. 그러나 1840년으로부터 1860년대에 걸쳐, 새로운 과학정신이 일어나고, 전통적인 성서의 창조 이야기는 지질학이 말하는 지구와 연대와 진화설과는 모순이 생기게 되었다. 또한 성서에 대한 비평적 연구는 성서와 교회의 전통적 권위를 실추시켰다. 콩트와 다윈의 학설은, 특히 '종의 기원'의 학설은 인간이 신의 창조라는 교회의 교의를 부정하게 되었고, 인간을 물리학의 대상으로서, 물존物存과 운동만으로 설명하고자 했다. 자연도태나 적자생존이나 약육강식이나 생존경쟁과 같은 이론은 당연하였고 신학, 윤리학, 철학 모든 학문에 결정적인 문제를 던졌다.

진화론은 지식인을 회의와 절망에 떨어뜨렸다. 즉 18세기의 희망적 시대정신의 기조를 19세기는 환멸과 비관으로서 그 기조를 허물었다. 다시 말하면 진화론적 인간관은 인간으로부터 존재의 목적을 빼앗고 진화는 섭리로 대행되었다. 인간은 광대한 우주에 우연히 발생한 고독한 존재가 되었다.

시인이나 작가는 그 시대의 사상과 정신상출淨神狀出을 민감하게 직관直觀하는 시대의 안테나다. 서구의 19세기 후반의 문학자와 사상가들은 인격신人格神이 사라진 자연과 우주에 대결하지 않으면 안 되었다. 신神이 없는 세계의 인간은 어디로 가야 할 것인가. 무엇을 믿어야 할 것인가. 인간은 냉혹한 종언終焉을 향해 맹목적으로 돌진하고 있는 것인가. 현대의 실존주의 문학자인 카프카, 까뮈, 사르트르 등이 투시한 것과 같은 허무의 심연인 것이다. 그들이야말로 현대의 정신적 위기와 한계 상황을 감지한 사람들이다.

현대 작가의 주제는 인간의 외적 세계나 사회상태의 묘사보다도 인간의 내적 심리의 세계, 의미의 상실, 정신의 방황, 자기소외 같은 것이 많다. 또한 인간의 고독이나, 사랑의 불가능성이나 죽음의 문제가 주된 주제가 되었다.

소외문제는 오늘의 사회문제로서 여러 가지 형태로 취급되고 있다. 정치학적, 사회학적, 심리학적 입장에서 많은 논의와 저서들이 있다. 그 중 F. 파펜하임의 소외론은 많은 지식인들이 알고 있다. 그는 『근대인의 소외』의 첫머리에 고야의 〈이빨을 찾는 여인〉이라는 동판화銅版畵의 명작을 예로 들며 소외를 설명하고 있다. 이 고야의 그림은, 교수형이 된 사나이의 시체로부터 그 이빨을 훔치려고 하는 여자가 그려져 있다. 18세기 후반에 당시의 스페인에서는 교수형이 된 사나이의 이빨에는 마력이 있다는 미신에서였다. 훔치려는 여자의 표정에는 마법의 이빨을 손에 넣고자 하는 욕망과 그러나 시체는 무섭다고 하는 공포가 그려져 있다. 욕망과 공포에 찍힌 '자아'가 나타나 있다. 이 자아의 분열이 소외라고 그는 설명하고 있다. 그리고 자동차 사고의 사진을 돈을 받고 파는 사진가寫眞家의 동기도 그 고야의 그림의 여자와 같은 것이라고 설명했다.

이와 같이 파펜하임이 든 소외라는 현상은 불행한 상태라는 것과는 다르며 또한 소외를 당하고 있으면서도 그 자기소외라는 것을 모르는 경우가 있다는 것과 소외되면서도 사회적으로는 대성공을 하고 있는 경우가 있다는 것이다. 즉 부자가 된다든가 훌륭한 성공인이 된다는 것이다. 파펜하임은 또한 게오르그 짐멜의 사상을 언급하며, 인간의 실존인 생生

과 생활의 형식인 문명과는 서로 대립된다고 했다. 형식(문명)을 부정하는 반항이야말로 생의 충동이라고 했다. 또한 개성을 버리고 군群과 집단으로 들어가 사는 것을 자아로부터의 소외라고도 했다.

하여간 소외란, 개인의 내면에 있어서의 살려고 하는 의지가, 외면으로부터의 여러 가지 압력이나 또는 내면에 있는 여러 가지 심리에 의해 방해되고 있는 상태며, 그 때문에 자기 인생을 참된 자기 자신으로서 살 수가 없는 인간의 상태인 것이다.

현대의 우리들은 매일의 생활에서 과연 어느 만큼 자기 자신의 주체성을 살릴 수 있는 것일까. 우리들의 직업은 어떤 것인가. 대부분은 자기의 주체적인 생존과는 먼 직업에 종사하고 있으며, 생활을 위해서는 그것을 계속하지 않을 수 없는 상태에 있는 것이다. 더욱이 직업 자체가 분업화하여 우리들은 전체의 생산과정의 그 일부에서 매일 기계와 같이 반복하는 데 지나지 않는다. 생각하면 자기의 주체적인 생존과는 전혀 무관계의 생활에 대부분의 시간을 빼앗기고 있는 것이다.

현대에 있어서 자기의 직업을 천직으로 안다든가 소명감을 느낀다는 것은 거짓말이다. 직업의 문제는 사회의 객관적인 소외적 생존의 문제로 취급하지 않으면 안 될 문제인 것이다. 한데 문학은 이러한 상황하에 있는 인간의 고뇌의 분석과 인간성 실현의 문제를 주제로 묘사하고 있다.

술을 마시고 싶어서 매일 마시는 것이 아니고, 마시지 않고는 견딜 수가 없는 마음의 상태.

LP를 듣지 않고는 잘 수가 없는 사람들. LP를 들을 때만 삶의 보람을 느낀다는 사람들. LP가 없으면 나에게는 허무 그것뿐이라는 사람들.

그러나 현대인의 불행은 직장으로부터 해방되어 삶의 보람을 느끼고자 하는 그러한 행위도 자기 회복이 될 수 없고, 소외적 생존의 고뇌에서의 도피에 지나지 않는다는 것에 있다. 의식적이건 무의식적이건 자기 자신의 소외적 생존과 주체적 생존과의 분열을 잊으려고 하는 행위다. 자기 자신으로부터의 도주逃走에 지나지 않는다. 도피는 결코 문제를 해결하여주지는 못한다.

자기로부터의 도피는 때로 일에 몰두한다는 형태로 나타난다. 일에 열중하면서 바쁘다고, 자기는 활동가라고 생각하고 있지마는, 그러한 사람들의 대부분은 자기 내면의 불안을 캄프라치*하는 것에 지나지 않는다. 인간 내면의 공허에서 그것을 메우기 위해 일에 몰두하는 것이고 생산적 활동은 아니다. 일이 없거나 쉬어야 할 때 갑자기 알 수 없는 불안에 떨게 되고, 이유 없는 허무감에 사로잡혀 정신분열을 일으키게 되는 것이다.

그러나 현대인의 인간성을 이지러지게 하고 압박하는 것은 현대의 사회구조나 직업적 상황에만 있는 것은 아니다.

현대의 경제시장에 있어서 상품의 가치를 결정짓는 것은 사용가치가 아니고 교환가치인 것이다. 높은 사용가치를 가진 상품이라 해도, 그 공급이 수요를 넘을 때, 또는 유행에 떨어진 상품이 되었을 때. 그것은 무가치한 것이 되고 만다. 이와 마찬가지로 현대사회에서는 인간으로서 아무리 훌륭한 사람이라 해도, 만일 사회적 수요가 없으면, 그 사람은 무가치한 사람이 되고 만다. 반대로 인격은 보잘 것이 없는데도 만일 수요에 응할 수만 있으면 그 사람은 훌륭한 가치를 가지게 된다.

말하자면 인간의 상품화는 현대 경제시장의 메커니즘이 강요하는 인간왜곡의 현상인 것이다. 인간의 가치도 모두 수요와 공급의 원리에 의해 결정된다는 사실이다.

| * 카무플라주, 어떤 상황이 드러나지 않도록 의도적으로 가장하는 일.

그러나 인간은 이러한 현대사회에서 살기 위해서는 시장의 요구에 응하지 않을 수가 없는 것이다. 자기를 완전히 상품화하지 않을 수 없다. 그것을 의식하고 못하는 것은 차이가 있지만, 현대인은 남녀 모두가 거의 자기를 될 수 있는 대로 고가로 팔려고 노력하는 것이다.

현대인은 자기 자신의 가치를 자기가 알려고 하지 않고, 자기의 가치를 남이 인정해주기를 바라고 있을 뿐이다.

남녀의 사랑의 관계에 있어서도 서로 교환할 수 있는 상품으로서의 관계에 지나지 않으며, 결국 사랑을 결정하는 것도 교환가치인 것이다. 인간으로서의 개성은 무의미한 것이다. 이러한 것을 현대의 인간시장이라고나 할까.

현대사회의 인간의 비참에서 종교나 교육은 그 자체의 역할과 임무를 가져야 할 것이다.

현대문학에 나타난 세계는 이러한 인간소외의 세계라고도 할 수 있다. 한데 모든 구제는 자아에 대한 절망으로부터 참 삶의 신앙으로 나타나는 것이다.

『자유로부터의 도주逃走』, 『인간에 있어서의 자유』, 『정신분석과 종교』를 쓴 에리히 프롬은 신앙과 자유와 진리와 사랑을 모르는 인간은 혼란과 불안 속에서 헤매지 않으면 안 된다고 지적하였다.

'인간은 신을 통해서만 자기 자신에 가까워질 것이다.'라고.

—《경기》 14호, 1980.

현대사회의 소외의식을 형상화한 김광식

_방금단

1. 김광식의 삶과 도시인의 비극성

김광식은 전후작가로 1954년에 문단에 데뷔했음에도 불구하고 전전 戰前작가의 의식을 소유하고 있다. 그의 작품의 기저에는 그가 체험한 일 제 말 태평양전쟁과 한국전쟁이 있다. 작가는 소설을 쓰는 이유에 대해 서 "인생의 어떤 경험 등이 쌓이고 뭉쳐져서 그것을 말하거나 쓰지 않 고"*는 견딜 수 없기 때문이라고 한다. 따라서 그는 이 땅에 살았던 사람 들이 겪었던 전쟁에 대해서 독자의 "공감과 감동을 얻는 목적"**하에서 자신의 체험을 작품에 표출한다. 김광식의 "청년기는 두 전쟁을 겪어내 는 시기였다. 한국전쟁의 휴전이 성립되었을 때 이미 인생의 반이 지나 가버린 삼십대 중반"***이었다.

김광식은 평안북도 용천군에서 출생한다. 그는 보통학교를 중강진에 서 졸업한 이후 중학교에 진학하지 못하고 장사를 한다. 그러나 곧 아버 지의 병환과 사업이 호전되어 중학교를 다닌다. 그 후 집안의 형편으로

---

* 김광식, 「소설을 쓴다는 것」, 『문학적 인생론』, 신구문화사, 1981., 44면.
** 김광식, 앞의 책, 「신인의 마음」, 51면.
*** 김광식, 앞의 책, 「회상을 위해서라도」, 191면.

대학 진학을 못하고 취직을 하지만, 공부를 해야 한다는 생각으로 반년 만에 부모 몰래 도일하여 고학으로 메이지대학 문예과를 졸업하게 된다. 김광식은 대학을 졸업하자마자 일제 학병 동원 대상자가 되었기 때문에 만주로 도피한다. 1년 후에, 그는 학병 동원이 잠잠해진 틈을 타 선배의 도움으로 만주흥업은행 잉커우〔營口〕 지점에서 근무하던 중 해방으로 귀국하여 신의주 남고녀 교원으로 근무하다가 월남을 하게 된다.*

작가가 현대인의 삶에 주목하게 된 것에는 그가 살고 경험한 도시인의 삶이 절대적인 영향력을 끼친다. 김광식의 삶을 살펴보면, 유년 시절을 제외한 거의 모든 시간을 동경, 잉커우, 부산, 서울 등 도시의 한 중심에서 생활했음을 알 수 있다. 또한 이 시기는 유년기와 같은 안정감을 얻을 수 없는 환경에 노출되어 있었으므로 그가 느끼는 불안의식은 매우 컸을 것으로 짐작된다. 그의 인생에서 식민지 지식인, 학병 도피자, 월남, 부산 피란살이, 수복 후 서울에 정착하는 과정이 모두 청년기에 해당된다. 그러므로 그가 겪었을 두 전쟁과 혼탁했던 사회적 상황이 작가의 정서적 측면에 미치는 영향력이 컸을 것이다. 따라서 그는 자신의 작품에 도시인의 비극성을 문제의식으로 표출할 수 있는 지식인(신경정신과 의사, 기사, 은행원, 교사, 대다수가 대학 출신)들을 형상화한다.

그리고 그의 작품에서 여성인물들 또한 지식인으로 그려진다. 전통적으로 여성인물들은 수동적이며 비지식인에 속했다. 그러나 현대의 자본주의 사회에서는 자유경쟁과 이윤의 창출을 위해, 성의 차별보다는 이용의 가치와 목적에 맞게 여성의 지위도 상승되었다. 김광식의 소설에는 여성인물의 경제적 능력에 따라 성의 역할이 전도되는 현상이 나타난다.

---

* 김광식은 이러한 과정을 그의 수필집인 『문학적 인생론』을 통해 밝히고 있다. 그가 도피 과정 중에 장인의 눈에 들어 결혼하게 된 아내에 대한 글로 「영원한 우정」이 있는데, 이 글을 통해 그는 실제의 도피 과정은 작가 자신의 자전적 이야기가 30퍼센트 이상 서술되었다는 장편의 『식민지』와 경로가 일치한다. 또한 「회상을 위해서라도」에도 언급되어 있는 것으로 봐서 그가 경험했던 청년기의 충격은 컸던 것으로 생각된다.

여성인물이 남성인물보다 자본주의의 삶에 더 능동적으로 대처하는 동시에 성에도 개방적이다. 여성인물은 사회생활과 인간관계에 있어서 소심하면서 내부적으로 갈등을 안고 있는 남성인물과 반대되는 이미지를 드러낸다. 또한 전쟁의 상흔에서 벗어나지 못하는 남성인물들이 여성인물들의 경제력에 의지해서 살아가는 현상이 두드러지게 나타난다.

김광식은 "냉혹한 사회에서 메커니즘화해가는 무감각이 되어가는 현대인"[*]의 삶을 그리려고 노력한 소설가다. 따라서 그의 소설에서 작중인물들(사회인, 직장인, 부부, 가정, 청소년 등)이 정신적 만족과 행복한 일상 그리고 미래의 희망을 내포하고 있는 것은 거의 없다. 그의 소설 속의 작중인물들은 무기력하고 선하다. 또한 선한 만큼 외부의 여러 가지 압력과 스스로의 내부적 갈등에 의해 개성과 자유가 상실된 삶을 살게 된다. 작가는 이러한 인물들을 통해 "언제나 인간의 불행, 사회의 불행을 발견"하여 불행에서 얻은 감정과 사상으로 "비극의 미美를 직감하고 모색하고 표현"[**]하려고 한다. 따라서 현대화된 도시의 공간 속에서 물질과 본능을 좇아 행동하는 소외되고 고독한 인간의 유형이 창조되게 된 것이다.

도시가 갖고 있는 특성은 인간의 삶이 문명화되어 있다는 점이다. 김광식의 작품에서 도시라는 곳은 지식인에 속한 인간들이 도시의 문명화가 갖고 있는 여러 가지 문제점을 노출하는 배경으로 작용한다. 특히 완전한 산업사회나 기술사회가 아닌 과도기적 상태의 도시에서 지식인의 삶은 보다 심한 갈등과 고뇌를 지니게 된다. 도시의 지식인은 보수와 전통이 혼재하는 현실에서 일반적으로 부정적 삶의 양식으로 기울어진다.[***] 따라서 작중인물들의 정서가 박탈감, 결핍감, 상실감, 무력감, 고립감, 불

---

[*] 김광식, 앞의 책, 「무감각의 현대인」, 89면.
[**] 김광식, 앞의 책, 「하나의 세계의 발견을」, 51면.
[***] 임기현, 「김광식 도시소설 연구」, 개신어문학회, 2000., 610면.

안, 공허 등으로 드러난다. 김광식 소설에서 도시는 그의 작품세계를 통해 발견되는 통일적인 공간으로서 작품 전체의 의미를 총체적으로 생성하는 유기체적 공간이다. 그는 이 공간을 통해 인간이 갖고 있는 소외의식을 드러낸다.

소외는 서구에서 유입된 개념이다. 서구 사상사에서 소외의 개념은 인간의 근본적 존재 조건으로 보는 관점과 사회, 역사적인 환경의 부산물로 보는 역사철학적 관점으로 두 가지 방향에서 논의되어왔다. 한국전쟁 후의 우리나라의 문단에서 거론되는 소외의 개념은 후자의 범주에 속한다. 김광식의 소설에서 작가의식으로 드러나고 있는 자기소외도 역사철학적 관점과 궤를 같이한다.

김광식은 「자기소외」라는 글에 소외의 개념에 대해 다음과 같이 언급한다.

> 인간은 자기의 현실이 고될 때, 곤란할 때, 그와는 반대되는 화려한 공상의 세계로 자기도 모르는 사이에 끌려 들어간다. 이것으로 그치면 일은 그만이다. 그러나 곤란한 현실을 뚫으려 하지 않고 곧 안이한 본능의 세계로 들어가, 그 속에서 자기를 잃어버린다.[*]
>
> ―본문 387쪽

작가에 의하면 자기소외란 참된 자기로부터 허위의 자기가 되어 현실을 극복하려는 노력을 보이지 않고 안이한 본능의 세계로 도주해버리는 것을 말한다. 따라서 "자기소외란, 물질의 세계로 본능의 세계로 도주하는" 것을 뜻한다. 현대의 집단 속에서 사회의 기구, 제도, 조직에 의해

---

[*] 그는 이외에도 소외에 대해 「자기소외와 현대의 시대적 상황」, 《경기》, 1980.과 앞의 책, 「소외시대」에서도 언급하고 있다.

타의 또는 자의로 조종을 받으며 지배를 받는 것이 바로 이에 해당한다. 이러한 점에 대해 간략하게 말하자면, 역사철학적인 의미에서의 소외란 이해할 수 없는 자연의 횡포와 종교의 구속 그리고 계급사회의 독점에서 자유로워진 개인이, 그러한 자유를 가능하게 했던 물질주의와 과학만능주의에 의해 오히려 도구화되어 가는 상황을 말한다.

김광식 소설에서 표현되는 소외의식은 서구적 근대화에서 나타날 수 있는 현상일 뿐만 아니라 한국전쟁 이후의 한국인의 고유한 삶에서 발생할 수 있는 인간 삶의 문제를 전제하고 있다. 김광식은 전후작가들처럼 전쟁의 체험을 사실적으로 재현하는 것에서 벗어나 체험의 의미를 작품에 표출하되, 그것보다는 전후의 일상을 살아가는 인간의 삶의 형상화에 더 치중한다. 즉 한국전쟁 이후 손창섭, 장용학, 최인훈의 작품들이 전쟁으로 인한 인간성 파괴, 가치관의 혼란으로 인한 소외를 다루고 있다면, 김광식은 한국전쟁 이후의 본격적인 자본주의화를 따라 급속하게 진행된 도시화와 일상생활의 변화에서 발생되는 사회적 모순을 소외로 표현한다.

이러한 이유로 김광식의 작품은 크게 세 가지 유형으로 분류할 수 있다. 그리고 소설에서 이 세 유형의 공통점은 소외의식이다.

첫째는 해체된 가정과 윤리의 부재의식을 드러낸다.

둘째는 조직화된 현대사회에 적응하지 못하고 소외된 인간의 삶을 묘사한다.*

셋째는 현대적 교육에 대해 냉소적 시각을 갖는다.

---

* 김용구는 김광식의 소설이 가정, 직장, 성의 문제로 귀결된다고 보았으며, 그의 작품을 크게 두 가지의 경향으로 나누어 분석했다. 하나는 과거 상혼이 주인공을 철저히 지배하는 유형이고, 또 다른 하나는 새로운 세계의 도래에 따른 정신적 방황을 다룬 유형으로 분리했다. 김용구, 「김광식 소설에 나타난 가정과 직장에 대하여」, 『한국현대작가연구』, 민음사, 1989., 63면.

김광식은 전후작가이면서도 다른 전후작가와는 변별적으로 전쟁의 상흔에 대해 서술하되, 그 전쟁으로부터 역사적으로 객관적인 거리를 확보함과 동시에 전후 이후에 급속한 자본주의화가 이루어져가고 있는 한국사회의 부정적인 면을 재현하고 있다. 그가 포착한 당대 사회의 비판적인 문제점들이 지금도 여전히 유효하다는 점에서 작가로서의 김광식은 한국 문학사에서 새롭게 평가되어야 한다.

2. 전쟁의 상흔과 해체된 가정

김광식은 자신이 체험한 일본 유학, 일제 학병 도피, 만주, 해방과 월남을 많은 작품에서 반복적으로 서술하고 있다. 따라서 왜 김광식은 그의 작품을 읽는 독자로 하여금 작품의 독창성이 떨어진다고 각인될 만큼 반복적으로 이와 같은 소재를 서술하는 것일까 하는 의문을 갖게 한다. 이러한 작품으로는 「환상곡」, 「비정의 향연」, 「배율의 심야」, 「고목의 유령」, 「자유에의 피안彼岸」, 「깨어진 거울」, 「모녀상」, 「원심구심」, 「거난亡難」, 「표랑漂浪」, 「어설픈 독백」, 「오늘」, 「고독」, 「상상하는 여인」, 「초로의 저항」, 「연대보증인」, 「부녀상」, 「그림자」 등이 있다. 이는 작가가 소설 속의 작중인물의 삶을 기억에 의존해서 재구성하려는 예술성에 그 목적이 있다[*]고 볼 수 있으며, 다른 하나는 그가 과거에 겪었던 전쟁의 공포가 인간의 삶을 파괴시키는 원인이 되었다는 것을 전달하고 싶어 하는 것이라고 할 수 있다. 그렇기 때문에 그의 소설의 작중인물들은 그들이 겪었던 두 번의 전쟁 체험으로 인해 온전한 가정을 가질 수 없는 상태임과 동시에 현실에 대한 극복의 의지가 없이 본능대로 행동하는 자기소외 현상을 보인다. 이들은 전쟁이 끝난 후 자본주의화된 사회의 생존경쟁

---

[*] 작가는 자신이 체험한 전쟁의 공포와 상흔을 그가 창작한 작품 속의 작중인물의 삶에 기대서 작가 자신의 기억을 작중인물을 통해 재구성하려는 의지를 보이는 것이라고 할 수 있다.

속으로 내몰리게 된다. 이러한 상황에서 작중인물들은 이기적이고 추악한 욕망에 따라 행동을 하게 되고 그로 인해 가정이 해체되는 현상과 함께 비윤리적인 상황이 발생된다.

김광식은 그의 데뷔작인 「환상곡」에서부터 전쟁의 상처로 인해 현실에 적응하지 못하는 인간의 유형을 창조한다. '나'는 생활 능력이 없어서 아내의 경제력에 기대어 산다. 해방이 되고 소련군이 들어오고 6·25동란, 평양에서 서울로, 다시 부산으로 이동하는 동안 '나'의 허약한 육체는 아내를 안아줄 수 없게 된다. 따라서 아내가 타락한 생활을 하고 다른 남성을 사랑한다고 '나'에게 말해도 '나'는 질투를 할 줄 모른다. 이러한 점에 대해 "김광식 소설의 인물들은 살아 있는 인물이 아니다. 그들은 이미 과거에 의해 파멸된 잔해일 뿐이다."*라고 평가되고 있을 정도로 작중인물들(전쟁의 상흔을 갖고 있는)은 잉여의 삶을 산다. 김광식의 소설에서 전쟁을 직접적으로 체험한 남성인물들은 여성인물들과의 관계에서 전도된 성의 양상을 보인다. 남성인물들은 여성인물들에게 기대어 살면서 잘못된 아내의 행동을 고치려거나 자신의 현실을 타개하려는 행동을 보이지 않는다. 남성인물들은 자신의 삶에 대한 자각도 없이 '안이한 본능의 세계로 들어가 자기를 잃어'버린다.

가정에서 소외된 남성인물들은 최고의 지식인이면서도 역사의 현장에서 소외된 인물들이다. 전쟁의 상흔을 소급하고 있는 단편작품들은 전쟁이 작중인물의 삶을 파괴시킨 원인으로 제시되고 있음에도, 전쟁은 추상화된 소설의 줄거리일 뿐이다. 작중인물들은 격변하는 역사적 사건 속에 있으면서도 역사나 이데올로기에 대해 어떠한 태도도 보이지 않는다. 이러한 점 때문에 작중인물의 삶은 전쟁을 겪었던 모든 사람들과의 공감

| * 김용구, 앞의 책, 64면.

대에서 유리되었다는 생각을 갖게 한다. 그의 소설에서 계속 언급되고
있는 두 전쟁은 남성인물이 정신적인 방황을 겪을 수밖에 없는 끔찍한
사건으로서 구성될 뿐이지 역사의 주체로서의 행동과 생각이 결여되어
있다.

「자유에의 피안」에서 엄진호는 화가로, 동화와 같은 그림, 동화와 같
은 이야기, 동화와 같은 가정생활을 꿈꾼다. 이 소설에서 엄진호는 전쟁
이라는 거대한 역사적 상황을 겪으면서 동심처럼 깨끗하고 여렸던 인간
성을 상실하고 윤리적 타락을 거듭한다. 영희라는 약혼자가 "그로 하여
금 희망을 갖고 살게 하고 싶어서" 많은 도움을 줬음에도 불구하고 그는
현실을 극복하려는 의지를 버리고 본능의 세계로 도주해버린다.

엄진호는 일제 학병으로 끌려갔다가 해방 후, 만 3년 만에 돌아왔지
만 다시 6·25를 겪는다. 영희는 전쟁 중에 거지가 되다시피 한 그를 보
살피고 약혼을 한다. 그러나 그는 다시 방위군으로 끌려간다. 수소문하
던 영희는 1년 후에 그가 육군병원에 있다는 사실을 알게 된다.

> 중국 전선에서 나는 나를 잃었어. 6·25전쟁에 또 한 번 나를 잃어버렸
> 어.*

다시 만난 엄진호는 그가 겪었던 전쟁으로 인해 '나를 잃어버리고'
본능에 충실한 사람이 되어 있었다. 그는 그가 세들어 살고 있는 동대문
의 하숙집 식모와 가정을 꾸리고, 자신을 찾아온 영희에게 부끄러운 기
색도 없이 술값을 달라고 손을 내민다. 영희는 각혈을 하는 그를 병원에
입원시킨다. 또한 자신의 집을 빌려주고 생활비를 충당해주며 학교에 직

---

* 김광식, 앞의 책, 44면.

장도 잡아준다. 그러나 그는 "교사와 학생의 구별을 못했고 인간의 구별을 못했으며 교사라는 직업"의 의미를 모르는 행위를 한다. 학생들에게 집에서 술을 가져오라고 하는 등의 도덕적인 관념이나 상식이 없는 행동들로 인해, 결국 학교에서 해임되고 말았다. 그는 퇴직금으로 바의 여급과 동거생활을 하면서 영희에게 동화 같은 생활을 하게 됐다고 자랑한다. 여급이 동거에 권태를 느낄 때쯤, 식모가 아이를 데리고 나타나고 여급은 떠난다. 식모가 남기고 간 아이를 떠도는 백치가 나타나 돌보게 된다. 그는 백치와도 아무런 갈등 없이 부부생활을 유지한다. 이 소설에서 약혼자인 영희는 엄진호가 전쟁 체험(일제 학병과 6·25)으로 자신을 잃어버린 채, 본능에 의해 행동하는 일상의 삶을 관찰하고 보고 느낀 것들을 서술한다. 엄진호는 가정을 두 번이나 갖게 되지만, 가장으로서의 책임감이나 성실함을 상실한 잉여자일 뿐이다.

「배율의 심야」라는 소설에서 '나'는 남편을 살해하게 되기까지의 과정을 1인칭으로 서술한다. 검사와 형사는 '나'에게 남편을 살해한 동기에 대해 여러 번 묻지만, 그들은 '나'의 삶에 대해서는 질문하지 않는다. 그래서 '나'는 형사나 검사가 묻지 않아서 못했지만 정작 하고 싶었던 말*을 서술해 나간다. 작중인물인 '나'는 "평범과 상식에서 벗어나지 않는 아내로서 남편을 위하고 가정을 꾸미려 했"었다. '나'의 남편은 일본에서 사립대학 법학부에 재학했던 인물로, 법을 전공한 그가 평범과 상식이 통하지 않는 사람이 된 것에는 일제 학병과 6·25의 체험이 존재한다. 김광식 소설에서 전쟁의 체험은 항상 가정의 불모성을 드러내는 배경으로 작용한다.

'나'의 남편은 피란지인 부산에서 미군부대 통역으로 일을 했다. 그

| * 김광식, 「배율의 심야」, 『비정의 향연』, 1959., 65면.

는 술만 마시면 임신한 '나'에게 강제로 술을 먹이려고 했다. 남편은 윤리적으로 타락한 생활을 한다. 그리고 그는 미군부대에서 물건을 훔치다가 도덕성이 문제가 돼서 더 이상 학교와 미군부대에서 일을 할 수 없게 된다. '나'는 경제력을 상실한 남편을 대신해서 빈대떡 장사를 하면서도 아이와 남편과 함께 사는 것이 행복하다고 느낀다. 그러나 '나'의 아이가 그만 뇌수막염으로 죽게 된다.

전쟁이 끝나고 서울이 수복된 후, 남편은 출판사에 취직을 했지만 술만 마시면 불평불만만 늘어놓다가 파직된다. '나'는 경제력을 상실하고 술에 취해 사는 남편과 살기 위해 다방의 마담과 여급이 되어 술과 담배를 배우게 된다. 그러다가 남편의 취직으로 다시 아이를 임신하게 되지만 싸움으로 해고된 남편 때문에 낙태 수술을 하게 된다. 아이를 두 번씩이나 잃게 되어서 상처받은 '나'에게 남편은 아이를 낙태시켰다고 '아귀'라고 부른다. '나'는 그 소리에 이성을 상실하고 남편을 죽인다. 이 소설에서 '나'의 남편은 지식인이었음에도 불구하고 전쟁의 상흔에서 벗어나지 못했다. 그리고 이러한 상황에서 '나'는 가정의 경제를 책임지기 위해 술집에서 일하고 남편을 죽이게 되면서 윤리적 타락을 거듭하게 된다.

「부녀상」에서 덕희 아버지는 일제시대 때, 토건업을 해서 부유하게 살았다. 그러나 그는 해방 후에 미군이 집권한 남한에서, 영어를 할 줄 몰라서 토건업을 재건하지 못한다. 작가 김광식은 작중인물을 통해 이데올로기적 성향이나 민족의 분단문제, 그리고 미군이 집권한 남한의 사회 상황에 대해 중립적인 태도를 취한다. 따라서 덕희 아버지가 토건업을 재건하지 못하는 것은 삶의 과정 중에 우연히 그 작중인물에게 일어나는 재앙으로만 드러날 뿐이다. 그는 6·25 동란으로 얼마 남지 않았던 가산을 날리게 되고, 아내(첩)는 다방을 하면서 집안생활을 이끌어 나간다. 그는 아내의 부정한 행위와 본처의 죽음에도 침묵으로 일관한다. 덕희가 그를 본처의 장례식에 보내려고 하자 "나는 누구의 아버지도 아니고 누구의 남편도 아니다. 나는 없는 사람이다"라고 답한다. 「모녀상」에서도 금주(어머니)의 모성성은 비틀어지게 드러난다. 금주는 젊어서 남편과 아들을 잃고, 딸인 순애만을 바라보며 해방과 6·25를 겪게 된다. 긴 시간 동안의 슬픔과 고독은 그녀의 성격을 완전히 비굴하게 만들었다. 그녀는 지난날의 고생과 빈한한 생활을 다시 하는 것을 두려워해서, 순애를 결혼시키지 않겠다고 결심한다.

이처럼 김광식의 소설에서 전쟁을 체험한 작중인물들은 현실을 극복하려는 의지를 상실하고 단지 살아갈 뿐이다. 이들은 참된 자기의 모습을 잃어버리고 본능에 따라 행동하기 때문에 윤리적, 도덕적 결함을 가진 인물로 재현된다. 또한 「고목의 유령」이나 「상상하는 여인」이라는 소설에서 정신적인 질환을 갖고 있는 인물로 표현되기도 한다. 이들은 전쟁의 체험으로 인해 정상적인 삶이 불가능하며 완전한 자기를 잃어버리고 잉여의 삶을 산다. 김광식의 소설에서 작중인물들은 전쟁이라는 역사적 사건을 체험하면서 삶의 진로가 바뀌어버린 인물들이다. 그들은 전후 사회에 적응하지 못하고 자기의 인격과 개성을 상실하고 안이한 본능의 세계로 도피하는 자기소외의 현상을 보이고 있다.

3. 자유경쟁과 이윤 추구로 인한 소외의식

김광식은 전후에 새롭게 재편성된 도시의 획일화된 공간과 직장을 다니는 노동자의 삶과 그것에서 파급되는 부정적인 것을 문제 삼은 최초의 작가다.* 그는 산업화 사회에서 개인의 개성과 자유를 상실하고 물질의 세계와 본능의 세계로 도주하는 지식인층의 욕망을 서술한다. 전후 한국

| * 임기현, 앞의 책, 611면.

사회는 전통의 공동체적인 삶에서 도시의 산업화된 삶으로 이행하는 시기였다. 조직화된 사회가 등장하면서 이전의 공동체 사회에서 갖고 있던 유대관계는 이완되어간다. 대신 억압적이고 비인간적으로 이윤 추구에만 몰두하는 자본주의 앞에 인간은 이용가치와 목적에 따라 수단으로 전락하게 된다. 전후 한국사회는 역사상 처음으로 사유재산의 보호 및 자유경쟁을 바탕으로 하는 자본주의 경제 원칙 아래 개인의 경제적 창의력을 극대화하기 시작한다. 이때, 도시는 자본주의의 자유경쟁으로 이윤의 극대화를 창출할 수 있는 곳이기에 사람들은 각각의 사연을 가지고 비윤리적이고 비도덕적인 방법으로 성공을 향한 욕망을 드러낼 수 있는 공간이된다. 이러한 내용을 다룬 단편소설로는 「213호 주택」, 「비정의 향연」, 「희망 속에서도」, 「남경희 여사의 유서」, 「어설픈 독백」, 「의자의 풍경」, 「진공지대」, 「아이스만 견문기」, 「경사지대」, 「불쾌지수 85」, 「막이 오른후」, 「책상이 있는 풍경」, 「돌대가리」 등이 있다. 이 소설들은 조직화된 자본주의 사회의 지배를 받는 인간의 삶을 포착하고 있다.

소설 「213호 주택」에서 작가는 주인공 김명학이 파직될 수밖에 없는 상황을 기계 발전과의 대립되는 측면에서가 아니라, 자본주의 사회의 비인간적인 조직의 경영방식에 그 이유가 있을 수 있음을 시사하고 있다. 김명학의 표면적 파면 이유는 기계 혹은 흔한 말로 메커니즘에 적응하지 못하는 인간의 패배로 상징되지만 그 파면의 근본적인 이유는 김명학의 성실성이나 발동기의 성격까지도 무시하는 사장의 이윤 추구에서 찾을 수 있다.* 이 소설은 보다 나은 생활을 실현하기 위한 수단으로 만들어낸 기계가 거꾸로 인간의 삶을 지배하고 있는 상황을 제시하고 있다. 이러한 것에 대해 김광식은 「자기소외와 현대의 시대적 상황」에서 현대를 불

| * 조동일, 앞의 책, 447면.

안과 소외의 시대라고 정의하고, 인류는 자기 생활을 영위하면서 보다 나은 생활을 실현키 위해 그 수단으로써 만들어낸 모든 문화적 수단 다시 말하면 기계의 발명과 그 이용, 정치와 사회구조 등이 반대로 우리들의 인간을 구속하고 생활을 압박하고 지배받게 되는 상황이 자기소외의 현상이라고 한다.*

또한 그는 한국전쟁 이후의 본격적인 자본주의화를 따라 급속하게 변화되는 인간의 삶을 재현하기 위해 노력한다. 「비정의 향연」에서 한진호가 다니는 학구문화사는 타사와의 경쟁으로 파산되었고, 그는 실직자가 된다. 그의 실직은 자본주의 시장원리인 자유경쟁으로 인해 직장을 잃을 수밖에 없는 근로자의 상황을 보여주는 것이다. 한진호는 석 달 동안이나 이력서를 들고 이곳저곳을 다니지만 직장을 잡지 못한다. 그는 친구의 도움을 받아 남대문 시장 노점에서 구제품 양복을 팔아 생계를 마련하려고 한다. 그러나 그는 노점상인(나까마)들과도 잘 어울릴 수 없고, 성미에도 맞지 않아 "생존을 위한 경쟁의 장에서 너무도 약한 자신"**의 모습을 자각하게 된다. 한진호는 무기력하고 선하지만, 외부의 여러 가지 압력과 스스로의 내부적 갈등으로 인해 가족 동반 자살을 선택하게 된다. 작가는 한진호의 극단적인 결정을 통해 자본주의 사회를 표상하는 도시 속의 개인의 불행을 비극의 미로 표현한다.

현대의 집단 사회에서 타의 또는 자의로 조종을 받으며 지배를 받는 내용이 서술된 소설이 「의자의 풍경」과 「어설픈 독백」이라고 할 수 있다. 이 소설들은 직장을 구성하고 있는 조직원들이 동료 직장인을 억압하고 비인간적인 욕망을 맘껏 드러내며 자신들의 이윤을 추구하는 내용으로 구성되어 있다. 비인간적인 조직의 경영방식 때문에 해고당한 '나'는 「어

* 김광식, 「자기소외와 현대의 시대적 상황」, 《경기》, 1980., 212면.
** 김광식, 앞의 책, 11면.

설픈 독백」에서 어리숙한 사람이다. '나'는 직장상사에 의해 해고당하게 되고, 아내가 과장과 불륜의 관계에 있어서 다시 복직을 할 수 있는 상황에 놓인 인물이다. 이 소설에서 '나'는 어리숙하므로 모든 상황과 사건들이 왜 발생했는지 모르는 것처럼 서술하고 있지만, 사실은 사회의 부정적인 현상을 제대로 포착하고 그것을 고발하는 역할을 한다. '나'는 소설에서 반어법을 사용하여 흥미를 돋우는 인물이다.

'나'는 ○○군청에서 6·25 때 3개월만 빼고 하루도 빠짐없이 성실하게 근무했다. 또한 서무나 회계를 맡아서 일을 할 때에도 한 푼도 틀린 적이 없는 정직한 사람이다. 그런데 '나'가 직장에서 면직되게 된다. 같은 사무실의 미스 김이 영화를 보러 가자고 해서 〈황혼〉이라는 영화를 보고 같이 서울의 거리를 걷고 다방과 레스토랑에 갔던 것을 계장이 알았기 때문이다. 그러나 '나'는 아내가 있는 사람으로 미스 김과 부정한 사이가 아니다. 후에 안 일이지만 계장이 미스 김과 결혼하기 위해 '나'를 면직시킨 것이었다.

이러한 '나'는 감원설이 돌기 전에 회계에서 용도계로 전계(轉係)되었다. 주사인 '나'는 물품의 책임을 맡고 있었는데 입찰자인 동일상사로부터 납품받기 전날 과장, 계장을 포함한 대여섯 명이 호화스런 초대를 받게 된다. 이튿날 '나'는 입찰한 동일상사의 납품명세서가 맞지 않아서 윗사람에게 보고를 한다. '나'는 동일상사가 군청에서 물건을 많이 팔아주어 고마움의 표시로 전날에 초대한 줄 알았는데 알고 보니 동일상사가 우리를 이용한 것이라며 어제의 술값을 다 물어주자고 한다. 그러나 윗사람은 '나'와 다르게 노하지도 않고 '나'의 노함만 못마땅해한다. 결국 '나'는 비인간적인 조직의 욕망과 억압에 의해 일자리를 잃고 만다.

산업화 시대가 되면서 직장과 집에서 하는 일이 분업화되었다. 따라서 집과 직장의 거리는 멀어지고 자동차라는 운송수단을 이용한 직장인의 출퇴근의 모습이 도시문화의 일부분이 되었다. 「의자의 풍경」의 서두는 출근하는 도시인의 풍경에서 시작된다.

> 종로 화신 앞 버스정류장에는 오늘도 수많은 버스가 숨 가쁘게 달려왔다.
> (…) 그들은 매일같이, 같은 시각에, 같은 보도를 어디로 간다는 의식 없
> 이, 무턱대고 걸어가도 틀림없는 자기 직장, 사무실 문을 열고 들어선다.
> 머리를 끄덕하고 사무실 안을 걸어가면 틀림없는 자기 의자에 털썩 주저앉
> 는 것이다.
>
> ─본문 67쪽

출근하는 도시의 풍경은 활기차고 싱싱한 것이 아니다. 일상에 묶인 직장인들은 목적도 없이 지친 몸을 이끌고 자신의 사무실의 의자를 찾아 앉게 된다. 「의자의 풍경」의 주인공인 윤호 또한 출근하는 모습을 통해 직장에 묶인 노예라는 것을 암시한다. 사실 윤호는 은행에 들어온 지 3년도 안 돼서 직장에 흥미를 잃었지만, 그가 부양해야 되는 가족들 때문에 직장을 그만두지 못한다. 그는 자기 직업에 어떠한 흥미도 정열도 느끼지 못하고 그저 일상을 살아간다는 느낌밖에 없다. 자신에게 무미건조한 은행 일을 하고 있는 윤호의 삶은 은행의 기계적인 조직과 맡은 일에 동화되어 부속품으로 전락해가는 현재적 상황을 드러내고 있을 뿐이다.

윤호는 은행에서 3개월 전, 동일상사의 변 사장의 초대를 받아 대리들과 대부계 두 사람과 을지로의 요리점에 갔다. 변 사장은 상부의 승낙이 되어 있다고 말하면서 내일이 인천 관세 창고의 물건을 내어야 할 기한임으로 임시 융통을 해달라고 대부계 최 씨와 나에게 부탁한다. 윤호는 이 청탁을 승낙하는 대가로 십만 환을 받게 된다. 그는 물질의 욕망에 지배당하고 만다. 윤호는 그 돈으로 양복을 해 입는다. 그러나 변 사장은

대부해 간 돈 오백만 환(보증수표 사백만 환과 남은 백만 환은 접대를 받은 사람들이 갚아야 할 몫)을 갚지 못했고, 경찰서에서는 형사들이 수사를 하러 은행으로 나왔다. 이때, 윤호는 지점장과 윤 대리와 주임이 세우는 대책에서 배제되어 구속될 위기에 처한다. 직접적인 취급자인 윤호는 은행이라는 조직화된 직장에서 타의 또는 자의로 욕망에 지배당하면서 자신의 정체성과 자유를 상실하게 된다. 이 소설은 현대의 조직화된 사회에서 타자를 향한 억압의 문제성을 노출한다. 그리고 신뢰를 바탕으로 해야 하는 조직원들 사이에 신의가 없는 부정적인 단면을 드러내고 있다. 자본주의 경쟁체제 속에서 인간 행위의 전통적 형태가 효율성의 다양한 모델을 따라 도구적으로 재정비되고 테일러화되며, 분석적으로 파편화되고 재구성되거나 수단과 목적의 구별에 따라 재조직된다. 따라서 인간 행위는 이제 그것 자체로도 어떤 질적 가치를 갖지 않으며 그것이 이용될 수 있는 경우에만 가치를 갖게 되며, 다양한 행위의 형식들은 그들 각자에 고유한 실천에 고유한 내재적 만족을 잃고 목적을 위한 수단으로 전락하게 된다.*

김광식의 작품에는 직장인으로서 갖추어야 할 능력과 성실성, 정직성을 다 갖추고도 일방적으로 조직에서 밀려나는 사례를 서술하는 소설들이 많다. 언제든지 조직에서 밀려날 수 있다는 직장인들의 불안한 마음과 소외의식에 대해 김광식은 현대인의 정신상황이라고 언급한다. 김광식의 소설에서 작중인물의 삶은 언제나 인간의 불행, 사회의 불행을 드러낸다. 따라서 김광식 소설에 등장하는 도시 속의 삶을 사는 현대인들은 일상에서 그리고 인간관계 속에서 언제나 소외되고 외롭고 지쳐 있다. 그들은 따뜻한 가정, 좋은 부모, 기다리는 자식, 마음속의 고향의 모

| * 임기현, 앞의 책, 615면.

습 등 도시생활에 지쳤을 때, 잠시나마 마음의 위로를 얻을 수 있는 것은
아무것도 없다. 오히려 소설 속의 작중인물들의 삶은 식민지, 해방, 전
쟁, 피란과 같은 역사적 상흔과 그들의 어깨를 짓누르는 가족 그리고 스
스로 자기소외의 길을 택하는 지식인의 비극성이 한층 더 강조되고 있을
뿐이다.

4. 현대적 교육에 대한 냉소적 시각

김광식은 자본주의하에서 능력주의가 대세를 이루는 당대의 사회적
분위기 또한 교육의 과열된 양상이 일어나는 계기로 작용하는 것을 날카
로운 시선으로 포착한다. 전후의 한국은 세계에서 그 유래를 찾아볼 수
없을 정도로 교육의 부흥이 일어났던 시기였다. 6 · 25 이후 일제시대와
다른 새로운 교육제도 아래에서 교육의 기회가 전 국민 모두에게 균등하
게 주어졌다. 모든 국민은 사회적 지위, 빈부, 성별 등에 구애됨이 없이
초등학교 교육을 받을 수 있었다. 교육을 통해 국민 전체의 사회적 지위
계층이 상승할 수 있는 기회가 평등하게 주어졌으므로, 부모들의 교육열
또한 높아졌고 그에 따라 비정상적인 교육의 과열경쟁이 현대의 문제점
이 되었다. 김광식의 소설*에서 가정의 모습은 비정상적이다. 따라서 그
의 소설에서 정상적인 부모의 모습과 정상적인 학생의 모습은 찾아보기
힘들다. 김광식의 소설은 가정이 해체되는 부정적인 모습을 서술하고 있
기 때문에 가정에서 일어날 수 있는 문제의식들이 다양하고 복합적으로
표현된다. 이러한 소설로는 「문씨 일가의 여가」, 「남경희 여사의 유서」,
「가면의 부활」, 「탁류에 흐르다」, 「진공지대」, 「백호 그루우프」, 「경사지
대」, 「고도孤島의 정경」, 「가난한 연기演技」, 「입후보자」, 「원심구심」 등이

---

* 김광식의 소설은 전후 사회에서 학생이 탈선할 수밖에 없는 환경에 주목하는 양상을 보이다가 1960년대
중반 이후에 본격적으로 한국 사회와 가정의 교육환경을 비판하고 있다.

있다.

　김광식의 소설은 간판주의, 서열의식, 집단주의, 학벌주의의 편견적 가치관이 넘치는 사회적 분위기를 담고 있어서 작가가 현대의 교육에 대해 냉소적인 시각을 견지하고 있음을 알 수 있게 한다. 그의 작가 연보를 보면 알 수 있듯이 작가이기 이전에 그는 교사로서 사회생활을 시작했다. 따라서 그가 당대 사회에서 자각하게 된 교육에 관한 여러 가지 문제의식을 작품 속에 다루었던 것으로 보인다. 그리고 이런 점은 김광식이 작품을 창작하는 시기에만 있었던 것이 아니라 오늘날에도 여전히 중요한 사회적 문제로 지속되고 있다.

　특히 작가는 작중 주인공이 교사일 경우에는 그 시대의 부정적인 교육 현상에 대해 날카롭게 문제의식으로 표출하고 있는데 이는 여타의 다른 소설들에서 작중 남성인물들의 소심하고 유약한 성격과는 대조적이라는 점에서 흥미롭다. 소설 「가면의 부활」에서 인동현은 고등학교 2학년 B반을 맡고 있는 선생님이다. 인동현은 교사라는 직업이 눈앞에 출세, 망상, 독선, 아첨 그러한 것이 들어갈 수 없는 직업이라고 생각한다. 그는 사령장을 받으러 서무과의 직원과 도학무과에 갔다가 장학관과 각 계장들과 학교 직원에게도 인사를 해야 하는 관행을 비판한다. 인동현은 일제식의 관료주의가 독립을 찾은 민주주의 사회에 아직도 살아 움직이는 것을 보고 「가면의 부활」이라고 느낀다. 장학관이 학교에 왔을 때도 일제시대와 똑같이 행동하는 것을 보고 동현은 그가 중학교 다닐 때 본 것과 똑같은 장면을 보고 있다고 생각한다.

　그에게 학생 셋이 찾아와서 어젯밤 영화관에 갔다가 훈육주임에게 걸렸다고 퇴학당하지 않게 해달라고 간청한다. 월요일에 영화관에 간 학생들의 문제를 논의하려고 인동현과 훈육주임이 모여 간부회의를 했다. 인동현은 회의에서 "극장이 하나밖에 없는 읍내에서 유해한 영화라면 들어가기 전에 미리 막아야지 나오는 것을 보고 잡는 건 교육적으로 모순"
이라고 말한다. 그리고 그는 교칙을 고쳐서 퇴학처벌법은 없이 선도만
하는 것이 이 시대에 적합한 교육이라고 주장했다가 교육자로서 인격과
양심을 의심받고 불손하다는 소리까지 듣게 된다. 교사들과 대치하는 인
동현의 교육자의 자세에서 교육계의 잘못된 관행을 비판하고 있음을 발
견할 수 있다. 그러나 대부분의 교사들은 일제시대를 그대로 답습하며
관료주의, 권위주의를 내세우며 참된 교사로서의 개성과 자유를 잃고 자
기소외의 현상을 드러낸다.

「가난한 연기」에서 민병국은 광화문학교의 미술교사이다. 그는 자신
에게 입학을 부탁하러 오는 사람들을 보면서 세상이 병들었다고 생각한
다. 그는 찾아온 사람들에게 학교는 시험을 쳐서 실력으로 들어오는 거라
고 충고하지만 아무도 민병국의 이야기를 귀담아듣지 않는다. 더군다나
그가 근무하는 학교로 입학을 청탁하러 온 자신의 스승에게 느끼는 실망
감이 크다. 또한 그는 친구를 통해 소개받은 오만수라는 토건회사 상무에
게서 입학을 위한 술을 접대 받게 된다. 그리고 은사가 소개시켜준 무슨
회사 사장은 입학을 시켜줄 수 있다고 '예스'라고 대답을 하면 당장 삼십
만 환을 준다고 한다. 또 집으로 돌아온 그에게 아내의 여학교 동창이 선
물을 사다놓고 가기도 하는데 그는 부정적인 사회현상들에 대해 회의를
느끼면서도 매정하게 거절하지 못하고 그들에게 이끌려 다닌다.

어느 날, 학교 앞에서 가난하고 선량한 학부모가 늦은 퇴근을 하고
있는 민 선생에게 다가온다. 자신에게는 공부를 잘하는 아들이 있는데
이번에 광화문학교에 시험을 치게 될 것이라고 한다. 그의 아들이 남들
은 다 입학을 하기 위해 교제를 하는데, 자신의 아버지는 남들처럼 행동
하지 않기 때문에 자신이 광화문학교를 들어갈 수 없다고 낙망을 하고
있어서 무조건 학교 앞으로 찾아오게 되었다고 한다. 이 소설에서 그의

아들은 공부를 잘하면서도 교제를 하지 않고는 입학할 수 없을 것이라는 불안한 심리를 드러내고 있다. 뿐만 아니라 학교를 입학하기 위한 교제의 방식에 대해 아무런 비판 없이 자유와 개성을 잃고 권위주의에 물들어가는 청소년의 모습을 보이고 있다.

김광식 소설에서 특이한 점은 청소년들이 작중인물로 나오는 경우, 그들은 결코 모범적인 학생의 모습이 아니다. 모범적인 행동을 하던 청소년도 변화되어 가면서, 자신의 잘못된 행동에 대한 판단력이나 자각이 없이 도덕성과 윤리성을 상실하고 본능대로 행동한다. 이는 본능의 세계로 도주하는 인물의 소외 현상을 드러내기 위한 작가사상을 위한 것이라고 하기에는 인과성과 개연성이 부족하다. 작가의 사상을 작품에 표출하는 것이라는 의견에 동의하지만 작가 자신의 사상에 너무 경도되어 있는 탓에 작위적이라는 느낌을 준다. 소설 속의 청소년이 그렇게 변해갈 수밖에 없는 환경이나 주변 인물과의 관계나 설정도 없이 본능으로만 도피하는 것은 김광식 소설의 한계점이라고 할 수 있다. 김광식의 작품 속에는 이러한 청소년의 행동에 비판을 가할 훈육 대상도 없으며 그들을 따뜻하게 보듬어주고 사랑을 전하는 이도 없다. 단지 그의 소설에는 점점 더 비행 청소년이 되어가는 과정만 드러날 뿐이다.

또한 김광식 소설은 청소년들의 교육이 잘못되는 요인으로 권위주의를 선망하는 부모들이 원인이 되고 있음을 제시하고 있다. 작가는 「남경회 여사의 유서」*라는 소설을 통해 사회적으로 통용되고 있는 부모들의 잘못된 교육방법을 비판한다. 이 소설에서 남 여사는 젊고 아름다운 여성이다. 그녀는 원인을 알 수 없는 우울증을 앓고 있으며 권위주의의 노예가 되어 자기소외 현상을 겪고 있는 여성이다. 남 여사는 가정을 현대

| * 「진공지대」, 「문씨 일가의 여가」, 「남경회 여사의 유서」는 연작형의 소설이다.

화하기 위해 가회동의 한식집을 팔고 문화주택이라는 이층 양옥을 사서 이사를 하고 집 안의 모든 것을 자동화하고 기계화한다.

> 남경희 여사는 신문, 잡지나 라디오 텔레비전이 가르쳐주는 대로 가정을 기계화하고 전화電化하고 자동화하기 위해서는 한식집은 가옥 구조가 더욱이 부엌구조가 가정관리에 적합하지 않다는 생각을 한다. 간이화하고 능률적으로 할 수 없다는 생각이다.*

남 여사는 가정혁명은 집부터 바꾸지 않으면 할 수 없다고 생각해서 시어머니의 반대에도 불구하고 살고 있는 집을 바꾸면서까지 현대화한다. 그녀는 대학 가정과를 다니며 배운 지식과 매스컴에서 보도한 대로 집 안과 육아방법을 현대적으로 실천하는 지식인 여성이다. 그녀는 한가로운 여가를 즐길 수 있으며, 집안일에 대한 근심걱정도 적어서 만족도가 높은 삶을 살고 있지만, 이유를 알 수 없는 우울증을 앓게 된다.

남 여사는 현대화된 육아법에 따라 한 치의 오차도 없이 기른 막내 진미가 열이 나기 시작하자 동네 병원의 의사를 믿을 수 없어서 권위가 있는 소아과 의사를 찾아가서 진찰을 받는다. 그러나 권위가 있다고 알려진 의사의 잘못된 진단으로 아이의 열이 더 심해진다. 다음 날 새벽, 급한 남 여사는 신뢰할 수 없다고 생각했던 동네 명세의원의 젊은 의사를 불러온다. 남 여사는 그 의사에게 우선 열만 내리는 약을 달라고 한 후, 종합병원의 소아과 박사에게 다시 진찰을 받는다. 소아과 박사와 신뢰할 수 없어서 진미의 병을 보이기도 꺼림칙했던 동네의 젊은 의사가 진미의 병명을 같은 것으로 진단한다. 이에 남 여사는 자신이 절대적이

| * 김광식, 「남경희 여사의 유서」, 『진공지대』, 선명문화사, 1967., 81면.

라고 믿었던 현대화된 모든 것이 단번에 허물어지는 것을 경험한다. 그녀는 진미뿐만 아니라 진규도 현대식으로 키우지만 그 성과가 불확실해지자 현대식 교육방법에 대해 점점 자신감을 상실해간다.

연작소설인 「진공지대」는 남경희 여사의 교육방법에 대한 분량이 더 많다. 남편 문일우는 일류 상과 대학을 나왔고 은행의 입사시험에서도 수석이었다. 그리고 누구보다 먼저 승진하려는 욕망으로 열심히 일했다. 그는 조직에 맞는 "하나의 기능인으로 움직였다"*며 업무의 중요한 계는 다 돌아서 일을 습득한 결과 모든 일을 정확히 할 수 있도록 기계화되어 갔다. 그는 일요일 날, 늦잠도 자고 책도 읽고 자기 인생의 문제도 생각하고 싶었지만, "도리어 초조하고 불안하고 황량한 마음"**이 된다. 그리고 식욕과 의욕이 없어서 버릇처럼 회사에 다녀오게 된다. 그러면 그의 마음과 발길은 가볍고 불안감도 사라진다. 문일우가 일류 상과 대학을 나왔고 입사시험에 수석을 했기 때문에 누구보다 먼저 승진할 것이라고 예상하는 마음은 간판주의와 서열의식, 그리고 학벌주의에 대한 편견적 가치관을 가졌기 때문이다. 그러나 연작인 「남경희 여사의 유서」에서 문일우는 승진에서 탈락한다.

그는 아내와 함께 일요일 날, 아홉 살 난 아들을 공부하게 하려고 한강에 놀러가지 못하게 하고 가정교사에게 말해서 텔레비전도 못 보게 한다. 또한 진규가 작년에 귀족학교인 혜성국민학교에 떨어져서 유치원 원장에게 줄을 대고 오만 원의 기부금을 주고 학교에 입학을 시킨 것을 고려해 진영이는 미리 혜성국민학교에 넣기 위해 멘탈 테스트의 고액과외를 받게 한다. 남 여사는 장남인 진규가 혜성국민학교에 떨어지자 학구제學區制인 공립학교, 그것도 이름도 없이 삼, 사 부제를 시행하는 학교에

* 김광식, 「진공지대」, 앞의 책, 80면.
** 김광식, 앞의 책, 97면.

보내는 것을 마치 소년 감옥에라도 넣는 것 같은 심정이 되어 침식을 잊고 자리에 누웠으며, 문일우는 교장을 찾아가서 부탁을 하는 행위들을 한다. 그들이 이렇게까지 하면서 귀족학교에 자녀를 보내려고 하는 것은 자식이 일류학교에 다녀야만 장래를 낙관하는 것, 즉 자기소외의 한 현상을 드러내는 것이라고 할 수 있다.

「진공지대」, 「문씨 일가의 여가」, 「남경희 여사의 유서」는 지식인이며 사회, 경제적으로 중산층 이상인 작중인물의 교육방법을 다루고 있어서 사실 독자에게 공감대를 형성하게 하는 소설이 아니다. 그럼에도 불구하고 김광식 소설이 가치를 갖는 것은 사회의 지식인에 속한 작중인물들이 권위주의가 만연한 사회적 현상을 극복하거나 개선하려는 비판적 의지를 갖지 않고 오히려 권위주의에 지배를 당하는 모습을 포착하고 있기 때문이다. 김광식의 소설에서 모범적인 학생이 없는 것처럼 좋은 가정환경도 없다. 작가는 이러한 교육적 풍토를 갖고 있는 사회가 잘못된 세상이라고 비판한다. 그의 소설에서 학교라는 곳은 공부를 잘하는 학생이 들어가야 하는 곳임에도 불구하고 교제를 잘하는 사람들이 돈을 많이 들이고 입학하는 곳이다. 이들은 좋은 학교에 입학만 하면 자식이 잘될 것이라는 낙관론을 갖는데, 이는 사회적으로 학벌과 서열, 간판 등의 학연제, 지연제가 우선시 되는 사회문제가 지금도 여전히 유효한 사회적 현상이라는 점에서 그 의미가 크다고 할 수 있다.

5. 현대적 일상 속의 자기소외

김광식의 소설은 그동안 현대문학상을 받은 「213호 주택」 이외에는 주목받지 못했다. 그의 작품이 주목받지 못한 것에는 소설 속에 진술되는 전쟁에 대한 반복적인 체험적 서사가 갖는 지루함이 있다. 또한 도시인과 지식인의 삶을 다루고 있다는 점에서 독자의 층위나 공감대가 형성되기 어려웠던 것도 또 다른 요인 중의 하나였을 것이라고 추론할 수 있다. 그러나 김광식 소설의 배경이 되는 도시와 그 속에 사는 사람들의 이야기가 갖는 의미는 현대에도 여전히 유효하다. 소설 속의 작중인물들의 삶은 그가 작품을 창작한 당대의 사회적 현상이라고 치부해버릴 수 없는 문제의식을 갖고 있다. 도시를 살아가는 사람들이 갖고 있는 문제점들은 지금 여기, 오늘날의 도시 속에서도 여전히 중요하기 때문이다.

김광식의 소설에는 도시의 삶에 부적응한 인물이 주인공으로 등장한다. 도시에 사는 사람들은 도시가 갖는 특성으로 인해 무한정적으로 자신들의 욕망을 발산한다. 도시는 자본주의화에 따라 자유경쟁을 할 수 있는 곳으로, 경제·문화적인 면에서 이윤의 극대화를 창출할 수 있는 곳이기에 사람들은 각각의 사연을 가지고 비윤리적이고 비도덕적인 방법으로 성공을 향한 욕망을 드러낼 수 있는 곳이다. 도시에 사는 사람들은 본능과 물질이라는 세계로 도주하여 자기 자신의 자유와 개성을 상실하고 자기소외를 경험하면서도 스스로 그런 것들을 자각하지 못한다.

그의 소설을 읽는 독자는 현대 사회의 맹점을 스스로 지각하고 자신의 삶을 되돌아볼 수 있는 계기를 갖게 된다. 김광식의 소설에서 자기소외는 개인과 가정, 학교, 직장, 사회에서 개성과 자유를 잃는 현대인의 모습이 공허하고 고독한 것임을 드러내는 작가 사상이다. 작가는 조직화된 사회에서 무감각하게 기계적인 삶을 살아가는 현대인의 메커니즘을 통해 외부적인 조직의 압력과 심리적인 불안이 공존한 도시인의 삶이 비인간적인 것임을 독자에게 경고하고 있는 것이다.

김광식의 문학사상인 소외의식은 도시인의 삶을 통찰하게 할 수 있는 장점을 갖고 있기는 하지만 작가가 너무 자신의 문학사상에 맞는 창작방법을 고수하면서 한 가지의 사상만을 표출하고 있다는 인상을 심어 준다. 그래서 그의 많은 작품들을 다 읽었음에도 불구하고 거의 모든 것이 비슷비슷하다는 관념에서 놓여날 수가 없다. 소설가란 이 세계와 모든 인간들의 삶에서 문제의식을 발견하고 그것을 소설로 형상화하는 사람이다. 그런데 자신만의 문학사상에 경도되어서 다른 문학을 창작하려는 시도를 보이지 않았다는 점이 아쉽다.

또한 소설 속의 작중인물의 삶도 마찬가지에 속한다고 할 수 있다. 도시에 사는 지식인 인물들의 삶만을 다루고 있어서 그가 독자와의 '공감'대를 얻기 위해 작품을 창작한다는 말에 독자는 얼마나 다가갈 수 있을까 하는 생각을 하게 된다. 작가는 소설 속의 작중인물의 삶을 통해 인간들의 상층과 하층이 서로 복합적으로 교류하고 억압하고 지배하고 저항하면서 인간의 삶을 통찰할 수 있게 해야 된다고 생각한다. 그런데 김광식의 소설은 인간의 최하위층의 삶에서 느껴지는 고독과 슬픔이 없다.

그럼에도 불구하고 그의 작중인물은 고독하고 외롭고 서글프다. 김광식 소설의 남성인물들은 생래적으로 소심하고 유약하다. 그래서 도시의 경쟁사회에서는 도태될 수밖에 없는 인물이다. 능력이 자본의 가치가 되는 사회에서 감상적이기까지 한 주인공의 좌절은 어쩌면 당연한 것인지도 모른다. 그러나 작가는 착하고 소심하며 감상적이기까지 한 남성인물의 좌절을 통해 현대인이 스스로를 소외시켜 가면서 사는 삶이 진정한 삶이 아니라는 것을 독자에게 알려준다.

김광식은 현대사회가 발전하면 발전할수록 일어날 수 있는 여러 가지 사안들을 문제점으로 그의 소설에 표현했다. 조직화된 직장에서 파편화된 삶을 살고 있는 직장인들은 그들의 일을 기계처럼 정확하게 해내는 것을 능력이라고 인정받는 사회에 살고 있다. 그리고 그들은 그것을 익히고 사용하는 것만 하는 것이 아니라 타인으로부터 평가받아야 하고 늘 새로운 아이디어를 창출해야 한다. 더군다나 현대 사회는 남보다 시각적으로 좋은 용모를 갖춰야 함은 물론이고 좋은 학교를 졸업을 하고서도 청년실업이 백만을 넘는 사회에서 살아남기 위해 발버둥치는 곳이다. 이들은 자기를 좀 더 소외시키되 성공을 향한 욕망을 자신들의 삶을 발전시키기 위해 꼭 필요한 것으로 인정하고 살아가고 있다. 따라서 그들은 자신의 소외의식이 문제적인지에 대한 인식조차 불가능한 현대인의 삶을 살고 있다. 그러므로 김광식의 문학사상은 지금 이 시대 이곳에서 인간이 가장 자각해야 할 문제의식이 자기소외라고 전하고 있다.

소설가 김광식, 호는 청암靑巖

1921년	1월 8일 평안북도 용천에서 출생.
1939년	선천상업학교 졸업.
1941년	도쿄 주계상업학교 졸업.
1943년	메이지대학〔明治大學〕문예과 졸업.
	일제의 학병 징집을 피해 만주 지방을 전전(~1944.).
1944년	만주흥업은행 지점 근무.
1945년	8.15 해방으로 귀국. 신의주 남고녀 교사(~1947.).
1947년	월남, 서울고등학교 교사(~1959.).
1956년	현대문학 신인상. 수도여자사범대 강사.
1957년	월간문학상.
1959년	경기대학교 국어국문과 교수(~1986.).
1964년	건국대학교 강사.
1968년	문협文協 이사(~1978.).
1973년	외대대학원 강사.
1979년	경기대학교 도서관장.
1983년	소설가협회 대표위원.
1985년	경기대학교 박물관장(~1986.).
1986년	국민훈장모란상.
	경기대학교 대우교수(~1991.).
1989년	평안북도문학상.
1991년	한국소설문학상.
1993년	소설가협회 회장(~1994.).
1996년	보관문화훈장.
2002년	12월 3일 81세로 서울에서 사망.

1954년   「환상곡」,《사상계》, 10.

1955년   「오늘」,《현대문학》, 7.

　　　　　「거리距離」,《중앙일보》, 7. 17.

　　　　　「표랑漂浪」,《사상계》, 8.

1956년   「의자椅子의 풍경」,《문학예술》, 3.

　　　　　「황혼의 여인」,《중앙일보》, 3. 11.

　　　　　「213호 주택」,《문학예술》, 6.

　　　　　「부녀상父女像」,《현대문학》, 7.

　　　　　「입후보자」,《문학예술》, 12.

1957년   「그림자」,《신태양》, 1.

　　　　　「배율背律의 심야」,《현대문학》, 6.

　　　　　「백호白虎 그루우프」,《문학예술》, 10.

　　　　　「청춘의 연기演技」,《자유신문》, 10. 2.

　　　　　「무화과」,《현대문학》, 12.

　　　　　「가면의 부활」,《신태양》, 12.

　　　　　제1창작집『환상곡』, 정음사

1958년   「가을의 여심」,《여성계》, 1.

　　　　　「비정의 향연」,《자유문학》, 2.

　　　　　「공백의 사랑」,《여성계》, 3.

　　　　　「모녀상」,《자유문학》, 7.

　　　　　『내 생명 있는 날』,《평화신문》, 1〜7.(동아출판사『아름다운 오해』로 개

　　　　　제하여 출간).

　　　　　「원심구심遠心求心」,《사상계》, 8.

　　　　　「희망 속에서도」,《자유문학》, 11.

1959년   「이율二律의 배음背音」,《자유문학》, 4.

　　　　　「가슴에 피는 꽃」,《자유신문》, 10. 1.

　　　　　「고목의 유령」,《사상계》, 12.

제2창작집『비정의 향연』, 동국문화사.

1960년 「아이스만 견문기」, 《사상계》, 9.

「중간진中江鎭」, 《현대문학》, 10.

1961년 「자유에의 피안彼岸」, 《현대문학》, 7.

「탁류에 흐르다」, 《사상계》, 11.

1962년 장편 번역 소설 다니자키 준이치로[谷崎潤一郎] 작, 「병인病人의 사랑」, 『세
계문학전집』, 정음사

존 간더 작, 「라스커전傳 광고는 마술사처럼」을 「인간의 가면」으로 번역
『세계의 인간상』, 신구문화사

1963년 「깨어진 거울」, 《사상계》, 12.

장편『식민지』, 을유문화사(6권)

1964년 「영원한 여권旅券」, 《문학춘추》, 8.

「연대보증인」, 《세대》, 8.

「노인과 명약名藥」, 《문학춘추》, 10.

「어떤 산부産婦」, 《현대문학》, 11.

1965년 「진공지대」, 《신동아》, 11.

1966년 「문씨 일가의 여가」, 《현대문학》, 1.

「자유에의 피안」, 《현대문학》, 6.

『천사의 입술』, 《여상》, 12.

1967년 TV드라마 「실험애인」(14회 방송)

「고독」, 《신동아》, 6.

제3창작집『진공지대』, 선명문화사

1969년 「상상하는 여인」, 《현대문학》, 5.

「책상이 있는 풍경」, 《월간문학》, 10.

1970년 「막이 오른 후」, 《월간중앙》, 1.

1971년 「불쾌지수 85」, 《신동아》, 2.

1972년 「꽃피는 날의 공식」, 《월간중앙》, 5.

1973년 장편『극적劇的 변태곡』, 《월간문학》, 9.

1975년 중편『대조영』, 『민족문학대계』, 동화출판공사

1979년 장편『고독한 양지』, 선경도서출판사

1981년 『문학적 인생론』(수필, 논문, 서평, 잡문 모음집), 신구문화사

1982년	『문학개론』(공저), 국제출판사
1991년	제4창작집 『상상하는 여인』, 종로서적

■ 수필·평론·기타

1954년	「좋다는 꿈」, 《현대공론》, 10.
1956년	「욕망이라는 것」, 《여성계》, 2.
	「퇴근 후」, 《경대학보》, 7. 25.
	「현대인에 있어서의 성격의 문제」, 《연합신문》, 8. 7.
	「아름다운 화장」, 《여성계》, 9.
	「회상을 위해서라도」, 《평화신문》, 12. 27.
1957년	「작가 정신의 빈곤」, 《문학예술》, 5.
	「영화에서 본 여인상」, 《여성계》, 12.
1958년	「괴로움의 행복」, 《평화신문》, 1. 13.
	「백만 원」, 《여성계》, 4.
1959년	「소설가가 된 동기」, 《세계신문》, 1. 3.
	「언어에의 저항을 느껴야」, 《동아일보》, 1. 29.
	「길을 걸으면서도」, 《동아일보》, 2. 7.
	「장편소설과 발표 형식」, 《조선일보》, 3. 27.
	「소월의 자살」, 《조선일보》, 7. 8.
1960년	「월평에 항의한다」, 《서울신문》, 1. 19.
	「마음의 혁명을」, 《자유신문》, 5. 1.
	「무감각의 현대인」, 《조선일보》, 6. 17.
	「한자와 문장의 그 시대」, 《조선일보》, 7. 18.
	「병들었을 때」, 《경대학보》, 10. 15.
1963년	「고향의 봄」, 《조선일보》, 3. 29.
	「현대 문학에 있어서의 성격의 문제」, 《경대학보》, 9. 20.
1965년	「젊은 날의 시간」, 《경대학보》, 7. 20.
	「자유로부터 도주」, 《경대학보》, 12. 20.
1966년	「문장의 시험관」, 《경대학보》, 5. 31.
1967년	「나의 처녀작과 그 조우」, 《사상계》, 3.

「스승의 날에 붙여서」,《경대학보》, 5. 15.

「내가 보낸 대학 졸업반」,《경대학보》, 11. 1.

「자기소외」,『신구 현대한국문학전집』, 신구문화사

1968년 「정신의 독립」,《경대학보》, 9. 1.

1969년 「새로운 소설 새로운 인간」,《경대학보》, 4. 1.

1970년 「데까닥 선생」,《샘터》, 6.

「편지의 미학」,《여성동아》, 6.

1971년 「인간의 매력」,《경대학보》, 9. 1.

「현대의 정신적 풍토」,《경기대학 논문집》, 9. 15.(제목이 「근대에 있어서의 문학과 종교 혼탁과 구제, 그 서설」로 되어 있음)

1975년 「젊은 날의 마음의 문제」,《경대학보》, 4. 1.

1976년 「개이름」,《소설문예》, 4.

1977년 「한국 문학의 현장」,《경대학보》, 7. 1.

「지적 생활의 여가」,《신구학보》, 8. 1.

1978년 「출발의 의미」,《경대학보》, 1. 1.

「대학생활의 조건」,《경대학보》, 3. 6.

「논문 작성의 실제」,《경대학보》, 8. 7.

「사랑과 자유」,《조선일보》, 10. 14.

「영원한 우정」, 태창출판부

「내 마음의 혁명을 준 여인」, 태창문화사

1980년 「전통 문화발전 이룩해야」,《경대학보》, 1. 7.

「자기소외와 현대의 시대적 상황」,《경기》 14호

|연구 목록|

김명석, 「1950년대 소설에 나타난 근대성의 경험」, 『현대문학연구』 제7집, 1996.

김영기, 「기계 문명과 자기소외」, 『한국문학전집 18』, 삼성출판사, 1985.

김용구, 「김광식金光植 소설에 나타난 가정과 직장에 대하여」, 『한국현대작가연구』, 민음사, 1989.

김용직, 「인간심연人間深淵의 정열과 증언내용證言內容」, 『한국단편문학전집』, 동화출판사, 1976.

류동규, 「학병 기피자와 식민지 기억과 서사」, 《어문학회》 제109집, 2010.

이상민, 「김광식 소설 연구」, 《한국사상문화학회》, 2009.

임기현, 「김광식 도시소설 연구」, 《개신어문학회》, 2000.

신종곤, 「1950년대 전후소설에 나타난 현실 인식의 굴절 양상」, 《한국소설학회》, 2002.

조동일, 「기술자의 좌절을 제시―213호 주택」, 『현대한국문학전집』 제6집, 신구문화사, 1967.

조진기, 「아웃사이더의 인간상―한국현대문학의 위상」, 『경남대출판부』, 1997.

최강민, 「전후소설의 폭력성 연구」, 중앙대 대학원 박사학위논문, 1999.

한국문학의 재발견-작고문인선집

김광식 선집

지은이 ㅣ 김광식
엮은이 ㅣ 방금단
기　획 ㅣ 한국문화예술위원회
펴낸이 ㅣ 양숙진

초판 1쇄 펴낸 날 ㅣ 2013년 4월 29일

펴낸곳 ㅣ ㈜현대문학
등록번호 ㅣ 제1-452호
주소 ㅣ 137-905 서울시 서초구 잠원동 41-10
전화 ㅣ 2017-0280
팩스 ㅣ 516-5433
홈페이지 www.hdmh.co.kr

ISBN 978-89-7275-644-6 04810
ISBN 978-89-7275-513-5 (세트)